La
GUARDIANA
de las
PALABRAS

La Guardiana de las Palabras

ALRIC &
JENNIFER TWICE

Traducción de Paula Parra

Argentina – Chile – Colombia – España
Estados Unidos – México – Perú – Uruguay

Título original: *La Passeuse de Mots*
Editor original: Hachette Livre
Traductora: Paula Parra

1.ª edición: abril 2024

© 2021 *by* Hachette Livre
All Rights Reserved
© de la traducción 2024 *by* Paula Parra
© 2024 *by* Urano World Spain, S.A.U.
Plaza de los Reyes Magos, 8, piso 1.º C y D – 28007 Madrid
www.mundopuck.com

ISBN: 978-84-19252-60-9
E-ISBN: 978-84-19936-72-1
Depósito legal: B-2.708-2024

Fotocomposición: Ediciones Urano, S.A.U.

Impreso por: Rodesa, S.A. – Polígono Industrial San Miguel
Parcelas E7-E8 – 31132 Villatuerta (Navarra)

Impreso en España – *Printed in Spain*

A Hélène, nuestra guerrera, nuestra Amazona.
Has sido todo un ejemplo de Valentía y Fuerza para nosotros.
Gracias por haber alineado la última estrella.
Tenías razón: «Todo es justo».
(1969-2020)

[Posees un poder entre tus manos,
pero todavía no lo sabes…

Prólogo

Un campo de rosas negras y tenebrosas se extiende hasta donde mi vista no alcanza. Nada más. Ninguna habitación, ni un alma viva. Un olor agrio y metálico flota en el aire. El cielo, de un gris siniestro, presagia la llegada de una tormenta. Unas nubes amenazantes se acercan desde lo lejos. Me da la impresión de que va a suceder algo importante. No sé dónde estoy, pero siento que la atmósfera me oprime. No tengo miedo, tan solo una sensación de déjà-vu que me incomoda.

Las palmas de mis manos rozan las rosas a medida que avanzo. Una sensación viscosa me asquea. Me miro las manos y veo un líquido negro y denso que me mancha los dedos pero, un segundo después, la suciedad desaparece.

De repente, escucho un sonido que me resulta familiar, aunque no soy capaz de relacionarlo con ningún recuerdo. Se acerca. Cuando la veo, mi corazón se desborda de una alegría que, hasta entonces, desconocía. Las lágrimas descienden por mis mejillas. Se apoya en mí, vaporosa, tan irreal como un fantasma cuyos contornos se van haciendo nítidos poco a poco. Bate con velocidad sus blancas alas de majestuosa envergadura, ahora manchadas de negro. Entre sus garras lleva una enorme serpiente de escamas plateadas y rayas azules, que brillan como la superficie de un lago cuando el sol se sitúa en lo más alto del cielo. No puedo dejar de temblar, estoy demasiado fascinada para hacerlo. El reptil está muerto y eso me alegra, aunque no sé por qué.

A lo lejos, la tormenta estalla. El cielo se va a desgarrar pronto. Llegó el momento de irse. La lechuza deja su presa sin vida a mis pies. Al caer, hace un ruido que me provoca náuseas. Y entonces, se posa sobre mi brazo tendido, que flaquea con su peso. Mi puño se cierra y el pájaro pliega sus alas con una belleza cautivadora. Las ganas de acariciarlo me provocan un cosquilleo, pero siento que hacerlo estaría fuera de lugar.

De repente, se alza una voz. Poderosa, pero no hostil. No obstante, su fuerza me comprime, como si me estuviesen empujando la cabeza para que me inclinase a la fuerza. Es la voz del animal posado en mi brazo, cuyas garras me magullan la piel.

—No les temas a los malos —dice.

Capítulo 1
El comienzo

No sé cuántas horas llevo leyendo. Dos... o puede que cinco. Para mí, el tiempo es un concepto primitivo. Se define por el número de libros que devoro, y las agujas equivalen a las páginas que, cuando las paso, hacen un crujido familiar y relajante. En mi habitación no hay ningún reloj que me diga qué hora es, así que sigo con mis lecturas, ignorando los quejidos de mi cuerpo hambriento de sueño. Me resulta imposible dormir antes de terminar un capítulo y, cuando lo termino, soy incapaz de no lanzarme al siguiente, completamente sumergida en el alma de estas épicas aventuras. Creo que tengo alguna enfermedad extraña de la que no me quiero curar.

Entrecierro los ojos para descifrar los caracteres que veo cada vez más borrosos. El hecho de que todavía no tenga que utilizar una lupa se podría considerar un milagro médico. Mi vista se cansa bajo la tenue y temblorosa luz de mi fiel lámpara de aceite, que ha asumido el relevo de las velas, que se fundieron hace ya un buen rato. Acostada en diagonal sobre mi cama rellena de paja, con la barriga apoyada en mi deforme almohada, siento un hormigueo desagradable que me recorre las piernas. Ya es hora de desentumecerse un poco.

Finalmente me digno a apartar los ojos de mi libro favorito, con las esquinas dobladas y la cubierta desgastada. Con pesar, marco la página con una hebra de lavanda seca, muevo la jarra de agua y el trozo de brioche y dejo la obra sobre mi mesita de noche, fabricada por mi padre, que ya aguanta una pila de libros bien alta. Al lado, mis compañeros de lectura desde hace ya diecinueve años: tres figuras de madera toscamente talladas en forma de dragón, de caballero y de princesa. Mi padre infravalora la variedad de protagonistas que aparecen en mis novelas. A medida que fui creciendo, entendí que el héroe o la heroína no siempre es quien nosotros creemos.

Estiro el cuerpo, atrapado debajo de un montón de colchas que tejió mi madre y que me acompañan desde que nací. Cruzo mi habitación abuhardillada, haciendo zigzag entre los libros amontonados. Varios pergaminos, plumas y botes de tinta señalizan mi camino hasta la ventana; intento no arrollar nada. Los crujidos constantes de la madera desgastada me obligan a hacer que mis pasos sean más ligeros, para no despertar a toda la casa. Al pasar, acaricio a mi paloma blanca que duerme en su jaula, siendo bastante más sensata que yo. Ella arrulla débilmente: la envidio.

El taburete colocado bajo la ventana me espera. Me subo con cuidado para abrirla. Inspiro una gran bocanada de aire. Gracias a que aquí siempre hace sol, el clima es muy templado. Ya sea por la mañana o por la noche, siempre es lo mismo. Nada cambia. En Hélianthe, capital de Helios, todos los días son iguales.

Desde mi habitación, instalada sobre los tejados, percibo a lo lejos la linde de un bosque verde. El Bosque de Ópalo. Se lo llama así porque, cada noche, la luna deja un reflejo blanquecino sobre las cimas. Un ligero viento hace que los picos de los árboles crujan y emitan un susurro misterioso. El amanecer empieza a asomarse tras los robles, tiñendo de malva el cielo tormentoso. Parece un cuadro. Cada noche, admiro este paisaje como si lo descubriese por primera vez. La naturaleza posee su propia magia.

Nuestra cabaña, alejada de la ciudad, nos protege de la agitación del mundo exterior. Desde aquí, solo escucho la rueda del molino de agua que gira con pereza y a los animales nocturnos que vuelven a sus guaridas. Siempre me ha encantado esta tranquilidad, sobre todo a esta hora. El sol y la luna se cruzan sin poder rozarse jamás, como dos amantes malditos por los dioses. No cambiaría este lugar, que me ha visto nacer, ni por todo el oro del reino. Encerrada en este cascarón, no conozco el mundo más allá de este bosque... pero mi sitio es este. Y solamente este.

Ese es el motivo por el que me acompañan estas historias de capa y espada, de aventuras o de amor, para mudar de piel y transportarme a esos lugares inexplorados, llenos de peligros. Para probar esa semilla de locura, ese sabor y esa emoción que puede que falten en mi agradable rutina. Alzarme más allá de mi condición de jovencita escondida bajo la buhardilla de una cabaña, antes de volver a lo que mejor se me da hacer.

Con un suspiro de placer, me dirijo hacia un pequeño pupitre en el que hay un trozo de pergamino. Lo tomo. Mi pluma se sumerge en el frasco de tinta violeta, traza un bucle y después una última línea redondeada. Mi mente divaga hasta que soplo sobre mi obra (entre dibujo y caligrafía) con satisfacción. Este símbolo, conocido como Glifo, significa «comienzo». Una vez que se haya secado, este pergamino se unirá al resto, colgado en mis paredes. Sintiéndome más ligera y calmada, termino por volver a la cama. Durante un segundo, dudo si escoger un manual sobre la historia de Hélianthe y así prepararme para los próximos días, pero opto por la opción más sensata. La tenue luz de mi lámpara se desvanece y me quedo adormilada escuchando el ulular dulce y cercano de una lechuza.

Capítulo 2
Amor dulce

—¡Arya Rosenwald!

La voz chillona de mi madre hace que me despierte con un sobresalto. ¡Ella y su dichosa manía de reemplazar al canto del gallo! Bostezando, rehago mi larga trenza morena y aireo mi camisón de lino, que se me queda pegado por el sudor. Una corriente de aire pasa por el hueco de mi espalda baja: toca salir del mundo de los sueños. Una vez más, solo me ha dado tiempo a echarme una pequeña cabezada y lo voy a pagar caro durante el atareado día que me espera.

Bajo las escaleras hasta la sala de estar, sintiendo la boca pastosa. El olor embriagador del brioche recién salido del horno hace que mi estómago se espabile antes que mi cerebro.

Los gemelos devoran su parte, sentados en la robusta mesa de roble. Sus cabezas desaparecen detrás de un gran tazón de loza. Mi madre no bromea con la primera comida del día. Lilith me saluda con su mano, pegajosa por el azúcar. Me divierte su cara tan mona, toda risueña, y su pelo rubio como el trigo, ahora mismo mojado de leche. Sam viene a darme un abrazo antes de volver a su sitio y sumergir sus soldados en miniatura dentro de su bebida, para realizar una misión de lo más importante.

Descalza sobre la rugosa alfombra, me uno a mi madre, que me espera delante de la chimenea, con los puños sobre sus caderas anchas. Hoy, lleva el pelo cenizo recogido en un moño un poco deshecho. Me parece que está guapa con sus mechones canosos. Sus patas de gallo no me recuerdan que está envejeciendo, sino que se ríe sin parar. La vista de sus manos llenas de harina me hace sonreír.

La ausencia de Phinéas, mi padre, significa que ya ha empezado su labor. Siempre se va muy temprano a su taller, llevándose consigo un café.

—Jovencita, tus ojeras hacen juego con el color de tus ojos. ¡Aquí tenemos a una que ha pasado una noche más con la cabeza metida en sus libros!

—No sé de qué me hablas.

—Sí, claro… búrlate de tu vieja madre. ¡Estás toda despeinada, señorita! Pareces un oso desgreñado.

Astutamente, intenta agarrar de la mesa su instrumento de tortura favorito, pero yo la señalo con el dedo a modo de advertencia.

—Oyana…

—No me llames por mi nombre, ingrata. ¡Me esfuerzo en que seas más femenina para que no te quedes soltera! No te vendría mal un poco de coqueteo.

—Eso no me interesa lo más mínimo, querida mamá.

—Estoy al tanto.

Una vez que consigo que el cepillo de pelo de jabalí esté fuera de su alcance, le doy un beso en la mejilla y, al pasar, respiro su olor, que me encanta: huele a flor de naranjo. Me sonríe, lo que hace que su rostro se vea más risueño todavía. A pesar de mi baja estatura, soy más alta que ella. Es mi bolita de buen humor y amor.

—El rey y sus comensales no dejarán de hacer pedidos solo porque la señorita Arya, la remolona, me sermonee con reproches. Esta semana va a estar cargadita; tenemos que abastecer los establecimientos, el puesto y las cocinas. No queda otra que respetar los horarios y mis obligaciones.

—Lo sé.

—¡Tenemos que ser todavía más eficaces que de costumbre! Viene gente de todas partes de Helios solo para esto. Los albergues van a estar hasta arriba y…

Paso por detrás de ella y la rodeo con mis brazos, en un abrazo reconfortante. Deja de agobiarse de inmediato. Cuando la siento lo suficientemente tranquila, llega mi turno de hablar:

—Deja de agobiarte, tu corazoncito de mazapán no será capaz de soportarlo. Vamos a encargarnos del recorrido sin problema, confía en mí. Tenemos que alegrarnos, es una muy buena oportunidad para tu comercio. ¡Yo estoy más contenta que unas castañuelas! Vamos a poder reabastecernos de ingredientes poco comunes y cambiar nuestras recetas por algunas especialidades exóticas.

Un pesado suspiro hace que se le hinche el pecho, pero parece que por fin se relaja.

—Tienes razón, hija mía. Vamos a conseguir encargarnos de todo, como siempre. Anda, ve a prepararte mientras yo termino mis últimas hornadas.

Me coloca dos mechones de pelo detrás de las orejas con su mano. Odio que se me vean las orejas, no me importa estropearme el peinado solo para esconderlas. Mi madre refunfuña y vuelve rápidamente a su tarea. Conocida por su habilidad única y sus exquisitos dulces, se encarga de abastecer la mayoría de los establecimientos de la ciudad, así como las cocinas reales. Varias generaciones preceden su reputación: su madre, su abuela y su bisabuela. Llevamos el azúcar en la sangre.

Después de haberles lavado la cara a los gemelos, me pongo manos a la obra con mi aseo, echando algunas flores en la cuba para perfumar el agua. Sin demorarme demasiado, me calzo mi túnica encorsetada azul por encima de mi camisa de manga corta y abombada. Solo me falta mi delantal recién lavado, que ato alrededor de mi pequeña cintura.

Dejo el camisón en una silla y busco mi espejo de mano, que tiene adornos en el asa y es monísimo, para observar de manera crítica mi exhausto reflejo. Mis antiestéticas ojeras son la prueba fehaciente de mi noche en vela, pero el agua fría ha hecho que disminuyeran. Mis ojos grandes de un color violeta único me devuelven una mirada viva y curiosa. Nadie en mi familia posee esta particularidad, pero nunca se me ha rechazado por esta diferencia: Hélianthe es un punto de encuentro de muchos forasteros, lo que la convierte en una capital muy variada.

Por otro lado, mi aspecto juvenil hace que no aparente la edad que tengo y la gente se suele confundir. No parezco una niña, pero tampoco una mujer. Mis rasgos evocan a la inocencia y la fragilidad, al igual que mi forma de pensar, que es bastante más ingenua que la de la gente de mi edad. Por suerte, mis cejas pobladas le dan un poco de carácter al conjunto. Al final, voy a acabar subiendo de nivel y todo.

Mientras me hago un moño trenzado, mi madre me vuelve a llamar. Su voz suena como la de un bardo pasado de copas. Mi reflejo se aleja y salgo de la cabaña. En el trayecto, aprovecho para agarrar las bandejas de comida cubiertas con un paño húmedo, que dejan escapar exquisitos aromas. Utilizo toda mi fuerza de voluntad para no mangar un dulce, cosa que desagradaría a la dueña de la casa. Atravieso la huerta trotando, rodeo el establo, nuestra pajarera y, finalmente, la mesa de trabajo donde mi padre pasa la mayor parte de su tiempo. Después de darle un beso en su frente despoblada, me voy al jardín.

—Tardaste mucho —me reprende mi madre con los brazos cargados con un cuenco de caramelo que mete en el fondo de la carreta—. ¿Te estabas poniendo guapa para alguien en concreto?

—Para mi propia satisfacción personal, mamá.

—¿Estás de broma? Si planeas coquetear con alguno de los tres príncipes, te detengo de inmediato. ¿Un príncipe y una repostera? Esas cosas solo pasan en las novelas románticas, hija mía.

—Mamá, no empieces otra vez…

—Dicho esto, que sepas que puedo llegar a entenderte. Son muy atractivos. Si yo tuviese tu edad, escogería al dulce príncipe Abel. Se parece a su difunta madre. ¡Es tan educado y amable! No como el enano rubio cascarrabias.

—¡No hables así de Aïdan!

—Querrás decir el príncipe Aïdan, no te tomes tantas confianzas.

Alzo los hombros, desenfadada, y mi madre se ríe.

—De todas formas, yo no tengo el carisma que tienen las chicas con las que me cruzo en la corte. Me doy cuenta de que no estoy a la altura cuando veo sus peinados sofisticados y sus lujosas galas.

—Esas chicas envejecen su encanto con todos esos pigmentos que se ponen en la cara. Aunque no estaría de más que te pusieses un poco de colorete en las mejillas. Tienes la tez más pálida de todo Hélianthe, hija mía. ¡Hasta podría llegar a confundirte con mi saco de harina! Si pasaras un poco menos de tiempo en esa bibl...

—¡Mamá!

—Lo que quiero decir es que tú eres más...

—¿Común y corriente?

—Natural. Mona, como diría tu padre. Si alguna vez alguien te dice que eres común y corriente, tendrá el honor de probar mi rodillo de cocina.

A pesar de su bonito discurso, me obliga a sonreír para inspeccionarme los dientes, verifica el estado de mis uñas y comprueba que mi delantal esté limpio antes de irnos.

Nuestros caballos tiran de la carreta, que comienza a traquetear por el camino de tierra. La calle principal nos lleva todo recto hacia los muros. Los gemelos arman alboroto en la parte de atrás, entre los sacos de harina y azúcar. Tras nuestro abrazo de rigor, los dejamos en el colegio, a las afueras de una aldea. Los pequeños me hacen una última mueca y yo les respondo sacándoles la lengua.

Mi madre se pasa el resto del trayecto hablándome de nuevas recetas de pastas y de la ceremonia prevista para mañana en el castillo. Solo la escucho con una oreja, perdida entre dos líneas impresas. Para su gran desesperación, jamás salgo sin mi cuento favorito. Cuando se pone a murmurar sobre mi capacidad de atención, bastante parecida a la de un flan, le regalo una mirada cariñosa que consigue ablandarla.

—Una vez que se termine todo este caos, puede que te aburras, ¿no? ¿Te gustaría construir un pueblo de pan de jengibre?

—En cualquier caso, dormir hasta tarde no estará dentro de tus planes —responde.

Oyana sostiene las riendas con una sola mano para poder tirarme de la oreja, y luego mira con mala cara mi marcapáginas despojado de la mitad de sus lígulas.

—Hazme el favor de cambiar esta ridícula hebra de flor, señorita. Ya ni siquiera huele bien.

Sus ojos, de un azul claro, me llenan de amor. La contemplo unos segundos más y me vuelvo a sumergir en mis aventuras ficticias, consciente de lo que me espera cuando cierre el libro.

Capítulo 3

Hélianthe

Cuando aparto la vista de mi lectura, veo las murallas almenadas de la ciudad, rodeadas por un océano de girasoles. Las flores, de un amarillo vivo, miran en dirección al castillo, embaucadas por su hermosa luz. La ciudad se yergue ante mis ojos, imponente y fortificada. Grandes edificios de color ocre resaltan sobre el resto de las viviendas con tejas naranjas. El templo atraviesa el cielo como una flecha incandescente. El sol pega con fuerza y la claridad es tan intensa que da la impresión de que los edificios están hechos de oro. La ciudad resplandece. Cada vez que paso entre los dos turnos de vigilancia, siento una oleada de patriotismo.

Atravesamos el puente y las puertas sin incidentes; las arterias de la urbe están más animadas que nunca. Las pezuñas de nuestros caballos chasquean en los adoquines. Los dejamos con el herrero; más allá, las calles son solo para los peatones. Como si fuese una mula bien adiestrada, cargo tantas bandejas como puedo, para transferirlas a una carretilla. Varal en mano, empiezo a empujar siguiendo los pasos de mi madre. Acelera el paso y no me queda otra que darme prisa para no perderla de vista. Tiene que llamarme la atención dos veces. Cualquier escaparate que despierte mi curiosidad consigue hacer que olvide mis prioridades.

Nos saludan unos transeúntes y nos empiezan a seguir unos niños que están jugando al pilla-pilla, atraídos por el exquisito olor que desprenden las bandejas. Con el dedo índice apoyado en mi boca y un aire de complicidad, les doy algún trocito. Los comerciantes han sacado sus puestos y pronto las calles estarán abarrotadas de gente. Bordeamos tiendas de artesanos, boticarios, orfebres, herreros… un verdadero hormiguero. Los ciudadanos de Hélianthe no tienen fama de vagos precisamente, aunque los vuelvan locos los días festivos y las fiestas.

Las posadas y las tabernas son nuestros clientes más fieles: nos hacen más pedidos que nadie de estos dulces que deleitan el paladar de los ciudadanos. Hacemos una parada en cada una de ellas. Algunos se secan la babilla, otros se frotan las manos, y nuestra gran repostera recolecta monedas o incluso algún intercambio de servicios. Todo el mundo saca su beneficio.

El castillo se construyó en las alturas y las calles son cada vez más escarpadas. Después de unas intensas dos horas, yo ya estoy sudando a chorros y mis brazos exhaustos piden piedad.

Cada año, espero con ansia el Gran Mercado y la Feria de Inventores. La ocasión perfecta para desenterrar joyas, libros raros y grimorios antiguos. El año pasado, me hice con un diccionario de runas tras una negociación acalorada. Una adquisición de la que me siento realmente orgullosa.

Mientras bebo de un trago el agua de mi cantimplora, mi madre me avisa de que falta por aprovisionar la taberna de Amlette. Después, abordaremos los puestos del mercado. La emoción se apodera de mí al escuchar ese nombre. Me encanta ese sitio.

Me seco la barbilla y adelanto a mi madre con entusiasmo, antes de sonreír al tradicional rótulo en el que un cerdo hace malabarismos con tres jarras. Una taberna que, al principio, estaba vedada a los hombres, hasta que la propietaria decidió que incluso los señores podían disfrutar de su refinamiento y satisfacer su lado más femenino.

Mi madre deja que me ocupe de la transacción para charlar con una conocida. Hago mi entrada triunfal bajo el sonido estridente de una campana. Esta taberna no se parece a ninguna otra: encantadora, frívola y coqueta. Las vigas están rodeadas por coronas de flores, como si fuesen serpientes, y cada mesa está cubierta por un mantel. Los recipientes de cristal rellenos de arena colorida se han adornado con cintas y, sobre mi cabeza, se balancean guirnaldas de papel en forma de mariposa. Aunque ahora la sala esté vacía, sé que en unas horas se llenará de bromas, de ruidos de gente sorbiendo el té y de olores de madreselva y bergamota.

Doy golpecitos con el dedo en la campanilla situada en la barra. Una criatura espectacular, medio humana, medio animal, se acerca hacia mí mientras se alisa el delantal, decorado con encajes, que se ajusta a su cuerpo no normativo y que le comprime el pecho. Una nariz achatada (o puede que sea un hocico) preside el centro de su rostro grasiento. Unas orejitas triangulares y rosadas sobresalen de su mata de pelo, que se asemeja a la paja. Cabría esperar que unas pezuñas sustituyesen a sus manos, pero no es el caso: lo único que llama la atención es que no tiene pulgares. Esta criatura híbrida tan simpática podría darme unas cuantas lecciones de feminidad y coqueteo sin ningún tipo de problema.

La encargada me dedica una amplia sonrisa. ¿Qué le voy a hacer? No me acostumbro a semejante extravagancia de la naturaleza. ¡Es tan raro ver estas especies antropomorfas en Helios! Y están en vía de extinción en todos los demás reinos.

—¡Arya! —exclama con buen humor—. Qué alegría volver a verte, bomboncito. ¿Te pongo un ron-chocolate? ¿Una infusión de lavanda? ¿Una crema de girasol?

Aunque me pese, lo rechazo con educación.

—No, gracias. Vengo a entregar tus tartaletas.

—¿Estás segura? Estás muy delgadita. Que sepas que haces muy mal si te privas de tener algunas curvas.

—Mi madre se asegura de cebarme, pero bueno, ¿qué le voy a hacer? Los dulces no se me van a las caderas.

—Una suerte.

—A mí no me lo parece, pero no me queda otra que aguantarme con lo me ha tocado. Además, prohibido comer cuando estoy de servicio, soy toda una profesional. Ya conoces a Oyana, una verduga del trabajo.

La encargada suelta una carcajada que le hace temblar las tres barbillas. Hasta su risa tiene un toque porcino.

—Tu madre te explota. ¿Reparto intenso a la vista?

—Lo más duro ya está hecho. Solo quedan los puestos del mercado. Una amiga de mi madre se encargará del puesto de reposteros en su lugar. Me alegro de que delegue un poco. De todas formas, no tiene otra opción, las cocinas reales han hecho un pedido de centenas de porciones para el evento.

—Lo entiendo, la paz se mantiene mejor con la panza llena.

Asiento con la cabeza, convencida, y coloco la carga entre la caja registradora y el ramo de lilas. Amlette recoge las tartas para colocarlas en unas cestas de mimbre monísimas. Mi mirada se desvía hacia el retrato del rey colgado detrás de la barra, al lado de un banderín con los colores de la monarquía, hasta que ella me señala con su dedo regordete.

—Se suele decir que el tono informal de las comidas conduce a las confidencias oficiales. Lo suficiente para aprender mucho sobre este vasto mundo y los parientes del rey, incluso de los más lejanos. Es un honor poder asistir, me muero por ir al palacio a poner la oreja.

—¡Y yo! ¡Ponerme al día con las novedades del reino, descubrir los efectos positivos del Tratado, escuchar hablar de magia, y estar al tanto de los cambios que están por venir!

—Sin olvidarnos de que vas a estar en primera fila para ver al rey firmar de nuevo. Es un privilegio, espero que lo valores.

Me invade una oleada de chovinismo.

—¡Por supuesto! El Tratado es lo que hace que Helios sea tan seguro desde hace tantísimos años. No podemos hacer otra cosa más que homenajearlo. Lo malo es que voy a pasar la mayor parte del tiempo en las cocinas… pocos sirvientes tienen acceso al Salón de Recepción. Pero créeme que, si tuviese la oportunidad, no podría evitar tocarlo o robarlo para decorar las paredes de mi habitación. Es un documento sagrado.

Amlette me sonríe con un aire de satisfacción. No habría aceptado otra respuesta.

—¡Me encanta este ímpetu patriótico! Una ciudadana modelo. Vivimos en una era próspera y la gloria de nuestro reino está en su máximo apogeo. Si todo el mundo pensase igual, sería más fácil evitar que los idiotas se propagasen tanto.

—¿Qué quieres decir?

Como si le hiciese falta algo de energía para responderme, se zampa una tartaleta de un solo bocado.

—De vez en cuando, algunos clientes cuentan que han enviado muchas quejas al rey. Que esta vez serán escuchados y comprendidos. Esperan que se atenúen los efectos del Tratado o que el rey decida reformarlo. Pero eso no pasará. A esas cabezas de chorlito no les queda otra que resignarse. Sobre todo ahora, que ya han pasado veintidós años. El rey no ha dado señales de que haya cambiado de opinión y la paz jamás había perdurado durante tanto tiempo. Yo me pregunto: ¿por qué cambiar algo que funciona?

Demasiado tarde. Acaba de abrir un melón que me apasiona demasiado como para poder mantener el pico cerrado.

—¿Te sueles topar con rebeldes? Me da la impresión de que cada año hay más.

—¿En la capital? La verdad es que no demasiados. Hay más en las ciudades de los alrededores. Algunos criticones y algunos alborotadores, pero nada preocupante. Siguen siendo una minoría en Hélianthe. No podemos pensar todos igual, ¿a que no? Ni impedir a los demás que critiquen. La cosa no va más allá. Creo que no lo suficiente como para provocar tensión o presión. No va a haber una revolución mañana, eso seguro.

Reflexiono durante unos segundos acerca de lo que todo lo que eso implicaría.

—Me pregunto cómo funcionarán los países que hay más allá de las fronteras. Aquellos que nunca se adhirieron al Tratado.

—Pues no tengo ni idea y tampoco quiero saberlo. Me asusta imaginar todo ese poder fuera de control.

—¿Alguna vez has estado cerca de algún mago?

—Pocas veces. En alguna ocasión ha venido algún viajero que lo era, pero siguen siendo una minoría muy discreta. Además, la mayoría tiene un aspecto totalmente normal. La magia es difícil de reconocer. Al menos, en las generaciones actuales. Hubo un tiempo en el que era casi una extensión del cuerpo.

—He leído que es una cuestión de supervivencia… el cuerpo se adapta para pasar desapercibido entre la gente común.

—Así es. Desaparecieron las alas, los cuernos, las escamas, los ojos de fuego… ahora la magia se desarrolla de otro modo. Al menos en Helios.

—Nunca te he preguntado si alguna vez has ido más allá de las fronteras.

—Cuando era joven, pero ya no me atrae la idea. Una tierra sin fe ni ley... me tiemblan los michelines solo de pensarlo.

—Eso no es lo que he aprendido con mis libros. La mezcla entre pueblos, la flora excepcional, la fauna diferente... rebosan de belleza. A mí me parece que todo es necesario para construir Helios.

—No se puede creer todo lo que cuentan esos manuales, cariño. Adornan la verdad para que parezca más bonita de lo que es. Por ejemplo, se sabe que Hellébore es una tierra inhóspita y mortífera. Todo lo contrario a nosotros. Estoy segura de que es imposible pactar con ellos, ¡pondría mi taberna en el fuego!

—Es por eso que, ahora mismo, la Armada de Helios vigila esa frontera más que las otras, ¿verdad? A pesar de la paz, el rey todavía desconfía de ellos cuando se abren las fronteras a las masas de gente. Como ahora, por el Gran Mercado...

—Exacto. Nuestro gran rey no juega con la seguridad, sobre todo durante un periodo festivo. No tenemos nada que temer, ni de ellos ni de nadie. Por mi parte, no me gustaría que el Tratado cambiase por nada del mundo. Es una tontería esperar lo contrario. Si existe, es por un buen motivo, solo hay que echar la vista atrás para entenderlo. Ese tipo de gente necesita que le pongan límites; de no ser así, tendrían vía libre para hacer lo que les viniese en gana y que reinase el más fuerte. Es solo mi opinión, pero sé que la compartes conmigo, ¿a que sí?

Escucho a mi madre meterme prisa desde fuera, lo que me obliga a interrumpir el debate.

—Lo siento, el deber me llama. ¡Dejamos esta charla para más adelante... y no te comas todas las tartaletas!

—¡Pásatelo bien, Arya! Dale saludos a tu familia de mi parte. ¡Te espero dentro de tres días para el club de poesía!

Mi madre y yo nos dirigimos hacia la plaza principal, en el centro de la misma ciudad, para ponernos manos a la obra con los últimos aprovisionamientos. Una vez terminados mis quehaceres, por fin puedo dar un paseo y hablar con los vendedores de antigüedades de otras ciudades. Mi madre me concede una hora libre antes de nuestro último destino: el castillo.

Capítulo 4
Tentación

E l mundo sigue su curso en la plaza. Centenares de puestos rodean la fuente de oro, coronada con la efigie de nuestra difunta reina Galicia. El agua cristalina fluye de sus manos unidas para recordarnos su predisposición innata a curar heridas y enfermedades. A los lugareños les encanta tirar monedas a la fuente o incluso meter los pies. La superstición dice que, al hacerlo, alejas a la mala suerte.

Al otro lado de la fuente, un grupo conocido de Hélianthe (ahora más numeroso que la última vez) deambula por un camino. Cada año, el Gran Mercado recibe a cierto número de manifestantes que se posicionan en contra del Tratado Galicia. Es el momento idóneo para que los oradores de la oposición se hagan escuchar y muestren su desaprobación de manera pacífica. Se conforman con caminar pregonando su disconformidad y con sermonear a los ciudadanos, subidos a una tarima.

La encargada de la taberna decía la verdad. Es imposible que todo el mundo esté de acuerdo con las decisiones del rey. Soy consciente de ello, y no tengo nada en contra de este tipo de iniciativas, pero estas manifestaciones jamás tienen el efecto esperado. Nada cambia, y mucho menos la resolución del rey. Así que siempre están aquí, con algunos adeptos nuevos, poniendo en práctica su derecho a la libertad de expresión.

Delante de mí, la guardia real se encarga de disipar con calma las procesiones inofensivas y un poco molestas en días como los de hoy, con tantísima afluencia.

—¡No te pases de la raya, Octave! —se ríe uno de los guardias, dándole un golpecito amistoso al manifestante.

En respuesta, él alza todavía más la pancarta, en la que se puede leer «ACABEMOS CON LA OPRESIÓN».

Yo vuelvo a mis cosas, que son bastante más emocionantes. Es momento de fiesta, no de política. Paseo entre los escaparates, saboreando los olores, disfrutando de los colores iridiscentes que chispean en mis retinas y saludando por aquí y por allá. Los comerciantes alaban la calidad de su mercancía a voz en grito, provocando una cacofonía alegre. Hacen demasiado ruido; a veces es agradable, otras me llega a resultar molesto. *La Gaceta de Helios* va viajando de mano en mano. Un trovador toca un instrumento. Los vendedores ambulantes ofrecen pruebas gratuitas. Las monedas tintinean. Los ancianos les dan de comer semillas de girasol a los pájaros. Los transeúntes se quedan extasiados ante los expositores, rebosantes de especias (la «polvorosa» me hace sonreír), de telas, de frutas exóticas… Me entretengo con tesoros enigmáticos tales como unas lámparas de Föry, que no me atrevo a frotar, y hasta con jaulas que contienen animales poco comunes. Se me escapa un «¡oh!» de fascinación cuando reconozco una especie rara con la que me crucé una vez en uno de mis glosarios: un astrión. Esta graciosa criatura es medio gato y medio conejo; tiene unas orejas enormes y puntiagudas, los ojos almendrados y una joya en la frente. Su pelaje color pastel puede cambiar y su cola se divide en múltiples extremidades.

—¿Se le antoja un astrión de la suerte, señorita de los ojos violeta? ¿O tal vez uno del amor? No, usted no parece ese tipo de chica.

El vendedor saca de una jaula otro espécimen cuyo pelaje es de color azul celeste.

—Lo que usted necesita es un astrión de los sueños.

—Mi madre no me deja adoptar animales, no soporta los pelos.

—Los humanos no adoptamos a los astriones, son ellos quienes eligen a su dueño, y no lo abandonan hasta su muerte, momento en el que se convierten en una constelación —me explica el ganadero con una voz trágica.

Como si su intención fuese apoyar su discurso, el astrión hace un sonido fluido y melodioso. El cartel que indica cuánto cuesta es motivo suficiente para desanimar mis ganas de llevármelo.

Para no dejarme caer en este abismo de placeres o, más bien, para no fundirme todo mi dinero, me obligo a pasar los puestos sin fijarme demasiado en ellos. La mayoría de estas fantasías cuestan una fortuna y me enorgullezco de mí misma por tener tanta fuerza de voluntad. En ocasiones, la razón se apodera de mí. Me prometo escribir un Glifo al respecto.

Giro de forma aleatoria y paso por delante de varios carteles fijados en las fachadas. Uno de ellos es una orden de búsqueda de un hombre sombrío, cubierto por un turbante; solo se le ven sus profundos ojos. Cosa que hace que me burle: ¿cómo se supone que alguien podría ser capaz de encontrarlo si no se le ve la cara? Su captura ofrece a los mercenarios una suma de dinero exorbitante. Me pregunto qué tipo de crimen ha podido cometer.

Deambulo por el camino dedicado a los inventores. El ambiente por aquí es totalmente distinto. Más culto, más singular. La galería de máquinas de escribir hace que me olvide del hombre de mirada penetrante. Columnas de humo caliente que salen disparadas de complejas maquinarias, barriles enteros llenos de chatarra, ruidos mecánicos que parecen hipidos... Absolutamente todo me llama la atención: desde los inventores excéntricos hasta sus obras dementes. ¡Esto es el bazar de lo estrambótico! Me molesta no ser capaz de bosquejar esta escena y no poder inmortalizar a estas personas que pronto regresarán a sus hogares. Espero que mi memoria sea suficiente.

—¿Les gustaría probar mi colador de ideas?

—¡Vengan a descubrir la máquina de fallecimiento! ¡Un modelo único y certificado por los liches que sirve para enviar al limbo a esos fantasmas que merodean sus fincas! ¡No dejen que sus abuelos los sigan asustando!

—¿Quién se atreve a probar estos extraordinarios tragones de secretos? ¡Son ideales para aquellas personas que son incapaces de guardarlos! ¡Buena forma para no perder a sus amigos!

Doy una vuelta tranquilamente, mientras escucho comentarios y explicaciones. Pero el tiempo vuela y, a regañadientes, decido tomar el camino de regreso, justo cuando una comerciante viejísima y andrajosa me para y se aferra a mí como si quisiese impedir que me escapase. En su rostro arrugado, el único rastro de juventud que queda son sus iris verdes, de una belleza inusual.

—Acepte esto, bella flor.

Su mano demacrada se acerca y deja una bolsa roja en la palma de la mía. Le pregunto con interés:

—¿Qué es?

—Son piedras de energía.

Separo las cuerdecillas con cuidado. Dentro, yacen unos resplandecientes guijarros de ópalo. Nada más. Solo son piedras sin ningún valor ni utilidad. ¿Me estará intentando engañar o robar? La capital despierta la codicia e inspira a los estafadores. Aun así, trato de no dejarme llevar por las primeras impresiones. Juzgar tan rápido a alguien no es propio de mí.

—¿Para qué sirven?

—Para canalizar el exceso de energía mágica o, al contrario, para recargarla cuando agotamos sus propios recursos —explica la anciana con una voz mejor conservada que su apariencia—. La magia que se refrena siempre busca un modo de manifestarse, de una forma o de otra.

Le replico, un poco contrariada:

—No practico ningún tipo de magia. Gracias por el regalo, pero jamás me será de utilidad.

Ella entrecierra mis dedos sobre la bolsa.

—¡Insisto! Acepte este regalo y tache la palabra «jamás» de su vocabulario. Esa palabra ahuyenta a los sueños y pone barreras a su propio destino. ¡Da mala suerte!

—No les temo a las palabras.

La comerciante recula sin quitarme los ojos de encima y desaparece, absorbida por la muchedumbre. Las piedras terminan en el bolsillo de mi delantal. Perdida en mis pensamientos, choco con alguien y me disculpo sin levantar la cabeza, antes de reunirme con mi madre. Caminando de un lado a otro, pasamos la gigantesca estatua del dios Helios: la Fortaleza de Luz se yergue ante mí, intimidante. Un apodo que se propaga a través de las fronteras desde hace décadas, y que forja la leyenda de nuestro reino, bendito por el propio astro de fuego. Una pura demostración de poder, capaz de disuadir, con solo un vistazo, a cualquier visitante con intenciones bélicas. El exceso convertido en un entorno de luz. Hélianthe y su edad de oro. Algo que nos haga doblegarnos.

Caminamos por una pasarela y atravesamos el cuerpo de guardia: gigantes con armaduras negras como la noche que nos analizan a través de sus viseras, tan inmóviles como si de estatuas de hierro se tratase. Mis ojos se posan sobre las lanzas de punta afilada, después en el escudo de oro que llevan pegado al pecho: un cuervo dentro de una corona de espino y un girasol cuyos pétalos forman parte de la extensión de su ala. El emblema de la familia. Me siento pequeñita, casi sucia y fuera de lugar.

En el interior del castillo, nos volvemos invisibles. En el patio, algunos nobles y cortesanos discuten entre los floridos arbustos aromáticos. Varios cuervos se dan un festín de bayas. Las fuentes, coronadas con esculturas, lanzan chorros de agua sobre los transeúntes, y los bancos de piedra blanca con patas en forma de garras invitan a la vagancia.

—¡Arya, date prisa en vez de ponerte a fantasear!

Como buen soldado, cumplo con las órdenes. Ocupamos la alborotada cocina. Los hornos trabajan a toda velocidad. Antes de ponerme manos a la obra, saludo a todo el personal. Una vez en territorio enemigo, mi madre se dedica a lo suyo y me deja a mi suerte. Conozco mi parte del contrato. Empiezo a sacar los entremeses mientras silbo y los coloco en platos de oro, tan brillantes que puedo ver mi reflejo en ellos. Nuestras delicias terminan en una bandeja junto a un servicio de té, antes de que mi madre me pida que lo lleve al saloncito.

Con los brazos bien cargados, salgo de la cocina y paso por la escalera de servicio que da a uno de los pasillos principales del castillo. Sería capaz de recorrerlos con los ojos cerrados. Después de tanto tiempo, he aprendido a hacer dos cosas a la vez: soñar despierta y trabajar.

La señora de la limpieza personal del príncipe Priam se cruza en mi camino. Su rostro, escondido detrás de una pila de sábanas perfumadas con un olor embriagador a lavanda fresca, se inclina para esbozar una sonrisa. Sin pararme, paso la galería donde está expuesta la colección de arte y después giro para llegar al salón de las damas. La ausencia de sirvientes me indica que todavía no se han despertado.

Esta es una de las habitaciones que más me gusta. Está amueblada con sofás dispuestos en un círculo alrededor de una mesa baja, tallada con una marquetería de espléndidos girasoles: una de las obras más logradas de mi padre. Los ventanales acristalados están cubiertos por largas cortinas y unas velas perfumadas reconfortan el lugar, que ya está bañado por una luz matinal tenue y dulce.

Al contrario de lo que la mayoría de los hombres piensan, las damas no pierden el tiempo con charlas vacías. Aunque se quejen de las niñeras, hablen sobre las últimas tendencias en vestimenta, tejan mientras se imaginan en los brazos de un príncipe o en las sábanas de tenientes guapos, lo cierto es que la mayoría del tiempo lo pasan leyendo, debatiendo, contando sus viajes y dando la vuelta al mundo, mientras les soplan ideas a sus maridos influyentes —aunque claro, ellas se esfuerzan en que parezca que surgen de ellos mismos—. A veces, me imagino sentada sobre estos sofás, rodeada de toda esta élite femenina, pero, por el momento, no hago otra cosa más que servir a estas damas mientras me invento sus vidas, dignas de las protagonistas de mis novelas. Envenenadoras, espías a sueldo de un gran duque, conspiradoras, enamoradas de estetas atormentados...

Me apresuro a colocar los pasteles sobre la mesa, al lado de un tablero de ajedrez, para que todo esté perfecto antes de su reunión diaria. Cuando voy a cerrar la puerta que hay detrás de mí, me asustan unas voces que provienen de un pasillo contiguo. Primero, una voz grave. Luego, una más joven y apagada. La conversación no tiene nada de amistosa o de cortesía. Más bien al contrario…

Capítulo 5
El engendro

Debería volver a la cocina antes de que me vea un guardia. ¡La curiosidad me acabará matando algún día! Permanezco pegada a la pared con un sentimiento entre emoción y miedo, y asomo la cabeza por la esquina que da al pasillo para comprobar que las voces pertenecen al rey y a su hijo más joven: Aïdan. Reconocería esa nuca blanca decorada con suaves ricitos rubios entre miles de personas; reconocería esa delgada y estirada silueta entre una fila entera de hombres. No es solo un príncipe a mis ojos, también es un amigo.

—¿No tienes nada mejor que hacer que deambular por el castillo como un alma en pena?

—Lo estaba buscando, padre. Tengo que hablar con usted. No le robaré mucho tiempo, se lo prometo.

Unos graznidos siniestros me revientan las orejas. El rey nunca se separa de sus dos cornejas domésticas, que vuelan entre su percha para pájaros y sus hombros. Sus picos y sus garras de oro resplandecen, en armonía con la corona del rey.

Con el corazón a mil por hora por culpa de mi propia insubordinación (me merezco, como mínimo, la prisión o la picota), me permito echar un último vistazo.

—¿Hablar conmigo? ¿De qué narices querrías hablarme? El tiempo corre, mis consejeros me esperan para tener una reunión de lo más importante. Ya deberías saber que mañana conmemoramos el Tratado.

—Justo se trata de eso.

—Eso no es algo de tu incumbencia. Mejor vete a entrenar con tu espada de madera o a jugar al escondite en las enaguas

33

de las lavanderas. Deja que las personas importantes gobiernen el mundo.

Su voz es fría y tajante. Me aterroriza la idea de enfrentarme cara a cara con este señor y su humor de perros. Me impresionan en demasía las personas que se encuentran en lo más alto de la jerarquía, excepto Aïdan. Nuestro soberano tiene la reputación de ser un hombre bueno y justo, pero su aura es implacable.

Mi curiosidad enfermiza consigue que me den ganas de seguir arriesgando el pellejo.

—¿Dónde están Priam y Abel? —pregunta el príncipe, ignorando ese tipo de comentarios a los que está tristemente acostumbrado.

—Cazando —responde el rey al instante—. Tus preguntas me importunan. Si eso era todo lo que querías saber…

—¿Por qué no estoy invitado?

Una fría cólera rodea su voz. Queda claro que no es capaz de controlarla.

—Tienes un aspecto horrible —el rey elude la pregunta, molesto con la presencia de su tercer hijo.

—¿He de suponer que tampoco participaré en la ceremonia?

—Supones bien —replica el soberano—. ¿Qué pintas ahí?

Aïdan no pierde el aplomo, pero habla muy bajito. Soy capaz de imaginarme su postura sin tan siquiera verlo: la cabeza gacha y las manos juntas delante de él, como hace cada vez que pierde la confianza en sí mismo.

—Conozco los usos y costumbres de los reinos y de los pueblos. Domino varios idiomas y nociones de diplomacia. He escuchado lo que reclaman los ciudadanos, a lo que aspiran en cuanto a la magia. Comprendo los beneficios y los riesgos del Tratado. Me he acercado a nuestras fronteras estos últimos años. Se ejecutan cambios en Helios poco a poco y he estado pensando sobre algunas…

La risa cruel del rey me sienta como una patada en el estómago.

—¿Has «pensado»? ¿De verdad? Tú eres el menos indicado para pensar sobre este tipo de asuntos, ¿no crees? Ay, Aïdan, Aïdan...

Un desprecio casi palpable acompaña cada sílaba. Hasta un insulto sonaría más agradable en comparación.

—Padre, usted no me escucha.

—Te escucharé cuando dejes de hablar con la estúpida idea en la cabeza de reinar algún día.

—No es eso lo que...

—Eso no pasará jamás. Al menos, no mientras yo viva. Incluso cuando mi alma se vaya con Helios, me encargaré de que semejante desgracia no se cierna sobre nosotros. Si te dejo al margen de los consejos, de las decisiones o de las ceremonias, es porque nunca te servirán para nada. Deberías probar con la caballería. Esconderte en una armadura detrás de las primeras líneas de batalla... eso pegaría más con tu penosa naturaleza.

—Eso es mentira. Soy tan apto para gobernar como mis hermanos. Todo esto se trata de una cuestión de azar, una lotería cuando naces.

—Pensaba que esto no te interesaba. Venga, te escucho.

El monarca se parte de risa otra vez, cosa que me hace sentir incómoda y me pone la piel de gallina. Conozco esta faceta suya desde hace tiempo. La faceta que no esconde a su corte, pero sí fuera de estas paredes. Es el único defecto que merma su imagen de buen soberano. Este rechazo sinsentido hacia su último hijo no es cosa de ayer; Aïdan me ha hablado sobre ello en numerosas ocasiones. Sin embargo, nunca había presenciado una de sus disputas. Esta escena me indigna profundamente. No soporto las injusticias, y menos aún cuando afectan a un ser querido.

—No digas tonterías, Aïdan. Ninguno de mis hijos mayores ha enfermado tantas veces como tú. Eras un niño de espíritu débil, delicado. Llorabas sin parar. A día de hoy, eres un joven adulto protestón y bastante menos fuerte que tus dos hermanos. Me arrepiento de que mi amada reina le haya dado la vida a un niño de mal augurio. Con el coste de su propia vida, además.

El odio que acompaña a esas palabras me abofetea la cara.

—No diga eso. Sabe que no es verdad.

—¿Ah, no? ¿Y cuál es la verdad, entonces? Porque parece que estás al tanto de ella.

—Que un rey que permite que el miedo reine sobre sí mismo es peor que un rey que hace que reine el miedo sobre los demás.

—¿Qué insinúas? Mide bien tus palabras porque, en el caso de que intentes hundirme, será a ti a quien condenen.

Mi corazón acelera sus pulsaciones en señal de alerta. ¿Debería intervenir? ¿Acercarme con el pretexto de algún servicio para cortar la discusión?

—El Tratado Galicia es el resultado de las malas decisiones que usted tomó en su momento. No es infalible, se dejó carcomer por el sufrimiento sin pensar en las consecuencias.

—¿Cómo osas? No pronuncies su nombre, ¡no eres digno de la mujer que te dio la vida!

—¡Tampoco soy yo quien cedió ante la facilidad de las artes oscuras para traerla de entre los muertos! Usted hizo venir a nigrománticos a su propio castillo para satisfacer un deseo egoísta y mórbido. Usted mismo cayó en esos desvíos y abusos que, ahora, desprecia y condena.

—¡Ya hace tiempo que renuncié a esa locura contra natura! —grita el rey, perdiendo la compostura.

—Porque todos sus esfuerzos no dieron sus frutos. ¿Habría seguido hasta el final con ese disparate si sus fieles consejeros de la época y nuestra familia no lo hubiésemos hecho entrar en razón? ¿Si sus propios poderes no lo hubiesen traicionado? ¿Si se lo hubiese despojado de toda debilidad?

—Contándote a ti, ese fue uno de los peores errores que he cometido y no tengo suficiente orgullo como para negarlo. No cometeré ni uno más, créeme. Tu simple existencia hace que nuestra familia sea vulnerable: mi trono podría haber sido el objetivo de esos poderes desmesurados. Teniendo en cuenta la herencia de la magia, traerás al mundo descendientes inadaptados, de débil ascendencia. Así, privarás de nuestras loables

facultades a una rama entera de nuestro hermoso árbol genea-
lógico.

—No estuvo a punto de perder su corona por mi culpa,
sino por culpa de su miedo. Yo no soy más que un reflejo de
ello.

—¿Qué reflejo? Cuando te miro, no veo más que el manto
con el que cubrí a mi amada esposa.

—Sigue y seguirá siempre anclado al pasado.

—El pasado nos sirve de lección. La magia, si se desborda,
si no se practica bajo control, puede tener efectos nefastos. He
visto la facilidad con la que se puede hacer que bascule hacia el
lado equivocado. Muchas guerras fueron el resultado de ello.
¿Por qué poner en peligro este reino que tanto ha costado reconstruir? Hay cosas que no deberían despertarse jamás. Me he
vuelto clarividente, muy a mi pesar.

—Al contrario, usted se ha vuelto ciego. Al igual que lo son
sus asuntos. Ha señalado a la magia y provocado una desconfianza hacia ella. Ha dejado sin hogar a antiguas familias.

—¡Les dejé elegir! Fue cosa de ellos rebatir e irse.

—La sumisión no es una elección.

—Los territorios más allá de las fronteras son libres. Los pueblos autónomos pueden ejercer la magia como ellos lo sientan.

—Con la condición de que no entren a Helios sin su permiso. Sus reglas dictatoriales refrenan sus poderes. Los despoja de
su verdadera naturaleza por miedo a que sobrepase a la suya.
El caso es que usted no es superior en nada. Todos somos pobres mortales. Cada palabra que sale de su boca y cada una de
sus acciones van en contra de las líneas principales de su Tratado. Usted es un rey contradictorio. Promete una armonía entre
los herederos de la magia y la gente común mientras les teme a
los que son más poderosos que usted, y trata a su propio hijo
como si fuese lo peor.

—¿Así que se trata de eso? ¿Volvemos a ti y solo a ti? ¿A tus
lloriqueos de niño desestimado?

—Esa no es la cuestión. El verdadero problema es que usted hace creer a todo el mundo que es justo, pero su visión de

nuestro mundo es arcaica. La tolerancia no lo asfixia, incluso si apuesto a que su discurso de mañana ensalzará esta hermosa virtud que le atribuyo.

—¡Cuidado con lo que dices, engendro!

—Una vez más, solo digo la verdad. ¿Por qué parece que nadie quiere escucharla?

—Porque tus palabras no tienen importancia. Los Ravenwood reinan y gobiernan Helios desde hace décadas. ¡No necesito que un niñato que se cree más astuto que los demás venga a darme lecciones de moral! Esta paz duradera habla por sí sola.

—Esta paz acabará agrietándose. ¿No ha escuchado sobre los disidentes que protestan sobre la discriminación?

Héldon se echa a reír.

—Nunca nos hemos metido en líos con las grandes revueltas, ni siquiera la hostilidad de Hellébore supone una amenaza. Esas pocas almas reivindicativas no cambiarán nada y jamás han conseguido ensuciar la imagen de seguridad que tiene la capital. Mi pueblo confía en mi instinto de preservación. Me ha perdonado ese periodo de confusión. Hace veintidós años, mi discurso de promulgación del Tratado se grabó en la historia de Hélianthe para siempre y participó en la hegemonía. Desde entonces, la ciudad duerme tranquila.

—No obstante, al cerrarles la puerta a otras magias que no sean la suya, se ha privado de ayuda y de fuerza. Sus peculiaridades habrían sido una ventaja y, algún día, se volverán contra usted.

—Jamás he cerrado la puerta a la magia, más bien lo contrario. La prueba es el flujo constante de nómadas, emisarios y viajeros. Siempre son bien acogidos y ayudan a esta comunidad, igual que nosotros a ellos. Todo el mundo sale beneficiado.

—Eso no es lo que dice su exclusiva Armada. Esa que, ahora mismo, refuerza las siete fronteras. La de Hellébore incluso con más ímpetu todavía.

—No se trata de una demostración de fuerza. Solo tomamos precauciones; un recuerdo anual de que este Tratado existe y que perdurará mientras la paz siga reinando en Helios.

—¿Y los registros de Hélianthe?

—¿Los registros?

—¿Aquellos en los que le niega la entrada a su territorio a cualquier persona con poderes mágicos? ¿Eso es un derecho o un deber?

—¿Tengo que recordarte que es tu deber tratarme con respeto y deferencia?

—¿Sirve de algo recordarle que, sin la familia de mi madre, su querida línea mágica, que tanto aprecia, se apagaría?

Escucho unos pasos apresurados y después un ruido seco. El rey acaba de abofetear a su hijo menor. Los pájaros pían más fuerte, excitados por la energía amenazante de su amo. Soy capaz de evaluar la violencia con la que lo ha golpeado con tan solo una mirada: la cabeza de Aïdan ahora está de perfil.

—Has llegado demasiado lejos. Una palabra más y consideraré la opción de alistarte en el grado más bajo de la Armada de Helios, asegurándome de que jamás subas de escalafón. A no ser que prefieras los Crisoles.

—Le teme al cambio, padre. Pero no podrá evitarlo.

—¿Qué sabrás tú? En vez de permitirte que contamines nuestra vida, debería haberte ahogado cuando naciste, como a un gatito demasiado débil para sobrevivir. Eres la vergüenza de esta familia. Ahora, ¡vete! ¡Y no me molestes más! —ordena con un tono determinante.

—Sí, padre.

El príncipe se aleja. En cuanto gira la esquina del pasillo, puedo ver su mejilla teñida de rojo. El rey avanza hacia mi dirección y yo me escondo tras una armadura.

El pesado silencio de repente se convierte en risas: las damas de la corte llegan en manada, en un alboroto jovial. Después de hacer una reverencia, vuelvo a la cocina, muy inquieta. Mi madre, demasiado ocupada montando una tonelada de claras a punto de nieve, no se fija en mi mutismo.

—Jovencita, se te ha reclutado para mañana —suelta.

—¡Pero si es día de descanso nacional!

—No para todo el mundo. No te preocupes, no es para nada complicado. Tendrás que ayudar al resto del personal a colocar las botellas de agua y de vino en las mesas durante el almuerzo previo a la ceremonia.

Me muerdo los labios, sintiéndome atrapada. La hija de la repostera tiene acceso a un evento al que Aïdan no ha sido invitado. ¿Debería decírselo? ¿Cómo se lo tomaría? Con la cabeza metida en una ensaladera de nueces trituradas, me doy algunos minutos para darle vueltas al tema. Finalmente, decido pasar el día encerrada en la cocina para evitar cruzarme con él. Al menos, para no herirlo más de lo que ya está.

Capítulo 6
Hasta la última mancha

Mi servicio termina al mediodía. Tengo tiempo libre, pero no vuelvo al mercado. Soy consciente de que me estoy perdiendo algunas gangas, pero no estoy de humor para ir a ver antigüedades. El altercado entre Aïdan y el rey está demasiado presente en mi cabeza, sobre todo las palabras tan duras que utilizó el soberano.

Prefiero refugiarme con mi padre, que está en plena faena en su taller. Me quedo unos minutos en el marco de la puerta, observando sus gestos precisos y delicados, su cuerpo grande y delgado inclinado hacia el viejo aparador que restaura desde hace semanas. El granero que rebosa de valiosa madera, los muebles que están en proceso de fabricación y de tratamiento, las herramientas que prefiero no intentar emplear... El sol desaparece tras los recortes que mi madre se apresurará a barrer en cuanto termine la jornada. El olor a serrín y aceite de linaza. Me fijo en una esquina, donde se encuentran las repisas que formarán parte de la estantería que me prometió que construiría. No tengo tantos libros como para una biblioteca entera, pero sí demasiados como para dejarlos por ahí tirados en mi habitación.

Al cabo de un rato, se da cuenta de que estoy aquí y deja de lijar. Su pelo castaño con entradas está lleno de virutas de madera. Mira con curiosidad el reloj de cuco que cuelga en la pared. Después se quita el fular, el delantal y me tiende sus brazos largos y secos.

—¡Mi amor! ¡Ven aquí!

No me hago de rogar. Huele a sudor, característico del final de una larga jornada laboral, pero me da completamente igual.

Mi padre se separa de mí, se estira y se empuja las gafas hacia lo alto de su nariz. Sé que me va hacer su pregunta habitual:

—¿Qué tal el día, hija mía? Cuéntamelo todo, desde…

— … el primer dedo que apoyaste en el suelo hasta la última mancha de tu delantal.

Cada noche tenemos este mismo ritual: le cuento sobre mis hallazgos, mis nuevas adquisiciones, el trabajo en el castillo, lo que aprendo con mis preceptores, las intrigas de mis novelas o los logros de mi incansable madre. Le encanta escuchar mi cháchara. Siempre hemos tenido una relación privilegiada, diferente a la que tengo con mi madre. No se abre demasiado, pero nos entendemos. Podemos pasarnos la mayor parte del tiempo sentados el uno al lado del otro sin decirnos nada, simplemente ocupándonos de nuestros respectivos asuntos y saboreando cada momento. A pesar de su calma y discreción, tan solo sentir su presencia me tranquiliza.

Y pensar que Aïdan solo ha tenido como ejemplo a seguir a niñeras severas a las que pagaban para que lo quisieran, a preceptores intransigentes y a un padre distante. Me siento culpable porque él está privado de este amor de la forma más injusta. No es la primera vez que siento esto, pero esta noche el sentimiento es más intenso. ¿No debería estar a su lado en este momento? Me avergüenzo de haberme escapado, pero lo conozco mejor que nadie. Es inútil intentar acercarse a él cuando le dañan el orgullo… odia mostrarse vulnerable. Y no le gustaría nada saber que he presenciado esa escena a sus espaldas.

Mi padre se debe de dar cuenta de mi malestar; sus ojos marrones me interrogan. La palma de su mano se posa en mi mejilla, a modo de invitación para que le cuente qué me pasa. Siempre me he preguntado cómo unas manos tan callosas y toscas pueden confeccionar objetos tan refinados.

—¿Qué pasa, mi niña? Pareces triste.

Le cuento la discusión sin hablar mal de nuestro rey. Le hablo acerca de sus duras palabras, de su frialdad, de su insensibilidad y de la violenta bofetada.

—¿Cómo puede no querer a su propio hijo? ¿Cómo puede renegar de él hasta ese punto? ¿Incluso llegar a odiarlo?

Mi padre me sonríe con dulzura, cosa que no me ayuda a sentirme menos culpable:

—No creo que lo odie, Arya. Solo odia lo que representa. Ve en él sus propios fracasos, el reflejo de su tristeza. Como una cicatriz que le recuerda cada día su peor herida. Conoces la historia de los Ravenwood, ¿verdad?

Mejor que nadie, ya que he escuchado la versión del príncipe. Un problema delicado que es mejor evitar sacar a flote. Se sabe acerca del rencor del rey hacia su hijo menor, pero se lo infravalora. Nadie se imagina hasta qué punto lo repudia… nadie sabe que lo llama «el engendro» desde que estaba en la cuna. ¿Cómo lo va a saber la gente si venera a sus dos hijos primogénitos y muestra el rostro de un rey cariñoso e implicado?

—La reina Galicia falleció en el parto pero, en vez de considerar a ese bebé como el último regalo de su mujer, el rey lo interpretó como una maldición… como un castigo. Y todavía más cuando se dio cuenta de la ausencia de poder mágico en su último hijo. Para el rey Héldon, esta… «tara» es la razón de la muerte de su amada. Le hacía falta encontrar un culpable, y Aïdan era el que le quedaba más a mano para endosarle ese papel.

—Tu visión retoca los hechos, Arya. No te consideraba una persona tan rotunda.

Intento moderar mi rebeldía:

—Lo único que digo es que nuestro soberano solo se preocupa de su reputación y de su grandeza.

—Nuestro rey nunca se ha llegado a recuperar de la pérdida de su esposa. Esa tragedia lo cambió y lo trastornó. Al igual que a Hélianthe, a Helios y hasta a la propia práctica de la magia. El Tratado Galicia nació en ese momento. Es el resultado de un periodo de incertidumbre. Y el vínculo entre el príncipe y su padre también lo es. Es complicado crear una relación sana cuando hay secretos y sufrimiento de por medio, hija mía.

Y más todavía cuando uno duda de su propia legitimidad. Según Aïdan, no hay nada que explique el porqué de su ausencia de poder mágico... aparte de la dolorosa teoría de su bastardía. Pero eso no se lo puedo decir a mi padre.

—¡El príncipe Aïdan no es el responsable de la muerte de su madre!

—Por supuesto que no, pero no todos reaccionamos de la misma forma frente a la tristeza o el duelo, Arya. Algún día no te quedará más remedio que enfrentarte a eso y, entonces, lo comprenderás.

—¡Tendrías que haber escuchado sus palabras, papá! Fue cruel y completamente consciente de lo que decía.

—Nuestro rey lleva una pesada carga sobre sus hombros. Reina en Helios completamente solo. Trata de imaginarte la presión que tiene que soportar para garantizar la paz en todos los pueblos, incluidos los que se sitúan más allá de las fronteras. Tal vez se sentía sobrepasado por la Ceremonia del Tratado. Es un evento importante para nosotros, pero todavía más para él. Puede que el príncipe Aïdan fuese un poco insolente o demasiado insistente en un momento inoportuno. Seguro que no escuchaste la conversación entera. Esas cosas a veces pasan... y descargamos los nervios sobre la primera persona que nos cruzamos. Mira a tu madre, una verdadera furia.

—No es comparable. Mamá jamás me ha hablado ni me ha humillado de esa forma.

—Es verdad, pero según ella el príncipe Aïdan es un joven irascible, arrogante, introvertido y un poco lun...

Lo corto.

—Es lógico, ¿no? ¿Quién no lo sería en su situación? Tiene que estar cansado de ser invisible y de que lo traten como al patito feo de su familia. ¡Creo que tiene razones suficientes para estar enfadado! ¡No paran de alejarlo de los eventos importantes y de las fiestas! ¡No se le deja ningún sitio! ¡Se siente desplazado e incomprendido! Aïdan no escogió nacer enfermo y sin magia. La mayoría de los ciudadanos de Hélianthe no poseen poderes mágicos... ¡y aun así, el rey los trata con respeto y amabilidad!

—No estoy diciendo que esté de acuerdo con cómo lo trata, Arya. Nada justifica que se pegue o se insulte a un hijo. Pero no conocemos el estado de su relación, ni lo que pasa tras las paredes del castillo. No es algo que nos incumba, es algo privado, al igual que debería serlo esta conversación. A veces, las apariencias engañan y las víctimas y los verdugos se pueden confundir con facilidad. Una vez más, no digo que apruebe el comportamiento del rey, pero deberías darle el beneficio de la duda. Una relación es cosa de dos, incluso cuando concierne al rey y a su hijo. Si las cosas se deterioran con el paso del tiempo, quiere decir que el problema viene de ambas partes.

—No estoy de acuerdo. Su relación no es equitativa. Aïdan... El príncipe Aïdan no puede hacer nada contra esa autoridad.

—Hija mía, ¿por qué se te ve tan implicada cuando se trata del príncipe? Nunca te había visto compadecerte de alguien con tanto fervor. Hasta diría que te afecta personalmente...

Abro la boca para protestar, pero la cierro de inmediato. Efectivamente, me afecta personalmente... pero no lo puedo admitir. Mi familia no está al tanto de mi relación con Aïdan. Guardamos en secreto nuestra amistad desde que somos críos, porque sabemos que está fuera de lugar. Nos veíamos en secreto; en el bosque, fuera de las murallas, a menudo por la noche o disfrazados cuando a él le apetecía disfrutar de la ciudad. Nadie entendería el vínculo que une a un príncipe y a una repostera. Sin embargo, creo que los criados y Abel, el hermano de Aïdan, nos han visto alguna vez juntos, pero nunca nadie ha metido las narices ni se lo ha dicho al rey. Tal vez sea porque las relaciones de su hijo no le interesan, pero evitamos correr ese riesgo.

Una vez más, reprimo las ganas de revelar este secreto a mi padre para no romper mi juramento con Aïdan.

—Me hace daño porque me pongo en su lugar. ¿Si esa hubiese sido yo? El retoño desestimado y abandonado por su familia. Es egoísta pensar así, ¿a que sí?

—Arya, tú no estás en su lugar. Y eres de todo menos egoísta, hija mía. Tienes una empatía sin límites. Te conozco como si te hubiese parido.

De nuevo, una sonrisa que transmite ternura. Una que deja ver todas y cada una de sus arrugas, marcadas por el tiempo y el trabajo.

—No todo el mundo tiene la suerte de tener unos padres como vosotros. Ni un hogar que desborda amor. ¿Cómo se puede crecer sin eso? ¿Sin ese sentimiento de seguridad, con un padre y una madre que nos den confianza, que crean en nosotros? ¿Cómo llegar a construirse a sí mismo en un entorno de violencia o indiferencia?

—Ese tipo de personas encuentran alternativas para construir sus cimientos. Un sueño, un amigo, ambiciones y otras formas de amor. Consiguen transformar sus desgracias en una fuerza que los vuelva estables. No conozco al príncipe Aïdan, pero muchos dicen que, más allá de sus defectos, es un joven con espíritu, brillante y maduro. Abierto al mundo y al cambio. Llegará un día en el que el rey abra los ojos, vea el potencial de su hijo y comprenda que la ausencia de magia no impide que se convierta en un hombre prometedor que sirva a los intereses de Helios. Todo esto es una cuestión de reconocimiento, tanto para el uno como para el otro.

En esta ocasión, asiento con la cabeza. Deseo que así sea.

—En vez de compadecerte de él, deberías estar feliz de lo que tú tienes, y rezar cada día a Helios para que consiga salir de esa situación, si eso te sirve de consuelo. Es lo único que puedes hacer. Sentir lástima por alguien jamás ha servido para cambiar su destino. Venga, ven aquí.

Abre sus brazos y no me puedo resistir a la invitación. Un instante después, me aparta gentilmente y me mira de arriba abajo con seriedad. El tono de su voz me sugiere que acaba de tener una revelación.

—Te interesa el príncipe Aïdan, ¿es eso?

—¡Papá! ¡No digas tonterías!

—Las mujeres se enamoran de los príncipes. Es un chico guapo. No tanto como tu padre cuando tenía su edad, pero aun así…

—Eso no es más que un cliché, las mujeres ya no necesitamos a un príncipe. Si te digo la verdad, a mí me van más los aventureros.

Esta conversación tan seria acaba en risas. Mi padre me cuenta anécdotas de sus tiempos, cuando era más guapo que el príncipe Aïdan, y de los bailes populares, hasta que mi madre nos pide (más bien, nos ordena) ir a cenar. El rostro triste de Aïdan sigue incrustado en un rincón de mi cabeza, como la última mancha de mi delantal.

Capítulo 7

Dos leyes, dos percepciones

—¡Terminad de una vez lo que tenéis en el plato en vez de jugar con la comida!

Mi madre sermonea a los gemelos por tercera vez en diez minutos. Ni siquiera se ha tomado la molestia de sentarse con nosotros a la mesa, está demasiado ocupada con un postre que llevará a la reunión del Tratado. No deja de soplar los mechones de pelo que se le pegan en la cara, mientras remueve con energía la masa en un tazón de hierro. La observo con cansancio mientras juego con las verduras.

—Oyana, por favor.

La voz calmada de mi padre consigue llamar su atención. Acerca la silla a su derecha y da unas palmaditas en el asiento para hacerle entender que su presencia con nosotros es más importante que verla preparar un pastel. Pausa el movimiento, dubitativa, pero se niega a tomar un descanso.

—Ya descansaré mañana, Phinéas.

Se da la vuelta para verter la masa en un molde grande, antes de meterla al horno. Mi padre suspira, divertido:

—Nadie puede cambiar a tu madre, Arya.

Los dos sabemos que mañana no se tomará un descanso. De hecho, no descansará ningún otro día tampoco. No me sorprendería encontrármela desmayada entre los sacos de harina de la cocina.

—Esta semana va a ser larga —suspira mi padre—. Por suerte, todo esto terminará en unos días y podré reencontrarme con mi mujer, que ahora mismo ha sido sustituida por este extraño autómata que hornea pasteles en cadena.

—Mientras la esperas, todavía hay muchas cosas que hacer antes del desayuno, Phinéas. Hija, no te acuestes tarde esta noche —me dice, señalándome con el batidor de mano goteando—. Mañana nos vamos antes del amanecer.

Mis ojos ruedan hasta mi padre, que eleva los hombros en señal de apoyo.

—Hablando de eso… no te importa si…

—No.

Mi madre ya sabía de antemano qué le iba a preguntar. Duras leyes maternas.

—Pero yo…

—No, Arya —resopla con las mejillas rojas por el nerviosismo—. ¡Te voy a necesitar hasta el último minuto! No tendrás tiempo para presenciar la llegada de los allegados del rey.

—¡Pero si solo serán unos minutos! ¡Apenas notarás mi ausencia!

—No hay tiempo para ese tipo de frivolidades. El rey Héldon cuenta conmigo, con nosotros, para…

Mi madre se interrumpe a sí misma, con los ojos centrados en mi padre, que la observa con los brazos cruzados y una ceja arqueada. La unión hace la fuerza.

—¿No te irás a meter, señor Rosenwald?

—Oh, claro que sí, querida.

—No sois conscientes de lo importante que es el día de mañana. ¡Bajad de vuestras nubes!

Mi padre y yo intercambiamos una mirada cómplice, sellando nuestra alianza para hacerle frente a la jefa de la casa.

—Cinco minutos, Oyana.

Ella cambia de opinión, a regañadientes.

—¡Ni uno más!

Sonrío a mi padre, que me responde guiñándome un ojo; después se aleja de mi lado para unirse a mi madre y le quita el batidor de las manos. Yo aprovecho para meterme en su cocina y la animo a unirse al resto de la familia. Ella resopla y se deshace el nudo del delantal. Mi padre la obliga a sentarse sobre su regazo y la besa, bajo la mirada asqueada que le lanzan los gemelos. Ya hace treinta años desde que estos dos se enamoraron.

Tomo el relevo para que pueda descansar un poco y para demostrarle que también puede contar conmigo. Lo que sí va a ser complicado es que la obedezca en una cosa: dudo mucho que me acueste temprano.

Unas horas después de la cena, tras haberles leído dos veces seguidas a los gemelos los *Cuentos de las tres plumas*, me sumerjo de nuevo en un océano de libros, a pesar de que siento los párpados pesados por el sueño. Sentada en el suelo, enrollada en una manta de lana, ojeo las obras que relatan la creación del Tratado. La mayoría pertenecen a mi preceptor, que ya se ha hecho a la idea de que no se las voy a devolver. Reconozco que mi amor por los libros a veces me lleva hasta el extremo del fetichismo.

Por supuesto, ya estoy al tanto de la política del rey y sus objetivos, pero me encanta estar actualizada, sobre todo ahora que voy a ser testigo de este evento histórico. Jamás pondré en duda la eficacia del Tratado, porque ha traído la armonía dentro de Helios. Todos los pueblos están de acuerdo en eso, pero puede que haya un trasfondo más complejo y algunas verdades subyacentes. Y, para poder verlo, uno no puede ser demasiado idealista o ingenuo.

Despliego un largo pergamino sobre el suelo y pongo varios tinteros en las esquinas. Mis dedos pasean por el mapa de Helios y trazan líneas imaginarias entre las siete fronteras: Astéria, Forsythia, Orcana, Valériane, Onagre, Tamaris y Hellébore. Mis ojos se pierden en estos países que viven en la autarquía. Es una locura lo pequeño que parece el mundo cuando lo ves en un mapa, reducido a una escala que el ojo humano pueda comprender, cuando realmente es extensísimo. En estos países residían la mayoría de las personas con poder mágico antes del Tratado Galicia, y allí se marcharon los individuos que se oponen a él tras su firma.

Dejo el mapa para examinar una copia del Tratado. Gracias a él, he podido crecer en un entorno seguro, donde jamás he visto la tierra teñirse de sangre. Cada ciudadano de Hélianthe tiene una copia. Me permito leer un breve pasaje. Debe de ser la centésima vez que lo hago.

[...] *Por la presente, y en calidad de rey del Reino de Helios, lucho contra los excesos de magia y, en este día, delimito los poderes de cada individuo. Toda magia, sea de la forma que sea, deberá practicarse con moderación y en todo conocimiento de causa. La libertad de ejercer la magia no se verá mermada de ningún modo, pero esta libertad termina una vez que se alcanzan los límites que impone el Tratado Galicia. La magia no debe poner en peligro a los demás ni a la persona que la utiliza, ni desafiar a las leyes de la naturaleza, como la vida o la muerte. El Tratado Galicia es una garantía de paz para el Reino de Helios, porque equipara a todos los magos y otorga seguridad, tanto del cuerpo como del alma, a todas aquellas personas que nacieron exentas de todo poder. Como prueba de buena fe, yo, el rey Héldon Ravenwood, así como todos mis descendientes y personas que comparten sangre real, se verán afectados por este Tratado. [...]*

Esta restricción entrará en vigor con la colocación del sello real y mi firma, y se pondrá en marcha de forma inmediata. Cada cruce que haya será regulado y cualquier infracción o rechazo será sancionado.

En cada fecha del aniversario, el Tratado será exhumado del Templo de Helios, para que su poder pueda ser renovado. Nadie podrá anular las reglas que rigen este Tratado, bajo la pena de ser exiliado a las fronteras de Helios y con la prohibición de poder regresar.

Un ruido parecido al de un pico contra un cristal me saca de la lectura. Los ruidos se encadenan, seguidos de un pequeño chillido de pájaro. Conozco esta señal.

Capítulo 8
Confidencias nocturnas

Me pongo la bata y salgo sin hacer ruido. Toda la casa duerme, y los ronquidos de mi madre atenúan el sonido de mis pasos al bajar las escaleras. Hago una parada en la cocina, donde robo los restos de un bollo de crema que se me antoja. Después, atravieso el salón y salgo de la casa con mi botín.

Esta noche, la luna ilumina lo suficiente como para que pueda ver a Aïdan situado bajo mi ventana con las manos alrededor de su boca. Sigue imitando el ruido de un petirrojo y luego se inclina para recoger una piedrita. Llamo su atención antes de que la lance contra el cristal.

—¡Estoy aquí!

Gira su cabeza hacia mí y se acerca. El príncipe me arrastra hacia el otro lado de la casa, sin mirarme o saludarme siquiera. Sé de sobra a dónde quiere ir. Desde siempre, nos reunimos en lugares ocultos de los demás. El castillo, por ejemplo, no esconde ningún secreto para él. Se sabe de memoria todos y cada uno de los rincones. Desde que era un renacuajo, su pasatiempo favorito es esconderse, lo que le supuso algún que otro castigo por parte de sus institutrices.

Sé que no dirá nada hasta que empuñe la gran escalera de mi padre, la apoye contra la pared y subamos al tejado, con él presidiendo el camino. Subir cada peldaño es todo un reto. Aïdan insiste en subir más alto, pero el más mínimo movimiento hace que tiemble la escalera. Tengo las manos sudorosas y mis piernas amenazan con ceder. Sin embargo, consigo llegar al tejado sin mayores inconvenientes, y me siento bastante mejor una vez que me siento junto a él. Se echa hacia un lado para dejar un espacio más amplio entre nosotros. Poniendo distancia entre los dos, como siempre. Su dedo índice frota su pulgar con nerviosismo. Algo lo incomoda.

El susurro del viento se cuela entre nosotros. Mis miradas de soslayo no lo animan a contármelo. Aïdan no es demasiado hablador. Una pena, porque me encanta su elocuencia y su inteligencia. Podría escucharlo hablar durante horas. Que sea el maestro del escondite también se puede aplicar a sus sentimientos. Solo él puede decidir si abrirse y desahogarse o no. Para poner fin a este momento incómodo sin tener que forzarlo, le ofrezco el pastel que acabo de robar, un poco aplastado por culpa de mi miedo a las alturas.

—¿Quieres un trocito?

—Claro que no. Ya deberías saber que el azúcar no me ayuda a dormir. Tíralo.

—¿Eres consciente de que desmoralizas a mi madre cada vez que devuelves un plato intacto a la cocina?

—Cómetelo tú, a ver si así engordas un poco.

Hincho las mejillas para mostrarme indiferente ante ese comentario tan feo.

—¡Pues vale, Mi Altísimo Serenísimo!

Aïdan saca de su bolsillo un pañuelo de seda bordado con las iniciales «G. R.». El pañuelo era de su madre; es la única reliquia que no lo abandona. Negándome a ensuciar un bordado tan bonito, me trago el trozo de pastel de un solo bocado, de la forma menos femenina posible, me chupo los dedos y, sin más preámbulos, me los limpio con el camisón.

Aïdan me observa a través de sus largas pestañas con sus iris de un color azul profundo. Su mirada es de lo más desaprobadora. Mi actitud grosera lo deja descolocado, pero sé que se siente agradecido. En privado, no cambio mi comportamiento.

—¿Por qué siempre vienes a verme con esa aura de tener algo importante que decirme, pero nunca llegas a entablar conversación?

Con un gesto despreocupado, se aparta un mechón rebelde que le cae por la frente, y deja al descubierto una cicatriz apenas visible.

—¿Quizá porque vivo para contradecirte?

Frunce el entrecejo. Parece que siempre está enfadado, y a mí me gusta decirle que se relaje o terminará lleno de arrugas antes de lo que le gustaría.

—¿Me toca adivinar de qué humor estás hoy? ¿Insoportable? ¿Deprimido?

—¿Y tú? ¿Cabezota? ¿Avispada?

Acabo cediendo y me inclino con un toque sarcástico:

—Lo que usted desee, príncipe Aïdan.

—Déjate de formalidades.

—¡Sabes de sobra que estoy de broma, aguafiestas! Y tú eres un príncipe, te guste o no.

La luna sobre nuestras cabezas acentúa sus pómulos, ligeramente hundidos, y la palidez de su piel casi parece mármol. Esta luz resalta su mirada, cargada de una intensidad intimidante.

—Es lo que seré toda mi vida, un simple príncipe. Salvo si mi padre decide convertirme en un vulgar soldado.

Mi mirada se dirige hacia su mejilla, como si pudiese ver la marca dejada por la mano del rey. Desvío la mirada, avergonzada por saber ese detalle. Dudo si sacar el tema, al menos para protegerme de sus preguntas, pero él se me adelanta. Su frustración es casi palpable.

—Mi padre me prohíbe asistir a la Ceremonia del Tratado. ¿Por qué mi presencia molesta? ¿Es demasiado pedir que se me incluya en los asuntos familiares? Soy el único Ravenwood vacío de magia, pero mi voz cuenta, ¿no? Excluirme de esta forma me parece hiriente y humillante. No mendigo la corona. Incluso si tuviese el poder de destronar a mi progenitor y a mis hermanos, no querría hacerlo. El rey no me deja pasar ni una. Se muestra más generoso y justo con el pueblo que conmigo.

Desde hace ya cuatro años, cuando alcanzó la mayoría de edad, poder asistir a ese tipo de reuniones se ha vuelto su obsesión. Prefiero no decirle que estaré al servicio del almuerzo. No lo soportaría, aunque vaya a asistir como una simple sirvienta. La más mínima contrariedad podría hacerlo explotar. Trato de calmar su enfado, pero me siento mal por utilizar argumentos tan planos.

—¿Y si tiene miedo de tus ideas por ser demasiado innovadoras? ¿Quizás esté tratando de protegerte? Podría resultarte incómodo estar rodeado de tu familia, que va a hablar de magia durante horas…

Pero él destruye esta defensa.

—Se niega a renovar ese Tratado inservible. Las cosas están cambiando en Helios, pero no lo entiende. O no quiere entenderlo. Como veo las cosas desde un punto de vista más moderno, conozco las fuerzas y las debilidades de esa ley. En Hélianthe, las personas que aclamaban el Tratado están envejeciendo, y las nuevas generaciones están tomando la delantera con una visión y opiniones distintas.

Se detiene, con aire molesto, y me deja con ganas de más. Es un debate que no solemos tener a menudo y su opinión acerca del Tratado me sigue pareciendo un poco ambigua. Qué pena, me estaba cautivando con su repentina elocuencia y su vehemencia sobre el tema.

—¿Qué?

—Nada, no sé por qué estoy hablando de política contigo, no creo que te interese.

—¿Por qué no?

—Vienes de la plebe.

Me quejo ante ese golpe bajo, pero así consigo disipar la vergüenza que siento de repente.

—No seas tan desagradable, príncipe Ravenwood. Cuando solo se tiene un amigo, hay que cuidarlo. Es la base de una relación sana.

—Hago lo que creo correcto. No sabes nada sobre la realeza, solo sobre esas estúpidas novelas en las que te encierras.

Me entran ganas de golpearlo en el hombro, pero me contengo. El contacto físico es un límite entre nosotros. A Aïdan le produce rechazo y a mí no me queda otra que respetarlo.

—¡Te prohíbo que la tomes con mis libros! ¿Cómo es posible que una persona tan erudita como tú odie leer?

—A mí solo me interesan las bases concretas, los hechos históricos o las pruebas científicas. Me documento sobre arqueología y alquimia. Explícame el interés y el beneficio de seguir las aventuras de personas que no existen. Sus acciones no tienen ningún efecto, ni sobre el futuro ni sobre el pasado. ¡Es pura fanfarronería! Prefiero interesarme por la vida real. Tus cuentos de niños no te servirán para nada.

—Eres tú quien lo dice. Entonces... ¿cuál de los dos es el menos tolerante?

Eleva los hombros con un desparpajo elegante. Mis ojos se quedan fijos en el cuello alto de la chaqueta de terciopelo que lleva puesta. Los pespuntes dorados me provocan unas extrañas ganas de seguir su rastro hasta sus pectorales.

—Si nada te impide dormir, ¿por qué desperdicias las noches con esas sandeces? Es algo que no logro entender.

—No es mi culpa que tengas insomnio, Aïdan.

Esa patología lo acompaña desde hace años e influye en su forma de comportarse. El insomnio se convierte en una bola de nervios. A veces, se pone tan enfermo que no puede ni levantarse de la cama y paso semanas enteras sin verlo. Como no soy su sirviente designada ni su señora de la limpieza, no puedo hacer nada más que prepararle una sopa. Y en cuanto a tener novedades sobre él... preguntarles a sus hermanos levantaría sospechas y sus empleados domésticos son muy discretos.

Siendo consciente de mi insensibilidad, sigo con el tema con un poco más de tacto:

—¿Sigues teniendo esas pesadillas?

—Sí, siempre. A pesar de que me obligan a tragar litros y litros de pociones asquerosas, ninguno de esos supuestos remedios funciona —explica—. Debería quemar a todos esos curanderos en la hoguera o colgarlos boca abajo sobre un nido de serpientes.

—¿Ningún médico de la corte ha conseguido darte un diagnóstico?

—Ni siquiera lo intentan. La hipótesis más plausible es que son restos de mi magia que nunca se ha llegado a externar. Paso por fases en las que la enfermedad se manifiesta de manera virulenta y por periodos de remisión.

Una de sus crisis más recientes me marcó. Me encontré con un Aïdan famélico, con la piel amarillenta y los ojos completamente rojos.

—Lo siento.

—Acabas de decir que no eres la culpable de eso.

—Puede que leer alguna novela te ayude a darles algo de color a tus sueños. Cuando era pequeña, mi madre me contaba historias para cazar a los monstruos y a las pesadillas. Quizá también funcione con un adulto.

Sus ojos, de un azul glacial, se dirigen a mí, y me doy cuenta de que acabo de meter la pata.

—No tengo cuatro años, ni tampoco una madre. Tu sentimentalismo es todavía más insoportable que tu ingenuidad.

Aïdan ha construido una muralla inquebrantable alrededor de todo lo relacionado con su madre. No habla sobre ello casi nunca, o con una distancia que roza la impasibilidad. Es arriesgado tocar ese tema. Solo sé que jamás va a visitar su sepultura, situada en la Tierra de los Monarcas, y que no derrama ni una sola lágrima en su memoria. Es un verdadero muro de piedra.

Retrocedo un poquito, para darle la vuelta a la conversación:

—Respecto a la ceremonia, ¿tus hermanos no podrían defenderte? ¿Persuadir a tu padre para que te diera una oportunidad?

Suelta una risa amarga y pesimista.

—Priam jamás se arriesgaría a contradecir a nuestro padre. Aspira a la corona, así que se traga todas sus palabras. Sigue a rajatabla todo lo que dice y hará todo a su imagen y semejanza. No traerá sangre nueva. Él ve en mí lo que mi padre decide que vea. Es un caso perdido.

—¿Y Abel? Él te apoya siempre contra su rudeza. Sé que te quiere, no puedes negarlo.

Aïdan se suaviza un poco ante la mención de su hermano. Aunque se queja, admite:

—No tengo nada en contra de Abel. Es amable. Demasiado. El problema es que lo pisotearán si se pone de mi parte. Además, Abel es el más cercano al pueblo. La gente lo adora. Para él, la paz y la seguridad van de la mano del Tratado... mis convicciones chocan con las suyas.

—En ese caso...

—¡Déjalo ya! De todas formas, jamás he tenido importancia ni tampoco ha habido un lugar para mí. No llego a ser ni un premio de consolación. Debería considerar con seriedad la idea de entrar en la Armada de Helios o incluso integrarme en un grupo de separatistas en alguna de las fronteras. Al menos, así sería útil.

—No digas eso.

—¿No debería culpar al destino o a la mala suerte? Nacer el tercero en una familia y ser el único sin magia, ¿qué podría ser peor?

—¿Nacer con un único ojo o con dos cabezas?

—Muy graciosa, Rosenwald.

Y yo lo pico:

—No seas gruñón. Si lo piensas bien, tu posición es envidiable. Menos carga que llevar sobre los hombros, ningún consejero que te dicte las actas, sin un pueblo al que contentar, complots que frustrar o una paz que proteger. En lugar de tener que aguantar largas procesiones de ciudadanos y quejas tediosas, puedes invertir tu valioso tiempo en cosas bastante más agradables.

—Espero que no estés hablando de ti.

—Posees mucha más libertad que un rey o que tus hermanos. Tienes las ventajas de la nobleza, pero sin presión ni responsabilidades. Una vida casi normal, pero sumándole una gran fortuna. Y archivos únicos. Y la biblioteca más grande de todo Helios...

Comienzo a soñar despierta, pero la mueca que estropea el terso rostro de Aïdan me vuelve a poner los pies sobre la tierra.

—No hay nada peor que la normalidad. Mezclarse con el populacho, vivir con lo justo y necesario. ¿Ser como todos los individuos ordinarios? No, gracias.

—Por eso dije «casi». Ser rey no es un trabajo fácil y tener magia no es un fin en sí mismo. Tienes grandes recursos, muchos conocimientos y una visión diferente del mundo. Es decir que puedes dejar huella en la historia igualmente.

—No quiero dejar huella en la historia, quiero hacer historia.

—Lo harás. Todos nacemos por algún motivo, ¿no? Para lograr algo en este mundo.

—Me has quitado las palabras de la boca.

Su mirada es seria. Algo poco habitual me remueve y me toma desprevenida, como si fuese una semilla que todavía está lejos de florecer. Por primera vez, siento la necesidad de sobrepasar nuestros límites. Puede que esté malinterpretando mis acciones o las suyas, pero el hecho de que la distancia entre nosotros sea cada vez menor me dice lo contrario. A lo lejos, el reloj de la ciudad da doce campanadas.

—¿Por fin he dejado sin palabras a Arya Rosenwald?

—Yo… No, solo estaba pensando.

—¿En qué?

—En que es tu cumpleaños.

Frunce el ceño de nuevo, cosa que me tranquiliza y calma los latidos de mi corazón que no consigo comprender.

—Por favor, ten piedad… Nada de sorpresas o de regalos inútiles.

—No volveré a cometer tal error. Es extraño, cada año por estas fechas, esta impresión regresa.

—¿Qué impresión?

—Que nuestro primer encuentro fue ayer. ¿Te acuerdas?

Molesto, tira de la camisa bordada que sobresale bajo las mangas de su chaqueta.

—Solo me faltaba esto, un arrebato de cursilería y ponernos a abrir el baúl de los recuerdos. Siempre me haces lo mismo.

—No puedo decir nada. Ese recuerdo sella nuestra historia en común, ¡no es cualquier tontería!

—Si me cuentas una vez más esa historia sobre la tarta de ruibarbo…

Ignorando sus pullitas, me evado en mi memoria.

—Debías tener… ¿qué? ¿Nueve años? ¿Y yo siete? Mi madre me había llevado al castillo después del cole. Tú jugabas solo en el jardín con tus caballitos de madera, pero otros niños se estaban metiendo contigo. Ya no recuerdo por qué.

—Simplemente les apetecía burlarse de mí. ¿Mi tez pálida? ¿Mis ojos hundidos o mi delgadez casi enfermiza? Nada ha cambiado, ahora es incluso peor.

—Sobre todo la estupidez y la falta de educación. Uno de ellos te había tirado una piedra a la cara. Sangrabas y llorabas a lágrima viva.

—Y nadie se preocupaba por mí. Mi padre nunca ha tolerado los lloriqueos. Tiene un don para la empatía… En cambio, Abel lloraba todo el rato, pero cuando venía de él no le molestaba. Mientras no se tratase de su hijo frágil y sin talento…

Sus comentarios calan en mí, pero consigo esquivar su negatividad, ya que conozco el final feliz de esta historia.

—La tristeza se apoderó de mi corazón de niña. Me acerqué a ti con un trozo de tarta que todavía estaba calentita.

—¿La tristeza o la compasión?

—Eras tan asustadizo.

—Como un perro acostumbrado a que le den palos. Gracias por recordarme esta anécdota tan alegre.

Suelto un gruñido. Esto parece un diálogo de besugos.

—Te dejaste alimentar y me dijiste en voz bajita: «Gracias, es el mejor cumpleaños de mi vida». Y yo sonreí porque también era el mío. No dejabas de mirarme con los ojos muy abiertos. Y abriste la boca, sorprendido. ¡Parecía que te hubiese contado el secreto más increíble del mundo!

—Qué vergüenza.

—Mi madre nos vio y se encargó de cuidar al pequeño príncipe herido.

«El pequeño príncipe herido», un título que podría seguir llevando a día de hoy.

Su risa suena apagada. Es verdad, Aïdan ha cambiado mucho con la edad, debido a sus inolvidables crisis de furia y a su obsesión con las responsabilidades que jamás obtendrá. No se puede decir ni una palabra sin que te corte. No hay ni una idea que no contradiga. Pero, tras esa fachada odiosa, yo sigo viendo a ese chico abatido.

—Jamás me habían mirado de esa forma, y jamás me ha vuelto a pasar.

—¿Por qué te miraba de esa forma?

—¿Porque me quieres y tenemos una amistad inquebrantable?

—Tampoco te flipes.

—Pues nunca te pierdes nuestros encuentros.

—Tolero tu compañía, eso es todo.

—¿Te gusta perder al ajedrez y a las cartas?

—Te estás pasando. La verdad es que eres a la única a la que le intereso.

—No lo creo. Eres un chico joven, con buena apariencia e inteligente. Les gustas a las mujeres. Bueno, hasta que se encuentran cara a cara con tu mal genio, claro.

—¿Qué sabrás tú? ¿Ahora te interesa mi vida íntima?

—Que sepas que ya he visto a varias salir de tu suite principesca.

—Tu curiosidad sobrepasa los límites de nuestra amistad.

—Perdón, perdón. Estaba intentando que recuperaras la confianza en ti mismo.

—No te molestes. La sangre de la realeza fluye por mis venas, aprendí sobre cómo tener confianza en mí mismo incluso antes de aprender a respirar.

Eleva hacia el cielo su rostro alargado e imberbe, otorgándome la oportunidad de admirar su perfil, decorado por el pincel blanco de la luna.

—No eres capaz de quedarte callada, sin dar tu opinión acerca de todo. Nuestras opiniones suelen chocar. Somos como juntar las churras con las merinas, pero…

—¡Oye!

—Déjame acabar. Pero tú eres la única que actúa sin falsas intenciones. Eres sincera, no me tratas con delicadeza. En este reino de apariencias y de conveniencias, los nobles o me tratan como una oblación hipócrita, por puro oportunismo, o simplemente me ignoran. Hemos crecido juntos, pero en mundos diferentes. Sin embargo, jamás me has juzgado. Te mantienes fiel a ti misma. Jamás has soportado ver a la gente perderse en la soledad, ¿a que no?

—Puede que sea porque la soledad me inquieta.

—Arya, créeme que no sabes lo que es la verdadera soledad.

—Aïdan, te cedería mi sitio voluntariamente si pudiese hacerlo. Pero sé que serías demasiado orgulloso como para aceptarlo.

—Me conoces demasiado bien.

Tras un largo momento de silencio contemplativo, decidimos que había llegado el momento de irnos a la cama. Me regala su primera sonrisa de verdad, que recibo como una recompensa.

—¿Arya?

Aïdan me entrega un paquete perfectamente redondo y se aleja inmediatamente.

—¿Qué es?

Demasiado inquieta como para esperar su respuesta, retiro el sedoso papel y dejo a la vista una bola de nieve que me apresuro a sacudir para ver cómo caen los copos dorados sobre una reproducción de nuestra hermosa ciudad.

—Un regalo. Para la chica que se contenta con abarcar el mundo entero con un simple pestañeo.

Capítulo 9
La orden del día

Casi me atraganto con la tostada francesa cuando llegamos a la ciudad y la descubro en su día más festejado. Me he pasado todo el trayecto impacientándome y, al mismo tiempo, tranquilizando a mi madre. Ella duda, a pesar de que nosotros sepamos de sobra que sus dulces serán elogiados y que las ventas en el mercado despegarán todavía más.

Gracias al alboroto que hay en la ciudad, su ansiedad contagiosa disminuye. Aunque es muy temprano por la mañana, las calles abundan de flores, de los balcones cuelgan banderines con los colores de los Ravenwood, las posadas están hasta arriba y la fanfarria ensaya. Una bandada de cornejas planea por el cielo despejado sobrevolando Hélianthe. El rey ha ordenado que se abra su pajarera. Me cruzo con personas que llevan máscaras de pájaros o coronas de espino, con los niños del coro que van disfrazados de girasol y con una Amlette muy emocionada, ataviada con el vestido más bonito que tiene, de un rosa muy llamativo, que no esconde gran cosa de sus generosos pechos.

No hay nada más agradable en Hélianthe que los días de celebración. No me pierdo ni uno desde que soy pequeña, y espero que mi madre mantenga su palabra de dejarme seguir la procesión un rato. Esta última partirá a pie desde el Templo de Helios, donde se conserva el Tratado Galicia, y llegará hasta la corte. Muy a mi pesar, me perderé la llegada de las carrozas y de las diligencias que transportan a los allegados del rey.

El documento oficial, guardado en su vitrina de cristal, avanzará hacia el castillo escoltado por los portadores y los Siete Generales del rey, bajo los vítores, aplausos y cantos de los ciudadanos de Hélianthe. Esta unidad del pueblo es tan bonita de ver. Siempre y cuando nada ni nadie arruine el momento, claro. Ni el pánico de mi madre, ni el pesimismo de Aïdan, ni las reivindicaciones de los manifestantes.

—Arya, voy a acercarme al mercado para asegurarme de que mi amiga se las arregla. Concédete una media hora de calma antes de la tempestad.

¿Está tratando de ponerme a prueba y evaluar mi entrega y motivación?

—¿Estás segura?

—¡Vete antes de que cambie de opinión! ¡Y espero que estés puntual en la cocina, hija mía, si no quieres que te encierre durante un mes en tu habitación sin ningún libro a mano! ¡No toleraré ni un minuto de retraso!

Esta última amenaza se suaviza con una sonrisa, pero yo ya me he escapado…

Después de echarle un vistazo al reloj del campanario, decido hacerle una visita a mi preceptor. No lo he visto desde hace varios días por culpa de los preparativos, y echo de menos su compañía, tan extraña como interesante. Siempre está metido en su librería, como un ermitaño en su cueva.

Llego sana y salva, no sin antes haber ensuciado la parte baja de mi falda al pasar sobre un charco. Restriego las suelas de mis zapatos en el felpudo antes de entrar en la guarida sagrada. Aquí está mi tercera casa después de la cabaña y las cocinas del castillo. El olor característico de los libros, del cuero y del polvo provoca que resurjan en mí unas ligeras emociones y me tranquiliza. En este lugar reinan una calma monástica y el mismísimo caos.

—¿Maestro Jownah?

Una cascada de ruidos y, luego, un traqueteo divertido me saludan. Al cabo de unos minutos, el librero sale de la trastienda, tambaleándose entre los estantes. Desaparece detrás de una columna de libros que me apresuro en colocar.

Este personaje barrigudo y rechoncho me produce mucha ternura. La viva imagen de un viejo sabio, de esos que se encuentran en los libros que él mismo vende o presta. Se le levantan varios mechones de pelo a ambos lados de sus sienes y su cráneo brilla como los zapatos de un hombre con clase. Esconde sus pequeños ojos negros tras unas gafas redondas, y su barba blanca le llega hasta la barriga, cubierta por un largo sayal gris.

—¡Arya! ¡Tengo algo para ti!

Vuelve a desaparecer, trotando. Y regresa con un paquete rectangular que me tiende de inmediato.

—¿Un regalo? ¡Me mima demasiado!

Su mano se menea en el aire, como queriendo decir «Qué va, si no es la gran cosa». Incapaz de resistirme, desgarro el embalaje y lo que descubro me deja patidifusa.

—¡Por Helios! Maestro Jownah, ¡esto es una locura! No sé ni qué decir…

Mis manos intranquilas sostienen una edición limitada de mi cuento fetiche (y el de los gemelos) con la rúbrica certificada de su autor. La encuadernación brilla y huele a viejo; está en un estado impecable, su anterior propietario debía atesorarlo. Mis fosas nasales se intoxican con el olor. El interior contiene ilustraciones, grabados satisfactoriamente finos y anotaciones. La cubierta, decorada con pequeños fragmentos de amatista, me sirve para hacerme una idea de esta obra maestra.

—Con un «gracias» será más que suficiente —sonríe el anciano, entrecerrando sus párpados arrugados—. Feliz cumpleaños.

—¡Mil millones de gracias!

Poso la mano en mi pecho para expresarle toda mi gratitud. Refreno las ganas que tengo de besarle el cráneo, cosa que sería un poco extraña.

—No podía soportar más verte con tu libro raído. Acabarás perdiendo las páginas. Como guardián de los libros, no apruebo tal negligencia.

Incluso teniendo esta edición excepcional y costosa en mi poder, no sería capaz de separarme de mi viejo ejemplar que me regaló el propio maestro Jownah cuando cumplí ocho años. Lo considero un amigo con el que he vivido un montón de cosas. Lleva consigo huellas imborrables y ha marcado numerosas etapas de mi vida. La esquina de una página doblada o quemada, una mancha de caramelo, letras emborronadas por mis lágrimas, garabatos de Lilith, una cita subrayada... Para algunos, este apego puede parecer estúpido y lo entiendo, pero ¿acaso abandonarían a su mejor y más viejo compañero?

Miro mi bolso, que cuelga de mi hombro, preparada para guardar el libro, pero me retracto tras una breve reflexión.

—¿Le importa si lo dejo aquí? Vendré a por él después de mi servicio. No quiero que se estropee, perderlo o que me lo roben. Va a haber mucho movimiento en las cocinas.

El maestro Jownah asiente y me promete que cuidará de la obra hasta que vuelva a por ella. Aprovecho para sentarme en un pequeño banco que está hasta arriba de escritos de todo tipo. Mis nalgas se balancean para no terminar en el suelo, arrastradas por el peso de todo este conocimiento. Me llama la atención un grueso volumen titulado *Evanescentes: los escultores de la memoria y los recuerdos*, pero me resisto a tocarlo.

—Nunca había visto a alguien que amase tanto las palabras como tú, Arya —dice mi preceptor con un cariño sincero—. Y cuando digo «amar», hablo de un amor de verdad.

—Aparte de usted, querrá decir.

—¡Es diferente! —refuta, volviéndose a colocar los binoculares sobre su nariz chata—. Te observo con detenimiento desde que alcanzaste la edad para leer y para venir a rebuscar en mis estanterías con los dedos llenos de mermelada. Tratas a esos objetos como si fuesen personas. Algunas personas conversan con sus gatos o sus plantas, pero tú hablas con los libros. Siento envidia de ese vínculo tan profundo que mantienes con las palabras.

Lo que me dice me llega directo al corazón. Respeto y admiro a este hombre, tanto como a un abuelo un poco chiflado. Para contener mis emociones, bromeo:

—No le diga eso a nadie o me tomarán por loca.

—Para mí, la locura es una forma de inteligencia.

—¿Podría decirle eso a mi madre?

Las rodillas torcidas del anciano crujen cuando se me acerca. Se sienta donde puede, entre una cómoda que está a rebosar de pergaminos y unas cajas de madera llenas de tinteros. Después me interroga, entre divertido y desaprobador:

—¿Has conseguido colarte en la Biblioteca Real?

Hago una mueca. Me conoce demasiado bien como para poder mentirle.

—Todavía no. Los rumores cuentan que es tan inmensa que se tienen que utilizar escaleras para llegar a los estantes y que hay un fresco en movimiento en el techo que relata las guerras de antaño. Estoy desesperada por conseguir entrar algún día.

—Para ser más preciso, déjame decirte que te alejas bastante de lo que es en realidad, Arya. Esa biblioteca es impresionante, está repleta de archivos centenarios. Es lo suficientemente inmensa como para marear a los más sabios. Hasta el propio príncipe Aïdan ha pasado horas enteras ahí metido, en una esquina, rodeado de manuscritos viejos como...

—¿ ... usted?

— ... como el mundo.

—¡Cómo le envidio!

—Es normal. Su rango le permite tener acceso a la reserva. Le harán falta varias vidas para leerlo todo.

—No me ayuda a frenar la tentación de cometer un delito. ¡Usted será el responsable!

Él se aclara la garganta, después sacude su dedo índice delante de su nariz con severidad.

—Sé prudente, Arya. Te enfrentarás a serios problemas si te acercas a la Biblioteca Real sin autorización. Incluso si tan solo miras por el agujero de la cerradura. Aunque sepamos de su existencia no vale la pena que perdamos la cabeza por ella.

Replico con audacia:

—¿Solo echar un vistazo, entonces?

El reloj que cuelga de la pared me recuerda mi deber, pero la pregunta de mi maestro me retiene.

—¿Sigues con la práctica de los Glifos?

—¡Claro! Aunque a mis padres les parezca un capricho insólito.

—Lo entiendo, teniendo en cuenta tu propensión a jamás dejar de pensar.

—Aparte del té de hierbas de mi madre, no hay nada mejor para liberar mi cerebro que siempre está en funcionamiento.

—Ya sabes lo que dicen: llevarse el reconcomio a la cama alimenta a los Onirix con el polvo de los malos sueños.

—No me gustaría ser la culpable de que le pagasen poco a un Portador de la Noche. En los últimos días, mis sesiones son cada vez más interesantes y mis trazos muy espontáneos.

—Tu sabio espíritu siempre me sorprenderá. Yo mismo hacía ese ejercicio hace unos años, pero no tenía tanto instinto, paciencia y habilidades para escuchar como tú. Es un arte muy antiguo y profundo, no me extraña que se te dé tan bien. Tienes que cumplir tus sueños, Arya. Es muy honorable y dice mucho de ti que ayudes a tus padres, ellos cuentan contigo como se cuenta con los pilares de una casa para que se mantenga en pie. Pero la vida es demasiado corta y perdemos demasiado tiempo preocupándonos por la felicidad de los demás, sin pensar en la nuestra.

—Mi familia es lo más importante para mí y no puedo ignorarla. Nos mantenemos unidos en la adversidad. Debo ser de utilidad. Entienda que no puedo vivir dignamente de mis fantasías literarias.

—No hago apología del individualismo, Arya, pero a veces es importante ser un poco egoísta. Los arrepentimientos son todavía peores que la vejez y la decrepitud.

—Me encanta la repostería, incluso si no es el oficio de mis sueños. Obtengo algunos beneficios personales gracias a ella, como codearme con la corte o comer dulces hasta hartarme.

—¿Y eso es suficiente? ¿Qué pasa con tu felicidad?

—No me asusta la realidad. Mi día a día es menos glorioso que el de mis personajes favoritos, pero puedo conformarme con pequeños desafíos. Para lo demás, recurro a mi imaginación. Usted siempre ha defendido que los libros constituyen la juventud, al igual que los viajes. ¿Por qué buscaría en otro lugar lo que ya poseo aquí?

—Para alcanzar tus sueños más locos. Tus propios padres no se han ido nunca de Hélianthe, a pesar de que Phinéas aspiraba a encontrar los anticuarios del Fuerte de Cristal o fantaseaba con los árboles únicos del Bosque de Azuriel. ¿Es así como quieres terminar? ¿Tan solo descubrir los lugares fuera de lo común a través de los libros o de las ilustraciones? El mundo no tiene límites, solo los que fijamos nosotros.

—No me hace falta de nada.

—El amor y los bienes materiales no lo son todo, Arya. No eres tonta, pero te falta madurez para tu edad. Te he visto crecer y, como todo polluelo criado durante demasiado tiempo en el calor de un nido, te has olvidado de cómo volar con tus propias alas. La libertad y la pasión son bastante más valiosas que la comodidad. Es el momento de que descubras el mundo que existe fuera de las páginas, que lo veas con tus propios ojos. Vete a vivir las aventuras que se esconden fuera de estos muros. Son como las cubiertas de estos libros, tan solo encierran un resumen de lo que es la vida. El resto te espera y te abre los brazos. Pero, para ello, va a ser necesario que tomes riesgos y que te des un empujón. Despréndete de lo que te retiene. Encuentra tu propia vía, y no solamente la que se te quiere asignar.

Con una sensación extraña en el estómago, dejo a mi preceptor, mientras pienso en sus consejos. Encontrar mi lugar… Sin duda, esa es la orden del día. Cuando pienso en Aïdan, llego a la conclusión de que no tener el lugar adecuado es todavía peor que no tener ninguno.

Capítulo 10
Harina y confeti

*T*an solo necesito unos segundos para ubicar la pequeña carreta de la familia, que se encuentra en lo alto de la calle, lo que me obliga a aparcar mis reflexiones por el momento. Mi madre exclama mi nombre varias veces, haciendo señas. Fuera de su trabajo, la discreción no es su punto fuerte.

Atravesamos las puertas del castillo. Una divertida burbuja envuelve la corte: en el aire se respira entre entusiasmo y disciplina. Se desenrollan las alfombras negras y doradas, se alzan los estandartes y los uniformes están pulidos de tal forma que deslumbran. Los sirvientes están ocupadísimos. La delegación llegará en apenas unas horas. Estoy impaciente por ir a darle la bienvenida desde primera fila pero, por ahora, me espera una mañana movidita.

Había olvidado el caos que se montaba con esta celebración, tanto en las cocinas como fuera. Sobra decir que yo estoy en todo el meollo del evento y que este almuerzo es, cuanto menos, apoteósico. Durante un breve instante, sin duda bajo el efecto de las últimas palabras que me dedicó el maestro Jownah, me pregunto cómo celebrarán la firma del Tratado en el resto del Reino de Helios. ¿Se harán brindis en honor a los Ravenwood? ¿Se acogerán recitales en los templos? ¿Se reproducirá lo que pasa aquí en los teatros? En algún lugar, ¿un panadero horneará el pan en forma de corona de espino? ¿Este día es tan especial en las comarcas independientes como aquí o se las trae al pairo? ¿Se proclamarán discursos belicosos en contra del Tratado?

El trabajo me llama, así que interrumpo mi hilo de preguntas.

Al ver la cantidad de sirvientes que se dirigen a la cocina y el número de bandejas que se están preparando, pienso que voy a encontrarme con una situación caótica... pero es todo lo contrario. A pesar de que el calor es sofocante, los trabajadores se pisotean y el ruido combinado de las cacerolas y las órdenes es ensordecedor... cada uno sabe cuál es su sitio, su menú y su turno. Todo el mundo se activa y el ambiente es alegre. Acostumbrada a trabajar sola, aprecio esta dinámica de grupo. Llegar al límite me resulta hasta emocionante.

Es imposible decir con exactitud el número de pastelitos que he cubierto con glaseado, bajo la atenta mirada de la repostera jefa. No le ha hecho falta llamarme la atención ni una sola vez, sorprendida por mi delicadeza y mi concentración en la ejecución de esta laboriosa tarea: pulir cada pieza con bonitos jaspeados y minúsculos merengues. Bajo presión, mis torpes dedos se transforman en genios de la creación.

De tanto blanquear, arenar, emulsionar, empapar de licor o cubrir de chocolate los pasteles, enharinar los moldes, hacer que reluzca cada fruta que decora las tartaletas... la hora pasa en un abrir y cerrar de ojos. Me mantengo al acecho para ver si escucho la melodía del clarín tres veces, lo que dará inicio a las festividades y a la llegada de los invitados reales. Justo cuando me pongo manos a la obra con otra bandeja que tengo que llenar de pastelitos, mi madre se acerca y se apoya en mi hombro. Me doy la vuelta, pensando que me va a soltar más instrucciones, pero me regala una sonrisa.

—Puedes irte, Arya. Te lo mereces.

Me quita de las manos la bolsa llena de crema pastelera.

—Yo termino esto. Ya está casi todo listo. Después volveré a casa para celebrar este día en familia. ¡Venga, vete! ¡No te pierdas este momento!

Me apresuro a quitarme el delantal sucio y lo cuelgo en uno de los ganchos de la pared. A lo lejos, suena un clarín por primera vez, lo que anuncia la llegada inminente de la procesión. Soy capaz de sentir el fervor de la gente y mi propia emoción. Le doy un beso a mi madre en su mejilla llena de harina y salgo corriendo de la cocina.

—¡No tardes mucho en volver a casa después de tu servicio, hija mía! —me recuerda—. Tenemos unas velas que soplar, no lo olvides.

—¡Prometido!

Atravieso el claustro a toda velocidad. Se me mojan las botas con el agua helada de los charcos, mientras corro en zigzag entre las rocas, los arbustos y los setos podados en forma de topiario. Dejo atrás los estanques con carpas de oro. Tengo que apresurarme para encontrar un buen punto de vista.

Cuando el clarín suena por segunda vez, avanzo hacia la salida y, al pasar, le guiño el ojo a la estatua de Helios. El sol la sumerge en un oro embaucador.

La plaza principal está hasta arriba de gente. El gentío forma una hilera de honor. No me gustan los lugares que están hasta los topes, por miedo a que haya una avalancha humana, pero me siento feliz de ser capaz de ignorar esa preocupación. Como si fuese un topo, me hago un caminito y, gracias a mi pequeño tamaño, consigo situarme delante de la puerta del templo, al lado de un padre que lleva a su hija sobre los hombros. Sus manitas agitan una bandera. Si no me diese vértigo, me habría subido al tejado como hacen algunos, para tener una vista panorámica de esta colorida marea humana. Debe de verse precioso desde las alturas.

El sonido del clarín suena por tercera vez. ¡Justo a tiempo! Se abren las puertas del templo bajo un estruendo de aplausos y gritos de felicidad. Como estaba previsto, no hay ni rastro de Aïdan: me sorprendo a mí misma buscándolo entre el público, para asegurarme de que no se haya escondido por algún sitio, antes de volver a centrarme en el desfile. El rey y sus dos hijos mayores saludan desde lo alto de sus respectivas sillas de mano, cada una de ellas coronada con una corneja. La corona de espino del rey resplandece y los exquisitos atuendos de los príncipes no se quedan atrás.

Siempre impresiona ver al rey Héldon de cerca; carismático, con la barba muy corta, el pelo raso, la piel oscura y la mirada profunda. No tiene arrugas, pero un ínfimo rastro de tristeza traiciona su edad. Abel, su segundo hijo, reluce y sonríe a su pueblo, que observa con sus benévolos ojos grises. Su rostro es muy dulce. En cuanto a Priam, el heredero al trono, mira a la multitud por encima del hombro, con aire aburrido y la espalda muy recta. Posee la misma mirada y las mismas cejas que su padre, lo que contrasta bastante con su mata de pelo rubio.

El séquito lo conforman los allegados del rey, amigos y familia. A la cabeza, los que forman parte de la corte. Es una representación hermosa del linaje Ravenwood. Descubro algo más en ellos, algo que no consigo explicarme.

Entre el gentío, me fijo en una mujer magnífica con una cabellera larga y rojiza, ataviada con un suntuoso vestido esmeralda. Lleva un chal de tafetán que se desliza por sus hombros. Creo que es la prima del rey. Fascinante y misteriosa, agita un abanico a juego con su vestimenta. Nuestras miradas se cruzan y me da la impresión de que me sonríe amablemente con su boca decorada con carmín.

Aparto los ojos de ella para fijarlos en los Siete Generales, desperdigados alrededor de los Ravenwood. Visten su armadura ceremonial, mucho más imponente que la que llevan habitualmente. Sus corazas, estampadas con escudos, llevan una letra «H». Una única línea de color atraviesa sus yelmos. Con las manos cubiertas por guanteletes, sujetan con firmeza sus espadas que apuntan hacia el sol. Parecen estatuas, como esas que puedes encontrar en los pasillos del castillo; guardianes inmóviles que velan para que la ceremonia transcurra sin inconvenientes. En realidad, su presencia es tan solo simbólica. Hélianthe es un remanso de paz que no necesita la constante vigilancia de su Armada. El conjunto de los Siete Generales representa a las Siete Fronteras.

Y, entonces, el Tratado Galicia pasa por delante de mí, protegido por su preciosa vitrina de cristal. Aplaudo con fuerza. Los ciudadanos apoyan solemnemente una mano en sus corazones y murmuran sus plegarias a Helios y a la reina Galicia. Yo misma recito algunas palabras por la protección de Hélianthe y de la familia real. Por culpa del reflejo del sol, no consigo ver el documento desde aquí. Una lluvia de confeti y pétalos amarillos cae sobre nuestras cabezas; resulta imposible distinguir qué es cada cosa.

Los Siete Generales se ponen en movimiento y cierran la marcha. Sus pasos se apagan con los mantos de agua que salpican a los espectadores. La procesión deja a su paso un rastro olfativo sorprendente que activa mi memoria. Decido dar media vuelta antes de que todo el mundo se dirija hacia el castillo para seguir el desfile. A pesar de todas mis emociones, ha llegado la hora de volver al trabajo.

Mi madre ya se ha ido a casa y ahora me toca a mí encargarme de las tareas. Un sirviente me entrega a toda prisa el atuendo que debo usar para el servicio: un delantal inmaculado sin peto y una redecilla que me recoge todo el pelo. Fuera, todo Hélianthe está alegre, se escucha la fanfarria desde aquí. Llegó el momento para los ciudadanos de beber a la salud de Helios, de llenarse la panza y de bailar hasta el amanecer.

La mesa auxiliar se llena de licoreras, bebidas y jarras de vino. La corte y los invitados del rey están a punto de llegar y pronto estarán instalados. Conduzco mi cargamento por los pasillos hasta el salón de recepción. Admiro la belleza y la presencia de las damas y los cortesanos que van pasando, hasta el momento en el que el mismísimo príncipe Abel hace su entrada. Me inclino, como exige el protocolo. Él se para cuando llega a mi altura y le hace una señal a su séquito para que sigan avanzando. El calor me sube a las mejillas. Las pocas veces que me lo he cruzado, me ha parecido muy humano y fácil de abordar. Desprende cierta afabilidad. No le temo, pero no me siento segura con la idea de dirigirle la palabra. Conozco a Aïdan demasiado bien y su estatus de príncipe hace tiempo que ha pasado a un segundo plano, pero los demás príncipes me ponen nerviosa.

Abel, el mimado del pueblo y portavoz predilecto de la Corona, fue enviado como emisario al reino para solucionar los conflictos internos. Es conocido por ser un buen mediador, defensor de causas varias, y por volcarse por el humanitarismo. Aïdan considera que es demasiado blando, demasiado neutro y demasiado sensible, pero yo pienso al revés, que tiene todas las papeletas para ser un buen rey.

Me fuerzo por mantener los ojos en el suelo, pero no lo consigo por mucho tiempo, sobre todo cuando me dice con dulzura:

—¿Te ha convencido Aïdan para que le cuentes todo lo que pase durante el almuerzo?

—¿Disculpe, príncipe Abel?

Su sonrisa me sugiere amistad. La luz que atraviesa las grandes ventanas hace que sus iris se vean casi transparentes, modela los ángulos refinados de su rostro y hace que brille su larga cabellera negra, recogida en una trenza que le llega casi hasta la altura de los riñones. Si el cuerpo fuese la representación del alma, quiero creer que la suya es pura.

—¿No eres tú la hija de la repostera? ¿La que me cruzo a veces con mi hermano pequeño? ¿O acaso me equivoco? Si ese es el caso, te pido perdón por haberte importunado.

—No se equivoca. Y tampoco me importuna.

—¡Oh! —exclama—. Ya veo. No está al tanto de tu presencia. Has hecho bien en no decírselo, en este momento está enfadado y se deja llevar por tonterías. Me preocupa. Mi padre es un poco duro con él porque está tenso y esta época le trae malos recuerdos… y Aïdan solo intenta hacer las cosas bien.

Es extraño: me lo cuenta como si le sentase bien hablarme de ello. Cuando me paro a pensarlo, me doy cuenta de que no debe poder tratar el tema de su hermano muy a menudo.

—Discúlpame, no sé por qué te cuento esto. Debes de tener mucho trabajo, no quería retenerte. Buena suerte, y ¡feliz fiesta del Tratado!

Me inclino de nuevo sin saber qué decir. Antes de irse, exclama con una voz más clara:

—Transmite mis respetos y mis cumplidos a tu madre. Sé que Oyana nos va a deleitar con sus divinos postres una vez más. Dile que el príncipe Abel adora su tarta merengada de limón.

—Creo que ya lo sabe, príncipe Abel.

Sonríe de corazón antes de mirarme con una ternura enternecedora.

—Tú y yo tenemos muchas cosas en común. Quizás, algún día, nuestros mundos se crucen.

Con esas palabras, me deja en el pasillo para alcanzar el Salón de Recepción.

Me temo que nuestra única cosa en común es, y será siempre, Aïdan.

Capítulo 11
El ciclo sin fin

*T*omo una profunda bocanada de aire y entro en el salón.
Tengo que colocar los cubiertos y servir el vino en las copas
de cristal: he repetido estos gestos miles de veces pero, esta vez,
es una ocasión especial. Me uno al baile bien sincronizado de
los sirvientes, que traen y retiran los platos a un ritmo constante
y que cumplen con todas las exigencias… no sin sentir un ligero temor, claro. Hay muchos estómagos que contentar. Aunque
la familia Ravenwood sea famosa por su benevolencia, no me
gustaría derramar algo sobre la costosa túnica de una cortesana
en las narices del rey Hélon.

El Salón de Recepción se ve todavía más grandioso cuando
está vestido de gala. Las alfombras rojas y ocres amortiguan
nuestros pasos y la brillante lámpara de araña invita a dejarse el
cuello mirándola. Las paredes revestidas de oro se alternan con
los espejos que hacen que la estancia se vea más grande todavía
y la cubre de una luz dorada espectacular. Se ha dedicado una
pared entera a un precioso arreglo hecho con girasoles: pegados
los unos a los otros, forman una corneja que vuela en un cielo de
flores de color malva. Otra pared sostiene el mapa de Helios
más bonito que he visto en mi vida. Empiezo a recorrer la larga
mesa del banquete que se extiende como un pasillo hasta el sitio
del rey, aposentado en el extremo opuesto.

Con múltiples reverencias, sirvo a los nobles, absortos por
apasionadas y alegres conversaciones. La mujer con el pelo color
fuego se da cuenta de mi presencia una vez más. El vino fluye de
tal forma que no me queda otra que hacer varias idas y vueltas.
Cada vez que paso, trato de acercarme un poco más al Tratado,

colocado no muy lejos del soberano y vigilado por dos impresionantes generales. Las bandoleras de cuero que portan las relucientes espadas me convencen para que dé unos pasos atrás. Cuando el pergamino comience a brillar, será la hora de firmarlo de nuevo para perpetuar su poder y, así, reiniciar el ciclo anual.

Cuando vuelvo de la cocina, el rey Héldon está de pie frente a su corte con la copa de plata entre sus largos dedos. Los comensales se levantan con las copas en alto y exclaman con una voz sin igual:

—¡Alabado sea Helios!

Arrastro un poco los pies para poder escuchar el principio del discurso que inicia con aire belicoso. El silencio es absoluto, no tintinea ni un cubierto. Da la sensación de que nadie respira. Como si el rey hubiese absorbido todo el aire de la estancia.

—Alzo mi copa en honor a aquellos que comparten mi sangre, mi vida y mi ideología. La sostengo con seguridad ante mí por esta gran familia que es Hélianthe y por mis dos hijos, los herederos del mañana, que son mis más bellos logros. Quiero hacer un brindis para alabar a aquellos que comparten mis fracasos y mis victorias, para agradecer a aquellos que creen en nosotros, quienes inscriben el nombre de los Ravenwood en la historia. Para honrar a mis fieles y leales súbditos. Para homenajear a nuestra gran Armada, que protege las fronteras día tras día. Alzo mi copa para alabar a Helios y la prosperidad que nos otorga. Como muestra de gratitud, para marcar, una vez más, con una piedra blanca ese bendito día en el que mi pueblo y yo nos convertimos en clarividentes. Ese día, cuando decidimos obrar en contra del egoísmo, del elitismo, de la desigualdad y de las viles tentaciones. Bebo en honor a mis detractores, quienes siempre nos cuestionan. Por este momento que se repite cada año. Todos somos creadores de la paz. Una paz que hemos construido juntos, piedra a piedra. Y reservaré el último sorbo para vuestra difunta reina que, a través de este Tratado, sigue velando por el alma de este reino.

Las copas se alzan hacia el techo al unísono y los ojos se dirigen hacia el cielo. Cada invitado bebe el contenido de un trago, justo después del rey Héldon. Salgo del salón de mala gana, para que no parezca que estoy vagueando o que soy demasiado indiscreta, pero vuelvo unos minutos más tarde con el primer pretexto que se me ocurre. El rey está recitando un pasaje del Tratado:

—La magia se desarrolla en sí misma, pero no se conserva. Se comparte. La magia no es una marca de superioridad ni el espejo de nuestra grandeza personal. Al contrario, debe hacernos humildes. No debe suscitar la envidia, sino el respeto. La magia no debe ser un peligro. Debe ser la protectora de todas las almas que pueblan Helios. La magia debe gotear por nuestras venas, pero jamás por las espadas. Repara y da vida. La magia no cava tumbas, es justa y equitativa. No es el peso que inclina la balanza, sino el peso que la equilibra. No existe para valorizar a un único individuo, sino para elevar a todo un pueblo. Es portadora de esperanza. Sirve para convertir nuestras debilidades en fuerza. La magia no es una fractura, sino un vínculo que sublima nuestras diferencias. La magia debe ser modesta y debe practicarse con templanza. Cada pie que atraviese una frontera y pise Helios, ejercerá su poder con prudencia. Recordad siempre que no tener ninguna o poca magia es mejor que tener demasiada, porque el exceso es un caballo galopando que una sola barrera no puede detener, pero que varias pueden conseguir que vaya más despacio. Los límites no existen para someter o castigar, no tenéis las manos atadas, hijos de Helios. Sois libres de hacer de estas Siete Fronteras vuestro asilo y vuestro hogar. Bajo este Tratado, siempre tendréis la opción de partir, pero ya no estaréis bajo mi protección.

No puedo quedarme más tiempo. Mi superior me hace gestos y entiendo que ya no requieren mi servicio. Ya puedo irme a casa. Por un lado, me siento aliviada por poder irme con mi familia para tener una tarde-noche de fiesta (sé que me espera un pequeño festín en casa, así como algunos juegos y una lectura al lado del fuego); por otro lado, me da pena no poder asistir a lo que viene a continuación. Qué se le va a hacer, oiré las campanas desde allá y así sabré que ya se ha firmado el Tratado y que la paz puede seguir su curso habitual. La sirvienta me da un golpecito en el hombro para felicitarme y me murmura un «gloria al Tratado Galicia», antes de salir del Salón de Recepción sin hacer ruido, acompañada de mi carreta.

Según voy avanzando por el pasillo, empiezo a escuchar gritos. Dos lacayos le impiden el paso a Aïdan. Nunca lo había visto tan enfadado: el rostro rojo, desencajado por la furia, y el pelo todo enmarañado. Puedo notar la tensión en su mandíbula. Cada una de sus palabras hace vibrar su pecho. Ya ni siquiera trata de controlar su lenguaje y pienso que, si su padre pudiese oírlo, mi amigo se estaría arriesgando a algo más que una simple bofetada.

Mi corazón quiere intervenir, pero mi cuerpo me dice lo contrario. Puedo ver que los guardias se debaten entre la posición del príncipe y las órdenes del rey. No pueden tocarlo, y eso dificulta la situación. Mientras el príncipe tacha de hipócrita a su padre, empiezo a entender que ha escuchado una parte de su discurso y eso explica su ira (además de que lo hayan dejado fuera de todo esto, por supuesto). Ha debido intentar entrar en el Salón de Recepción.

Su rabia cae tan rápido como la temperatura cuando llega la noche. Ahora, suplica. Jamás lo había visto implorar piedad de esta forma. Ni siquiera con su padre. Debe de estar desesperado. No puede hacer nada, las lanzas de los lacayos siguen cruzadas delante de él. Esta escena me afecta, tengo el corazón encogido… pero ¿qué puedo hacer? Decido huir una vez más, aunque me enfado conmigo misma por estar abandonándolo de esta forma… Pero mi mirada se encuentra con la suya antes de que me dé tiempo a dar media vuelta.

La sangre abandona su rostro y sus ojos se empañan. Es entonces cuando me doy cuenta de mi error. No debo dejarlo solo, ya lo está demasiadas veces. Su forma de despojarse de su soledad es a través de la ira que descarga sobre los demás.

Necesita una amiga. Aïdan les da la espalda a los guardias y se pone a correr. Quiero gritar su nombre, pero ahogo mi voz. ¡No puedo gritarle a un príncipe en medio del pasillo! Así que tengo que reaccionar de otra manera. Tras un momento de duda, corro tras él. Me arriesgo a que me atrapen, pero por un amigo vale la pena, ¿no?

—¡Espere, príncipe Aïdan!

Deja de correr, por fin. Me paro ante su espalda recta, sus brazos pegados contra su cuerpo y sus puños cerrados. Sus omóplatos sobresalen bajo su jubón negro y el sudor hace que el pelo de su nuca se vea más oscuro.

—Aïdan.

Me hace una señal para que lo siga, sin mediar palabra. Yo lo hago. Después de una humillación como la que acabo de presenciar, entiendo que no quiera hablar y lo respeto. Hasta yo sé cuándo tengo que mantener la boca cerrada. Lo conozco lo suficiente como para saber que espera al momento adecuado para explotar.

Tras unos minutos, llegamos a un callejón sin salida. Cuando estoy a punto de interrogarlo, me aferra del brazo y corre hacia la pared de piedra, cubierta por un tapiz gigante. Cierro los ojos.

Me preparo para un choque inevitable que nunca llega. Acabamos de atravesar el muro de una sola pieza, pero me toco la nariz una vez más, por si acaso. Estamos en una antesala hexagonal y estrecha. Una luz fuerte brilla bajo el umbral de la puerta. En cada una de las paredes, hay vitrinas que están hasta los topes de grimorios gruesos y viejos, desgastados por el tiempo, de frascos vacíos y de pequeñas herramientas de cobre cuya función desconozco. Algunos de los frascos contienen líquidos de colores inciertos. Además del olor a cerrado, noto un sutil olor agrio que me perturba. Siento cierta familiaridad con este aroma.

—¿Dónde estamos?

—Eso no importa.

Las manos de Aïdan tiemblan como las hojas movidas por el viento. Se masajea las sienes antes de empezar a pasearse por la estancia como una bestia enjaulada, parándose de vez en cuando delante de una vitrina. ¿Qué busca? Me acerco a él con mucha precaución, como si de un animal herido se tratase.

—¿Quieres hablar de lo que acaba de pasar?

Su silencio es tan largo que pienso que ya no me va a responder, pero acaba por soltar:

—¿Por qué no me dijiste que estabas de servicio hoy?

Durante un segundo, no desecho la posibilidad de mentirle, o al menos de encontrar una excusa que pudiese ablandar su enfado, pero mi conciencia toma la delantera y decido ser honesta:

—No quería lastimarte más, ni que te sintieses todavía más humillado.

—¿Todavía más?

—Ayer… escuché por casualidad la discusión con tu padre. No fue intencionadamente. Me encontraba en el sitio equivocado en el peor momento posible. Después de todo eso, no me parecía bien contarte que iba a servir en la Ceremonia del Tratado. E insisto en lo de «servir», porque ha sido todo lo que he hecho. No he tenido tiempo para ver o escuchar nada de nada. No era mi lugar, era más bien el tuyo. Si tuviese el poder de convencer a tu padre, lo habría hecho hace tiempo, tienes que creerme.

Su mirada indignada me lastima. Aïdan se gira para abrir una de las vitrinas. Hurga en su interior, irritado, y saca un frasco en forma de gota, decorado con un ojo de reptil con la pupila hendida. Dentro del frasco hay un líquido verdoso. El tapón de corcho cae a sus pies antes de beberse su contenido de un trago. Es el tratamiento que toma cuando lo ataca la migraña. Arroja por encima del hombro algunos frascos, todavía enteros, que acaban dentro de una mochila que ya está llena de efectos personales, ropa y provisiones. ¿Una mochila de viaje?

—Te voy a decir una cosa. Varias, más bien. No le mientas a tu amigo de la infancia. No le ocultes cosas ni lo dejes de lado. No actúes como si temieses a mis reacciones, como haría cualquier imbécil que no me conoce y que no sabe quién soy.

Me gustaría explicarme y disculparme, pero mi atención se centra en esa mochila y lo que representa.

—Aïdan, ¿a dónde vas?

—A algún lugar donde haya un sitio para mí. Si es que existe, claro.

—¿Abandonas el castillo?

—Me voy de Hélianthe. No tengo nada más que hacer aquí, debería haberme ido hace ya bastante tiempo, pero era demasiado cobarde y débil para tomar esta decisión. Ha llegado la hora de que acabe con el ciclo sin fin de mis tormentos.

Capítulo 12

Detrás del tapiz

Sabía que esto pasaría algún día, pero sigue sin ser fácil de asimilar.

—¿Para ir a dónde? ¡No puedes dejar la capital, tu padre no te lo permitirá! ¡Ya me lo imagino organizando una batida para traerte de vuelta! No puedes atravesar las fronteras, es demasiado peligroso para las personas...

—¿ ... que no tienen poder? Está claro que no sabes nada, mi pobre Arya... nada más que lo que cuentan tus libros para chicas ingenuas. ¡Ahí fuera viven personas ordinarias en armonía con la magia sin este estúpido Tratado! Si hubiese habido un hueco para mí en ese dichoso almuerzo, ahora el mundo sería un poco menos ignorante. Tenía muchas cosas que decir y ofrecer. Tengo la cabeza llena de ideas. En cuanto a mi padre, no creo que se dé cuenta de que me he ido... y, si lo descubre, estará feliz de haberse deshecho de mí al fin. Quizá le haga caso y me una a la Armada de Helios de forma voluntaria. No sé si eso hará que se sienta orgulloso, pero al menos sería de utilidad.

—¡No puedes hacer eso!

—¿Por qué no, Arya? Dame un solo motivo de peso por el que debería quedarme.

Me lo dice como si esperase una respuesta. No es un engaño ni un malentendido, él de verdad cree que no merece la pena quedarse por nada, o que nadie lo echará de menos, y eso es lo que me hace perder los estribos. Ahora me toca a mí cabrearme. Me abstengo de patear la dichosa mochila o de sacudir a Aïdan en todas direcciones. La verdad es que no estoy enfadada con él, sino conmigo misma. Por no ser capaz de encontrar unas palabras lo suficientemente reconfortantes; por haber pensando, aunque solo sea por un mísero segundo, que es verdad que estaría mejor lejos de aquí, que su familia jamás le hará un hueco y que tiene que buscarlo en otro lugar. Me enfado porque sé que jamás obtendrá lo que desea, ni su papel de príncipe, ni el reconocimiento, ni la atención que se merece. Me enfado porque no soy capaz de decirle que puedo ayudarlo, que nuestra amistad es motivo más que suficiente. Porque sé que no lo es. Debería haber miles de motivos. Aïdan no es feliz aquí, se amargará con el tiempo y su cólera jamás se apaciguará. Sería egoísta por mi parte suplicarle que se quedase. No quiero ponerme a llorar pensando en que nos tenemos que separar porque irse sería un alivio para él. Ser libre en vez de ignorado es una elección fácil. Así que continúo dándole excusas insípidas que no lo convencen:

—Abel.

—¿Qué pasa con Abel?

—Tu hermano te apoya. Si te vas se va a poner muy triste.

El príncipe se dirige a mí con el fantasma de una sonrisa, de esas que no alcanzan al resto de la cara. Se fuerza por mostrarme emociones que no siente de verdad. Se traga un segundo frasco antes de responderme:

—Lo superará. Pensaba despedirme de él, pero me lo han impedido esos malditos guardias. Después habría ido hasta tu casa para despedirme de ti, aunque no te hubiese encontrado allí.

Su voz se apaga con un deje de tristeza y yo siento cómo se me desmenuza el corazón poco a poco.

—Lo siento, Aïdan. Por haberte mentido, por no haber sido capaz de consolarte. Mis palabras no pueden solucionar nada.

Hace el amago de un gesto hacia mi mejilla, pero cierra el puño y deja caer el brazo contra su cadera. Todavía sujeta el recipiente medio vacío en la otra mano. Hace mucho frío aquí, aunque quizá sea la distancia que crece entre nosotros lo que me da esa impresión.

—No entiendes nada. Tus secretos de niña pequeña solo me dan ganas de burlarme de ti. En cuanto a lo demás, estoy acostumbrado a estar solo y a apañármelas solo. He sido un idiota al pensar que tú, Arya Rosenwald, encontrarías las palabras adecuadas para que convencerme de que me quedase. Esto no es lo que esperaba de ti... Esta no es la respuesta que esperaba. ¿Estoy sorprendido? La verdad es que no. Siempre has sido torpe. Pero sí que estoy decepcionado. Decepcionado porque no me supliques que no te deje aquí. Quería que tú fueses mi motivo. Ya veo que no soy suficiente. Puede que hasta te vaya mejor sin mí.

Lo que dice tiene un efecto arrollador en mi mente, pero las palabras se me siguen atascando en la garganta. Me golpeo la frente, como si estuviese intentando arrancar una máquina de escribir que se ha quedado bloqueada. Tengo que explicarle lo que siento, que me importa demasiado su bienestar, pero no soy capaz de suplicarle que se quede, ni aunque sea por mí. ¿Por qué es tan duro?

—¡Al contrario, Aïdan! ¡Te equivocas! Es que...

—Tenía la absurda idea de que podrías acompañarme. Que habríamos viajado juntos, descubriendo el mundo codo con codo. Escapar de este sitio que aprisiona nuestras verdaderas capacidades.

Se me abre la boca como si fuese tonta. Jamás había visto sus ojos tan duros y fríos. Mi silencio termina por romperlo.

—Ya veo... lo que pensaba. Tú ya tienes todo lo que necesitas.

Me siento culpable. Me muerdo los labios. Dice la verdad. Soy feliz, no pido más, mientras que él no tiene nada y sufre por ello. Me invade una inmensa ola de compasión. Me viene a la cabeza la imagen de mi propia familia, nuestra calurosa cabaña, nuestras comidas al lado del fuego riendo a carcajadas. Pienso en mi madre y su gran instinto maternal, y en mi padre, siempre tan protector, dispuesto a sacrificarlo todo por sus hijos. Aïdan no posee ninguna de esas riquezas. Busca el amor desesperadamente sin encontrarlo. Busca un lugar al que pertenecer. No sé por qué me sorprende tanto, si esto no es algo nuevo. No lo soporto. Digiero este sentimiento de lástima que crece en mi interior y se expande como si de veneno se tratase.

Cada vez me siento peor. Es verdad, lo tengo todo aquí. Si Aïdan me hubiese pedido que lo siguiese, que dejase Hélianthe, a mi familia, mi trabajo, mi zona de confort… le habría dicho que no. No puedo mentirme a mí misma. ¿Dejar todo lo que me ha hecho crecer? ¿Dejar atrás un sitio sano y seguro por lo desconocido? No, eso no es algo que vaya conmigo. El príncipe es mi amigo, el único, pero no puedo retenerlo y tampoco puedo abandonarlo todo por él. No puedo ser su motivo. No tengo el derecho de serlo, aunque quisiese.

Se me contrae la garganta, como si alguien me estuviera apretando lentamente una soga alrededor del cuello, y me empiezan a escocer los ojos. Aïdan percibe mi compasión. Lo siento en su mirada.

En una fracción de segundo, me doy cuenta de mi estupidez. La atmósfera se vuelve pesada, irrespirable. Él retrocede con brusquedad, lo que me hace temblar, y me domina completamente. Sus rasgos se vuelven agresivos, irradia una energía extraña, sombría y violenta. Cuando me habla, su voz suena ronca y despelleja cada una de sus palabras:

—Te prohíbo que me mires de esa forma. Tú no.

—Aïdan, escúchame…

—Sabía que este día llegaría. El día en el que al fin vería la verdadera naturaleza de tu amistad. No me temes ni me utilizas por mi estatus. Es todavía peor: me tienes lástima, desde el principio.

—¡Claro que no!

Me defiendo, pero sin que suene convincente.

—El pobre príncipe Aïdan, menospreciado por su padre que lo machaca sin cesar, huérfano de madre, a la sombra de sus dos hermanos, el hazmerreír de la nobleza. No se le leen historias al pequeño Aïdan. No se lo arropa por las noches cuando no es capaz de dormir. No se lo invita a las comidas familiares. Nadie que lo tranquilice, ni amigos ni magia. Un futuro sin prestigio, un príncipe sin valor. No me tomaste cariño, sino compasión. ¡Ahora lo veo! ¡Ahora lo entiendo!

—Estás delirando, Aïdan…

Trato de tocarlo, incluso si eso significa correr el riesgo de invadir ese espacio personal que tanto protege, pero me empuja el brazo. Me mira como si fuese una cualquiera y yo trato de que no me lastime esa mirada impuesta por su ira, su dolor y su decepción.

—No soy nada más que una obra de caridad para Arya Rosenwald —continúa con rencor—. La empática Arya. Todo el mundo adora a esa cerda que anda por ahí cubierta de harina. Tan amable con los demás, tan sensible, tan inteligente. ¿Te sientes superior a mí? ¿Te sienta bien darte cuenta de que poseer un título y todo el oro del mundo no es suficiente para que un hombre sea feliz, mientras que una chica con sus malditos libros y sus pasteles sí lo es? ¡Solo eres una imbécil afortunada!

Pasa a la ofensiva. Cada una de sus palabras se me pega a la piel. A pesar de todo, lo dejo descargar su cólera. Está al límite y su decisión de irse solo es el resultado de años y años de frustración.

—Acéptalo de una vez, si te pasas el día leyendo es porque, en el fondo, buscas escapar de tu rutina aburrida y monótona. Vives, pero solo dentro de tu cabeza. Una chica como tú jamás verá el mundo más allá de estos malditos campos de girasoles, no tienes las agallas ni la audacia suficiente. Ayer por la noche me hablabas de libertad, pero tu condición te atrapa todavía más que la mía. Qué triste realidad, Rosenwald. Condenada a vivir a través de personajes ficticios cuyas historias son bastante más emocionantes y bonitas que tu pobre y miserable existencia. No me hace falta una bola de cristal para leerte el futuro: terminarás como tu madre, viviendo en una casa cutre mientras crías a mocosos piojosos.

Habla sin tan siquiera pararse a respirar. Su ira me sofoca, soy incapaz de frenar toda la bilis que está soltando por la boca. Sus palabras son como guantes de hierro que destrozan mi corazón. Esto no tiene nada que ver con nuestras rencillas de niños o nuestros hirientes combates verbales. Esta vez es diferente. Está tratando de hacerme daño intencionadamente, de rebajarme. Intento concentrarme en otra cosa que no sean sus palabras, pero el olor cada vez más agrio de la estancia me empieza a provocar náuseas.

—Jamás saldrás de las páginas de tus novelas, triste y frustrada, porque te contentas con lo que tienes. Es decir, la mediocridad. Eres como todas esas personas poco exigentes que siguen la bandera a ciegas y dejan pasar sus sueños porque arriesgarse es demasiado difícil, y acaban muriendo con arrepentimientos. No sabes nada de la vida real, del sufrimiento. No sabes nada de nada, como todos aquellos que nacen en la normalidad, en una casa cálida y acogedora, amamantados de amor y protegidos como cosas preciosas, a pesar de que son insignificantes. No quiero tu desafortunada compasión. Ten compasión por ti misma.

Aïdan se calla y se desabotona el alto de su jubón, como si lo ahogase su propia ira. Aprovecho este silencio para volver a respirar. La pequeña cicatriz que tiene en la frente atrae a mis ojos, ya que no son capaces de afrontar su mirada. A lo lejos, detrás del tapiz, me parece escuchar un rumor. Nada indica que el Tratado haya sido firmado ni que la fiesta esté en su auge. Todavía falta que suenen las campanadas.

Me enderezo para tranquilizarme. Él ya se ha desahogado, me toca a mí:

—¿Has terminado? No te pienso dejar decir semejantes barbaridades sobre mí o sobre mi familia. Entiendo que estés herido, enfadado, que quieras irte, pero es tu decisión, no puedes echarme toda la culpa. Estoy de tu lado, no lo olvides. Siempre lo he estado. Tú y yo tenemos un vínculo. Es difícil de entender, pero existe, lo queramos o no. No puedo irme contigo y tampoco puedo impedir que te marches, aunque te vaya a echar de menos. Porque sé que es lo correcto.

—Tú no…

—¿Por qué eres tan injusto?

—¡Cállate! ¡Estoy hablando! —grita con los ojos inyectados en sangre—. ¿No deberías respetar a tu príncipe, pedazo de idiota?

La sombra de su padre me invade y le suelto una bofetada. Sus dientes chocan. Me arrepiento de lo que acabo de hacer, sobre todo cuando murmura sin pestañear:

—Estoy acostumbrado a los golpes.

Me intento acercar a él otra vez con más dulzura. Debería irme en vez de permitir que me tratase de esta forma, pero no soy capaz de hacerlo. Ya le he hecho bastante daño.

—Te equivocas de enemigo. Tanto si decides quedarte como desaparecer, encontraremos una solución, los dos juntos.

—Se acabó —declara, categórico—. ¡No quiero verte más! ¡Jamás! Tú también me consideras alguien débil. No lo suficientemente fuerte para sobrevivir solo sin que me tiendas la mano. Tienes razón, quédate aquí. Muere aquí si es lo que deseas. No te necesito. Ni a ti, ni a nadie.

Lanza el frasco contra el muro en un gesto de rabia. El cristal se rompe y pongo la mano en mi frente para protegerme. Sus hombros caen. Soy capaz de leer la angustia y el dolor en su rostro, y entonces comprendo que eso es lo que le gustaría haber leído en el mío. Se dirige hacia su mochila de viaje, la cierra y vuelve hacia mí. Su mirada se ha calmado. No quiero que nos separemos con estas palabras, que mi último recuerdo de él esté marcado por la humillación y un rencor mutuo.

—¿Te vas así? ¿Insultándome? ¿Por qué haces esto? Sé que no piensas nada de lo que has dicho, así que dime la verdad.

Se le caen las lágrimas por las mejillas. Esta vez es él quien reduce la distancia. Me agarra por los hombros y siento un cosquilleo por todo mi ser, como si miles de arañas trepasen por mi piel desnuda. Me aferro a alguna parte de su camisa y tiro de ella hacia mí.

—¡Respóndeme! ¡Esta no es forma de despedirse, príncipe Aïdan!

Se inclina lentamente hacia mí. Su olor a limón, mezclado con sudor, me hace temblar. Es tan pálido, sus mejillas están tan hundidas y su cuerpo es tan frágil para ser el cuerpo de un hombre. Su enfermedad le roba su verdadera belleza y esta constatación me pone todavía más triste.

Fuera, resuenan ruidos poco habituales. Como el estruendo lejano de una tormenta que se avecina. No sé si Aïdan se da cuenta porque no reacciona. El suelo tiembla, pero seguro que tan solo son mis piernas. En mi pecho, un pájaro furioso bate sus alas.

—Para romperte el corazón, Arya. Esta es la única forma de que no te culpabilices por dejarme ir solo. Si soy desagradable contigo y me odias, no tendrás que culparte y no me echarás de menos. Te demostraré lo que valgo. Algún día.

—Aïdan, ya sé lo que vales.

—No, no sabes nada. Todavía no, en todo caso. No necesito que alimentes mi ego, Arya. No es lo que te pido. Es cosa mía encargarme de eso. No tengo demasiada confianza, o simplemente no la suficiente, para decirte todo lo que pienso, pero ¿aceptarías mi último regalo a modo de despedida?

Me quedo petrificada mientras su rostro avanza hacia el mío y su mano helada se engancha en mi cuello, para terminar descendiendo hacia lo alto de mi pecho. No se aventura a ir más lejos, pero deja la mano ahí, cerca de mi corazón. Nuestros ojos se encuentran. Deja un beso en mis labios con dulzura y se aleja con una sonrisa que, hasta entonces, desconocía. No me da tiempo a reaccionar ni a decirle una última palabra porque, en cuanto nuestras bocas se separan, nuestra respiración, acelerada por la emoción del momento, deja una estela de vapor blanquecino.

—¿Qué está pasando?

Mi aliento continúa marcando el aire con esta especie de niebla y empiezo a temblar. Froto las manos la una contra la otra, no me sorprendería nada que se me cayesen los dedos. Me coloco el pelo de forma que me caliente las orejas y la nuca. Aïdan recula y recorre la estancia con los ojos inquietos. No veo qué lo perturba, hasta que el cristal de las vitrinas comienza a cubrirse de condensación. Escucho un crujido y, justo después, unos gritos que rompen el silencio.

—Tenemos que largarnos de aquí. ¡Algo no va bien!

—¡No, de eso nada! —me frena Aïdan.

Él se precipita sobre su mochila y saca un abrigo que me empieza a poner por los brazos.

—¡Tú te quedas aquí! ¡Voy a ver qué pasa! Aquí estás a salvo, nadie puede encontrarte.

Aprieto su mano helada para retenerlo. Esta vez estoy preparada para suplicarle que se quede conmigo, pero, antes de que pueda protestar, las velas se apagan y hacen que la estancia se vea más tenebrosa todavía.

Escucho la respiración de Aïdan. No dice nada, ya que está intentando afinar el oído. El estruendo se acerca, el desorden, los pesados pasos hacen que tiemblen las paredes. Veo un destello. Después un segundo y un tercero que iluminan brevemente el rostro perplejo de Aïdan. Sus labios están azules. Yo ya no siento los míos, ni mi nariz ni mis orejas. Empiezo a sentir dolor en el pecho y mi respiración se hace cada vez más irregular.

Apretujo el abrigo de Aïdan contra mí, pero me estoy congelando por dentro y siento que mi piel se va a empezar a agrietar pronto, como si de un espejo se tratase. El pelo y la ropa se me empiezan a endurecer.

Nuestras manos se desprenden y ya no me queda fuerza para retener a Aïdan. Todo da vueltas. Percibo el ruido de un golpe y después una respiración intranquila. Es la mía. Tan solo la mía. Cuando trato de llamar a mi amigo, noto como si la lengua se me pegase al paladar. Soy incapaz de pensar, mi espíritu se ha congelado con este frío. Siento que me caigo en el vacío aunque esté de pie.

Finalmente, me dejo caer al suelo y me hago un ovillo, temblando. Cada respiración se vuelve más difícil, el aire se siente tan cortante como una navaja. Todo es negro. El silencio vuelve. Espero, no puedo hacer otra cosa.

Al cabo de un momento, siento un hormigueo que recorre mi cuerpo, vuelvo a tener sensaciones. Pero, en cuanto noto de nuevo el calor de mi propia sangre, sin previo aviso me pasan por la mente destellos de luz colorida, demasiado rápido para que pueda descifrarlos. Una migraña atroz me fulmina. Grito, sin conseguir emitir ningún sonido por la boca, y me hundo en la nada.

Capítulo 13

De ceniza y escarcha

Me pesan los párpados. Tengo las pestañas pegadas. Una luz tenue me deslumbra. ¿Durante cuánto tiempo he perdido el conocimiento? Ni idea. Solo sé que siento un dolor de cabeza terrible, como si me estuviesen clavando unas garras de hielo. Me duele el cuerpo entero, pero al menos ya no tengo frío, a pesar de las corrientes de aire que recorren la estancia y que traen un hedor a azufre y a quemado, muy ácido y desagradable.

Me siento vacía y llena a la vez. Conmocionada, eso seguro. Un cúmulo de emociones confusas se amontona en mí. Este enredo en mi mente me impide pensar con claridad. El nombre del príncipe es la única palabra que consigo pronunciar con una voz casi inaudible.

Intento levantarme a duras penas. Mi mano se encuentra con una textura suave: el abrigo de Aïdan. Lo aparto hacia un lado. Apoyo las manos en el suelo helado y los restos del frasco roto me rasguñan las palmas. Siento dolor en la frente y, al palpármela, mis dedos se pringan de sangre. ¿En qué momento me he golpeado? Qué más da, lo único en lo que puedo pensar ahora mismo es en Aïdan.

El segundo intento de levantarme me provoca una mueca. Un dolor agudo me atraviesa del ombligo al cráneo. A pesar de todo, consigo ponerme en pie y lo primero en que me fijo es que la mochila de viaje ya no está. La idea de que me haya abandonado estando inconsciente y herida me parece inconcebible por mucho que hayamos discutido. ¿Se ha ido a socorrer a su hermano Abel? ¿A buscar ayuda? ¿Ha aprovechado la confusión para dejar el castillo sabiendo que aquí no me pasaría nada?

No escucho nada. Qué silencio tan impactante. Parece que la tormenta ya ha pasado, así que tengo que salir de aquí para descubrir qué ha sucedido. Que le den a las órdenes de Aïdan. El miedo irracional de encontrarme encerrada en este lugar me paraliza y me imagino aplastada como un vulgar repollo entre los dedos de un niño glotón. Me da la sensación de que las paredes se estrechan y que el techo está cada vez más cerca.

Ahora sí me dejo llevar por el pánico. Intento abrir cada puerta que da a la antecámara a la desesperada, pero ninguna cede. ¡Todas están cerradas con llave! Tomo grandes bocanadas de aire, hasta que me acuerdo de la entrada secreta. Tengo que mantener la cabeza fría si quiero encontrar a Aïdan.

Atravieso el pasadizo escondido casi sin calcular mis movimientos. Mi corazón late con fuerza ante la idea de que le haya pasado algo grave a mi amigo o de que se haya ido sin mí. Algo en mi interior me dice que no sería capaz de recuperarme de esa pérdida. Me culparía por haberlo dejado ir pensando que no me importa o que me alegro de que se haya ido. ¿Por qué no he sido capaz de confesarle mis sentimientos de verdad? Necesito verlo, abrazarlo. La revelación es fulminante: por fin entiendo lo que significa para mí y la culpabilidad me empieza a carcomer. Me prometo a mí misma borrar este terrible arrepentimiento en cuanto lo encuentre.

Desfilo por los pasillos fríos y desiertos mientras mi angustia aumenta. En el suelo hay platos hechos trizas, lanzas abandonadas y hasta algún zapato extraviado. Restos de una huida. Me pongo a correr. Mi cráneo protesta, pero consigo mantener a raya el mareo. No veo ni un sirviente, ni un guardia. ¿Cómo puede ser que este castillo, ahora mismo más austero que un cementerio, pierda su alma tan rápido? Algo muy malo está pasando.

De repente, las campanadas resuenan con una fuerza increíble. Es la señal que indica el cierre de la ceremonia de la fiesta del Tratado. Suena tres veces en todo el palacio y también en cada fibra de mi cuerpo. Ya no anuncian la fiesta, sino más bien la muerte.

Voy acelerando el paso en dirección a las cocinas y no consigo evitar tropezar varias veces con unas placas de hielo. El agua helada me salpica el bajo de la falda, quemándome la piel de los tobillos. Hay bloques de hielo reventados en las alfombras, ceniza sobre los cuadros y espejos rotos. No dejo de correr como una loca. Casi sin aliento, freno delante de las puertas batientes. Las empujo, presa del pánico, y dejo salir un grito por el esfuerzo.

El caos es absoluto: pasteles aplastados en el suelo, copas quebradas, utensilios derramados por todas partes, bolsas tiradas, bidones caídos goteando aceite... Parece como si un tornado acabase de arrasar la cocina. Solo queda el fuego estrepitoso que reina el silencio en solitario, indiferente al desorden.

Los cocineros han debido abandonar sus puestos de forma precipitada. Estoy muy confusa. Trato de elaborar una teoría sobre lo que ha podido pasar, pero no consigo llegar a una conclusión coherente. Me apresuro hacia donde están los hornos, de donde empieza a salir un humo negro y nauseabundo. Mis botas empapadas chirrían a cada paso que doy sobre los cristales rotos. Tomo un trapo desgarrado y azoto el fuego antes de que se propague. Solo queda una tarta carbonizada que nadie se comerá. Me da un vuelco el corazón cuando esta triste constatación me recuerda a mi madre. ¿Dónde se esconden todos?

Asfixiada por el humo y la ansiedad, salgo por la puerta que da al patio. Inspiro fuerte, mis pulmones ya necesitaban aire fresco, pero lo que descubro al salir no me ayuda a tomar el control de la situación. El jardín, que algún día fue verde, es un campo en ruinas de ceniza y escarcha. Los setos y las arboledas calcinadas siguen expulsando un humo negro que se eleva hacia el cielo como si fuesen espectros tenebrosos. Las pilas y los bancos dañados ensucian los parterres de flores y el agua se filtra a través de las grandes grietas que tienen las fuentes que amenazan con derrumbarse. Dada la magnitud de los daños, empiezo a pensar que quizás haya sido una explosión, justo cuando distingo unas flechas de cristal clavadas en los muros. La idea insana de una invasión enemiga me atraviesa el alma. No, Hélianthe es inatacable.

En las cuatro esquinas del patio hay unas manchas negras que se asemejan a un manto de alquitrán. Me acerco con prudencia y no puedo reprimir un sobresalto. Son cadáveres de pájaro. Decenas de cornejas sin vida, algunas de ellas calcinadas.

Escucho unas detonaciones a lo lejos. Asustada, vuelvo sobre mis pasos. Un toque de color entre tanta oscuridad llama mi atención. Extravagante, similar al de la cola de un zorro. Bañado por una luz dorada. La realidad se me acerca y me golpea con una violencia inesperada.

Esa estela rojiza que se extiende sobre la hierba pertenece a la afable mujer del vestido esmeralda. Aquella que me sonrió durante el desfile y el almuerzo. No logro ver el resto de su cuerpo, pero la reconozco por su abanico abierto. Debería asegurarme de que todavía respirase, pero no consigo mover ni un músculo. Resulta sencillo adivinar la terrible conclusión de esta imagen, así que rezo a Helios con todo mi corazón para que el resto de la familia Ravenwood esté sana y salva.

Unos gritos desgarran el silencio. La adrenalina recorre todo mi cuerpo. Son llamadas de auxilio, pero mi cuerpo solo quiere huir. ¿Esto es lo que se conoce como instinto de supervivencia?

Huir del castillo. Huir de esta amenaza invisible, desconocida pero indudable. Sigo todo recto y dejo que la sombra del edificio me devore. La estatua de Helios me mira de arriba abajo. Me juzga y ya no me ofrece su protección. Cuesta creer que todo mi mundo se haya derrumbado.

Atravieso la ciudad con el miedo instalado en el vientre. Unos gritos implorantes resuenan en un siniestro eco. Ya no estoy sola, cosa que no me tranquiliza lo más mínimo. La gente corre en todas direcciones para encerrarse en sus casas o en las de sus vecinos. Hasta el mismísimo sol se ha escondido detrás de las nubes. Los niños ya no juegan, asustados por el estado de shock de los mayores. Las risas y el jolgorio se han transformado en un malestar palpable. La tensión se cierne sobre mi cabeza. No sé de qué huyo ni por qué, y esta indecisión no calma mi ansiedad. En cada esquina, una amenaza acecha entre las sombras. Alguien me empuja. Nadie me presta atención. Los rostros atemorizados reemplazan a las sonrisas felices. La preciosa ciudad de Hélianthe está gris. Se ha convertido en una ciudad fantasma, congelada en un instante de alegría que recuerdo cuando veo el confeti tirado por el suelo. Me empiezo a preguntar si no seguiré en esa habitación secreta, sumergida en una pesadilla eterna.

Unas partículas negras flotan por el aire. Hacen que me piquen los ojos y me dé tos. Una nube de cenizas. Los copos carbonizados me entran en los ojos. Según me voy acercando al centro de la ciudad, empiezo a ver una especie de bruma fría que cubre el suelo. Me precipito hacia el porche de una posada, pero me cierran la puerta en las narices. En la de Amlette han levantado barricadas y no tengo fuerza para pedir ayuda. ¿Quién vendría a buscarme? No estamos preparados para esto. La paz nos ha dado confianza y esta confianza nos ha dejado atontados. Me dan ganas de hacerme un ovillo en una esquina y esperar a que pare esta locura, pero tengo que saber qué está pasando. Y me niego a abandonar a Aïdan sobre todas las cosas. También me quiero asegurar de que mi familia esté a salvo.

Sigo mi camino, jadeando, y llego al mercado, para descubrir que las carretas y los puestos son presa de las llamas. El fuego se desplaza por los tejados tratando de propagarse. Elevo la mirada: un aguacero de plumas negras me cautiva. Dan vueltas con ligereza.

El horror eclipsa mi asombro cuando los cuerpos de los pájaros siguen a las plumas y acaban por estamparse contra el suelo, a mis pies, provocando un ruido sordo atroz. Me protejo como puedo con los brazos por encima de la cabeza. En un instante, las plumas y los pájaros se desintegran, arrastrados por una brisa fugaz, dejando tan solo manchas de sangre en los adoquines. Mi miedo se refleja en esos charcos rojizos.

En lo alto del callejón se ha formado un tumulto: esas personas bajan a toda prisa por la calle y se dirigen a las tiendas más cercanas. No son ciudadanos de Hélianthe intentando protegerse del mal que se propaga por la ciudad: es el propio mal que se revela ante mis ojos. Me quedo congelada. Reconozco a los manifestantes que se oponen al Tratado. Excepto que, en esta ocasión, su marcha no tiene nada de pacífica. De hecho, es la viva imagen de la agresividad: los puños llenos de rabia alzados al aire, las antorchas encendidas por ese mismo fuego azulado, los gritos... Se me apretuja el corazón. ¿Una rebelión? Ya no quieren la paz del Tratado, tan solo destruirlo todo.

Mientras observo a mi alrededor en busca de algún lugar donde esconderme para evitar cruzarme con esa manada furiosa, escucho unos gritos que hacen que me quede clavada en el sitio. Jamás había oído unos alaridos semejantes. No tienen nada que ver con el miedo o el sufrimiento, sino que se alimentan de un odio fétido, de pura bestialidad. La horda de detractores parece presa de una fiebre histérica. Se mueven como animales fuera de control. No parece que nada pueda pararlos. Lanzan adoquines que revientan varias vitrinas. Sacan a los pobres comerciantes de sus tiendas a la fuerza, los lanzan a la calle y los maltratan ante mis ojos sin que pueda hacer nada. Arrojan paños en llamas al interior de los edificios, que se abrasan. Se escuchan explosiones por todas partes. No muy lejos, un hombre utiliza su magia para destruir y una mujer la usa para enfrentarse contra otra que no puede ni defenderse. Me sube la bilis desde el esófago.

Jamás olvidaré la mirada de aquellos que acaban de perderlo todo en un abrir y cerrar de ojos, sin haber llegado a darse cuenta de lo que estaba pasando. Todo sucede tan rápido y de una forma tan violenta que no lo puedo soportar. Tengo que huir o, al menos, resguardarme en algún sitio. Decido refugiarme en el escondite más cercano: la librería del maestro Jownah. Allí, me sentiré segura mientras espero poder reunirme con mi familia. Hasta entonces, solo me protegen las palabras.

Capítulo 14

Mi inocencia

Me tiemblan las piernas, pero tengo que llegar. Aprovecho la explosión de un cristal para huir. Por suerte, las calles que llevan hasta la librería están desiertas. Para mi disgusto, descubro que la tienda está tan devastada como la ciudad. De su escaparate ya solo quedan miles de fragmentos de cristal. Las páginas hechas pedazos vuelan al compás del viento helado y se descomponen por obra de un oscuro encantamiento.

—¡NO!

La puerta, obstruida por un montón de muebles y de vigas caídas desde el techo, no me deja otra opción que abalanzarme entre dos trozos de una vitrina explotada.

—¿MAESTRO?

El lugar, saqueado de todas sus obras y de su esencia, ahora me parece un ataúd vacío. Alguien tose. Me lanzo hacia esa señal de vida inesperada sin pensarlo. Mi preceptor está tirado en el suelo, enterrado bajo una montaña de ceniza y libros destrozados, y rodeado de charcos de agua. Entre sus manos, protege el ejemplar que me regaló esta mañana y que todavía echa humo. No quería separarse de él. No consigo contener un sollozo.

—Arya —murmura, febril—. Lo siento, tu regalo…

—No pasa nada, maestro Jownah. Los libros no mueren, permanecen en el corazón de las personas. Me lo ha repetido muchas veces.

Me arrodillo a su lado y pongo su cabeza sobre mis muslos, atenta a la más mínima amenaza. Su aliento suena ronco y tiene la piel de un blanco casi espectral, excepto por las venas azuladas que se ramifican en su rostro como los afluentes de un río.

—Arya, vete rápido, ya es demasiado tarde para mí. Es demasiado tarde para todo… Los Soldados de C…

—¡Ni de broma! —lo corto de una forma un poco brusca—. ¡No pienso dejarlo aquí solo!

Justo cuando intento levantarlo, un nuevo clamor suena en las calles y el miedo me paraliza. Veo a un grupo de niños aterrorizados a través de la ventana rota. No debemos perder el tiempo si queremos salir vivos de la ciudad.

Le paso una mano bajo el brazo a mi maestro lo mejor que puedo y vuelvo a intentar levantarlo. Sus gemidos de dolor me parten el corazón. Suelto mi agarre. Su cabeza cae sin fuerzas al suelo y siento su respiración, cada vez más lenta, sobre mis dedos. Está demasiado débil y es demasiado pesado.

—No podría imaginarme un lugar mejor para morir.

—¡Cállese! No va a morir. ¡No ahora, no así! La senectud le está haciendo perder la razón. ¡Agárrese a mí! Le voy a llevar a mi casa, encontraremos a un sanador en algún sitio.

Su mano temblorosa agarra la mía y calma el pánico que empieza a nacer en mí. Su mirada se sumerge en la mía.

—Una vida sin palabras sería, de todas formas, parecida a la muerte. Ve y conviértete, Arya Rosenwald.

Un hilo de sangre resbala por su barba, teñida de hollín. Me sonríe y empieza a asfixiarse. Me siento inútil, impotente. Su mano se resbala de la mía. Casi me parece que soy capaz de ver cómo se va la vida a través de las ventanas de su alma. Sus ojos claros se desvanecen y se convierten en dos espejos apagados. El maestro Jownah se lleva consigo la primera parte de mi inocencia. Jamás había visto a nadie exhalar su último suspiro. Morir, para utilizar la palabra exacta. Soy incapaz de moverme; los sollozos se quedan atascados en mi garganta seca. Nada lo traerá de vuelta. Ningún inventor posee una máquina capaz de volver atrás en el tiempo. Ningún mago en el mundo conoce la fórmula o una poción capaz de provocar una resurrección. Es imposible. Prohibido. La gente no se puede reparar como si fuesen juguetes rotos o libros estropeados. Al final acabo vomitando. Entiendo lo que el rey pudo sentir cuando murió su

mujer y por qué el Tratado vio la luz del día. La magia es tentadora cuando perdemos lo que más apreciamos. Por supuesto,
sé que los humanos son mortales, que a mis propios padres les
llegará su hora, que cada cosa tiene un fin, pero no me esperaba
un epílogo tan injusto. Este viejo encorvado no se merecía que
le arrebatasen su librería, su guarida sagrada, donde yo siempre encontraba felicidad y serenidad, hoy mancilladas por una
fuerza escondida en las sombras que espera su momento para
arrollarnos a todos.

Lanzo un quejido desgarrador, herida hasta lo más profundo
de mi ser. ¿Quién puede hacer que la alegría se convierta en
aberración de una forma tan repentina y radical? ¿Cambiar tu
vida por la nada?

Devastada, busco algo con lo que cubrir el cuerpo de este
tutor que conozco desde que aprendí a leer. Las fuerzas me fallan para levantarlo y sacarlo de este lugar que se ha vuelto tan
lúgubre. Necesito ayuda. Me detengo durante unos segundos
ante el cuerpo, ahora vacío de alma, y recito unas palabras. Él
les daba mucha importancia a los dioses y al más allá.

—Que Helios vele por su alma y la lleve hasta un mundo
en el que los libros jamás terminan mal.

Y lo abandono, devastada. Todo puede cambiar de un momento a otro, tan rápido… No somos más que defectos, férulas
y huesos. Cosas que podemos romper nosotros mismos o que
pueden romper los demás.

Con el corazón hecho trizas, recojo el libro y lo meto en el
bolsillo de mi delantal mientras murmuro una promesa solemne:

—Volveré a buscarlo.

Con los nervios a flor de piel, reúno todo el coraje que me
queda y salgo hacia la devastación. Hago todo lo posible por no
dejarme hundir por mis emociones mientras camino por las calles sinuosas. Cada vez tengo menos esperanzas de encontrar a
Aïdan y a mi familia ilesos.

Finalmente llego a las puertas de la ciudad sin incidentes, y
también sin aliento. Echo una última mirada a Hélianthe: dejo a

mi ciudad a su suerte con esas almas destructoras. ¿Qué más podría hacer?

Dejo atrás los fosos del castillo, luego corro hacia los campos de girasoles que ahora miran hacia la tierra. Mi carrera continúa a través de las hileras de flores que llevan hacia la carretera principal. No tengo más remedio que tomar la carretera para llegar lo más rápido posible a mi casa, rezando para que ninguna de estas agresivas y dañinas criaturas me persiga. Un fuego ardiente y difícil de canalizar me punza los pulmones, los músculos y mi respiración. Finalmente, camino por la linde del Bosque de Ópalo, preguntándome de dónde saco la fuerza para mantenerme en pie. La respuesta no tarda en aparecer ante mis ojos.

Cuando giro hacia el camino que conduce a mi hogar, empiezo a ir más despacio para calmar los alocados latidos de mi corazón. Al final del camino, la casa empieza a tomar forma y veo cuatro siluetas familiares en la distancia. La cabaña sigue en pie. Unas lágrimas de alivio empiezan a nublarme la vista. Mamá, papá, Lilith y Samuel. Cerca de la portilla, mi padre ata a nuestra yegua más robusta, pero también la más rápida. No me cabe duda de que se estaba preparando para ir hasta el caos de la capital para ayudarme, sin preocuparse por los asaltantes. Phinéas Rosenwald, ese hombre tan alejado de ser un guerrero, dulce y tranquilo, dispuesto a desafiar al peligro para traer a su hija de vuelta.

A pesar de la distancia, empiezo a apreciar los detalles. Primero, la expresión inquieta de mi madre. Después, la fuerza con la que estrecha a Lilith y a Samuel, ambos aterrorizados y temblando como dos gatitos, aferrándose a los pliegues de su vestido. Por último, la actitud agitada y apresurada de mi padre, su rostro decidido. No lleva sus gafas puestas y, cuando se olvida de que no ve nada sin ellas, es que está preocupado de verdad. No es difícil adivinar que también se habían imaginado lo peor.

Tengo que alcanzarlos para que vean que sigo viva. Estoy muy cerca de manifestar mi presencia cuando mi aliento se convierte en una niebla espesa, la misma que había en la habitación detrás del tapiz antes de que todo esto estallara. Después, desaparece. Me fuerzo a respirar de nuevo, como si así pudiese convencerme de que la adrenalina me está jugando una mala pasada. Pero no es así. La temperatura cae en picado y se me endurece la piel. El aire fisura mi columna vertebral como el filo de una espada sumergida en el agua helada. Estoy experimentando lo mismo que en el castillo. Me castañean los dientes, se me pone la piel de gallina y se me eriza el pelo de la nuca. Si me tirase desnuda en la nieve sentiría lo mismo. Esta atmósfera es la mensajera que viene a darnos un aviso: el peligro se acerca. Puedo sentirlo en mi espalda como los gruñidos de un perro preparado para morder. Recuerdo el intento de advertencia del maestro Jownah. El verdadero enemigo no es quien yo pensaba.

Ante este pensamiento, aparto la vista de mi familia y me giro con el miedo instalado en el vientre. A lo lejos resuena el relincho de un caballo al galope. Se acerca. No me da tiempo a ponerme a salvo, pero poco importa de qué o de quién se trate, no lo dejaré acercarse a ellos. Tengo que atraer al enemigo, ser la única presa a atacar, incluso si eso me cuesta la vida. Tendrán la oportunidad de huir por el bosque. Lo que planeo es estúpido y valiente al mismo tiempo, pero es todo lo que puedo ofrecerles. Los quiero, y estoy preparada para hacer este sacrificio.

Me echo a correr sin mirar atrás. Cuanto más me alejo, más oportunidades de sobrevivir les doy. Me lanzo hacia el peligro de forma voluntaria, pero al cabo de algunos metros su mandíbula de acero se cierra sobre mí.

Me topo cara a cara con un Soldado de Cristal, montado sobre su caballo albino con un arnés brillante. El maestro Jownah intentó avisarme... Es la primera vez que veo a un humano semejante y su naturaleza mágica no me deja ni un ápice de duda.

El monstruoso caballo se encabrita; retrocedo lo justo para evitar sus cascos de cristal. La mirada vidriosa del Soldado me perfora como una lanza a través de su yelmo de cristal. Su armadura iridiscente brilla con el sol y me ciega. Unas estalactitas

adornan sus hombreras y una enorme joya transparente en forma de corazón humano se hunde en su pecho.

A pesar de toda esa belleza, sé que cada parte de su atuendo fue creada con un único propósito: matar.

Capítulo 15
El Soldado de Cristal

El gigante se baja del caballo haciendo un ruido de ventisca y de cristal roto. Se acerca a mí con una marcha sorprendentemente fluida para su corpulencia, dejando un rastro de escarcha tras sus pasos. Empiezo a retroceder, atemorizada. Cada una de mis respiraciones desprende vaho. El Soldado reluce: es un plagio perfecto de una estatua de hielo. Parece que ha sido creado a partir de miles de cristales de nieve y fragmentos de espejos. Mi rostro asustado se refleja en su armadura. Esta criatura trae consigo un olor particular: el mismo que impregnaba el castillo, las calles de la capital y la librería del maestro Jownah. Ese olor a muerte, agrio y carbonizado.

El Soldado de Cristal da un paso más y el frío azota con más fuerza. Se me agrietan los labios. Me esfuerzo por mostrarme valiente, pero temo que tan solo sienta mi miedo.

Su mirada incandescente se posa en mí. Yo se la mantengo. A su lado, el enorme caballo piafa con impaciencia. No es un monstruo cualquiera. Está dotado de conciencia e inteligencia. Podría frustrar cualquiera de mis planes con facilidad. Estoy atrapada, pero no lo suficientemente lejos de mi familia para mi gusto.

Así que lo arriesgo todo. Trato de alejarme lo máximo que puedo de mi asaltante y de mi casa. No he dado ni diez pasos cuando la tierra empieza a temblar bajo mis pies. Un rastro de escarcha de puntas afiladas aparece ante mí. Me resbalo y pierdo el equilibrio. El libro que llevaba en el delantal se cae con el impacto. Se me encoge el corazón al imaginarme al Soldado de Cristal reduciéndolo a cenizas. Qué pensamiento tan absurdo.

¡Proteger un libro en vez de mi propia vida! A pesar de todo, me lanzo hacia ese objeto tan preciado para mí, que el maestro Jownah me ha legado, ahora cubierto de esa escarcha sobrenatural. Lo sujeto entre mis brazos antes de guardarlo para ponerlo a salvo y hacerle frente al enemigo. En este momento ya no se trata de valentía, sino de resignación. No me hago ilusiones: soy consciente de que mi final es inminente. No puedo luchar, no siento que esté a su nivel. Cierro los ojos, así que no veo cuando la escarcha me alcanza. Me golpea en la mejilla con una fuerza sobrehumana. Me sorprende que no me arranque la cabeza de cuajo. Me cruje la mandíbula. Mi cuerpo sale propulsado varios metros y cae sobre el suelo helado como si de una muñeca de trapo se tratase. No siento la mitad de mi cara, anestesiada por la congelación.

La boca me sabe a hierro. Paso la mano por el corte escarchado y, después, sobre mi pómulo dolorido. Trato de levantarme, pero me resbalo otra vez. El Soldado, socarrón, me domina sin esfuerzo alguno. Hasta la más mínima hebra de hierba que pisa se convierte en hielo. Consigo levantarme: no sé si lo que me ayuda es la rabia o mi estupidez, tampoco me importa. Visto que no sirve de nada cerrar los ojos o esperar a la muerte, le lanzo una mirada asesina a ese monstruo y, como de costumbre, no controlo mis palabras:

—¿Quién eres? ¿Qué quieres?

Obviamente no me responde. Un largo pico de hielo sale de su mano y se transforma rápidamente en una espada opalescente y afilada con diamantes incrustados en la empuñadura. Trago con fuerza, siendo consciente de que me matará si no actúo rápido. El Soldado de Cristal me apunta con su arma: ni siquiera me roza, pero ya lo siento como una tortura… como si miles de espinas se me clavasen en la carne. Una llama azul me devora los dedos y comienza a subir por mi cuerpo. Se me hiela la sangre y se me endurecen todos los miembros del cuerpo. Hasta ahora, no conocía lo que era el dolor. El verdadero dolor. Es el privilegio de los que nacemos rodeados de cariño y amor. Creía que lo conocía, como cualquier niño que se raspa las rodillas, se golpea con un mueble o se quema los dedos. Pero no podía estar más equivocada.

El verdadero sufrimiento es insostenible. Te impide pensar con claridad y te ofrece, por primera vez, una opción que hasta entonces no te planteabas: morir. Y rápido, a poder ser. Pero eso no parece estar entre los planes del monstruo. ¿Qué más puede hacer? ¿Endurecer la sangre de mi interior? ¿Marchitarme, romperme como a una ramita? ¿O congelar mi corazón hasta que reviente? No quiero soportar eso. No quiero que me torture. No soy lo suficientemente fuerte ni valiente.

El Soldado me escruta a través de su visera, intratable, esperando mis súplicas. No tardan en llegar. No lo soporto más, y la humillación que siento es sustituida por la rabia. Se me escapa un alarido de terror:

—¡Para! ¡Ten piedad!

Mis lágrimas caen, abrasándome las mejillas. Cuando las llamas están a punto de alcanzar mi corazón, me rindo. Él baja su espada, que desaparece, y la temperatura de mi cuerpo remonta progresivamente como si me acabase de tragar un té hirviendo. Respiro de forma entrecortada, sintiendo la huella de su marca helada todavía en mí. Siento el pulso en los tímpanos. Me estremezco, atemorizada por su poder, pero no puedo evitar lanzarle una mirada desafiante. Es superior a mí. No dejaré que me lo quite todo. Como no parece que tenga prisa por matarme, decido intentar escapar de nuevo. No le entregaré mi vida tan fácilmente. Solo me queda rezar para que mis piernas me obedezcan y para que él decida que soy una presa demasiado insignificante como para perseguirme.

Me apresuro, sin esperar ni un segundo más, recurriendo a unos medios que no sabía ni que poseía. Pero, cuando por fin me atrevo a echar una ojeada por detrás de mi hombro, veo que nadie me sigue: se ha evaporado.

Me permito unos segundos para respirar con las manos temblorosas presionadas contra mis costillas. Alrededor de mí, los girasoles viran atraídos por el sol. El peligro se ha alejado, pero puede que no haya desaparecido: me quedo alerta. Avanzo lentamente por miedo a que unos movimientos demasiado bruscos traicionen mi posición. Puede que no esté solo. Me siento desvalida. Ningún libro nos prepara para enfrentar a fuerzas tan maliciosas. No se puede combatir con palabras.

Cuando mi pie aterriza en un enorme charco, que salpica el bajo de mi falda, el agua helada me hace abrir los ojos: no llueve en Hélianthe desde hace lustros. Nunca. Los Soldados de Cristal estaban entre nosotros desde el principio y he pasado por su lado. Se me escapa un chillido lastimero cuando por fin lo entiendo. El charco se eleva, límpido, y poco a poco toma la forma de la criatura.

Me dejo llevar por un estúpido impulso y me lanzo con furia contra el Soldado de Cristal. Me lastimo con su armadura helada que me quema los dedos. Las puntas de mis uñas se vuelven azules. Sigue siendo estoico. Intento atacarlo de nuevo: sé que jamás derribaré semejante montaña, pero siento la necesidad de descargar mi agresividad antes de perder este combate. Quiero que se desintegre, que estalle en mil pedazos, que este ser inhumano beba de mi dolor.

Pruebo una última ofensiva, ya sin aliento, pero esta vez me agarra por el cuello, probablemente cansado de este juego, y me levanta. Mis pies penden en el vacío y el frío de su mano me atraviesa el cuello. Me empieza a faltar el aire. ¿Estoy viviendo mis últimos momentos? Me lanza con rudeza a sus pies. Aterrizo sobre la espalda con el aliento cortado. El Soldado de Cristal levanta su espada, listo para clavármela en el corazón.

Resignada, meto las manos en el delantal y saco mi libro. Mis dedos pasan por la contraportada y acarician el título. Los *Cuentos de las tres plumas*. Su tacto me tranquiliza, así que me aferro al volumen. Mi último gesto de consuelo. Voy a morir y este libro es el último recuerdo de mi maestro; un vínculo con mi pasado, mis sueños de cuando era niña y mi familia. Me niego a que me arranquen esta extensión que forma parte de mí. Mi visión se reduce, pero continúo protegiendo la obra. La espada del Soldado de Cristal desciende y corta la sobrecubierta de arriba abajo. El impacto me arranca una exclamación ahogada, pero el filo de la espada no me alcanza. No obstante, ni el volumen de las páginas ni el cuero podrían frenar semejante arma. Cierro la mano sobre una página suelta que arrugo con la palma. El Soldado de Cristal arranca el libro de su espada como si fuese un trozo de carne en una brocheta… y lo esparce en miles de fragmentos de cristal. Ya no me queda fuerza para moverme, así que espero el último golpe. Mi vida se escapa y, durante un instante, se me vienen a la cabeza las palabras de Aïdan y del maestro Jownah acerca de los arrepentimientos. Importa más bien poco si tengo o no, eso no cuenta allá hacia donde me dirijo.

La punta de la espada se hunde en mi carne. No siento nada. Es el final. Que Helios proteja a los que dejo aquí. Es a ellos a quienes dedico mis últimas lágrimas, que se cristalizan sobre mi piel.

Capítulo 16

Frente al espejo

—¿Papá? ¿Mamá?

Me sorprende el sonido de mi voz, vencida y quebrada. Lejana como un eco casi apagado. Nadie me responde. Sé lo que eso significa. Estoy a punto de derrumbarme. Me apoyo sobre la mesa. En ese mismo momento, se abre la puerta del sótano. Y aparece mi familia, cubierta de harina. Mi hermana se lanza a mis brazos. No soy capaz de emitir ningún sonido, el alivio que siento me deja paralizada.

—¡ARYA! ¡Estaba tan asustada! ¡Gracias a Helios!

Mi madre se lanza sobre mí y me rodea con los brazos. Me palpa, me ausculta y me vuelve a abrazar. Yo me dejo, completamente fuera de mí. Siento mi cuerpo como algo desconocido.

Me imaginaba a mi familia destruida y a mí misma abandonada en este sitio cargado de todos los momentos que compartimos. Siempre me acompañará ese mísero segundo suspendido en el tiempo.

Mi vista se encuentra con la sonrisa de mi padre. Estoy mareada. Al cabo de un momento, me libero de sus abrazos opresivos y me dirijo hacia las escaleras por puro instinto.

—No subas, Arya…

No hago caso al consejo de mi madre. Subo los escalones inestables. Abro la puerta. Un velo negro se levanta ante mis ojos y el suelo se derrumba bajo mis pies. No reconozco mi habitación, desposeída de su alma. Alguien ha destruido todo lo que tenía. Mi paloma yace al lado de unos trozos de tela que me recuerdan a mi manta. Mis libros, completamente desgarrados, ya solo sirven para avivar el fuego de la chimenea. Mis almohadones,

110

despojados de sus plumas, ya no acogerán mi sueño y mis Glifos rasgados ya no apaciguarán mi mente. El regalo de Aïdan está destrozado, al igual que la ciudad a la que representa.

Cada objeto, cada esquina de esta habitación rebosa odio. Sintiéndome completamente vacía, dejo salir un grito animal que estoy segura que provoca que a mis padres se les encoja el corazón. Mi cuerpo se descarga. Mi caparazón ya no existe, cosa que jamás hubiese imaginado. Mi realidad ya solo es una cicatriz imposible de suturar. Despojada de toda energía y agotada por el dolor, me desplazo hacia mi cama, donde me tumbo. Me dan igual las sábanas, ahora sucias y frías. Solo quiero olvidarlo todo. Dejar que la noche me transporte a su letargo relajante.

Me despierto. Tengo el cuerpo lleno de magulladuras. Esperaba encontrarme con un calor familiar, como el de una manta, pero me siento aturdida y congelada.

Abro los ojos. La noche me envuelve. ¿Por qué veo el cielo? ¿Por qué el viento me corta la piel si estoy tumbada en mi cama? ¿Alguien ha arrancado el tejado? ¿Las ventanas están abiertas?

Intento enderezarme con un grito de dolor, sintiendo los miembros de mi cuerpo completamente rígidos. Me da un vuelco el corazón cuando me doy cuenta de que sigo tirada al lado de la carretera. Todo ha sido un sueño. Mi casa, mi familia, mi habitación. Todo.

Lo único que me demuestra que mi corazón todavía late es el calvario que estoy sufriendo. Una de mis manos está rígida y tensa. La sacudo para hacer que circule la sangre y voy desplegando los dedos uno por uno. Recojo un trozo de página que sujeto con la palma de mi mano. Es todo lo que queda de mi libro. Lo guardo en el bolsillo de mi delantal ensuciado con manchas oscuras: mi sangre. Siento todo el peso de mi cuerpo cuando me pongo de pie.

Una calma terrorífica reina en Hélianthe. Incluso el viento fluye en silencio. No hay ni una luz que atraviese la oscuridad, ni siquiera del lado de las murallas. Camino tan rápido como me lo permiten mis dolores, sola en las tinieblas. Cada paso que doy es un verdadero infierno. Mis pies se hunden en el barro, pero tengo que llegar a la cabaña cueste lo que cueste. Por suerte, el hielo ya se ha fundido y hace menos frío. No me cruzo a nadie por la carretera, ni Soldados de Cristal ni aldeanos. La he recorrido durante años, mañana y noche. Un día ha sido más que suficiente para cambiar mi perspectiva acerca de este camino, hasta ahora cargado de recuerdos maravillosos, y para arrebatarme el buen sabor de las risas que me he echado recorriéndolo. Uno solo.

A lo lejos, veo cómo algunas casas de la aldea vecina se incendian, devastadas por las llamas azules. Junto a la luna, será la única luz que me acompañará hasta casa. Cuando llego, ni siquiera soy capaz de alegrarme de que siga en pie. Cruzo la valla con prudencia. Mi corazón me dice que salga corriendo y gritando el nombre de mi madre o de Lilith, pero mi razón me dicta que no alerte a los Soldados. No sé cuántos son ni si todavía siguen por aquí.

Tomo una pala del jardín y la blando delante de mí, a modo de arma improvisada. Luego rodeo la pajarera. Han arrollado con los pájaros que buscaban su libertad. Me acerco hasta la puerta de la casa que pende de sus bisagras. Mi corazón late todavía más deprisa y sudo a chorros. El sonido lejano de un tambor (o de un trueno, no sabría decirlo) sigue el ritmo de sus latidos:

Bum, bum, bum, bum.

Aprieto tanto los dientes que tiran de los músculos de mi mandíbula, dañada por el bofetón del Soldado de Cristal. Con miedo, cruzo el umbral de la puerta y me preparo para la masacre. No estoy dispuesta a ella. No quiero volver a ver sangre y mucho menos cadáveres. Las tablas crujen por mi peso. El aire está cargado de un olor nauseabundo, bastante diferente al de la flor de naranjo del que pude disfrutar esta mañana. Una mezcla entre madera quemada, sangre y alcohol. Me gustaría que mi sueño se hiciera realidad. Jamás le pediría nada más a nadie. Pero nadie se mueve. Un verdadero silencio de muerte.

Recorro la casa varias veces. Los anexos, el establo, el taller de mi padre, hasta el molino. Cada vez que hago el recorrido, llamo a mis padres, a Lilith y a Sam. Ninguna señal de vida. Los caballos han huido, pero la carreta y las sillas de montar siguen aquí. Me aventuro y me acerco al bosque, pero me invade un malestar muy profundo y vuelvo rápido a casa. Mi instinto me dice que no me aleje. Que proteja la casa y que sea paciente hasta que vuelvan. Van a venir a buscarme, estoy convencida. Aïdan también vendrá. Están esperando a que se calmen las cosas y que los Soldados de Cristal abandonen la capital. La Armada de Helios va a dejar las fronteras para venir a salvarnos. Solo es cuestión de tiempo. El rey Héldon jamás permitiría que Hélianthe cayese a manos de los malos. No hay ni un ser vivo que pueda provocar su caída. En este momento, me lo imagino reuniendo al consejo y poniendo a salvo a los príncipes, quizás incluso a Aïdan. Mientras esperan, se preparan bajo la protección de los generales. Debo hacer lo mismo y esperar en silencio. Cuando subo a mi habitación, flaqueo. Está igual que en mi pesadilla. Me niego a vivir esta pérdida por segunda vez. Así que la abandono.

Esa primera noche no duermo nada, hecha un ovillo en la oscuridad del salón y sufriendo por la fiebre. Me resulta imposible beber o comer, vomito todo a pesar del hambre que tengo. Paso horas y horas envuelta en una manta, luego paso otras tantas destapada. Hay algo que no cuadra. Me pregunto si la espada mortal del Soldado de Cristal me habrá envenenado. Su huella helada pesa sobre mi pecho. Una marca que no olvidaré jamás. Me dan igual mis heridas y el riesgo de infección, ni siquiera intento curármelas. No me atrevo a desplazarme por miedo a que esos monstruos vuelvan a por mí.

No me baja la fiebre. Permanezco en un estado semiconsciente, no dejo de temblar y de sudar. Mis sentidos me juegan malas pasadas. El más mínimo ruido me sobresalta. Empiezo a escuchar voces que no existen. Por suerte, consigo discernir la realidad de mi imaginación, pero ¿por cuánto tiempo? Empiezo a confundir el crujido de los árboles con los pasos de los gemelos sobre suelo. El viento que sacude la puerta con la cuchara de madera de mi madre que rasca el fondo de una ensaladera. O su voz que me llama para levantarme por las mañanas.

Cuando mantengo los ojos abiertos, creo ver unas sombras delante de la ventana pero, en cuanto cierro los párpados, unos Glifos luminosos se inscriben en ellos, así que los abro de nuevo para hacer que desaparezcan. Flotan todo el rato delante de mí, en las paredes y en el aire. Los Glifos se suceden y se entremezclan. Muerte. Familia. Miradas. Corazón. Tres. Palabras. Llega un momento en el que ya no soy capaz de descifrarlos. Se vuelven locos, se superponen y terminan pareciendo una paleta de colores entremezclados. Ninguno puede consolarme.

Las frases de Aïdan se repiten en bucle en lo más profundo de mi corazón. Se me viene a la mente la imagen de la mujer pelirroja, la de mi maestro y la de esas personas atacadas por sus compañeros, tan reales que me da la impresión de que sus cuerpos descansan sobre la alfombra. El salón se transforma en un campo de batalla. Voy a suplicarles a los Evanescentes que me ayuden a olvidar. Pero olvidar no resolvería nada porque no cambiaría el pasado.

No puedo más. Acurrucada en la butaca favorita de mi padre, mirando hacia la puerta de entrada, imagino la cálida mano de mi madre posada en mi frente y el olor de su tisana secreta. No, no lo imagino. Lo huelo de verdad, pero solo es un efecto de esta fiebre. No lloro. No por falta de ganas. Es que no tengo fuerzas. Lucho por no dejarme hundir en las tinieblas. Me niego a dormir. Aguanto hasta el amanecer, cuando termino por colapsar.

Me paso todo el día durmiendo en una posición incómoda, solo me despierto cuando unas corrientes de aire frío atraviesan la estancia. Esta sensación revive en mí una terrible angustia, como si los dedos helados del Soldado de Cristal se me clavasen en la piel. Permanezco escondida bajo mi manta como una niña sin apartar los ojos de la ventana. Cuando la corriente de aire se aleja y compruebo con alivio que no hay escarcha en las ventanas, la fatiga vuelve a vencerme.

Cuando me despierto ya es de noche. Elevo los ojos hasta el reloj. Las manecillas se sitúan en la una del mediodía. Debería haberme dado cuenta de que no funciona. A falta de no saber qué hora es, arrastro el cuerpo de habitación en habitación. Deambulo por la casa vacía que pende de sus últimos instantes de vida. La tristeza me consume. Espero. Una ayuda, un murmullo, un rumor, un regreso. He caído bruscamente y voy a comenzar a marchitarme, como Hélianthe. Esta ciudad y yo somos inseparables. Si ella muere, yo muero con ella.

Capítulo 17

La superviviente

La segunda noche utilizo la habitación de los gemelos y me instalo en la cama de abajo. Mis pensamientos empiezan a divagar y llegan hasta el maestro Jownah. Su cuerpo sigue en su librería en ruinas. ¿Por qué no había pensando en eso hasta ahora? He roto mi promesa. No puedo ir hasta la ciudad a buscarlo. No tengo fuerzas.

Encerrada en la cabaña, mantengo la certeza de que todo volverá a la normalidad. Los días pasan. Debería irme, pero algo me retiene y no tiene nada que ver con la esperanza. Me encierro en mi propia fortaleza de soledad, una de las cosas a las que más le temo. ¿Qué me pasa? Debería reaccionar, pero ¿quién soy yo para eso? ¿Qué podría hacer la hija de una repostera contra unas fuerzas que la superan de lejos? Absolutamente nada. La valentía con la que hice frente al Soldado de Cristal no fue más que una ilusión. Mi sacrificio, una comedia inútil. Hoy solo veo a una niña egoísta a la que le da miedo afrontar el mundo exterior y la verdad. Permanezco recluida para protegerme.

Otras cuestiones invaden mi mente que ya está al borde del colapso. Hundo la cara contra la almohada para gritar, pero no lo consigo. Una vez más, me dejo llevar por el sueño, pero en esta ocasión mi cerebro no me da tregua ni durmiendo. Atormentada, sueño con siluetas grisáceas encadenadas, gigantes de hielo, rostros sin boca, cabelleras extravagantes, banderas negras a media asta, lluvia de sangre, cenizas y pájaros, hasta que un eclipse cubre el sol y me pierdo en la oscuridad.

A la mañana siguiente, incómoda y molesta por mi propio olor, me doy cuenta de que sigo vistiendo el hábito de servicio y el delantal lleno de sangre y barro. Huelo mal, y la casa ha perdido su habitual perfume a azúcar caramelizado y colada fresca. Recorro con el dedo la pequeña marca que tengo a la altura del pecho, donde se detuvo la espada del Soldado de Cristal. Hago un esfuerzo sobrehumano y caliento el agua, arriesgándome a que alguien perciba el humo. Una vez que la cuba se llena por la mitad, no espero a que se temple el agua para meterme, y me tomo el placer casi sádico de quemarme la piel y que se me ponga roja. Me encantaría que me hirviera la sangre para compensar el frío que he soportado hasta este momento.

Paso la mañana en el calorcito sedante de la cuba, dejando que el vapor me ablande la piel, relaje mis músculos doloridos y empañe mi alma. Es tan extraño estar aquí y en otro sitio al mismo tiempo. A ratos, sumerjo la cabeza bajo el agua, perdida en el silencio, como si volviese al vientre de mi madre. Se me arrugan las yemas de los dedos y el agua ya enfriada se tiñe de marrón, rojo y gris. Me quedo un buen rato en esta neblina letárgica. Al pasar por delante de un espejo, miro mi cuerpo desnudo y mis ojos apagados. No reconozco mi reflejo: mi pómulo está hinchado y morado y una de mis espesas cejas esconde una herida seca. La otra parte de mi cara es testigo de mi inquietud, de mi fatiga y de mi hambre. La marca de la espada sobre mi piel contusionada parece un simple lunar. No me despierto hasta que cae la noche. Me pongo un jersey largo tejido por mi madre y cruzo la puerta de entrada.

No sé si es gracias a algún rastro de energía que me queda o por un milagro, pero me encuentro en el tejado de la casa. Ahora mismo, subir una escalera me parece un chiste si lo comparo con el enfrentamiento que tuve con aquella armadura reflectante. Me olvido de las alturas y me quedo aquí, escuchando cómo se mecen las cimas de los árboles movidas por el viento y los ruidos que provienen del Bosque de Ópalo. ¿Cuántas personas habrá escondidas mientras esperan a recuperar sus hogares? Me encantaría escuchar el silbido de Aïdan, ese que imita tan bien a los pájaros, pero no oigo ningún ulular.

Hélianthe duerme a lo lejos. Ya no hay humo, ni luz, ni manifestantes, ni Soldados de Cristal. Todo ha desaparecido como por arte de magia, como el cuadro idílico que contemplaba ayer por la ventana. El silencio absoluto de la noche me lleva a hacer una reflexión graciosa: hace tres días que no digo ni una palabra, *yo*. Ese pensamiento hace que me eche a reír a carcajadas. Una risa demente que se apaga rápido.

Antes de dejar mi puesto, espero a que la luna haga su reverencia y que el amanecer eleve su preciosa cortina. Se anuncia un nuevo día, pero este será diferente.

El tercer día consigo evadirme de mi prisión mental. Empiezo a volver a razonar. Consciente del ayuno que me he impuesto estos días, engullo unas conservas hasta que se me llena el estómago y bebo hasta que se me hincha el vientre. Decido curarme las heridas. Poco a poco vuelvo a ser yo misma. Hago un monólogo en voz alta para disipar la sensación atroz de soledad que me obsesiona:

—Héliante debe estar en estado de asedio. El rey y su familia deben estar prisioneros. Esos Soldados de Cristal deben ser poderosos y fuertes para ser capaces de vencer a todos los Ravenwood reunidos en una misma estancia. Teniendo en cuenta los poderes reales…

Recorro de arriba abajo el salón con los pies descalzos sobre la alfombra. Si alguien me descubriese hablando sola de esta forma, agitando los brazos, llamaría a un sanador sin pensárselo dos veces.

—Sin duda, son seres dotados de un gran poder. Son temibles hasta habiendo atravesado las líneas invisibles de las fronteras que reducen su magia. Lo suficiente como para hacer que se arrodille la familia real y asaltar una ciudad entera. Solo veo posible que semejantes monstruosidades se refugien en Hellébore. No tengo ninguna duda de que esos Soldados vienen de esas tierras independientes, pero ¿cómo han llegado hasta nosotros?

Mis pasos me llevan al lado de la ventana pero trastabillo hacia atrás, presa de un miedo irracional a verla desaparecer bajo la niebla.

—En cuanto a los opositores del Tratado, para ellos no habría nada más sencillo que colarse y mezclarse entre la multitud aprovechando la apertura de las puertas. Elegir ese día para atacar la capital, ¿existe algo más simbólico que eso? Y astuto también, porque sabían que la Armada de Helios estaría vigilando las fronteras y no la ciudad. El rey Héldon tenía demasiada confianza en sí mismo y en ese trozo de pergamino mágico como para defender sus propias murallas.

La migraña me apretuja las sienes por culpa de tanta reflexión, pero esta tormenta de ideas es esencial. Me mantiene despierta y cuerda a la vez.

—Aïdan tenía razón queriéndose ir. A fin de cuentas, sabía hasta dónde nos llevaría este Tratado. Presentía una rebelión, me lo dijo cuando estábamos en el tejado. Veía cómo se movían las cosas con el paso de los años y no en el buen sentido. Conocía Helios y sus fronteras, y siempre volvía de sus viajes con la esperanza de cambiar aquello que no funcionaba. Quería prevenir al rey, pero este jamás le dio la oportunidad de explicarse.

Una risa breve y burlona escapa de mis labios.

—Al final, has tenido el cambio que querías, Aïdan, pero no el que tú esperabas. Quizá fuimos demasiado orgullosos como para darnos cuenta de que este derrocamiento de poder nos amenazaba. Formo parte de los ingenuos que aceptan la paz sin dudarlo, mientras que tú la cuestionabas. No veías la diferencia entre controlar la magia y oprimir a aquellos que la utilizan. ¿Percibías las intenciones bélicas entre las líneas de los discursos del rey?

Me paro delante del espejo. Mi reflejo es mi único interlocutor.

—¿Me perdí en un deseo de segregación, tiranía o discriminación? Imposible. Tu propia familia posee poderes majestuosos que ha aceptado encerrar para gobernar de una manera más justa. Entonces, ¿por qué este Tratado me deja un regusto amargo? Porque he perdido a mi familia por culpa de todo esto...

Asiento con la cabeza a mi propia respuesta. Una débil sonrisa se aloja en las esquinas de mis labios.

—Has vuelto de entre los muertos, mi pobre Arya.

Mis últimos pensamientos se los dedico a Aïdan. Espero de todo corazón que haya huido con sus hermanos. Jamás los habría dejado atrás y nadie conoce mejor los pasadizos secretos que él. Quizá debería haberle tomado la mano que me tendió y seguirlo. Decía la verdad. El maestro Jownah también. A través de estos libros que tanto me gustan, he construido otras murallas detrás de las de la ciudad, más sólidas que los ladrillos. Una vida atrapada, como en esa bola de nieve de la que ya solo quedan los restos. Porque nada malo podía pasarme aquí. O al menos, eso era lo que yo creía.

Esa noche, un ruido extraño me saca de un sueño bastante tranquilo. A pesar de que la puerta sigue golpeándose contra el marco, no me sobresalto ni se me acelera el corazón. Salgo de la cama de mis padres y me dirijo hacia la entrada de la habitación. La abro sin dudar, y una borrasca me levanta el camisón y el pelo que llevo suelto. La brisa me envuelve, tan tranquilizante como una mano cálida sobre la mía. Tomo una gran inspiración, como si me tragase toda la esencia de Hélianthe en una única bocanada, y me embriago de este aire cálido. Fluye en mí como la savia de un árbol.

A pesar de la corriente de aire, la puerta no da un golpe detrás de mí cuando la cruzo. La calurosa estela me lleva hasta el salón, donde descubro que la ventana principal está abierta. Nada se mueve fuera. Con unos gestos mecánicos, acerco la boca al cristal y soplo encima. Una mancha de neblina aparece. Trazo una larga línea curva con el índice y después erizo su contorno con picos, dejando la parte de abajo desnuda. Empieza a desaparecer a medida que avanzo, así que vuelvo a empezar y, una vez más, desaparece. Después, lo intento por tercera vez antes de desviarme de la ventana porque me llama la atención el ruido de un papel arrugado.

Deambulo por la estancia con la luna atravesando el salón como única iluminación. Mi delantal, el que llevaba el día del ataque, está hecho una bola en un rincón, manchado de sangre y de barro. Agarro una página arrugada. Me tiemblan los párpados. La superviviente reaviva en mí una chispa que creía extinta para siempre.

La página de mi cuento favorito. La última: en la que, irónicamente, está escrita la palabra «fin». ¿Cómo he podido olvidar que se la había conseguido arrancar al Soldado de Cristal mientras pensaba que mi hora había llegado? A lo largo de estos tres últimos días, mi mente anestesiada o llena de pensamientos enfermizos se esforzó por destruir hasta la más mínima esperanza que trataba de despertar.

Rebusco en los cajones para conseguir una vela y la enciendo. Despliego la página con delicadeza, como si tuviese entre mis manos un tesoro incalculable. Leo en voz alta las primeras líneas, que me arrancan unas lágrimas de felicidad mezcladas con otros sentimientos contradictorios. Estas se acaban aplastando contra la página y me nublan la vista. Releo las líneas sin cansarme, acercándome a este trocito de pasado.

Pero, cuando la última palabra se me graba en la mente, me da la impresión de que encima se empiezan a dibujar letras nuevas. Grandes y refinadas, como si alguien sostuviese una pluma invisible. Le doy la vuelta a la página y se la vuelvo a dar, bajo la luz de la vela, convencida de que mis ojos se equivocan o de que me estoy volviendo loca. Pero no es ninguna de las dos cosas. Las letras existen. Me conozco este libro de memoria y estas palabras milagrosas no le pertenecen. Con la voz temblorosa, leo la frase dorada que se difumina a medida que pronuncio cada palabra:

Y las lágrimas descendieron por su rostro,
como mil gotas de tinta sobre una página.

Una lechuza ulula a lo lejos. Pienso en Aïdan durante un segundo, pero es un pájaro de verdad. Impaciente, golpea con su pico el cristal adornado con tres plumas. Libre de mi desorden, en ese instante comprendo exactamente qué tengo que hacer. Ya no hay nada que deba esperar. Ya he perdido demasiado tiempo y es imposible recuperarlo. La única salida es aquello que condenó a Hélianthe: la magia.

Capítulo 18
La llamada

No dudo: vuelvo a mi habitación sin mirarla demasiado para conservar su recuerdo intacto. El pájaro me sigue y me espera delante de mi ventana. Preparo el equipaje con lo estricto y necesario. Un pantalón de ante, una camisa larga, un jubón de piel, que ciño con un cinturón, y unas botas altas forman parte de mi nueva vestimenta. Soy consciente de que no me pondré más vestidos ni delantales en una buena temporada. También llevo una capa de viaje, por si acaso el frío me sigue durante mi vagabundeo. Una fuerza extraña me obliga a actuar de esta manera, pero no me importa cuál. He estado actuando como la niña pequeña que todavía vive en mí, pero ahora debe desaparecer si quiero sobrevivir. Voy a seguir ese ulular que me sigue llamando. Aquí está, esta mi señal.

Salgo de mi habitación silenciosamente y me doy cuenta de que estoy actuando por costumbre. Si me quedo aquí, todo irá de mal en peor; tan solo esperaría a que los días pasasen, prisionera de mi propia renuncia. Y me niego a eso. Tengo que atravesar esta barrera, o mejor dicho, ese muro que existe entre mi pasado y lo desconocido. Es ahora o nunca. Ha llegado mi momento. Aïdan y el maestro Jownah me lo habían dicho, pero no quise escucharlo. Y ahora es lo único que escucho.

En la cocina, recojo unas raciones de pan y queso, algunas conservas y una petaca de agua. Cuando llega el momento de dejar la cabaña, linterna en mano, capturo la habitación con los ojos con cariño. Siento que no la volveré a ver hasta dentro de mucho tiempo.

Justo antes de cruzar el umbral de la puerta, me echo para atrás. No puedo huir durante la noche como una ladrona, sin dejar un mensaje o una señal a mi familia para decirles que estoy viva. La encontrarán cuando regresen a nuestro hogar una vez que amaine la tormenta. Entreabro mi mochila: giro un tallo de flor de naranjo entre mi pulgar y mi índice. Me embriago de su perfume antes de colocarlo sobre el escurridero, donde siempre me reunía con mi madre al amanecer. Este recuerdo se me atasca en la garganta como todos aquellos que impregnan la casa. Al fondo de mi ser, me aferro a la esperanza de que estén escondidos lejos de aquí, que estén a salvo. Si ese no es el caso, haré todo lo posible para encontrarlos y traerlos de vuelta. Mi madre será la primera en descifrar mi mensaje antes de que yo regrese y todo terminará volviendo a su cauce. Me pongo la capa sobre la cabeza y abandono mi agrietada burbuja. Prefiero seguir una ilusión que afrontar esta realidad.

El Bosque de Ópalo se alza ante mí como una boca lista para devorarme. Conozco sus proximidades, así que no le temo, aunque la noche haga que todo se vea un poco más siniestro. Con el miedo anclado en el cuerpo, sigo el leve y continuo roce de las alas de esta lechuza fantasmal que, probablemente, solo exista en mi imaginación. No obstante, su imagen me resulta familiar. Le entrego toda mi confianza para que me guíe lejos de estos senderos que solía frecuentar. Cuando pierdo terreno, ella se posa sobre una rama ululando impacientemente, para entonces volver a alzar el vuelo con su rápido aleteo.

Las ramitas crujen bajo mis pasos. Trato de evitar tropezarme con las raíces. La luna aparece con intermitencia. Su luz me da más seguridad que la de mi inestable linterna, que proyecta sombras extrañas. Por un instante capto un ruido sutil, como si fuese una ráfaga de viento, pero las hojas no se mueven. Me da la sensación de que hay una presencia.

Cuanto más me sumerjo en el Ópalo, más fuerte azota un frío sobrenatural. Aprieto la capa alrededor de mi torso con la esperanza de no toparme de frente con una legión de Soldados de Cristal. Pero pronto el aire me congela el pecho y mis dedos se anquilosan. El paisaje cambia. El bosque ahora está cubierto por un manto de nieve. Me giro y veo que el camino sigue siendo terroso, bordeado por piedras y hierbas salvajes. Cuando empiezo a pensar que solo está nevando en esa zona en concreto, observo un claro luminoso atravesado por un pequeño arrollo congelado que resquebraja la madera como si fuese una cicatriz brillante.

La lechuza me roza y vuela hacia algo que no alcanzo a ver. Al menos, no lo veía hasta este momento. Bajo un rayo de luz de la luna, donde revolotean unas partículas de color ocre, aparece una mujer por arte de magia. Su esclavina y su vestido escarlata resaltan sobre el paisaje, más visibles que una mancha de sangre sobre una página en blanco. A esta distancia no soy capaz de distinguir su rostro.

El pájaro nocturno llega hasta su brazo. Ella lo acaricia hasta que levanta el vuelo dejando un rastro de plumas. Me doy cuenta de que mis piernas se niegan a moverse, debatiéndose entre la atracción que esta mujer ejerce y el miedo que me inspira. Siento que estoy soñando despierta, como si estuviese sumergida en un cuadro onírico que es imposible dejar de contemplar.

—Ten un poco de valor, Arya.

Su voz suena dulce e implacable a la vez. Su mano, blanca y grácil, me invita a acercarme. En cuanto se me pasa el estupor, avanzo con prudencia. La desconocida, grande y esbelta, esconde sus rasgos bajo un amplio capuchón. Se acerca a mí moviéndose con una gracia felina. Su larga capa se balancea detrás de ella, pero sus pasos no se graban en la nieve.

Con un gesto autoritario, la extraña me indica que me pare cuando estoy a unos metros de ella. Su manga acampanada se desliza por su brazo y deja a la vista un magnífico anillo en forma de pluma, decorado con un rubí, que adorna su dedo corazón. Sopla con la boca sobre su puño cerrado: aparece una piedra carbonizada, no mucho más grande que el hueso de un melocotón, y la lanza a lo lejos. La gruesa capa de nieve la envuelve en el momento. Un rugido ahogado acaba con la tranquilidad del claro. El suelo tiembla bajo mis pies. Con un halo rojizo, nace un arbusto de las entrañas de la tierra. Al principio, es enclenque y carece de hojas. Pero, de repente, empieza a crecer a toda velocidad hasta convertirse en un majestuoso sauce llorón. El más grande que he visto jamás. El olor de su madera es omnipresente. Huele a antiguo.

La mujer se cubre y desaparece bajo las ramas que caen hasta el suelo como si fuesen lágrimas sobre una mejilla. Una brecha apenas perceptible agrieta el centro del tronco. Ella se abalanza dentro sin dificultad y yo la imito, demasiado emocionada. Me corto el dedo con la corteza, pero no me preocupo por las gotas de sangre. Una señal parecida a mis Glifos, cuya interpretación se me escapa, se enciende a mi paso. Llegó el momento de adentrarme en lo desconocido.

Unas esferas luminosas flotan en el aire e iluminan el lugar. Dejo la mochila y la linterna a mis pies y pongo toda mi atención sobre esta misteriosa persona. Ella desata la cuerdecilla que sujeta su capa con negligencia y hace que su belleza se vuelva soberana. No puedo dejar de contemplarla con éxtasis, completamente embelesada.

Sus ojos, de un azul intenso, están delineados con kohl y polvos dorados. Dos péndulos en movimiento que me hipnotizan y absorben toda la luz que los rodea. Su boca pintada de color bermejo me sonríe con calidez. Su pelo color ébano le cae hasta los riñones. Me resulta imposible imaginarme su edad ya que su rostro diáfano refleja juventud, pero su mirada no oculta su sabiduría y sus vivencias. Su cuerpo armonioso, realzado por un vestido encorsetado de terciopelo, hace que me sienta un insecto insignificante a su lado. Esta mujer, abrumadora en todo su esplendor, irradia una energía inquietante y me provoca la más pura fascinación. Ni siquiera nuestro rey podría competir contra ella. Su presencia me hechiza y hasta se me olvida por qué estoy aquí.

Chasquea los dedos. Observo sus uñas pintadas de negro durante unos segundos, después me sacudo como un perro que acaba de salir del agua.

—El efecto se va a atenuar y pronto recobrarás tus sentidos —me explica ella con indulgencia—. Mi magia perturba los sentidos de la gente poco acostumbrada a ella. Y todavía más cuando has sido expuesta al Tratado desde tu nacimiento. Pero tranquila, no durará mucho.

En efecto, la bruma que nublaba mis pensamientos se va disipando poco a poco.

—¿Dónde estoy? ¿Quién es usted? ¿Qué es este sitio? ¿Ha sido usted quien ha escrito sobre el pergamino y quien ha enviado a esa lechuza?

—Las preguntas de una en una, Arya. Observa a tu alrededor.

Lo hago. Mis cincos sentidos se intensifican y alteran mi percepción. La luz de las esferas se aviva, esparce su pureza y acepta revelar los secretos escondidos en este árbol. Y entonces, los veo.

Libros. Libros por todas partes, apilados hasta la bóveda. Lechuzas y búhos vuelan o duermen sobre las obras de otra época. Pirámides de pergaminos, centenares de plumas y frascos de tinta de todos los colores colman el tronco, de una altura vertiginosa. Un magnífico espejo de cuerpo entero, desteñido por los años, descansa a mi izquierda en una cavidad. Un remanso de paz, de esperanza. Me invade el olor característico de estos objetos, mezclado con el de la madera y la humedad, y llena el enorme agujero que me dejó la destrucción de la librería del maestro Jownah. Cada nódulo se me aparece claramente, cada pequeño ser vivo que repta despierta mi oído y puedo escuchar cómo fluye la savia. Las paredes rezuman y, cuando las toco, siento vida en ellas, como si un corazón de raíces y musgo latiera en el interior de este guardián verde.

Me sumerjo en un increíble estado de bienestar, a excepción de la sensación de que alguien me está espiando. Los últimos tres días desaparecen como si no hubiesen existido o como si hubiesen sucedido en una realidad distinta a la mía. Me siento como nueva. Una sombra a lo alto de una pila de grimorios llama mi atención, pero me giro cuando la dueña de este lugar posa su mano delicada sobre mi hombro.

—Bienvenida, Arya Rosenwald. Te estábamos esperando.

—¿Estábamos? ¿Cómo? ¿Qué tipo de milagro…?

—La mayoría de las personas son ciegas frente a lo esencial. No son capaces de ver ni lo que se encuentra ante sus ojos.

—¿Me voy a despertar de un momento a otro?

—Todo dependerá de ti. La línea entre los sueños y la realidad es muy fina.

—¿Siempre habla con enigmas?

—¿Y tú siempre haces tantas preguntas?

Su risa tintinea como si de un cristal se tratase.

—Perdón.

—Me llamo Cassandra, también bautizada como la Protectora, la Máxima Guardiana de este lugar sagrado cuyo nombre reservaré para mí.

—¿Por qué?

Una pregunta más. Por suerte, su sonrisa se vuelve indulgente.

—Cuando conocemos un nombre, obtenemos un poder y una influencia sobre lo que designa.

La Protectora. Ese nombre me envía escalofríos por la columna vertebral, como si escondiese secretos inconfesables y una terrible austeridad. Su aura es bondadosa, pero ¿quizá debería temerla? A pesar de su consejo, empiezo a repetir un montón de preguntas, incapaz de controlar mi fervor. La Protectora pierde la paciencia e intenta calmarme con una mirada penetrante. Trago y bajo la cabeza como un animal demasiado entusiasta pero disciplinado. No me reprocha ese aturdimiento. Me tiende una mano: entiendo que quiere algo que poseo.

—¿Qué quiere?

—Las palabras.

Al principio me quedo perpleja, pero después entiendo que se refiere al único bien que poseo ahora, así que le entrego de mala gana la página que quiere. La Protectora la alisa con su mano libre y después hace que levite a la altura de mis ojos con un movimiento amplio. Unas pequeñas manchas, que se asemejan a mosquitas, se juntan a su alrededor. Cuando me acerco, enseguida entiendo que son las letras que se escapan y se arremolinan hasta formar una runa de una claridad pura. La página se consume ante mí y este espectáculo me resulta insoportable en vez de prodigioso.

—¡Pare!

La Protectora se congela, desconcertada. Arquea las cejas, mostrando una incredulidad educada.

—Es un regalo de mi preceptor. Por favor, no quiero separarme de él. Es el único vínculo que me queda con lo que acabo de abandonar.

—Eres muy sentimental, Arya.

La poca seguridad que aún tengo es suficiente para que me rebele.

—¿Está mal aferrarse a un recuerdo? ¿Guardar un rastro de mi pasado? ¿Querer preservar el vestigio de una felicidad que quizá jamás vuelva a sentir?

—No, no está mal. Pero pronto descubrirás que las cosas materiales tienen poco valor en comparación con las reminiscencias del corazón. Aferrarse al pasado no te ayudará a avanzar. Este primer sacrificio está muy lejos de ser el último.

Mi corazón reacciona ante la palabra «sacrificio».

—Si me lo permite, me gustaría quedármela.

—Bien —acepta medio burlándose, cosa que me desconcierta—. ¡Visto que posees tantas!

Con un gesto controlado, la página se reforma, pero solo queda un trocito ennegrecido por culpa del hechizo. A pesar de todo, me conformo con ello. La esquina de su labio tiembla cuando me la entrega. Agradecida, susurro:

—Gracias. ¿Qué quería decir esa runa? Es idéntica a la que está grabada en el árbol, ¿no es así?

—Exacto. Esa runa es un Mantra. Una Palabra revelada.

—No entiendo, ¿para qué sirve? ¿Por qué estaba en el interior de esta página?

—Lo entenderás muy pronto. Las palabras poseen un gran poder, Arya Rosenwald. El poder de acercar, separar, compartir, ordenar…

A cada palabra que dice, chasquea los dedos, y unas runas luminosas de diferentes formas se escriben en el aire, para después desaparecer.

— … embellecer, destruir, ayudar, degradar, soñar…

Las runas continúan brillando y estallando, dando vueltas como si fuesen insectos multicolores. Unos verdaderos fuegos artificiales.

— … pedir, perdonar, condenar, aclarar, aprender, amar.

Se para en este último verbo y se forma una runa más grande, más bonita y más brillante que las demás. También más complicada.

—La lista es muy larga, pero tú ya lo sabías. Por el contrario, lo que no sabes es que eres la única responsable de este increíble poder.

Cuando esas palabras escapan de sus labios, un zumbido parecido al que haría un enjambre de abejas furiosas se alza por todos los lados. Cada vez más fuerte, con más ardor, hasta el punto en el que me tapo las orejas. El aire vibra como la cuerda de un arpa y las luces parpadean. Los pájaros entierran sus picos bajo sus alas, pero no protestan. Los libros se abren uno tras otro, sus cubiertas chasquean y sus páginas se giran con un rápido silbido, provocando corrientes de aire que me levantan el pelo. El árbol ruge y me pregunto si se irá a arrancar de raíz o si nos engullirá.

Por turnos, cada palabra y cada frase de las obras presentes se liberan de su prisión y empiezan a dar vueltas. Las páginas se vuelven blancas, una tras otra, vaciándose de su contenido. Veo cómo se entremezclan símbolos, lenguas extranjeras, versos, garabatos y hermosas caligrafías, para formar un tornado de palabras ilegibles. Cosa que me hace perder la compostura. La Protectora cierra sus párpados, el sufrimiento se dibuja sobre su precioso rostro.

No soy capaz de ignorar el poder de este fenómeno que se insinúa en mí y me corta el aliento. El pánico se apodera de mí: tengo la horrible sensación de que mi boca y mis órbitas se llenan de tinta y que me voy a asfixiar. Unas imágenes aleatorias desfilan en mi cabeza con una velocidad fulgurante. Muchos rostros y tantas runas. Convulsiono con el cuerpo ardiendo. Después todo se para. Solo me queda una leve molestia en el ojo izquierdo, como si fuese una mota de polvo. Parpadeo con insistencia y me froto el párpado hasta que ya no siento nada más, solo la evidencia.

Esta situación enciende todos mis sentidos. Mi búsqueda empieza aquí y ahora. Acabo de responder a la llamada y ahora comprendo qué soy. Quién soy. Una lágrima desciende por mi mejilla, paso el dedo por encima y constato que está cubierta de tinta negra. La magia forma parte de mi destino, y es grande. Tan grande que debería aterrorizarme, pero, por el momento, acepto esta nueva parte de mí como si fuese un regalo. Pensaba que mi vida ya estaba escrita de antemano, capítulo a capítulo. Pero hoy no sé qué se esconde detrás de la página siguiente. Conmovida y orgullosa, sonrío. Porque Arya Rosenwald no es solo Arya Rosenwald. Este pedazo de felicidad que tanto extrañaba, como cuando el último fragmento de un espejo roto encuentra su sitio. Salvajemente declaro:

—Habitualmente soy yo quien va hacia las palabras.

La Protectora asiente con la cabeza y sus labios se estiran en una sonrisa, dividida entre la alegría y la amargura.

—¿Quiénes son? ¿Las personas de mi visión?

—La Original. Y los que la precedieron. En tiempos pasados, los llamábamos los Escribanos o incluso los Apuntadores del Alma. Esos hombres y mujeres tienen por destino un propósito complicado. Noble, pero duro. Ellos y ellas son indispensables para el equilibrio del mundo, y no se pueden librar de esa carga hasta que despierta su relevo, listo para su advenimiento. Esa persona no tiene más remedio que asumir su papel hasta el final y proteger aquello que debe ser protegido. Esa persona es…

Mi memoria regurgita un montón de recuerdos que ocultaba hasta este momento: piezas rotas y descoloridas que ahora se vuelve a juntar para, al fin, revelarme la verdad. Me veo a mí misma leyendo una multitud de libros, de leyendas acerca de este tema y escuchándolas a través del maestro Jownah, siempre tan apasionado. Hasta mi cuento fetiche y el de los gemelos evoca su nombre. Pero antes de esta noche, antes de mi despertar, mi percepción estaba distorsionada. Había olvidado cada palabra relacionada con este secreto gracias a un pacto inmemorial con los Evanescentes. Pero ahora todo vuelve a su sitio. Con un soplo liberador, suelto:

—La Guardiana de las Palabras.

Capítulo 19
La reliquia y el testigo

Cassandra me hace eco con un susurro. Ese apelativo me llena de emociones, como si lo hubiese pronunciado un montón de veces desde tiempos inmemoriales. Me inspira un respeto casi religioso y no me siento digna de él. También me asusta, porque imagino que oculta una verdad sublime y terrible al mismo tiempo.

—Desde el momento en el que diste tu primera respiración, has estado protegida por tu verdadera naturaleza para que nadie te encontrase antes de tu advenimiento. Es una regla ancestral. Un Guardián o una Guardiana de las Palabras tan solo puede conocer su destino a través de la boca de su predecesor. Debe ser así, al menos siempre y cuando las condiciones lo permitan. A veces, la llamada es más dolorosa. Era estrictamente necesario que te pasase el testigo para poder revelarte tu destino.

No me atrevo a preguntarle para protegerme de qué, así que me concentro en otra información.

—¿Pasarme el testigo?

—¿Comprendes tu destino, Arya? Cuando nuestro mundo se desmorona y las fuerzas nos sobrepasan, nos despertamos de nuestro letargo para restablecer el orden. Hoy, me ha llegado la hora y debo legarte esta herencia. Has sido la elegida para sucederme.

Cassandra avanza hacia mí. Su larga capa acaricia el suelo.

—Nosotros nacemos, vivimos y morimos por y para las Palabras —me dice, aferrándome las manos—. Es un regalo y una carga al mismo tiempo. Depende de ti encontrar aquellas que están perdidas o dejarlas llegar hasta ti. En todo caso, tendrás que atraparlas, amansarlas y utilizarlas sabiamente para dominar a las fuerzas sobrenaturales que aprisionan este mundo. Tu misión será tal y como fue la mía y la de tus predecesores antes que yo.

—¿Cómo me daré cuenta de que tengo una Palabra ante mí? ¿Cómo se manifiestan? ¿Tienen una forma particular? Siempre he vivido en un mundo cerrado, ¿cómo voy a poder ser quien cumpla sus expectativas? No estoy segura de poder...

Cassandra levanta una mano para que me calle.

—Deja de pensar así —dice, señalándose la cabeza—. Mejor razona con esto.

Desliza la mano hasta su corazón y me concede una sonrisa.

—Las Palabras son emociones, Arya, y cada emoción es personal, propia de uno mismo. No podría describírtelo aunque quisiera, porque una misma palabra no nos afectaría de la misma forma. Las sentirás, créeme. Entenderás lo que son llegado el momento. No sabrás utilizarlas ni qué hacer de forma inmediata, pero depende de ti descubrirlo, porque es algo que se siente, que se vive y que no se dice. Ni siquiera entre los Guardianes de las Palabras.

Sus palabras emanan mucho amor y muchas heridas, tanto es así que mi corazón se remueve. ¿Atesora lo que ella llama «Palabras»? ¿O las detesta? No sabría determinarlo, pero no me cabe ninguna duda de que una parte de su alma se ha quebrado por culpa de una vida demasiado larga y demasiado plena. Más atenta que nunca, hipnotizada por la gracia de su voz, continúo escuchándola.

—Esta magia se basa en la empatía. Se caracteriza por ser la más íntima que existe en el mundo: se alimenta de ti, de lo que eres, y también de aquellas Palabras que dejes entrar. Es una magia tan egoísta como generosa. Centrada en ti misma y en el exterior. Puede tanto alejarte del mundo como conectarte a él a un nivel superior. Se construirá a partir de tu sensibilidad, tus elecciones, tu carácter, los desafíos a los que te enfrentes y los obstáculos que decidas esquivar. Las Palabras serán una parte de ti y tú serás una parte de ellas. Como reflejos de tu alma, tomarán la dirección que ella les dé. Ellas te cambiarán y tú a ellas. Las

Palabras no son inmóviles, al igual que un alma evoluciona según sus acciones a lo largo del tiempo, sus encuentros y sus combates. Las Palabras se alimentarán de tus miedos más viscerales, de tu capacidad para arriesgarte y de tus logros. Seréis un único ser, mientras que ellas existirán también fuera de ti.

Se me encorvan los hombros con el peso de sus palabras. Todo eso me parece una carga tan pesada de llevar. Una magia que se basa en mis emociones, en mi propia alma. Llena de miedos, ansiedad, sensiblería y torpeza: ¿qué voy a crear con eso? ¿Palabras débiles, rotas y sin interés? La carga es más visible que el regalo. Cassandra parece percibir mis temores.

—Al principio, puede que pienses que estos Mantras te causan más problemas que beneficios. Así será la mayor parte del tiempo, porque te desnudan, te exponen a la vista de todos, y te harán sentir como si tus pensamientos estuviesen en carne viva. No podrás esconder lo que eres; un verdadero libro abierto. Y eso, a veces, es complicado de soportar. Estamos despellejados vivos.

Un suspiro hincha su pecho.

—Harán que resurja lo mejor y lo peor de ti. La belleza y la fealdad que cohabitan en cada uno de nosotros, en partes más o menos iguales. Además de tus propias emociones, tendrás que soportar y saborear las de este mundo, para bien o para mal. Los valores, los vicios, el dolor, la alegría y todas las emociones intermedias. Existe una infinidad. Es intenso, no te voy a mentir, y también difícil… pero merece la pena. Cuando estas Palabras te ofrecen todo su poder, es una recompensa acorde a este don en sí mismo. En ocasiones es terrible, pero a menudo magnífico. Se trata de una cuestión de equilibrio: lo que tu das, lo recibes de vuelta. Es válido para nuestras Palabras. Jamás olvides la razón de tu existencia ni que eres un ser excepcional, incluso antes de las Palabras. La naturaleza te ha elegido para restablecer el orden, y eso no es cualquier necedad.

—No aspiro a tales cualidades. Siempre he sido una chica que pasa el día sumergida en sus libros, soñadora y rutinaria. ¿Y si no estoy a la altura? ¿Si no soy capaz de dominar estas

Palabras? ¿Si son demasiado poderosas para mí? Quizá podría explicarme cómo hacerlo... o acompañarme. Ya sabe que todo lo que sé lo he aprendido de mis libros. Sin ellos, me siento pequeña y perdida. Existe un abismo entre realidad y ficción. Imagino que esto no es más que el principio y eso me asusta.

Cassandra gira su cara hacia la cueva tapizada de libros y sacude la cabeza.

—Es una magia compleja, Arya. Definirla y explicarla correctamente es imposible. De forma contradictoria, y puede que un poco cruel, no existen palabras para hacerlo y esa es nuestra maldición. Cuando despertamos, poseemos un arma entre las manos, sin ningún tipo de manual al que recurrir. Bueno, existe uno: ese que se conoce como instinto.

La palabra «arma» se me atasca en la mente, pero permanezco pragmática.

—En ese caso, ¿por qué no entregármelas en lugar de que vaya a buscarlas? Sería más sencillo si...

Sostiene mis manos entre las suyas y me dedica una sonrisa indulgente. Maldigo mi ingenuidad.

—Incluso si pudiese, nadie sería capaz de soportar semejante peso. Ni siquiera un dios. ¿Qué crees que ocurriría si sintieses de golpe todas las emociones que existen en el mundo?

Recuerdo estos días en los que mi pena rivalizaba contra mi cólera, en los que el abandono rechazaba a la esperanza en un torbellino de emociones.

—Imagino que me volvería loca.

—Exactamente. Hay que encontrar y dominar las Palabras una por una. Es una regla de oro y un desafío en sí mismo. Existe un número incalculable de ellas. Considero que es imposible hacer una lista con todas. Cuando unas Palabras se apagan, otras ven la luz del día. Algo así como...

Guarda silencio durante unos segundos y escucha atentamente, como si esperase que alguien le chivase el final de la frase, pero no se oye nada y la termina ella misma:

— ... las estrellas. Ningún Guardián o Guardiana de las Palabras ha podido acoger en su interior todas las Palabras de este mundo. Yo misma solo he poseído un número de Palabras que calificaría como ínfimo, y no por falta de tiempo.

Su suspiro extenuado se parece al último de mi preceptor.

—Algunas no se cruzarán en tu camino; otras no vendrán a ti aunque las encuentres. Ya sea porque no debes poseerlas, porque no consigues sostener su esencia o, simplemente, porque tu cuerpo las rechaza. Es así. No lo decidimos nosotros, pero hay que intentarlo.

Todo esto me parece inconcebible. Aún así, todo se alinea, todo se aclara, todo encaja en mi interior. Esta realidad se inscribe en una increíble evidencia.

—Las Palabras te pertenecen, pero tú también les perteneces a ellas. Os une un contrato tácito, hasta que completes tu destino o hasta tu muerte. Te necesitan… y es recíproco. Eso sí, cuando una Palabra se vuelve tuya, puedes estar segura de que te servirá hasta al final, fiel y poderosa. Si escoges el camino correcto, te sublimarán. Es raro que una Palabra se te escape o te traicione. Basta con que seas honesta contigo misma, con tus sentimientos, y que les des algo para fortalecerlas. Piensa en ello como un fuego que hay que mantener para que no se apague. Cada ramita, cada papel, cada trozo de carbón es útil. Cada una de tus emociones y de tus actos funcionará de la misma forma. ¿Lo entiendes?

Le flaquea la voz. Asiento con la cabeza y me imagino sus ojos sin edad como una puerta trasera tras la que se encuentra todo un mundo, toda una vida… quizás hasta varias. La siento cada vez más triste, como si ella también acabase de perderlo todo, y por fin lo comprendo.

—¿Sus Palabras la han abandonado?

—Casi todas. Es así, hay que separarse algún día, y es tan difícil como perder a unos viejos amigos. Tú y yo sabemos bastante al respecto.

—Me ha concedido una, ¿verdad? Esta runa… Siento un cambio sutil en mí.

—Ya poseías esta Palabra en sueños, te definía desde hace tiempo. Lo único que hice fue revelarla. Es cosa tuya apropiarte de ella y escuchar lo que tiene que decirte.

La imagen del Soldado de Cristal atraviesa mi mente, y la locura que me condujo a desafiarlo y a rebelarme en contra de él.

—¿**[Valentía]**? —susurro, mirándome la punta de los dedos como si fuese a salir algo de ahí.

—Un derecho legítimo que vuelve a ti. El que más te caracteriza aunque pienses lo contrario. Que hayas venido hasta aquí ya es una prueba de ello. Sin embargo, yo no tengo el poder de concederte más Palabras. Hoy solo me queda la esencia de un único Mantra que he elegido. Esta esencia me pertenece para siempre.

Dudo si preguntarle cuál, pero freno mi curiosidad, por mucho que me cueste, y sustituyo esa pregunta por otra:

—¿La esencia? ¿Eso quiere decir que no es una Palabra de verdad?

—Es un recuerdo, más bien. Su marca más profunda. Se la conoce como la Reliquia. Los Guardianes o las Guardianas pueden conservar hasta tres, no más. Guardamos aquellas que se aferran a nosotros con más fuerza, que nos representan y que nos han ayudado más que las demás. Pero no tiene sentido hablar de esto, todavía estás muy verde y hay cosas más urgentes que tratar.

—Lo siento…

—A partir del momento en el que te transmita este poder, las Palabras se liberarán de mi yugo y se escaparán con el objetivo de protegerse, y también para no provocar inestabilidad en la naturaleza. No podemos coexistir de igual a igual. Hace ya tiempo que mi magia ha disminuido. Una fuerza indomable y tortuosa se cierne sobre nosotros y ha interferido en las Palabras.

Cassandra se sienta delante de un muro de libros, sobre un espléndido sillón donde unas raíces se entremezclan hasta el infinito. El golpeteo de las alas de las lechuzas hace que algunas plumas blancas revoloteen hasta el suelo. Rompen el silencio con su dulce ulular. Ella se ve agotada, y puedo sentir cómo se deja apoderar por el miedo a pesar de su semblante calmado. Su joven apariencia no parece que se adecue a la realidad. Cuanto más la contemplo, más fuerte es la sensación de que sus ojos transmiten una señal de fragilidad, de vejez y de abandono.

Avanzo hacia ella y pongo mis manos sobre las suyas. Están tan gélidas como las noches en Hellébore. Nuestras miradas se cruzan. Es como si pudiésemos comunicarnos sin decir nada.

—Algo pasa, ¿verdad? ¿Tiene que ver con el ataque a Hélianthe? ¿Sabe quién está detrás de todo esto? ¿Qué planean los Soldados de Cristal? ¿Y los manifestantes? ¿La familia real está en peligro? Mi familia ha desaparecido y el hijo más joven de los Ravenwood también. Si me voy, mi principal objetivo será encontrarlos.

Cierra los ojos. Me da la impresión de que lucha contra una fuerza que la devora desde dentro, como si tratase de captar el origen del mal. Yo misma pierdo el hilo en cuanto pienso en Aïdan y me lo imagino en peligro o en una situación todavía peor. Gracias a este misterioso poder, gracias a estas Palabras, puede que consiga traerlos de vuelta sanos y salvos. Con esta magia ya no seré tan vulnerable.

—Nos amenaza un alma títere e impostora, que juega con unos poderes imprevisibles que sobrepasan a su comprensión. Soy consciente del sacrificio que te impongo, y también de que es muy difícil decir adiós a tu vida y a tus certitudes, pero ten en cuenta lo que representas y lo que se espera de ti. No te alejes demasiado de tu misión, incluso si, por el momento, el amor hacia tus allegados te parece más importante que tu llamada. Vete, aléjate de Hélianthe, busca tus Palabras y vuélvete más fuerte. Por la salvación de todos nosotros.

Mi corazón acelera sus pulsaciones. Trato de mantenerme en calma, porque sé que Cassandra va a poner fin a este encuentro y me voy a encontrar cara a cara con mi destino sin saber qué camino seguir. A pesar de mi supuesta valentía, el pánico también lo siento bastante cerca.

—¿Cómo voy a conseguirlo? ¿Por dónde empiezo?

—Nunca estarás sola, y no debes estarlo jamás.

Se levanta bruscamente con porte imponente. Sus palabras me llegan directas al corazón. Siento todo lo vivido y todas las lecciones. Me agarra por los hombros, casi con desesperación:

—¿Me escuchas? ¡Jamás! Ellas te guiarán para que puedas cumplir tu misión.

—¿Ellas?

Cassandra silba y un búho de plumaje rojizo planea hasta ella. El animal porta entre sus garras un pergamino usado que Cassandra recibe, dándole las gracias. Desenrolla el papel, que se agrieta en sus dedos. Unas líneas irregulares forman unos halos, pequeños y grandes. Territorios, islas, desiertos, océanos y montañas. Un mapa completo y detallado de Helios, parecido a aquel que vi en el Salón de Recepción.

—Debes cuidar este mapa como a tu propia vida.

Despliega el pergamino sobre una mesa y sujeta sus extremos doblados con unos libros voluminosos. Algunos nombres de ciudades o de aldeas despiertan en mí una sensación familiar. Están cerca de Hélianthe; los bardos de la capital siempre cuentan historias acerca de esos lugares. Otros nombres solo los conozco de haberlos leído en libros de geografía. Las Siete Fronteras aparecen representadas con sus propios territorios. Jamás había visto un mapa de nuestro mundo entero con este tipo de detalles tan sorprendentes. Unos puntos luminosos brillan por aquí y por allá. Deslizo mis dedos por encima. Con el contacto, siento un calor apenas perceptible en mis falanges. Me embarga la emoción al pensar que perteneció a otras personas movidas por este mismo destino, y que ha llegado mi turno de preservarlo.

—Síguelas y ellas te llevarán hasta las demás.

Las Palabras. Me esperan ahí, tangibles. Algunas brillan detrás de las líneas trazadas de forma discontinua en las tierras fronterizas. Donde el Tratado es nulo y no es bien recibido. Cassandra enrolla el pergamino, como si tuviese prisa por legarme su herencia.

—Muchas de ellas se revelan aquí, así que deberás encontrarlas tú misma. Esto es solo un empujón. Otras vendrán a ti, atraídas por su dueña legítima, o aparecerán en una situación de urgencia o necesidad. Los Mantras son caprichosos y volátiles, se mueven constantemente, pero algunos se quedan fijos en lugares concretos. Les gustan los sitios marcados por eventos importantes, que cargan con rastros de emociones exacerbadas o se enganchan a objetos con cargas pesadas. Pero, como ya te he dicho, mis consejos no tienen por qué aplicarse a otra Guardiana de las Palabras.

Me tiende el rollo, que acepto con una dulzura ínfima. Lo aprieto contra mi pecho, para impregnarme de la fuerza que desprende. Este mapa contiene las respuestas a mis preguntas, es la guía de mi incertidumbre.

—Desde ahora, todo dependerá de lo que vivas y sientas, Arya. Cuanto más provoques a tus emociones, más lejos llegarás; cuanto más te abras a los demás y al mundo, más se reforzará tu magia y estará lista para acoger a los Mantras. No sé nada que tú no sepas acerca de lo que te espera, porque jamás vivimos lo mismo y yo hace tiempo que comprendí mi destino, pero ten la certeza de que estás en buenas manos, que tu corazón estará protegido siempre que permanezcas bajo su cuidado. Con [Valentía] a tu lado, estás lista para irte y para comenzar a escribir tu propia historia y la de tus Palabras.

Mi mirada se pierde en la suya y entiendo que nuestro próximo encuentro no será pronto. ¿La volveré a ver algún día? La Protectora me invita a salir, sumergida en un silencio meditativo. Su sonrisa enigmática no pega con su tristeza y me gustaría preguntarle por qué está tan melancólica, pero decido respetar su mutismo. ¿Estará de luto por las Palabras que ha perdido? ¿Será como perder su esencia o las piezas de un puzle que jamás volverá a estar completo? ¿En qué se va a convertir ahora?

—No te preocupes por mí. Concéntrate en lo que te espera. Toma, un último regalo de mi parte.

Su mano fresca se posa en mi frente, que se calienta y cosquillea con su toque. Me observo en el espejo y veo cómo cicatrizan los cortes de mi cara, cómo se reabsorbe el hematoma de mi mejilla y cómo desaparecen las pequeñas heridas que tenía en las manos. Tengo una piel nueva por medio de un milagro.

—No puedo hacer nada con esta de aquí —se disculpa, señalando con su dedo el centro de mi pecho, ahí donde se paró la espada del Soldado de Cristal.

—Gracias.

Y así, dejo el calor reconfortante del sauce llorón, con un atisbo de tristeza en el corazón. Fuera, caen gordos copos de nieve. Cassandra, de nuevo oculta bajo su largo capuchón, acaricia la corteza con dulzura.

—Llegó la hora, viejo amigo.

Las ramas se ondulan y el tronco se curva como si se inclinase. Cassandra desplaza su mano hacia mi mejilla y me impone su mirada solemne.

—Déjame decirte una última cosa. Jamás es demasiado. No todo será fácil y sencillo. Tu alma será puesta a prueba y sufrirá muchas tentaciones. Los Mantras no son buenos ni malos, tan solo son el espejo de la humanidad. Eso engloba sus maravillas y sus decadencias. Tu naturaleza no es virtuosa o irreprochable, puede que tengas que tomar caminos que no siempre consideres respetables para poder alcanzar tus objetivos, pero depende de ti no perderte demasiado y volver a encontrar el camino correcto. Tus poderes y tu ética personal son la misma cosa. Depende de ti confiar en tu integridad. Conoce los límites. Sé consciente de que las Palabras pueden ser embriagadoras, capaces de embaucar a las almas menos corruptas. Serán las instigadoras de un gran cambio en ti, e incluso se convertirán, a veces, en tus peores enemigas, como pasa con todos los poderes. Pero no existe una victoria sin pérdidas, por lo que serán tanto una fuente de belleza como de división. Acéptalas tal y como son, como una parte de ti, y las Palabras te lo recompensarán. No cedas jamás a la facilidad, a la compasión, ni a la desesperación.

Su voz se vuelve más dura, más profunda:

—No dejes que nadie te diga lo que debes sentir o altere tu propio juicio. Rodéate de personas que tu corazón escoja, incluso si esas elecciones te parecen peligrosas. Sigue siendo tú misma, escucha lo que te murmuren o te griten tus Palabras y acepta tus heridas y tus fracasos. No le temas a la fatalidad. Mantente completa. Mantente entera. Necesitarás más que la valentía para llevar a cabo esta misión, pero sé que serás una gran Guardiana de las Palabras. Valdrá la pena. Jamás estaré lejos, incluso si no puedes verme. Vete ahora, el mundo te espera. Y… un último consejo… sigue siempre a la pluma.

Sin que pueda añadir nada, ella vuelve al interior del majestuoso árbol. Bajo mi mirada, el sauce llorón regresa hasta el estado de arbusto y marca el final de esta conversación. Todas las hojas verdes se caen, hasta la última que, antes de aterrizar en el suelo, se convierte en una pluma blanca. La recojo con precaución y la coloco en el hueco de mi mano, donde se funden los copos de nieve. Le soplo encima, como hizo la Guardiana de las Palabras precedente sobre la semilla mágica del sauce llorón. La pluma se evapora, tan frágil, tan efímera…, y yo me quedo sola frente a mi destino.

Al menos eso creo yo, hasta que un ruido sospechoso me lleva la contraria. Un hombre vestido de cuero me observa, apoyado contra un árbol, con los brazos y las piernas cruzadas. Lleva la parte baja de su rostro tapado con una máscara, un capuchón que le cubre la cabeza y unos cristales luminosos penden de su cadera. Unas densas sombras se forman bajo sus ojos. A pesar de su presencia imponente, se funde en la noche. No sé si se trata de una presencia hostil o no, pero, antes de que pueda buscar la respuesta a esta pregunta inquietante, él me llama con familiaridad:

—¿No me esperabas, Amor?

Capítulo 20

La primera impresión

Una pregunta tan inesperada como esa me deja completamente perpleja, sobre todo después de las revelaciones de Cassandra.

—¿Quién es usted?

Mi pregunta está llena de desconfianza; estoy lista para sacar las zarpas si fuese necesario. Después de todo lo que ha pasado, ¿quién sabe qué tipo de personas rondan por el bosque? ¿Formará parte de los extremistas responsables del levantamiento? Aunque, viendo sus pintas, creo que más bien se trata de un ladrón oportunista que aprovecha el caos para robar en las casas abandonadas. Su aspecto lo hace parecer peligroso, pero no me da miedo. ¿Es este el instinto del que me hablaba Cassandra?

Mueve la cabeza hacia un lado con un aire interrogador. Avanza hacia mí a tal velocidad que me hace falta medio segundo para darme cuenta de que está a mi lado.

—¿Siempre eres así de desconfiada?

—No. Solo con los desconocidos que me encuentro en el bosque en plena noche.

El hombre vestido de negro suelta una risa sincera.

—¿Ah, sí? ¿Te suele pasar a menudo?

¿Qué hago todavía aquí? Debería apresurarme en la dirección opuesta para escapar de este energúmeno. Es justo lo que intento hacer, cuando el hombre me bloquea el paso. Se acaricia la cara con la mano, escondida en un guante de cuero, y saca una pluma blanca. Y es entonces cuando lo veo todo claro. Desde el momento en el que salí del santuario de la Protectora, mi destino ha cobrado vida. «Nunca estarás sola, y no debes estarlo jamás». Cassandra tenía todo previsto: este hombre y yo podríamos establecer una relación de confianza mutua. Ese es el mensaje de la Protectora. Este desconocido hará lo necesario para convertirme en alguien mejor. Es una especie de contrato.

—Pongámonos en marcha, ya nada nos retiene aquí —declara.

El desconocido se aleja algunos pasos. Me doy cuenta de que tiene razón. Nada me retiene en Hélianthe. Quedarme aquí no servirá para nada más que para reducir la esperanza de reencontrarme con los míos algún día. Este destino que recae sobre mí no me deja otra elección que no sea seguir a este nuevo compañero enmascarado.

Caminamos el resto de la noche sin intercambiar ni una palabra. Trato de desenredar todos los consejos y avisos de Cassandra, pasando por fases de ansiedad y otras de emoción; necesito tiempo para hacerme a la idea de que no soy solo la repostera del castillo. Yo, Arya Rosenwald, poseo un don. La magia fluye por mis venas. De alguna forma, en mi imaginación ya tenía magia, pero esta es real. Todo el mundo me decía que mi sitio estaba fuera, pero ahora ya no están conmigo para darles la razón. Soy una chica a la que le asusta el cambio y ahora me llega uno de lo más grandioso, sin previo aviso. Así que lo admito: siento pánico.

Un nuevo día se levanta, el bosque despierta, pero nosotros continuamos avanzando. Sigo al hombre mudo sin saber a dónde vamos. No siento hambre ni cansancio. Perdida en mis pensamientos, no me fijo cuando él ralentiza sus pasos y me estampo contra su espalda. Se queja chasqueando la lengua. Me observa de pies a cabeza, escéptico. Me juzga con sus ojos penetrantes, mientras se rasca la mandíbula. Esto tiene que ser una señal de mal augurio.

Incómoda, mascullo:

—¿Qué hace?

Me ignora rotundamente y continúa con su análisis sin hacer ningún comentario. Luego, sin más preámbulos, me sujeta la barbilla entre sus dedos pulgar e índice. Me mueve la cabeza de izquierda a derecha, y después al revés. Me palpa sin delicadeza, sopesa mis brazos y mantiene mis manos entre las suyas para estudiar hasta las cutículas. Su inspección termina con mi pelo, que rechaza echándose para atrás con un suspiro cómplice.

—Tienes buenos brazos —declara abiertamente—. ¿Sueles cargar cosas pesadas?

¡Por fin se digna a hablar! Debo decir que este primer intercambio de palabras no es demasiado atrayente.

—Libros.

—Ya veo. Por el contrario, tus piernas carecen de energía. Aguantarás las distancias cortas, pero flaquearás en cuanto a resistencia. Tus manos son hábiles, pero sin fuerza. Mira esas muñequitas tan rígidas. Imagino que jamás has sostenido una espada o algún tipo de arma en tu corta vida, ¿no? Más allá de una espátula, quiero decir.

Simplemente niego con la cabeza, molesta, esperando que termine de enumerar todos mis defectos y debilidades.

—Tu postura carece de seguridad. Eres pequeña, así que, al menos, evita curvar la nuca. Tienes la costumbre de inclinarte o de agacharte para meter las bandejas en el horno, pero rápido olvidarás esos automatismos.

¿De verdad habrá adivinado todo eso tan solo estudiando mis gestos o Cassandra le habrá hablado de mí?

—En algunas circunstancias la corpulencia puede ser una ventaja. Si aprendes cómo sacarle provecho, claro.

—¿Ha terminado?

—Por ahora nos centraremos en tu inteligencia y en la intensidad de tu espíritu en vez de en tu ausencia total de capacidades físicas —concluye, indiferente a mi impaciencia.

Y aquí estoy yo, alucinando con tanta sinceridad. Hace una constatación, sin mala intención, como la haría un instructor, sin tacto alguno, sobre un alumno torpe. Así que debería dejarlo pasar, ¿no?

—¿Suele juzgar a menudo a la gente como si se tratase de un pescado en el puesto de un pescadero?

—Un pescado no opina. Deberías cortarte el pelo, no es nada práctico llevarlo largo durante un combate. Al menos cuando eres principiante. El enemigo puede tirar de él.

Sin previo aviso, saca una navaja de uno de sus innumerables bolsillos y avanza hacia mí. Lo empujo tan fuerte como puedo. Sobra decir que él no se mueve ni un pelo.

—Le aviso, como me toque un mísero pelo, le demostraré que no me falta energía en las piernas. Espero que no tenga intención de ser padre algún día.

—Como quieras.

Guarda el arma mientras alza los hombros. No se da cuenta de la incongruencia de su gesto.

—¿Por qué haría falta que me pelease? Cassandra me ha hablado de equilibrio, pero no de combates. Debo localizar los Mantras, absorberlos y controlarlos, no destruir el mundo con ellos.

Cuando recito mi nueva función me doy cuenta de que parece que no he aprendido la lección. Sueno como si estuviese minimizando la complejidad de esta misión.

—¿Piensas que nos vamos de paseo bucólico?

Me tenso ante la agresividad de su pregunta. Sus cejas negras se unen en una línea severa. No está de broma.

—¡Claro que no! No subestimo esta misión, pero me cuesta sentirme involucrada y verme más allá de la situación actual. No soy capaz de controlar nada.

—Entonces, hazme parte de tus reflexiones.

—Entender, darse cuenta y aceptar son tres cosas diferentes. No me pida, después de tan solo unas horas, que me considere como la balanza del mundo capaz de restablecer el orden de una naturaleza ultrajada, o algo parecido. Roza el límite de lo presuntuoso.

—¿Y cómo debería considerarte? ¿Como una chica mona e indefensa que vive una aventura mágica singular? Eso tiene sentido sobre el papel, pero nosotros no estamos aquí para divertirnos. Te estás dejando llevar por la despreocupación.

—Tenga un poco de indulgencia. No me gusta lo desconocido, y ahora mismo estoy sumergida de lleno. No captaré la naturaleza de esta historia con advertencias sibilinas.

—«Historia», ¿eh? Quédate con una cosa: eres lo bastante importante como para que te conviertas en el objetivo y yo estoy bastante lejos de ser el último de tus problemas.

—¿Por quién me toma? ¿Acaso sabe por lo que he tenido que pasar estos últimos días? ¿Piensa que no estoy al tanto del peligro que ronda? He visto…

¿Cómo describir mi enfrentamiento con el Soldado de Cristal? ¿La muerte que me ha acechado de cerca, su control glacial todavía sobre mí? Me gustaría describirle el odio que saturó la atmósfera como si fuese azufre. Contarle que he tenido que presenciar la muerte de mi maestro, que he caminado al lado de cadáveres de personas que sonreían hacía unas horas. Explicarle que me he encontrado cara a cara con un silencio desgarrado de emociones incomprensibles, postrada, sin comer, beber o llorar. Que estuve allí. Sí, estuve allí. Tengo que confesarle que he perdido mi vida, mi propia verdad; que me encuentro desorientada. Al menos, quiero saber quién soy y, sobre todo, decidirlo. Pero ¿qué podría esperar si le contara todo esto? Somos dos completos desconocidos y a él no le importa lo más mínimo. Tan solo me considera un ser débil y sin carácter.

—Si no te sientes a la altura de la misión, vuelve a tu reino encantado a hacer pasteles —suelta, despectivo.

—Me habla como si tuviese la opción de rechazar este destino. El discurso de la Protectora no me lo sugería de ningún modo. La naturaleza me ha escogido. ¿Entiende lo que eso quiere decir?

—Siempre nos quedará la opción de rechazar. No estoy de acuerdo con aceptar el sitio que se nos impone sin rechistar. Eso es lo que diferencia a una víctima de un guerrero.

—¿No se supone que debería ayudarme en vez de desmoralizarme? ¿No está aquí para eso? ¿Osaría contrariar a los planes del destino?

—Quiero estar seguro de que no pierdo el tiempo con una persona incapaz de cuidarse a sí misma —zanja él, hiriente—. Como se suele decir: el tiempo es dinero. No quiero perder el tiempo y mucho menos dinero. ¿Lo entiendes?

Abro la boca, asombrada con lo que está insinuando.

—¿Quiere que me vaya?

—Eso ya te lo estás planteando. ¿Qué decides? Nadie te retendrá.

Alarga su brazo para trazarme un camino hacia una salida imaginaria. ¿Está tratando de hacerme reaccionar? ¿Está intentando medir mi motivación a base de puñales? ¿O quizás esté probando mi capacidad para defenderme cuando se me lleva hasta los límites? La idea de que me tome por una impostora me sienta como una bofetada con la mano abierta. Tiene razón, mis palabras son ingenuas y estúpidas. Me resigno a argumentar. La parte alta de su cara se relaja y exclama con un tono casi simpático:

—¡Todo esto apunta a unas sesiones de entrenamiento moviditas!

Y, por fin, tomo yo la palabra:

—¿Cuándo empezamos?

Tras un leve asentimiento, alborota mi cabello y, con la mirada relajada, me suelta:

—La verdad es que el pelo corto no te quedaría bien, Rosenwald. Bastará con que te lo recojas.

Le dedico un gruñido. Me intimida, pero he decidido no dejar que lo note. Voy a tener que enfrentarme a él, pase lo que pase, o me tomará la delantera.

—Killian Nightbringer.

—¿Qué?

—Así me llamo. ¿Cuántos años crees que tengo?

—Eres más viejo que yo, eso seguro —me burlo de él, un pelín intrépida.

—Eso es. Déjate de cortesías conmigo, ¿vale? Vamos a tener que soportarnos durante bastante tiempo. Así que será mejor que rompamos el hielo cuanto antes. Cuando quiero, puedo ser una persona muy cálida, ya lo verás.

Se ríe a carcajadas y se escapa de mi mirada. Una cosa es cierta, rara vez olvidamos la primera impresión que nos da una persona.

Capítulo 21

Con las palabras en la boca

Cuando cae la noche, Killian se ausenta. Se pasa el tiempo desapareciendo durante mis monólogos, para volver a aparecer detrás de mí unos minutos después. Sin parar, me encuentro sola en medio del bosque, soliloquiando. ¿Seré capaz de aguantarlo por mucho tiempo? Esa es la cuestión. Desgraciadamente, mis elecciones merman. Los días pasan y no nos cruzamos con nadie. Ni refugiados, ni manifestantes, ni Soldados de Cristal. No es motivo para disgustarme, a pesar de que me parezca extraño y confuso. La capital se aleja cada vez más, como si fuese un recuerdo. La flora vuelve a crecer sobre las instalaciones humanas, recuperando sus derechos, y se nos acercan bichos curiosos por nuestra presencia. El bosque, tupido y verde, se extiende más allá de donde nos alcanza la vista; me llego a preguntar si de verdad existe una salida o si nos quedaremos bloqueados aquí para siempre. Desde mi habitación, situada en la buhardilla del tejado, veía cómo se extendía hasta más allá de las tierras lejanas. Aunque, claro, envuelta en el calorcito de mi manta, me importaba más bien poco hasta dónde llegaba el bosque. ¿Cómo es posible que no nos crucemos a nadie?

«Estoy atento». La única frase reconfortante de Killian se resume en eso. Debe de ser que sobreentiende que nuestro aislamiento es normal o, al menos, buscado, y que hay que hacer todo lo posible por evitar encuentros desafortunados. Si digo la verdad, empiezo a creer que el encuentro desafortunado ya lo he tenido. Hay un detalle que sí me tranquiliza: el calor. Que no haya vientos glaciales, ni escarcha, ni cenizas de nieve.

Ninguna señal de esos monstruos. Cosa que no ha impedido que me despertase cubierta de un sudor frío o que me sobresaltase en medio de la oscuridad durante las primeras noches que pasé en el exterior.

Sentada al pie de un árbol, sigo con la mirada los puntos luminosos que hay sobre el mapa. No se están quietos y se alejan de nosotros.

—¿Alguna señal de Palabras nuevas?

Killian se planta delante de mí con un animal muerto echado a los hombros.

—No, y la que poseo apenas la siento. Cassandra me dijo que sabré qué hacer cuando llegue el momento, que sentiré su presencia, pero, por ahora, solo me siento a mí misma, eso es todo. ¿Puede que me haya saltado algo? ¿Una etapa del proceso?

—No estamos hablando de una receta de cocina que haya que seguir al pie de la letra, Rosenwald.

—Yo esperaba tener al menos algún síntoma. Y, desde que salí del árbol sagrado de la Protectora, ya no he vuelto a sentir [Valentía] en mí.

—¿Haces lo que te digo?

—Si te refieres a repetir los consejos y explicaciones de Cassandra cada día al levantarme y cada noche al acostarme, sí.

—Bien.

—¿«Bien»? ¿Eso es todo?

Killian me mira con desprecio. Sus ojos son de un negro tan abismal que apenas puedo distinguir sus pupilas. Sigue asustándome un poquito, a pesar de su insolencia.

—¿Por qué me miras así, chiquilla?

—Por nada. Estaba pensando que tu perfil me resulta familiar. Y que no me siento muy cómoda contigo como guía. Tus fachas son impresionantes, pero en el mal sentido de la palabra. Parece que te dedicas a realizar actividades indecentes. Nadie escondería su rostro si no tuviese nada que ocultar. Y el hecho de que sospecho de que vas armado hasta los dientes no hace que sienta más confianza en ti.

—La verdad es que me importa lo más mínimo lo que pienses de mí.

—Ya me lo imaginaba.

—Pronto te alegrarás de que te parezca peligroso, créeme.

Se establece una rutina aburrida: montamos un campamento, Killian se va a cazar y volvemos a ponernos en marcha tras un breve descanso. Caminamos sin parar, manteniéndonos alejados de los senderos señalizados. Lo sigo ciegamente, incapaz de orientarme sin una brújula. Por el contrario, Killian parece saber hacia dónde se dirige: cada uno de sus pasos es seguro. A veces me recuerda a un animal, olfateando el viento, rozando los árboles o manteniendo sus sentidos en alerta, listo para saltar ante la mínima señal de peligro. No habría llegado muy lejos si estuviese sola. Mis pelos enmarañados, mis ampollas en los pies y mi vestimenta llena de rotos ofrecen una imagen un tanto cómica y exasperante de mi evidente falta de ingenio. Parece que dejé la civilización hace lustros, cuando tan solo han pasado algunos días. Sudorosa y en mal estado, suspiro:

—Creo que las ramas y las raíces se están aliando para matarme.

—¿Y si hago todo lo posible para que te pierdas y salgas de este aprieto tú sola? —se burla Killian, me imagino que está sonriendo detrás de su máscara—. Sería un buen ejercicio, ¿no crees?

Al menos bromea. Es difícil saber cómo tratarlo. Se comporta de forma extraña desde el maldito día de nuestro encuentro. Lo mismo se sumerge en un mutismo desagradable, como de repente se dirige hacia mí con una familiaridad que me desconcierta, como si hubiésemos cuidado de un rebaño de cabras los dos juntos. No conozco a nadie tan versátil como este extraño desconocido. No somos compatibles, pero estoy obligada a ir con él porque me mantiene con vida. O, al menos, eso creo.

El día llega a su fin. Nos comemos una presa sin sabor. El hecho de que nunca se haya quitado la máscara desde nuestro primer encuentro me inquieta. Ya me lo tomo como un desafío personal. ¿Cómo se mete la comida en la boca? Lo bombardeo a preguntas sin desanimarme.

—¿De dónde vienes?

—Hasta prefiero cuando me sermoneas sobre mi deserción. Sacar información se considera un don, ¿lo sabías?

Se lleva el trozo de carne hacia la máscara, sin levantarla. Aguanto la respiración mientras trato de ser discreta. Fracaso, una vez más, y él mastica su porción.

—Aunque tú no pienses así, a mí me parece normal intentar entender a la persona con quien paso el día. En cambio tú no buscas saber más acerca de mí. O ya lo sabes todo, o te da completamente igual que nos volvamos más cercanos.

—No estás intentando que nos hagamos amiguitos, lo único que quieres es satisfacer tu curiosidad, ¿o me equivoco? Te intrigo, no te cuento nada y eso te saca de quicio.

—No sé de dónde eres, qué hacías en Hélianthe, si vienes de una de las Siete Fronteras o cómo se cruzó tu camino con el de Cassandra. Por saber, no sé ni cómo es la forma de tus labios. «Intrigar» es una palabra que se queda corta.

—Y tanto —responde él, escueto.

—Vale, ¿no me lo quieres decir? Pues lo voy a adivinar yo solita. No eres del norte, tu piel está demasiado curtida y, cuando te da por ahí y te comunicas de otra forma que no sea mediante gruñidos, tienes un acento difícil de situar. Imagino que lo has perdido de tanto viajar. Qué más… Llevas muy bien el calor que hace aquí. Puede que no seas de lejos de Onagre. No eres de una ciudad grande, en todo caso.

—¡Qué sentido de la observación! Deberías utilizarlo para cazar y alimentarnos en lugar de acribillarme a preguntas inútiles.

—No sé cazar. Voy al mercado o a la granja de la vecina.

—Ya aprenderás. No cuentes conmigo para alimentarte, chiquilla.

Se dirige a mí con condescendencia, una vez más. Me hacen daño los apodos infantiles con los que le encanta ridiculizarme. Reconozco mi ignorancia en cuanto a las maniobras prácticas, pero le voy a demostrar que soy útil de otras formas. No me faltan recursos cerebrales. Solo necesito aclimatarme al mundo «de verdad». Pero Killian no es compasivo ni indulgente. Y mucho menos, paciente. Para quedar bien, declaro:

—Estoy esperando tu entrenamiento, por cierto.

Abordo el tema por pura valentonada. Odia que le repita las cosas o que le reclame. Una parte de mí espera con impaciencia que nos pongamos manos a la obra. Mi vulnerabilidad me convierte en una presa fácil, y queda fuera de cuestión que se repita el episodio traumático del Soldado de Cristal. Quiero saber cómo reaccionar en caso de necesidad.

—Todavía no te lo mereces. —Le importa un bledo tratarme con cuidado.

Me resulta imposible sacarle ni una palabra más. Lleno el vacío contando historias inútiles hasta que se va a dormir y me abandona en mi soledad. Y aquí está el problema: la soledad. Una de mis mayores debilidades es no ser capaz de soportarla. Me pesa en el corazón y su peso aumenta según van pasando los días. La imagen de un animal doméstico mimado con amor y luego devuelto a la naturaleza a la fuerza me queda que ni pintada. Esta soledad me lleva a darles vueltas a las cosas y agrava mis miedos. Pienso en mi familia sin parar, me pregunto dónde han podido huir Aïdan y sus hermanos, si el rey ha restaurado el orden en Hélianthe o si todos están bajo el poder de los Soldados de Cristal y los revolucionarios; si están tratando de negociar los términos del Tratado o si buscan una guerra. ¿Quién lo sabe? ¿La noticia del ataque se ha expandido? ¿Está Helios, privado de los miembros de la familia real, preparado para caer en la anarquía? No tengo respuesta para ninguna de esas preguntas y me resulta frustrante.

Rápidamente me doy cuenta de que debo ocuparme de mí misma, ya que Killian no lo hará en mi lugar. Para ello, debo profundizar en ese Mantra que liberó la Protectora: **[Valentía]**. El mecanismo de esta magia sigue siendo confuso, pero utilizo nuestras horas de caminata silenciosa y los momentos de descanso en los que cada uno sigue a lo suyo para intentar hacer que esta palabra salga.

—**[Valentía]**.

La llamo en voz alta, en voz baja, contraigo mi cuerpo, hago movimientos con las manos, visualizo la forma de su runa, imagino situaciones que requieren mostrarse valiente... De repente, una nueva sensación me invade, difícil de describir. Como un cuerpo extraño, una semilla de emoción plantada en mi corazón que germina lentamente. Esa sensación de adrenalina me abandona, después me llena de nuevo, violenta e imprevisible. Tras hacer un gran esfuerzo de concentración, consigo repararla, canalizarla y, entonces, su efecto se duplica.

Mis palpitaciones se aceleran, siento como si un pajarito volase dentro de mí y el batir frenético de sus alas me hiciese cosquillas. Un rayo de valentía crece en mí y siento que puedo lograr cualquier cosa, hasta que pierdo el hilo y se apaga. Esta sensación de fuego intermitente me vacía de toda energía.

Esa misma noche, el bosque me ahoga y desearía poder invocar mi único Mantra. Me arriesgo a terminar hundida para siempre en este océano de vegetación. El hecho de no ver nada más que trocitos de cielo me perturba y hace que sienta claustrofobia. Con los ojos cerrados, busco en vano el recuerdo de la sensación que me producía la brisa del viento contra mi piel y la contemplación de las constelaciones desde mi ventana. El rostro de mi madre se aloja en mi cabeza y arruina todos mis esfuerzos por sentirme mejor. ¿Cuál sería su reacción si regresase a la cabaña sana y salva y encontrase mi habitación vacía y el tallo de la flor de naranjo? Me la imagino llorando, con el corazón hecho trizas. Sacudo la cabeza para deshacerme de estos pensamientos engañosos.

El fuego crepita sin calentarme lo más mínimo. Las noches bajo los árboles son soportables, pero mi piel reclama el dulzor vespertino de Hélianthe. Vuelvo a ver la plaza principal despertando. Los cuentacuentos que narran historias olvidadas, adornadas con efectos teatrales o juegos de sombras. Las veladas que se alargan hasta los últimos bostezos. Y aquí estoy yo, lejos de todo ese bullicio cautivador. Me evado en mis recuerdos para alejarme un poco de mi soledad.

Bandeja en mano, atravieso el pasillo de los cuadros cuando, de repente, veo a Aïdan. Me contengo para no echarme a correr hacia él. Sentado en su silla de ruedas y con una manta sobre las piernas, el príncipe contempla el enorme retrato de su madre que cuelga en lo alto de la pared. Viste un jersey demasiado largo, que le da un aire de niño, y la luz que pasa a través de las ventanas hace que su pelo se vea anaranjado.

Dudo si molestarlo, pero no puedo evitar acercarme a él. Hace tiempo que no hablamos. Estas últimas semanas, lo han puesto en cuarentena debido a una fuerte fiebre. Me aseguro de que no haya nadie cerca, me sitúo detrás de él y llega mi turno de contemplar la belleza gélida de esta reina dulce y querida. Sus ojos observan el mundo con benevolencia. Su pelo largo cae hasta casi por debajo de sus riñones, sobre su magnífico vestido de un azul real destacado con plata. Posee los trazos finos de sus dos últimos hijos, sobre todo de Abel.

—Te escucho respirar.

—Perdón. Continúa, soy invisible.

—Sigue siendo invisible si te apetece, pero podrías volverte muda, eso lo arreglaría todo.

—Yo también te he echado de menos, Aïdan.

Gira la cabeza hacia mí. Contemplo con terror que tiene un hematoma violeta sobre su pálida piel y que hace una mueca de dolor. Parece como si acabase de venir de una sangría y todavía estuviese demasiado cansado.

—¿Qué te ha pasado?

—Me caí de la cama.

—¿De la cama?

Deja escapar una exclamación de molestia.

—Mi padre, ¿qué podría haber sido si no? ¿Tienes alguna pregunta estúpida más?

—¿Quieres hablar de ello?

—No.

—Bien.

—Muy bien.

En cambio, yo tenía un montón de cosas que contarle (sobre todo ahora que sé que este año el Gran Mercado de Hélianthe acogerá también la Feria de los Inventores en menos de seis meses), pero estoy tan contenta de volver a verlo y de saber que está un poco mejor que no quiero insistir ni llevarle la contraria. Me doy cuenta de que su olor es diferente, más agresivo. Sin duda es el efecto de las pociones o de los baños médicos.

—Mi madre tenía el poder de curar con las manos, pero dio a luz a un niño enfermizo, delicado y raquítico. ¿No te parece irónico?

—También trajo al mundo a un chico inteligente, curioso y astuto.

Desvía la mirada de la imagen maternal y capto un profundo rencor en su expresión.

—Siempre ves el lado positivo de las cosas, ¿verdad?

—Es mejor que deprimirse, ¿no?

—Es cierto, pero eso no te vuelve inmortal. Los fuertes devoran a los débiles, es la ley de la naturaleza.

El tono fatalista en su voz me toma desprevenida y, esta vez, no soy capaz de callarme mi pregunta:

—Aïdan, ¿te da miedo morir?

—No, pero me da miedo ser olvidado, desaparecer en la indiferencia general, que nadie me eche de menos.

—¡Eso no pasará! Me tienes a mí.

—Una vez más, ser positiva jamás ha hecho que nadie se volviera inmortal.

—De todas formas, ser inmortal está sobrevalorado. Estoy segura de que en algún momento uno se debe aburrir.

—Tienes razón, sobre todo si tienes a Arya Rosenwald como ami-
ga para toda la eternidad.

Protesto y consigo hacerlo reír. Mis ojos se dirigen de nuevo hacia
la reina Galicia.

—Ella te habría amado, estoy segura de ello.

Una sonrisa aparece en sus finos labios.

—Habría sido mutuo.

Killian da cabezadas apoyado contra un árbol con su capuchón bajado hasta la nariz. Aunque no se mueva, sospecho que duerme con una oreja puesta. Alguna compañía, aunque fuese la suya, haría que mi malestar desapareciese.

La tristeza me sobrepasa: me pierdo en la contemplación de las llamas que devoran la madera y me recuerdan a la cabellera de esa pariente de los Ravenwood, muerta por culpa de un traidor a quien no le pongo cara. Ahora le toca atormentarme al rostro cortés y arrugado del maestro Jownah. Mis ojos se empañan, el fuego enloquece. Esta es sin duda la consecuencia, esa que trato de evitar desde el principio. Eso que sentí durante esos tres días encerrada en mi cabaña y mi propia cabeza. No quiero volver a sentirlo jamás. Era incapaz de salir de ese túnel devastador de emociones. Hasta el punto de erigir una barrera a mi alrededor tan pronto como sentía una emoción intensa.

—¿En qué piensas?

Casi se me sale el corazón del pecho. Seco mis mejillas con la parte de atrás de la manga y suspiro, prefiriendo no desperdiciar mi saliva soltando insultos. Su presencia me obliga a recomponerme. No quiero exponer mi debilidad y darle algo con lo que atacarme.

—¿Te interesa? ¿Quieres aprender más sobre las emociones humanas para imitarlas?

—¿En qué piensas? —repite—. No me obligues a preguntártelo una segunda vez, Rosenwald.

Killian se sienta sobre una pequeña roca al otro lado del fuego y une sus ojos con los míos. Intento no pestañear, pero no se me da muy bien. Las brasas se reflejan en sus pupilas, más negras que un pozo sin fondo, cosa que las vuelve amenazantes.

—Mírame cuando te hablo.

De mala leche, levanto el mentón y respondo con agresividad:

—¡En mi hogar! ¿Contento?

—Para —suelta él, como si eso fuese suficiente para solucionar mi angustia.

—¿Perdón por tener sentimientos?

—He dicho: para. Ya no tienes un hogar. Estás aquí, fuera, en medio de la nada. Si no te concentras en tu objetivo, acabarás siendo presa fácil para los mercenarios, los osos hambrientos o algo peor. Créeme, no te haces una idea de lo que nos podemos encontrar a las afueras de tus preciosas murallas.

—No me he cruzado con muchos osos estos últimos días.

—Porque yo he hecho que huyesen. Y hay cosas todavía peores que los animales salvajes en este bosque, Amor —insiste con un susurro teatral—. Hago todo por alejarnos de los peligros, pero en general nos alcanzan rápido.

—Me gusta tu forma de tranquilizarme.

—No estoy tratando de tranquilizarte. No soy tu padre. Estoy esperando a que tengas la maldita revelación, sin la que no podremos avanzar ni progresar. Necesito que te des cuenta rápido de que tu vida está en juego, que vas a coquetear con el peligro constantemente.

—El único peligro que hay aquí eres tú.

Consciente de la ambigüedad de mi frase, dudo antes de continuar:

—Y no pretendo coquetear. Solo necesito un mínimo de tiempo para digerir…

—No eres más que una cría —me corta con el mentón apoyado sobre sus manos cruzadas—. Estás descubriendo el mundo exterior con ojos ingenuos. Te va a hacer falta crecer rápido si quieres sobrevivir. Ahora mismo, eres poseedora de una magia.

Es insignificante, pero poco a poco va a cobrar amplitud y a atraer a la avaricia, a hordas de enemigos y de oportunistas. Esos Soldados de Cristal y esas personas se han adueñado de tu ciudad, no sabemos sus intenciones, pero esto va más allá de un simple desacuerdo político o del descontento del pueblo. Si has recibido tu llamada es porque Helios corre un grave peligro. Todos lo corremos, solo que no sabemos cuándo se nos va a venir encima de verdad. No podemos permitirnos lamentarnos o esperar a que se te pase tu pequeña depresión.

Me siento vejada, así que no escucho su advertencia.

—¿Quién eres tú para tratarme como a una niña?

—Soy el que te salvará la vida en múltiples ocasiones hasta que te puedas defender sola. Lo conseguirás, pero ahora mismo no eres más que una víctima servida en bandeja.

—¿Y si no estoy hecha para luchar?

—Todos hemos nacido para luchar, porque es indispensable para sobrevivir. Forma parte de nuestra naturaleza más profunda. Existen tres categorías de personas: aquellas que lo intentan pero son demasiado débiles, aquellas que se dejan morir y aquellas que desconocían la pasión de vencer. Es cosa tuya escoger en cuál te quieres situar.

Para eludir la pregunta, me arriesgo:

—¿En la categoría de aquellas que viven una vida tranquila, tumbadas en sus camas con una taza de leche caliente?

—No te hagas la idiota ni deshonres al título de Guardiana de las Palabras. La Protectora y quienes te precedieron dedicaron su vida a proteger lo que ahora te pertenece por derecho. No puedes destruir lo que otros preservaron durante siglos con el precio de su sangre. Tienes que salir de tu pequeña zona de confort, porque hay bastante más en juego que tu ombligo, repostera.

—Qué sabes tú lo que representa una Guardiana de Palabras, ¿eh? Parece que sabes bastante sobre el tema, incluso más que yo.

—No tengo por qué darte explicaciones.

—¡Pues al contrario, yo creo que sí! ¡Por una vez, te toca a ti hablar!

Se calla, pero continúa mirándome con intensidad. No necesita palabras para hacer que me estremezca. Tartamudeo:

—¿Por qué estás aquí?

—Para protegerte y ayudarte a cumplir tu misión.

—¿Por qué te escogió la Protectora? ¿Qué te aporta a ti? Podrías abandonarme y dejar que me las apañase sola.

—¿Eso es lo que quieres?

Reflexiono unos instantes, o al menos finjo que lo hago. Aunque su compañía no me encante, la prefiero a una soledad absoluta. No soportaría durante mucho tiempo sin él.

—No, pero me gustaría tener respuestas.

—Las tendrás, pero sé paciente. Ten en cuenta que no eres la única que investiga aquí. Yo tampoco tengo soluciones para todo. Solo sigo algunas pistas que me han dado. Mis motivaciones solo me incumben a mí, pero que te entre en la cabeza que estoy aquí por voluntad propia. Mi misión es mantenerte con vida, ayudarte a encontrar los Mantras y aprender más acerca de lo que sea que está poniendo en peligro a todo el reino. Y aniquilar esa amenaza si fuese necesario. Mi misión...

—¿Aniquilar? Utilizas palabras mayores.

—Utilizo las palabras que convienen. Mi misión...

—¡«Tu misión, tu misión»! Hablas de mí como si fuese un paquete que tienes que entregar.

—Discúlpame por herir tus sentimientos, princesa. No soy un compañero de viaje. Soy tu guardaespaldas, así que guardo tu espalda. Las emociones no son mi punto fuerte, Amor.

—¡Para de llamarme «Amor»! Te olvidas de un punto importante. También tenemos que buscar a Aïdan y a mi familia. Ese era el trato.

Killian se raspa el paladar, después se frota la frente como si tuviese mi observación ahí pegada y quisiera quitársela.

—Sí, me lo has repetido bastantes veces. También me dijiste que él te había abandonado. ¿Por qué te esfuerzas tanto en encontrar a ese cobarde?

—Te prohíbo que lo trates de cobarde.

Me sorprende la repentina rudeza de mi voz y Killian también parece estarlo.

—No lo conoces y no sabes lo que ha vivido. No sabes nada de él o de lo que ha hecho por mí. Era su elección irse y tenía razón, pero fui demasiado estúpida como para escuchar su grito de socorro y aceptar la mano que me tendió. ¡Todos deberíamos haberlo escuchado! Sin contar que me salvó la vida.

—Con eso quieres decir que te dejó sola e inconsciente en esa sórdida habitación secreta. No veo qué tiene de acto heroico.

—Lo habrías hecho mejor si hubieses estado en su lugar, ¿eso quieres decir?

—Jamás te habría dejado.

—Lo hizo para protegerme. Sabía que nadie me encontraría en ese sitio, mientras que sus hermanos corrían peligro. Soy yo la egoísta y la cobarde en esta historia.

—Si tú lo dices. Si yo estuviese en tu lugar, iría en la búsqueda de los otros dos herederos. Los que son aptos para la sucesión, quiero decir. Te equivocas de objetivo. Pero pierdes un tiempo valioso, porque los príncipes no necesitan a una niña de mamá que los busque. Tienen una Armada entera a su disposición y unos generales a su servicio. Seguramente estarán protegidos en una fortaleza, bebiendo un buen vino mientras esperan a que las cosas se calmen.

—¡Los Ravenwood jamás harían eso! ¡Aman a su pueblo y es recíproco!

—Sí, ya veo. A costa de lo que es realmente importante.

—¿Pero acaso no entiendes nada? Es porque es mi amigo. ¡Me preocupo por él! Quieres que me concentre en mi misión, pero no lo conseguiré sabiendo que estoy abandonando a mis seres queridos, sin preocuparme por su destino ni actuando para protegerlos. ¡Y los príncipes probablemente estén juntos de todas formas!

—¿Estás enamorada de él?

Casi me atraganto con mi propia saliva y me sonrojo de forma estúpida.

—¿Qué? ¡No! ¿Qué es esa pregunta?

—Solo una pregunta.

Me dirige una mirada sospechosa y después añade:

—Nadie corre hacia los brazos de la muerte sin una razón de peso.

Como si me acabase de dar un puñetazo en el estómago, balbuceo:

—¿«La muerte»? ¡Estás todo el día con esa palabra en la boca! ¡Si es que tienes una debajo de esa maldita máscara!

—¿Acaso piensas que vamos a sobrevivir y que salvaremos el mundo sin ningún sacrificio? Y vivieron felices y comieron pavos ¿eh?

—Desprendes optimismo. Y se dice perdices, no «pavos».

—El optimismo es para la gente como tú, que no sabe nada de la vida ni del sufrimiento. Yo prefiero prepararte para lo peor, para que no te lleves una sorpresa cuando llegue la desolación.

—¿Por qué debería seguirte si ya sé que todo esto solo nos llevará al sufrimiento y a la pérdida?

—Eso no lo sabemos. Vale la pena intentarlo. Lo más divertido es el combate, no la victoria o la derrota.

—¿Y tú, entonces? ¿Por qué corres hacia la muerte? ¿Cuál es tu razón de peso?

No espero una respuesta. Él inclina la cabeza hacia un lado en una postura como si estuviese meditándolo, mientras que mi propia pregunta me lleva a pensar en Aïdan. Ahora entiendo mejor por qué quería que le diese un motivo para quedarse en Hélianthe. Al cabo de unos segundos, Killian me da una respuesta lapidaria acompañada de un levantamiento de hombros:

—Mi vida me importa más bien poco.

Con estas palabras, se gira, se baja el capuchón y se deja llevar por un sueño bastante más interesante que yo. Decepcionada, me acerco al fuego, esperando que mi conciencia pueda descansar. Pero es imposible siquiera vislumbrar el inicio de un sueño. Los minutos pasan mientras yo doy vueltas hacia todos lados soltando gemidos de molestia.

Killian está inerte. Una idea juguetona y un poco estúpida crece en mi mente. Algo que podría alegrarme la moral. Me acerco hacia donde descansa con pasos delicados. Duerme sobre un montón de follaje entre los tocones de un árbol, con un brazo sobre su frente y el otro sobre su vientre. Su pecho se eleva con un ritmo apacible. No me rindo a pesar de mis primeros intentos fallidos. Ha llegado el momento de descubrir el misterio de la máscara.

En apnea, reduzco la amplitud de mis movimientos, tan lentos que se vuelven bruscos. Tan solo unos milímetros me separan de la verdad. Me regocijo por dentro. No niego que mi actitud sea de lo más pueril, pero considero que cualquier descubrimiento puede cambiar el mundo y que nada debe ser ignorado. Cuando Killian se mueve en su sueño, me congelo en una posición cómica. Nada de lo que alarmarse. Este desafío me encanta y me da confianza en mí misma. Y si encima puedo molestarlo, mejor todavía.

En el momento en el que avanzo mis dedos en forma de pinza, la mano de Killian se abre, me agarra de la muñeca y tira de mí hacia él con un golpe seco. Me desplomo sobre su pecho con un grito ahogado de sorpresa. Por suerte no ha abierto los ojos: no me siento capaz de cruzarme con su mirada con la que, según su estado de ánimo, transmitiría ironía o ira.

—¿Has decidido ponerle fin a tu vida?

Me bloquea contra él y me mete la cabeza bajo su axila. Soy incapaz de librarme de su agarre. Ni siquiera intento luchar, espero mi castigo.

—Eres incorregible, Rosenwald. Pagarás por tu curiosidad enfermiza, y todavía más caro por haberme despertado.

—¡No estabas durmiendo, mentiroso!

—¿A quién llamas «mentiroso»?

—¡Vale, vale! ¡Tiro la toalla!

—¿Estás segura de que la palabra de la Protectora era [Valentía]? Se equivocó, ¿no? ¡Yo habría escogido «miedica»!

Se ríe y luego me suelta. Se endereza para apoyarse en el árbol con las piernas dobladas, y apoya los codos sobre sus rodillas.

—Te dejo diez minutos de ventaja, Rosenwald. ¿Querías que tuviésemos un entrenamiento? Pues genial, empieza justo en este momento. Ahora… ¡CORRE!

Capítulo 22

El escondite

Nuestra escapada nocturna me ha dejado secuelas. Intento levantarme sin gemir. Siento agujetas por todo el cuerpo y descubro músculos cuya existencia desconocía.

Me masajeo la nuca. Debería haber pasado menos tiempo comiendo dulces. Jamás había corrido tanto en mi vida, y jugar al escondite en el bosque ha sido bastante menos divertido que en mis recuerdos de cuando era pequeña. Ahora ya sé qué puede llegar a sentir una presa acorralada por un depredador.

Con pasos desconfiados, me acerco al árbol donde está sentado Killian. Balancea los pies en el vacío, despreocupado. Está tocando la flauta de Pan. Suena una melodía tranquilizante pero melancólica. Suspiro frente a este nuevo desafío. Trepar no es precisamente uno de mis pasatiempos favoritos. Este maldito Killian hace que sobrepase mis propios límites y, tras este primer entrenamiento desastroso, he de limpiar mi imagen, incluso si eso significa tener que hacerle frente a una de mis fobias.

Después de la cacería de hace un rato, Killian volvió a centrarse en mí, para contar con los dedos cada uno de mis miedos. Una vez más, me pregunto si tendrá un sentido de la deducción fuera de lo común o si Cassandra le habrá contado mi vida con pelos y señales. Según él, cada miedo representa una debilidad, así que me ha prometido que acabaremos con todos ellos, uno por uno. Cada debilidad es un paso más cerca de ir a dar con un pie en la tumba. Mientras lo escuchaba, me dio la impresión de que esto es un principio que le inculcaron durante su educación. Se juró a sí mismo que mi pánico al vacío, mi claustrofobia y mi miedo a la soledad serían agua pasada y, si bien es cierto que nada me gustaría más que ver cómo mis miedos desaparecen, no me parece tarea fácil. «Me gustan los retos», me dijo él.

Empiezo a trepar lo mejor que puedo, siendo consciente de que mis posturas deben de ser de lo más cómicas. Rasgo la corteza con las botas, me raspo las manos y las ramitas me golpean en la cara. Evito mirar hacia abajo. Avanzo poquito a poco mientras el sudor me resbala por la frente. La ropa se me engancha en las excrecencias del árbol y tira de mí hacia atrás. Por poco no me como el suelo dos veces. No entiendo cómo Killian puede pasar su tiempo libre exiliado aquí arriba. En un momento dado, me envalentono, pierdo el agarre y me sujeto a una rama.

—¿Te echo una mano?

—¡AH!

El susto que me ha dado hace que suelte mi precaria sujeción. Killian me agarra de un solo brazo, me levanta y me posa sobre mis pies. Me abrazo al enorme tronco con el corazón a mil por hora.

—¿Estás loco? ¡No puedes aparecer así delante de una persona que pende en el vacío! ¡Por Helios, casi me da un ataque al corazón! ¡No hagas eso nunca más!

Quiero pegarle, pero prefiero usar las dos manos para agarrarme. Parece que le preocupa más bien poco mi histeria, y no me da la impresión de que se dé cuenta del esfuerzo que acabo de vivir.

—Te ibas a caer. Agradécemelo, pedazo de ingrata.

—Eso es mentira, iba a mi ritmo, eso es todo. ¿Cómo has bajado sin hacer ni un mísero ruido?

—Te falta muchísimo entrenamiento —declara, sin responder a mi pregunta.

—¡Y a ti te falta muchísima educación! ¿De quién es la culpa? ¡No hemos empezado hasta esta noche porque antes preferiste volverme loca!

—Y esto no es más que el principio.

—Qué ideaza esto de trepar a los árboles…

—Es uno de los sitios donde más seguros estamos.

Me siento con cuidado. Él entrecierra sus ojos malvados. Se está burlando de mí, aunque sus labios sigan sellados. Jamás había visto a nadie tan poco locuaz. El interior de su espíritu debe de ser una prisión donde miles y miles de palabras amontonadas intentan liberarse de su taciturno dueño, provocando un alboroto atronador. Me da dolor de cabeza solo de pensarlo.

—Deja de devanarte los sesos, vas a acabar arrugada como una pasa.

Me doy cuenta de que lo estoy escrutando fijamente con el morro torcido. Me pasa la mano por el pelo para quitarme una hoja, después me sacude el hombro para echar a una araña. Sin duda su lado tocón está más desarrollado que su expresividad. ¿Los límites de la intimidad? Los conoce todavía menos que la diplomacia.

—¿Alguna vez hablas de ti?

Alza las cejas hasta que casi le rozan la raíz del cuero cabelludo, como si mi pregunta le pareciese de lo más extraña e insensata.

—¿Para qué voy a hablar de mí?

—Para conocer a los demás, entablar relaciones y esas cosas. La mayoría de los seres humanos busca eso, ¿sabes? Hasta los animales lo hacen.

—No soy la mayoría de los seres humanos —dice mientras saca un cuchillo para volver a tallar su flauta.

Por una vez, no lleva sus guantes de cuero y me fijo en sus manos, que están llenas de arañazos profundos y recientes.

—No me gusta hablar para no decir nada. Las palabras son valiosas, Arya Rosenwald, hay que usarlas con parsimonia. Deberías saberlo mejor que nadie.

—¿Hay algo que no hagas con parsimonia al menos?

—¡Eso no te incumbe!

—Como siempre. Deberías cambiar tu discursito.

—¡Y tú tu comportamiento, niñata entrometida!

Como para darle la razón, empiezo a refunfuñar, con los brazos cruzados sobre mi pecho. Killian me tiende la mano y se la agarra a sí mismo con un toque de humor:

—Killian Nightbringer, veinticuatro años. Me gusta el dinero, dormir siestas largas en los árboles, el ron de bayas de Valériane, el dinero, los juegos de cartas, entrenar en las cloacas para provocar peleas ridículas, el dinero, correr sobre los muros y las mujeres que se recogen el pelo en colas de caballo y que saben mantener la boca cerrada. Por el contrario, no soy fan de las serpientes ni de la humedad. Se me encrespa el pelo, ya me entiendes. Y soy músico en mi tiempo libre. Encantado.

Hago una mueca, a pesar de que he descubierto más de él en este momento que a lo largo de estos últimos días. Partiendo de la base de que me está diciendo la verdad, claro.

—¿Te parece gracioso?

—Vale. Puedes hacerme una pregunta. ¡Solo una! —añade al ver cómo me brillan los ojos—. Si puedo, la responderé, ¡y después me dejarás en paz!

Me hierve el cerebro: reflexiono sobre cuál podría ser LA pregunta ideal. Menudo dilema. ¿Qué podría preguntar? ¿Dónde nació? ¿Qué hacía antes de mi llamada? ¿Su relación con Cassandra? ¿El origen de los cristales que lleva a todas partes? ¿Por qué preserva su anonimato con tanto cuidado?

Mi semblante serio lo divierte. Silba y lanza virutitas a su alrededor, mientras espera a que resuelva mi dilema. Me lanzo justo cuando está guardando su cuchillo, sin que consiga adivinar dónde se sitúa su bolsillo.

—Muy bien, entonces… ¿Cómo haces para comer sin quitarte la máscara?

Estalla en una risa sincera. La rama vibra bajo mi trasero.

—¿En serio? ¿Eso es todo lo que quieres preguntarme? A eso lo llamo yo un desperdicio.

—¡Te observo fijamente en cada una de nuestras comidas y no veo nada!

—Soy muy consciente de que me miras —admite él con un tono burlón—. Lo haces sin ninguna discreción. Algún día te enseñaré a espiar a los demás sin que te descubran.

Arqueo la ceja, que toma la forma de un acento circunflejo.

Evalúo su máscara y, entonces, me imagino sus labios por mis propios medios. ¿Tendrá un pequeño hoyuelo en las comisuras? ¿Un mentón oscurecido por una barba naciente?

—Sería más fácil pasar desapercibido sin esa máscara y sin todos tus aparatejos, ¿sabes? Te camuflarías entre la masa. Cualquiera desconfiaría de un hombre vestido de cuero y oculto bajo un capuchón. Pero bueno, cosa tuya.

—Jamás pasaré desapercibido. Lo sabrías si hubieses visto esta parte de mi cuerpo.

Su mano dibuja un círculo delante de su rostro y yo hago rodar mis ojos ante tanto ego. Lo provoco, divertida:

—Admite que escondes un grano que te avergüenza o una cicatriz fea. Puede que incluso tengas los dientes podridos.

—Escondo muchas cosas, chiquilla, pero justo eso no forma parte de ellas.

—No eres gracioso. Hasta un Dhurgal sería mejor compañía que tú.

—Un Dhurgal te mataría en dos segundos. Mírate, si no sabes ni trepar a un árbol.

Me contengo para no dedicarle un gesto obsceno, acto pueril que roza la insolencia. En su lugar, cruzo las manos detrás de la cabeza, pegada al tronco, en una posición de falsa seguridad. Pero echo un vistazo hacia abajo y pierdo los papeles. Enrollo las piernas alrededor de la rama. Killian niega con la cabeza, desesperado. Por una vez, es él el que rompe el silencio:

—Bueno, por si quieres saber alguna otra cosa sobre mí: soy nictálope.

Frunce el ceño, decepcionado ante mi falta de emoción frente a esa información. Probablemente se esperaba que le preguntase cuál es esa raza de murciélago.

—Visión nocturna. Muy útil.

—Con eso evitas comerte un árbol cuando te levantas en mitad de la noche a vaciar la vejiga. O evitas que te los comas sin más. ¿Verdad?

—Es de cajón.

Contengo mi admiración a modo de venganza. Su habilidad es fascinante, pero, visto que se burla de mí, no le daré la satisfacción de mostrarme cautivada o envidiosa.

—Creía que te enseñaría algo nuevo —admite, perplejo—. Me olvidaba de que eres una sabelotodo.

—Eso es un cumplido para mí, gracias. No te preocupes, me serás útil para todo lo que sea físico.

Se me encienden las mejillas. Como la dichosa frasecita puede dar lugar a malentendidos, añado:

—Quiero decir que yo soy el cerebro y tú los músculos.

—Lo había entendido —asegura con un tono neutro.

Aunque todavía tengo un montón de preguntas para hacerle, corta nuestra primera conversación de verdad, una de las más simples y sinceras en todo caso.

—Y ahora, ¿qué tal si me dejas tranquilo?

Y, entonces, él saca de quién sabe dónde un cuaderno de un rojo indefinible, después lo abre y lo ojea. Todas las páginas están en blanco. Se me abre la boca de par en par, celosa y curiosa, y... ahora me encuentro en el pie del árbol. Killian me acaba de transportar hasta aquí abajo en menos de un segundo y ya lo estoy viendo hacerse un hueco en medio del follaje. Murmuro la única blasfemia de Onagre que conozco.

—¡Esa boca, Rosenwald!

Vuelvo al campamento refunfuñando y voy a por mi bolsa con intención de saciar esta necesidad desesperada de sentir el contacto del papel. Me da un vuelco el estómago cuando vacío mi mochila. El mapa ha desaparecido.

—¿Buscas esto?

Killian me desafía desde lo alto con el pergamino desplegado entre las manos. Distingo los puntitos luminosos.

—¡Dámelo! ¡Cassandra me lo ha confiado a mí!

—Y ella te ha confiado a mí. Así que... es lo mismo.

—¡Yo lo necesito más que tú!

—Justo ese es el problema. No estás lista y todavía no haces lo que se te dice. Te tiras de cabeza, vas a tener que aprender a hacer las cosas con calma.

—¡Mira quién fue a hablar!

—Voy a hacer como que no te he escuchado, Rosenwald. Me lo agradecerás más adelante.

Doy media vuelta, hecha un basilisco, y me siento al lado del fuego, prometiéndome que, algún día, descubriré los secretos de este hombre pretencioso e irritante... aunque tengo que admitir que también tiene su atractivo.

Gracias a las caminatas interminables por el bosque y los ejercicios que Killian me obliga a hacer, he ganado resistencia. No me imaginaba, ni de lejos, el entrenamiento que me esperaba. Esta noche, Killian me ha hecho correr a través de Ópalo una vez más. Al borde de un ataque de nervios, he tenido que obedecer una orden sádica que se le ha ocurrido: no tengo derecho a dormir hasta que encuentre algo para comer. Muchas horas más tarde, abandono. Es difícil hacer una estimación de toda la distancia que he recorrido desde que salió la luna. Completamente reventada, dejo caer el cuerpo contra un tronco y suelto la daga que me dejó Killian. Consigo cortarme el dedo con ella, a pesar de que tiene la hoja desafilada.

—Eres un desastre, Rosenwald.

Me quedo sentada con las piernas cruzadas y envuelvo mi falange con la parte baja de mi camiseta. Qué lástima, esta mañana seguiremos con el estómago vacío y Killian tendrá un motivo más para ensañarse conmigo. Por ahora, sus protestas son la menor de mis preocupaciones. Con la cabeza contra el tronco, me estiro y respiro profundamente. El sol empieza a ascender, siento su agradable temperatura a través de las hojas. La aurora cubre el bosque con sus tonos suaves. El silencio consigue que me calme; entonces comprendo que él es el aliado que necesitaba desde el principio. Cuando corro, me exaspero, suspiro y grito, asusto a los animales. La verdad es que la discreción no es mi punto fuerte, pero nunca es demasiado tarde para aprender. Killian es el ejemplo perfecto a seguir en este caso.

Cierro los ojos para concentrarme en mi respiración. Debe ser lo más silenciosa posible y permitirme entender el entorno. Durante un momento, mantengo esta posición, atenta al más mínimo sonido: las hojas que caen, el desagüe de un arroyo. Un crujido llama mi atención, seguido de otro. Acaricio la tierra con la mano, buscando la daga de Killian. Salgo de mi meditación y me levanto lentamente.

Me regocijo ante esta oportunidad, pero mi dignidad se debilita de inmediato. Me empiezan a temblar las manos. Voy a tener que matar a quien sea que esté detrás de este tronco. Me lanzo hacia un lado con los brazos extendidos y la daga por delante de mí. Con una sensación de ridículo, me encuentro a pocos metros de una manada formada por media docena de jabalíes, sorprendidos por mi presencia. Mi observación auditiva necesita una actualización. Ser capaz de identificar el número de personas o de animales que hay alrededor puede cambiarlo todo. Los ojos negros de todos los jabalíes se dirigen hacia mí y sus gruñidos apuntan a que no va a ser uno de ellos a quien se comerán esta mañana.

La daga se me resbala de las manos. Pego mi espalda al árbol. Mueven sus hocicos como si se estuviesen comunicando entre ellos. Después, cargan. Me quedo paralizada. Desvío la cara con los ojos cerrados, reacción de lo más absurda... como si por no ver me fuese a doler menos. Golpean el suelo con fuerza con sus pezuñas y se acercan.

[Valentía] se ríe de mí, o quizá no me considere lo bastante digna de ella como para intervenir. Empiezo a pensar que Killian tiene razón cuando dice que Cassandra se equivocó de Palabra. Contraigo los puños esperando el impacto... y, de repente, los gruñidos feroces se transforman en chillidos alocados. Abro los ojos con miedo y veo a Killian medio sentado sobre el animal que más impone, con una rodilla hincada en el abdomen y una daga clavada en la garganta. Él está cubierto de hojas y ramitas: detalle que me lleva a la conclusión de que me estaba siguiendo disimuladamente por los árboles. Su llegada ha ahuyentado al resto de la tropa. El jabalí sigue aullando de tal forma que me produce escalofríos. Killian se gira, estirando una mano hacia mi dirección:

—La daga.

La recojo con torpeza y se la doy. Sin un «gracias», acaba con el animal, se levanta y se estira.

—Espero que estés contenta, Rosenwald; por tu culpa ahora tengo dolor muscular —se queja mientras se masajea el cuello.

Me preparo mentalmente para los reproches inevitables, en silencio.

—¿Qué? Permanecer escondido en los árboles para vigilarte no es pan comido —agrega, sarcástico.

Killian se acerca al cadáver y le extirpa sus dos armas. Limpia ambos filos cubiertos de sangre en sus muslos y despelleja al animal sin esperar ni un minuto más. Lo observo hacer la tarea desde lejos.

—¿Algún problema? —pregunta Killian sin dejar de despellejar al animal.

—Ha sido un fracaso, ¿no?

—¿Un fracaso? No, has hecho exactamente lo que quería.

—¿Qué? Me pediste que buscase algo para comer y no he…

—Y lo has hecho, ¿no? —me interrumpe, señalando al jabalí con los brazos abiertos chorreando sangre.

¿Se está riendo de mí o está siendo sincero por una vez?

—Has deducido lo que quería que dedujeses, chiquilla —añade—. No soy tan estúpido como para dejarte deambular por el bosque sola para que mates a una bestia que pesa dos veces más que tú.

Continúa deshuesando el animal con vigor. Cualquiera diría que le gusta lo que está haciendo. Me pregunto si de verdad confiar en él es algo razonable.

—¿Por qué haría todo esto si no fuese para…?

Y entonces me doy cuenta de cuál era el objetivo de Killian y sonrío como una estúpida.

—¿Era uno de tus entrenamientos?

—Y lo has hecho bien. Es cierto que has tardado bastante rato en entenderlo, pero lo has hecho. Tampoco voy a decirte que estoy orgulloso de ti para que no se te suba a la cabeza y te duermas en los laureles.

Me esperaba de todo menos esto. A pesar del fuerte olor que desprende el animal muerto, me acerco a Killian y me arrodillo a su lado.

—Tienes habilidades, Amor, solo te hace falta trabajarlas. No eres tan débil como crees, aunque consideres que te hago pensar lo contrario —dice, destripando al jabalí.

El puchero de disgusto que adorna mi cara lo divierte. Se limpia la frente con el antebrazo, dejándose un rastro de sangre en ella.

—La paciencia y la escucha te ayudarán en cualquier situación. Ya sea en un bosque tranquilo o en medio de una multitud animada. Ya sea para la caza o para tus Palabras. Sé que te encanta embriagarte de palabras, pero tienes que aprender a escuchar y a volverte una con el silencio. Lo trabajaremos juntos, pero no te conviene tener pequeños ataques de nervios como el de esta noche. Conmigo no pasará.

Una vez que encendemos el fuego, cocinamos algunos trozos de la caza. El sabor es fuerte, pero la carne es bastante jugosa. Killian me explica, en líneas generales, la importancia de la observación auditiva y visual: escuchar y ver más allá de lo que se encuentra en nuestras narices. Cada vez me pregunto más si sus aptitudes poseen magia. También me enseña a fabricar trampas. Debería haber leído algún tratado sobre la caza y la supervivencia en vez de mis novelas. Sin embargo, consigo responder a algunas preguntas. Cuesta creerlo, pero los personajes de mis libros vivían situaciones bastante realistas que me aportan claves útiles. La primera trampa que hago no es nada del otro mundo, pero solo es el principio. Killian me explica el mecanismo, enumera los diferentes tipos de animales que podría capturar y en qué momento del día.

—Primero te medirás con alguien más débil que tú. No estás bien situada en la cadena alimentaria.

El sol alcanza el punto más alto del cielo. Hace mucho calor, pero no me molesta. No somos capaces de resistirnos a devorar otro trozo de jabalí. Después de la noche desastrosa que pasamos, el día ha sido bastante provechoso.

—Date un respiro —me propone Killian después de fijarse en las ojeras que tengo, que hablan por sí solas de mi aventura nocturna—. Seguiremos con el entrenamiento más tarde.

Junto un montón de hojas, me tumbo sobre esta cama provisional y me duermo con la dulce melodía de la flauta de Killian que, como siempre, se ha subido a un árbol para vigilar los alrededores.

La siesta que me echo es cortita, pero he podido recuperar la vitalidad necesaria para nuestro entrenamiento de la última hora de la tarde. Killian está fresco y dispuesto, cosa que no me beneficia en absoluto.

—Vamos a complicar el ejercicio.

—¿Se supone que lo del jabalí fue para divertirnos?

Killian alza los ojos al cielo antes de apretarse los guantes y crujirse los dedos.

—No te diste cuenta de que te seguía durante tu paseo nocturno.

—¿Crees que es sencillo concentrase en varias cosas a la vez?

—Yo lo consigo.

—Yo no soy tú. No tenemos el mismo nivel ni de cerca.

—Lo confirmo, pero nada te impide que te acerques.

Me guiña el ojo y se pone a meter nuestras cosas en su bolsa. Pisoteo el fuego que todavía crepita y recubro las cenizas con piedras. Por el momento, ni siquiera me acerco a ser una Guardiana de las Palabras, tan solo soy una carga suficiente para decepcionar a los eventuales buscadores de magia. ¿Cuántas personas conocen esa leyenda? No soy nadie y mucho menos alguien importante ¿Mi nombre debe permanecer oculto tras mi destino o, por el contrario, voy a salir del anonimato?

Mientras me interrogo a mí misma, Killian hace caso de su propio consejo y barre el suelo con sus pies para eliminar nuestras huellas. Dejamos atrás nuestro campamento, como si jamás hubiese existido. Al cabo de unos minutos de caminata, Killian se para.

—Empezamos ahora. ¡Buena suerte! —espeta a quemarropa.

—¡Espera!

Demasiado tarde. Killian ha desaparecido entre el espeso follaje. Para animarme, susurro:

—Puedes hacerlo, no entres en pánico.

Con el oído atento y la respiración calmada, voy tanteando de tronco en tronco, tratando de evitar que crujan las ramitas que están tiradas por el suelo. Vuelvo a escuchar los sonidos del bosque, los animales que atraviesan los montes bajos, el viento que murmura a través de las ramas.

La puesta de sol me devuelve mis sentidos: he vagado por este bosque durante demasiado tiempo sin encontrar ningún rastro de mi guía. La oscuridad gana terreno y el miedo me empieza a invadir. Me acerco a un árbol con las ramas tan bajas que tengo que encorvarme para pasar por debajo. Tomo profundas respiraciones agarrada de su tronco. No quiero volver a encontrarme cara a cara con bestias feroces. Aprieto los puños, me centro en el objetivo. Un ruido seco retumba muy cerca. Con los ojos cerrados, trato de descifrar ese sonido, trato de entenderlo, hasta que me doy cuenta de que no son pezuñas. Avanzo con paso inseguro, discreta.

—¿Killian?

Mi voz rompe con el atormentado silencio del crepúsculo. A lo lejos, se dibujan tres puntos luminosos, más diminutos que las luciérnagas. La cara invertida de Killian resurge por encima de mi hombro. Se sujeta con las piernas a una de las ramas del árbol donde me refugio, como si fuese un murciélago. Me agarra por la cintura, me posa sobre una rama y apoya su dedo índice sobre mi boca. Escrutamos el suelo a través del follaje. Los tres puntos luminosos son, en realidad, antorchas en llamas. Tres hombres se dirigen hacia nosotros.

Mi corazón empieza a latir con fuerza. Las imágenes de Hélianthe desfilan por mi cabeza a toda velocidad. Los manifestantes, su odio, la brutalidad de sus actos. Había olvidado al mundo, escondida en este bosque que ha hecho de caparazón. No estoy preparada para reconstituirlo.

Capítulo 23
Sangre, piel y papel

—**E**stoy seguro de que he escuchado una voz. Los hombres se paran cerca del árbol donde estamos escondidos con las manos enterradas en sus abrigos llenos de barro; me imagino las armas que intentan ocultar. Los tres tienen las facciones demacradas, la tez cetrina y el pelo grasiento.

—Deberíamos volver al pueblo, ya ha anochecido… No sirve de nada seguir buscando.

—No nos iremos a ningún sitio hasta que no encontremos lo que buscamos —responde el más robusto de los tres.

Me fijo en las manchas azuladas bajo sus ojos. Mueve su antorcha e inspecciona los alrededores con la mirada, con aire furioso.

—¡No paramos desde esta mañana, estamos agotados! Tengo ganas de tomar un buen trago en la taberna —refunfuña el más bajo.

—¿Con qué dinero? —escupe el otro, cada vez más cascarrabias.

Killian se echa a reír y yo gesticulo para hacer que se calle. No sé por qué nos escondemos de estos tres individuos, pero debe de tener una buena razón. Él me mira mal. No soy capaz de controlar mi fogosidad: rozo unas ramas y se caen unas hojas con el temblor. No es que yo me considere la reina de la discreción, pero esta vez él tampoco, ya que no para de reír.

Los tres hombres se giran hacia el árbol. Una sonrisa torcida decora sus labios. Con un mismo gesto, posan sus antorchas en el suelo y sacan unas armas cortas, espadas y floretes, antes de colocarse en posición de ataque. Forman un círculo entre los tres, espalda contra espalda.

—Está aquí.

Mi corazón acelera sus pulsaciones. Evidentemente no son más que unos vulgares ladrones y no enemigos de la Corona, pero ¿qué quieren de nosotros?

—¡Sal de tu escondite, Nightbringer! ¡Basta de juegos!

He aquí la respuesta inequívoca a mi pregunta, pero que me lleva a hacerme una segunda: ¿cómo conocen su identidad?

—Quédate aquí, ¿entendido? —bufa Killian.

Ya está abajo.

—¡Caballeros, creía que ya me había despedido! —clama.

—¡No te pases de listo, maldito ladrón! —arremete el más bajo con una voz chillona.

—¡Ah! Qué dulce sonido para mis oídos —suspira mi guía, alegre—. No me refiero a tu voz, eh. Hablo del insulto.

—¡Devuélvenos lo que nos pertenece!

—No es mi culpa que no seáis lo suficientemente astutos o que no vayáis lo suficientemente sobrios como para preocuparos de vuestras cosas.

—¡No te burles de nosotros, Nightbringer! ¡Devuélvenos nuestro dinero!

—No.

—Ya hay un precio por tu cabeza, no nos importaría ganar la mitad de la suma llevándola despegada de tu cuello.

—¿Os vais a poner a trabajar como mercenarios? Nunca había visto a ninguno tan pésimo… y, para colmo, ¡sois de lo más optimistas!

Nightbringer se troncha de risa tras su máscara. Los bandidos refuerzan el agarre de sus armas. A pesar de sus habilidades, Killian no tiene ventaja en cuanto al número, pero permanece impasible.

—¡No te vas a ir de rositas tan fácilmente!

—Todavía ni hemos empezado.

Ahí va el primer golpe. Killian esquiva el ataque y asesta un violento puñetazo al estómago de su adversario. Este recula y llega el turno de sus dos cómplices. Killian se lanza al suelo, los agarra de los tobillos y los manda a volar. El jefe vuelve a la carga, haciendo girar su arma con una habilidad cuestionable. Mi protector lo esquiva sin dificultad, pierde la paciencia y empuña sus dagas.

—Ahora es más justo —dice mientras se ríe—. Os espero.

El jefe entra en cólera. Los otros dos se levantan y arremeten contra Killian. Los choques se encadenan y los hombres se ensañan con valentía; hace falta tener bastante para ponerse a la altura de Killian. A pesar de todo, tengo miedo de que termine superado en número o apuñalado por la espalda.

Killian recibe un golpe en el hombro, agarra a uno de los matones por el cuello y lo envía volando unos cuantos metros más lejos. Este combate es desleal, desigual, pero algo me conmueve y me empuja a intervenir. Una llama que me envalentona cada vez más. Mi miedo se transforma en una voluntad inquebrantable. Soy consciente del peligro, pero no me frena. Por supuesto que temo por mi vida y por la suya, pero mi cabeza me repite que, sin temor, no existe la valentía.

Haciendo caso omiso a la advertencia de Killian, bajo del árbol rasguñándome las rodillas. Tan solo tengo unos segundos para pensar un plan. Mi conciencia lucha contra esta osadía forzada. Sabía que mi mente no tardaría en frenar mi repentina intrepidez. Empieza a preguntarse: ¿y si le hago caso? ¿Y si es mejor que me quede escondida? Mis dientes forman una pared de esmalte, como si eso pudiese frenar esta nueva audacia que crece dentro de mí. Mis piernas se resisten, pero enseguida me llevan hacia delante: soy ridícula.

Aterrizo suavemente sobre un montón de hojas. Killian ha recuperado su daga y yo no tengo ningún medio de defensa. [Valentía] me motiva a llevar a cabo este acto insensato: ya estoy corriendo con la determinación de acabar con nuestros enemigos a puño limpio. Es algo superior a mí. No lo controlo.

Killian ha tirado a uno de los hombres al suelo; yo me lanzo sobre el menos fuerte. Me aferro a su espalda dejando salir un grito animal lleno de ira y logro hacer que pierda el equilibrio.

Killian aprovecha esta breve pausa para noquearlo con un cabezazo y yo caigo con él. Aparto su cuerpo y me pongo de pie.

—¡Te dije que no te metieras! —me grita Killian, agarrándome por el cuello.

Me tira hacia un lado. El más vengativo de los tres sigue de pie, con la frente abierta y las sienes y las mejillas cubiertas de rojo. Sus heridas no han rebajado su furia. Este odio me recuerda a los destructores de Hélianthe. Tanta cólera por el dinero robado me parece desmesurada. Su mirada venenosa se cruza con la mía. Escupe un coágulo de sangre y se dirige a mi guía:

—Me ocuparé de ella más tarde.

—¿De verdad crees que vas a poder ponerle un dedo encima?

Killian se abalanza contra él y golpea con todo su peso el abdomen del jefe. Caen los dos al suelo. Killian lo machaca a puñetazos. El hombre, terco como él solo, grita de dolor, pero no se rinde. Se lanza hacia un lado, cargando con su oponente, que se encuentra en una posición incómoda. Su estatura le permite llevar la delantera: agarra a Killian de la garganta con una mano y lo mira fijamente a los ojos.

—Me encanta ver cómo la vida abandona un rostro —vocea.

Su cuerpo enrojece de rabia. Toda esta violencia me altera. El hombre acerca sus dedos a la máscara. Me levanto, aturdida, y me da un vuelco al corazón. Mi Palabra sigue en funcionamiento. Su mano luminosa me empuja la espalda. Me lanzo sin dudar sobre este miserable rufián y le golpeo repetidamente los omóplatos, sin demasiada convicción. Me caigo, pero consigo recomponerme. Esta distracción le regala unos segundos a Killian para permitirle recuperar una de sus dagas.

—Y yo odio devolver lo que he robado.

La empuñadura de su daga golpea la sien de su enemigo, que pierde el sentido. Caigo de rodillas, sintiéndome aliviada.

El hombre vestido de negro se levanta y verifica que cada uno de sus adversarios está inconsciente con una mano en su bolsillo y, con la otra, haciendo malabarismos con una moneda de oro. Se acerca al más tenaz de los tres, le pone un pie en la cara y le aplasta la mejilla. Después, lanza la moneda sobre el cuerpo inanimado tras dejar salir un resoplido orgulloso.

—Vámonos.

Caminamos hasta que pasa la mitad de la noche. Me dejo llevar por el don de mi guía, capaz de penetrar la oscuridad que invade el bosque. [Valentía] ha vuelto a apaciguarse y me doy cuenta de lo que he hecho, así que sigo temblando. Siento que mi mejilla palpita desde la pelea, pero sigo adelante sin decir ni una palabra. Hasta que el propio Killian decide pararse por fin.

—Déjame ver eso.

Sentado entre las inmensas raíces de un árbol, inspecciona mi rostro y pasa el pulgar sobre la magulladura.

—Menuda idiota…

—¿Qué? ¿Es grave?

—Tu herida no, tu comportamiento sí.

Saca de su saco un trozo de tela que empapa con el contenido de su petaca. Un olor fuerte me cosquillea la nariz.

—No me lo puedo creer… ¡Menuda idiota! —repite con la voz ronca.

—¡Te juro que no quería meterme! ¡Me he dejado llevar!

Apoya la tela sobre mi herida. Me sobresalto ante el contacto del alcohol sobre mi carne viva.

—No te comportes como una cría, Rosenwald.

Me limpia la herida minuciosamente. Me sorprende que lo haga con tanta delicadeza.

—Saldrás de esta, pero no hagas cosas insensatas que te puedan herir y preocuparme.

—¿Te preocupas por mí?

—No, me la suda lo que te pase.

Me congelo. Esa delicadeza era demasiado bonita para ser cierta.

—¡Estoy obligado a preocuparme por ti, idiota! Es para lo que sirvo, ¿no? Ni siquiera eres capaz de cuidarte a ti misma.

Podría sentirme ofendida, pero siento cierta satisfacción al saber que este hombre cabezón vela por mí, incluso si sus razones son puramente prácticas.

—Vamos a pasar el resto de la noche aquí: esa chusma no nos encontrará. Ni siquiera lo intentarán —añade, fanfarrón, sobre todo después de esa tunda monumental.

—Hablando de ellos... oí como uno de ellos te llamaba «ladrón».

—Sí, ¿y?

—¿Y? Podrías haberme avisado de tus pequeñas actividades ilegales, ¿no?

—¿De qué te sirve saberlo?

—Al menos así entiendo mejor tus excursiones en solitario cuando desapareces sin previo aviso.

La arrogancia de su mirada acompaña a su risa.

—Sabrás lo que hace falta cuando sea necesario, chiquilla. Deberías confiar un poco más en mí. Me resulta irritante que no lo hagas.

—Te olvidas de que no sé nada de ti. Ni de dónde vienes, ni tu pasado, ni tus costumbres.

Temo haberla cagado, pero no parece tomárselo mal.

—Confía en Cassandra, entonces.

—De todas formas, nos has puesto en peligro. Por dinero, si es que lo he entendido bien.

—Admito que eso ha sido...

—¿Estúpido?

—Desafortunado. Un simple error de juventud. No pensaba que esos patanes con el pelo grasiento tendrían agallas suficientes como para venir a buscarme. No me pasa jamás.

—Además, uno de ellos hablaba sobre el «precio por tu cabeza» y tú de mercenarios, ¿cierto?

—Se ha equivocado de persona. ¡Todos nos parecemos un poco, ya sabes!

Suspira y su tono de voz se vuelve más serio:

—Que te entre en la cabeza que no soy un malvado sádico y cínico. No me voy de excursión con el objetivo de divertirme.

Si no te he llevado a estas aldeas sin interés, no es porque me guste dejarte sola en el bosque, sino porque te quiero proteger. Cuanto menos lejos esté de ti, mejor.

—¿Qué quieres decir?

—Que hasta el momento no he conseguido ni la más mínima información sobre un rubio fugitivo o sobre tu familia.

Sin añadir ni una palabra más, se queda dormido en el hueco de unas raíces entremezcladas, su lugar favorito. Me quedo unos segundos inmóvil, mirándolo fijamente. No, no tiene nada de malvado, sádico y cínico. Tan solo es un espécimen raro de encontrar. A pesar de nuestras diferencias en la forma de ser, podemos detectar puntos en común. Incluso si tiene una forma graciosa de hacérmelo ver, se preocupa por lo que pueda sentir y eso me conmueve. No le guardo rencor y creo que es recíproco. Al contrario, mi curiosidad hacia él no hace más que crecer.

Al despertar, me doy cuenta de los destrozos: mi ropa está sucia (no tanto como la de Killian) y nuestras caras están cubiertas de barro y sangre. Huelo mal y daría mi vida por un baño calentito. La última vez que me bañé fue hace ya mucho tiempo.

—No podemos quedarnos así, la sangre va a atraer a los animales salvajes. Sígueme.

Killian me guía por el bosque: seguimos el musgo que envuelve las raíces de los árboles.

—El musgo siempre indica una fuente cercana —me explica.

Encontramos un río no muy lejos, decorado por una hermosa cascada.

—Todo para ti, yo vigilo la zona —me dice antes de desaparecer.

Sin pensármelo dos veces, me quito la ropa sucia y me meto en el agua fresca para disfrutar de esta tregua.

Veo su ropa colgada de una rama. Sus extraños cristales tintinean con cada brisa. Killian se baña en el río, cerca de la cascada que deja que le caiga en la cara. La vergüenza se apodera de mí. No por culpa de su desnudez, sino por haberlo sorprendido sin sus pintas de ladrón, que para mí son su verdadera piel. Como si lo que escondiese fuese un secreto en lugar de un cuerpo. Un cuerpo como los demás... o casi.

En vez de irme, me refugio detrás de un haya. Qué lógica indiscutible. Parece que **[Valentía]** se ha sustituido por «audacia fuera de lugar». ¿Qué habría pensado yo si él hubiese hecho lo mismo? Pero es que esta curiosidad me va a matar. Puedo examinarlo bien, tan solo para completar mis lagunas en materia de anatomía y buscar indicios. ¿Quién sabe la cantidad de información que podría descubrir? Un tatuaje específico, una marca de magia antigua o una marca de nacimiento, porque sé que en algunos pueblos tienen.

El ladrón canturrea en un idioma cálido y melancólico que no consigo traducir. Tiene el pelo peinado hacia atrás y le cae por la nuca. El color de su piel se asemeja al caramelo; una verdadera oda al sol. Es evidente que viene de una comarca del sur, pero ¿de cuál?

Muy a mi pesar, me detengo en su silueta delgada y esbelta, perfeccionada por las largas horas de entrenamiento. Su espalda es musculosa, cubierta de viejas cicatrices, y sus brazos son poderosos. Sus hombros anchos y atléticos le dan un aspecto noble y bruto a la vez, como si hubiera sido tallado en madera sana y sólida. Los movimientos de sus omóplatos son muy fluidos. ¿Pertenece a un clan que vive en árboles gigantes? ¿O es un paria?

No se demora chapoteando: cualquiera diría que no le gusta el agua, o puede que sea friolero. Cuando se gira, me agacho y el corazón me golpea el pecho con fuerza. Si Killian me ve en esta postura tan vergonzosa, me arriesgo a pasar un mal día. Hasta soy capaz de imaginarme sus comentarios despectivos perforándome los tímpanos. Me lo hará pagar por mucho tiempo. Por suerte, no me ha visto y sigue lavándose. Me fijo en su torso, donde tiene surcos visibles pero sin ser demasiado prominentes. Su vello, escaso pero oscuro, forma una fina línea sobre su vientre.

Un detalle que no me sorprende es que Killian no se ha quitado su máscara, ni los brazaletes de cuero que ciñen sus muñecas. Su complexión me fascina como si fuese una escultura bien modelada, preciosa en su imperfección. Me encantaría descubrir cada particularidad y delinear las formas de su cuerpo. A pesar de mi edad, pasar más tiempo con personajes ficticios que con chicos de carne y hueso solo me ha proporcionado un acercamiento aproximativo de la morfología masculina. Las ilustraciones de los libros no te preparan para la realidad de las formas, de las proporciones y de la cruda belleza. Tan solo he visto el de Aïdan durante nuestros baños prohibidos en la Fuente de Salandre, pero su cuerpo todavía era el de un niño. Sus huesos sobresalían más que sus músculos. Killian posee un encanto exótico y una virilidad propia, sutil en su agresividad.

Sumergida en mis fantasías, me doy cuenta demasiado tarde de que ha salido del río, que se ha puesto los pantalones y que se dirige hacia el campamento. Me encuentro en su camino y no me da tiempo a escabullirme. La única solución: me tranquilizo todo lo que puedo, esperando volverme invisible como él sabe hacer. El ladrón pasa justo a mi lado y me adelanta unos pasos. Cuando creo que he salido victoriosa de esta, se para, se gira, me lanza una mirada insolente y se aleja sin hacer ningún comentario.

Sobre su cuerpo, algunas cicatrices me recuerdan a las constelaciones cuando las veo de cerca. Ellas son la prueba de que ha vivido numerosos periplos, a diferencia de mí.

Al día siguiente, mientras yo picoteo algunas bayas sin ningún entusiasmo, Killian se sienta a mi lado. Parece de mal humor.

¿Está enfadado conmigo por el episodio de voyeurismo involuntario? ¿O por haber descubierto demasiado pronto su naturaleza de estafador?

—Te dejo el día libre —declara, poniéndose de pie de repente en un salto.

—¿Es uno de tus chanchullos? ¿Otra prueba?

—No, considéralo como una recompensa por tus esfuerzos. Además, necesito un rato para mí.

—Pero...

—Utiliza bien tu tiempo, ¿vale?

Sin añadir nada más, se despide y se va a deambular a quién sabe dónde. Con un solo pestañeo de ojos, pierdo su rastro. Me sorprende que me deje, sobre todo después de la trifulca que tuvimos la antevíspera con aquellos matones. Pensaba que reforzaría su vigilancia. ¿Quién sabe si otros mercenarios no vendrán a por nosotros? O peor, los Soldados de Cristal. Pero estoy segura de que, en ese caso, él vendría a salvarme una vez más. Killian Nightbringer jamás está demasiado lejos de mí. Se escondería hasta en mi sombra. Debo aceptar su necesidad de intimidad.

Debería repetir algunos ejercicios, pero decido otorgarme una especie de descanso dominical. Estoy con falta de sueño desde hace días. Empiezo a pasear en la naturaleza, sin alejarme demasiado de nuestro campamento. Nada me gustaría más que salir de esta prisión verde, pero prefiero ser prudente y no lanzarme a una excursión demasiado arriesgada. Killian me felicitaría por esta sabiduría que he adquirido recientemente o me gratificaría con una frase sentenciosa como: «No hay peligros, solo desafíos».

Después de echarme una buena siesta, paso las horas siguientes recogiendo champiñones, preguntándome cosas a mí misma, consiguiendo agua con la que llenar nuestras cantimploras y contando conejos. Mi almuerzo sale corriendo hacia una madriguera. Termino por aburrirme. Killian todavía no vuelve. ¡Ojalá pudiese conseguir un buen libro grueso con caracteres minúsculos!

Un suspiro me hincha el corazón. De repente, me apresuro hacia mis cosas. ¡Ese trozo de página que salvé por un milagro durante mi enfrentamiento con el Soldado de Cristal, y después de las manos de Cassandra! Lo toco, lo beso, lo acaricio y lo huelo. Esto me produce una sensación reconfortante que ya no esperaba volver a sentir: me da la impresión de haber sido transportada a Hélianthe, a la librería de mi preceptor.

Las líneas, todavía visibles, desfilan. No importa que los bordes destrozados se hayan comido algunas palabras, me acuerdo de lo que ponía. Solo falta la escritura dorada que apareció en mi habitación, antes de que respondiese a la llamada de la Protectora. Pasan minutos, después horas, mientras miro el único párrafo que queda, rememorando el anterior a este, imaginándome la continuación. Paro cuando el picor de mis ojos se vuelve insoportable.

Espero, tirada en el suelo con los brazos estirados y los ojos cerrados. No siento nada en especial, tan solo un cosquilleo desagradable. Algo gélido aflora en mi boca, en mi frente. Copos de nieve. Me espolvorean la piel. Nieva, pero yo no me muevo. La agresión del frío hace que se me endurezca el rostro y que se me peguen los labios de tal forma que no puedo hablar. Los copos se acumulan sobre mis cejas y las vuelven más pesadas. Una capa blanca se forma alrededor de mí, cada vez más espesa. Pronto estaré cubierta entera. No llevo nada conmigo, tan solo centenas de runas y triángulos tatuados de tinta negra. El viento silba en mis orejas para después transformarse en el batir de unas alas.

La lechuza de Cassandra se posa al lado de mi cabeza. Se camufla con el entorno. Extiende una de sus largas alas y me rodea para protegerme. Su dulzura calienta mi mejilla. La nieve se transforma en una lluvia de plumas blancas, delicadas y frágiles, que cae sobre mí, y se mancha con la tinta tatuada sobre mi piel, hasta volverse negra. La lechuza alza el vuelo, dándome la señal de que puedo irme cuando quiera. Me levanto, ataviada con un vestido rojo, y dejo tras de mí el contorno de una silueta que no es la mía.

> **Sobre el papel ahora, sobre la piel hoy,**
> **en la sangre mañana.**

Capítulo 24

Valentía

Del fuego ya solo queda una chispa a punto de morir en las tinieblas. Recojo mi página salvadora y me apresuro para reunir ramitas secas para mantener el fogón antes de encontrarme en la completa oscuridad. Vuelve a cobrar fuerza. La luz me tranquiliza, pero no del todo. Crea sombras que marcan los árboles como si fuesen contusiones. Miro a mi alrededor, un poco asustada. Killian todavía no ha vuelto. Es la primera vez que me deja sola tanto tiempo. Los crujidos siniestros y los gritos salvajes me agobian. Mi imaginación me juega malas pasadas: tengo que encontrar una forma de apagar mi mente. Killian quiere que trate de controlar mi ansiedad y mis miedos, y yo solo conozco una solución.

Me obligo a respirar profundamente. Con una rama deforme, trazo un Glifo en el suelo terroso. Me parece ver que se ilumina, aunque seguramente solo se trate de una ilusión óptica provocada por el fuego o por mi visión dañada por tanta lectura.

—Ten un poco de **[Valentía]**, Arya. Ten un poco de **[Valentía]**, Arya.

¿Voy a pasar toda la noche aquí sola? Mi Mantra no me puede abandonar ahora, y no es el momento de tener un ataque de pánico.

—¿Valentía? Sí que necesitarás, sí.

La rama se rompe en mi mano con un crujido similar al de un hueso que se parte.

—¡Podrías avisar cuando te acercas! ¡Silba, di mi nombre, chasquea los dedos! ¡Voy a morir antes de terminar esta misión!

Una mirada, un silbido, nada más.

—¿Te burlas de mí?

—No, ¿por qué?

—¡Dónde estabas, joder!

—¡Relájate, Arya!

Mi enfado no es comparable al alivio que siento al verlo y al escuchar su voz, pero no se lo diré. Ya me toma por una gallina. Mi corazón vuelve a su ritmo normal.

—Espero que tu día haya sido productivo.

Inspecciona mi Glifo con aire interesado.

—¿Me lo puedes traducir?

—Sí.

Barriendo mi trabajo con el dorso de la mano, murmuro:

—Es efímero.

Me limpio los dedos en mi pantalón, me levanto demasiado rápido y pierdo el equilibrio. Killian me sujeta por el codo.

—¿Todo bien? —me pregunta, y me doy cuenta de que habla de mi moral y no de mi vértigo.

—Sí.

—Te vuelves menos habladora cuando soy yo quien hace las preguntas, ¿eh?

—No eres quién para decirme eso. De todas formas, empiezo a pensar que no soy digna de este maldito Mantra.

—¿Por qué dices eso?

—Por nada.

Sin añadir nada más y sin interrogarlo, me voy a acostar. Él no tiene intención de abrirse conmigo, así que he decidido hacer lo mismo.

Esa noche algo me impide dormir, pero no se debe al dolor muscular, ni al rostro de mi familia o al de Aïdan, ni a los terribles de los Soldados de Cristal que se me aparecen en sueños. Tampoco tiene nada que ver con el confort rudimentario de mi cama.

Me levanto. Un nuevo impulso me guía, suprimiendo cualquier rastro de fatiga. Killian duerme como un bebé, o lo finge, cosa que no me importa lo más mínimo. Sin entender la utilidad de mi gesto, apago el fuego echándole agua y tierra encima. Con pasos seguros, me aventuro en el bosque, orientándome por el lejano ruido de la cascada. La oscuridad no me supone ningún problema, no controlo mi cuerpo y es mejor para él. Casi podría decirse que floto por el suelo, como una sonámbula aliviada de todo miedo. No obstante, estoy completamente despierta.

Tengo que hacer algo loco, irrazonable. Valiente. Demostrarle a Killian que no soy una causa perdida. Él ve mis progresos pero, ahora, toca un último acto de valentía, la apoteosis capaz de borrar estas últimas horas de penurias, sofocos y heridas, cada cual más estúpida; debe coronar mis esfuerzos y los suyos. Las palabras de Aïdan decían muchas verdades, a pesar de que sobrepasaban sus pensamientos: no conocía nada de la vida real, me contentaba con poco, sin agallas ni audacia. Eso debo cambiarlo.

El río donde Killian se bañaba hace algunas horas me espera. La luna se refleja sobre su superficie lisa y negra. Ese gran disco plateado me recuerda a un ojo sin pupila que me vigila sin pestañear jamás, un poco contrariado por lo que estoy a punto de hacer. A pesar de que no tengo cuentas que saldar con nadie, debo responder a esta invitación interior cada vez más insistente. Empiezo a escalar el peñasco situado al lado de la cascada. La razón me recuerda que debería morirme de miedo por estar a esta altura, pero yo continúo colocando mis pies en las grietas irregulares de la piedra sin sentir ningún vértigo. Finalmente, me alzo sobre el reborde apoyándome en mis antebrazos.

Desde aquí, el agua parece un inmenso frasco de tinta y domino los árboles menos imponentes del bosque. Cada nódulo de mi cuerpo se deshace. Voy a lograr una cosa de la que me podré enorgullecer y que probará que soy digna de esta misión improbable.

Una luz se dibuja en mi pecho y sonrío. La runa [Valentía] vela por mí y me da alas, lista para revelarse para siempre.

Tomo una profunda respiración, cierro los ojos y separo los brazos como un pájaro a punto de alzar el vuelo. Por una vez, no soy esclava de mi piel y debo decir que merece la pena el desvío por sentir esto que estoy sintiendo. Los dedos de mis pies abrazan el vacío, solo me separa un paso. Pero ¿qué me podría pasar de todas formas?

—¿Qué haces ahí arriba, Rosenwald?

La poderosa voz de Killian perfora la noche, ahogada por el ruido de la cascada. No existe forma alguna de disuadirme, pero su presencia me encanta, porque será testigo de mi gran valentía. No podrá seguir tratándome de chiquilla o de gallina estúpida.

—¡Lo vas a ver, Nightbringer, voy a saltar!

—¡Idiota! Vista la profundidad del río y tu altura, te vas a estampar. ¡Baja ahora mismo o te traigo de las orejas!

—¡NO!

Mi rechazo se pierde en el aire. Killian parece que duda sobre cómo actuar y entre dos acciones: ¿unirse a mí o tratar de atraparme? No dudo de su velocidad, pero, que yo sepa, no puede dividirse. Sin darle tiempo a reflexionar, hago el salto del ángel. Me lanzo de cabeza hacia la expresión de este Mantra grabado en mí por la Protectora, como una muesca en la corteza de un árbol. Despego y mi cuerpo cae, cada vez más rápido. Pronto me voy a sumergir en el agua con la cabeza por delante, y él me felicitará por tanta audacia. Ya la poseía dentro de mí, [Valentía], lo decía Cassandra, y he aquí la prueba. Solo hacía falta que se lo declarase al mundo.

Pero, en lugar de dejarme envolver por la caricia tonificante del agua, caigo con todo mi peso encima de Killian. Pierde el equilibrio con un gruñido de dolor. Nos encontramos los dos en el río, siento la nitidez de los guijarros. Vuelvo a tener plena conciencia de mi cuerpo.

Killian se levanta y se agarra del pelo empapado, antes de apartárselo hacia atrás con un aire furioso. No tarda mucho en soltar su típico resoplido, ese que a menudo precede a los gritos. Parece una sombra con dos ojos brillantes. No hace falta ser adivino para entender lo que va a pasar a continuación. Me levanto, pero él me empuja hacia abajo con brutalidad y me trago medio río.

—¿Estás mal de la cabeza? ¿Por qué has hecho eso?

—¿Y tú? ¿Por qué has hecho eso? —grita, acercándose más—. ¡Podrías haberte matado! ¿Qué tratas de demostrar, eh?

Noto un cambio sutil en su voz, disfrazado de cólera. ¿Decepción? ¿Miedo? No, inquietud. Inquietud de verdad. Abro la boca para hablar, pero él me vuelve a empujar. Con un gesto de rabia, golpeo la superficie del agua con la palma de la mano.

—¡Para! ¿Por qué me empujas?

—¿Y tú por qué te levantas?

Killian se queda estático delante de mí con los brazos cruzados. Se niega a dejarme ir sin una explicación.

—No sé por qué lo he hecho, ¿vale? Fue de forma impulsiva, ¡era algo superior a mí! Esa Palabra me incitó a hacerlo para expresarse en mi lugar. Cassandra me avisó de que, al principio, no sería capaz de controlar todos los efectos.

—Has arriesgado tu vida de forma inútil.

—¡Perdóname por vivir sin tu autorización! ¿De qué tienes miedo? ¿De fracasar en esta misión? ¿De no cobrar tu dineral o de no ganar tu medalla de valentía por haber escoltado a una Guardiana de las Palabras no capacitada? ¿Si muero no te pagan intereses?

Me importa un bledo que se ofenda o la estupidez de mi propósito. Me atrevo a irme de la lengua, aún bajo el efecto de mi Mantra.

—¡No sabes de lo que hablas! —¡Normal, como no me cuentas nada, ladrón!

Se frota los ojos con cansancio.

—La verdad es que me siento sola, ¿vale? A diferencia de lo que me había prometido Cassandra.

Las lágrimas se empiezan a derramar por mi rostro ya mojado. Pero que esté llorando no lo ablanda lo más mínimo.

—Me aterroriza estar sola con estas Palabras de las que no sé nada, pero que debo acoger en mí sin rechistar. No he sido

195

capaz de controlarme, ¿lo entiendes? Estaba obedeciendo a este poder como un vulgar títere, y quién sabe qué más podría haber llegado a hacer. No podía... No, no quería combatirla, pero me gustaba esa euforia que me hacía sentir. Entiendo mi importancia, y no pretendo ir de egocéntrica, pero me han quitado mi vida en un momento en el que debería estar al lado de mis seres queridos, y no agobiada por una magia oscura que va a cambiar todo en mí. ¿Acaso sabes lo que se siente, Killian?

—No me preocupo por lo que no se puede cambiar.

Termino por derrumbarme. Todas mis emociones reprimidas vuelven a mí como un bumerán. Los lutos que no he podido guardar, el miedo que se aferra a mi vientre cada vez que me pregunto si mi familia está a salvo o si ha sido atacada por los Soldados de Cristal, la ausencia de Aïdan que me pesa demasiado y me hace sentir culpable y, por si fuera poco, estas Palabras, que son unos cuerpos extraños que invaden mi ser y que debo acoger a pesar del miedo que me dan. ¿Y si no puedo controlarlas? ¿Si me vuelven diferente o mala? ¿Quién sabe si las soportaré o incluso si soy lo suficientemente fuerte como para dominarlas? Hago a Killian partícipe de mis miedos, mis angustias y, por una vez, él me escucha sin interrumpirme.

Sigo llorando sin sentir vergüenza. Controlar mis temblores me requiere demasiada energía. La mano cálida de Killian me roza la mejilla y coloca un mechón de mi pelo detrás de mi oreja. Odio que me despejen la cara y se me vean las orejas, debería decírselo aunque sea algo insignificante. En vez de hacerlo, tan solo lo miro, pero él mueve los ojos de un lado a otro. Es la primera vez que me evita.

—Y aquí está el detonante, Amor. Lo que buscaba desde el principio. Toda magia tiene un cerrojo y, para ti, la llave son tus emociones, pero las contienes de manera obstinada desde el día en que nos conocimos. Intenté provocarte en múltiples ocasiones. Era necesario que te dejases ir, que te abrieses. Sé que te duele. Que te estás desnudando ante mí y que te expones a mi juicio. Que consideras que soy duro contigo cuando yo mismo soy introvertido. Pero estoy aquí para esto. Para que te aferres a mí.

Sigo sorbiéndome los mocos y vaciando toda mi reserva de lágrimas. Killian parece abochornado, como cuando un adulto incómodo tiene que aguantar la tristeza de un niño, pero pasa un brazo alrededor de mis hombros, el otro le debe de doler por culpa de mi caída.

—Venga, venga, Rosenwald —dice él, rudo—. Todo irá bien. Es necesario que sientas este sufrimiento, es un paso obligatorio. Debes aceptarlo para poder avanzar. Ya verás, será él el que te hará sentir más viva que nunca. Afronta esta realidad y lo que traiga consigo. Confía en mí. Te concederé el derecho de gritar si te hace falta, y de llorar durante el tiempo que necesites. Vacía todo lo que tienes aquí dentro de una vez. Pero pronto ni una sola lágrima más manchará tu rostro, ¿entendido? O al menos no por este motivo. Te vas a volver más fuerte, lo prometo. Cuando un ladrón cuida de un cordero, este se convierte en lobo. Y por favor… no te limpies los mocos en mi cuero.

Capítulo 25

Un sabor amargo

—¡Ostras, esto está asqueroso!

Escupo en mi vaso el líquido amargo. Nada que ver con los deliciosos néctares que ofrecían en las preciosas tabernas de Hélianthe, que activaban mis papilas gustativas con cada sorbo. Echo de menos los cócteles dulces de Amlette. El cuenco que tengo delante tampoco me atrae demasiado, así que lo empujo hacia un lado, asqueada por su pinta repugnante. El desdichado chucho del propietario lo olfatea con ganas y se relame el hocico. A mí lo que me hace salivar es imaginarme un bizcocho cremoso o un pudín de chocolate. Últimamente no como nada más que lo que cazamos. Pensé que encontraríamos comida más variada en este pueblo situado en la linde del bosque… o, al menos, algún plato acompañado de una salsa que realce la insipidez de lo que como. Hasta el pan está reseco aquí, y no me apetece arriesgarme a perder un diente o dos al morderlo. Mi madre lo convertiría en una deliciosa tostada francesa. Sonrío ante este pensamiento.

—¡Qué exquisita eres! —protesta Killian—. Donde yo nací, existe una bebida que…

Algo lo hace interrumpirse: mi postura de estudiante atenta, con los codos sobre la mesa y el mentón apoyado en mis manos. Me encanta pincharlo, sobre todo desde que parece que ha empezado a soltar un poco el lastre. Estoy segura de que intenta evitar otra crisis de lágrimas. O quizá se haya dado cuenta de mi potencial, todavía un poco frágil, y de la naturaleza incontrolable de las Palabras. La verdad es que no hemos sacado el tema, cosa que me conviene, y él no usa mi sensibilidad como objeto de burla. Por otro lado, yo me permito vacilarlo un poco con que es un ladrón, aunque me mande a paseo sin miramientos cuando trato de sonsacarle detalles jugosos sobre los chanchullos en los que ha podido estar metido.

—Eres irritante, Arya Rosenwald.

—Tú eres demasiado tacaño con las palabras, ladronzuelo. Me guiña el ojo derecho.

—Es para mantener un equilibrio entre nosotros. ¡De un trago, mi niña! —se burla, tragándose todo el contenido del vaso humeante, cosa que me provoca una mueca de disgusto.

Ignoro su guiño de ojo burlón, prefiero fijarme en los detalles de este cuchitril sin encanto. La verdad es que nada vale la pena: las mesas talladas en una madera tosca, los candelabros mal colgados en el techo y en las paredes desnudas. ¿Qué me esperaba de un pueblucho perdido del interior? Estaba contenta por volver a la civilización y por encontrarme con algo de animación. Últimamente no he tenido contacto con demasiados seres humanos, más allá de Killian y la banda de maleantes que se cruzaron en nuestro camino.

¿Desde hace cuánto? He perdido la noción del tiempo. En el bosque, he vivido al ritmo de los ejercicios que me imponía Killian, de nuestras salidas improvisadas para cazar y de la eclosión anárquica de mi único Mantra, con la sola convicción de que el día sucedería a la noche. Aunque, considerándolo bien, casi prefiero seguir en la ignorancia, porque el tiempo concreta la ausencia y favorece el distanciamiento.

Al final, hasta echo de menos la compañía de los jabalíes. El posadero, un hombre gordo, casi calvo y de tez rojiza, está zampándose sus propias reservas. Algunos viajeros o habitantes en busca de distracción están acomodados en los bancos. Ni un rumor sobre la caída de Hélianthe y los Ravenwood. La gente sigue viviendo como si nada hubiese pasado. Por una parte, mejor. Eso quiere decir que los Soldados de Cristal se han ido y que el odio de los manifestantes no se ha propagado. Todavía. Ningún superviviente del ataque se ha refugiado aquí. Todos me ven como una chica joven normal, cuando sus vidas penden de mis manos.

Les paso revista: un hombre duerme sobre su cuenco, con la nariz metida dentro; otro come en una esquina y un último habla en voz baja con una mujer despeinada que bebe jarras de cerveza una tras otra y que, sorprendentemente, se mantiene sobria. Si yo fuese ella, me caería al suelo tiesa como un palo de escoba.

El sitio es austero, está sumergido en una penumbra triste, y huele a queso viejo y a sudor. Me pregunto cómo Killian lo soporta sin rechistar. Él devora su comida. Una cucaracha da vueltas alrededor de su plato y le lanza el golpe final a mi estómago que está al borde de la agonía. Killian la aplasta con el pulgar.

—Esto le añadirá algo de sabor.

Espero que este viaje no se caracterice por la fealdad y el hedor. ¿Dónde está la beíleza de este mundo que se describe en las novelas? ¿Y la poesía de los paisajes?

—Te estás poniendo pálida —señala, tan burlón como siempre.

—Este restaurante me está deprimiendo… y dando náuseas de regalo. No suelo frecuentar este tipo de sitios.

—¿Acaso «frecuentabas» otros sitios que no fuesen la biblioteca o la cocina?

—Voy a hacer como que no has dicho nada. Algún día me vengaré de todos tus comentarios descorteses, Killian Nightbringer. Tienes que tener algún punto débil.

—Sigue buscando, princesa.

Killian se ríe y levanta dos dedos para repetir la ronda, antes de clavar su cuchillo personal en un cacho de tocino rancio y arrojárselo al pobre perro pedigüeño, que lo escupe y se aleja cojeando. El ladrón aparta el plato y pone las piernas cruzadas sobre la mesa en un gesto distendido.

—Aquí no huele a flores ni a pan. Vas a tener que acostumbrarte, *Een Valaan*.

—Een… ¿qué?

—No pienso hacerte de traductor además de guía.

—Tan solo espero que no me estés insultando.

Killian me ignora y prosigue:

—En el camino que nos aguarda, es probable que durmamos en los peores sitios y comamos platos poco apetitosos con gente poco recomendable. ¡Esa es la aventura! —¿La incomodidad y el pestazo?

Quería añadir «Ya estoy comiendo con alguien poco recomendable», pero él responde demasiado rápido:

—Lo imprevisible, lo inesperado. ¿No te resulta emocionante no saber qué pasará mañana? ¿No saber a quién te vas a encontrar? ¿Qué obstáculos te toparás en el camino? ¿Dónde vas a dormir y con quién?

Trago ante esa perspectiva tan desagradable, y después sigo:

—La verdad es que yo tenía unas rutinas, unos rituales. Era reconfortante. Puede que tú tengas la costumbre de vivir en pocilgas mugrientas y de tratar con personas deshonestas, pero yo no.

Durante un segundo, pienso que lo he ofendido y me arrepiento de mis bruscas palabras, pero me responde con la misma voz, apuntándome con su cuchillo:

—Lo desconocido te asusta, eso es todo, como tantísimas otras cosas. Lo solucionaremos.

—¡No me da miedo todo! Tan solo me gusta saber a qué atenerme, aunque se haya vuelto imposible.

Mi propia respuesta me da una bofetada en la cara que no veía venir. Siempre he vivido peripecias fuera de lo común a través de mis libros y soñaba formar parte de ellas con toda mi inocencia. Ahora que he sido catapultada al lugar de mis héroes, me dejo llevar por la ansiedad. Es obvio que los peligros a los que me enfrento son reales: ¿de verdad la parte de mí que se escondía detrás de las páginas de mis novelas deseaba salir del entorno ideal en el que nací?

La conversación que tuve con Aïdan y sus palabras corrosivas vuelven a mi cabeza, y descubro una parte de realidad bajo su cólera: «Vives, pero solo dentro de tu cabeza». Él tenía razón, no sabía nada más que las definiciones que había aprendido. El mundo exterior no se corresponde con la imagen que tenía de él.

—Pues sí, mi niña, ese tiempo ya ha pasado —interviene Killian para cortar mis pensamientos—. Sobre todo conmigo como profesor. Voy a seguir salpimentando tu vida, demasiado dulce para mi gusto.

Sus ojos maliciosos brillan, cosa que me resulta sospechosa hasta viniendo de él. Lo interrogo, desconfiada:

—¿Qué más me ocultas? Algo tramas.

Agito un dedo acusador delante de su nariz.

—¿Yo? Nada de nada, Amor.

—Por qué me da la impresión de que sabes a dónde vas desde el principio, por eso no utilizas el mapa.

—Baja la voz, Rosenwald.

Murmuro:

—¿Cuándo vamos a empezar a seguir los puntos luminosos? He progresado, ¿a qué esperamos? Imagínate que desaparecieran. Puede que haya una fecha límite, ¿quién sabe?

—Dices tantas tonterías como las haces. Apenas dominas la Palabra que posees: cada cosa a su tiempo. No se enciende el fuego del horno antes de haber confeccionado la masa.

—Deja de inventarte expresiones.

—Las sitúo en contexto. En fin, ¡tienes demasiada prisa y me haces repetir las cosas mil veces!

—¡Si llegan a mí de casualidad, el resultado será el mismo!

—Deja de protestar, ¿quieres? Sé lo que hago. He hablado más que tú con Cassandra sobre el tema. Créeme, sé a qué me enfrento y cómo llegar a nuestro objetivo. Soy adulto. ¡Ten confianza, joder!

Escuchar a Killian pronunciar la palabra «hablar» me provoca una risa nasal un poco ridícula, pero no pongo en duda sus dichos y tampoco pretendo rebatir. De hecho, acaba de pinchar mi curiosidad sin quererlo, pero la acallo… de momento. Hay una pregunta más urgente que me atormenta:

—En ese caso, ¿qué hacemos con el príncipe Aïdan?

El ladrón quita sus pies de la mesa y se echa hacia delante:

—¿Ese nombre otra vez? Además «príncipe»… ¿No es demasiado formal para referirte a tu novio? A no ser que se trate de algún tipo de juego entre vosotros…

—No es mi… ¡Escúchame por una vez! Podrías utilizar tus talentos para sonsacar información. ¡Podemos recorrer más pueblos! Tiene que haber rumores, gente que lo haya visto, ¿no te parece? Solo necesitamos un poco de poder de persuasión y…

—Prefiero recurrir a mis «talentos» para cosas más útiles. Y precisamente hay alguna que otra cosa que nos sería muy útil…

—Pero…

—No hay peros ni peras. Te extravías y se te olvida lo esencial. He hecho lo que he podido, pero hay que ser realista. ¿Qué se les ha perdido a los príncipes por aquí? Se los encontraría enseguida en un pueblo tan pequeño como este. No te lo repito más veces, es tiempo perdido. Seguramente estén bien protegidos, esperando que la Armada de Helios desembarque. Aunque estuviesen por las carreteras, que yo sepa, no son muchachitos indefensos. Tienen sangre real, guerrera y mágica en sus venas. Preocúpate por ti misma.

—¡Me niego a continuar si no buscamos a Aïdan! ¿Y mi familia qué?

—Parece que te interesas más por ese príncipe que por cualquier otra persona. Eres una…

—¿Una qué?

—¡Una santurrona!

Me empiezan a temblar las manos. No debería reaccionar así, ni mostrarme desobediente, pero hiervo de rabia ante la idea de no intentar hacer nada para encontrar a mi amigo. No estoy dispuesta a sacrificarlo por esta misión. Es tan importante como el resto. Por supuesto que no pretendo romper el juramento que me enlaza con los Guardianes de las Palabras, fluye por dentro de mí, pero esta vez no cederé antes de salirme con la mía.

—Otra vez te estás comportando como una cría caprichosa.

—Todavía no lo entiendes. ¿Dejarías de lado a una persona a la que quieres? ¿La abandonarías sabiendo que puede estar sufriendo o en peligro de muerte? ¡Son los príncipes, *nuestros* príncipes! ¡Nuestros futuros monarcas, por Dios! ¡Deberías tener un poco de honor o de compasión! ¿No te preocupas por nadie? ¿Ni siquiera por tu reino?

—Yo no soy como tú.

—Pues deberías.

Una combinación contradictoria de emociones baila en sus ojos. No sé si lo he convencido sin más, o si lo he convencido para que me destripe aquí mismo. Antes de poder zanjar la cuestión, él se levanta de forma brusca. La silla cae hacia atrás haciendo un ruido sordo. Los clientes y el propietario inclinan un poco la cabeza. ¿Acaso se va?

Lo miro, atónita. Killian se desplaza hacia un hombre vestido con una pulcra capa de viaje, a quien agarra con una mano y lo atrae hacia él por encima de la mesa.

Capítulo 26

El ladrón, el general y la cabeza de chorlito

—Eh, tú, ¿qué quieres de nosotros? —grita con la voz ronca—. ¿Nadie te ha enseñado que es de mala educación escuchar a escondidas?

—Con todos mis respetos, no creo que usted sea el más indicado para darme lecciones de educación.

El desconocido levanta las dos manos en señal de rendición. Aunque parece capaz de defenderse. Su silueta, baja y fornida, emana una impresión de fuerza y dudo mucho que sea solo una impresión. Además, va armado.

—¿Quién eres? ¿Por qué nos espías?

—Creía haber sido más discreto, pero veo que el hombre supera a la leyenda.

—¿Quién eres? —repite Killian.

Golpea la mesa con el puño. El tenedor abandona el plato y vuela hasta su mano. Lo atrapa y roza el ojo del hombre. Este permanece impasible, y lo admiro por ello.

—Si me haces decirlo una vez más, seré yo quien se vuelva invisible a tus ojos.

Me levanto para acercarme a ellos, pero no demasiado. Mi encuentro con los bandidos me ha desanimado un poco.

—El general Saren Delatour, soy miembro de la...

Exhalo:

—Legión de Helios. La Armada personal de los Ravenwood.

Killian se gira hacia mí, interrogador, y el hombre agacha la cabeza en gesto de asentimiento. Poso una mano conciliadora sobre el hombro del ladrón y explico:

—El emblema bajo la capa. Suéltalo, Nightbringer.

Me hace caso.

—Discúlpelo, todavía no está amaestrado —digo.

Me siento en frente del general, que cruza las manos sobre la mesa. Comparadas con las de Killian, finas y largas, las suyas son callosas, gruesas y llenas de manchas. Sus ojos marrones, posados sobre mí con calma, me inspiran confianza. Unas suaves arrugas de expresión marcan su figura de trazos angulosos. Una nariz con el puente largo, el pelo castaño claro; podría parecerse a muchos hombres de su edad si su rostro no estuviese lleno de cicatrices. Grandes, pequeñas, rojas, blancas e hinchadas. Una muy larga divide su cara en dos. Otras se prolongan hasta el nacimiento de su cuello e imagino que el resto de su cuerpo no se libra de ellas. Intento bromear.

—No morderá más, prometido. Sé gentil, Nightbringer.

Killian enseñaría sus dientes si no los tuviese escondidos. La verdad es que contengo mi emoción. Reencontrarme con un miembro de la Armada de Helios me vuelve a dar esperanza. Puede que él sepa más que nosotros sobre Aïdan y sus hermanos, ya que se codea con las grandes esferas a las que no tenemos acceso. Cuando empieza a hablar, lo hace en voz baja, lo que me hace aguzar el oído:

—Antes de nada, me gustaría aclarar que no os espiaba. Al menos hasta que os he escuchado decir el nombre del príncipe. Ha sido grosero por mi parte, os pido disculpas, pero no os podéis imaginar la sorpresa que me he llevado al cruzarme con civiles que parecen buscarlo en este pueblucho. No soy el tipo de hombre que cree en las casualidades, quería asegurarme de vuestras intenciones antes de interferir.

—¿Eso es lo que hace, general? ¿Está en su búsqueda?

—Afirmativo. Cuando interrogo a las personas, doy descripciones precisas, pero sin mencionar a los Ravenwood jamás.

No debemos difundir lo que ha pasado para no alarmar a la población y avivar la rebelión.

—¿Qué es lo que ha pasado, concretamente? —cuestiona Killian.

El general echa un vistazo rápido a la sala, pero nadie nos presta atención. Su mirada se ensombrece, cosa que no augura nada bueno.

—Para resumirlo, una horda de manifestantes enloquecidos y de Soldados de Cristal aparecieron de improvisto durante la ceremonia del Tratado. Fue una masacre. La familia Ravenwood ha sido devastada, nuestro rey ya no está con nosotros, no tenemos ninguna pista de los tres príncipes, y la capital está bajo el yugo de esas personas rencorosas y de esos monstruos que salen de quién sabe dónde. No sé si sigue en estado de sitio ahora mismo, pero ya no nos pertenece. O al menos hasta que no encontremos a los herederos.

Me tapo la boca con la mano. Se me consume el corazón y mi estómago con él. Nuestro querido soberano está muerto, y casi todo su linaje ha muerto con él. No puedo creerlo. ¿Quién es lo bastante fuerte como para tomar por sorpresa a una familia tan poderosa?

La única buena noticia de toda esta pesadilla es que no me equivocaba en una cosa: Aïdan ya no estaba en el castillo y debió ir a buscar a sus hermanos para que se fuesen con él. Me gustaría ver la misma esperanza que la mía en los ojos de este general, la de un desenlace lo más feliz posible, pero él parece consternado.

—¿Cómo es posible que los Siete Generales no hayan sido capaces de defender a la familia real? ¿No era vuestro papel? —acusa Killian—. ¿No sois una élite o algo parecido?

—Yo no estaba en el Salón de Recepción en ese momento —se justifica Saren—. Solo dos de los nuestros se encontraban en el lugar, al lado del rey.

—¿Y dónde estabas tú, general?

Saren parece más desestabilizado por esa pregunta que por el hecho de que lo tutee. Tuerce la boca y sus cicatrices se estiran mientras reflexiona. Decido intervenir:

—Déjalo hablar, Killian.

—El ataque fue rápido y sangriento. No sabemos ni cómo consiguieron entrar. No podíamos prever una abominación parecida. ¡Hélianthe ha vivido días felices desde hace tantos años! El rey confiaba en sus súbditos, en su sistema y en sus fronteras. No sabemos quién inició este ataque, ni desde cuándo lo estaban preparando. Mucho menos cuál será la continuación de lo sucedido. Avanzamos en la oscuridad y, esta vez, la luz de Helios no nos ayudará.

Mi dolor es sustituido por la cólera. Quizá se podría haber evitado si el rey no hubiese cerrado los ojos, y si no hubiese plantado su mano sobre la boca de Aïdan sin parar. Consciente de que estoy criticando la memoria de nuestro difunto rey, sigo la conversación:

—¿Ha encontrado alguna pista?

—Nuestras sospechas se dirigen hacia Hellébore. Esas criaturas no pueden venir de otro sitio que no sea de allí. Lo que no entendemos es cómo pudo suceder, si toda la Armada de Helios vigilaba la frontera de cerca, y jamás sobrepasaron los límites ni dieron señal alguna de sublevación.

—¿Qué pensáis hacer los otros generales y tú? —pregunta Killian, todavía más sombrío que Saren.

—No podemos hacer nada más por Hélianthe y tampoco podemos proteger a Helios nosotros solos. Nuestra prioridad es encontrar a los príncipes, descubrir qué está pasando y hacer que la Armada de Helios vuelva. Esos Soldados de Cristal son poderosos. Esa magia nos sobrepasa. Provocaron muchos destrozos y muertes en poco tiempo, y tengo miedo de que solo siembren el caos. En cuanto a los demás enemigos del reino, van a esparcir su odio por todas partes, de eso no me cabe duda. También tenemos un tercer problema…

Se inclina hacia nosotros:

—El rey ha fenecido y el Tratado Galicia ha sido destruido. Así que…

Murmuro, bajo el shock:

—El Tratado ya no funciona.

—Hace falta poco para que un reino cambie radicalmente a una anarquía. Solo es cuestión de tiempo que la gente se dé cuenta y, visto el odio que existe en el nuestro, eso puede ser peligroso. Tanto para los portadores de magia como para quienes no la poseen. La situación puede degenerar muy rápido.

—¿Y los príncipes? ¿Tiene alguna idea de dónde pueden estar?

—Iba a hacerte la misma pregunta. ¿Por qué buscas al príncipe Aïdan? Sin intención de ofender, no parece que formes parte de su entorno cercano. No eres de su familia, ni de los soldados. Y formáis un dúo un tanto peculiar.

Se gira hacia Killian, un poco avergonzado.

—En cuanto a ti, conozco tu reputación. He visto bastantes carteles en Hélianthe y a las afueras como para saber que te importa un bledo lo que les pase a los príncipes, salvo si pudieses sacar algún beneficio de ello. Así que, comprenderás mi desconfianza: podrías desearles el mal o tener proyectos malintencionados hacia la Corona. Al no saber si los príncipes están escondidos, si han huido o si han sido secuestrados, no puedo ignorar la posibilidad de la presencia de usurpadores, de milicias privadas o de chantajistas. Ellos pueden ser una importante moneda de cambio. ¿Contra qué? Esa es la cuestión.

—Me halagas, Delatour, pero no me he ido por ese camino. Quien lo busca es esta cabeza de chorlito, le tiene favoritismo, pero tenemos cosas mejores y más importantes que hacer, y me muero por decírselo. Ahórrate preguntar qué cosas, porque no es de tu incumbencia.

—No pensaba hacerlo.

Retomo la palabra, vacilante:

—Me llamo Arya Rosenwald, vengo de la capital. Trabajaba en las cocinas del castillo. Mi madre ejercía su labor de repostera allí. Aïdan… El príncipe Aïdan es mi amigo. Lo conozco desde que era un niño, aunque pueda parecer extraño. Nos frecuentábamos de forma regular sin que nadie lo supiese. Nuestra relación era peculiar.

Si a Saren esta idea le parece descabellada, lo disimula bastante bien. Decido contarle lo que me parece crucial:

—Estaba con él antes del ataque y me protegió. Es por eso que quiero encontrarlo. Él es importante para mí, así como lo es para el reino. Por si le sirve de ayuda saberlo, Aïdan quería abandonar Hélianthe desde hacía bastante tiempo. Había preparado una mochila que desapareció con él. Me habló de unirse a la Armada o de hallar un lugar donde hubiese un sitio para él. Puede que cruzando las fronteras. Nunca se habría ido sin sus hermanos si supiese que están en peligro. Sobre todo sin Abel. Yo creo que están juntos. Puede creerme. Aïdan conocía los pasadizos más secretos del castillo. Todavía hay esperanza, general.

—Gracias por la información, Arya Rosenwald. Puede serme de utilidad. Espero que sigan vivos. Ahora mismo, solo pueden confiar en ellos mismos y, aunque posean poderes, si una parte de Helios se vuelve hostil, tendrán una diana en la espalda. Me divido entre las ganas de dar con ellos rápido y la satisfacción de que sean imposibles de localizar. En todo caso, tiene suerte de tener una amiga como tú.

—Y tú, ¿qué pintas en todo esto? —interviene Killian, todavía desconfiado—. ¿Dónde has dejado a tu equipo?

—Llegué a Malaloma para seguir una pista. Bastante imprecisa, a decir verdad. Una simple descripción que podría corresponder a uno de los príncipes. En esta ocasión, se trataba de un falso testimonio, pero no quiero pasar nada por alto. Mi plan es dirigirme hacia el este.

Me toca saltar a mí:

—¿Y antes de eso? ¿Ha recorrido otros pueblos? ¿Ha visto refugiados?

La mirada perturbada de Saren se posa sobre mí. Abre la boca, se queda varios segundos así, pero no dice nada. Killian descarta mi pregunta:

—¿Qué querrían hacer los príncipes en este pueblucho perdido? ¿Alquilar una pequeña granja y empezar con la agricultura?

—¿Y qué hacían los Soldados de Cristal en la capital? Es exactamente lo que ha pasado, sin que entendamos ni cómo ni por qué. Después de esta tragedia, ya no doy nada por sentado. Todo ha cambiado.

—¿No deberías proteger tu ciudad, a las viudas y a los huérfanos, en vez de seguir el rastro de tres príncipes perdidos? Todavía quedan supervivientes de este infierno, ¿no? Los herederos ya están muertos, que no te quede la menor duda. Y, si ese no es el caso, han huido, dejando a sus súbditos a su suerte.

Me levanto de sopetón y apoyo las manos sobre la mesa:

—¡Killian!

—No seas tan dramática, Rosenwald.

Mi mirada más ardiente no es respuesta suficiente.

—No seas tan miserable.

Los ojos sagaces de Saren brillan con un fulgor tenaz.

—Déjalo, no tengo en cuenta ese tipo de provocaciones. No llamemos más la atención. Os recuerdo que tengo que pasar desapercibido.

—Arya no se atreve a decirlo en voz alta, pero yo sí —insiste Killian—. Su propia familia se ha visto afectada. La gente lo ha perdido todo de un día para otro y nadie parece preocuparse por ello. ¿Dónde están las víctimas?

—Escucha, he jurado lealtad a mi soberano, que Helios bendiga su alma. Tengo que hacer todo lo que está en mi mano para traerlos de vuelta. No me pienso quedar sin hacer nada, con los brazos cruzados, ni voy a lanzarme de cabeza ante los enemigos sin saber a quién me enfrento. Si muriera, sería inútil. No tengo todas las respuestas, pero sé que Hélianthe tiene demasiadas almas que llorar. Debo llevar de vuelta a la Corona para reparar los destrozos ocasionados. Es el único modo de hacerlo. La Armada vendrá a rescatarlos. Tengo intención de llevar a cabo esta misión hasta mi último suspiro. Estoy seguro de que al menos entiendes eso. Es lo que se conoce como deber y lealtad. ¿Es necesario que siga justificándome?

A pesar de su actitud reacia, Killian no encuentra nada más que añadir por el momento. Cuando Saren se levanta, mi corazón entra en pánico. Gracias a este general, mi esperanza ha aumentado, y no quiero dejar que se extinga. Quiero concederle mi ayuda, así como él puede ofrecerme la suya.

—¿Ya se va?

—No os molestaré más, tengo que seguir mi camino hasta Bellavista. El tiempo es un valioso aliado. De nuevo, gracias, y os deseo que os vaya bien en lo que sea que estéis haciendo. Nuestros caminos se cruzarán de nuevo algún día, espero que en las mejores circunstancias. Deseo que Helios os sepa guiar.

Me tiende la mano, pero yo no reacciono.

—Haré todo lo que esté en mi mano para encontrarlos —me asegura—. Forma parte de mis responsabilidades. Una chica joven como tú no puede encargarse de una misión como esta.

—Pero…

Killian pierde la paciencia.

—Déjalo ya, nosotros también tenemos que irnos —decreta él, dejando una moneda sobre la mesa para pagar por nuestra comida.

—¿A dónde, Killian? ¿Me lo piensas decir en algún momento? —replico, poniéndome de mal humor.

—Vamos a Bellavista, ¿contenta?

—¿Bellavista? —repite Saren.

Es hacia donde se dirige él. No creo que sea coincidencia. Las coincidencias no se cruzan en el camino de una Guardiana de las Palabras, en todo caso son señales.

—¿Todavía no te has ido?

—Es mi próximo destino —dice el general—. Es una ciudad muy frecuentada, los rumores se difunden rápido. Es el camino más rápido para llegar hasta el Pico del Lobo. Las montañas sirven de paso para los contrabandistas, podría sobornarlos para sacarles alguna información. En ese sentido, Bellavista es una etapa obligatoria.

Lo apuesto todo:

—Acompáñenos. Por favor, general. No lo desviará de su misión. ¡Se lo juro!

—Ni de coña —zanja Killian, intransigente.

—Puede que no sea buena idea —aprueba el general. Por una vez se ponen de acuerdo.

—¿Ves, Rosenwald? Al menos él es una persona razonable. Se acabó el debate.

—¿Por qué? Él va en nuestra dirección y conoce el entorno. ¡Por fin podría dedicarme a la búsqueda de Aïdan, aunque tú te burles de ello! ¡No es negociable, lo sabes desde el principio!

—¡He dicho que no! No me fío de él. ¡Tienes que aprender a no confiar en cualquiera, Rosenwald! ¡Sobre todo en aquellos que aparecen de la nada! ¡Es una mala manía que tienes!

Dejo escapar una risita burlona:

—Te recuerdo que justo eso es lo que hago contigo.

—Yo tengo una buena razón, lo sabes. Y soy mucho más guapo, eso también cuenta.

—Os estoy escuchando, ¿sabéis? No me voy a imponer.

El general, incómodo, trata de escabullirse, pero yo lo retengo. Estoy preparada para suplicarle de rodillas.

—No se vaya, se lo ruego. Le necesitamos.

—Tú lo necesitas. Yo me desenvuelvo como un adulto responsable —escupe Killian.

—Cassandra me dijo que no me quedase sola. Que siguiese a mi instinto y que me rodease de las personas que escogiese mi corazón. Eso es lo que estoy haciendo. Siento que Saren tiene su sitio entre nosotros, y no sabría explicar por qué. Es una oportunidad a la que debo aferrarme. Tengo que retenerlo. Confié en ti, y Helios sabe que no eres ningún santo. Así que ¡me vas a dejar tomar una maldita decisión por una vez! ¡Tengo opinión propia, ya sea respecto a las personas que acepto o a la búsqueda de mi amigo! Después de todo, soy la G...

Killian me reprende con la mirada y yo balbuceo:

— ... la... más... ¿no os parece que hace frío de repente?

Sale vaho de mi boca, me sorbo los mocos y se me entumecen las manos. A mi alrededor, los clientes se dan cuenta de que algo no cuadra. Veo al encargado dirigirse hacia la estufa

213

de madera e intentar encenderla, pero no consigue hacer que funcione. Un anciano deja caer su vaso humeante. Lo sostiene por el asa, intrigado, y lo pone boca abajo. Un bloque de hielo marrón cae de su interior: su café. Un espejo estalla detrás de la barra.

—Mirad las ventanas —nos advierte Saren con la mano apoyada sobre la empuñadura de su espada.

La escarcha ya cubre los cristales. Temblando, murmuro:

—Son ellos.

Los dolorosos recuerdos de mi enfrentamiento con el Soldado de Cristal vuelven a mí: la llama azul devorando mi carne, la sensación de mi sangre que se congela, la mordedura profunda del hielo. Sin embargo, hoy siento este miedo de forma diferente, en el buen sentido. [Valentía] no lo aniquila, pero lo resiste. Una mano se posa en mi antebrazo.

—Ven, Arya. ¡Nos vamos!

Killian me empuja delante de él e increpa a Saren:

—Está bien, general. Puedes unirte a nosotros. Lo acepto para contentar a esta cabeza hueca y para evitar una crisis de nervios. Pero que quede claro que es algo temporal, y que nuestros caminos se separarán después de Bellavista. ¿Lo entiendes? De ahora en adelante, no te quitaré el ojo de encima. ¡Y procura hacer todo lo posible por ser útil!

—No esperaba menos.

—¿Qué hacemos con los clientes? ¡No podemos dejarlos así! ¡Si salen no podrán defenderse solos!

Saren observa alrededor de la sala, para después señalar una trampilla que debe llevar a un sótano o a un almacén. Se aparta la capa para exhibir el emblema de los Ravenwood y ordena:

—¡Escondeos aquí abajo! ¡Ni un ruido! No salgáis antes de que pase una hora como mínimo.

La pobre gente lo hace sin rechistar, pero completamente desconcertados; no esperamos a que terminen de cerrar la trampilla y que la encadenen para irnos. Dejamos atrás el pueblo envuelto en una bruma glacial. La noche amenaza con ser fría, pero no más que mi corazón haciendo frente a la inevitable realidad: Hélianthe no es la única ciudad en peligro, esta fuerza misteriosa se está propagando... ¿Quién sabe lo que nos deparará el futuro?

Capítulo 27
Bienvenida a Bellavista

Saren me da golpecitos en la espalda. Escucho cómo mis pulmones silban a modo de protesta por culpa de tanto toser. Corren peligro de reventar. Killian, consternado, posa un dedo sobre su máscara para que sea más discreta, pero la atmósfera nauseabunda me da ganas de echar el desayuno por la boca. Una neblina espesa y sofocante flota a ras de suelo. Me da envidia la máscara del ladrón: me contengo para no arrancársela y encasquetármela yo.

—Respira por la boca —me recomienda Saren, impasible—. Te vas a acostumbrar.

Después de nuestro encuentro, el general se ha mostrado muy atento y preocupado por mi bienestar. Nos hemos llegado a conocer, yendo de pueblo en pueblo por caminos llenos de baches. Debo decir que su compañía me otorga un consuelo que extrañaba: poder intercambiar otra cosa que no sean onomatopeyas con otro ser humano, sin hablar sobre lecciones de moral. Estos últimos días, el ladrón espiaba nuestras conversaciones sin participar. Todavía más taciturno de lo habitual, se ha contentado con lanzar pullas a Saren de vez en cuando, quien las acogía con una calma aparente, o cortándolo cuando su curiosidad sobrepasaba los límites. Sentía cómo su humor mejoraba según nos acercábamos a nuestro destino y el camino se empezaba a ver más frecuentado.

—Pero no te olvides de respirar, ¿eh?

Ignoro la burla de Killian y me seco las esquinas de los ojos, a rebosar de lágrimas. Me pican tanto que me pregunto si no se me caerán. Killian encabeza la marcha y yo le piso los talones,

216

seguida de Saren. Pasamos los carteles de madera torcidos cuyas inscripciones nos indican el camino a seguir hacia los vecindarios. Murmuro, para mí misma:

—Bienvenida a Bellavista.

—Qué acogedor, ¿no te parece? ¡Un sitio ideal para una luna de miel! —bromea Killian, haciendo uso de su oído desarrolladísimo.

Penetramos en los suburbios mientras nos cae encima una lluvia ácida y humeante. No podría encontrar un contraste más llamativo entre mi ciudad natal y esta. Las chozas, con los tejados acanalados cubiertos de hollín, se amontonan a lo largo de las calles, grisáceas y sucias. Se entremezclan con unos edificios altos de arquitectura cuestionable, cuyos muros se desmoronan y albergan tantos alojamientos como tiendas tapiadas, o con tablones de madera colgados de sus fachadas. A pesar de que es temprano por la mañana, y debido a la espesa capa de niebla que impide que el sol atraviese la atmósfera, pasamos al lado de algunos obreros con la cara mugrienta que están encendiendo grandes faroles de hierro forjado y que nos regalan una luminosidad un poco relativa.

Avanzamos por unos callejones sinuosos que están llenos de basura. Unas ratas enormes serpentean entre nuestros pies, me abstengo de manifestar mi disgusto. El barrio apesta a cloaca, además de a orina y cal. Un borracho nos llama y se pone a balbucear cuando pasamos por su lado, pero Killian lo deja inconsciente dándole un golpe en la frente.

—¿Me vas a decir de una vez qué has venido a buscar aquí?

—Pronto, Amor.

Saren arruga el entrecejo, pensativo, y yo alzo los hombros para acompañar su incredulidad. Por fin alcanzamos la arteria principal. La multitud nos absorbe en un torbellino de capas, chisteras y carruajes. Unos hombres vestidos con uniforme regulan la densa circulación de diligencias, ayudándose con unas linternas y silbatos. Las chimeneas de las fábricas expulsan vapores tóxicos: ahora entiendo de dónde viene la pestilencia.

Siento fascinación por la modernidad de esta ciudad, ya que es algo nuevo para mí, pero no supera a mi repulsión.

Nos metemos por una avenida grande. Tenemos que zigzaguear a través de los transeúntes, que nos empujan mientras corren sin inmutarse, y de los caballos molestos por la agitación. Los hombres llevan monóculos, bigotes inmensos y redingotes a rayas. Portan zurrones colgados de la cintura. No tengo ninguna duda de que guardan dinero en el interior, y apuesto lo que sea a que Killian se va a poner las botas con total impunidad. Algunos se apoyan en extravagantes bastones, otros llevan máscaras adornadas con dos grandes bolsillos de tela que se hinchan y se deshinchan al compás de sus respiraciones. No me resulta complicado adivinar su función: filtrar la contaminación. Pero, aún así, llevan unas pintas muy graciosas.

Para mi sorpresa, veo muy pocas mujeres en esta jungla urbana. La población se desplaza con la cabeza baja o con la nariz metida en los periódicos, a una velocidad vertiginosa. Killian me golpea con el codo en las costillas cuando dejo escapar una exclamación de alegría al pasar delante de unas revistas. Aun así, echo un vistazo a los grandes titulares: ninguna noticia sobre el ataque a Hélianthe. Ni una crónica, ni una columna. Saren tenía razón, nada se ha filtrado por el momento. ¿Por cuánto tiempo? Y, cuando llegue, ¿cuáles serán las consecuencias? ¿Otra rebelión? ¿Reacciones de pánico? Aquí, en Bellavista, estamos lejos.

Sus habitantes parecen autómatas que deambulan en un movimiento de masas sincronizado. Vienen y van sin intercambiar ni un saludo ni una sonrisa, fijados en su destino. Todos se parecen. Entre la multitud, de una neutralidad deprimente, tan solo destacan algunos extranjeros como nosotros. Estamos fuera de lugar en este ambiente, coloridos y expresivos, pero nadie parece fijarse en nosotros. A lo lejos, un reloj colosal adorna la fachada metálica del ayuntamiento, y es tan grande que el ruido que provocan sus engranajes resulta ensordecedor. Las largas agujas se desplazan con un tictac exasperante. Suena una sirena aguda cuando llegan a las ocho; observo a los viandantes con interés. Esta graciosa alarma les provoca una reacción absurda. Levantan sus cabezas con los ojos aturdidos y se dirigen hacia una calle escarpada con un solo movimiento.

—¡Cuidado!

Killian me tira del brazo y evita que termine aplastada bajo las pezuñas de un caballo. No me da tiempo ni a agradecérselo, porque una oleada de personas se dirige hacia nosotros. Corremos el riesgo de que nos arrastren y nos separen si nos quedamos en su camino. O todavía peor, de que nos pisoteen. Exclamo, estupefacta:

—¿Pero a dónde van?

—A trabajar —responde Killian, que me señala con la cabeza un lejano edificio un poco cubierto por la bruma—. El Banco de Corndor —precisa.

Me encuentro atrapada en este hormiguero gigante, sacudida de izquierda a derecha, incapaz de resistir la atracción de la muchedumbre. Pierdo de vista a los demás demasiado rápido. Sintiéndome muy oprimida, trato de librarme de este rebaño humano, tropiezo con un bastón y caigo redonda en una rodada profunda.

—¡Saren! —vocea Killian a través del tumulto.

Acaba de darse cuenta de que me he caído. Cada vez que intento levantarme, me aspira una nueva oleada de gente. Me hago un ovillo sobre mí misma, desorientada, protegiéndome la cabeza, que escondo entre mis rodillas, y tapándome las orejas con los antebrazos. Me golpean bastones y pies, y me salpica un lodo viscoso y asqueroso. Los pasos hacen vibrar el suelo. A pesar de haber tenido cuidado, mi cabeza se tambalea hacia todos lados. Tengo que salir de aquí o voy a terminar hecha papilla.

La imagen de mi casa y de mi cama se infiltra en mis pensamientos de la forma menos oportuna posible. La manta de mi madre me envuelve, dándome una sensación de seguridad. La visión es breve, pero todo se para. La agitación y los remolinos se detienen. Todos estos hombres apresurados me rodean, parece que algo los obliga a desviar su trayectoria. Los ruidos del entorno me llegan de forma amortiguada, como si estuviese encerrada en un tarro. Me atrae un destello fugaz que aparece ante mis ojos. Muevo la mano hacia ese brillo y golpeo una pared de cristal. Por algún extraño fenómeno, un globo transparente protege mi cuerpo de las agresiones externas. No sé cómo salir de esta burbuja, pero la prefiero a la situación que me esperaba hace unos minutos. Espero, con los ojos cerrados. Ojalá todos hayan pasado antes de que me asfixie…

—¿Arya? Arya, ¿estás bien?

Abro los ojos. El suelo ya no vibra. Killian se mantiene firme sobre mí y me cubre con su cuerpo, que ha utilizado a modo de escudo. Sus brazos me rodean y mi cabeza reposa sobre su pecho. Me alejo de él, avergonzada.

Me mira desconcertado, como si sospechara de mi estado mental. Saren se apresura a quitarme el polvo de la ropa con el rostro pálido. Lo aparto gentilmente y le aseguro que estoy bien. Me pregunto si me acabo de imaginar todo eso. ¿Era Killian todo este tiempo?

La oscuridad gana terreno. El cielo está cubierto de nubes negras y espesas. Saren y yo esperamos a Killian, que se ha ido sin dar explicaciones señalando un callejón. Nos ordenó que no llamáramos la atención, aunque la gente pase de largo sin fijarse en nosotros. Nos hemos escondido detrás de una pila alta de cajas. Me apoyo en una de ellas con las rodillas dobladas. Saren me imita.

—¿Suele hacer esto? —pregunta.

—¿Irse sin decir ni una palabra y dejarme hablando sola como una idiota? La respuesta es «sí».

—Menudo personaje es este ladrón. Mira que me he cruzado con bichos raros, pero ninguno se le asemeja.

—¡A quién se lo va a decir! Todavía no he descubierto del todo al personaje. De hecho, no he descubierto nada en absoluto. No llevamos juntos tanto tiempo.

—Ya llegará: el tiempo nos permite descubrir las múltiples facetas de un ser humano.

—Si eso fuese tan sencillo con él... —suspiro, recordando con amargura algunos momentos de nuestra colaboración—. Debe de tener miles y miles de facetas.

El aire ácido que se cuela en mis pulmones me revuelve el estómago y me hace toser. Con la mejilla apoyada contra mi rodilla, recurro a mis recuerdos para buscar un olor reconfortante. Me pregunto si Killian volverá pronto.

—Es verdad que no tenéis demasiadas cosas en común —admite Saren—. ¿Quién encontró al otro?

—Digamos que la vida nos puso en el mismo camino.

Mi respuesta no parece satisfacerlo, pero quiero mantenerme evasiva.

—No debe ser fácil que te acompañe un hombre como él. Se burla de quien te importa. El príncipe Aïdan —afirma al verme hacer una mueca.

Un poco a la defensiva, admito:

—Tenía que irme de Hélianthe, pero no podía hacerlo sola. La ayuda es indispensable cuando te falta maña.

—Podrías haber encontrado a alguien más apropiado o más competente. Sus ambiciones parecen ser más excesivas que nobles.

—La elección era limitada y él hace lo que puede. Todos lo hacemos.

Puede que las preguntas de Saren sean inocentes, pero me da miedo confundirme o decir demasiado. Sin embargo, no puedo culparlo. No le hemos contado todo. No me esperaba menos de un viejo general. Se inclina hacia mí, disculpándose:

—No trato de engañarte. Pareces una chica amable y honesta. Quiero asegurarme de que Killian no te haga daño, que no se aproveche de ti o que no te acompañe bajo falsos pretextos. Sin duda, me tomo demasiado en serio mi trabajo. Arresto a la mayoría de las personas que son como él.

Dirijo mi mirada hacia el sol, como si estuviese intentando buscar respuestas. Soy consciente de mi defecto: hablo demasiado.

Puedo meter la pata dejándome llevar por mi nerviosismo, y cada vez soy más consciente de que esta lengua suelta que tengo me puede jugar malas pasadas. Quería que Saren nos acompañase, tendré que asumirlo hasta el final. Pongo fin a este aluvión de preguntas con una voz firme:

—Killian tiene sus virtudes. Bien escondidas, pero las verá cuando llegue el momento. Tiene cosas más importantes que hacer que preocuparse por mí, y soy lo bastante habilidosa como para crear mis propias opiniones sobre las personas.

—No lo dudo. Por cierto, puedes dejar de dirigirte a mí con tanta ceremonia.

—Usted es un general.

—Puedo ser un amigo. Como lo eres tú para el príncipe Aïdan. Ya tenemos ese vínculo.

Le regalo una sonrisa tímida y me levanto para escrutar el callejón.

—Dejar las tormentas de arena o las incesantes fugas por emprender este viaje contigo le ha debido de cambiar la vida —continúa Saren con un toque de diversión.

Me quedo de piedra, sorprendida ante la idea de que Saren sepa más sobre la vida de Killian que yo. Durante su breve discusión en la taberna hace varios días, él dijo: «Veo que el hombre supera a la leyenda». ¿Qué pretendía insinuar? Si un alto mando conoce la siniestra reputación de Nightbringer, quiere decir que es algo más que un simple atracador. Parece que soy la única que no sabe quién es. En cualquier caso, es suficiente para justificar su preocupación por mí. Espero que no intente arrestarlo o denunciarlo… Me gustaría interrogarlo acerca del pasado de Nightbringer, pero no puedo permitirme investigar por el momento.

—A diferencia de él, no estoy acostumbrada a ver más allá de nuestras murallas. No me las apaño muy bien sin mi familia.

—Ya lo veo —responde con dulzura.

Él tiene razón. Los horrores que presencié en la capital solo fueron un pequeño adelanto de lo que me esperaba. Soy consciente de ello, aunque prefiera quitarme esa idea de la cabeza.

El general desliza la mano por el escote de su peto, impaciente, y saca un pequeño objeto metálico redondo que cuelga de una cadena de plata. ¿Un medallón? Lo observo mientras lo abre. A pesar de la distancia, distingo la esfera de un reloj y, del otro lado del cierre, el retrato de una mujer y dos niños. Alrededor de ellos, veo letras y palabras grabadas. No tarda demasiado y lo cierra.

—Otro punto en común.

Me odio por mostrarme tan fría con él, todo porque debo proteger mi verdadera naturaleza. A ambos nos quitaron nuestro hogar, arrebatándonos una vida que nos hacía felices. Para compensar y aliviar mi conciencia, me acuclillo de nuevo a su lado:

—Encontraré a los míos y a Aïdan. Lo conseguiré, no me importa que el camino sea largo y peligroso. Le deseo lo mismo de todo corazón.

—No lo dudo, pareces determinada, y es así como se combate la tristeza. Lo conseguiremos, cada uno por nuestro lado. A diferencia de que a mí no me acompañará un ladrón testarudo.

—¿Sabes lo que te dice el ladrón testarudo?

Killian nos observa, sentado sobre un tejado con el mentón apoyado sobre su puño cerrado.

—¿Que un general siempre tiene razón?

—¡Error!

Se lanza hacia nosotros y aterriza sin hacer ni un ruido. Su mirada determinada y traviesa me deja dubitativa. Y, entonces, en un susurro, propone:

—¿Y si cometemos el atraco del siglo?

Capítulo 28
El buen camino

Saren acribilla a Killian con preguntas respecto a su ausencia, cosa que le molesta. Con un gesto discreto, hace que Saren comprenda que no sirve de nada insistir. Killian nos ha ordenado que lo siguiéramos para, según sus palabras, explorar el lugar.

Nos metemos entre la multitud, bastante menos densa que esta mañana. El ladrón camina delante de mí y Saren sobre mis talones. Debido a las tenues luces, a duras penas distinguimos el pavimento de las aceras. Yendo de callejón en callejón, acabamos en una nueva avenida. El aire aquí es un poco más respirable. De repente, Killian se para y yo me pego a su espalda antes de descubrir, con el estómago encogido, al monstruo de mármol que se alza ante nosotros.

—¿Esto es lo que tenías en mente desde el principio?

No me queda más remedio que retorcer el cuello para poder apreciar la altura vertiginosa del edificio. El famoso Banco de Corndor nos desafía. Una verdadera fortaleza. Las columnas, en las que se enroscan unas serpientes y hiedra, soportan las pulidas piedras de la fachada como si fuesen puños blandidos hacia el cielo. «Corndor» se pavonea con orgullo en el frontón, escrito en letras góticas. Cuando fijo mi mirada en el pomposo dorado de dichas letras, juraría que unos ojos escrutadores reemplazan a las «O». Unas astas rebosantes de joyas, lingotes y diferentes señales de riqueza enmarcan el portal del edificio, una forma de lo más pretenciosa de recordarte dónde estás entrando.

El edificio, de un gris menos apagado que el de los demás, casi blanco, preside en el centro de una plaza proporcional a su desmesura, donde un desfile incesante de guardias se turnan siguiendo unos movimientos bien sincronizados. Los guardianes flotan a algunos centímetros por encima del suelo, espectrales, con sus capas negras rematadas en jirones de humo. Sus rostros están cubiertos por yelmos de metal angular coronados por unos cuernos. En una de sus manos, cubiertas por guantes de cuero, sostienen una esfera con complejos relieves que se sitúa al final de una cadena de plata, de donde escapan unas volutas inquietantes; en la otra, sujetan a unos lobos de un tamaño impresionante. Los perros guardianes tienen la misma consistencia inmaterial, pero no parecen menos peligrosos. En parte debido a sus ojos luminosos y a sus bocas llenas de colmillos afilados. Por momentos, el dueño y el perro guardián se evaporan para volver a su posición en una nube negruzca. A menos que se trate de un relevo. Bendigo la distancia que nos separa.

—Los Vigilantes —explica Saren, tenso—. Estas criaturas no duermen jamás. ¿Ves lo que sujetan en la mano? Son Esferas de Argos. Cada una de ellas contiene centenares de ojos abiertos. Pueden dispersarlos por las cuatro esquinas del banco y así vigilar todo lo que sucede. Produce escalofríos, ¿eh?

—Eso que se dice de «andarse con mil ojos» nunca fue tan real —se mofa Killian.

Este dispositivo disuadiría a cualquier tentación codiciosa. Exceptuando a la de Killian Nightbringer, cuyos iris relucen con un brillo extraño. Parece que está viviendo el mejor día de su vida; como un niño que encuentra un juguete que quería con ansias. Esta historia tiene pinta de que va a terminar mal, y yo me muerdo los labios preguntándome en qué lío nos va a meter, y si puedo y de verdad quiero participar en un robo orquestado por un loco temerario.

Unas horas más tarde, esperamos en una taberna prácticamente desierta. El propietario está tan apagado como el resto de los habitantes que me he cruzado hoy. Parece que estas personas no existen, que tan solo cumplen las mismas funciones día tras día. Que han sido creadas para trabajar y nada más.

—Recobra fuerzas —me dice Killian con la boca llena—. Con el estómago vacío no conseguirás milagros.

Una mueca de asco se dibuja en mi rostro cuando me pasa un muslo de conejo.

—Tiene razón, Arya. Come un poco —aprueba Saren con una voz reconfortante.

Con un nudo en el estómago, los veo satisfacer su apetito intentando entender cómo consiguen estar tan tranquilos, bien lejos de mis escrúpulos y mis dudas morales.

—¿Cómo lo hacéis?

—Abrimos la boca y metemos la comida dentro —me responde Killian, señalándose la máscara.

Este buen humor tan poco habitual en él me horripila. Saren se bebe de un trago su pinta, frustrado por no tener ninguna noticia fiable sobre los príncipes. Desde nuestra llegada, cada una de sus investigaciones ha terminado siendo un fracaso. La única información convincente es que uno de sus compañeros fue visto por el centro de la ciudad hace unos días.

—Pero no te tomes este vino peleón —dice Saren—. Una señorita merece algo mejor. El agua tiene buena pinta —añade, seguramente intentando animarme.

Killian se atraganta con un trozo de conejo. Saren le golpea la espalda y el ladrón suelta una risa sincera. ¿Estoy soñando o se están burlando de mí? Esta noche parece que los dos han dejado de lado sus diferencias y no sé si debería culpar al alcohol o no. Me levanto.

—Amor, si ya no podemos ni reírnos…

—¡No tengo ganas de reír!

Killian lanza el resto del muslo en su plato.

—¡Ya basta! Vendrás, aunque tenga que recurrir a la fuerza. No te dejo elección, no esta vez. Tienes que confiar en mí y debes hacer lo que te digo que hagas. ¡Al menos mientras no seas capaz de cuidar de ti misma! No te hará daño escucharme un poco y obedecerme de vez en cuando sin rechistar.

Coloco mis puños en mis caderas y lo escruto desafiante, aunque también con decepción. Esta postura se la debo a mi madre, y siempre funciona.

—No soy tu sirvienta, Killian. Obedezco a mi instinto y a mis valores, no a un hombre. Si tengo una boca es para hacerte entender mis opiniones.

Killian chasquea la lengua, siendo consciente de su grosería, y se rasca la cabeza sintiéndose un poco avergonzado, antes de continuar con la defensa de su punto de vista:

—Perdón, eso no es lo que quería decir. Pero es que me parece que te olvidas de que no hago todo esto solo por mí. ¿Cómo crees que podremos pagar nuestras noches en los albergues y una comida decente de vez en cuando? Viajar no es tan sencillo como piensas. Robar ese banco es la garantía para estar tranquilos por un largo tiempo. Vas a tener que ensuciarte un poco las manos. ¿Lo captas, Rosenwald?

—No. ¿Cómo podéis no sentir ni un poco de remordimiento por violar la ley? De ti ya no me sorprende, la verdad, ¡pero usted, Saren! Pensaba que…

Con un gesto brusco, el general posa su pinta sobre la mesa, que salpica de espuma, y suspira:

—¿Qué te crees, Ayra? ¿Que no me afecta? Tienes razón, soy un representante del orden y debería intentar razonar con este maldito ladrón. Pero las leyes pronto no significarán nada. De hecho, ya no tienen nada que decir. Vamos a tener que crear las nuestras. Sin aprobar su punto de vista, de algún modo puedo entender que podamos llegar a tomar una decisión como esta. No voy a intentar disuadirlo: cuanto más le prohibamos robar, más ganas tendrá de hacerlo. Algunos hombres son estúpidos. No lo voy a obligar a tomar el camino correcto sabiendo que yo mismo tendré que desviarme de él si quiero alcanzar mi propio objetivo. Mi título no me salvará de la muerte por mucho tiempo. Cuando se desea algo, se hace todo lo posible para conseguirlo, sea legal o no. Es así.

Me tenso ante esta confesión. No puedo negar que tienen razón, pero no lo acepto. ¡Yo pensaba que Saren apoyaría mi opinión y me defendería!

—Estáis cayendo muy bajo.

—Dado que, por alguna retorcida razón, Killian insiste en incluirte en toda esta historia, yo os acompañaré. Tendría la conciencia todavía menos tranquila si no lo hiciese.

—¿Ves? ¡Hasta la niñera quiere unirse a la fiesta! —se ríe Killian burlonamente.

—Esa «fiesta», como tú dices, va a hacer que llamemos la atención. Pensaba que teníamos que ser discretos. ¿Y si sale mal y nos detienen? ¿Estás preparado para arruinar nuestra tapadera? Y usted, Saren, ¿está preparado para poner en peligro su misión? ¡Sois tan contradictorios!

—Siempre ves el vaso medio vacío, princesa. En fin... ¿Me sirves una copa, general?

Su comportamiento me exaspera, prefiero irme.

—Arya, vuelve —protesta Killian.

—No me da la gana.

La mirada oscura que le regalo lo hace cambiar de actitud. Empujo la puerta de la taberna y me encuentro en un callejón sombrío, sorprendida por un aire asfixiante. Me cubro la cabeza y avanzo con los brazos cruzados. No me dirijo a ningún sitio en concreto, solo tengo ganas de andar. Pero no he dado ni diez pasos cuando alguien me agarra de los hombros y me aplasta contra una pared.

—Si querías dar un paseo romántico, podías habérmelo dicho —me vacila Killian con una voz grave.

—Perdón, *Amor* —replico de malas maneras.

Killian pega su mano a la pared, cerca de mi cara, mientras se ríe.

—No te hagas la lista, Rosenwald.

Giro la cabeza, incapaz de aguantar su intensa mirada. Desde que nos encontramos, me da la desagradable impresión de que tiene cierta influencia sobre mí, pero no pienso dejar que me domine. Puede que esté intentando fortalecerme o provocar las emociones necesarias para que surjan mis Palabras, como me dijo después del penoso episodio de la cascada. Pero, la mayor parte del tiempo, le divierte atacarme y, de algún modo, le produce un placer sádico probar mis reacciones. No va a conseguir manejarme a su antojo, y pretendo transmitirle hasta el más profundo de mis pensamientos.

Lo empujo con todas mis fuerzas. No consigo que retroceda, pero acepta hacerlo él solito con la cabeza inclinada hacia un lado, como un matón que se burla de la persona a la que acaba de robar.

—¿Qué problema tienes, chiquilla? Si hoy no hay luna llena.

—Para empezar, los apodos que me pones y que me infantilizan. ¿Piensas tomarme en serio en algún momento?

—Muy bien. Te voy a llamar Ary... No, lo siento, imposible.

—¿Me estás vacilando?

—Sí. Oye, de verdad, ¿por qué estás de mal humor?

—No estoy de... —empiezo, antes de morderme la lengua—. Mira, déjalo. Podrías haberlo consultado conmigo antes de planear ese «atraco del siglo», ¿no te parece?

—¿Por qué?

—¡Me parece evidente!

—Necesitamos dinero o no llegaremos muy lejos. No entra en mis planes ir por ahí pidiendo limosna. Creo que te lo he repetido mil veces y me toca las narices hacerlo una vez más, pero deberías confiar en mí. Si decido hacer algo, lo hacemos y punto. Deja que los mayores se ocupen de los detalles prácticos y tú preocúpate por progresar. Además, será un buen ejercicio para ti.

—¿Así que es eso? ¿Me utilizas como pretexto para seguir con tus asuntos de bandido? Va en contra de mis principios. No voy a utilizar las Palabras para cometer un crimen.

—¿Un crimen? No tenemos la misma definición de lo que es un crimen. Como mucho, un pequeño hurto.

—¡Deja de jugar conmigo! No creo que Cassandra esperase esto de ti.

—Lo que ella esperase de mí no tiene que ver contigo. Te voy a decir una cosa, princesa...

Se acerca tanto a mí que puedo oler su sudor, mezclado con el vino barato que ha bebido.

—Conmigo, te vas a olvidar rápido de tus principios.

Mis ojos se llenan de frustración y aprieto los puños para evitar gritar o llorar.

—No eres ninguna cobarde, ¿no?

Después del salto del acantilado, me había prometido a mí misma no llorar más, así que desvío la mirada para esconder las lágrimas que amenazan con escapar.

—No me hagas perder el tiempo —me reprende, al borde de los nervios—. Por si quieres saberlo, Hélianthe está por allí —dice, estirando su brazo—. ¡Ah! Lo olvidaba, no queda nada de tu paraíso soleado, aparte del frío y la muerte, claro.

Es superior a mí: rompo en llanto y me deslizo hacia el suelo. La capital, mis padres, mi familia, mi cabaña, las horas perdidas en mi habitación sumergiéndome en las aventuras de mis novelas… son mi vida. Ahogo mis gemidos en las manos y escondo mi rostro en las rodillas. Los recuerdos se mezclan con mi aflicción, pero se vuelven amargos y dolorosos.

—Ya no sé quién soy.

¿De dónde viene esta sensación de estar traicionando aquello que siempre he sido? La educación de mis padres e incluso al reino entero. ¿Esa hija obediente, inocente e ingenua no era más que una impostora? Las únicas veces que sobrepasé las reglas establecidas fue con Aïdan. Pero por su bienestar, no por mi propio interés.

—¿Lo acabarás entendiendo, *Arya*?

Killian se ha agachado y aparta uno de los mechones de pelo que me caen sobre el rostro.

—Estoy aquí para moldearte como Guardiana de las Palabras y guerrera, no para volverte perfecta. No tienes otra elección. Sí, te voy a dar empujones y te voy a hacer llorar. Me vas a detestar, me vas a desear lo peor, me vas a odiar por lo que te voy a hacer pasar. Pero una parte de ti me lo agradecerá algún día, una parte de ti escondida aquí —asegura, señalando con descaro hacia mi corazón—. Espero que la verdadera Arya se despierte y, aunque lleve tiempo, quiero estar aquí para verla, me da igual que me desprecies. Esta vida no es perfecta, Rosenwald, y yo tampoco lo soy, pero debes sobrevivir. No estamos en un libro.

Se levanta y me tiende la mano. Es en ese momento cuando las palabras de Cassandra resuenan dentro de mí: *Tu naturaleza no es virtuosa o irreprochable, puede que tengas que tomar caminos que no siempre consideres respetables para poder alcanzar tus objetivos, pero depende de ti no perderte demasiado y volver a encontrar el camino correcto.* Ella ha grabado todas esas palabras en mí para que las recuerde en el momento oportuno, y hacen eco con las de Saren. Sin embargo, algo en lo más profundo de mí me dice que enfrente a estos tres espíritus.

Siempre me han gustado los matices en los caracteres, en los sabores y en los personajes de ficción, pero siempre he rechazado aplicarme ese principio a mí misma. Llegó el momento de aceptar el hecho de que no soy blanco ni negro, sino un color intermedio. Mi magia es el curso que se desplazará de un lado al otro. Ahora me toca a mí, deberé tomar caminos sombríos, lejos de las reglas morales que adquirí, y si Killian insiste para que lo haga, debo confiar en él. Es mi guía. Un guía un tanto especial, pero es el que escogieron para mí. Espero no equivocarme y que él no actúe para sí mismo.

—Muéstrame hasta qué punto quieres sentirte viva.

Seco mis lágrimas y tomo una inspiración profunda.

—Y tú que tienes una razón válida para subirme a bordo de esta historia.

La noche se lleva consigo la animación de las avenidas. Hemos encontrado refugio en una torre que Killian había localizado antes. Observo hasta el más mínimo movimiento de los Vigilantes, cerca de la entrada de Corndor, situada a trescientos metros más o menos, mientras trato de ocultar mi preocupación. Saren y Killian están concentrados en trazar el plano del banco, garabateado en el polvo. Me sorprendo mordiéndome las uñas, señal de que la ansiedad se está apoderando de mí.

—Hay algo que me atormenta —dice Killian.

—¿El número de guardias? ¿Los riesgos de que nos atrapen? ¿Las criaturas que nos esperan? —encadena Saren con seriedad.

—No, me pregunto si he recogido suficientes sacos para sacar el botín —replica el ladrón, jactándose.

—Yo espero que salgamos de una sola pieza y no en un saco, precisamente. Y todavía menos en varios.

Killian me mira fijamente durante unos segundos antes de hacer rodar los ojos.

—¡Eres una aguafiestas!

No sé qué es lo que me impide tirarlo por la barandilla. [Valentía] me obligaría a hacerlo. Sin duda el hecho de que sea más rápido que yo. Mi sonrisa tonta se encarga de responderle.

—Lo más importante es no perder el tiempo —interviene Saren, para reducir la presión.

—Irrumpir a través del techo de cristal es la solución más segura —explica Killian, que tiene la mirada puesta en el banco—. La entrada está vigilada y las puertas del edificio están demasiado expuestas. Nadie vigila el tejado, será vía libre.

Un escalofrío me recorre el cuerpo ante la idea de encontrarme suspendida a varios metros del suelo. Me acerco a la barandilla para medir la distancia con la mirada. Se me tensan las manos: no tengo margen de error. Espero que [Valentía] sea capaz de darme alas.

—No tienes de qué preocuparte, Amor. Estás bien acompañada.

¿Dice eso para darme seguridad o para aumentar su ego? Me contento con asentir, demasiado ocupada rogándole a Helios que me salve la vida.

—Pasaremos a la acción a medianoche. Hasta entonces, intentad descansar, no podemos permitirnos fracasar —exige Saren.

Me queda una hora antes de que me reconozcan como criminal. Una ladrona. Yo, Arya Rosenwald, la tranquila hija de

Hélianthe. En una hora, entraré en el círculo privado de los bandidos. Un paso más en el querido mundo de Killian, que voy descubriendo con el paso de los días. Hay que tener cuidado con lo que se desea.

Capítulo 29

Traqueteo y gran salto

Saren se ha tomado su propio consejo al pie de la letra. Mientras le estaba hablando, su rostro se ha ausentado y se ha quedado traspuesto. Me gustaría poder hacer lo mismo, pero me he transformado en una criatura sonámbula, dividida entre la valentía de seguir y la de abandonar a los demás. Killian, por su parte, me da la impresión de que ha entrado en una especie de trance meditativo. Creo que nunca lo había visto tan profundamente dormido desde que lo conozco. **[Valentía]** se extiende por mis venas para decirme que no me deja más elección. Ha llegado su hora, una forma de firmar el contrato entre mi Palabra y yo.

El tiempo pasa a una velocidad fulgurante. Mis dos compañeros se preparan. Killian aprieta sus guantes de cuero con sus dientes, después de haber guardado antorchas y cordajes en uno de sus sacos. En realidad tan solo me imagino cómo lo hace. Vuelve a ajustarse su capuchón que deja entrever sus ojos brillantes. Saren ha cambiado su atuendo oficial por uno más discreto. Killian me saca de mis observaciones y me entrega una larga capa oscura como la noche, tan ligera como una pluma. La tela abraza mi cuello y camufla la parte baja de mi rostro.

—Vendré a buscar nuestras cosas más tarde —dice Killian.

Yo asiento. Él es el único que podría volver a este sitio sin que lo atrapen, sobre todo después del caos que vamos a sembrar.

—¿Preparados?

Abandonamos nuestro escondite. Ha llegado el momento de demostrar lo que vales, Arya. Esta noche nace la ladrona de los ojos amatista.

Tengo la sensación de que me espían, pero la niebla espesa nos ayuda a fundirnos en el paisaje. Me sorprende la soltura y la resistencia que he adquirido después de mi salida forzosa de Hélianthe. Las largas horas de entrenamiento han acabado dando sus frutos. Avanzamos de un lado a otro, de tejado en tejado, bajo el ala protectora de Killian. Siempre me impresiona verlo en acción. Pasa volando más rápido que el viento, intrépido, y atento al más leve sonido.

Nos paramos sobre el tejado más cercano al techo de cristal del banco. El vacío que nos separa me produce náuseas. Me pregunto si seré capaz de saltar, a pesar de que he reforzado los músculos de mis piernas. Me inclino hacia el abismo, pero Killian tiende su brazo delante de mí y me frena, haciendo un gesto con la cabeza en dirección a los guardias que rodean toda la longitud de los muros.

—Voy primero.

Su salto es felino, silencioso. Alcanza el techo de cristal en nada de tiempo. Lo perdemos de vista por un momento y vuelve a aparecer para indicarnos vía libre. Saren me sonríe.

—Me toca a mí, me imagino.

—Si no le molesta.

—Vas a tener que saltar igualmente.

—Todavía me quedan algunas plegarias por hacer.

A diferencia de Killian, el general, más pesado y fornido, da unos pasos atrás para tomar carrerilla.

—Nos vemos en el otro lado —me anima, antes de arremeter hacia delante.

Ahora estoy sola ante la bruma y el vacío. Aprieto los puños pensando en que todo esto no es nada si lo comparo con lo que nos espera.

—Te toca, Amor —me dice Killian en voz baja.

Alcanzarlos sin tomar carrerilla sería una locura. No tengo la habilidad de Killian ni la experiencia de Saren, así que decido retroceder todavía más que este último.

[Valentía] interviene en ese instante. Viene a ayudarme y despeja mis temores, como si fuesen unos intrusos que me hacen olvidar mi camino. El ritmo de mi corazón se acelera, pero no es por miedo. Siento como si mi sangre se espesase, mis músculos se hinchasen y mis pulmones se abriesen. Los nudos que siento en el estómago se relajan, mi visión se vuelve más nítida, un sabor dulce invade mi boca, y me da como ganas de orinar. Mi cuerpo entero se moviliza.

Exhalo con fuerza, mis pies golpean el suelo... y me encuentro a mí misma en el vacío. Siento que los segundos de la ingravidez duran una eternidad; pero no he saltado lo bastante lejos. Me lanzo con los brazos por delante para agarrarme a un bordillo invisible. Por un instante, me imagino aplastada en los adoquines de la avenida, pero la velocidad de Killian y la fuerza de Saren me salvan *in extremis* de una caída mortal. Sus manos me sujetan de los antebrazos. Me pego contra el edificio, pero mi cuerpo rebota de forma extraña. Ha faltado poco. Me arrodillo para volver en mí, con las manos apoyadas en el techo de cristal, y ante mis ojos aparece la inmensidad del vestíbulo luminoso del banco.

—¿Todo bien? —se asegura el general.

Asiento con la cabeza, respirando con dificultad.

—¿Estás herida? —me pregunta, examinando mi cráneo.

—¡Está bien! —lo corta Killian, masajeándose la muñeca.

—Perdóname, pensaba que era capaz de...

—Es mi culpa. Sabía que todavía no estabas preparada, te he pedido demasiado.

Me resulta imposible decir si son excusas o una forma de decirme que soy una carga. No hay tiempo para estas tonterías: me levanto, amasándome el hombro. Echamos un vistazo a través del cristal. El vestíbulo está vacío. Cosa que a Saren le resulta extraña.

—Está claro que los guardias consideran que no es necesario vigilar esta zona. Lo más importante es quién se esconde detrás —declara Killian, mostrando el acceso.

Dos guardianes están en posición de firmes, inmóviles, a cada lado de una inmensa puerta. Apenas tocan el suelo. Es una locura estar viendo con mis propios ojos a este tipo de criaturas.

—Vamos a tener que deshacernos de esos dos —constata Saren.

Ambos Vigilantes sujetan una Esfera de Argos. Bajo mi humilde punto de vista, conseguirían disuadir a cualquier delincuente para no cometer un crimen. Saren se desliza a mi lado y observamos la situación desde más cerca.

—Tenemos que ser rápidos. Arya, ¿quieres que revisemos el plan juntos una última vez?

Con los nervios a flor de piel, suelto lo primero que se me pasa por la cabeza en vez de hacer buena cara:

—Debería haberme quedado en el albergue.

Una agitación nos arranca de nuestra conversación, seguida de un ruido de un cristal que se rompe.

—¿Qué ha pasado? —se sorprende Saren.

—Ni idea. Pero ¿dónde está Killian?

El corazón se me sube hasta la garganta. La sombra del ladrón se sumerge en el vestíbulo del banco, demasiado rápido como para activar las Esferas de Argos. Se desplaza a una velocidad prodigiosa, corre sobre la pared, como si se hubiese liberado de la gravedad, y se acerca a los Vigilantes. Toma altura y se precipita, realizando una voltereta hacia atrás con un arma blanca en cada mano. Con un estruendo ensordecedor, destroza las Esferas de Argos, que se convierten en humo. La respuesta de los guardias no se hace esperar. Killian inicia un baile incesante de golpes y de fintas para vencer a sus enemigos. Termina plantando sus dagas en el corazón de cada adversario al mismo tiempo. Nos busca con la mirada a través del techo de cristal, apenas sin aliento, y se dirige a nosotros mientras retira los filos del pecho de los guardias.

—¿Podemos ponernos manos a la obra con las cosas serias? —dice, haciéndonos un gesto para que lo sigamos—. Pensáis demasiado, ese es el problema de las lumbreras...

Pasamos por la apertura y bajamos hasta donde está él. Los cuerpos de los Vigilantes yacen sobre el suelo de mármol; no hay ningún charco de sangre alrededor de sus cadáveres.

—Vamos, que el plan de Killian Nightbringer es no respetar el plan —le reprocha Saren.

—Dijiste que había que ser rápido, ¿no?

La puerta está fabricada con una gruesa capa de vidrio, que deja a la vista unos bordes de hierro que se entrelazan hasta el infinito. El mecanismo se encuentra en las cuatro cerraduras dispuestas en cuatro puntos estratégicos. Killian ya ha sacado su arsenal de ladrón perfecto e intenta forzar los dos cerrojos más cercanos, murmurando palabras ininteligibles dentro de su máscara.

—*Khrân!* Las cuatro cerraduras están preparadas para que se abran de forma simultánea.

—¿Qué quiere decir eso? —se preocupa Saren, de espaldas a la puerta, blandiendo su espada, preparado para una posible incursión.

—Que me va a llevar más tiempo de lo que esperaba.

—No podemos permitirnos perder tiempo. Los demás Vigilantes van a asumir el relevo.

Killian le lanza una mirada tan asesina que no me gustaría estar en su pellejo.

—Pensaba que tus habilidades estaban a la altura de tu reputación —añade Saren—, pero si no consigues abrir esta...

—¡No he dicho que no vaya a conseguirlo! Simplemente os aviso que va a ser más complicado. Cuanto más complicado para Killian Nightbringer, más excitante —exclama, hurgando de nuevo en sus sacos—. Voy a necesitar más ganchos.

Enrolla una cuerda larga a cada extremo de sus instrumentos.

—Todo se decidirá en unos milímetros. Necesito silencio absoluto, no quiero oír ni una mosca, ¿queda claro?

Asentimos con la cabeza. Para enfrentarse a las dos cerraduras que se sitúan más alto, toma altura y pasa una cuerda gruesa alrededor de una viga principal, antes de dejarse caer hasta su objetivo. Saren y yo vigilamos nuestras espaldas. Killian pega su cara y su oreja contra la pared de cristal. Introduce un primer gancho y después un segundo. Tiene los ojos cerrados y su respiración es casi imperceptible. Sus movimientos son extremadamente lentos.

El silencio se vuelve angustioso conforme los segundos pasan. La impaciencia deforma el rostro de Saren. Sorprendentemente, no estoy tan inquieta como él. Si bien no tengo confianza absoluta en la persona que es Killian, sus talentos me han convencido hace ya tiempo.

—Una —suspira el ladrón, rompiendo la calma.

Se desplaza hacia la segunda cerradura. Me pregunto de dónde viene. Esta vez es muy rápido: un minuto más tarde, se encarga de las dos restantes.

—Hacía cosas más complicadas cuando tenía ocho años —fanfarronea—. Esto es un insulto para los ladrones de verdad.

—Ya pedirás la hoja de reclamaciones en la entrada cuando nos vayamos —dice Saren, sin dejar su puesto.

Si Killian es capaz de frustrar el dispositivo de uno de los bancos más protegidos de Helios, no soy capaz de imaginarme qué tipo de infracciones habrá cometido en su vida. Me limito a imitarlo, concentrada, y pego la oreja contra la puerta, abstrayéndome del entorno. Escucho los sonidos ínfimos del mecanismo de la cerradura. Unos traqueteos apenas audibles que me proporcionan una satisfacción sorprendente. Es necesario tener un oído increíble para conseguir semejante hazaña.

—Te has dado cuenta de que no estoy intentando abrir la cerradura.

—¿Cómo sabes que no debes ir demasiado lejos?

—Escucha bien. ¿No notas que a veces va más fluida? —me pregunta, manipulando los ganchos con precaución.

Memorizo esta lección improvisada con alegría. El mecanismo parece pasar de una fluidez desconcertante a una rigidez absoluta.

—Busco el fallo, el momento en el que la mecánica está cerca de abrirse.

Me acerco, sin molestar a Killian, centrada en mi respiración y los murmullos metálicos. El movimiento de los ganchos se vuelve más preciso, delicado y flexible, hasta que escucho cómo el engranaje se queda inmóvil con un deslizamiento. Mis tímpanos se deleitan. Killian y yo intercambiamos una mirada.

—Y cuatro…

Deduzco que me responde con una sonrisa, gracias a las arruguitas que se forman alrededor de sus ojos. Volvemos delante de la puerta. Los ganchos están clavados en las cerraduras y los cordones se balancean.

—Vale, solo queda tirar de todas ellas a la vez y habremos superado la primera etapa —se alegra el ladrón, contento consigo mismo.

—¿Estás seguro de lo que has hecho?

—Puedes llegar a ser muy desconfiado, Saren.

Avanzo en dirección a las cuerdas, impaciente, pero Killian corta mi excitación.

—No confundas velocidad con precipitación, Amor.

Agarra dos cuerdas con cada una de sus manos.

—Todavía no ha llegado tu momento.

Saren y yo retrocedemos unos pasos. Killian enrolla las cuerdas alrededor de su muñeca y tira con todas sus fuerzas. Las venas de hierro se retuercen, los ganchos caen y la puerta acaricia el suelo con un ruido sordo, hasta que se abre del todo. Como si nos felicitase por la hazaña lograda.

—No he dudado de ti ni un segundo —ironiza Saren, dándole golpecitos en el hombro a Killian.

—Pon tu mano sobre mí de nuevo y nunca más dudarás de nada.

Saren retira su mano. Se produce una batalla de miradas que me deja indiferente, hasta que Killian se separa con un guiño burlón. Se burla del general, demasiado amable o educado para devolverle el reto. Suspiro:

—¿Avanzamos o preferís quedaros aquí peleando?

Killian invita a Saren a entrar.

—Las damas primero.

Saren avanza sin rechistar. Killian se queda inmóvil y observa sus pasos. Hago lo mismo que el general, no sin antes darle un golpe con el codo en las costillas al pasar.

No importa a quién se cruce en su camino, Killian Nightbringer siempre hará lo que le plazca.

Capítulo 30
La Sepulturera

Nos encontramos en la inmensa sala principal. La luz es cegadora. Nuestras sombras nos abandonan por culpa de una magia que desconocemos. Los pasillos, llenos de cajas fuertes, se extienden hasta donde nuestra vista no alcanza. Barra libre de riquezas. Me pregunto cuánto dinero y tesoros escondidos habrá en el interior de cada una, antes de recordar que pertenecen a personas honestas e influyentes.

Me detengo para analizar el mecanismo de la apertura de los cofres. Acaricio la cerradura con la punta de los dedos y estudio sus puntos débiles. Parecen fáciles de forzar. Los arquitectos y hechiceros jamás se imaginarían que alguien pudiese llegar hasta esta sala, a menos que se tratase de un señuelo. Llamo la atención de Killian:

—¿Y si nos contentamos con las sumas de dinero que hay en esta sala?

A Killian le entra un escalofrío visible. Avanza hacia mi dirección, donde me encuentro apoyada contra la puerta helada de un estante.

—¿Por quién me tomas, Rosenwald?

—Lo más razonable es solo agarrar lo que hay aquí, ¿no? ¿Por qué ir más lejos?

—Amor, Amor. Ya sabes que no soy un hombre razonable. Esa es la diferencia entre tú y yo. Tú eres valiente, pero yo soy temerario. El que toma riesgos siempre irá más lejos que el que se contenta con lo que se le da.

—Nos van a matar.

—La facilidad es tu amiga, pero es demasiado aburrida. El peligro me estimula, me incita a sobrepasar mis límites. Es así como se progresa, como se supera uno mismo. Quédate con esto: si eliges conformarte con lo que hay aquí, no te ganarás mi estima; si continúas y llegas hasta el final de nuestro objetivo, existe la oportunidad de que reconsidere mi impresión respecto a tu persona.

A una parte de mí le importa un bledo lo que pueda pensar sobre mi persona, y podría contentarse con pisotearle el pie, pero tiene demasiadas cosas que enseñarme. Asiento.

—Muy bien, esto es lo más justo.

Killian se aleja. Les doy vueltas a sus palabras mientras lo sigo, y debo admitir que tiene razón. La facilidad no me ayudará a avanzar, ni hoy ni mañana. No sé qué me espera, así que es mejor prepararse para lo peor y forzarse a sobrepasar los límites que ya no existen ni en Helios.

—Por si te interesa saberlo —añade Saren con un tono conspirador—, en estos cofres no suele haber ese tipo de tesoros.

Finalmente llegamos al final de la sala y pasamos bajo un arco de mármol que desemboca en un pasillo sin fin. Avanzamos por dicho pasillo con paredes de granito revestidas de oro. Empiezo a tener la desagradable sensación de que, cuanto más avanzamos, más nos hundimos en las entrañas de la tierra. Los tabiques se encogen con cada paso que damos y la luminosidad se reduce.

—Hay algo allí —nos previene Saren, vigilante.

Percibo una niebla opaca por encima de su hombro que no deja de ondear, como si fuese una cortina de viento. Emana del techo y las paredes, y desaparece al tocar el suelo. Es imposible ver a través de ella, pero no me extrañaría que hubiera que atravesarla para poder continuar.

—No toquéis nada —nos ordena Killian con gravedad.

Extrae de su saco una caja de hierro que coloca a nuestros pies antes de abrirla. Distingo tres jeringuillas y un frasco que contiene un líquido más negro que la noche. Killian sostiene el frasco en su mano y lo sacude.

—Esta niebla funciona como barrera. Una especie de sistema de alarma que detecta hasta el más mínimo de vuestros sentimientos, de vuestros deseos y de vuestras ganas con el fin de atraparos —nos avisa, empuñando el instrumento.

Odio las inyecciones. Killian introduce la jeringuilla a través de la película plateada que recubre el frasco y aspira el líquido oscuro.

—Este suero se conoce como la Sepulturera.

—Ya había oído hablar de él —deja caer Saren, frunciendo el ceño, como si ese recuerdo le diese dolor de cabeza—. Cosa que no me tranquiliza.

—Lo necesitamos para atravesar —explica Killian con una voz demasiado misteriosa como para tomársela en serio—. No podemos dejar que la niebla sienta nuestra presencia, en ningún caso. La Sepulturera hará que nuestras emociones guarden silencio. Al principio os va a sorprender, tendréis la sensación de que sois un caparazón vacío.

—Interesante... Entonces, tú puedes prescindir de ella, ¿no?

Ignora mi comentario y continúa llenando las demás jeringuillas.

—¿Esta es la razón de tu ausencia esta mañana? —pregunta Saren—. ¿De dónde has sacado una cosa así? ¿Del mercado negro?

—Soy un ladrón experimentado, general. Uno siempre debe investigar antes de actuar; de no ser así, el fracaso está asegurado. También podría decirte que odio fracasar, aunque imagino que ya te habrás dado cuenta. Por lo demás, tengo mis propias redes.

—¿Cómo hacen para pasar los empleados? ¿Ellos también se inyectan esa cosa todos los días?

—Ellos no lo necesitan. A fuerza de vivir bajo esta niebla y esta lluvia, ya no sé si se los podría considerar humanos...

—Entonces, ¿tú te consideras como un ser humano a jornada completa?

—Si esto te resulta tan divertido, ¿te pongo el suero la primera?

El placer de la ironía se pierde cuando me tiende la jeringuilla.

—Prefiero ser yo el primero —propone Saren rápidamente—. No sabemos con qué nos vamos a encontrar al otro lado, y no puedo dejar a Arya sin defensa.

Killian me sigue mirando.

—Tienes suerte de tener un perro amable a tus pies, Rosenwald.

Saren toma la jeringuilla, sin replicar, y se sube la manga hasta su codo.

—Te aviso, vas a sentir que desfalleces, pero es necesario que luches. El efecto de la Sepulturera se disipará en poco tiempo. Una última cosa, cuando el suero actúa, no debes tocar a alguien «sobrio». Eso podría ser terrible para ambos. Mantén tu objetivo en la cabeza, repítelo para ti mismo y espéranos en el otro lado. ¿Entendido?

Saren clava la aguja en su piel. Inspira profundamente y aprieta el pistón. La jeringuilla se vacía y termina en el suelo. Saren gira sobre sus talones en dirección a la niebla y se lanza sin dudar.

—Este general es más resistente de lo que pensaba —comenta Killian—. Estoy impresionado. Puede que ya lo haya usado. Los soldados suelen ser adictos a este tipo de cosas. Bueno, ¡no hay tiempo que perder!

Me agarra por los hombros.

—¿Qué…?

—Quería que él pasase de primero, pero, si tardamos, sería capaz de venir a buscarte y activar la alarma. Escúchame atentamente. La Sepulturera va a provocar que tus sentimientos se duerman. Para un humano normal, el suero actúa rápido, sin mayor consecuencia si estás capacitado para controlar sus efectos. Pero tú eres la Guardiana de las Palabras.

—No va a suprimir mis poderes, ¿no?

—Temporalmente, pero tengo miedo de que te haga perder un poco la cabeza, teniendo en cuenta que tu magia se nutre de las emociones. Desafortunadamente, no fui capaz de encontrar un prospecto con los efectos secundarios en caso de Guardiana de las Palabras agudo.

Bromea, pero baja la cabeza y aprieta su agarre.

—¿Tienes miedo de que me pase algo?

—He jurado protegerte. Ahora mismo, no sé si seré capaz de hacerlo, más que nada porque no podré tocarte. Así que quiero que llegues tú sola, ¿vale? Ya tienes **[Valentía]** en ti, pero no te será de utilidad en este caso. Lucha como puedas, utiliza la fuerza que había en ti antes de tus Palabras para lograr atravesar. No voy a poder ayudarte, lo repito porque es importante. Tendrás que contar contigo misma. No puedes fracasar, ¿queda claro? Por favor, no fracases. Sé que puedes hacerlo.

Mi corazón se embala ante la idea de que mis emociones se callen, y sobre todo esta Palabra que me guía desde el principio. ¿Va a luchar por hacerse oír? ¿Conseguiré volverla a encontrar? Trato de controlar mis temblores apretando los puños.

—Puedo hacerlo.

Killian me ayuda a subirme la manga. Doy un sobresalto cuando la jeringuilla se hunde en mi vena.

—Hasta ahora, Amor —murmura el ladrón, haciéndose a un lado.

La Sepulturera se extiende por mi sangre. Mi corazón se tranquiliza, mi respiración también. Soy presa del vértigo. Pongo una mano en mi frente, para tratar de calmar el oleaje que batalla dentro de mi cráneo, y, con la otra, me apoyo en la pared. No me duele. *Ya* no me duele. Tampoco puedo decir que estoy bien. Es una sensación extraña esto de no sentir nada. Mi cuerpo se arrastra, siento como si estuviese cargando con todo el peso del mundo. Mis piernas pierden facultades y el suelo me aspira. En el lapso de un instante, ya no sé ni dónde estoy ni qué tengo que hacer. Mis palabras, mis pensamientos y mi objetivo se pierden. Salivo. Mi piel es demasiado grande y elástica para mi esqueleto. Mi cabeza se vacía, como si me hubiesen aspirado el cerebro. Esto es solo una sensación, ¿no? Puede que no. Me fuerzo a levantar la cabeza y echar un vistazo a mi alrededor.

—La niebla. Atravesar… la… niebla.

Mi visión está borrosa, pero entiendo por el nerviosismo de Killian que está tratando de comunicarse y que mi oído también me está fallando. Aun así, no siento miedo ni ansiedad. Killian me indica una dirección. ¿Estoy viva o muerta? ¿Entre los dos? Ya no tengo ganas de nada, completamente prisionera de una burbuja donde los sonidos rompen en un eco lejano y sordo. Solo quiero permanecer de pie, o tirarme al suelo. Titubeo, incapaz de tomar una decisión, y me dejo caer contra la pared de mármol.

Me derrumbo en el suelo, pero no me quedo así mucho tiempo, porque la burbuja explota y escucho que gritan mi nombre a todo pulmón. Una máscara se mueve cerca de mi cara.

—¡LEVÁNTATE, PUEDES CONTROLARTE! ¡ARRIBA, ARYA!

¿Está gritando o soy yo la que cree que grita? No sé. ¿Controlarme? Sí, por qué no. ¿Luchar? ¿Contra qué? Una tentación sombría me acecha. ¿Y si me quedo así? ¿Lejos de todas mis emociones y angustias? No más familia por quien preocuparme, no más esperanza de encontrar a Aïdan. No más miedo respecto a mi destino como Guardiana de las Palabras. Ya no le temo a lo desconocido ni al fracaso. Los Soldados de Cristal me dejan fría. Ese problema no me concierne. Ya no sirvo para nada y nada me sirve. No más pensamientos felices, pero tampoco más pensamientos tristes. El vacío. Jamás había pensado hasta qué punto podría ser relajante. Es tan tentador.

De nuevo mi nombre. Me concentro en Killian y en su ceño fruncido. ¿Por qué sigue insistiendo en hacerme reaccionar? *Una fuerza que había en mí antes que mis Palabras. Incluso antes de mis Palabras yo era única.* ¿Quién me dijo eso? Las Palabras…

De repente, algo me impulsa a levantarme, a ir más lejos. No es **[Valentía]**, es otra cosa. Algo que ya sentí cuando llegué a Bellavista. ¿Será un nuevo Mantra? ¿Estará intentando protegerme de los efectos de esta poción maldita? Una convulsión violenta confirma mi pensamiento y me despierto. Una parte de mí se niega a permanecer así: debo aferrarme a ella.

—Lo voy a conseguir.

Mi respiración es la única cosa que puedo controlar, así que me concentro en ella. Me levanto lentamente y hago frente a esa niebla infernal. Cuento cada inspiración, cada espiración. Un respiro más, un paso más. Me arriesgo a derrumbarme, pero lucho con tenacidad. Esa cortina opaca es mi objetivo y debo llegar hasta ella. Escucho los ánimos del ladrón a mi espalda.

Apenas unos centímetros me separan de la densa niebla: estoy a punto de desfallecer, pero me sumerjo haciendo un último esfuerzo.

Capítulo 31

Los espejos pesadilla

La niebla tóxica cala en mis pulmones, pero la silueta del general se dibuja a través de la bruma; contengo la respiración para salir de esta trampa infernal. Acabo por desplomarme. Saren se apresura hacia mí, pero yo grito con agresividad:

—¡No me toque!

Siento el veneno todavía en mi sangre. Me desplazo con la espalda agarrotada, y me siento apoyada contra la pared. Poco a poco, voy recuperando la visión, el oído y todas las otras sensaciones propias de un ser vivo. También recupero el peso de la Guardiana de las Palabras, que llena todo mi ser. Como si alguien me hubiese abierto la boca para introducir mis sentimientos con un embudo. Todo vuelve a la normalidad. Me duelen las rodillas y me sudan las palmas de las manos. La fase de desequilibrio. Susurro:

—Me alegro de verte.

Ahora sí acepto la mano que me tiende Saren.

—Perdón por haberlo mandado a paseo, general.

—No te preocupes. ¿Necesitas descansar?

—Estoy bien, pero ha sido más complicado de lo que pensaba.

—Este ladrón debería ser más precavido. Exponerte a semejante peligro...

—Sabe lo que hace, Saren.

No nos da tiempo a continuar con nuestra conversación, porque la bruma expulsa a Killian. Se deja caer con las manos por delante y se queda contra el suelo, boca abajo. Cruzar ha sido difícil para él. Jadea, luchando por preservar su humanidad. Después abre un ojo y me mira de arriba abajo.

—Debería decir «de nada», ¿no? —se burla de mí.

Le regalo una sonrisa, agradecida.

—¿Algún efecto secundario, Rosenwald?

—¿Efectos secundarios? ¿Qué quieres decir con eso, ladrón? —lo corta Saren, tenso.

Intento tranquilizarlo.

—Todo está bien. Estoy bien.

Saren sostiene la mirada del ladrón, hecho una furia. Y aquí tenemos un efecto secundario de la Sepulturera. Para él, cruzar ha sido demasiado sencillo. Me da la sensación de que la situación va a empeorar rápido. Separarnos ahora nos pondría en un peligro mortal.

—Es un canalla egoísta e impulsivo. No es digno de protegerte —me dice con rudeza.

—Ni tú de estar con nosotros —replica Killian con calma.

Lo empujo con todas mis fuerzas, y me doy cuenta de que consigo hacerle dar un paso hacia atrás. Soy la primera sorprendida.

—¡SUFICIENTE! Ya he tenido suficiente con vosotros y con vuestro comportamiento de trogloditas. No estamos aquí para pelearnos, ni para demostrar quién es el más fuerte o quién me protege mejor. No nos queda otra que permanecer unidos y lograr nuestro objetivo, los tres juntos. Saren, agradezco que sea amable, pero sé cómo cuidarme yo solita. Soy una mujer lo suficientemente inteligente para no hacer estupideces. Y Killian, si pudieses comportarte como un ser humano de vez en cuando, evitaría que se creasen estas tensiones superfluas. Si vuestro único objetivo es enorgulleceros de vuestro ego masculino, la lleváis clara conmigo. Así que, por favor, parad de actuar como imbéciles y terminemos de una vez por todas lo que hemos venido a hacer. En serio, necesito la protección de ambos y, para ello, es mejor que os llevéis bien. ¿Queda claro?

Las palabras que dejo salir me sientan demasiado bien, un bien extraño y físico, y siento un calor que se podría comparar a unos brazos que me reconfortan.

—No hace falta que seas tan teatrera, eres tú la que nos está haciendo perder el tiempo ahora —asegura Killian, impasible.

Saren intenta calmarse.

—Disculpa por este altercado. Me da la sensación de que necesita que le pongan en su sitio de vez en cuando —me confía en voz baja—. No es muy inteligente por mi parte dejarme llevar por las provocaciones de un mocoso sin respeto. No va conmigo, suelo ser más responsable que esto.

—Nadie puede ponerlo en su sitio, pronto lo entenderá. Es demasiado cabezota. Killian posee el don de cambiar a las personas en muy poco tiempo.

Saren sujeta mi mano con la suya. Por un instante, me da la sensación de que estoy viendo a mi padre. Su instinto protector puede llegar a ser abrumador, pero él es el consuelo que necesito ante el peligro. Y, además, me otorga cierta sabiduría.

Killian se abre camino como si estuviese él solo y nos apresuramos a seguirlo.

—Habláis muy alto, ¿lo sabéis? —se burla.

Las paredes de mármol desaparecen, dando paso a unos muros rocosos que se van estrechando poco a poco. Cada vez está más oscuro, pero nada frena al ladrón que va unos pasos por delante de nosotros. Siento envidia de su visión nocturna. Mientras tanto, ando a tientas en el vacío tratando de ubicarme. Mi mano encuentra refugio en el hombro de Saren. Seguro que también tiene dificultades, pero parece más apto que yo para sacarnos de esta oscuridad. Avanzamos con pasos indecisos. De repente, una luz viva agrede mis ojos y perfora estas tinieblas que parecen no tener fin. Mis pupilas tardan unos segundos en adaptarse a la dulzura de una llama. Killian ha encendido dos antorchas que llevaba en su saco. Nos las da, con júbilo.

—No me odiéis, ha sido gracioso veros en problemas.

—Y luego soy yo la cría— murmuro entre dientes.

Saren está a punto de explotar por culpa de la chulería de Killian, cosa que me parece comprensible. Cuesta acostumbrarse a sus burlas y a su indolencia constante, sobre todo en situaciones de peligro. El general no debe estar acostumbrado a un espíritu así de maligno ni a tan poca disciplina. Me recuerda a un padre sobrepasado por su hijo maleducado.

—Te lo agradezco —dice él de todas formas.

—No te alegres tan rápido, estas antorchas no duran demasiado. Deberíais apresuraros en vez de divertiros en la oscuridad.

Killian avanza en la dirección opuesta.

—Qué calma, general.

—Años de experiencia. Me dan igual las personas tercas. Te aviso de que vas a tener que trabajar mucho tu paciencia con un hombre así a tu lado.

¿Existirá una Palabra para eso? Espero que sí.

Saren me pasa una antorcha, pero mi miedo no disminuye. Efectivamente, hemos descendido a las entrañas de la tierra: una vertiginosa cavidad rocosa. Me fijo en la grieta que hay en lo más alto de la cueva, que se parece a una de las cicatrices que tiene Saren en la cara. Se trata de un largo pasillo que nos llevará hasta nuestro objetivo principal.

—¡Última oportunidad para echarse atrás!

—Si crees que he recorrido todo este camino para nada —replica Saren, totalmente alerta—, estás muy equivocado, ladrón.

—Al menos en eso estamos de acuerdo.

Suspiro, cansada:

—¿Entonces Corndor no tiene fin?

—¿De verdad creías que sería tan sencillo?

Nos sumergimos, uno detrás del otro, en el que espero que sea el último pasillo de este banco interminable. La tenue luz de las antorchas pierde fuerza a toda velocidad. Un hormigueo se aloja en la boca de mi estómago y me llega hasta la garganta. Toso, y pongo la mano contra la pared para no caerme. Me sorprende su aspecto liso y el agradable frescor que desprende. Acerco la antorcha para examinarla más de cerca, pero el ladrón me empuja antes de sermonearme:

—¡Mantente lejos de esos espejos!

—¿Qué pasa ahora?

Killian me fuerza a volver a mi puesto.

—No tenemos tiempo para pararnos.

—¿Por qué? ¡Killian! ¡PARA!

Me giro y lo obligo a alejarse de mí. Hasta él se sorprende de mi agresividad. Asombrada, me doy cuenta de que no soporto que me toquen o invadan mi espacio vital, cosa que no es propia de mí. Como si hubiese una barrera invisible que les impidiese a los demás acercarse demasiado. La voz molesta de Saren llama la atención:

—¿Qué pasa ahora? ¡No podemos avanzar ni cinco metros sin un problema!

—Es Killian, se niega a que toque estos... ¿espejos?

—Antes no os estaba vacilando —confiesa el ladrón—. Quería que permanecieseis en la oscuridad el máximo tiempo posible. Esperaba no tener que hablaros de esto para no preocuparos o para no desviarnos de nuestro objetivo. Pero, una vez más, ¡la señorita Rosenwald se pone a curiosear y no puede evitar toquetearlo todo! Ya que queréis saberlo, pues me vais a escuchar. No dejéis que vuestra alma se pierda en vuestro reflejo. Estos espejos pesadilla están impregnados de un hechizo poderoso. Todavía más poderoso que esta niebla. Revelan vuestros miedos más grandes y los materializan ante vuestros ojos.

—¿Vamos a tener que recurrir a la Sepulturera otra vez? No quiero volver a pasar por eso.

—No, eso no funciona para esto. Tenéis que evitar cruzaros con vuestra propia mirada y avanzar con la cabeza baja incluso si escucháis que vuestro reflejo os llama y sentís la tentación de contemplaros. Estos cristales son la última protección antes de la sala de los tesoros. Aquellos que alguna vez consiguieron atravesar la niebla, han fracasado intentando pasar por este pasillo de espejos.

—¿Lo sabías desde el principio? —lo riñe Saren.

—A mis oídos llegan muchas historias de ladrones caídos. Necesito saber acerca de las malas experiencias y las desgracias de los demás para no cometer los mismos errores. Por eso Killian Nightbringer es el mejor.

—Cuánta modestia.

Suspiro, pero me guiña el ojo y eso es más que suficiente para que me calme. Ahora es Saren quien nos mete prisa, pateando el suelo.

—Muy bien. Podrías habernos avisado antes en vez de hacernos perder el tiempo cuando estamos delante. Cabeza baja y seguir todo recto, ¿no?

—Eso mismo, general —confirma Killian.

—No era tan complicado.

—Todo es complicado conmigo, Amor —reconoce Killian.

—Sí, de eso ya me había dado cuenta.

Killian posa una mano sobre mi hombro para guiarme por este túnel que pronto se sumergirá en la oscuridad. Me obligo a aceptarla, por seguridad. Él vuelve a invadir esa zona alrededor de mí que no admite a nadie. Esta sensación de invasión me desestabiliza, pero no digo nada. Prefiero llamar a Saren:

—Tenemos que enseñarle a Killian a actuar como una persona más normal, ¿verdad?

Ninguna respuesta. Killian y yo detenemos nuestros pasos Busco su silueta con la tenue luz de mi antorcha, pero no hay nadie a nuestro alrededor.

—¿Estaba detrás de ti?

—¡No puede ser!

Killian regresa corriendo, gritando el nombre del general. Me quedo congelada en mi sitio, pero enseguida me pongo a correr detrás de él.

—¡ALÉJATE!

El corazón me golpea el pecho con fuerza cuando me encuentro a Killian detrás de Saren, con el brazo presionando su garganta. Trata de arrancar al general de la influencia del espejo con todas sus fuerzas. Me quedo petrificada cuando veo el rostro irreconocible de Saren, devastado por la tristeza. No aparta la mirada de su reflejo.

—¡SAREN!

Este se estremece, pero se deja llevar por la fuerza de Killian. Ambos caen al suelo, arrastrando consigo la antorcha, que se

253

aplasta a su lado y hace que sus sombras dancen deformes sobre el techo. Killian mantiene al general por el cuello.

—¡Joder! ¿A qué estás jugando? ¿Cómo alguien como tú se puede dejar atrapar tan fácilmente?

El general se hunde en el silencio mientras Killian lo acribilla con reproches. Es entonces cuando se oye un grito y una luz blanca invade el pasillo. Killian levanta a Saren sin esfuerzo y lo sacude con agresividad.

—Espero que tu miedo sea tan dócil como tú.

Y, en ese momento, todo se acelera. Killian empuja a Saren hacia mí, gritándonos que encontremos la salida lo más rápido posible. Intento sujetar a Saren lo mejor que puedo y rezo por no caer con su peso. Killian se coloca el capuchón sobre su rostro y me ordena que me vaya sin mirar los espejos. Ha sacado sus dagas.

Demasiado tarde. Una criatura de color verdoso surge de uno de los espejos, pero también de mis peores pesadillas. Sus andrajos revelan heridas que todavía están frescas y sanguinolentas. Solo es piel y cicatrices. Me aturden su cara sin ojos y su boca cosida. Killian se ha colocado en posición de ataque, con una pierna extendida. Cruza sus brazos delante de su cara con las dagas en la mano. Ha decidido luchar con los ojos cerrados, porque no quiere arriesgarse a encontrarse, accidentalmente, con su reflejo en los espejos, y hacer que salgan otros monstruos aún más difíciles de combatir.

La criatura avanza gesticulando. Sus articulaciones crujen, provocando un ruido semejante al de una cerilla cuando se rompe. Arrastra una espada voluminosa cuyo hierro tintinea sobre la piedra. Me vuelvo espectadora de un combate surrealista, completamente incapaz de moverme. La criatura se acerca a Killian y tiende hacia él una mano, de dónde saca una bola de energía viva, roja como el fuego. Tiene los puños aprisionados con unos brazaletes de metal que se prolongan por dos gruesas cadenas.

Mi respiración se acelera. Intento hacer que el general reaccione para que vaya a ayudar al ladrón. Pero no hay nada que hacer: está subyugado por la criatura a quien él mismo ha dado vida, muy a su pesar. Por primera vez, veo cómo la angustia invade sus ojos. Yo no quiero pecar de imprudente, y mi Mantra no me está obligando a serlo. Sé que no haré nada más que empeorar la situación. Killian puede vencer él solo.

La criatura deja salir un grito ahogado a través de sus labios cosidos, levanta su espada e intenta darle un golpe mortal al ladrón, que esquiva el ataque, toma impulso y ejecuta un salto mortal. Pasa por encima del demonio, le asesta la daga en el cráneo y vuelve a caer sobre sus pies. La criatura gime. Se produce una ráfaga de hechizos. La espantosa encarnación lanza varias bolas de fuego hacia Killian. Él esquiva, salta, rueda por tierra y consigue deslizarse entre las piernas raquíticas de su adversario. Le corta los talones y el monstruo del espejo se derrumba. Killian se lanza sobre su espalda y lo placa contra el suelo. A la criatura se le escapa una especie de lamentación desgarradora, y empieza a brotar sangre rojiza de ella.

Killian se levanta, cubierto de escarlata, y se quita su capuchón. Ha combatido con tanta desenvoltura que ya se me había olvidado que no veía nada. Limpia los filos de sus dagas en sus muslos y los guarda en sus vainas, para luego volver hacia nosotros.

La luz que aclara la cueva se debilita y se lleva consigo el cuerpo de la criatura en su declive. Las salpicaduras de sangre que hay en la ropa del ladrón también desaparecen. El pasillo se sumerge en la calma y las antorchas vuelven a ser nuestra única fuente de luz. Killian recoge la antorcha de Saren y me ayuda a sujetarlo. Su mirada está cargada de excusas, pero mi guía lo para antes de que abra la boca:

—No sirve de nada.

Nos ponemos en marcha de nuevo, en silencio, pero mi curiosidad enfermiza se pregunta qué podría haber visto Killian en esos espejos…

Finalmente, nos acercamos a la cueva. Killian vuelve a rebuscar en su bolsa y me entrega un saco confeccionado con tela de yute. Atrapo un segundo saco para dárselo a Saren, que se ha quedado atrás.

—¿Está mejor?

Mi pregunta lo saca de su burbuja y rápidamente agarra el saco.

—No te preocupes por mí, Arya.

Lo sigo con la mirada mientras se acerca al ladrón. Lo que ha pasado en el pasillo no me deja indiferente, más bien al contrario. Ese miedo no ha podido construir a un hombre tan dulce, amable y lleno de valores. Un miedo así tiene que ser la prueba de que está destruido por dentro. ¿Qué podría mostrar de Saren esa criatura? ¿Qué historia se esconde detrás de esa horrible apariencia? No se va a quedar tanto tiempo con nosotros como para que llegue a conocerlo de verdad. Sin embargo, sé que su historia y la mía tienen que enlazarse, y que es importante que permanezca cerca de mí. No, no cerca de mí. Cerca de la Guardiana de las Palabras.

Killian nos recomienda dejar nuestras antorchas en la entrada. La cueva está lo suficientemente iluminada como para que podamos llenar los sacos de oro. Se vuelve a ajustar su capuchón y su emoción me recuerda a la de un niño. Su instinto de ladrón se despierta.

—¿Estáis listos?

—Más que nunca, ladrón —afirma Saren, entusiasmado de nuevo.

—Espero que haya valido la pena llegar hasta aquí.

—Todo lo que hago vale la pena, ya lo verás. Después de esto, os prometo que tendremos un descanso bien merecido. Recoged todo lo que podáis. Lo esencial. Y que sea rápido. ¡Vamos!

Y, sin esperar más, penetramos en la codiciada guarida. Pasamos bajo un arco que debe medir más de treinta metros de altura. Me llama la atención la inscripción que se extiende por las dovelas:

Tú, que caminas codicioso y ávido,
Recuerda: el silencio es oro,
Solo con pasos serenos
Podrás apoderarte del tesoro.

Observa lo que jamás desaparece de tus ojos
Pero que forma parte del decorado,
El fuego ronca, su sueño es sagrado,
¡Ten cuidado, voz estentórea!
Deja el ruido de tu corazón en la entrada,
O cruzarás al mundo de los muertos.

Un sentimiento de plenitud me invade al leer estas palabras de oro. Siento que hace una eternidad desde la última vez que leí unas frases tan hermosas. Pero, en cuanto comprendo el sentido de estos versos, me doy cuenta de que esta tranquilidad tiene fecha de caducidad. No están grabados aquí al azar. Es una advertencia.

Capítulo 32

El silencio es oro

Una gran isla dorada preside el centro de la cueva, conectada con islotes más pequeños que flotan en lo alto. Montículos de monedas, joyas, gemas, diademas, armas… Un puñado de este tesoro podría ayudar económicamente a una familia entera durante generaciones. Soy incapaz de ignorar que un vacío vertiginoso nos separa de estas riquezas. Echo un vistazo rápido que me confirma que no hay ningún modo de acceso que nos permita llegar hasta nuestro objetivo. Killian camina de un lado a otro mientras murmura dentro de su máscara, y el general está de brazos cruzados frotándose el mentón.

—Supongo que saltar no entra en nuestros planes, ¿no?

Trato de entender cómo hacen los empleados del banco para llegar hasta ahí. Killian se coloca a mi lado e intenta evaluar la distancia que nos separa de la isla central.

—No tiene sentido —murmura, completamente frustrado—. ¿Por qué colocar los tesoros en islotes sin acceso? Debe haber alguna forma de cruzar. ¡Estamos tan cerca de nuestro objetivo!

Parece un niño a punto de comerse su pastel favorito después de años de privación. Se lo ve tan decepcionado que intentaría cualquier cosa con tal de obtener lo que desea. Su comportamiento me abre los ojos.

—Solo con pasos serenos podrás apoderarte del tesoro.

—¿Qué estás balbuceando?

—Observa lo que jamás desaparece de tus ojos, pero que forma parte del decorado.

—Rosenwald está perdiendo la cabeza.

Lo invisible se ve. Todo es una puesta en escena para desmotivar a los ladrones menos temerarios. Avanzo mi pie hacia el vacío. Killian me agarra del brazo para tirar de mí hacia atrás.

—¿Qué mosca te ha picado?

—Te toca a ti confiar en mí.

—No es momento para bromitas. No seas tonta.

Me arriesgo a afirmar en voz baja para que Saren no me escuche:

—No olvides que las palabras son mi especialidad, Nightbringer. Piensas que no estoy preparada, que soy débil, pero dame la oportunidad de demostrarte lo contrario. Déjame existir y enseñarte mis habilidades. Si tú te encargas de todo, ¿para qué sirvo yo?

Killian cruza los brazos, alza una ceja, pero no me contradice. Señalo el arco, concentrada.

—Magia. La inscripción está ahí para recordarles a los empleados el proceso a seguir para llegar hasta la isla.

Doy un paso atrás en el vacío, bajo la mirada asombrada del ladrón. Nada cruje bajo mis pies, pero siento el material.

—El vacío está aquí, pero creo que una especie de recubrimiento engloba el perímetro alrededor del islote. Un puente imperceptible a simple vista. No tenemos nada que temer si avanzamos de forma tranquila, sin hacer ruido.

—Pequeña pero astuta —interviene Saren.

Mi sonrisa nerviosa se desvanece cuando descubro un agujero enorme. Es difícil hacer una estimación de la profundidad, y tampoco es que quiera saberlo. Mis compañeros vienen hacia mí con cuidado.

—Bien hecho, chiquilla —admite Killian, que me da golpecitos en la cabeza—. Pero pareces menos valiente ahora que hay que ponerse manos a la obra. Venga, avanza.

Cuando estoy a punto de replicar, un dolor agudo me atraviesa. Una fuerte presión me aplasta el pecho, pero desaparece tan rápido como vino.

—¿Algo no va bien? —se preocupa Saren.

—Solo tengo ganas de terminar ya —confieso, masajeándome el tórax.

—Ya casi estamos. Mantén la cabeza alta y avanza.

Cruzamos con calma. Qué extraña es esta sensación de caminar por la… nada. Como si anduviésemos por el aire o como si el propio aire fuese sólido. Ningún reflejo traiciona a esta tabla invisible, así que no nos queda más remedio que confiar en su existencia, rogando para que su magia no nos abandone a mitad de camino. Intento poner en práctica los consejos de Killian sobre superarme a mí misma con **[Valentía]** en segundo plano. Mi Mantra me acompaña, siento sus pulsaciones y se encarga de que mis piernas no tiemblen. Cuando alcanzamos la isla central, Killian suelta su saco y se pone a gesticular.

—¡Por Naessis, siempre he soñado con hacer esto!

El ladrón se tira de cabeza en la montaña de oro más cercana. Desaparece bajo un montón de piedras preciosas y monedas, algunas más grandes que mi puño. Saren se coloca a mi lado sin entender nada.

—Sus sueños son un poco extraños, ¿no?

Me permito soltar una risa discreta. Después de todo, mi comportamiento no sería diferente si se tratase de libros.

—Este ladrón me irrita.

—Es el efecto que tendría la Sepulturera en nuestro organismo si se llamase la «Killian Nightbringer».

El mencionado reaparece, con las monedas a la altura de la cintura. Sale de ahí con pesar, decepcionado de vernos alejados.

—No sabéis divertiros.

Toma un puñado de oro y lo olfatea con un vigor que me recuerda a la forma en la que yo olía el perfume de los pergaminos. ¡No sabía que el dinero tenía olor! Mete el botín en su saco y exclama con aire juguetón:

—Ya sabéis qué os queda por hacer.

Saren sigue al ladrón que serpentea entre las colinas doradas. El tintineo de las monedas resuena por toda la cueva. Sigo sus pasos, pero el dolor me vuelve a cortar la respiración y me quedo quieta en medio de las montañas de oro. Mis compañeros hablan, pero yo no los oigo. Tantos sentimientos se están entrelazando en mi cuerpo. Primero, un calor insoportable me abrasa los tímpanos. Después, mis pulmones amenazan con explotar, y mis costillas quieren atravesarme la carne. Trago aire en grandes bocanadas; la cabeza me da vueltas por culpa de respirar de forma tan precipitada e inútil. Un grito ahogado nace en mí y se me queda atascado en la boca. Mi garganta se cierra; deshago el cuello de mi capa y tiro de la capucha hacia atrás. Me fallan las piernas y caigo de rodillas. La ansiedad se invita a participar de mi tormento. Poco importa qué es lo que hay dentro de mí, solo sé que quiere salir. Se me hincha el vientre y mis mejillas lo acompañan.

Me sumerjo en la nada. Este mal desconocido me rompe las entrañas. El saco se me resbala de las manos y me desplomo sobre una alfombra de oro. El metal me raspa la nuca y la espalda. No consigo moverme, prisionera de mi propio cuerpo, mientras que esa «cosa» en mí se sacude hasta los huesos. Mis labios se sellan y mis llamadas de socorro se desvanecen. Continúo inspirando por la nariz, como si estuviese en una cavidad sin fondo capaz de engullir todo el oxígeno de la estancia.

Saren tenía razón: Killian jamás debió inyectarme ese veneno. La Sepulturera es bastante más fuerte que una joven Guardiana de las Palabras. Aquí está su efecto secundario: la muerte. Encerrada en esta jaula de silencio, empiezo a hacerme a la idea de que no saldré de esta. El dolor me abruma y ni siquiera puedo gritar para aliviarlo. Fallaste miserablemente, Rosenwald. Vas a perecer aquí, bajo la influencia de un demonio que se agita en tus venas. Es lamentable. Mis ojos se llenan de lágrimas. Mi pecho está a punto de explotar, solo me queda esperar a que la Sepulturera se lleve mi último suspiro.

De repente, una sombra titánica llama mi atención. Se ondula por encima de mí, cerca de la bóveda, como si fuese una serpiente. Mi corazón se agita dolorosamente cuando cuatro pares de ojos iluminan la oscuridad. Aunque mi destino sea morir aquí, me niego a que mis compañeros corran la misma suerte.

Consigo girar la cabeza, por el módico precio de un vértigo violento y acúfeno. Killian entra en mi campo de visión, ocupado recogiendo todo el oro posible. Mis cuerdas vocales están a punto de desgarrarse. Mis miembros se contraen: la sombra no deja de observar nuestras acciones y gestos. Recurro a mis últimos recursos. Mi garganta y mi pecho vibran cada vez más, como una caja de resonancia. Mi lengua intenta empujar a mi paladar, tropieza con mis dientes y talla palabras antes de deslizarse entre mis labios. Ignoro mi dolor, contraigo mi vientre dispuesta a expulsar lo que está surgiendo de mi interior. Un grito se forma en mi espíritu. Una runa que se llama [Eco]. Sin importar mi pensamiento, un nombre se escapa entre mis labios:

—Killian.

Un sonido ridículo, apenas audible. No obstante, resuena en mi cabeza como el grito de mil personas en la montaña. Mi última acción antes de abandonar este mundo habrá sido en vano… Pero, de repente, se produce un extraño fenómeno. Una cenefa de niebla se escapa de mi boca, acaricia mi paladar y lleva consigo el rumor que había evacuado unos segundos antes. No para de repetir el nombre de Killian, cada vez más fuerte. Mi propia voz se dispersa y se difunde en todas las tesituras que uno se pueda imaginar.

Mis compañeros se congelan, sorprendidos por ese eco que quiebra el silencio en mil pedazos. El hilo de niebla se eleva hacia el cielo, se hace más grande y adopta la forma de la runa dibujada en mi espíritu. En su ascensión, transforma mi murmullo en un grito estridente y lleno de dolor. El nombre de Killian invade la cueva y reverbera en cada pared. Saren y él se tapan las orejas, tratando de apaciguar esta tortura auditiva.

Liberada de su agarre, resoplo con fuerza y expulso una gran cantidad de aire caliente. No era la Sepulturera, ni tampoco me estaba muriendo. No de esa forma, en todo caso. Esta Palabra luchaba dentro de mí desde el principio. Vuelvo a ser dueña de mis movimientos, tan solo una fatiga abrumadora me impide levantarme. El eco termina por evaporarse y la niebla se disuelve. La cueva recupera su apariencia de tranquilidad, pero esa calma angustiosa nos rodea, pues nos está advirtiendo del peligro que planea por encima de nuestras cabezas.

La sombra, inmóvil, no me quita los ojos de encima. Cuando guiña sus ocho párpados, entiendo que estoy asistiendo al despertar más imponente de la criatura más gigantesca que he visto nunca. Una de esas que aparecía en mis libros...

Capítulo 33

Lava y cristal

Un rugido de ultratumba invade la cueva y todo mi ser. Unas venas de fuego se dibujan en sus extremidades, revelando al demonio que nos ha estado vigilando desde que llegamos. Ondea la cabeza y mueve sus dos cuernos llameantes. La criatura utiliza sus cuatro brazos para avanzar: sus garras de roca podrían seccionar a cualquier enemigo de un solo golpe. El resto de su cuerpo se arrastra tras ella, similar al de un ciempiés. Su piel agrietada y cenicienta se camufla con las paredes de la cueva, cosa que me dificulta evaluar su tamaño. La inscripción de la entrada tiene todo el sentido. Si muero aquí, será con la prueba de que el Velo existe.

El monstruo nos vigila, emitiendo un rugido grave. Sus venas de fuego y sus pupilas de lava brillan. [Valentía] se vuelve mi única guía, así que le mantengo la mirada, cosa que lo contraría. Dejaré este mundo haciéndole frente. Sus rugidos feroces comienzan de nuevo y hacen que la cueva tiemble como hizo [Eco] con mis músculos y huesos. Y, entonces, la criatura empieza a descender.

Mi cuerpo me abandona. Alguien grita mi nombre y veo la sombra de una silueta a lo lejos que se acerca. Killian se abalanza hacia mí, sin dudar, seguido de cerca por Saren, que lleva los dos sacos de yute a rebosar. El ladrón me alza en brazos y me coloca por encima de su hombro con dificultad. Abrazo su cuello y bloquea mis rodillas contra su cadera. El monstruo dispersa los tesoros con su cola, y lanza por los aires los montones de monedas que esquivamos por los pelos.

—¡Corramos hacia la entrada! —grita Killian a pleno pulmón.

El suelo tiembla bajo nuestros pies y los montones de oro caen en cascada hacia el vacío. ¿Killian pretende atravesar el foso corriendo? Lucho por no desmayarme.

—No hagas eso...

—No tengas miedo, Amor.

Killian agarra a Saren por el brazo.

—El aterrizaje tiene pinta de que va a ser difícil.

Toma velocidad, arrastrando a Saren, que lucha por mantener su ritmo. El ladrón se acerca al borde del precipicio y salta por encima del abismo con una tranquilidad sorprendente. El foso está preparado para devorarnos, al igual que el demonio de fuego. No sé qué prefiero, pero en ambos casos nuestra muerte será abominable. Nos enfrentamos a un descenso hacia la nada y a nuestro propio fracaso. Killian propulsa al general hacia el arco con ímpetu. Este cae con fuerza, rueda sobre sí mismo y se levanta. Al menos uno de nosotros tendrá la suerte de salir de aquí con vida. El miedo me sobrepasa, pero me niego a cerrar los ojos. Killian agarra mis piernas y escondo mi rostro en su espalda, suplicando a cualquier entidad suprema que nos salve la vida.

Se precipita con el cuerpo en tensión.

Contra todo pronóstico, aterriza dulcemente. Solo nos quedan unos metros para reencontrarnos con el general. Pero el demonio está determinado a retenernos en su guarida. Al igual que haría un depredador antes de un ataque mortal, se inmoviliza unos segundos y golpea el suelo con sus cuatro puños, provocando un estruendo ensordecedor: fractura la barrera con un único golpe. Killian maldice en su lengua materna, salta una última vez... y llegamos debajo del arco de una sola pieza. La criatura permanece estática en el centro del islote, rodeada de dunas de tesoros.

—Por los pelos —jadea Saren, apoyándose en su espada.

El demonio me fulmina con la mirada. Juraría que veo el amago de una sonrisa a través del humo espeso y negro que se escapa de su boca. Mis ojos se desplazan de su cuello a sus puños. Ninguna cadena, nada retiene a esa bestia en las entrañas de esta cueva. No es prisionera, pero nosotros sí lo somos... De su furia. Su rostro ondula en nuestra dirección. Ruge, lista para hacernos pedazos. A pesar de su poder devastador, me doy cuenta de que está dotada de una inteligencia superior. Se me hiela la sangre. El monstruo se regocija. Agarro el cuello del ladrón. Aturdida por el miedo, le susurro al oído:

—Nos va a seguir.

La reacción de Killian no se hace esperar y le arroja el saco de Saren.

—¡CORRE!

Su voz me paraliza. El demonio de cenizas se ríe a carcajadas y toma impulso para abalanzarse hacia nosotros. Killian empuja a Saren para que siga por el túnel. Todavía agarrada a la espalda del ladrón, giro la cabeza y asisto, impotente, a la persecución del monstruo de fuego. Sobrevuela el vacío con una facilidad desconcertante, a pesar de no tener alas. Nos encontramos a mitad del recorrido. Nuestro perseguidor no tiene problemas para despejar el camino, porque destruye todo a su paso. Mientras, nosotros tenemos que esquivar varias piedras que salen volando.

Llegamos a la sala de los espejos pesadilla. Saren continúa sin mirar su reflejo. La abominación nos sigue de cerca, rompiendo los espejos más cercanos. Unos fragmentos de cristal me cortan los brazos y las piernas. Uno de ellos se me clava en el hombro, arrancándome un gemido de dolor. Mi sangre cae sobre la espalda de Killian. Ejerzo la fuerza necesaria para extirparme este cuerpo extraño de la clavícula, fuera de todos mis sentidos. Lo retiro, con un golpe seco… y cometo lo irreparable. Con el fragmento que tengo entre las manos, no puedo evitar mi reflejo. El de una Arya tenebrosa, con los rasgos ahuecados y la mirada apagada y fría. Esta visión me paraliza: dejo caer el trozo de cristal, que se fragmenta en el suelo. La imagen desastrosa se esparce por cada trozo de espejo todavía intacto. Mis compañeros también asisten a la aparición de esta Arya sombría que me sonríe con malicia. Su llamada mortal es demasiado fuerte. Pronto saldrá de su prisión de cristal y me llevará con ella.

Nuestra alocada carrera continúa entre los restos de cristal suspendidos. Soy mi mayor miedo. Una Arya sin límites, sin sentimientos. Aquella que escogió el mal camino, aquella a la que las Palabras la corrompieron. Aquella en la que me convertiré si lo pierdo todo. Mi yo me sigue, me vigila: en el momento fatídico, me atraerá hacia su realidad envuelta en tinieblas.

—¡Arya! No eres tú. ¿Me oyes?

Killian me arranca de mis pensamientos mórbidos y destructivos.

—Concéntrate en mí. ¡No eres tú!

Su voz me sirve como punto de referencia y no dejo de repetirme esa frase en mi cabeza.

—No soy yo, no soy yo.

El pasillo es interminable, y la furia del demonio cada vez se vuelve más devastadora. Consigo olvidar a mi doble maléfica y dejo que se marchite detrás de mí, arrastrada por la violencia del monstruo.

Penetramos en otro túnel. Tenemos una oportunidad de salir de esta, porque el pasillo es más estrecho que el anterior y tengo la esperanza de que la bestia se quede bloqueada. Lanza uno de sus brazos por delante para intentar alcanzarnos, se retuerce, trata de atravesar las paredes con todas sus fuerzas. La criatura ruge, frustrada.

Paramos: Killian me deja en el suelo y examina mi herida.

—Aprieta encima —dice—. Aguanta hasta la salida.

Esos segundos nos permiten recuperar el aliento, pero el descanso dura poco. El cuerpo flexible del demonio se contorsiona y consigue colarse en el pasillo. Sus cuatro brazos se liberan y los utiliza para avanzar hacia nosotros.

Nunca había corrido de esta forma. A pesar del dolor y del malestar, me mantengo concentrada. El mural de niebla está enfrente de nosotros, pero algo me dice que ya no tenemos nada que temer, que estoy protegida. Acelero y paso la primera, seguida de cerca por mis compañeros. Me envuelve un calor agradable, y la niebla se disipa de mí, por algún tipo de milagro. Ni siquiera huelo su hedor tóxico. Puede que [Eco] no sea el único Mantra que me ha regalado Bellavista.

Llegamos al otro lado sin inconvenientes y escuchamos dos campanas sonando. Todo Corndor sabe que estamos aquí, pero no que nos acompaña la muerte. Atravesamos la primera sala a toda velocidad, cada uno por una hilera de cofres diferente. El monstruo de fuego tira montones de cofres que se abren y dejan caer los tesoros que escondían en su interior.

La puerta bañada en hierro se dibuja a lo lejos. Mi corazón se aferra a la esperanza de que esta pesadilla terminará pronto. Los gritos del demonio saturan mis tímpanos. Mi herida sigue sangrando. Llevo mi cuerpo hasta sus límites, prohibiéndole ceder. Cuando llego a la mitad de la sala, la bestia derrama su maldad y me encuentro rodeada por un humo espeso y negro.

Tengo que alcanzar altura. Según Killian, es la forma de estar más seguros. Busco a tientas una pila de cofres que esté intacta. Subir va a ser un calvario. Me sujeto: mi quejido se pierde en el escandaloso ambiente. Me quema el hombro, como si estuviesen removiendo una cuchilla al rojo vivo dentro de mí. Persisto, con las lágrimas inundándome los ojos. El dolor puede ser mi amigo; sentirlo significa que sigo viva. Sigo trepando. Un océano de niebla negra inunda la estancia hasta la mitad de altura, pero lo que más me preocupa es que el demonio ha desaparecido.

—Veo que hemos tenido la misma idea, Rosenwald. Por lo menos te has quedado con una de mis lecciones.

Me aferro a Killian, pero no consigo situar al general.

—¡CORRED! ¡CORRED!

Los avisos de Saren, que se encuentra bastante lejos por detrás de nosotros, me provocan escalofríos por la espalda. Camina sobre los escombros, aferrándose al botín como si su vida dependiera de ello. La criatura lo sigue, cerca de pegarle un mordisco.

—¡ARYA, HUYE! ¡Corre!

Killian da media vuelta.

—¡Yo me ocupo de él! ¡DATE PRISA!

Se me acelera el corazón cuando veo al ladrón dirigirse hacia el monstruo. ¿[Valentía] no debería obligarme a ir a buscarlos, a ayudarlos a salir de las tinieblas? Parece que esta Palabra privilegia mi propia supervivencia. Con el corazón desgarrado y sintiéndome impotente, me dirijo hacia la salida, sin girarme para no asistir a sus muertes.

Cuando estoy cerca de la puerta, doy un salto y pego mi espalda a ella. Killian y Saren todavía son dos puntitos que no consigo distinguir y que se encuentran entre dos hileras de cofres. Intensifican sus esfuerzos. Tan solo están a una veintena de metros cuando percibo que las venas del monstruo se tiñen de escarlata y avanzan hasta su garganta. Expulsa un humo opaco por sus fosas nasales. La criatura vierte un oleaje de lava hirviendo, emitiendo un rugido siniestro. Los estantes se derriten. Un calor insoportable invade la sala y el aire se vuelve irrespirable. La ola dorada revienta a la velocidad de la luz. La lava no impide el avance del monstruo, que se sumerge en su magma en fusión y propulsa proyectiles con su cola bifurcada. Tengo la frente perlada de gotas de sudor. Tiendo la mano y grito:

—¡Daos prisa!

Saren está malherido, aprieta las heridas con la mano y creo que ha sufrido quemaduras. Killian me tiende su brazo. Tiro de mis compañeros hacia mí con todas mis fuerzas y cruzamos la puerta. Ahora hacemos frente a los guardias que están en posición de ataque, armados con unas lanzas puntiagudas. Una armada de Vigilantes, acompañados de sus perros guardianes. Centenas de ojos grandes abiertos, sin párpados e inyectados en sangre. Los que faltaban.

Nos lanzamos hacia ellos, derechos a la salida. En ese mismo instante, suena una explosión. La puerta de cristal y hierro acaba de reventar, y los trozos fundidos arden en el vestíbulo. El monstruo entra en escena: los guardias se quedan petrificados, estupefactos. Ya no nos prestan atención, pues la lava invade la entrada y se aglutina alrededor de las columnas más cercanas. Estas se funden y caen unas tras otras, como si fuese un dominó.

El vestíbulo se encuentra en llamas bajo este flujo dorado y el demonio se regocija ante el espectáculo. Los guardias gritan y piden refuerzos, mientras que los perros guardianes huyen con el rabo entre las patas.

Nosotros nos dirigimos a la salida. El aire me golpea el rostro. Las llamas ahora ascienden hasta el techo de cristal y el calor hace que los vidrios estallen. Con la ayuda de una criatura diabólica, hemos destruido un edificio anclado en la Historia desde hace milenios.

Buscamos cómo escaparnos del caos. Me deslizo por los escalones anchos y resbaladizos, inspecciono mi clavícula y maldigo. El corte sangra todavía más. Se me duermen las extremidades y me falla la vista, vencida por las heridas y por la energía que me absorbe mi nuevo Mantra.

Me desplomo por las escaleras. Killian le hace un gesto a Saren para que siga sin nosotros, pero este último niega con la cabeza. El ladrón me vuelve a colocar sobre su hombro y huimos lejos de aquí, de este banco y de este infierno.

Las calles de Bellavista son presa de un pánico generalizado. Antes de hundirme en la nada, siento una brisa helada que perfora la acidez de la atmósfera. No somos los únicos que hemos puesto la ciudad patas arriba.

Capítulo 34

Borrasca, estupor y temblores

El dolor que siento en el hombro me arranca del sueño y necesito unos segundos para poner mis pensamientos en su sitio. Me han suturado la herida, ahora recubierta por una cataplasma verdosa. Un fuego crepita a mi espalda. Disfruto de su dulce calor, bastante alejado de la saliva ardiente del demonio, antes de pasar la mano por mi clavícula para evaluar los daños.

—No toques —me aconseja Saren.

Viste su peto. Deduzco que Killian ha conseguido recuperar nuestras cosas.

—¿Cuánto tiempo he dormido?

—Casi tres días.

Coloca una cacerola sobre el fuego. Las ramas nos cubren de tal forma que resulta imposible ver el cielo entre ellas. Han establecido el campamento en un bosque denso. El aire es puro y templado: estamos lejos de Corndor y no hay Soldados de Cristal cerca. Estos árboles que nos rodean nos protegen. Contemplo un saco en el suelo lleno de oro. Al menos no hemos hecho todo esto en vano.

—¿Dónde está Killian?

—Se fue a cazar.

Unas quemaduras nuevas recubren el rostro de Saren.

—¿Cómo van sus heridas?

—Poco importa una cicatriz más o una menos…

Su frialdad me sorprende. Saren evita mi mirada y corta cada uno de mis intentos por mantener una conversación. Permanece con los brazos cruzados, atento a cualquier ruido sospechoso.

Rememoro los eventos recientes, con los dedos tendidos hacia las llamas, y termino por comprender la actitud del general. Su silencio no dura demasiado tiempo.

—¿Qué ha sido todo eso, Arya? —interroga con nerviosismo y el rostro inexpresivo.

No lo siento enfadado ni desconfiado, tan solo decepcionado.

—¿Qué es lo que ha pasado en esa maldita cueva? Al menos podrías decírmelo, ¿no? Considero que he visto cosas raras en mi vida, pero nada parecido.

—Deberíamos esperar a que Killian volviese.

Retrocedo cuando se acerca a mí, en un acto reflejo ridículo.

—Hace días que estas preguntas me rondan la cabeza. Cuando te desmayaste y empecé a discutir con el ladrón, él se mostró extremadamente amenazante. Casi llegamos a las manos. Me da la impresión de que me estoy implicando en algo que me sobrepasa y no me gusta un pelo. Creo que me merezco explicaciones. Fuiste tú quien me pidió que te acompañase. Tengo que saber en lo que me meto si debo priorizarlo frente a mi misión.

Saren se pone de cuclillas cerca de mí. Cuando me toma las manos, sus ojos muestran una profunda aflicción.

—¿Quién eres, Arya?

No soy capaz de mantenerle la mirada. ¿Puedo confiar en él? Saren ha demostrado ser un hombre de honor y leal con sus acciones, pero ¿cuáles serán las consecuencias si le revelo mi verdadera naturaleza? Solo está aquí para buscar a los príncipes, para volver a otorgarle un trono a Hélianthe antes de que todo Helios se desmorone, no para formar parte de una búsqueda de Palabras. Una búsqueda que pondría su vida en peligro. Ya la arriesgó de forma estúpida en Corndor. Él también es importante, de una manera diferente que yo, pero tiene un papel que llevar a cabo en el reino. A pesar de que siento que lo necesito, no puedo imponerle una carga más. Mi mano tiembla en su larga palma. Con un suspiro, me preparo para confesarle la verdad, mi verdad.

—Aléjate de ella.

Killian aparece detrás de Saren con un esqueleto de corzo colgando de sus hombros.

—Te he dicho que te alejases.

Saren retrocede unos pasos, sin discutir. Killian suelta el animal y examina mi herida.

—¿Te duele?

—Un poco. Es un dolor agudo, pero soportable.

—Bien.

El ladrón se vuelve a poner en pie y se dirige hacia Saren. Su determinación me asusta. Lo agarra del cuello. El general se deja zarandear, pero sé que solo lo hace por mí. Sus fosas nasales tiemblan de rabia y se contiene para no utilizar su espada.

—Hay algo en ti que me intriga. Algo o la ausencia de algo. Es difícil confiar en ti. Soy precavido, debes entenderlo, pero estoy dispuesto a hacer un esfuerzo por ella y apoyarla en su decisión.

Me mira a mí, a pesar de que se dirige a Saren.

—A partir de ahora, ella elegirá quién puede acompañarla y a quién puede confiar su secreto. Ella tomará la responsabilidad. Si se equivoca, tendrá que asumir las consecuencias. De ahora en adelante, es ella la que tiene que saber si debe ponerse una máscara o no. Salvo que yo considere que se equivoca. Ella es una chica que se deja llevar por sus emociones y yo pienso demasiado. Lo que significa que, si traicionas su confianza, me ocuparé de ti personalmente.

Mi boca forma un «gracias» mudo. Killian continúa con un tono duro e inflexible:

—Vas a escuchar lo que tiene que decir y a callarte la boca. Esta conversación no saldrá de este bosque ni de este grupo, ¿te queda bien clarito?

Saren asiente sin decir nada.

—Te dejo que le cuentes todo —dice, apoyándose contra un árbol.

Me acerco a Saren. Poso mis manos sobre sus antebrazos para crear una proximidad. Y derramo un torrente de palabras.

Le cuento quién era, quién soy y en lo que me voy a convertir sin saberlo yo misma. Me resulta complicado explicar un tema que no domino y que acabo de integrar en mí. Pero me doy cuenta de que, ahora que he soportado mis palabras, he asimilado algunos matices.

Saren me escucha, impasible. Cuando termino, toma la palabra:

—Había adivinado que eras única, pero no hasta tal punto. Me cuesta creer que sea real eso que eres. Para la mayoría de la gente no es más que una leyenda, un mito antiguo que aparece o desaparece a lo largo de generaciones. Historias que les he contado a mis hijos por las noches para enseñarles lecciones del mundo o una moraleja. Me resulta increíble que me digas que es posible que sea verdad. Eso significa que eres alguien muy importante.

—¿No me cree?

—Por supuesto que te creo, Arya. Y, sobre todo, entiendo mejor el comportamiento del ladrón.

—Es perspicaz y riguroso, y no callarme no forma parte de mi temperamento. No nos conocemos desde hace demasiado, pero desde el principio he visto todo lo bueno que hay en usted y he sabido que sería indispensable para mi propia búsqueda. En cuanto a Killian, su forma de actuar es diferente…

Sus labios estiran un poco sus cicatrices.

—Ahora puedo entenderlo. Al menos sé que no es un joven maleducado y sanguinario. Te protege y, al contrario de lo que haya podido decir o pensar, se preocupa por tu bienestar. En estos tiempos que corren, cada vez será más difícil saber en quién confiar, pero tú estás bien rodeada. Gracias a tu instinto, siempre podrás distinguir a tus amigos de tus enemigos.

—Todavía no eres un amigo —le recuerda Killian, siempre tan directo.

—Empezamos bien, Killian…

—Voy a decirte algo importante, Delatour. Si quieres ser uno de los nuestros, vas a tener que seguir varias reglas. Tengo entendido que estás acostumbrado a obedecer. La primera es

274

sencilla. Si te escucho pronunciar el nombre de la Guardiana de las Palabras, ya sea en un simple susurro o mientras duermes, te mato.

Esa mañana, me despierto con un sobresalto: la tierra vibra debajo de mí. A decir verdad, todo el bosque tiembla. Las ramas crujen, las hojas oscilan y las piedras se levantan. Escucho una deflagración lejana. Llamo a Killian, pero solo consigo chascar los dientes. Esta vez, el fenómeno no es culpa de **[Eco]**. Solo dura unos segundos, el tiempo que tardan Saren y el ladrón en alcanzarme, completamente alerta. Espero encontrarme con una legión de Soldados de Cristal o con la bestia de Corndor, pero no pasa nada y el bosque vuelve a su calma habitual. Estamos demasiado lejos de Bellavista como para escuchar lo que sea que haya sucedido. Saren se aleja un momento para comprobar que no nos persigue ningún humano o monstruo: nada que destacar. Es sorprendente que nadie haya venido a buscarnos después del cataclismo que provocamos, pero quizá los guardias tengan mejores cosas que hacer con la criatura de lava y el frío amenazante que sentí antes de desmayarme.

Permanecemos unos días más en nuestro campamento, bien protegidos. Este reposo forzoso me sienta de maravilla. Mi herida cicatriza más rápido que la media. ¿Será uno de los poderes de una Guardiana de las Palabras? Se lo debo a Killian también, que hizo un buen trabajo, y cuyas dotes de curandero ignoraba por completo. Mencionó vagamente a una conocida, una mujer sabia («una sabelotodo de tu estilo», por utilizar sus palabras exactas), que le enseñó el arte de las plantas, sus propiedades y sus virtudes. Traté de indagar un poco más, en vano, pero al menos he descubierto algo nuevo sobre él.

Saren ha decidido quedarse con nosotros, sabiendo que me niego a que esto interfiera en su búsqueda de los príncipes. Él no ha seguido buscando, de momento. Killian lo vigila de cerca y no le apetece encontrarse tirado en el suelo con una daga clavada en la nuca. La idea de que siga a mi lado un poco más me tranquiliza. Por el contrario, me dejo llevar por mi curiosidad, como si me debiese respuestas a modo de recompensa por mi sinceridad. Beneficio mutuo. Una noche, mientras estoy a solas con él, no soy capaz de aguantarlo más y le suelto una de mis preguntas:

—Dígame, general.

Él sonríe, porque sabe muy bien hacia dónde se van a dirigir estas palabras. Empieza a ser capaz de leerme, cosa que es recíproca. Es un hombre púdico, pero no como Killian, que se guarda todo para él.

—¿Sí, Arya?

—¿Cómo es posible que la niebla, los espejos pesadilla o las criaturas como la que nos cruzamos en Corndor existan dentro de Helios? Es normal encontrarlas más allá de las fronteras, pero no aquí. El Tratado ya no está en vigor, pero antes de que todo esto ocurriese, ya sobrepasaban los límites de la magia, ¿no?

—¿Has leído el Tratado?

—En gran parte.

—Entonces sabrás que siempre hay excepciones a la regla y conocerás la letra pequeña que se sitúa en la parte de abajo de las páginas. El Tratado Galicia no se aplicaba a ciertas situaciones, por ejemplo, cuando se trataba de proteger los bienes del reino y de asegurar la defensa de los ciudadanos. Por ejemplo, en la Armada de Helios, las leyes no se aplicaban en tiempos de guerra a los soldados portadores de magia. Eso permitía equilibrar las fuerzas.

—¿Y usted? ¿Piensa que el Tratado era algo bueno o malo?

—Es complicado decirlo. En cierto modo, impide que las personas sean quienes son de verdad y que vivan su magia donde ellas deseen. Está pensado para que disminuya el miedo y las discriminaciones, pero también puede estigmatizar a la gente. Por otro lado, sitúa a los individuos en un mismo nivel de igualdad y eso evita que una parte de la población se apodere de la otra, como ha sucedido muchas veces en la historia de Helios.

Su mirada se evade. Le dejo perdido en sus pensamientos hasta que retoma la conversación como si no hubiese pasado tiempo entre sus dos frases:

—Después de haber presenciado los horrores del campo de batalla, el lado temible y sangriento de la magia, puedo afirmar una cosa: ese Tratado no era superfluo. Ha protegido a humanos, pero a costa del detrimento de otras libertades, eso sin duda.

—Me pregunto cómo hemos podido pasar de la paz al odio de forma tan sencilla.

Por un instante, pienso en nuestras aventuras en Corndor y en Killian. Él nos salvó varias veces. Está claro que posee una forma de magia, aunque todavía no sepa cuál. Sus aptitudes no son cien por cien humanas. Justo al contrario de Saren. Él es un militar experimentado y Killian un ladrón. ¿Es justo que un hombre que arriesga su vida por su pueblo carezca de magia y, por tanto, tenga desventaja, mientras que un hombre que la posee se sirva de ella para sus objetivos deshonestos? La voz de Saren me arranca de mi debate interior:

—A fin de cuentas, no me sorprende. Esta rebelión estaba latente. Las manifestaciones tan solo eran un espejo de la realidad. El rey ha maquillado atentados, controlado levantamientos antes de que se hiciesen más grandes, aunque la mayor parte del tiempo la Armada sola era más que suficiente para cortar de raíz cualquier revuelta. Ha enviado a jefes disidentes a la Torre de los Milagros para deshacerse de ellos antes de que propagasen su ideología tóxica. No lo sabéis todo. Sobre todo los habitantes de Hélianthe. La capital siempre ha sido una isla de tranquilidad en medio de un océano de tensiones y dudas, pero los Ravenwood estaban dotados para controlarlo todo, apaciguarlo todo y jamás mostrar sus debilidades. No es algo malo, porque en Helios nos sentíamos seguros, pero algunos consideraban que esta situación era un mero espejismo.

La brecha entre mi realidad y esta se ensancha cada vez más. ¡Todo es tan complicado! Y yo que consideraba que todo funcionaba a las mil maravillas… Creer en un mundo feliz es un pensamiento ingenuo, Aïdan lo había entendido todo.

—¿Querías saber algo más?

Saren me conoce muy bien, pero no lo suficiente como para saber que no necesito que me anime para que siga preguntando. Aprovecho la oportunidad sin dudarlo, así que dejo aparcada la trama de la Corona para indagar en algo más personal.

—Antes de cruzar la niebla, usted dijo que ya conocía a la Sepulturera…

—Killian piensa que la utilizo con fines recreativos, ¿es eso?

La mueca que hago me declara culpable.

—No, pero algunos soldados la adquieren a espaldas de sus superiores. Se vende de contrabando. Es una manera de que olviden su dolor, de no sentirse afectados por las pérdidas y las imágenes atroces que pueden llegar a ver. Para hacer de sí mismos mejores luchadores, o al menos eso creen ellos. Personalmente, creo que nuestra humanidad y nuestras pérdidas nos vuelven más fuertes que la indiferencia. Nos salvan.

Asiento con la cabeza, en silencio, porque no me atrevo a dar mi punto de vista sobre el tema. He leído algunas historias de guerra, pero las páginas me separaban de este pasado sangriento.

—¿Algo más?

Hay otra pregunta que me ronda la cabeza desde lo que sucedió en el banco, pero no me atrevo a hacérsela. Es sobre la criatura esquelética que salió del espejo. Esa representación mortal de su miedo más grande… ¿Qué significaba? Me hago una pequeña idea viendo sus cicatrices, pero me la guardo para mí. Todavía no somos lo suficientemente cercanos, y sé que estaría yendo demasiado lejos con mi indiscreción. En su lugar, le hago una más trivial:

—¿Qué es lo que había en los cofres si no eran monedas de oro?

—Objetos mágicos. Artefactos poderosos y peligrosos. Puede que hasta una de las Siete Magnificencias de Helios.

Cambia de tema y me recompensa con algunas anécdotas. En grandes términos, sin entrar en detalles, como si para él no fuese más que un sueño lejano. Sin embargo, su monólogo es suficiente para construir un maravilloso mosaico de los viajes que emprendió en sus misiones. Nuestra conversación finaliza cuando Killian vuelve de cazar. Este último pasa sus días como siempre, desapareciendo y descansando en las alturas, acurrucado entre las ramas. Toca melodías alegres con su flauta que me hacen sentir como si estuviese en una burbuja atemporal… pero sé que esto no va a durar demasiado tiempo y que nos tendremos que ir pronto.

Me he acostumbrado a la presencia de estos dos hombres. Cada uno me aporta lo que necesito para progresar. Los tres somos diferentes, y esa será nuestra mayor fuerza algún día. Era lo que Aïdan y el maestro Jownah querían para mí, pero ninguno de los dos está aquí para ver cómo levanto el vuelo.

Para mi gran asombro, pronto consigo volver a mover mi brazo sin dificultad y ya no me duele el hombro. La herida del general era superficial. Decidimos volver a ponernos en marcha y esperamos que caiga la noche para abandonar nuestro campamento. Mientras que Saren y yo recogemos nuestras cosas, Killian abre el saco de oro, que atesora como si fuese un trofeo, y divide una fracción del botín en tres partes más o menos iguales. Una para el general, una para mí, y el último montoncito lo mete en uno de sus muchos bolsillos.

—Vuestra paga, niños. Será suficiente por ahora, no vamos a ir por ahí cargados como mulas.

—¡Pero tampoco vamos a dejar el resto aquí! —exclama Saren.

Killian ignora su comentario, completamente legítimo, y saca de su bolsillo una cápsula de cristal, no mucho más grande que una semilla de girasol, llena de un líquido negruzco en el que flotan algunas pepitas doradas.

—Son *delik* —precisa Killian, para satisfacer mi curiosidad—. Accesorios indispensables para cualquier ladrón que se precie. No siempre podemos llevar con nosotros todo aquello con lo que arrasamos.

Saren comenta en voz baja:

—No se siente ni un poquito culpable.

—Jamás. La culpabilidad es demasiado peligrosa. Bueno, será mejor que os alejéis, puede llegar a ser sorprendente.

El general y yo obedecemos. El ladrón rompe la cápsula en la palma de su mano con un golpe seco. El líquido cae por su guante de cuero y se convierte en una niebla opaca que se eleva hacia el cielo. Una borrasca brusca me levanta el pelo. La bruma forma un agujero negro justo por encima de nuestras cabezas e intenta aspirar todo lo que hay alrededor de nosotros. Killian recoge el saco y verifica una última vez si está bien sellado.

—Nos volveremos a ver, te lo prometo —suspira.

Killian manda a volar el saco hacia la bruma. Este desaparece, engullido por la oscuridad. El viento se calma, la bruma se evapora y el bosque se reencuentra con su quietud.

—Nunca intentéis hacer lo mismo con un cuerpo —exclama Killian, emocionado—. Solo si os queréis deshacer de un miembro. Bueno, ¡listo! Podemos ponernos en marcha.

—¿Acaba de tener una despedida dolorosa con un saco? —recalca Saren, entre exasperado y divertido.

—¿Y con eso ha querido decir que ya ha intentado tirar un cuerpo en ese agujero?

—Creedme, no queréis saberlo, pero lo que sí puedo deciros es que nunca me buscan sin ningún motivo —suelta el ladrón.

—¿No decías que esos avisos de búsqueda no tenían nada que ver contigo?

Alza sus cejas dos veces y se aleja con una risa que nos arrastra a Saren y a mí, aunque muy a nuestro pesar.

Killian nos habla acerca de una aldea situada a cuatro horas a pie, de nombre Fragua-en-Bruma. Allí podremos decidir el próximo paso que daremos. Llegamos sin mayores inconvenientes y no tardamos en reservar la única habitación disponible del albergue. Saren pasa una hora nombrándonos los pueblos por los que podríamos pasar durante nuestra ruta. Con un poco de suerte, estas paradas le permitirán recabar pistas que podrían llevarnos hasta Aïdan y sus hermanos. A pesar de mi revelación, él no olvida su misión y eso me reconforta el corazón. No quiero ser su prioridad.

Más tarde, por la noche, cuando Saren deja de dar vueltas en la cama y por fin duerme, Killian me obliga a abandonar mi lecho.

—Tengo que hablar contigo.

Cuando veo el mapa de Cassandra desplegado sobre una tosca mesa, comprendo que no confía lo suficiente en Saren para mostrarle ese pergamino sagrado. Suele tener esa mirada oscura y enigmática cuando está a punto de revelarme algo crucial. El ladrón señala el mapa con el dedo, apunta a Bellavista y me doy cuenta de dos detalles nuevos: un punto negro estático en pleno centro de la ciudad y otro sobre la representación simbólica del banco.

—¿Qué pasa?

—Palabras. Las Palabras que adquiriste allí.

—Lo sé. [Eco] y una segunda cuya naturaleza sigo sin comprender. Solo sé que se ha manifestado en varias formas. Cuando me caí entre la multitud, sobre el tejado de cristal antes de que me agarrases y cuando tuve que atravesar la niebla en sentido inverso. También he tenido algún que otro síntoma gracioso, me negaba a que me tocasen, pero todavía no soy capaz de discernir si eran restos de la Sepulturera o si era esta Palabra intentando eclosionar. ¿Por qué me enseñas esto? ¿No podía esperar?

—Escucha, en Corndor...

Lo miro con recelo y luego mis cejas se relajan para dar lugar a una sonrisa levemente burlona.

—¡Ah, ya entiendo! Quieres disculparte por tu imprudencia y tu negligencia como guía, pero te niegas a hacerlo delante de Saren porque eres demasiado orgulloso.

—No me hagas arrepentirme de no haberte dejado en aquella isla con aquel monstruo.

—Fuiste tú quien me llevó hasta allí.

Sus pómulos se hunden debajo de su máscara, como si se estuviese mordiendo las mejillas por dentro. Me queda claro que no le gusta justificarse, sea lo que fuere lo que quiera decir.

—Es cierto, pero no he sido sincero contigo. No te llevé hasta ese banco solo por el oro.

—¿Por qué otra razón? ¿La fama? ¿Porque destruir un edificio real y liberar a una criatura diabólica es divertido?

—No, por esto.

Golpea el pergamino con su dedo índice.

—Sabía, desde el principio, que una de tus Palabras se encontraba allí. No tenía ni idea de que también había una segunda. Apareció en el mapa después de que llegamos. No me había fijado en ella antes.

—¿Qué? ¿Pero por qué no me dijiste nada?

—Porque consideré que prepararte para lo que te esperaba te perjudicaría. Habrías dejado que te dominase el miedo, habrías pasado el tiempo pensando y analizándolo todo. Era necesario que te dejases llevar por los imprevistos y el peligro. Que no tuvieses otra alternativa más que superarte a ti misma. Vi hasta qué punto te desestabilizó [Valentía]. Todavía estabas débil.

Me muerdo la lengua para no cortar su arrebato. Es la primera vez que se toma su tiempo para explicarme sus acciones y sus dudosas decisiones.

—Me asustaba que la idea de enfrentarte a otra Palabra te perturbase demasiado. Que no estuvieses preparada. Así que no te dejé elección, preferí que te enfadases conmigo, que me culparas. Era más sencillo hacerte creer que íbamos a buscar oro que algo que iba a controlar tu cuerpo una vez más, absorber tus emociones y atormentar tu mente. De esta forma, sin que anticipases nada, actuaste con tu corazón y tu alma. Es eso lo que necesita tu magia para desarrollarse. Y lo hiciste genial.

Me vuelvo a ver a mí misma paralizada, luchando para dejar que [Cœ] se manifestase. No estaba preparada para recibirla y fue muy violento (como [Valentía], que me puso en peligro y me hizo creer que tenía alas). Si hubiese sido consciente de su brutalidad, probablemente me habría echado para atrás o rechazado su poder. Me gustaría acoger a una Palabra por mi propia voluntad, sin tener una intrusión dolorosa.

—Habría sido menos lúdico, eso es cierto.

Killian me mira, desconcertado. Se esperaba que me enfadase, que me diese una pataleta, pero no le culpo. Él también se dejó llevar por su instinto, y fue para ayudarme. Hasta me alivia pensar que no hicimos todo eso solo por avaricia, y que arriesgamos nuestras vidas por algo más valioso que el oro.

—¿Al menos puedo saber cuál es nuestro próximo destino?

Killian asiente con la cabeza. Me enseña nuestra posición, después roza un punto luminoso.

—Este no está muy lejos, y nos permite escoger entre diferentes itinerarios. Nos queda a mano si pasamos por el Pico del Lobo, que es hacia donde se quiere dirigir Saren.

Los puntos azulados brillan en la oscuridad de sus ojos.

—Ahora que Saren está involucrado, podemos encargarnos de tus Palabras.

—Con la diferencia de que, en esta ocasión, sabré que me están esperando.

Mi mirada determinada se encuentra con la de Killian. Acaricio el punto azul con el dedo. No tenemos tiempo que perder. No será fácil, pero después de lo que he vivido en Corndor siento que puedo conseguirlo.

—¿Un mapa?

Pego un brinco cuando escucho la voz de Saren. Se sienta en el borde de la cama con los ojos hinchados por el sueño.

—Menudo tesoro. Enséñamelo un momento, ladrón.

Saren se acerca lo suficiente como para percibir los puntos luminosos.

—Oye, esto es nuevo…

Killian pliega el mapa y lo aprieta con su mano.

—No te acerques.

—Voy a acabar tomándome tus amenazas como cumplidos, Nightbringer.

Saren vuelve a su cama sin hacer más preguntas. Killian esconde el mapa en su bolsillo y me dedica un gesto con la cabeza que me hace entender que puedo regresar a la mía.

Una Palabra me espera y me gustaría hallarla antes de que ella me encontrase a mí, para descubrir qué se siente al acogerla con dulzura; si eso es posible, claro. Disfruto de esta noche, breve pero tranquila. Puede que sea la más pacífica que tendré en una buena temporada.

Unos días más tarde, tras algunas paradas en unos pueblos sin demasiado interés, por fin abandonamos un bosque cada vez menos frondoso. El camino se vuelve rocoso. A mí me parece una liberación. Sustituimos la vegetación por la tierra ceniza y árida, pero al menos avanzo al aire libre. Por fin puedo alzar la cabeza sin tener que ver ramas deformes sumergidas en las hojas. Nos dirigimos hacia una cadena de montañas negras situadas en medio de una neblina fresca y húmeda, cuyas formas irregulares y puntiagudas me recuerdan a una dentadura podrida.

Una primera conversación ha hecho que Killian y Saren lleven enfrentados desde la hora del desayuno. El primero quiere atravesar el desfiladero de la montaña sí o sí; el segundo argumenta a favor de dar un rodeo, más fastidioso pero menos arriesgado. Yo, por mi parte, prefiero no meterme. Mi opinión cuenta, pero no quiero cabrearme con ninguno de los dos. Suficiente violencia por el momento. Con un suspiro, cito las palabras de Killian:

—«Un descanso bien merecido», ¿eh?

Capítulo 35
El Valle de Hierro

Killian gana el juego con un «haremos lo que yo digo, eso es todo». Saren abandona la partida, poco dispuesto a seguir con el drama. No quiere que la discusión se convierta en una confrontación, a la vista de nuestra nueva cooperación. En conclusión: se nos ha impuesto el paso por el Desfiladero de Fenrir. Yo me contento con seguir adelante, y me preparo mentalmente para encontrar esa Palabra letárgica que espera a su receptáculo en alguna parte. La ascensión al Pico del Lobo es de todo menos divertida. Killian se ha tomado demasiado en serio eso de que tenga que volver a la carga con los entrenamientos. Ahora que Saren sabe un poco de nuestro secreto, ya no hay razón para esconderse. Llevo unos sacos llenos de piedras enormes que cuelgan de una rama gruesa colocada sobre mis débiles hombros. Mis protestas se topan con su sordera voluntaria, sin importarle los caminos cada vez más difíciles, ni las pendientes abruptas e inestables.

—¿Todavía queda mucho?

—Continúa y calla —ordena Killian, que lee el mapa sin molestarse en mirar dónde pisa, jugando con el borde del barranco—. Ya conoces el castigo si no lo haces.

Mascullo, pero no protesto. Él añade una piedra más cada vez que me quejo o suspiro, y no la más pequeña que pueda haber precisamente. ¿Su sadismo no tiene límites?

—Me fascina la sutileza con la que te diriges a las mujeres —interviene Saren.

Sigo avanzando, cojeando y sudando la gota gorda.

—Quiero que te caigas y ruedes montaña abajo como una roca vieja —murmuro con la boca chiquita.

El cielo ignora mis maldiciones y observo a Killian esquivar un obstáculo sin levantar los ojos de su pergamino. El Mantra de la venganza no vendrá a por mí hoy para deshacer estas humillaciones.

—Todo es una cuestión de equilibrio, *Een Valaan* —prueba Killian con una satisfacción más que evidente.

El aire escasea y picotea de nuestras reservas. Me doy cuenta, con satisfacción, de que mi resistencia se refuerza, aunque tenga que tomar aire más a menudo que mis compañeros. El paisaje, inundado de un amplio espectro de colores impresionantes, se encarga de ofrecerme una preciosa recompensa y de otorgar un poco de vida a esta subida monótona. Esta visión me tranquiliza. Me digo a mí misma que este sol radiante también calienta Hélianthe y el corazón de los que todavía permanecen allí. No obstante, la temperatura cae bruscamente durante la noche. De vez en cuando, nos refugiamos en una cueva húmeda y sombría para protegernos de las ráfagas de viento. Este se cuela por la apertura y suena tan fuerte que me pregunto si no será el propio Helios el que nos está soplando para invitarnos a que nos vayamos.

Por la noche nos sorprende una tormenta: una lluvia torrencial y ráfagas furiosas nos empujan hacia el vacío como si fuesen una mano invisible. Saren grita, pero un trueno opaca su voz. Killian asiente con la cabeza y me agarra la mano. Yo aprieto la suya con más fuerza de lo necesario. Los elementos se desencadenan y confío en que el ladrón me guiará en este Apocalipsis. Por algún tipo de milagro, rápidamente encuentro una apertura en una roca. Nos refugiamos en la calma relativa de la cavidad.

El pelo empapado se me pega en la frente y me gotea la nariz. Me exilio en un rincón tiritando de frío, mientras Saren enciende las antorchas. Killian saca de su alforja una manta que coloca sobre mis hombros. Estamos tan cansados que no hablamos demasiado, y yo termino por dormirme antes de que las llamas lleguen a devorar las antorchas, bajo el estruendo de un trueno que hace que la montaña tiemble.

Cuando me despierto, ignoro si todavía es de noche o si el día ha traído consigo la victoria contra la tormenta. La cueva está en tinieblas. Mi corazón se acelera: ¿estoy en mi propia cama en Hélianthe, arrancada de mi sueño por un terror nocturno? La dureza del suelo me transporta rápido a la realidad. Parpadeo frenéticamente, presa del pánico; al cabo de un rato, veo un minúsculo punto blanco brillante, después dos, después tres. Primero pienso que es el mapa, pero lo tiene guardado Killian.

Los puntitos se reproducen, lentamente, con un baile elegante. Estiro una mano para tocarlos, pero choco con una superficie caliente y más dura de lo que me esperaba. Alguien enciende una antorcha. Me encuentro cara a cara con Killian. Mi mano descansa sobre su mejilla y la suya encima de la mía. Al ver que no reacciono, termina por alejarla de sí mismo con dulzura. Saren me observa inquieto.

—¿Qué te pasa? ¿Por qué estás tan alterada? ¿Te has vuelto sonámbula?

—Creo que una Palabra me acaba de llamar.

A la mañana siguiente, penetramos en el corazón de la montaña. Me siento diminuta en esta cueva inmensa. Avanzamos por un camino escarpado, cada vez más estrecho, así que me pego a las paredes húmedas para alejarme lo máximo posible del precipicio que se abre a nuestros pies. Killian, sin miedo alguno, se queda rezagado cerca del borde y recoge una piedra que lanza hacia el vacío para evaluar la profundidad de la sima. Sin escuchar su veredicto, sigo el rastro dorado que deja la antorcha de Saren por delante de mí. Nuestra ascensión continúa hasta un largo camino que se abre sobre una galería, cuyos contornos están tan bien definidos que dudo que sea obra de la naturaleza. Saren me da la razón. Dirige su dedo hacia el suelo. Me fijo en los restos de unos raíles y, un poco más lejos, las ruinas de un carro.

—Es un Crisol: una mina de piedras preciosas, sin explotar a día de hoy.

Al escuchar esas palabras, Killian acelera sus pasos y nos adelanta con entusiasmo.

—¿No ha tenido suficiente con Corndor? —me indigno.

—La sed por el oro de un ladrón jamás se sacia.

—¿Crees que conoce la leyenda del rey que lo transforma todo en diamantes?

—¡Desgraciada! ¡Si te escuchase, sería capaz de convertir vuestra búsqueda en una misión codiciosa!

Mientras nos reímos hacemos conjeturas, por lo bajini, sobre la vida secreta y deshonesta de Killian. El ladrón suspira, exasperado por nuestro inoportuno parloteo pero, gracias a esta charla inútil, olvido la oscuridad y la opresión que suscita en mí el hecho de estar bajo tierra.

Llegamos al final del túnel y caminamos por un puente tosco. Por debajo, corre un largo arroyo burbujeante, que abre camino hacia una fortaleza erigida sobre una imponente roca negra. Las torretas de bordes afilados me recuerdan a los colmillos de un lobo. No contaba con toparme con una ciudad subterránea acomodada en las entrañas de la tierra. Y no soy la única.

—¿Qué coño es esto? —maldice Killian con el rostro dirigido hacia la ciudad.

Incrédulo, Saren añade:

—Nunca he visto nada parecido. Todavía estamos a tiempo de dar media vuelta y rodear las montañas, como había sugerido.

—Ni de coña —decreta el ladrón de forma categórica—. Es una pérdida de tiempo considerable, sigo prefiriendo tentar al diablo.

—Tú lo tientas demasiado… —le reprocha Saren con un tono sentencioso—. El objetivo no es llegar rápido, es llegar con vida, ¿no? Arya…

Killian se da la vuelta y se abalanza sobre Saren, tan rápido que lo pierdo de vista durante unos segundos. Saren ni se inmuta, para nada intimidado.

—No me digas cómo debo proteger a Rosenwald, ¿entendido? No soy uno de tus soldaditos, general. No olvides que podemos prescindir de ti perfectamente, amigo mío. Compartamos un secreto o no.

Puedo ver en la mirada de Saren sus ganas de desenvainar la espada. ¡Qué autocontrol contra un ladrón más joven que él, cuando está acostumbrado a dirigir a cientos de hombres y mujeres! Estoy segura de que ya lo ha debido castigar más de una vez en su cabeza. Con intención de calmar el ambiente, intervengo con picardía:

—Déjalo tranquilo, Nightbringer. Te recuerdo que, sin él, tendrías una parte menos del botín.

El ladrón se toma unos segundos de reflexión, después desiste.

—De acuerdo, pero que deje de mimarte. No estás hecha de cristal, que yo sepa. Lo único que consigue es ablandarte.

—Y tú deja de ser tan paranoico.

A base de golpes, he aprendido que Killian no tiene filtro entre lo que piensa y lo que dice, así que no me queda otra que lidiar con su falta de tacto cada dos por tres. A veces, me gustaría que dejase de golpear mi pequeña reserva de confianza y que me animase más a menudo, en vez de ser tan duro conmigo.

—A ti no te haría daño ablandarte un poco.

El puente se termina más allá del foso que rodea la fortaleza y donde se estanca el agua contaminada. Pasamos unas cavidades, que se asemejan a colmenas, sin toparnos con ningún tipo de obstáculo, tan solo las asperezas cortantes bajo nuestros pies. Dos pesadas puertas negras como el carbón nos dan la bienvenida, y Killian empuña una de las aldabas de hierro oxidado, bastante más grande que su mano. Le pregunto con ironía:

—¿Vas a llamar a la puerta como si fueses una amable visita?

—No digas tonterías, cabeza de chorlito. Ayudadme.

Las puertas ceden cuando las empujamos, produciendo un estruendo digno de un trueno.

—Nuestro punto fuerte es la discreción.

A simple vista, el lugar parece estar abandonado y rezo para que así sea. No dejo de pensar que estamos descuidando nuestra prudencia habitual, como si no pudiéramos evitar descubrir los secretos que esconde este sitio.

Nos colamos en el interior: todo es más o menos como me lo imaginaba, excepto lo que se revela entre las llamas que coronan una profusión de candelabros de pie. Cuando entramos, las llamas parpadean. Aquí estamos, en una especie de mansión. Ante nosotros se elevan dos escaleras gemelas, con pasamanos de hierro y escalones cubiertos por unas gruesas alfombras color púrpura. Una cúpula corona sendas escaleras, cuyos mosaicos forman parte de un sublime rosetón, que deja pasar una luz roja y mística. El resto del espacio lo ocupan una docena de estatuas escondidas bajo sábanas polvorientas, como si fuesen fantasmas o las piezas centrales de un tablero de ajedrez. El ambiente es turbio, pero no hay nadie a la vista. Saren nos frena, tenso.

—No es una ciudad. Es una guarida.

—¿Qué?

—Nos vamos de aquí —aprueba Killian, entrando también en pánico—. ¡Y no hay más que hablar!

La puerta se cierra tras pronunciar esas últimas palabras. Saren se abalanza e intenta tirar de un batiente, pero no sirve de nada. Un ruido de mecanismo nos avisa de que la acaban de cerrar con llave.

—¡Esto no huele nada bien!

Las sábanas empiezan a ondearse, como si las levantasen unos dedos invisibles, y las estatuas comienzan a moverse. El caso es que no son estatuas, y Killian y Saren se han dado cuenta antes que yo. Golpeo la puerta en un arrebato provocado por el miedo. No quiero ver lo que esconden esas telas. No por falta de valentía, sino por sentido común.

—¡Quédate con ella!

El ladrón se abalanza sobre estas amenazas anónimas y neutraliza a varias incluso antes de que las sábanas caigan. Su daga corta justo a través de la garganta. Una cabeza cubierta con la sábana rueda como un balón hasta mis pies. Veo cómo se amplía una mancha de sangre negruzca mientras hago una mueca de disgusto. Saren me empuja y la aparta dándole una patada con fuerza. La cabeza sale volando hacia la pared, pero se desintegra antes de chocar. Toda esta puesta en escena macabra me deja sin palabras. ¿Qué son esas cosas?

—Dhurgales... —exhala Saren.

Conocer ese nombre desde hace años no hace que me asuste menos, más bien todo lo contrario. Uno de ellos gira su cara monstruosa hacia nosotros. Sus ojos escarlata no son nada en comparación con su boca deformada por una encía prominente, de la cual sobresale una hilera de dientes puntiagudos como estacas. Todo hace que esta criatura se vea fea y desagradable, desde sus miembros gredosos y delgados hasta sus garras, pasando por su frente protuberante. La criatura se lanza hacia nosotros con la boca abierta, babeando. Nos mira con deleite. Saren se pone en guardia, pero esta lo manda a volar como si nada. Por una razón que desconozco, me quiere a mí. Horrorizada, mi cabeza va a mil por hora tratando de encontrar alguna posibilidad de defensa o retirada.

Por suerte, el ladrón se encarga de uno de los Dhurgales rompiéndole la nuca y viene en mi ayuda. Otro monstruo lo asalta; ambos ruedan por el suelo. La criatura me agarra del pelo. Mueve mi cabeza hacia atrás, exponiendo mi cuello a su lengua viscosa y fría, que pasa lentamente por mi piel. El monstruo se prepara para plantar sus colmillos mortales.

—¡SUFICIENTE!

La criatura congela su ridículo movimiento, pero continúa enviándome señales peligrosas. Con un gruñido animal, me suelta y lucha por no ignorar esa orden. Una silueta borrosa desciende los escalones. Aprovecho el momento para deshacerme del agarre del monstruo. En sus ojos reluce una mezcla entre frustración y temor. Saren se encarga de rematarlo, mientras vigila al recién llegado. Sin previo aviso, Killian lanza dos puñales en su dirección. Las armas se plantan en la pared a la altura de su cabeza. Demasiado tarde: el hombre ha desaparecido.

Su reaparición delante de nosotros me hace pegar un salto. Una sonrisa cordial, incluso encantadora, se dibuja en su rostro. Se inclina con cortesía, el gesto no es agresivo ni belicoso. Killian se coloca delante de mí, en un reflejo de protección, y me zafa de su mirada; ahora estoy bloqueada entre la puerta y él. Saren forma una segunda muralla de forma inmediata. Este exceso de protección me incomoda, porque deja a la vista mi debilidad.

—Es raro que falle mi objetivo.

—No tienes el monopolio de la velocidad, ladrón.

El hombre habla con una voz calmada, su dicción es detallada y elegante. Acentúa las consonantes y el final de las palabras. ¿Cómo me voy a creer que pertenece a la misma especie que la criatura a la que le ha faltado arrancarme la yugular? La naturaleza puede llegar a ser muy irónica.

—Diles eso a tus perros guardianes.

—Mis disculpas. Mis centinelas son… eran recién nacidos. Todavía no saben cómo contenerse y se dejan guiar por la sed.

—¿Quién eres? —pregunta Saren con un tono tajante—. ¡Habla!

—No recibo órdenes de humanos, pero, al contrario que vosotros, yo sí conozco los buenos modales, así que voy a presentarme e ignorar esta ofensa. Soy el teniente Alric y os encontráis en la morada del ilustre Lesath y su linaje, que nosotros llamamos Valle de Hierro. ¿Qué os trae por aquí?

—El Valle de Hierro —repite Saren con la voz aterrada.

Ese nombre significa algo para él. Algo espantoso, con una pizca de maravilloso. Mi atención se centra, muy a mi pesar, en este ser tan parecido a un humano. Lo inspecciono a escondidas, completamente embobada. Su aura me atrae, me impacta y, durante unos segundos, una luz tenue subraya el contorno de su cuerpo alargado. Mis ojos revolotean. Mi imaginación me juega malas pasadas. No obstante, él es completamente real, y me faltan palabras para poder describirlo.

«Seductor» no me parece el término adecuado. «Sorprendente» tampoco se le acerca. Una belleza fría y melancólica.

Una marca indeleble enturbia esa perfección casi total. Se parece a una estatua de cera siempre ideal pero vacía, a punto de romperse; a un mueble espléndido olvidado en un rincón desde hace demasiado tiempo, con su lustre empañado por el polvo. El pelo negro, medio largo, con ondulaciones fluidas, encuadra su rostro anguloso de una simetría perfecta. Un mechón más largo cae bajo su mentón puntiagudo; se demora en colocárselo detrás de la oreja, pero enseguida vuelve a cosquillearle la cara. Su piel, pálida y lisa, recubre sus pómulos, altos y sobresalientes. Sus profundas mejillas le otorgan un aspecto delicado, pero sin llegar a ser andrógino. Todo es perfecto en él.

Centrada en esta criatura, sigo examinando la nobleza y el clasicismo que destacan en su encanto. Su vestimenta refinada se entalla a la perfección en su cuerpo. A su porte no le falta elegancia. Está de pie, con los hombros erguidos hacia atrás y las manos cruzadas en su vientre. Jamás había visto una belleza tan consagrada, así que llego a la conclusión, tal vez un poco excéntrica, de que todo esto no es más que una pantalla de humo.

Me invade un sentimiento que apenas consigo frenar: la compasión. Puede que mis nuevos poderes estén alterando mi juicio y mi percepción, o que esté extrapolando lo que siento. Nuestras miradas se cruzan y ya no sé qué emoción predomina en mí. Esa mirada tiene un efecto sobre mí, como si unas manos frías me tocasen el cuerpo. No, más bien, como si me tocasen el alma. Sus ojos, de un azul claro, me perturban y, al mismo tiempo, me da la impresión de que puede desnudar la mitad de mis pensamientos. Bajo los míos, por pura superstición.

—Aquí estás, por fin…

Capítulo 36

Lesath

—¿**P**erdón? Hago la pregunta de una forma más brusca de la que pretendía. Saren y Killian se giran hacia mí con aire interrogador. Al ver que no reacciono, continúan con su conciliábulo. ¿Oír voces es una característica de los Guardianes de las Palabras? ¿Existen antecedentes de locura entre ellos? Juraría que se había dirigido a mí. El Dhurgal me sonríe, después su rostro se retrae con sequedad. ¿Cómo consigue inspirarme bondad cuando debería sentir un miedo visceral?

—Lo siento, no puedo dejaros marchar. Toda persona que atraviesa el Valle de Hierro ve su suerte truncada por nuestro Génesis.

—Me la suda tu estúpido Génesis. Nadie nos dirá qué hacer. Nos largamos de aquí, niños. Un placer haberos conocido.

La criatura bloquea el brazo de Killian antes de que llegue a tocar la puerta. En sus manos, el brazo del ladrón parece una ramita.

—Insultar al Génesis bajo su propio techo. No sé si eres estúpido o demasiado valiente.

—Un poco de los dos —interviene Saren, completamente superado por el comportamiento impulsivo del ladrón—. Escuche, solo queremos llegar a la otra vertiente de la montaña. ¿Podríamos arribar a un acuerdo?

El rostro del teniente permanece impasible, hasta parece que se aburre. Se estira su escotada camisa con la mano, para después girar la cabeza en mi dirección con una sonrisa amable.

—Mis disculpas, me he dejado llevar.

En ese momento, me fijo en sus colmillos desarrollados. La revelación que se negaba a aparecer finalmente se manifiesta: no es humano, poco importan su apariencia y su cortesía. Seguro que mata para alimentarse; o peor, para divertirse. He sido engañada por un espejismo. ¿Qué querrá de nosotros?

—Yo no cedo —replica él con severidad—. Las reglas son las reglas. Y me disculpo por adelantado por lo que vendrá a continuación.

Nadie pregunta «¿Disculparte de qué?», porque la respuesta llega sola en forma de muchedumbre. Resurgen otros Dhurgales. Estos no tienen nada que ver con los monstruos centinelas: son criaturas parecidas a Alric. Mujeres y hombres con una belleza hipnótica, demasiado perfectos para ser humanos.

—No es necesario que los atéis, no huirán. Que nadie los toque, sobre todo a la chica.

—Evita mirarlos a la cara —me susurra Killian muy bajito—. No te dejes engatusar por su atractivo.

No nos queda más remedio que seguirlos. Nos cachean y se adueñan de las armas de mis compañeros. Temo por el mapa de las Palabras, pero Killian jamás lo hubiese dejado a la vista de nadie. Su propia inspección dura más que la nuestra: una Dhurgal sublime se toma su tiempo para disfrutar palpando su cuerpo. Saca una sorprendente variedad de armas de debajo de su ropa. Intenta hasta quitarle su máscara, pero él le sujeta su fina muñeca.

—No escondo nada detrás, guapa. Aparte de unos dientes para morder, ya sabes.

Ella remilga, con su vestido compuesto de tres pobres telas negras, suaves y transparentes, sujetas por un único broche. Acaricia el cuero de Killian con su blanca mano, después se detiene en los cristales que penden de su cintura.

—Déjaselos —interviene Alric duramente—. Son más peligrosos para él que para nosotros. No perdamos más tiempo.

Tres Dhurgales me invitan a abrir la boca. Al contrario que los del teniente, sus ojos brillan con una exaltación animal que me provoca un profundo malestar. Killian me sigue de cerca, silencioso. Siento que se está preparando para los siguientes acontecimientos, porque no había previsto nada de esto. Mientras nos desplazamos, me persigue la sensación de tener una mirada persistente clavada en la espalda.

Accedemos a la planta superior y atravesamos unos pasillos largos y sombríos, cuyas paredes están repletas de espejos magníficos recubiertos de sudarios y decoradas con candelabros que chorrean una cera rojiza. Rozo las paredes con los hombros sin querer y me invade un calor de arriba abajo. El fuego me sube hasta las mejillas. De estas paredes rezuma una extraña energía que me perturba. De vez en cuando se abren unas alcobas de nichos discretas, que se ocultan tras unas cortinas fluidas. Echo un vistazo al interior de una de ellas, por pura curiosidad, y rápidamente me arrepiento de este acto reflejo, a pesar de que no consigo apartar la mirada.

Las cavidades, ocupadas por los Dhurgales, sirven de habitaciones para actividades en las que preferiría no estar implicada. Parejas y grupos, sin hacer distinción de sexo o raza, se enlazan y se entrelazan en un baile lascivo y sensual. Se empujan, se encuentran, se acarician, se maltratan. Es imposible determinar dónde empiezan los cuerpos y dónde acaban. Los dedos tiran de las telas, los cinturones se desabrochan. Las curvas se encuentran con los ángulos. Se arquean, se frotan. Unas manos agarran unas nalgas, se enganchan en la espalda. Los cuerpos ebúrneos, realzados por el tenue resplandor de las velas, encajan a la perfección. Los colmillos se hunden en la carne, la sangre corre a lo largo de los blancos cuellos, las garras acarician o laceran. Estas criaturas de belleza demoníaca hacen el amor incansablemente; a veces de forma salvaje, sin mostrar ni un signo de cansancio, atrapadas en un trance erótico. Algunos llevan los ojos tapados con vendas o tienen las muñecas atadas con una cinta de seda, para intensificar otros sentidos. Otros usan y abusan del dolor y se deleitan con él. Parecen espejismos, puras fantasías de mi mente que buscan distraerme de mi objetivo. Hasta me gustaría unirme a ellos, fundirme entre ellos y dejarme llevar por ese disfrute, tan comunicativo que me muerdo los labios de ganas. Los gemidos y gruñidos me agitan. Un dulce y suave olor termina por encenderme. Los suspiros liberadores se enlazan, y me muero por no poder alimentarme de ese orgasmo colectivo. A pesar de que hace mucho frío en las profundidades cavernosas de la montaña, me seco una fina capa de sudor de las sienes, completamente embrujada.

—¡Arya, avanza!

La voz ronca de Killian me trae de vuelta, arrancándome de este letargo húmedo y ardiente. Continúo mi camino con la cabeza baja, confusa, concentrándome en la alfombra púrpura manchada de sangre seca por todas partes. Me he dejado llevar por esas visiones carnales como si respondiesen a un deseo escondido en mí. Ahora que he recobrado el sentido, me disgusta el pensamiento de participar en esa orgía de carne y sangre.

—Te dije que no los mirases demasiado —me advierte Killian, desaprobador—. Sobre todo cuando se están apareando. Eso libera una especie de...

— ... feromonas —Saren completa la frase con la mirada esquiva—. Una de sus armas hipnóticas para alimentarse de sus presas.

—¿A quién no le gustaría morir en el éxtasis? —se divierte el ladrón.

Sintiéndome avergonzada por mi pudor, lo interrogo:

—¿A ti no te afecta?

—A mí me hace falta algo más que eso, Amor. El poder de los súcubos solo funciona en las personas débiles o en las que están sexualmente frustradas.

Hago oídos sordos a esa nueva pullita y me pregunto, un poco picada, en qué categoría me situará Killian, ignorando las risas burlonas de nuestros carceleros. Alric pasa por delante de mí y me observa con curiosidad, como si mi reacción lo desconcertase, y después se dirige a nosotros:

—Aquí se separan vuestros caminos. No podéis presentaros así vestidos. Que Dahlia se ocupe de prepararlo todo. Nos vemos en el salón de recepción.

Con una mueca, examino mi ropa un poco sucia pero totalmente aceptable. Aunque, si la comparo con la de ellos, parezco una marrana o una chiquilla casta. Tres mujeres Dhurgal se acercan a mí, y una de ellas me toma del brazo. Me araña la piel con sus largas uñas pintadas de negro. Pero Killian se interpone entre ellas y yo. Con los brazos cruzados, pone su pie contra la pared para crear una barrera. Su mirada siniestra se gira hacia las mujeres que intentan agarrarme. Ellas se ponen a abuchear con agresividad, pero Alric las obliga a retroceder, haciendo un gesto con la cabeza apenas perceptible. Obedecen sin rechistar, a pesar de sus aparentes ganas de hacer pedazos la garganta del ladrón.

—Ella se queda conmigo —afirma Killian, dejando claro con su tono de voz que no tolera ninguna contradicción—. No nos separamos.

—No lo creo —objeta Alric, también totalmente categórico—. Jamás seguimos a nuestras hembras a los tocadores. Es una cuestión de convencionalismo. Te ruego que respetes nuestras costumbres.

—¿Sabes por dónde te puedes meter tus costumbres?

Los labios de Alric suben y bajan en la fracción de un segundo. Se me ponen los pelos de punta. Alric avanza hacia Killian. Este baja la pierna, en un gesto nervioso, y se endereza. Se observan con hostilidad. Dudo si intervenir para intentar calmar al ladrón pero, conociéndolo, ya puedo imaginarme su reacción. Es decir, perder los estribos y después castigarme por semejante ofensa. Sería inútil inmiscuirme en esta situación. Él sabe lo que hace. O, al menos, eso creo.

La voz de Alric se eleva pero sigue siendo respetuosa, como si sus buenas formas estuviesen demasiado ancladas en él como para permitirse expresar su ira:

—Qué lenguaje tan soez. Una suerte que tu boca esté escondida, porque te la arrancaría con gusto.

—¿Sabes que te mataría ante el más mínimo intento? —lo previene el ladrón con desdén.

—Elogio tu audacia —responde el Dhurgal con calma—. No obstante, no creo que la insolencia te beneficie teniendo en cuenta la situación en la que te encuentras, joven bandido. Si fuese tú, controlaría mis formas. No olvides dónde estás. Podría hacer que desaparecieses de la faz de la Tierra con un simple movimiento de cejas. Y dudo que alguien te echase de menos. Excepto, quizá, los cazarrecompensas.

Killian recibe el insulto, aguantándose las ganas de devolvérselo. Lucha por tragarse su orgullo y reprimir su impulsividad. Posa su mano sobre el hombro del Dhurgal y se acerca a su oreja.

—Una pena que tú no seas yo, entonces. Así, al menos, podrías saber qué se siente al tener un corazón que late.

Los Dhurgales gruñen de impaciencia a mi lado. La atmósfera electrizante los excita. Alric retira la mano de Killian como si fuese basura y después sacude su hermosa chaqueta.

—¡Killian, ya basta! —exclama Saren, separando a la criatura nocturna y al hombre enmascarado—. Discúlpelo, le gusta bromear con la gente.

La palabra utilizada me hace sonreír, muy a mi pesar: dudo que se pueda bromear con un Dhurgal. Y Killian no bromea con la gente. Les pega, puede que los mate, les roba o los saca de quicio (su pasatiempo favorito). Saren suelta una retahíla de excusas y hace muchas reverencias. Me parece muy valiente exponer su nuca ante un Dhurgal ofendido. Killian, disgustado con tanta deferencia, chasquea la lengua, pero termina cediendo, después de especificar que, si alguien bebe aunque sea una gota de mi sangre, la masacre será proporcional a su enfado.

—Te prometo que nadie le hará nada a tu protegida —le asegura Alric con la mano apoyada sobre su corazón—. Van a prepararla para la cena.

—Y la cena somos nosotros, me imagino —gruñe el ladrón, ofendido.

—Esta noche no tienes nada que temer. Vamos a recibir a nuestros invitados como se debe. Una vez dicho esto, te aconsejo que vigiles tus formas ante nuestro señor y que te dirijas a él sin dar evasivas: no aprecia la insubordinación y se mostrará menos magnánimo que yo. Y espero que tengas la amabilidad de devolverme el anillo que me acabas de sustraer antes de que cambie de opinión.

Los Dhurgales se dispersan sin escándalo. Los ojos de Killian lanzan chispas y se posan sobre mí antes de desaparecer en la esquina de un pasillo con la pared tapizada con una tela carmesí. Espero que no ponga su vida en peligro, y también que las Dhurgales mantengan la promesa de Alric. A decir verdad, no creo que tengan poder de elección. En mi cabeza se ha instalado la hipótesis de una sujeción mística que une a estos seres entre ellos.

Las divinas inmortales me conducen a una habitación, y luego a una estancia más grande con una decoración refinada. Esta se encuentra sumergida en la penumbra y contiene varios muebles antiguos con pies curvilíneos, sofás cuyos asientos cubiertos invitan a la vagancia y tocadores llenos de cepillos y frascos que liberan olores embriagantes. Las velas esparcidas por el suelo parpadean y proyectan unas sombras fantasmales sobre las paredes, decoradas con visillos escarlata. Unas Dhurgales con ropas muy ligeras, tumbadas sobre unos divanes adornados con lirios dorados, esperan a que sus asistentes les aten los corsés o les sirvan algo para calmar su sed en sus grandes copas plateadas, que se llevan a sus labios delicadas como rosas.

Avanzo dando pasitos, sin sentirme demasiado segura. La ausencia de Killian y de Saren me arrebata parte de mi confianza. Me apoyo en ellos desde el principio, no lo niego. La valentía no hace que desaparezca el miedo.

Las uñas de las Dhurgales se clavan en mi espalda para hacer que camine más rápido. Me empujan hacia el fondo del tocador, que está medio oculto por un largo tapiz. Una de mis carceleras lo aparta y deja al descubierto una gran bañera de cobre en la que se está bañando una Dhurgal, todavía más majestuosa que sus hermanas. Sale de la bañera completamente desnuda, salvo por una gargantilla de encaje, y le entregan un camisón de satén negro, que hace que destaque cada una de sus curvas. Comienza a lamerse los dedos ensangrentados con glotonería.

—Alric quiere que te ocupes de la humana, Dahlia.

—Alric pide demasiadas cosas, pero siempre rechaza todo lo que yo quiero —se lamenta con un tono posesivo—. Qué teniente tan malcriado.

Se echa para atrás su largo pelo de un negro azulado y, tras lanzarme un vistazo descortés, añade, como si yo no estuviera:

—Y no hago milagros.

—Parecía interesado en ella.

—La afección de Alric por ciertos adefesios me supera. ¿Al menos tengo permiso para probar su sabor?

—No, no quiere ver ni un solo rasguño sobre esta cosa insignificante.

—Qué pena. Te verías mucho mejor con algunos litros de sangre menos.

Pasa sus largos dedos por mi mejilla y se controla para no arañarme. Da unas palmadas: las damas traen un asiento donde me obligan a sentarme.

—Vosotros, los humanos, os preocupáis tanto por vuestra miserable vida, tan fácil de arrebatárosla.

—Es normal cuando solo se tiene una.

—No creo que pueda solucionar ese problema, no tengo un alma caritativa.

Los minutos siguientes se me hacen una eternidad. Me tiran del pelo, me aplican un montón de polvos en el rostro, me desvisten con brusquedad y, después, me obligan a ponerme otras prendas, ceñidas e incómodas. Mis labios tienen un extraño sabor dulce. Juegan conmigo como si fuese una muñeca, y yo no puedo ni rechistar. Cuando este tejemaneje termina al fin, Dahlia evalúa el resultado con una mirada incisiva, para después hacer un gesto despectivo con la mano con el que ordena que me saquen de aquí.

Las Dhurgales me conducen hacia el salón de recepción. La ropa de cuero se pega a mi cuerpo como si fuese una segunda piel; trato de tirar de ella para ver si da un poco de sí, pero no lo consigo. El conjunto hace que mis andares se vean poco elegantes. El escotazo que llevo le provocaría sudores fríos a mi

301

pobre madre. No importa cuánto intente subírmelo, no esconde gran cosa.

—Te encuentro muy apetitosa así —afirma una de las hembras, pero el cumplido no me halaga, más bien me asusta—. Dahlia se pone celosa de todas las humanas que le gustan al guapo teniente, pero yo soy generosa y no tengo ningún problema en compartir.

Veo a mis compañeros y siento alivio, aunque me avergüence de mi atuendo. He de admitir que Saren lleva un traje que realza su maciza silueta. Killian está igual que siempre. No han conseguido disfrazarlo. Me adelanto a su inevitable burla.

—¡Tú te callas!

Alric abre una puerta doble por la que paso justo después que él, asustada. Avanzo tras su estela, escondida detrás de su sombra. Pertenece a la misma especie que esos trituradores de gargantas, pero tiene algo que me tranquiliza. Aunque puede que me equivoque con sus intenciones, me da la impresión de que nos protege de la voracidad de los demás. A menos que nos mantenga con vida por respetar el protocolo, como si fuésemos manjares reservados para la élite. Me resulta gracioso que un Dhurgal le tome cariño a su comida.

La enorme sala me da vértigo. Unos candelabros resplandecientes descienden del alto techo abovedado. Sobresalen unos balcones cerrados por balaustradas doradas. En uno de ellos, se alza un prestigioso órgano. Justo en medio de la sala, hay una interminable mesa, con cubiertos de plata demasiado limpios, candelabros extravagantes en forma de vértebras humanas y coronas funerarias secas. El mantel, de un blanco impecable, me parece que está fuera de lugar en este conjunto tenebroso. Unas gárgolas horribles sujetan, en sus manos ganchudas o en sus bocas abiertas, unos candelabros que proyectan secciones de luz vacilantes en las paredes, otorgándole una distinción indiscutible a este lugar maldito. Varios cuadros, retratos y paisajes, cuyas pinturas están agrietadas, acentúan este sentimiento de mil vidas vividas, o mil muertes.

Alric chasquea los dedos. Un fuego resurge en una alta chimenea: el calorcito que emana es más que bienvenido.

—Los humanos le temen al frío —constata—. Les temen a muchas cosas.

La nostalgia que me transmite su voz me asombra tanto como el considerado gesto.

—¿A dónde nos lleva? —le pregunta Saren con impaciencia.

—Ante nuestro Génesis. Él decidirá vuestra suerte. Os agradecería que os comportaseis con más *cortesía*.

Hace hincapié en la última palabra y lanza una mirada elocuente hacia el ladrón.

—No te preocupes, *Dhurgal*. No nos faltan modales.

—Solo es un consejo, si te preocupas por tu vida. O por la suya, al menos.

Cada vez nos cruzamos con más criaturas que huelen nuestro perfume con deseo, pero no intentan tocarnos. Cuando pasa Alric, se inclinan solemnemente antes de reanudar sus conversaciones, sin apartar la mirada de nosotros. Oigo la charla de dos Dhurgales muy jóvenes.

—Me toca a mí llevar los restos de la cena a los Carroñeros —se queja el primero.

—Me alegra mucho no tener que involucrarme más con esa plebe que solo sirve para masticar las sobras —se alegra el otro.

Trago ante la idea de convertirme en las sobras, pero me quito ese pensamiento de la cabeza y sigo avanzando con la cabeza baja. En los rincones oscuros, sobre unos cojines esparcidos por el suelo, algunos prolongan sus travesuras o se alimentan, pero la mayoría se amontonan al fondo de la sala formando un arco perfecto.

Todos se han puesto sus mejores galas. Los súcubos exuberantes llevan la cintura ceñida por corsés de cuero. Las Dhurgales filiformes van vestidas con largos atuendos con una abertura y transparencias colocadas estratégicamente; sus collares con pendelocas y granates caen hasta sus riñones. Algunos de los esculturales machos van medio desnudos, otros ataviados muy elegantes con trajes dandi y chalecos brocados.

La mayoría lleva una melena sedosa. Los subalternos van deambulando, con la espalda inclinada, para servirles sangre fresca en sus copas de cristal. Me descoloca el paradójico refinamiento de estos asesinos y mi inquietud aumenta.

Las criaturas nos llevan ante su jefe supremo. Un Dhurgal ejerce presión en mi hombro para obligarme a que me arrodille. Killian lo disuade con una mirada y apoya una rodilla en el suelo por iniciativa propia. Saren lo imita, tan prudente como (casi) siempre.

Aposentado en su trono, compuesto por un conjunto lúgubre de cráneos, osamenta y cueros, se mantiene derecho, con las piernas cruzadas y los brazos apoyados sobre los reposabrazos. Su puño se clava en su mejilla. Deja escapar un bostezo de aburrimiento, que revela dos colmillos prominentes. Todo mi cuerpo me grita que huya. Cuando llegamos, huele con interés el exquisito aroma de nuestra sangre. Sus afiladas uñas golpean el reposabrazos, cosa que me produce dentera. Las falanges de su tercer dedo están cubiertas por un anillo de armadura que se prolonga en una garra puntiaguda. Suficiente para cortar la garganta de sus víctimas de un solo golpe.

Intento no mirarlo a los ojos, pero siento un ardor agudo mientras que una voz glacial y cruel se introduce en mi cabeza. *No me quites los ojos de encima. Admirarme es un privilegio para un humano.* Soy demasiado débil para resistirme, así que me someto a este mandato mental. Me regala una sonrisa inquietante.

Comparado con los demás Dhurgales, que ya poseen una presencia hermosa, el Génesis le otorga una nueva definición a la palabra «belleza», y llego a preguntarme si su magnificencia será real o una trampa: una fachada quimérica utilizada a modo de arma para seducir y atraer a sus víctimas. Su pelo blanco, sujeto por una cinta de satín, cae sobre sus hombros menudos. Su mirada opalescente resplandece en la oscuridad. Su larga chaqueta, de la que sobresale una camisa con volantes y mangas acampanadas como la corola de una flor, acentúa su esbelto cuerpo. Sus delgadas piernas están enfundadas en un pantalón de cuero y unas botas que le llegan hasta los muslos. Parece una estatua de mármol, delicada y terrorífica. Este Dhurgal puede matarnos con un simple chasquido de dedos, habría que estar loco para no darse cuenta o para oponerse a sus deseos.

—Oye, oye —clama el Génesis con la voz afectada—, ¿a quién osas invitar a mi vasta morada? Mi querido teniente me trae nuevas ofrendas para expiar su conducta. ¿Tu estancia en el Purgatorio te hizo entrar en razón?

Alric se inclina muy bajo con un brazo en la espalda. Si no temiese tanto por mi vida, me gustaría saber cuál fue su error. En esta ocasión, me guardo mi indiscreción habitual en lo más profundo de mi garganta, la cual prefiero mantener intacta.

—He aquí nuestro Génesis —presenta Alric, adulador—. Nuestro Gran Creador, Lesath. Su mano derecha, Astaroth, y su cardinal, Orias.

Giro la cabeza y veo otros dos tronos, colocados a una altura más baja. El primero lo ocupa un Dhurgal con el pelo azabache y los ojos negros. Unas cicatrices de quemaduras surcan su torso, desnudo e imberbe. Está jugando con las espinas de una rosa, a la que le termina por arrancar los pétalos. El otro exhibe un peinado engominado rubio platino y lleva las uñas pintadas de un negro descascarado. Viste una camisa de cuello alzado completamente desarreglada. Está sentado de lado, fumándose una pipa de opio, cuyos embriagadores vapores se esparcen por encima de nosotros, provocándome somnolencia.

Nos levantamos, aunque yo me sigo sintiendo aplastada contra el suelo. El Génesis clava su mirada sobre mí, manifestando los celos que le ha producido la atención que les he dedicado a sus subordinados. Sus delgados labios sonríen sin transmitir alegría y su voz me pide que me acerque. Obedezco. Killian me corta el paso pero termina apartándose, sin duda bajo la influencia de la magia de Lesath. Me siento sobre el reposabrazos del trono, incapaz de controlar mis propios movimientos. Saren y Killian intercambian una mirada alarmados e intentan moverse, en vano. Lesath los mantiene en su sitio. Los demás Dhurgales se parten de risa ante la patética situación. El

305

Génesis nos manipula como si fuésemos títeres desarticulados. Killian parece hervir de rabia por dentro, mientras que Saren evalúa sus opciones. Sus ojos se mueven sin parar: está calculando el número de enemigos y las puertas de salida. Lesath chasquea los dedos y las risas se apagan.

—Calma, amigos. ¿Quién eres, mi dulce niña?

Su aliento atroz huele a hierro.

—Arya Rosenwald.

—Bienvenida al Valle de Hierro, Arya Rosenwald. ¡Qué hermosa y delicada flor!

Roza mi frente con sus uñas, después desliza un mechón de mi pelo entre sus dedos con un suspiro, completamente extasiado. Cuanto más me olfatea, más se oscurecen sus iris blanquecinos.

—Tan pura...

Killian lucha con rabia. Sus ojos atraviesan al Génesis con violencia, como si fuesen lanzas. Sé que perderá el control contra quien sea que se interponga entre él y yo en cuanto Lesath deshaga su hechizo.

—NO LA TOQUES...

—Maestro, si me lo permite —interviene Alric de manera precipitada—, deberíamos anunciar el inicio de las festividades. No fallemos a nuestras tradiciones: mostrémosles a nuestros invitados nuestro sentido de compartir y de celebrar.

Comprendo la naturaleza de esta criatura en cuanto su mirada azulada se topa con la mía, completamente diferente a la de los demás. Pero ¿qué lo hace tan especial? Él no quiere que muramos, o al menos no inmediatamente.

Lesath se aleja de mí y se pone a aplaudir, sobreexcitado. La negrura de sus pupilas se disipa, como un velo que se quita de repente. Vuelvo con mis compañeros, por fin liberada de su técnica. Ya no me controla. Saren se endereza, pero sigue alerta. Killian, dejándose llevar por su pasión, emprende una expedición punitiva. Alric frena su rebelión con un discreto meneo de cabeza. Para mi gran sorpresa, Killian cambia de opinión, pero protesta:

—¡Detén este estúpido juego, Dhurgal! Mátanos ahora o déjanos ir, pero este jueguito del gato y el ratón no me divierte lo más mínimo. *Khrân!* ¡Estáis todos como cabras!

Un rugido grave recorre la asamblea. Los Dhurgales han formado un círculo infranqueable a nuestro alrededor. Killian ha ido demasiado lejos. Lesath abandona su trono y se dirige hacia el ladrón con paso furibundo. Este se coloca delante de mí, en posición de defensa. No se dará por vencido.

El Génesis levanta su mano, dispuesto a golpear a quien acaba de ofenderlo. Corta el aire lentamente con ella. Killian no se mueve, tan solo espera al último momento para esquivarlo, o quizá comprende que no será capaz de hacerlo.

Me estremezco. De repente, el Génesis cambia de opinión: su mano cambia de dirección y se topa con la mejilla de Alric con una fuerza magistral. El rostro del teniente se gira hacia un lado; ha conseguido desplazarlo varios metros. Y cae, sin hacer ningún ruido. Si hubiese sido Killian, seguramente lo habría neutralizado o matado.

—Alric —sisea Lesath, dulce como el infierno—, ¿no les has explicado a tus queridos invitados que hay que dirigirse hacia mí con deferencia?

Tres largas y profundas laceraciones desfiguran la cara de Alric, pero se cierran ante mis ojos hasta desaparecer.

—Discúlpeme, Génesis —murmura él—. Los *jâsana* no aprenden rápido.

A pesar de que tiemblo de espanto y rabia, me vence un sentimiento de lástima. Saren me aprieta el brazo para reconfortarme.

—En cuanto a ti, bandido de pacotilla…

—¿Qué? —ladra Killian, todavía sin aprender la lección.

El Génesis posa su mano gredosa sobre el hombro del ladrón.

—Me gustas —concluye Lesath con una risa extravagante—. ¡Me diviertes! Me gustan los humanos cabezotas. Normalmente, me aburren agonizando como cerdos, suplicando por mi misericordia: «¡No, tenga piedad, no me mate! ¡Haré todo lo que usted desee!» —imita con una horrible entonación llorona—. Que quede entre nosotros, pero eso me da todavía más ganas de despellejarlos vivos.

—Como si necesitase su permiso para hacer lo que le plazca.

—¡Exacto!

Saren y yo permanecemos en silencio ante este giro de los acontecimientos. ¿Sabía Killian cómo comportarse para atraer el interés del Génesis desde el principio, para mantenernos con vida más tiempo? ¿O ha tentado a la suerte? A veces parece que la misión de Killian consiste en hacer que me maten en vez de protegerme.

—¡Declaro el comienzo de las festividades! —recita Lesath, abriendo sus grandes brazos.

Capítulo 37
Banquete mortal

Sin comerlo ni beberlo, me encuentro atrapada entre Killian y Alric. Saren se instala enfrente de mí, no esconde su miedo. Un Dhurgal joven, con la tez de porcelana y la melena cobriza, inicia un solo de violonchelo exquisito. Embutida en estas prendas demasiado apretadas, me revuelvo en mi asiento para evitar que se me inserten en zonas incómodas. Si no muero en un baño de sangre, será ahogada por mis propios atributos femeninos. Los ojos de Killian se quedan rezagados en mi corpiño. Su mirada lo dice todo, disfruta de la situación. Le pongo fin a mis maniobras ridículas, no estoy de humor para aguantar sus sarcasmos.

A mi alrededor, los Dhurgales se sientan a la mesa, relamiéndose los labios. Muchos de ellos me espían con una expresión carnívora o lujuriosa. Los sirvientes traen una serie de platos escondidos bajo una campana de cristal y grandes jarras llenas de licores. Killian se sirve alcohol en generosas cantidades en lo que parece ser un cráneo de niño vacío. O este hombre les sigue el juego o vive en la negación. Decido no comer nada, a pesar del hambre que tengo, y, cuando quitan las campanas y muestran su contenido, no me arrepiento de mi abstinencia. Unos corazones humanos palpitan sobre las bandejas de plata y unos guisos de carne cruda servidos con un cucharón flotan en una sangre espesa. Para coronar esta escena repugnante, una cierva agonizante deja salir su último suspiro. Se me cierra el estómago. Con glotonería, los Dhurgales chupan y trituran regalándome un concierto de succiones horribles. La cena toma un rumbo enfermizo y ni siquiera la música consigue entretenerme.

Me levanto de sopetón, incapaz de soportar el espectáculo de esta orgía. Killian me imita, pero lo rechazo con frialdad. No necesito un escolta, solo voy a tomar un poco el aire lejos de todo el mundo. Me apresuro, pegada a las paredes. Sin saber qué dirección estoy tomando, llego hasta el pasillo y me escondo en un rincón fresco. Con la cabeza entre las rodillas, intento extraer las imágenes de mi cabeza y los sonidos que provocaron mi huida.

Me vuelvo a ver a mí misma por las calles de Bellavista, petrificada por la locura, buscando un consuelo en las sensaciones familiares de mi infancia. El dulzor de una mano, de una manta, la comodidad de mi cama, la tisana de mi madre, el estómago bien lleno, la inmersión en un libro, el sol de Hélianthe. Por segunda vez, un extraño escudo me envuelve, pero no le tengo miedo y acepto su calor benefactor. Pienso en esos cuerpos copulando con bestialidad y me entra un escalofrío. Killian tenía razón, solo soy una niña ingenua, un corderito que no está familiarizado con las realidades de la vida por culpa de haber estado enclaustrada en mi zona de confort. Él, que está cómodo en cualquier circunstancia, debe reírse de mi pudor.

Me abrazo las rodillas con los brazos para intentar reforzar esa burbuja protectora y volverla impenetrable. Este nuevo Mantra es de una naturaleza más discreta que los otros. Las primeras sílabas de su nombre franquean la barrera de mis labios:

—[Prote...

—No deberías quedarte aquí sola —me llama la atención una voz femenina, cálida y ronca—. No es prudente.

Mi esfera invisible explota como una pompa de jabón. Levanto la cabeza y distingo al individuo que importuna mi necesidad de soledad. La Dhurgal me sonríe, engatusadora. Es la que me llevó con Alric.

—No me podéis matar sin una orden directa. No le temo a nada.

—Astuta, aun por encima.

No le pregunto «¿Aun por encima de qué?» aunque me queme no hacerlo. Solo quiero salir de aquí, que me dejen tranquila. Ella espera a que reaccione, plantada delante de mí con su largo vestido de tubo acampanado en los tobillos, pero yo me contento con examinar su elegancia y la armonía de su cuerpo. Se echa su cabello rojo hacia un lado, sensual, y no puedo evitar compararme con ella. Una evidencia me golpea de lleno: no me parezco nada a este tipo de mujer. Sin hablar de su monstruosidad, no le llego ni a la suela de los zapatos. Representa a la *femme fatale*, llena de seguridad, fuerte.

En el fondo de mí, quiero conseguir aunque sea un tercio de su confianza. Sin ella, corro el riesgo de fracasar en mi misión, de decepcionar las expectativas de la Protectora y de poner en peligro a este mundo. Esa idea me deprime. Aquí yace la Guardiana de las Palabras, incapaz de superarse a sí misma. Qué epitafio tan desgarrador. Una voz en mi cabeza me murmura la solución, una respuesta a mi plegaria, primero con dulzura, después con clamor: ¡[𝕮𝖔𝖓𝖋𝖎𝖆𝖓𝖟𝖆]! Acabo de acoger por mí misma una Palabra por primera vez, he sido yo quien la ha llamado y se ha colado en mi alma sin herirme.

—¿No te gusta la cena? —me interroga ella, cariñosa—. Puedo proponerte algo más excitante. Creo que hay muchas cosas que puedo ayudarte a descubrir.

Ignoro sus atrevidos avances, pero mantengo el contacto visual. Mi mejilla arde y se me seca la garganta. Me levanto con una nueva determinación: llegó el momento de volver al banquete, ya basta de esconderse. El corderito debe meterse en el foso de los leones. Mi postura ha cambiado: la espalda recta, con una sonrisa en mis labios. Paso delante de la Dhurgal, sin molestarme en mirarla. Ella me agarra el brazo, picada por mi indiferencia.

—Cuando una Dhurgal te habla, respondes. ¿Por quién me tomas, *jâsana*?

Mi respuesta mordaz no parece propia de mí:

—Por el momento, por nadie. Pero vuelve a hacerme esa pregunta más adelante, y entonces mi respuesta será muy diferente.

—No vas a vivir el tiempo suficiente como para que eso pase —me amenaza con desprecio—. La próxima vez que nos crucemos, no serás más que un cadáver comido por los gusanos. Eso en el caso de que los Carroñeros dejen restos.

—¿Esas son formas de dirigirte a tus huéspedes? ¿Qué diría el Génesis ante tan mala educación?

Con satisfacción, veo cómo el miedo aparece en sus ojos y sustituye a la indignación. De repente me resulta menos atractiva, y disfruto invirtiendo la relación de dominación.

—Estás equivocada, estúpida. Tan solo distraes a nuestro amo, nada más. Se cansará de ti, como de los demás, y acabaréis en el Foso, sin una gota de sangre en el cuerpo. Tú la primera. Le encanta divertirse con las jóvenes vírgenes y usarlas hasta que no les quede nada de inocencia, de sangre o de dignidad.

—¿Cosas que tú perdiste hace cuánto tiempo? ¿Dos siglos? Debe ser duro ya no formar parte de sus favoritas. Quita tu mano fría de mi brazo, no me gustaría contraer un resfriado *aun por encima*.

La abandono en el pasillo, ignorando su grito de furia. Desde que llegamos, los Dhurgales nos lo hacen pagar caro y nos tratan como si fuésemos juguetes o trozos de carne. Si voy a morir, prefiero hacerlo con la cabeza bien alta y añadir la palabra «rebelión» a su limitado vocabulario. No terminaré mi vida como si fuese ganado.

Abro las puertas y me dirijo a mi sitio. Con un aire desenfadado, desanudo los cordones que hay en la parte delantera de mi corpiño para respirar mejor, después me quito la chaqueta, que cae al suelo. Un sirviente se encarga de recogerla. Llevo una cola de caballo que está demasiado apretada y me produce migraña: me la deshago. Atraigo todas las miradas y saboreo su frustración por no poder tocarme.

—¿Dónde estabas? —me interroga Saren, pálido como un lienzo—. Deberías taparte un poco, Arya. No los tientes más de lo necesario.

—Que se contengan.

Se acerca para ponerme su propia chaqueta por encima de mis hombros, pero declino su oferta. Vuelve a su sitio, desconfiado. Agarro una jarra y lleno una copa con un licor violáceo.

Killian frena mi gesto y casi tiro todo el líquido por la mesa. No duda en mirarme, sorprendido.

—¿Pero qué… haces, Rosenwald?

—Tengo sed. ¿Te molesta? No van a envenenar a su futura comida con arsénico.

Agarro un racimo de uvas negras y empiezo a comerlas por abajo. Él alza las cejas y se echa a reír.

—¿Estás pasando por tu crisis de adolescencia?

—Intento ponerme a tu nivel, Nightbringer.

Dejarlo sin palabras me produce demasiada satisfacción. La mirada de Saren va de uno a otro, debe de estar pensando que somos dos locos de remate. Mi atención recae en Alric, que está al lado de su jefe. Pongo el oído, determinada a descubrir más acerca del modo de vida de los Dhurgales. Pensándolo con detenimiento, conocer a los creadores de nuestro final puede parecer un poco morboso.

—Deberíamos reconsiderarlo. Baal es un Dhurgal joven, no conoce todas nuestras leyes. Démosle el beneficio de la duda.

—Alric, debo dar ejemplo. Si doy rienda suelta a estas decisiones arbitrarias, la anarquía llamará a nuestra puerta. Eso no es lo que queremos, ¿a que no?

—Por supuesto que no, pero…

—Me encantaría hablar de la situación de Baal contigo, pero una encantadora persona está escuchando nuestra conversación. No tratemos temas tan serios en esta noche festiva. Esos asuntos pueden esperar.

El Génesis eleva su copa y me regala un guiño de ojo antes de beber de ella. La atracción irreprimible que ejerce sobre mí me causa más problemas de los que me gustaría, pero le sostengo su mirada opalina. Para ablandarlo un poco, levanto mi vaso y le hablo con un tono meloso:

—Discúlpeme, no quería parecer descortés.

—Te perdono, linda flor. Teniente Alric, me da la sensación de que nuestra invitada se muere de ganas de hacer un montón de preguntas. No bromeo, no te cortes. No refrenes tu curiosidad, no te voy a comer por eso.

—No sabe dónde se está metiendo, el muy infeliz —ironiza Killian.

—Si se me permite preguntar, ¿qué significa *jâsana*?

—Es un insulto degradante para los humanos —explica Alric, cuyos grandes ojos de un azul único relucen con un brillo particular—. Equivale a trataros como un trozo de carne fresca.

—Qué lástima, esa palabra sonaba tan bien. Corregidme si me equivoco, pero me gustaría saber si mi análisis va bien encaminado. Según pienso yo, un Dhurgal no posee ningún poder de decisión y no puede eludir una orden directa de otro Dhurgal mejor situado en la jerarquía. ¿He acertado?

—El Ascendente —interviene Saren, discreto, pero tan atento como yo.

Alric asiente con la cabeza.

—Entre nosotros existe un vínculo de subordinación muy desarrollado. Somos sumisos a la voluntad de nuestros superiores. Yo pensaba que los humanos erais poco intuitivos, pero ya me queda claro que me equivocaba. No obstante, tenemos bastante poder de decisión —rectifica él con una voz quebrada teñida de amargura—. Podemos actuar por voluntad propia siempre y cuando no contravenga ninguna regla ni altere el orden establecido.

—¿Y qué sucede si un Dhurgal intenta infringir esas reglas?

Una risa implacable, incluso un poco demente, invade la sala. Al Génesis le divierte mi pregunta.

—Mi querido Alric, enséñale qué les pasa a los Dhurgales desobedientes, aquellos que creen que pueden actuar como les plazca y ultrajan mi confianza.

Los demás Dhurgales se congelan para observar la escena. Algunos de ellos bajan sus ojos, con el rostro torcido por el terror. Un miedo primario, como el que se puede ver en una presa frente a un depredador. Alric se levanta de su asiento, a regañadientes, y se desabotona la camisa. Se gira y deja a la vista su espalda llena de cicatrices espantosas, hinchadas y que todavía rezuman. Entre ellas, me fijo en un círculo rodeado por uno más grande y tachado con una cruz; están marcados a fuego. Las cicatrices son tan profundas que no consigue curarlas lo suficientemente rápido ni con su poder de regeneración.

—¡HE AQUÍ lo que les pasa! —ruge Lesath mientras se levanta—. ¡El Purgatorio, el lugar·donde limpiamos sus pecados y expiamos sus faltas!

El arco del violonchelista se resbala sobre su instrumento.

—Ya ves lo que pasa cuando se tiene demasiada curiosidad —murmura Killian sin bromear—. Hay que manejarla con prudencia.

Afligida, intento captar la mirada de Alric para disculparme, pero él se vuelve a vestir con el rostro girado. Me siento culpable. No debería flagelarme por un asesino, pero él consigue tocarme la fibra sensible de una forma incomprensible. Tras un breve instante de vacilación, la tensión disminuye y el malestar se diluye con las conversaciones y el atracón de comida. Sin embargo, el Génesis no ha terminado conmigo.

—Ahora me toca a mí hacerte una pregunta ya que nosotros hemos respondido a las tuyas. ¿Qué se les ha perdido a un ladrón, a una jovencita y a un general en el Valle de Hierro?

—Queríamos ganar tiempo atravesando la montaña —interviene Killian—. Una mala decisión por nuestra parte.

—¿A dónde queríais llegar? —pregunta el Génesis, insistente.

Su voz me provoca la desagradable sensación de que me están escarbando en la cabeza. Y yo no opongo ninguna resistencia. Cuanto más rebusca en mi mente, más sencilla se vuelve su tarea. Me obsesionan las ganas de contarle todo: el ataque a Hélianthe, la desaparición de la familia real, mi encuentro con Cassandra, nuestra misión, la búsqueda de Aïdan, el nacimiento de mis poderes, mi intenso entrenamiento… Todo, sin omitir ni un detalle, ni siquiera el más secreto de ellos. Es necesario que cuente toda la historia, porque algo grave nos va a pasar si no lo hago.

Mi lengua se suelta, voy a confesar todo para sentirme liberada y, así, se terminará esta intrusión en mi intimidad. Un dolor agudo me atraviesa el cráneo; una voz me asalta, vocifera.

Le suplico, con todas mis fuerzas, a ese Mantra que todavía no he nombrado del todo para que me venga a ayudar. Si puede proteger mi cuerpo, quizá pueda hacer lo mismo con mi mente. Alguien o algo me toca la cara, tan imperceptible como si fuese una corriente de aire. Entreabro los labios y me libero:

—Nos dirigimos hacia…

—¿Sabíais que los restos de Dhurgal se pagan muy bien en el mercado negro? —me corta Killian, burlón.

Su pregunta provoca el silencio absoluto, y todas las cabezas se dirigen hacia él. Hasta el violonchelista deja de tocar. El agarre de Lesath se afloja en cuanto dirige su malvada mirada hacia él. Extirpo de mí el letargo. El ladrón está jugando con fuego. Su suerte le vuelve a salvar el pellejo, y empiezo a creer que tiene impulsos suicidas. El Génesis se ríe con ganas y elude la pregunta. Los Dhurgales lo imitan, y hasta yo misma formo parte de esta hilaridad general. Estoy perdiendo los nervios.

—Deberías decirle a tu amigo que bebiera menos —me aconseja Alric dulcemente—, sobre todo de ese vino. Lo llamamos el Néctar de los Muertos, porque hace falta mucho alcohol para achispar a un Dhurgal.

—No pierdo el control tan fácilmente —proclama el interesado, impasible—. Lo siento por ti, pero permanezco alerta en cualquier circunstancia. Por cierto, ¿qué necesidad tenéis de emborracharos? Si ya sois así de desinhibidos —constata, señalando con el dedo a dos Dhurgales dejándose llevar por un sugestivo roce de cuerpos.

Las festividades continúan. La noche avanza, pero la adrenalina me mantiene completamente despierta. Saren espera con los brazos cruzados, imperturbable, a que esta farsa acabe. Los tres presidimos este banquete mortal sin saber cómo va a terminar.

—Menudo cliché —comenta Killian con descaro, apoyado como un príncipe contra su alto respaldo de terciopelo rojo—. El cuero, la sangre, las mujeres tóxicas.

Le respondo con amargura:

—¿Un cliché? ¿No te das cuenta de que tú también eres uno, ladrón enmascarado?

Justo en ese instante, dos sublimes criaturas, con el pecho oculto por una banda de cuero y collares, vienen a dedicarle atenciones a Killian. Por su parecido, diría que son hermanas. Soy capaz de leer en sus ojos una lujuria bestial. Una de ellas, hambrienta, desliza su mano con lentitud sobre la camisa entreabierta del ladrón. En la punta de sus dedos lleva unos anillos de plata en forma de garras curvadas que siguen la forma de sus uñas. Killian no reacciona, a pesar de que le provoca una herida sangrienta en el pecho. Como nada frena a la Dhurgal, continúa bajando hacia sus atributos masculinos. De la nada, el tenedor de Killian se clava en el dorso de su mano. La hembra suelta un grito agudo y retrocede mientras gruñe, dejando todos sus caninos a la vista; su belleza se transforma en algo salvaje y aterrador.

—Lo siento, corazón —ronronea Killian—. Esta noche no soy parte del menú.

Se gira hacia mí y me guiña el ojo. La eficacia del Néctar de los Muertos está por demostrar. La Dhurgal lo mira como si lo estuviese degollando mentalmente. Entonces, el dueño del lugar da un par de palmadas y sonríe con una frialdad espantosa.

—¡Basta de tanta palabrería! ¡Amigos míos, llegó la hora del postre! —exclama con una alegría casi infantil.

Las puertas laterales se abren de repente. Los sirvientes entran en la sala y se colocan a la derecha de cada Dhurgal. No, no son sirvientes: son humanos. Hombres y mujeres, algunos muy jóvenes, con la mirada ausente. Sus gestos son lentos, como si se estuviesen moviendo a través del barro, así que me pregunto si algún Dhurgal los estará dirigiendo desde las sombras con unos hilos invisibles.

La conclusión que saco me provoca escalofríos. En frente de mí, Saren ha deducido lo mismo que yo. En una sincronización perfecta, los prisioneros toman el primer utensilio afilado que tienen a mano y estiran sus brazos hacia delante, a la altura de la boca de los Dhurgales. En vez de hacer algo, me limito a gritar:

—¡NO LO HAGÁIS, TENED PIEDAD!

Demasiado tarde. Las pieles se desgarran, la sangre brota y los Dhurgales se abalanzan hacia las muñecas de estas personas; los más medidos, o simplemente más sádicos, dejan que el oro rojo fluya hasta sus copas. Uno de los invitados se toma la molestia de colocarse una servilleta alrededor del cuello para evitar mancharse. No tarda demasiado en teñirse de rojo. Los monstruos clavan sus colmillos en la carne viva, provocando un crujido horrible. El término *jâsana* ahora tiene todo el sentido del mundo. Los cuerpos, cada vez más pálidos, se van marchitando. Todos beben, excepto el Génesis, que descuida a su propia víctima, a la que le rompe el cuello con una sola mano pero sin probarla. Esta se derrumba, sin vida, con un último grito atascado en su garganta para siempre. Pronto, una montaña de cadáveres se acumula a mis pies. Islas mortuorias rodeadas de un océano de sangre. Estoy teniendo una pesadilla despierta.

—¡ARYA! —me advierte Saren, gritando.

—Astaroth, Orias. Os cedo el honor —se ríe Lesath.

Me doy la vuelta y me encuentro, con estupor, a mis compañeros en una pésima situación. La mano derecha de Lesath arroja el humo de su pipa sobre Saren, mientras se ríe a carcajadas. Las volutas forman dos serpientes inmateriales que se enrollan alrededor de su cuello, antes de volatilizarse. El general se desmaya y se derrumba.

—Que tengas bonitos sueños —sisea Orias, que se mancha la frente de sangre al darle un beso con brutalidad.

Asustada, me giro hacia Killian: no consigue deshacerse de las zarzas puntiagudas que surgen de su asiento y que lo atan. Astaroth, sentado al borde de la mesa, justo enfrente de él, toca su rosa con la punta de sus dedos.

—¡Vete a la mierda! —jura Killian con la frente sudada—. ¡En el momento en el que consiga deshacerme de estas malditas plantas, voy a acabar contigo! ¡Ya puedes correr!

—No deberías luchar, mi apuesto ladrón. Las espinas pinchan —dice con un placer sádico.

Killian empieza a gruñir de rabia y de dolor mientras que las zarzas se aprietan a su alrededor y perforan su piel como si fuese un alambre de espinos.

—Voy a hacerme con una fortuna cuando elimine a toda tu familia de chiflados —escupe.

—Te sobreestimas —se mofa Lesath—. Y no estás en posición de insultarnos.

Nuestra hora ha llegado, la fiesta ha terminado. La impotencia me paraliza. Tengo que intentar hacer algo, lo que sea, para sacarnos de este aprieto o, al menos, ganar tiempo hasta que Killian pueda salir de esa trampa infernal y Saren recupere la conciencia. Y lo conseguirá, lo sé. Seguro que lleva escondido todo un arsenal por los recovecos de su anatomía.

Cruzo mi mirada con la de Alric, que no toma ninguna iniciativa. No sé si está dudando sobre qué hacer o si todo esto le da igual. A no ser que esté bloqueado por el Ascendente de Lesath. No obstante, poseo una información útil: lo que más desea el Génesis.

Lo apuesto todo. [Confianza] y [Valentía] me empujan para que actúe. Saren se desmayaría si pudiese escuchar lo que voy a decir:

—Aliméntese de mí.

—Idiota, ¿qué estás haciendo? —Killian se enfada—. ¿También has perdido la cabeza?

—Cierra la boca —dice Astaroth, entre dientes.

Un largo tallo con pinchos se encarga de amordazar al ladrón. Alric pasa de estar totalmente inexpresivo a sorprendido, pero continúa mirándome como si esperase para ver qué soy capaz de hacer.

Me dirijo hacia el Génesis con confianza. Cuanto más me acerco, más se me calienta el cuerpo. Me da la impresión de que mi sangre es sustituida por miel. Ejerzo un poder sobre él, uno diferente a mi magia de Guardiana de las Palabras. Mi voz se vuelve seductora, sensual. No me pega, pero tampoco suena falsa.

—No hace falta que se meta en mi cabeza, no me voy a resistir. Tampoco voy a decir «haga lo que quiera conmigo», porque no necesita mi permiso.

Recojo una daga abandonada en el suelo. Fijo mi mirada en su rostro, por miedo a flaquear al sentir tantas emociones juntas. Sin dudar, me hago un corte en el brazo derecho y se lo ofrezco a Lesath. Los demás Dhurgales se olvidan de sus propias víctimas. Dudo bastante que el Génesis quiera compartir. Me mira con lujuria y un cierto impudor me acalora, pero mantengo mi sonrisa intacta. No puedo evitarlo, me toca encomendarme al dolor:

—No tengo la costumbre de alimentarme en la mesa sin una ceremonia previa —dice él—, pero no puedo rechazar el presente de un alma tan inocente y deliciosa.

Con galantería, agarra mi brazo y olfatea la savia roja que fluye de mi herida. Cierro los ojos para no ver mi propia masacre. Mi voz interior me confirma que voy a salir indemne. Los colmillos se clavan en mi muñeca: el dolor es agudo. Lesath frena su entusiasmo, desea degustarlo con moderación.

—Qué sabor tan especial. No eres como los demás —susurra.

Se me escapa un gemido entre sufrimiento y placer. Unos escalofríos me recorren la columna vertebral y mi respiración se acelera. El veneno se arrastra por debajo de mi piel, mis músculos se relajan; siento que nado entre algodones. Cada vez me siento más febril. Una tenue luz atraviesa mis párpados cerrados y un alarido frenético se eleva a mi lado.

Cuando vuelvo a la realidad, Orias, Astaroth y Alric están agachados hacia su soberano; lo están ayudando a levantarse. Retrocedo, asustada, y me choco contra alguien: Killian. Anuda un trozo de mantel arrancado deprisa y corriendo alrededor de mi herida sangrienta.

—Cabeza hueca.

—¿Qué ha pasado?

Tambaleándose, Lesath empuja a los que están intentando sostenerlo, excepto a su teniente. Se oculta el rostro con la mano temblorosa:

—Que se los lleven a los calabozos —jadea, glacial—. ¡¡¡AHORA!!!

Unos brazos me agarran sin miramientos y me arrastran fuera del salón de recepción. Killian recibe el mismo trato. Un Dhurgal se coloca a Saren sobre su hombro, como si de un saco se tratara, sin preocuparse por su cabeza, que se va golpeando con las esquinas de los pasillos. Descendemos unas escaleras interminables y termino por pensar que nos están llevando hasta el centro de la tierra o, todavía peor, al Purgatorio.

Capítulo 38
La promesa

Los guardias nos empujan, sin miramientos, al interior de una celda incrustada en la roca. El lugar donde nos vamos a quedar parece cómodo. El sentido del humor de estos seres es bastante macabro. El Dhurgal responsable de Saren lo tira sobre una cama con dosel que ocupa buena parte de nuestra prisión. Otro de ellos nos lanza nuestra ropa a la cara.

—Volved a vestiros, vulgares humanos.

Un guardia cierra la puerta metálica y la sella con un simple movimiento de mano. Los barrotes se vuelven borrosos, pero enseguida los veo nítidos de nuevo. Me precipito detrás de un biombo, feliz por poder deshacerme de esta ropa tan incómoda. Killian me sorprende cuando todavía no he terminado de cambiarme.

—¡Killian!

Por pudor o por acto reflejo, escondo mi pecho con la blusa que estaba a punto de ponerme. Sin más rodeos, me agarra por los hombros desnudos y me acorrala contra la helada pared. Mi espalda se clava en ella y me rasguña los omóplatos.

—¡Me haces daño!

—¿Qué mosca te ha picado? Nunca más vuelvas a dejar que te toquen así, ¿me oyes?

Me impacta la sombra densa en sus ojos.

—Déjala tranquila, Killian —murmura Saren, detrás del biombo—. Nos ha salvado.

Echo al ladrón de mi círculo privado. Él se rinde, alzando sus dos manos al aire

—No tienes nada que esconder, Rosenwald —murmura, tenso.

A modo de respuesta, le lanzo la ropa que me prestaron hecha una bola y fallo mi tiro. La voz pastosa de Saren pone fin a nuestra disputa.

—Maldita sea, me siento como si tuviese resaca.

—Te veo de buen humor, general... En todo caso, me alegro de volver a tenerte con nosotros —se alegra Killian—. Me sorprende que ya te hayas despertado. Esa droga Dhurgal sumerge a cualquier humano normal y corriente en coma durante un mes mínimo.

El general frunce las cejas y se toma unos segundos para responder:

—Estoy preparado para aguantar este tipo de pociones. Y te agradezco por lo de «normal y corriente».

Sintiéndome más ligera, me uno a ellos en el centro de la celda, mientras me hago una trenza.

—¿Alguno me explica qué ha pasado? —pide Saren, mientras se masajea el cráneo.

—Yo también necesito algunas aclaraciones. No entiendo por qué Lesath no se ha saciado con mi sangre, aunque me alegro de que no me haya dejado como una pasa.

Killian salta sobre la cama y se acomoda contra los cojines blanditos. Estira sus largas piernas con un suspiro de éxtasis.

—Le has quemado la cara al Génesis. Creo que hasta le has fundido algún diente. Mira, debería haberme hecho un collar con ellos.

A dúo con Saren, exclamo:

—¿Qué?

—Tenéis razón, sería demasiado hortera —continúa Killian, meneando la cabeza.

—¿Cómo que «quemado»? —insiste el general.

—Mientras que ese cerdo se bebía tu sangre, has empezado a emitir una... luz. Venía del interior de tu brazo. Eso no le ha gustado lo más mínimo.

—Un momento, ¿por qué el Génesis se estaba alimentando de tu sangre? ¿Te obligó? —acusa Saren, escandalizado.

Eludo la pregunta, encontrando atractivo el techo de repente:

—Esa no es la cuestión.

—Esta enana estúpida se despertó con ganas de ser una botella y le rogó a Lesath que bebiera a morro de ella.

—¡No le «rogué»! Y no estamos aquí para criticar cómo decidí actuar.

—No, no tenemos tiempo para eso —corta Killian con una mirada de soslayo—. Creo que has aprendido una nueva Palabra, Rosenwald. Puede que dos, viendo tu reciente manera de actuar de chica de mala vida. De cualquier manera, has tenido mucha suerte. No bromeo, como diría el otro chiflado.

Asiento con la cabeza, abrumada por un sentimiento de frustración. ¿Cómo voy a ser útil para nuestro objetivo si no sé cuándo ni cómo nacen mis Palabras? Se manifiestan cuando ellas quieren, poniendo patas arriba mi cuerpo y mi mente. Estoy impaciente por poder manipularlas a mi voluntad, en vez de sufrirlas como si fuesen síntomas de una enfermedad incontrolable. Por ahora, confío en mi dudosa suerte mezclada con mis intuiciones. Cassandra ya me había avisado, pero mi inexperiencia sigue siendo difícil de soportar. Tendré que acoger a mis Palabras con paciencia.

—Bueno, ¿qué hacemos ahora? —maldice Saren, cuyas ojeras no dejan de crecer—. ¿Aparte de esperar a la muerte sabiamente?

Killian golpea la cama con un aire canalla. Como yo no reacciono, me hace un gesto para que me acerque a él y por fin capto el atrevido mensaje que esconde su invitación.

—Tú puedes volver a ponerte la ropa que te prestaron, visto que te sentías más cómoda con ella. Saren, ¿miras o participas?

El general suspira, pero le tiembla la esquina de la boca.

—¿Qué? Vamos a morir, será mejor que aprovechemos nuestras últimas horas dándonos placer. Es lo único que los Dhurgalos hacen bien.

—Te han contagiado —se lamenta Saren.

—Bah, da igual, voy a echarme una siestecilla, entonces. El peligro puede esperar unas horas, ¿no? Estamos aquí encerrados por un tiempo indeterminado y tengo que reponer fuerzas si quiero pensar adecuadamente. Después de todo, no soy un dios. Bueno, eso depende de qué ámbito hablemos.

Le recuerdo sus habilidades con la voz ácida:

—Precisamente, ¿no te chuleas de ser un ladrón capaz de abrir cualquier cerradura? Forzaste las puertas del Banco de Corndor. En comparación con eso, ¡estas rejas tienen que ser un juego de niños!

Killian desprecia mi pregunta, que para mí es totalmente legítima, y se pone cómodo. Antes de darnos la espalda, me lanza una última mirada que quiere decir «que te lo has creído».

—Killian tiene razón —dice Saren—. Tenemos que descansar si queremos estar en plena posesión de nuestros medios ya que...

—Ya que vendrán a terminar el trabajo... Por mi culpa. Lesath sabe que mi sangre tiene algo diferente.

—Ya que tendremos que luchar.

Saren me aprieta el hombro con una expresión paternal, reconfortante. El caso es que las inquietudes que me atormentan hoy superan con creces a los dolores de cabeza menores, como lo serían un libro mordido por el perro del granjero o una horneada de pasteles echados a perder. El general se hace un hueco en un sofá aislado y se duerme como un bebé. ¿Cómo lo hacen? Soy incapaz de dormir sabiendo que me van a torturar, descuartizar y vaciarme de mi sangre. En ese orden o en otro.

Doy vueltas por la celda al ritmo de los ronquidos de Saren. Los guardias hacen rondas en el pasillo, escucho unos gemidos y fuerzo a mi imaginación para que no vaya hasta ellos. Entonces, escucho un caos que interpreto como una señal que anuncia nuestro final. Dudo si despertar a mis compañeros.

—Déjanos.

Alric emerge de entre las sombras. Despide a los guardias y me pide que me calle con un dedo apoyado sobre su boca. Lo observo atravesar los barrotes como si no tuviesen ninguna consistencia. Verifico que son sólidos tocándolos con la mano.

—No intentes hacer lo mismo, te quedarías atascada. Es magia antigua. La montaña que rodea al Valle de Hierro nos zafa de vuestro Tratado.

Coloca un saco a sus pies.

—¿Qué quiere, teniente Alric?

Retrocedo cuando se me acerca. No por miedo, sino porque no quiero que un Dhurgal me vuelva a tocar.

—No te voy a hacer daño.

Dice la verdad y yo ya lo sabía antes de que me lo afirmara. Pero, por ahora, predomina mi enfado.

—A decir verdad, usted hacer no hace nada: tan solo espera pasivamente a que le den órdenes mientras ve a la gente morir. Eso es todavía peor.

Aunque él ni se estremezca, me siento mal por la dureza de mis palabras. Pero ¿por qué? ¿Por qué sentir lástima por él si su clan de asesinos sanguinarios me causa repulsión?

—Tienes razón, pero es mejor que meterse en la boca del lobo, ¿no? Tu actitud ante el Génesis ha sido inconsiderada. ¿Acaso querías morir?

—Al menos no me quedo plantada como una patata en un campo de remolachas.

—Los humanos habláis de una forma muy graciosa.

—¿Qué quiere?

—Ofrecerte mi ayuda. La necesitaréis si queréis salir de aquí con vida. Enteros no lo sé, pero al menos vivos.

Me habla de igual a igual, como si no fuese consciente de su propia monstruosidad. Como si no quisiera que muriésemos y no soportara más esta violencia que se expande como una plaga por el Valle de Hierro. Su mirada azul es una tortura, pero también es mansa, como si fuese un animal temible acostumbrado a los golpes que recibe de la misma mano que, en ocasiones, lo acaricia.

—¿A cambio de qué? Imagino que habrá un precio a pagar.

—Tendrás que darme un servicio, pero no te diré cuál.

—Qué práctico. ¿Cómo sé que no nos matará una vez que satisfaga su petición?

—Te lo prometo.

Lo salpica mi risa, sin un ápice de alegría.

—Discúlpeme, pero no me tomo muy en serio la palabra de un Dhurgal.

—Es mucho más digna de confianza que la de un humano —me contradice Alric, sin abandonar su calma—. En calidad de Dhurgal, no puedo traicionar una promesa, aunque la haya acordado con un mortal. Es físicamente imposible. Mientras que a ti nada te lo impide. Tienes un Ascendente sobre mí.

—Dígame de qué servicio se trata. No puedo poner la vida de mis amigos entre sus manos sin un mínimo de certeza.

—Vas a tener que confiar en mí, Arya Rosenwald. No tenéis otras opciones.

Avanza su mano, pero yo la rechazo, incapaz de tomar una decisión primordial así de rápido. Sus ojos melancólicos se sumergen en los míos y una débil sonrisa se dibuja en sus labios.

—¿No es así como hacen los humanos para cerrar un pacto?

Pienso a toda velocidad. Mi intuición me guía una vez más; el instinto de la Guardiana de las Palabras. Asiento con la cabeza y le agarro la mano, tan fría como la muerte, sellando así nuestro acuerdo. Acabo de confiarle nuestras vidas a un hombre que realmente no lo es.

Cuando mi piel entra en contacto con la suya, se produce una cosa sorprendente. Unas imágenes invaden mi mente. Unas emociones me impregnan con brutalidad. Esta violencia agita mi pecho, me da la impresión de que un puño me aprieta el corazón hasta convertirlo en migajas. Acabo de absorber un pedazo ínfimo de lo que esta criatura de la noche lleva consigo. Una carga pesada y constante, una vida rota, encerrada en un yugo de sufrimiento. Un espíritu atormentado y un cuerpo mutilado por una barbarie sin nombre. Si Alric no es un hombre, tampoco es un Dhurgal. No está en su lugar. A decir verdad, no tiene ninguno. Medio muerto, medio vivo, cansado de fingir, deambula y se miente a sí mismo así como a los demás. Los años, puede que hasta décadas, han conseguido perderlo hasta llegar a la abnegación total.

Retira su mano como si se acabase de quemar y la contempla unos segundos con el rostro desfigurado. El puño invisible libera mi corazón. Los ojos de Alric se posan sobre mí, agradecido.

—Sabía que eras especial para ser una humana.

—Sabía que era especial para ser un Dhurgal.

Mis emociones tardan unos segundos en encontrar su sitio después de esta dura proyección de los oscuros entresijos del corazón de Alric; después me indica que llegó el momento de pasar a la acción. Despierto a mis compañeros de manera precipitada, explicándoles la responsabilidad que me acabo de endosar, sin dejarles ni un margen de maniobra para reprenderme o tratar de disuadirme. Al contrario que Saren, Killian no se sorprende por la presencia de Alric ni por su propuesta para ayudarnos. Nadie protesta, y esperamos en un silencio monacal a que Alric suprima el encantamiento que cubre la puerta.

—He recuperado vuestras armas —precisa, mostrando el saco que trajo consigo.

—¡Mis amores, os he echado de menos! —se alegra Killian, frotándose las manos.

El teniente pasa el primero y yo lo sigo, atravesando los barrotes, ahora inmateriales. Me resulta desagradable, como si un hielo se derritiese a lo largo de mi columna vertebral.

—Permaneced detrás de mí. Y ni una palabra.

Alric aborda a los guardias presentes y les da una orden que no alcanzo a escuchar. Los Dhurgales asienten y giran sobre sus talones.

—Volverán —previene Alric, en voz tan baja que tengo que agudizar el oído—, la orden de abandonar su puesto contradice a la del Génesis, no tardará en superponerse a la mía. ¡Hay que hacerlo rápido!

—¿Y tú, entonces? —suelta Killian, apenas visible en la penumbra—. Tú desobedeces, pero consigues mantener tus propias decisiones.

Alric echa balones fuera y se abre camino a través de la cárcel subterránea sin girarse ni una sola vez. Camina encorvado, como si estuviese arrastrando una bola con el tobillo. Lo seguimos a ciegas. Una certeza infalible me acompaña: no nos traicionará. ¿Será un regalo de [Confianza]?

Una extraña ola en el alma me remueve por dentro: si Alric, el teniente del Dhurgal más influyente del Valle de Hierro, viene a nuestro rescate, debe esperar a cambio una compensación a la altura del castigo que le reserva Lesath si descubre el pastel. Y lo descubrirá. Pero por más vueltas que le dé a la cuestión, no veo en qué podría ayudarlo.

De repente, Alric deja escapar una exclamación ahogada, se queda inmóvil, se concentra e inspira. Pasa algo fuera de lo normal y soy la última en darme cuenta.

—Tenemos visita —anuncia Killian con las dos manos ocupadas por sus cuchillos fetiche—. Tenemos que movernos. Es el momento de demostrar tu lealtad, Dhurgal.

Una avalancha de pasos golpea el suelo por encima de nuestras cabezas y hace que la roca vibre de tal forma que se desmorona por algunas partes. Un grito rompe el silencio perturbado por nuestras únicas respiraciones. Me encojo. Las antorchas parpadean, después se apagan. No me gusta verme privada de luz. Me siento todavía más vulnerable, ya que no puedo ver cómo se acercan nuestros enemigos.

—La Orden de Kanddar —nos advierte Alric.

Sorprendida, jadeo:

—¿La Orden de qué?

—Los exterminadores de demonios —explica el teniente, que mira fijamente el techo como si viese a través de él, y me doy cuenta de que el blanco de sus ojos cambia hasta alcanzar una negrura total—. Pobres chiflados, corren hacia la masacre.

Capítulo 39

En la oscuridad

—A provechemos la oportunidad—aconseja Saren, al acecho.

Avanzamos rápidamente, sin volver a preocuparnos por la discreción. Killian cierra nuestra procesión, no quiere que me quede atrás. Alric se adapta a nuestro ritmo humano. Subimos una escalera de caracol que me marea. La ausencia de Dhurgales no hace que me sienta segura. Los pasillos se suceden, mortalmente tranquilos. Me estoy quedando sin aliento, mientras me guío por el ruido de los pasos de mis compañeros.

Cuando cruzo las puertas del salón del banquete me empieza a dar vueltas la cabeza. Me caigo al suelo. Killian y Alric me aferran cada uno de un brazo. Intercambian una mirada austera antes de soltarme. En el tiempo que me lleva enderezarme, ellos ya se han alejado unos metros de mí.

—Ten cuidado, Rosenwald —me sermonea Killian con un tono brusco—. Solo nos faltaba que te hicieses una herida y que atrajeses a toda la pandilla con tu sangre demasiado deliciosa.

—Sangre ya hay —nos señala Saren—. Mirad.

Un largo sendero serpentea por el pasillo bañado de oscuridad. Percibo las tinieblas como un ente con vida, un monstruo capaz de devorarnos uno a uno. Me invade un miedo infantil. Y aquí estoy, paralizada ante este telón de oscuridad que oculta una nueva matanza. No quiero volver a asistir a ese espectáculo ni convertirme en la testigo pasiva de la muerte. Si continuamos nuestro camino, seremos cautivos del horror. Hay que seguir la luz, no lo contrario. Balbuceo con una voz aguda:

—No deberíamos ir por ahí. No deberíamos.

—Es la mejor forma de salir de la guarida de Lesath —afirma Alric—. Tenemos que atravesar las termas.

—Arya, ¿estás segura de que todo va bien? —se inquieta el general—. Parece como si te fueses a desmayar.

No, nada va bien. El sudor perla mi piel. No quiero permanecer en las tinieblas. Saren me toca la frente y deja escapar una exclamación de sorpresa:

—¡Está ardiendo!

Lo sé. Bullo por dentro, atacada por una fiebre virulenta. Voy a acabar derritiéndome. ¿Qué me está pasando? Killian se curva, sostiene mi brazo y se lo pasa por encima de sus sólidos hombros.

—¡Suficiente, nos largamos! —dice él—. Alric, ve delante. Espabilad.

El ladrón me obliga a avanzar. El pasillo nos recibe y vuelven a mí las pesadillas que tenía cuando era niña, pobladas de Onirix que acechaban bajo mi cama.

—No sabía que también le tenías miedo a la oscuridad, Amor.

—Yo tampoco.

Aprieta su agarre.

—No te preocupes —murmura—, me llaman el principito de la noche.

Llegamos hasta una puerta de hierro oxidado. El teniente la acaricia y se entreabre chirriando.

—No me obliguéis a entrar, tened piedad de mí...

Saren me anima con una sonrisa afligida. A pesar de mis súplicas, penetramos en una vasta cueva neblinosa y glacial. Un hedor pestilente me invade la nariz, una mezcla entre podredumbre y aroma a carne pasada. Me pongo la mano sobre la boca, sintiendo que el corazón se me va a salir por ahí. Avanzamos a tientas, guiados por las extrañas velas que proyectan vetas de bronce sobre las paredes rocosas, manchadas con huellas de manos ensangrentadas que se extienden por todas ellas como si fueran pinturas primitivas. Solo a Saren, privado de poderes mágicos, le cuesta orientarse a ciegas. Casi se cae dos veces en unas cavidades, que entiendo que son estanques llenos de agua estancada. Nuestros pasos resuenan sobre el mármol. Por encima de mi cabeza, escucho el tintineo característico de unas gotas que caen sobre una superficie plana. No ver nada me pone los nervios a prueba. Fantaseo con cada sonido y, en mi imaginación, hasta el objeto más insignificante se transforma en un potencial peligro. Me asustaría hasta de nuestras sombras, si al menos nos siguiesen.

—Apresuraos —nos presiona Alric, bastante más lejos por delante de nosotros.

Parece que tiene tantas ganas como nosotros de huir de esta cueva salida de las peores pesadillas. Cruzamos un arco flanqueado por dos pilares y, en ese instante, el ruido de una salpicadura se escucha detrás de nosotros, seguido de un segundo y después de un tercero. Algo se sumerge o cae. Me separo de Killian, con prudencia, y alzo los ojos. Se me introduce una gota en el ojo. Un segundo chorro me golpea y un líquido caliente se desliza por mi mejilla. Me lo limpio con la punta de los dedos y comprendo, por su textura, que no es agua; es sangre. Un olorcillo indigesto a hierro pone punto y final a mi miedo. Un aguacero viscoso salpica mi rostro. Mis piernas se niegan a moverse. Killian me sacude, escucho su voz grave repetir mi nombre, pero permanezco paralizada, obnubilada por el techo. Tengo que llegar hasta el fondo de esto; tengo que saberlo. Si tan solo pudiese iluminar este lugar, para que los monstruos desapareciesen de una vez por todas. Solo haría falta un poco de luz. Susurro, débilmente:

—[ʟuпɑ].

La Palabra se libera y su ardor se extiende por todo mi cuerpo. Mi fiebre migra hacia mis extremidades. Me pican las manos, se enrojecen hasta la incandescencia. Soplo, por miedo a consumirme entera.

Junto una mano con la otra en un gesto inconsciente. Una cúpula de luz de increíble pureza eclosiona en el hueco que forman mis palmas, tal como una luna viste un cielo oscuro desprovisto de estrellas. Una esfera centelleante, del tamaño de un

332

balón, termina por emerger. Me parece magnífica, cautivadora. Me quemo los dedos, pero ignoro el dolor: no quiero arriesgarme a perder este resplandor milagroso que es suficiente para eliminar mis fábulas de niña atemorizada. Saren, Killian y Alric me rodean, atónitos. El globo se refleja dos veces en las pupilas del Dhurgal antes de que este se dé la vuelta, cegado por esta claridad demasiado viva.

Le pongo fin a mis miedos irracionales elevando la órbita por encima de mi cabeza. Aclara un amplio perímetro, lo suficiente para dejar a la vista las alturas de donde sale ese fluido infecto. Mis ojos apenas tienen tiempo para acostumbrarse a la luz cuando, inmediatamente, vuelvo a sumergirme en la oscuridad. Killian se ha colocado detrás de mí, con un brazo sobre mi pecho y una mano tapándome los párpados.

—No mires, Rosenwald. Las tinieblas son preferibles.

—Suéltame, Killian. He dicho ¡que me soltases!

Me hace caso, muy a su pesar, y me suelta. Las atrocidades surgen ante mis ojos hasta el punto de llevarme a la repugnancia y a la locura. La verdad me arranca un grito desgarrador.

Decenas de cuerpos inanimados cuelgan por encima de nosotros, como si fuesen apariciones fantasmales. Los cadáveres, rígidos y pálidos, se balancean entre las estalactitas, suspendidos por cadenas enrolladas alrededor de sus miembros o por ganchos de carnicero. Sus miradas están apagadas y sus rostros petrificados para siempre en el terror. La sangre que mancha mi piel fluye de sus gargantas cortadas. Esta visión hace que quiera arrancarme los ojos. En vez de eso, separo mis manos y la esfera se cae a mis pies. En lugar de evaporarse y dejarnos de nuevo en las tinieblas, se fragmenta en un centenar de lucecitas que dejan al descubierto el resto de esta pesadilla. Varios cadáveres flotan en unos estanques de piedra caliza a rebosar de sangre. Las Palabras se burlan de mí. No entiendo cómo un Mantra tan bello puede revelarse en un momento tan abominable y contradecir mis emociones. ¿No se supone que debe protegerme?

Un gruñido de rabia surge de mi garganta. Decido canalizarlo sobre Alric. Me abalanzo sobre él y le golpeo el torso con mis puños. Cada uno de mis golpes lo hace responsable de esta ruindad, y lo condeno por todos los demás Dhurgales. Me deja descargar mi enfado, después me toma por las muñecas y me inmoviliza. Me suplica con su mirada, magullada por la fealdad de su especie y sus crímenes. Una de sus manos me suelta para sacar de su bolsillo un trozo de tela con una rosa bordada. Limpia la sangre seca de mi rostro con dulzura.

—Cálmate. Te otorgaré la ocasión de vengarte, es mi promesa.

Me resigno ante su expresión desamparada. Me da su pañuelo y termino de limpiarme antes de meterlo en mi blusa. Nuestros corazones están entrelazados por el dolor.

No nos da tiempo a digerir esta macabra puesta en escena: una detonación brusca suena muy cerca, seguida de un largo petardeo. Las puertas se salen de sus bisagras y estallan varios metros más lejos. En el momento en el que me agacho para esquivar los proyectiles, la pared explota.

Capítulo 40

Triple problema

Una marea de hombres y mujeres irrumpen a toda velocidad. Con el rostro ensombrecido bajo largos sombreros, forman una barrera infranqueable delante de nosotros. Llevan sus cuerpos protegidos por corazas color tierra, cubiertas con un tabardo. Van reforzados de arriba abajo: botas altas con hebillas plateadas y guantes blindados con placas de acero que les llegan hasta los codos. Arrastran por el suelo sus abrigos largos y gastados. Llevan consigo semejante armamento que seguro que Killian siente envidia. De sus cinturas penden una multitud de sacos que contienen diversos frascos.

Del agujero que han hecho en la pared se escapa humo por la deflagración.

—Tenemos que deshacernos de estos cazadores lo más rápido posible; dentro de poco ya no podremos salir.

—Esperemos a descubrir sus intenciones.

Uno de los exterminadores, con una armadura imponente y el cuello nudoso como raíces, avanza un paso. Cada parte visible de su piel está tatuada con símbolos complejos. Uno de sus compañeros nos apunta con una ballesta, que empuña con una sonrisa llena de desdén. Otro de ellos nos amenaza con un hacha más larga que su brazo, y una mujer menuda, con una espada apoyada sobre su hombro, exhibe una hilera de estacas colgadas en su pecho a modo de bandolera.

—Creo que está claro, ¿no? —se burla Killian.

Una cazadora con el pelo cobrizo lo observa; parece que está forzando su memoria. Los otros se centran en Alric.

—Está aquí —escupe uno de los cazadores, sin duda el más viejo de su tropa, con la piel cubierta de arrugas y la papada picoteada por una barba canosa.

El cañón de su pistola de pedernal, de gran tamaño, apunta al teniente. No es la primera vez que veo un arma parecida. En Hélianthe las venden los revendedores y coleccionistas, pero parecen más inocentes guardadas en una funda que en las manos de un asesino de monstruos.

—¡Dinos dónde se esconde tu Génesis! —grita este con una voz cavernosa—. Como un cobarde, mientras masacramos a tus compañeritos de dientes largos.

Avanza hacia Alric, eructa y escupe a sus pies. Killian cierra el puño pero, como el Dhurgal no rechista, espera una señal para destruir al exterminador en su lugar.

—Alégrate de que se esconda, ya que morirías antes de que pudieses tocarle un pelo. Los humanos sois demasiado presuntuosos.

—Sabemos quién eres, traidor a los de tu especie —se ríe burlonamente el anciano.

Los cazadores lo acompañan con unas risas despectivas.

—Hablando de humanos —grazna una mujer con un ojo hinchado y la boca surcada por una herida—, ¿quiénes sois vosotros? ¿Qué hacéis con este alto Dhurgal?

A Saren no le da tiempo a responder: unos gritos salvajes resuenan a nuestra espalda, acompañados de un golpeteo sordo, como si una manada de bisontes se dirigiese hacia nuestra dirección. Durante unos segundos, nadie se mueve. El suelo tiembla, los estanques se desbordan y nos salpican las botas. Nos miramos con cara de pocos amigos. La fila de exterminadores obstruye el paso. El cazador de la ballesta termina por estirar la cuerda que vibra bajo su dedo. La flecha escapa hacia Alric, que no intenta esquivarla. La atrapa al vuelo, con una sola mano, la parte en dos y la tira. Me asusta por primera vez. Sus rasgos delatan sus ganas de matar, sus labios se curvan con bestialidad. Sus ojos, completamente negros, no reflejan ninguna indulgencia. La bestia que hay en él se despierta, preparada para desatarse.

—Saren, Arya, la puerta, ¡ahora! —ordena Killian, quien ha sacado sus armas.

Huimos mientras que los cazadores se abalanzan sobre Killian y Alric, lanzando un alarido guerrero. Nuestros pies se resbalan con los charcos de sangre. Aunque no dude del poder de mis compañeros, los exterminadores no se van a quedar de brazos cruzados. Pero sucede un evento inesperado que cambia el rumbo de la situación.

Aparece una multitud de Dhurgales enfurecidos y cargan contra ellos. Alric apoya su rodilla en el suelo, sepultado por la afluencia de los de su especie, y luego extiende sus brazos en forma de cruz. Todos los cuerpos salen disparados por los aires. Saren y yo nos refugiamos detrás de una columna para esquivarlos. Killian combate cuerpo a cuerpo, distribuyendo una ráfaga de golpes y rompiendo, a su vez, los cuellos de las criaturas. En medio del caos, el ladrón no distingue a los demonios de sus perseguidores. Sus adversarios no se dan cuenta de lo que está sucediendo hasta que él retira la mano de sus pechos. Los cazadores son presas de los colmillos de los Dhurgales, y el sonido vomitivo de sus entrañas desgarrándose me revuelve el estómago. Alric resiste el ataque de la Orden, que multiplica sus intentos por derribarlo. Los que se enfrentan a él no duran mucho y perecen en sangrientos gorgoteos. Se alimenta de sus enemigos, el color escarlata le cubre de la camisa al mentón. Me atormenta verlo bajo esta luz demoníaca y sanguinolenta. Él no es así. Los exterminadores siguen luchando, a pesar de que no pueden vencer. Nada puede detener el avance de los Dhurgales, cada vez más impetuosos y numerosos.

—¡Arya, tenemos que irnos! —insiste Saren desenvainando su espada.

Me giro y me topo cara a cara con la Dhurgal con la que hablé hace una hora. Una eternidad. Carga contra mí con sus garras fuera, aprovechándose de que me ha tomado desprevenida. Rodamos por el suelo. Me machaca el cuello y los hombros con histeria, con los ojos negruzcos inyectados en sangre. Saren vocifera, agarra a la criatura del pelo y la lanza contra una pared, pero ella vuelve al ataque inmediatamente. Saren me hace de escudo mientras me levanto; me preparo para defenderme bajo la protección del filo de su espada.

La Dhurgal ruge y ataca a Saren, intentando morderlo. Él la bloquea, la esquiva como si no le costase adivinar sus próximos golpes, pero va cediendo poco a poco ante esa ferocidad inhumana. Busco la manera de intervenir sin molestarlo y sin ponerme en peligro de muerte. Killian me repite una y otra vez que canalice **[Valentía]**, porque me empuja hacia la temeridad.

Una pistola abre fuego muy cerca de mí, tanto que hasta consigo oler la pólvora. La detonación no cubre la voz femenina que me grita que me agache. Obedezco, sin pensar. Algo pasa por encima de mí provocando un silbido. Saren me imita en el último momento. Tengo tiempo suficiente para ver una bala transparente que se hunde en el lateral de mi atacante. Sus huesos crujen y lanza una furiosa queja antes de estallar en carcajadas. Con un gesto vivo, se quita la bala de cristal coronada por una espiral de plata y la aplasta entre sus dedos.

—¡Te equivocas de leyenda, lela!

La cazadora de pelo cobrizo no se desarma: rebusca en un bolsillo y saca una cápsula que le enseña sin decir ni una palabra. La Dhurgal pierde su brillo y se deshace. Su piel humeante se convierte en ceniza, después se descompone hasta la necrosis. Arde desde su interior. Su rostro se derrite como el metal en fusión. Pronto no se verá más que su carne viva. Saren le regala la estocada final y la Dhurgal se evapora del todo.

Agua bendita.

—De nada —anticipa nuestra misteriosa salvadora—. Buscad las alcantarillas y piraos echando leches.

Vuelve a la pelea con la cabeza bajada y desaparece. Alric se encuentra en mala situación pero sigue vivo, al contrario que la mayoría de los cazadores, empalados por sus propias estacas. Killian ya no se encuentra en mi campo de visión. Se me acelera el pulso. Cuanto más nerviosa me pongo, más se me iluminan las manos, ardientes como si fuesen brasas. Finalmente, lo encuentro, está luchando contra un Dhurgal terco.

Un cazador está a punto de lanzar un temible anillo de plata en forma de hélice. Apunta a la criatura, pero las cuchillas afiladas podrían decapitar al ladrón.

—¡NO!

Con ese grito, las esferas se reactivan y doblan su volumen. Se apoyan en los Dhurgales y se hunden en sus pechos, como si fuesen parásitos luminosos. Sus pieles se vuelven traslúcidas. En ese momento, descubro que no tienen un corazón, sino dos. La luz parpadea, hace que parezca que el órgano doble late, y, un instante después, las criaturas explotan una tras otra. La desintegración provoca una lluvia de chispas. El cazador suelta su arma, desconcertado. El anillo roza la oreja del ladrón, que corre hacia mí a grandes zancadas. Me agarra la mano, que se enfría con su contacto, y tira de mí con tal fuerza que parece que me va a arrancar un brazo.

—¿Por qué estáis aquí todavía? —se enfada, completamente fuera de sí—. ¡Nos vamos! Esto ya ha durado bastante.

—¿Y Alric?

—Se las apañará.

Killian no me deja elección. Nos ponemos en marcha, deslizándonos entre cadáveres. Un soplo de aire ardiente nos corta la respiración justo cuando alcanzamos las puertas. Unas altas llamas nos obligan a desviarnos. El Valle de Hierro es un verdadero laberinto y no sé cómo vamos a ser capaces de orientarnos sin Alric. Nos llega el ruido de unos gruñidos: unos Dhurgales se han puesto a seguirnos. Hago uso de mis últimas reservas para poder mantener el ritmo. Me estoy quedando sin energía más rápido que los demás, pero no debo ralentizarnos, nuestra supervivencia depende de ello.

Conseguimos perder de vista a nuestros perseguidores y salir de la guarida de Lesath. Ahora tenemos que encontrar una forma de rodear el Foso donde se amontonan los Carroñeros (recién nacidos de los Dhurgales, menos inteligentes pero más salvajes) para alcanzar la otra vertiente de la montaña. Si su Génesis les da la orden, nos devorarán hasta la médula. Se me enciende la bombilla gracias a la cazadora de demonios.

—¡Las alcantarillas! Tenemos que pasar por las alcantarillas. Basta con seguir bajando.

Killian derrapa y cambia de dirección.

—Rosenwald, eres un pequeño genio. ¡Tendrás una recompensa!

—Si es que no morimos antes.

—No vamos a morir, palabrita de ladrón. Hasta ahora, solo estaba calentando.

Nos ponemos en marcha de nuevo, bajando cientos de escalones, hundiéndonos cada vez más en las bases de la fortaleza. No me atrevo a imaginar la cantidad de kilómetros que nos separan de la superficie.

—Arya, ¿crees que podrías darnos un poco de luz? —pregunta Saren, dubitativo.

—Puedo intentarlo…

Animada por un profundo sentimiento de logro atribuido a [Confianza], coloco mis manos cara a cara. Como si llevase un jarrón invisible. Mis dedos golpetean en el vacío. Sé que lo voy a conseguir, y eso es lo que marca la diferencia. Esta Palabra también posee algo especial. El calor vuelve a las palmas de mis manos como si estuviese sujetando carbón ardiendo. Por segunda vez, pronuncio:

—[Luna].

Mi esfera luminosa renace, más deslumbrante todavía. Soplo encima de ella, como si fuese un diente de león, y se pone a levitar por encima de mí. Cuando avanzo un paso, ella me sigue y difunde su halo blanco de forma continua.

—Bien hecho, Arya —me felicita Saren, impresionado.

—No está mal —insiste Killian, todavía en la penumbra.

Para mi sorpresa, la orbe se divide en dos esferas que se colocan ellas solas por encima de mis compañeros, como si fuesen dos soles a escala reducida. Me siento muy orgullosa de este reparto, aunque haya sido de forma involuntaria. Killian no la necesita, dada su excelente visión nocturna, pero la acepta de todas formas. Seguro que lo hace para animarme. Echamos un vistazo más de cerca a las grandes galerías disponibles; representan demasiadas opciones. Ninguna me inspira confianza.

—No nos separamos —decreta Killian—. Salvo que Saren quiera darse una vueltecilla en solitario.

El mencionado gruñe, como suele hacer a menudo. Con una voz demasiado aguda, bromeo:

—Todos los caminos llevan a Hélianthe, ¿no?

Killian se lo toma al pie de la letra y elige una al azar. Escoge girar siempre a la derecha. Mis pies aplastan muchas cosas viscosas en las que no quiero pensar. Rápidamente, el agua me llega hasta la mitad de la pantorrilla. El olor a barro y moho es persistente. Espero que exista un Mantra capaz de generar el maravilloso olor del pan de especias y de cáscara de naranja. Si algún día vuelvo a encontrarme con la Protectora, le hablaré acerca de ello.

—Debemos estar bajo un lago —dice Saren—. Puede que sea una buena señal.

—No hables antes de tiempo.

Killian detiene nuestra procesión; su brazo choca contra mi estómago.

—¿Qué pasa aho...?

Me pide que me calle apoyando un dedo sobre su máscara. Ya lo conozco lo suficiente como para saber que jamás se equivoca cuando siente peligro, y eso me provoca un ataque de estrés suplementario. Mis esferas vacilan bajo el efecto de mi miedo y no tardan en apagarse, abandonándonos en las tinieblas. Me contengo para no agarrar a Saren del brazo como una niña asustada. A mis oídos llegan unos jadeos guturales y unas respiraciones roncas. Killian nos pide que lo sigamos con una prudencia extrema. Nos desplazamos a tientas y las asperezas del suelo me obligan a meditar cada uno de mis pasos. Nos turnamos para convertirnos en presas o en depredadores.

—¡Mierda! —jura Killian de repente, entre sus dientes—. Un callejón sin salida.

Volvemos sobre nuestros pasos y avanzamos por otra galería, estrecha y húmeda. Por este lado, la trampa también se está cerrando sobre nosotros. Los Carroñeros llegan, sus pasos se acercan. Nos van a encontrar, guiados por el olor de nuestra carne fresca. Nos ponemos a correr como locos. La discreción no juega a nuestro favor: lo importante es alejarnos lo máximo posible de esas bestias.

Estoy al límite de mis fuerzas y mi mente va a la deriva. A decir verdad, no sé cómo he aguantado hasta aquí. Sin duda, un milagro que ha sido posible gracias a mi nueva magia. Voy a colapsar pronto y me entregarán a Lesath... Espero que, al menos, sea en un embalaje bonito. Killian y Saren intentan estimularme con todas sus fuerzas, pero sus ánimos ya no me bastan. Mi valentía se debilita, mi seguridad me abandona y la luz ha desertado de mi cuerpo, desprovisto de voluntad. Ninguna Palabra me salvará: voy a morir en la penumbra y en la mugre. Huir sin cesar de esos monstruos horripilantes y pasar el tiempo esquivando a la muerte no formaba parte de mis responsabilidades.

Pero una nueva catástrofe me impide rendirme. La superficie del agua se pone a temblar; las ondulaciones se acentúan, cada vez se acercan más, hasta que una ola caliente, con una fuerza increíble, nos lleva por delante. Cierro los ojos por reflejo, enterrada en una capa espesa y maloliente, y un sabor abominable se mezcla con mi saliva. Lo vomito todo, asustadísima. Alterno entre apnea y grandes inspiraciones, completamente desorientada. Mi cabeza se balancea y me golpeo contra las paredes. El chorro incontrolable, de barro o de cualquier material pútrido, nos lleva hasta el interior de este laberinto. Nuestros cuerpos chocan, se separan, se golpean de nuevo. La pendiente del canal se inclina cada vez más, acelerando nuestra caída. Ya no me deslizo, tan solo caigo.

Grito y trago agua. Cuando entreabro los ojos, percibo un círculo borroso de luz que se va ensanchando progresivamente. Al principio, pienso que se trata de mi propia magia, pero, cuando la voz lejana de Killian me grita que no luche y me deje llevar por la corriente, entiendo que he llegado al final del túnel. El agua me lanza con velocidad por el aire. Me preparo para partirme el cuello, pero una materia blanda y esponjosa amortigua mi caída. Estiro mi cuerpo. Me levanto como puedo, aturdida, con las extremidades doloridas, cubierta de sangre de la cabeza a los pies. Mi pelo pringoso se me pega en la cara.

—¿Estáis todos bien?

Esta pregunta me parece fuera de lugar lo mires como lo mires, pero me contento con afirmar con un gritito, con los ojos clavados en el tubo por el que acabo de pasar. Huele a podredumbre y litros de sangre siguen llegando al Foso. Un conducto de evacuación me acaba de vomitar.

—La montaña nos ha digerido —comenta Saren, más poético que mi propio pensamiento.

Está tan sucio como yo y particularmente pálido, pero se mantiene en pie.

—Puedes decirlo: tengo la impresión de haber atravesado un colon gigante.

Ya no escucho sus tonterías, estoy demasiado ocupada vomitando. Y cuando digo demasiado, es demasiado. Chapoteo a través de una papilla sangrienta: entrañas, huesos, cráneos destrozados, vísceras... Me apoyo en los esqueletos más o menos conservados. Killian se acerca a mí, sin decir ni una palabra, y me tiende una petaca plateada marcada con una «O». Mantiene su mirada de canalla, a pesar de las circunstancias.

—Bebe, ¡te sentirás mejor!

Me encuentro demasiado mal como para hacer preguntas, así que lo hago. La bebida me quema la garganta, provocándome un ataque de tos. Killian se parte de risa y me guiña un ojo:

—¿Salimos de aquí, princesa?

—No hace falta que hagas esto.

A pesar de estar llena de fango hasta la cintura, me levanta y me transporta hasta el otro lado del Foso. Saren nos sigue, pensativo.

—Las alcantarillas, ¿eh? —se ríe burlonamente con la mirada fija hacia delante.

—Perdón, tan solo seguí el consejo de una cazadora. A estas horas se debe estar desternillando de mi ingenuidad.

—Dudo mucho que siga viva —declara Killian, como si hablase del tiempo que hace—, pero en el caso contrario, se lo podrás agradecer si te la vuelves a cruzar algún día. Bueno, si es guapa, me encargaré yo mismo de expresarle toda mi gratitud.

Consigue sacarme una sonrisa. Este ladrón es único. Y no mentía: su bebida me ha levantado el ánimo.

—¿Qué era lo que me diste?

—Un buen ron añejo.

Llegamos hasta la muralla menos alta del recinto, que nos permitirá salir del Foso sin demasiadas complicaciones. Saren y Killian la escalan, después el general me tiende una mano para ayudarme. En el momento en el que la agarro, alguien me atrapa por la pierna y tira de mí hacia atrás. Con un grito de terror, me encuentro con una mano fría y poderosa que me aprieta el cuello. Mis pies se alejan del suelo.

—¿Y TU PROMESA, ARYA ROSENWALD?

Capítulo 41
Desde la noche de los tiempos

Sus iris, de un color azul miosotis, se sumergen en un abismo negro y sus marcadas venas hierven bajo su piel diáfana, a lo largo de su cuello y en el contorno de sus ojos. Su pelo, que antes llevaba tan bien peinado, ahora no es más que una maraña de mechones húmedos que se le pegan a la frente, y sus mejillas están manchadas de sangre seca. Alric me estrangula, fuera de sí. Ya no reconozco su rostro etéreo de ángel caído, tan solo veo en él un hambre voraz.

Killian se abalanza sobre él por detrás, pero el teniente lo aparta con su mano libre. El ladrón se golpea contra la pared y el impacto reverbera a través de mí. Después de eso, me sorprendería que su columna vertebral siguiese de una sola pieza, pero no puedo gritar. Ahora es Saren quien se abalanza, pero sufre la misma suerte. Unas manchas se contonean delante de mí; me estoy ahogando. Trato de arañar la mano que me estrangula, pero no soy rival para él y los dedos de Alric aplastan un poco más mi tráquea. Se me van a salir los ojos de las órbitas. Mi corazón cada vez se siente más perezoso. Tengo que luchar, pero me falta oxígeno. No voy a tardar demasiado en sucumbir.

—Al... ric... se... lo... suplico.

Una lágrima cae y le sigue un torrente. No quiero morir entre sus manos. ¿Cómo razonar con él sin hablar? Fijo mi mirada en la suya, sintiendo cómo la vida me abandona, e intento comunicarle todo lo que siento. El dolor, el remordimiento, la tristeza. Incluso la esperanza. No tengo el poder de introducirme en su mente, pero deseo lo imposible: hacerle frente a su humanidad, apagada desde bastante antes de que yo naciese, y salvarlo antes de que cometa lo irreparable. Contra todo pronóstico, Alric parpadea y se le aclaran los ojos, como si fuesen un cielo nublado que se despeja cuando se acerca el viento. Su rostro se relaja, una perla nacarada surca su mejilla hueca. Esa única gota abandona su cara dejando tras de sí una marca de una quemadura profunda, como si fuese ácido. No puede llorar, no tiene ese derecho. Acaba por soltarme. En un estertor liberador, inspiro una gran bocanada de aire, probablemente la más dolorosa desde la de mi nacimiento. Mis pulmones están a punto de estallar por culpa de la agonía.

Alric no se mueve, sus ojos enrojecidos y brillantes son la prueba de su desasosiego. Necesito unos minutos para reencontrarme con mi respiración; me siento como si me hubiesen apuñalado varias veces. Les suplico a Killian y a Saren en silencio para que no intervengan ya que, a pesar de estar golpeados, también están listos para volver a pelear. En cuanto a Alric, tengo que asumir mis responsabilidades y saldar mi deuda. Avanzo una mano temblorosa hacia él con prudencia y la apoyo sobre su antebrazo. Se estremece, pero no me aparta.

—¿Qué quiere de mí, teniente Alric?

Bajo la perfección de su rostro se esconden los estigmas de una pesada carga. Tan visibles como si fueran cicatrices. Aparte de la de Cassandra, jamás había visto una mirada tan anciana en un cuerpo tan joven. Un demonio perseguido por otros demonios. Me observa a través de su largo mechón negro y deja escapar un gruñido de rabia. Entonces, pronuncia una palabra que recibo como una súplica que lleva mucho tiempo enterrada en él:

—Mátame.

¿Qué responder a un ruego tan alocado y terrible? Es insensato, ilógico. Me imaginaba cualquier cosa menos esto. Mi sangre, por ejemplo. Le di mi palabra, y no me dejará traicionar este acuerdo tácito. Tenía tantas ganas de salir de aquí, de salvar a mis compañeros, de salvarme a mí misma, que no me importaban las consecuencias.

Me quedo sin voz, con una mano todavía en contacto con su piel helada como el mármol. ¿Qué hacer? ¿Qué decir? Él espera mi veredicto y continúa mirándome fijamente, como nunca nadie lo había hecho antes: con aire suplicante, lleno de desesperación. Su agonía me desarma. Cuanto más me impregno de su malestar intolerable, más me derrumbo bajo el peso de su mirada.

En este instante, maldigo mi empatía agravada por las Palabras, que me provoca un agujero en el pecho. Pruebo su desgracia por segunda vez, su tristeza que va más allá de lo imaginable. Su alma, apagada desde hace un tiempo inmemorial, tan solo busca encontrar reposo y paz. Quisiera clamar misericordia, implorarle que salga de mi cabeza, que salve a mi corazón, ahora rehén de los males que me está obligando a sentir. Mi determinación se deshace por la culpa: debo acabar con su sufrimiento. Abro la boca para aceptar.

—Si solo es eso, puedo encargarme yo —propone Killian, acercándose a nosotros.

Quita mi mano del brazo de Alric y se coloca frente a él. Me siento liberada de la pesada carga del Dhurgal. Alric ha intentado esclavizarme con su poder demoníaco, pero no lo hizo de buena gana. Es por eso que no ha conseguido lo que quería.

—¡NO! —ruge Alric, y el blanco de sus ojos se vuelve negro; después pasa del negro al blanco una vez más, en el lapso de un segundo.

El teniente empuja al ladrón por los hombros con tal fuerza que escucho cómo cruje la piedra detrás de él.

—¡Quiero que sea ella! ¡Ella me lo juró!

Killian no replica, muy tranquilo. Él también ha entendido que tan solo es una bestia herida.

—¿Por qué ella? Si eres un cobarde, podrás serlo hasta el final, ¿no?

Alric levanta los puños y golpea la pared a cada lado de la cara de Killian. El ladrón ni se inmuta. Unos trozos de roca se desprenden por el choque. Tan solo unos centímetros los separan. Saren está alerta, listo para intervenir, pero el Dhurgal se contenta con murmurar:

—Te equivocas, joven bandido. Esto no tiene nada que ver con la cobardía, te lo aseguro.

Su belleza sin igual, la de los más grandes príncipes de este mundo, me entristece, porque jamás se marchitará: pertenecerá a este reino de las sombras para siempre.

—¿Qué te crees? ¿Que no he intentado un montón de veces acabar con todo? No puedo ponerle fin a mi vida, ni morir a manos de otro Dhurgal. Aquí, el suicidio está prohibido. En cuanto a Lesath, él jamás accederá a mi petición. Soy su favorito y le divierte saber que sufro. Es su castigo. Estoy condenado a vagar sin rumbo hasta el final de los tiempos. No sabes lo que es ver cómo pasan los años, encerrado en tu propia cabeza y atormentado por tu pasado. Algunas personas han perdido la cordura con menos que eso.

Killian se abstiene de hacer comentarios. Toca sus cristales durante algunos segundos.

—¿Y los cazadores? —pregunta Saren, que abandona su arma, intrigado—. Combatió contra ellos cuando podrían haber acabado con usted de una vez por todas.

—No son dignos de tomar una vida tan anciana como la mía. No creo ni que tuviesen el poder para hacerlo. Que sepa, general, que los Dhurgales desprecian la vida humana, pero aprecian la suya propia. No tiene honor morir a manos de un mortal sin valor. Perpetuamos creencias ancestrales, que nos impulsan hacia un final lo más glorioso posible. Si se llegase a rechazar mi alma, jamás encontraré la paz, y no podré reencontrarme con los que me han dejado.

—¿Desde cuándo los Dhurgales tienen alma? —contesta Killian, sin un ápice de compasión.

—Es una forma de hablar.

Se me empañan los ojos mientras los escucho. No estoy entendiendo nada y eso hace que me sienta todavía peor. ¿Quién soy yo para ser una garantía de su vida? Nadie. Tan solo un receptáculo para las Palabras que me atormentan y juegan conmigo, el papel principal de una misión que me sobrepasa de lejos. No quiero que se me dé semejante importancia, ni quiero volverme la jueza del bien y del mal, de la vida, de la muerte. Ponerme frente un hecho consumado me empuja a rebelarme.

Alric vive en un universo donde las elecciones no existen, pero yo sí tengo elección. Nadie me quitará esta libertad: poco importan las advertencias premonitorias de Cassandra.

—No quiero hacerlo. Me niego. No puede pedirme una cosa así. Esa promesa... ¡Me ha tendido una trampa!

—Debes hacerlo. Muéstrame que los humanos no solo sirven para engañar y abusar de los demás.

—¡No me obligue! Se lo suplico...

Él avanza un paso y yo retrocedo, haciéndome daño en los codos al chocar con la muralla. Cierro los ojos cuando levanta su mano sobre mí, asustada. Pero tan solo me roza la mejilla, regalándome una caricia helada, y me limpia las lágrimas con una dulzura insoportable. Cuando abro los párpados, lo encuentro arrodillado en las impurezas del Foso. Parece un alto señor deponiendo las armas, capitulando tras una guerra que ha durado demasiado.

Todavía no soy capaz de explicar el efecto que ejerce sobre mí. Acabo de conocerlo y ya lo entiendo. Más que a Killian, más que a mí misma, incluso más que a Aïdan. Como si lo conociese desde la noche de los tiempos y mi espíritu destilase falsas reminiscencias para forzarme a creerle. Se lo puede leer como a un libro abierto. O al menos yo puedo hacerlo. Un vínculo invisible nos une desde el principio. Convertirme en el instrumento de su muerte destruiría una parte de mí misma, de eso no tengo dudas.

—Soy yo quien te suplica, Arya Ronsenwald. Ten piedad: ya no quiero seguir viviendo esta vida —me implora, pisoteando mi corazón todavía un poco más—. Estas miles de vidas. Estoy cansado. ¿No entiendes eso? Ya no tengo nada que hacer aquí. Ya no sé quién soy. Estas criaturas no se parecen a mí. Son animales enjaulados, hambrientos de violencia, que se hunden en la concupiscencia. Sueño con ser liberado y solo tú puedes quitarme estas cadenas. Ya he visto suficiente sangre y sufrimiento para toda una vida, e incluso para más.

—Se equivoca conmigo. No haré nada. No puedo.

—Sí puedes, tienes el poder —insiste el Dhurgal—. Sentí algo en ti. Los ojos jamás mienten, Arya Rosenwald, y los tuyos revelan muchísimas cosas. Más de lo que te imaginas. Puede que vivas desde hace poco, pero en ti dormitan innumerables almas. Almas que conozco.

—Yo también sentí que usted era diferente, es justo por ese motivo, entre otros, que no puedo matarlo. Ya se ha derramado demasiada sangre, no me pida que me manche las manos con la suya.

—Arya tiene razón —interviene Saren—. Exigirle eso puede que no sea cobarde, pero sí egoísta.

—No lo niego, general —concuerda el Dhurgal con una mano en el corazón—. Y es la única vez que puedo serlo de verdad. Me disculpo, pero no cambiaré de opinión. Vuestras vidas contra mi muerte.

Killian reacciona a la amenaza, listo para matarlo, pero Saren le hace un gesto para que espere. ¿A qué? No sabría decirlo. Para mí, la situación es inextricable. Alric me toma la mano y la coloca en el lugar de la suya. Su corazón (o sus corazones, si es que él es como los suyos) no palpita. No siento ni el espectro de un latido.

—Eres una persona hermosa, una de las más puras que he tenido el honor de conocer. Libérame, absuélveme. Te ofrezco mi vida, eres la única digna de ella. Tómala.

—No quiero este regalo envenenado. Usted no me conoce, yo…

—Tú y yo nos parecemos —me corta Alric con un amago de sonrisa—. Llevamos con nosotros una carga que no hemos pedido. La diferencia es que yo cargo con ella desde hace demasiado tiempo.

—Suficiente —objeta Killian, cuya paciencia está al límite—. No vamos a morir aquí por culpa de un Dhurgal suicida. Deja a Rosenwald tranquila. Soy el único que puede torturarla, ¿entendido? Si no pretendes ayudarnos, te doy un consejo, apártate de mi camino.

—Killian —atempera Saren—, no seas tan duro…

—Moriremos si nos quedamos aquí —continúa el ladrón—. Todos. ¿De verdad quieres que una chica inocente haga el trabajo sucio, Dhurgal?

—Ella es inocente a tus ojos, ladrón.

Killian lo golpea en la cara. Alric podría haberlo esquivado. Pero quiere que le peguemos, quiere sentir algo. Aunque sea dolor. Sobre todo dolor.

—¡Espabila de una vez, maldita sea! Odio a las personas que se compadecen de sí mismas.

—Lo siento, pero es demasiado tarde.

Un movimiento en el centro del Foso. El agua estancada empieza a hervir como si fuese lava. Una decena de Carroñeros emergen de ella. Primero, sus cabezas repulsivas y enormes, después sus cuerpos raquíticos con la piel traslúcida. Gruñen, salivan, nos olfatean con una expresión salvaje. Otros salen por el túnel de donde venimos. No esperamos a que nos ataquen y comenzamos a trepar la muralla a toda prisa. Killian me empuja delante de él, me ordena con un tono imperioso que avance sin mirar atrás, pero yo me resisto.

—¿Alric?

El teniente, todavía en el Foso, me da la espalda con los brazos abiertos, como si estuviese a punto de abrazar a alguien.

—Voy a entretenerlos un poco, pero no te alegres demasiado rápido, Arya Rosenwald. Os alcanzaré y saldarás tu deuda. Por voluntad propia o a la fuerza.

Me regala una sonrisa débil por encima de su hombro. Avanzamos bajo los aullidos bestiales de los Carroñeros. Esta vez no debo caerme ni pararme. Alric no podrá contenerlos: tenemos que alejarnos de estos monstruos devoradores y encontrar una salida. Hice caso a esa maldita cazadora, ¡y aquí estamos atrapados por mi culpa! Al fin y al cabo, esta montaña nos servirá de tumba.

—¡Por aquí! —grita Saren de repente, señalando una grieta en la roca lo suficientemente grande y alta para que un hombre pueda colarse.

Nos metemos en la apertura. Los hombros de Killian y Saren rozan las paredes pero, por suerte, el pasillo se alarga unos pasos más adelante. Invoco **[ʄʊɳɑ]** sin titubear.

Unos charcos de luz se instalan sobre el suelo como si nos indicaran la dirección que tenemos que tomar. Nuestras pisadas se imprimen y se apagan detrás de nosotros. Corremos sin parar y sobrepaso mis propios límites. Sigo sintiendo miedo, pero no considero que esté a la altura del peligro que corremos. Oigo los rugidos de las criaturas a lo lejos, así como mi nombre que se repite sin fin en un eco lúgubre. A pesar de todo, sigo adelante, exhausta pero decidida, y persigo mis luces nocturnas mágicas.

Finalmente, llegamos hasta un pórtico de hierro gigantesco, grabado con motivos terroríficos; es imposible escalarlo o rodearlo. Aquí, el viento aúlla como una manada de lobos, y una corriente de aire, apenas perceptible, roza mis mejillas. El aire libre nos tiende los brazos. Unos ruidos hacen que me sobresalte, pero solo es Killian crujiéndose la nuca y los dedos.

—¿Alguien tiene una llave? —bromea él, ya intentando chapucear con la cerradura.

—¡Date prisa! —lo presiona Saren, cuyo carácter tranquilo parece socavado por el desarrollo de los acontecimientos.

—¡Arya!

Doy un salto hacia atrás. Alric acaba de aparecer de la nada. Su ropa rasgada revela heridas frescas y profundas; una herida abierta en su costado lucha por regenerarse y la piel lacerada cuyas quemaduras se van desvaneciendo una por una. Se apoya contra la piedra para no desplomarse. Sus ojos no son más que dos abismos sin fondo. Angustiados, me envuelven y me condenan.

—¿Te han atacado? —le pregunta Saren, que se toma muy a pecho la desgracia del Dhurgal.

Parece que se ha apegado a él y se compadece de su dolor. En cuanto a Killian, no consigue forzar la cerradura y está soltando una retahíla de blasfemias en su lengua materna. Si sigue así, va a acabar obligando a Alric a roer los barrotes.

—Los demás Dhurgales también me están siguiendo —explica este último con un gemido—. La excepción es que el Génesis quiere que me lleven de vuelta con vida, para dejar que me pudra en el Pur... AAAAAAH...

Se pliega en dos con la cabeza entre las manos, como si lo estuviese atacando una migraña. Apoyo una mano sobre su hombro, pero me rechaza con brusquedad y me enseña sus colmillos a modo de amenaza. Grita sin parar, constreñido por el sufrimiento. Lesath acapara su mente desde su guarida y lo atormenta para que responda al imperioso llamado de su legítimo verdugo. Sin duda está disfrutando de este acoso, de esta lucha. No lo dejará alcanzar la paz con la que sueña. Jamás.

Los pasos golpean el suelo, hasta parece que sacuden la montaña. El número de nuestros perseguidores ha aumentado. Estamos en mala posición.

—No lo diré una segunda vez: ¡suprime el encantamiento que hay en este maldito pórtico! —ordena Killian con un tono duro—. ¡AHORA!

Alric renuncia y lo hace. La reja no se abre, tan solo desaparece. Killian agarra mi mano y avanzamos de nuevo a toda prisa con los Carroñeros pisándonos los talones. Casi puedo sentir sus alientos calientes y fétidos en mi nuca.

Me impulso tan fuerte sobre mis piernas que mis músculos van a acabar desgarrándose. Alric se queda atrás y entiendo que lo hace voluntariamente para frenar a sus numerosos congéneres. Lucha ferozmente: escucho cómo los huesos se rompen y los cuerpos ruedan por el suelo. Mata con la rabia anclada en el estómago. Por nosotros. Su alarido demente rompe las cadenas de su ira. Algunos Carroñeros se cuelan por las rendijas y nos saltan a la garganta, pero el curtido filo de la espada de Saren se encarga de acabar con ellos.

De repente, un dolor agudo atraviesa nuestras manos enlazadas antes de que se separen. El Mantra ha llegado al tope y está preparado para liberar su poder. Solo unos metros más y por fin veremos el final. Puedo hacerlo. Aplasto, en el último momento, el orbe que brilla entre mis dedos. Se hincha sin parar, avivado por la fuerza extrema de Alric. Me da la impresión de que tengo su corazón, o sus corazones, en la palma de mi mano. Lucho por contenerlo hasta que el teniente nos alcanza.

La bola de luz y de energía le quema la retina, pero él la codicia con una esperanza insensata.

—Ya llegan. ¡Hazlo!

Una sonrisa de una belleza ilógica adorna sus labios mientras cierra los ojos. Los Carroñeros lo agarran y leo las palabras «Adiós, Arya» en su boca. Killian me anima haciendo un gesto con la cabeza. Lanzo la esfera hacia delante, intentando acallar mi conciencia. Su calor me abandona. Ella explota en un centenar de haces, semejantes a los rayos del sol. Algunos Dhurgales desaparecen dejando un rastro de humo, otros terminan aplastados bajo las rocas que se derrumban. Nosotros retrocedemos para evitar los derrumbes que obstruyen el paso. Me tambaleo por el cúmulo de sensaciones y el agotamiento. El Valle de Hierro cierra sus puertas. Hemos conseguido salir. Los milagros nunca suceden dos veces.

Siento la cabeza como una caracola vacía, así que me quedo un buen rato tumbada en el suelo, contemplando las estrellas y disfrutando del viento que me acaricia la cara. Aprecio cada respiración. Después, me enderezo y le dedico a Killian una mirada llena de reconocimiento. Él examina las heridas que tiene en el torso: la mayoría son solo superficiales. Apenas alcanzo a ver la única parte descubierta de su rostro, manchada de sangre, sudor y mugre. Se suelta el pelo, también pegajoso. Después de darle un golpecito cómplice en el hombro, le susurro:

—Gracias.

—Me la devolverás, Guardiana de las Palabras. Solo espero que esta vez tampoco te hayas equivocado.

Saren se une a nosotros, refunfuñando, falsamente exasperado:

—¿Vamos a poder tener un día normal? No he firmado para esto.

—Y lo dices tú, que te estás divirtiendo como un loco, bien lejos de tu jubilación —ríe Killian.

—En todo caso, una cosa queda clara —comenta Saren con seriedad.

—¿El qué?

—Que apestáis.

Estallamos en carcajadas que, en mi caso, terminan en sollozos. Es mi manera de expulsar todo lo que acabo de soportar. Mi cuerpo se relaja, libera tensión.

—«Un Dhurgal te mataría en dos segundos», ¿eh?

—Venga —me anima Killian con dulzura.

Asiento, los dejo charlando y me dirijo hacia ese ser que el ladrón acaba de salvar, aunque me parece más justo al contrario.

Alric está de pie cerca de un barranco, inmóvil, con la cabeza alzada hacia el cielo. Sobre su rostro, cuyos contornos resaltan por la luz de la luna, se observan emociones contradictorias. Ni siquiera escucha cuando me acerco, completamente perdido en sí mismo, atrincherado en una fortaleza de incomprensión y desconcierto.

—¿Teniente? ¿Alric?

Se sobresalta sin apartar los ojos de las estrellas, sorprendido por mi voz. Los astros solo debían existir en sus recuerdos o en sus sueños. ¿Los Dhurgales sueñan?

—El silencio en mi cabeza… Ya no está ahí. Ahora estoy solo. Casi solo.

Sonrío, aunque él no capte ese tierno mensaje, y repito las palabras que, un día, me dedicó Cassandra, como un preámbulo de mi nueva vida:

—Jamás estará solo, Alric.

Se arranca de su contemplación.

—No hagas más promesas que no podrás mantener, humana.

Siento toda su gratitud tras ese comentario. Ninguna animosidad, ningún reproche. Me ofrece una sonrisa, pero sé que está dirigida a un fantasma que yo no veo. Después, añade:

—Alric Thomas Harrington. Es así como me llamaban las personas como tú, hace muchísimo tiempo. A partir de ahora, estoy en deuda contigo.

Saco de mi bolsillo el pañuelo bordado que le tomé prestado en las termas, en un gesto casi maternal. Me coloco de puntillas para limpiar las manchas de sangre que tiene en el mentón. Hay que empezar a pasar página. Él se deja hacer y no hablamos más. No le prometo nada, me guardo el juramento muy dentro de mí. Me volveré más fuerte, aliviaré sus males y aligeraré su conciencia, como un bálsamo protector que envuelve sus corazones inanimados.

El mío puede latir por los dos.

Capítulo 42
Un breve paréntesis

E l olor de la flor de naranjo. Lo huelo como si me estuvieran poniendo un trocito de sabroso brioche bajo la nariz, o como si respirara la colada de mi madre. Mantengo los ojos cerrados para aspirar estas emanaciones divinas. También siento que duermo más cómoda. El colchón memorizó la forma de mi cuerpo. Las mantas, que antes sentía que picaban, ahora me acarician las piernas.

Disfruto de estos últimos instantes, antes de que Killian venga a despertarme con la delicadeza que lo caracteriza. Las luces ambarinas del amanecer se filtran a través de los cristales mugrientos y atraviesan mis párpados. Mi piel se impregna de un agradable calorcito. Me gustaría quedarme así un buen rato más, pero la pereza no es el pan de cada día de una Guardiana de las Palabras. En ese momento, una presencia se instala a mi lado. He aquí la señal, debo renunciar a esta extraña comodidad. Hincho las mejillas y expulso el aire, gesto que significa que no tengo ninguna motivación.

—¡Vale, vale! ¡Ya me levanto, Nightbringer!

Abro mis párpados, pegados por el sueño, y... me caigo por la emoción y me golpeo la cabeza contra la pared. Los labios bermellón de Cassandra, sentada al borde de mi cama, esbozan una sonrisa. Sus ojos, de un azul que envidiaría hasta el cielo matinal de Hélianthe, capturan los míos. Su vestido púrpura, ajustado a sus curvas, cubre todo el largo de sus piernas y cae a sus pies, como si fuese un charco de sangre. Unas finas astas, que me recuerdan a las raíces de un árbol, decoran el terciopelo. Dos brazaletes dorados aprisionan sus antebrazos y una tiara rodea su cabello negro azabache. Unas plumas de oro reemplazan a las hojas de laurel.

—Interesante elección —clama ella con la voz clara.

—¿Perdón?

La Protectora abarca toda la estancia con un gesto fluido. Me doy cuenta de dónde estoy, anonadada. Las vigas viejas, el techo bajo e inclinado, el arrullo relajante, las decenas de glifos superpuestos en las paredes: mi habitación, en la cabaña de mis padres.

Abandono mi cama, mi propia cama, y empiezo a tocar todos los objetos que me pertenecen para asegurarme de su existencia. La madera, el pergamino y hasta mi cojín traen olores a mis recuerdos. Cassandra me deja hacer con paciencia, pero se levanta para sacar la paloma de su jaula y mimarla. Sus talones rozan el suelo con ligereza. Me detengo ante esta imagen que me resulta inapropiada. A sus pies, observo un sembrado de rosas rojas que cubre todo el suelo.

Unos sonidos lúgubres se alzan entre las paredes. No, en las paredes. No entiendo ni una palabra. Con un crujido siniestro, estas empiezan a arrugarse y se deforman hasta que aparecen los relieves de unos rostros sin trazos que quieren salir. Cassandra no nota nada raro o al menos no demuestra notarlo. La paloma entre sus dedos delgados ya no arrulla y su plumaje, normalmente blanco, está salpicado de sangre.

Surgen unas siluetas encapuchadas, al principio difusas. Tienen la consistencia de la madera. Después, atraviesan las paredes y reciben un aspecto humano. Sus andrajos de otra época se funden en las sombras de la habitación. Con los brazos entrelazados bajo sus mangas, continúan susurrando en bucle una mezcolanza de frases que mi cerebro no consigue descifrar, pero no me atacan ni se preocupan por mi presencia. Solo me perturba un detalle: la ausencia de una boca. Retrocedo unos pasos, horrorizada, y me choco contra mi taburete. Una mano fría me toca el hombro. Ese contacto helado me hace pensar en Alric. Finalmente recupero mis sentidos.

—¿Qué son?

Cassandra aparta su mano. El rubí de su anillo brilla como el destello sanguinario en la mirada de un Carroñero. Siento la presión de su palma sobre mí durante unos segundos.

—Los Murmuradores. No tienes nada que temerles.

—Estoy en un sueño, ¿verdad?

—Ya me hiciste esa pregunta una vez.

—Eso no quiere decir que la respuesta tenga que ser la misma.

—Eres una chica inteligente, Arya.

—Dime, Cassandra, ¿existe un Mantra para desarrollar buenos olores? Me dije a mí misma que te haría esa pregunta cuando te volviese a ver. Ahora que se da la ocasión...

—No te voy a responder a eso, jovencita.

Para distanciarme de estos intrusos, a quienes les falta un orificio vital, vuelvo a sentarme en el desgastado mosaico de colores chillones que utilizo como manta. Trato de ignorar su presencia concentrándome en Cassandra, increíblemente preciosa. ¿Todas las Guardianas de Palabras se vuelven así, perfectas y formidables? ¿Nuestra magia cambia nuestra apariencia? Durante unos largos minutos, jugueteo con las pelotillas que hay en la colcha, sintiéndome nerviosa. Después, dejo salir eso que me quema los labios desde el principio:

—¿Por qué no ha aparecido antes? Sigo teniendo montones de preguntas sin respuesta. Hago lo que se me pide a ciegas. No sé ni lo que tengo que afrontar. ¡La necesitaba!

La Protectora permanece impasible frente a mi arrebato y se pasea por la habitación con las manos en la espalda.

—Ahora estoy aquí. Lo he estado todo este tiempo aunque tú no te hayas dado cuenta.

—Me dijo que jamás estaría sola. No obstante, las Palabras me hieren y no entiendo cómo ni por qué. ¡Estoy indefensa frente a ellas y usted no me ayuda!

—Las primeras veces suelen ser las más difíciles, Arya, pero tenemos que construir nuestras experiencias por nosotros mismos. Recuerda todo lo que te dije en mi santuario: no estás sola.

—Hablas de Killian, ¿no? Hablando de eso, ¿por qué él? ¿Qué lo hace tan especial? ¿Qué esconde?

—Todos escondemos cosas debido a las cadenas que nos atan. Debemos conocer las razones que nos empujan a disfrazar la verdad, para que esa mentira se convierta en un sacrificio o en una traición —argumenta, sopesando cada una de sus palabras—. A fin de cuentas, la verdad siempre sale a la luz. Y sucede lo mismo con los Mantras, Arya. Pueden ser una carga o una bendición, esto ya te lo había dicho. En ambos casos, es posible compartirlas.

Mientras trato de descifrar la realidad oculta bajo esas frases, una voz se escucha desde la planta de abajo y siembra la confusión en mi corazón, antes de hacerlo pedazos:

—¡ARYA ROSENWALD!

Todo me da vueltas: mi madre me llama. Su cálida voz es más que suficiente para que ignore la presencia de Cassandra. Bajo las escaleras de cuatro en cuatro tropezando en algún escalón y me falta un pelo para romperme el cuello. Me acompañan los murmullos monocordes de los Murmuradores, pero no me importa lo más mínimo. Llego al último escalón y me encuentro en el jardín. Avanzo hacia el vergel. Una capa de hielo cubre la huerta de mi padre, ahora en barbecho, y proyecta una sombra espectral, como si un pájaro gigante volase por encima de mí. Cassandra está sentada en un columpio que cuelga de un sauce llorón con las ramas torcidas, casi desnudo. Sus últimas hojas van cayendo una a una, pero desaparecen antes de llegar a tocar el suelo. Cassandra se balancea en un movimiento acompasado y apacible. Se detiene cuando ve que me acerco. La Protectora me entrega una vela rodeada con una fina cinta roja, cuya mecha permanece intacta.

—La energía y las emociones son la clave.

En cuanto escucho esas palabras, sé exactamente qué hacer y soplo:

—[ᏞᴜᏁᴀ]…

En cuanto nace la llama, la noche cae, como si fuese un telón que anuncia el entreacto de una obra de teatro. Ya no hay rastro de Cassandra ni del jardín. Ahora, observo un laberinto vegetal, formado por unos setos más altos que las paredes de una casa. Me sitúo en el centro y varios caminos se abren, unos más desalentadores que otros. En mi mano, la vela emana un resplandor demasiado fuerte y su cera gotea. La cinta roja se deshace y se va volando, a pesar de la ausencia de viento. En ese momento, escucho un gemido. Alguien solloza. Me fijo en un niño, doblado sobre sí mismo, abrazando un oso de peluche con sus delgados brazos. ¿Cómo no voy a reconocer esos rizos dorados y ese cuerpo de constitución débil? Tiembla en su ropa de felpa, como si fuese un animalito. Me acerco hacia él con la dulzura que se requiere, pero no me atrevo a tocarlo, sin descartar la posibilidad de que me muerda.

—¿Aïdan?

Gira hacia mí su delgado rostro, de una palidez mórbida. Sus ojos, húmedos por las lágrimas, no hacen que su actitud se vea menos hosca. Deja su juguete y se esfuma.

—¡Espera!

Me echo a correr detrás de él y me sumerjo en esta red interminable de caminos sinuosos y de ramificaciones, con la sensación de estar encerrada en un sarcófago de plantas. Por suerte, no le pierdo la pista, porque va dejando tras él un rastro de pétalos de rosa de un rojo vivo. Al girar una esquina, me cruzo con una de esas criaturas «murmuradoras» y la adelanto rápidamente. Por miedo, más que nada, aunque según Cassandra no quieren hacerme ningún daño. Me dan mala espina. Finalmente, llego a un punto donde se cruzan los caminos y me encuentro a Aïdan inmóvil, ahora en su cuerpo de adulto. Mi corazón late a toda prisa cuando veo esta aparición.

El príncipe permanece en silencio con la cara devastada por el dolor. La culpabilidad y el arrepentimiento me invaden de golpe. Salto a sus brazos, sin ninguna restricción. Pero él no se mueve ni un pelo; no me devuelve el abrazo. Al menos no me rechaza y, por fin, puedo sentir su cuerpo enclenque contra el mío y su delicioso perfume. Lo echo tanto de menos que en mi estómago nace un vacío doloroso. Me gustaría tanto poder transportarnos a los dos al castillo y que todo volviese a ser como antes. Nuestros escondites, nuestras risas cómplices, yo molestándolo hasta cuando su humor pícaro no se prestaba a ello. Nuestras largas y salvadoras horas en un silencio nada incómodo; nuestras partidas frenéticas a distintos juegos, que me negaba a dejarle ganar para halagar su ego de príncipe y de mal perdedor.

Sus ojos, el único vestigio de su infancia, afrontan los míos unos instantes, después se inclina y roza mi mejilla con sus labios rosados. Un simulacro de beso. En el que aprovecha para acusarme:

—¿Por qué me has abandonado?

Retrocedo, congelada por esas palabras afiladas como cuchillas.

—¡No es verdad! ¡Te estoy buscando y te voy a encontrar! ¡Te lo prometo!

Entonces, empieza a regurgitar un líquido negro y espeso, pero no parece darse cuenta. La tinta fluye de su boca, de su nariz y de sus ojos. Me alejo un poco más de él y me tapo las orejas con las manos.

—¡No! ¡No!

—Oh, Arya, siempre has sido tan egocéntrica.

—¡AÏDAN!

Salgo de mi sueño. Dos canicas negras y brillantes me miran fijamente con curiosidad. Killian está inclinado sobre mí.

—¿Así que teniendo sueños cochinotes, Rosenwald?

Me enderezo, rígida como un tronco, y le lanzo mi almohada a la cara. De verdad, este hombre es siempre tan inoportuno. Se aparta y el cojín golpea a Saren en la cara. Este último está ocupado con una olla de estaño suspendida en un trípode, cuyo contenido revuelve con una espátula. El olor a chamusquina me incomoda.

—Ups. ¡Perdón, general!

—Tranquila. ¿Has dormido bien? —pregunta él, girándose hacia una larga mesa hasta arriba de verduras que no están en muy buen estado.

Con especial cuidado, casi burlesco, empieza a desenvainar unos guisantes. Nadie se atreve a decirle que es un cocinero pésimo. Afirmo, haciendo un gesto con la cabeza. Me parece una tontería preocuparlos por un sueño provocado por mi loco subconsciente. Las cicatrices que cubren su cara se estiran cuando sonríe. Sus quemaduras ya están mejor y su herida en el costado está curada.

—Tendremos que practicar esa puntería —comenta el ladrón, que se ríe entre dientes mientras se levanta—. Por cierto, que sepas que roncas.

Toma una jarra hecha de barro que está colocada al pie de la cama, vierte su contenido en un recipiente y me lo da. Es cierto, me estoy muriendo de calor, así que mando a volar la manta áspera dándole una patada.

—*Por cierto*, ¿nadie te ha dicho que solo los degenerados miran a los demás mientras duermen?

Bebo el agua fresca de un solo trago. Ya no me incomoda la sensación de tener harina en la boca y el agua apaga el torrente de fuego que parece que fluye por mis venas.

Ya llevamos varios días instalados en una vieja choza abandonada que encontramos en medio de un valle, rodeado de macizos y pastos. La construcción es un antiguo caserío destartalado, con el suelo carcomido y el techo roído por las inclemencias del tiempo. No es la gran cosa, pero nos ofrece el refugio que tanto necesitábamos. Nos brinda relativa comodidad, camas, utensilios para cocinar y algo parecido a la normalidad. En la choza todavía quedan muebles, colocados como si el sitio siguiese habitado, y algunas baratijas que decepcionaron a Killian, ya que no podrá sacar nada de ellas. Hay una aldea situada a unos kilómetros más abajo de la montaña que nos permite aprovisionarnos de comida y otros productos básicos, sobre todo de productos con los que curarnos las heridas. El dinero de Corndor ha sido más que útil y, gracias a él, he podido hacerme con ropa nueva (que no huele a los Carro-ñeros), unas botas con las suelas sólidas, productos de higiene y una capa nueva. Saren se encarga de hacer la compra la mayor parte del tiempo y siempre vuelve cargado, pero sin ninguna pista relevante sobre los príncipes, ni siquiera un mísero rumor. Exasperado y decepcionado, nos confesó que la conversación más interesante que tuvo fue con un campesino que se felicitaba a sí mismo por sus espantapájaros, porque ya no se acercaba ni un pájaro a picotear el terreno.

Yo aprecio la tranquilidad y el aislamiento, sobre todo tras tanta confusión, combates y muertes. Varias noches después de nuestra salida de la locura en el Valle de Hierro, en cuanto cerraba los ojos, mi mente seguía divagando con colosales monstruos de lava, con ataúdes llenos de oro en los que se me encerraba o con criaturas encadenadas que roían huesos. Al darse cuenta de que me despertaba con un sobresalto, Killian ha adoptado la costumbre de dormir sobre un montón de paja al lado de mi cama y, de vez en cuando, enrolla su mano en la mía para calmar mi terror. Saren y él se han encargado de mí con consideración, obligándome a remolonear para recuperar mis fuerzas y tratándome con cuidado. No creo que esto se repita pronto.

Siento cómo nos vamos volviendo más cercanos pasito a pasito. O, al menos, en los días en los que no está de mal humor y no tengo que hacer de árbitro entre Saren y él. Son demasiado diferentes. No obstante, su relación ha mejorado, ya que han pasado mucho tiempo sin separarse mientras yo descansaba. En todo caso, han hecho un esfuerzo por comportarse civilizadamente. Imagino que por mí.

Gracias a sus cuidados, me he ido recuperando día a día tanto física como emocionalmente. Nos pasamos las tardes charlando, jugando a las cartas y forzando a Killian a no hacer trampas, y organizando nuestra futura partida. Hoy, disfruto de esta tregua en esta casa donde probablemente vivió una familia como la mía, aunque soy consciente de que la realidad me caerá como un jarro de agua fría en cualquier momento.

—¡Inspección!

Sentada con las piernas cruzadas en la cama y los antebrazos colocados sobre mis muslos, espero a que Killian inicie su ritual diario. Desde que llegamos, cada mañana se sienta a mi lado, más serio que un sanador, y examina cada una de mis heridas de guerra. Durante mi revisión matutina Saren se va a hacerse cargo de otras ocupaciones, para dejarme un mínimo de intimidad. Adopto un aire distante, pero Killian no se deja engañar.

—Tampoco es nada cómodo para mí.

Junto toda mi cabellera en un hombro y tiro de los lazos cruzados del escote de mi camisón. Ya no existe el pudor de las primeras veces y Killian tiene el detalle de ahorrarse comentarios inapropiados. Sus gestos son muy dulces, aunque no parezca algo propio de él.

Siempre sigue el mismo orden con sus dedos, que me transmiten un calor increíble, analizando los daños que sufrió mi cuerpo, como si siguiese un itinerario preciso sobre un mapa. Primero, el hematoma en mi cuello, resultado de la estrangulación de Alric, ahora de un color amarillento un poco repugnante. Al menos ya ha desaparecido la profunda marca de su mano. Cada vez que el Dhurgal posa sus ojos sobre ella, soy capaz de leer una culpabilidad que ninguna de mis palabras consigue aliviar. Espero que sea capaz de perdonarse a sí mismo algún día.

Después, Killian desliza el camisón por mi hombro y desciende sus dedos por la prominencia de mi clavícula, donde se encuentra una cicatriz limpia y rosa: un recuerdo que me traje del Banco de Corndor. Para terminar, inspecciona la única herida que me hice a mí misma para satisfacer la sed insaciable del soberano Dhurgal y para que perdonase a mis compañeros. A esta siempre la mira un poco irritado. Cuanto más riesgo haya de que la herida se infecte, más posibilidades de que me quede una marca. Es una locura pensar en la cantidad de modificaciones corporales que he recibido en tan poco tiempo, y me parece todavía más terrorífico darme cuenta de que esto no ha hecho más que empezar. No le he enseñado la marca que me dejó la espada del Soldado de Cristal en Hélianthe, porque no cambia con el tiempo. Killian le echa un vistazo rápido a mis manos dañadas por [ʁuɲɑ] y anuncia:

—¡Estás sana como una manzana, Rosenwald! Te has recuperado bien.

Mi mirada se desliza por el torso de Killian. Lleva la túnica desabotonada y deja a la vista su piel dorada. Recuerdo las garras metálicas de la Dhurgal hambrienta.

—¿Y tú? ¿Cómo están tus propias heridas?

Eleva su ceja muy alto, como hace cada vez que se prepara para decir una tontería. Ya puedo escuchar su cálida voz ronronear en mi cabeza antes de que diga nada:

—¿Te preocupas por mí, *Een Valaan*? ¿O estás buscando una excusa para toquetearme?

—Cretino.

Inicia un movimiento para levantarse, pero se para de repente. Sus ojos se dirigen hacia mi frente.

—¿Qué tengo?

El ladrón acerca su mano a mi cuero cabelludo y me arranca un pelo de un tirón.

—¡Ay! ¿Estás tonto?

Frunzo el ceño, mientras me enseña el pelo que me acaba de arrancar como si fuese un trofeo. Ahora entiendo su repentino interés: es blanco.

—O envejeces particularmente rápido, Rosenwald…

—¡O tú haces que me preocupe demasiado, estúpido ladronzuelo!

Tras soltar esas palabras, me levanto y le regalo un vigoroso tortazo en el hombro. Después de darme un buen baño y ponerme ropa limpia, me uno a Saren, que está en la mesa. Killian rechaza la comida con el pretexto de que está siguiendo «un régimen estricto», y lo veo beber un buen trago de ron a modo de desayuno.

—¿Qué? ¡Beber ron por la mañana no me convierte en un alcohólico, chiquilla! Me convierte en un pirata.

Ignoro su comentario para interesarme por un tema más preocupante:

—¿Cómo va Alric?

—Mejor —dice Saren, ofreciéndome un trozo de pan—. Se adapta poco a poco a la vida fuera de su círculo. Esta libertad lo desestabiliza. Ya no se encuentra bajo la férula de Lesath y sigue preguntándose qué tiene derecho a hacer y qué no.

—¿Y para alimentarse?

—Por ahora, caza una vez que cae la noche y yo consigo sangre en el pueblo de vez en cuando. Gracias a mi estatus, los pueblerinos no me cuestionan y no creo que se les venga a la cabeza la idea de que utilizo esa sangre para hacer ritos extraños o para alimentar a una bestia.

—¿Y eso es suficiente?

—Los Dhurgales pueden estar mucho tiempo en ayunas sin perder demasiada fuerza o morir —explica Saren, y siento su deseo de tranquilizarme—. El teniente intenta no abusar demasiado de los rebaños de por aquí cerca para no levantar sospechas. Aquí, son bastante comunes las palizas cuando se toca el sustento de los pastores. Si no encuentran un lobo y descubren que un Dhurgal ha salido de su agujero y devora a sus animales...

—Es temporal, ¿no? La sangre animal, quiero decir. No lo satisface como si fuese la de un humano, ¿no? Además sigue teniendo sus impulsos.

—Me ha dicho, y le creo, que hace mucho tiempo que no bebe sangre humana, cosa que hace que sus poderes sean menos potentes. Sobre todo ahora que se encuentra fuera del Valle de Hierro. El problema viene más bien de esta libertad adquirida y del hecho de encontrarse en medio de humanos. Según me ha contado, hace años que no hace daño a los nuestros, aunque Lesath lo torturase, pero me da miedo que la tentación rompa esa voluntad.

—Se adaptará —dice Killian con aire distendido—. Sus crisis cada vez son más espaciadas. Hay un problema más grave que se nos plantea, si quieres mi opinión. Aunque los Dhurgales sean capaces de aclimatarse al día, sigue siendo imposible que pueda darle el sol. ¿Sabes lo que implica eso?

Mis ojos se pierden en esta comida maloliente, como si se tratase de una bola de cristal capaz de hallar las buenas respuestas.

Por ahora, Alric descansa durante el día, instalado en un granero, donde se almacenan fardos de heno y paja insalvable. Cuando no se va a cazar, pasa las noches con nosotros, pero no puede acompañarnos a ningún sitio el resto del tiempo. Esta diferencia debe de sumergirlo en la más absoluta soledad. Este gran problema me atormenta la cabeza y todavía no he podido dar con una solución.

Decepcionada, dejo caer la cuchara en mi cuenco y le lanzo una mirada interrogadora a Killian. Este último se ha mostrado comprensivo e implicado con Alric. Entre ambos se ha instalado una especie de entendimiento silencioso, que difiere bastante de la tensión agresiva que los animaba en el Valle de Hierro. Algo que no llego a descifrar los ha unido de forma más sencilla que a Killian y a mí. Como ya le he comentado, sospechó más de un general que de un Dhurgal... pero Killian es así de contradictorio. Varias veces se ha encerrado en ese granero, donde no tengo derecho a meterme, para controlar las crisis sanguinarias de Alric. Su espíritu enrevesado ve la ocasión de aprovisionar a un Dhurgal como un desafío más excitante que entrenar a una repostera novata y torpe. A no ser que sus intenciones de verdad sean loables, cosa que me sorprendería demasiado.

Sentado a horcajadas sobre una silla, el ladrón juega con una pequeña arma de plata en forma de hoja con un extremo puntiagudo sin afilar. Su empuñadura está cubierta con cuerda y su mango finaliza en forma de anillo, que desliza en su dedo. Un Makhaï, si recuerdo bien su breve curso sobre el tema. Lo hace girar en su índice con una velocidad impresionante, y me quedo hipnotizada por sus rotaciones incesantes.

—Tarde o temprano tendremos que seguir con el camino —continúa Killian, que esperaba una respuesta por mi parte y no la ha conseguido—, así que si no solucionamos ese detallito técnico…

Descubro la verdad escondida bajo esta observación:

—¿Piensas que debemos abandonarlo a su suerte?

—No es un animal indefenso, Arya. Es un Dhurgal. Podría convertir este pueblo en polvo si quisiese. Para que te quede claro, también te puede matar a ti.

—Mentira, él no me haría daño. A ninguno de nosotros. Jamás lo habrías aceptado en caso contrario. Hasta me ayudaste a sacarlo de allí.

—Tiene razón —comenta Saren con una sonrisa satisfecha en los labios.

—He dejado bien claro que ella sería la única responsable de la adhesión de miembros a su dichoso club de la Guardiana de las Palabras.

—A no ser que tú pensaras que estoy cometiendo un error monumental. Y Alric no lo es, estoy segura.

—¿Y en qué te basas? ¿Tienes un radar de «seres bondadosos»?

—Queda claro que no.

Tomé la decisión de salvarlo, de no concederle su deseo de morir. Me siento responsable de él, y dejarlo atrás, abandonado, mientras nosotros ni siquiera sabemos todo lo que ha vivido en el Valle de Hierro, es algo inconciliable con lo que me dicta el corazón. Sigo creyendo que nuestra presencia lo hace más humano y lo ayuda a controlarse. Al igual que me pasó con Saren, siento que tiene un papel determinante en esta historia. Aunque todavía no sepa cuál. No es una casualidad que los haya encontrado. He escogido este «club de la Guardiana de las Palabras» sin escogerlo realmente. Un poco como a mis Palabras.

—Nos necesita.

—No, Arya. Tú lo necesitas a él. No te gusta estar sola, necesitas estar rodeada y, si te hago caso, ¡vamos a terminar recogiendo a todas las almas perdidas de este mundo! ¿Qué quieres? ¿Fundar una secta? Dejarte decidir no me impide darte mi opinión o intentar que entres en razón.

—Eso ya nos ha quedado claro. Das tu opinión todo el rato, incluso cuando podemos prescindir de ella.

Al final me equivocaba. Killian quería ayudar a Alric para deshacerse de él lo más rápido posible. Me giro hacia Saren, quien ha metido el hocico en su bol, para que me apoye.

—¿General?

—Perdón, Arya. Por una vez, estoy de acuerdo con el ladrón. Alric solo puede viajar de noche. Sigue siendo un depredador, no lo olvides; no podemos prever sus reacciones y tu seguridad prima sobre la de los demás. Tus intenciones son loables, pero conseguirá salir adelante él solo. Ha vivido más tiempo que tú, más vidas que tú, así que preocuparte por este Dhurgal me parece un poco...

— ... ¿excesivo? —propone el ladrón, insensible.

— ... irrazonable.

Intento negociar, fingiendo una falsa seguridad:

—Dejadme un poco de tiempo. No vamos a irnos de aquí ya mismo, ¿no?

Killian sacude la cabeza.

—Entonces, encontraré una solución como sea.

—Y si nunca...

—Encontraré una solución.

—Vale, Rosenwald.

Lo miro, sorprendida por su complacencia. Pensé que impondría su punto de vista de forma injusta, como hizo con Saren al principio. Me estaba preparando para una lucha sin piedad, pero mantiene su palabra de dejarme ser responsable de mis decisiones.

—Mientras esperamos —añade, levantándose de la silla—, vas a necesitar esto.

El Makhaï continúa dando vueltas alrededor de su índice; después, con un giro de su dedo, lo manda a volar y lo clava en la pared justo encima de la chimenea. El arma vibra unos instantes, agrietando aún más la madera, y después se inmoviliza.

—¿Qué quieres que haga con eso? —exclama el general, frunciendo el ceño por una evidente desaprobación.

—¡Que se limpie las uñas, obviamente! —resopla Killian con los brazos cruzados detrás de la cabeza—. Ya va siendo hora de que aprenda a luchar de verdad, con y sin arma. ¿Qué mejor ocasión que esta pausa para hacer que adquiera otras habilidades?

—¿No se supone que sus armas son sus Palabras?

—Sí, pero por el momento, y a pesar de los notables progresos en la materia, no las controla del todo. No hace nada del otro mundo.

—¡Oye! ¡Estoy aquí! ¡No haré nada del otro mundo, pero quemé al Génesis, creé una luz de la nada, expulsé un sonido por mi boca que hizo tambalear una cueva, me rebelé contra una «Dhurgalilla» demasiado descarada y formé una burbuja protectora alrededor de mí! ¿Y tú qué has hecho, eh? ¿Aparte de robar, provocar a monstruos y echarte una siesta?

—Salvarte el culo. Varias veces. Esto es importante. Es necesario que pueda utilizar su cuerpo antes que su magia —continúa Killian, ignorándome—. Me niego a quedarme en el lado de los perdedores.

—Killian, apenas sé utilizar mis puños. ¡O matar a un pobre jabato!

Me acerco a la chimenea, agarro un taburete un poco inestable e intento subirme a él.

—Exactamente. El mejor modo de aprender es recibiendo golpes, caerse, equivocarse y hacerse daño. Tienes a tu lado a dos buenos profesores. Incluso tres, si conseguimos resolver el caso de nuestro amiguito el Dhurgal. Aprovéchate de ello.

—¡Arya no está preparada! —refuta el general—. Apenas se está recuperando de sus traumatismos. Sería capaz de hacerse daño a sí misma. Estoy aquí para defenderla, ¿no? ¿No es para eso para lo que sirves tú también?

—Sí, pero saber defenderse por sí misma es todavía mejor. Si su magia le falla, al menos tendrá esa opción. Siempre hay que tener un as bajo la manga. Quizá no estemos siempre aquí, y estoy seguro de que a Arya no le gusta jugar a las damiselas en apuros. ¿Verdad, Amor?

Me alzo sobre la punta de mis pies, concentrada, e intento recuperar el Makhaï clavado en la pared... y en el cadáver de una araña con mala suerte. Killian la vio, y me digo a mí misma que sería muy tonta si rechazase que me enseñe, aunque me repugne la idea de utilizar armas.

Tiro del Makhaï con todas mis fuerzas y termina saliendo, pero pierdo el equilibrio. Killian anticipa mi caída antes que Saren, a quien no le da tiempo a levantarse a pesar de que estaba bastante más cerca de mí, y atraviesa la estancia rápidamente. Me agarra por la cadera, me alza y me coloca en el suelo.

—Está bien.

—Eres una chica valiente. Termina de comer y ven conmigo fuera.

Le lanzo una mirada disimulada al general para que entienda que no sirve de nada que discuta. Frunce la nariz, pero se guarda sus reflexiones contestatarias. Le va a salir una úlcera de tanto soportar la obstinación del ladrón. Me siento de nuevo, mientras Killian cierra la puerta entreabierta tras él, bajo la cual pasa una corriente de aire fresquito. Saren refunfuña, consciente de que no va a ganar contra él muy a menudo. Le doy un codazo amistoso e intento que se le pase ese humor de perros.

—¿Saren?

—¿Sí?

—La sopa que hace es realmente asquerosa.

Me echo a reír. El pliegue de su sonrisa y sus cicatrices se ensanchan cada vez más, hasta que me imita.

Capítulo 43

Tripas, corazones y determinación

Cuando termino mi desayuno, recorro la hierba alta y húmeda en dirección al riachuelo que separa el valle en dos. Este regala un entorno impresionante. Soñaba con ver este tipo de paisajes. Respirar el aire revitalizante me hace feliz, sobre todo después de todas las horas que he pasado bajo tierra, en el vientre de la montaña, inhalando azufre y vísceras. He renacido, aunque cohabite en una casa roída por las polillas con un ladrón con mala leche, un general paternalista y un Dhurgal propenso a los antojos sangrientos, y esté obligada a comer las pruebas culinarias fallidas de Saren. Gracias a este paréntesis merecido y fortificante, me siento bastante bien por primera vez desde que abandoné mi hogar.

Sigo el tranquilo curso del río, salto de piedra en piedra para cruzarlo sin mojarme los zapatos, tiro el corazón de la manzana que me estaba comiendo y rápidamente se lo lleva la corriente. El sol se esconde cada vez más entre las nubes y nos priva de su dulce calor. Me encuentro con Killian en el lugar donde se exilia cuando quiere entrenar o disfrutar de su soledad. El avance positivo de nuestra relación no quita que se haya deshecho de su lado lunático. Me lo encuentro agarrado a una rama alta, realizando una serie de tracciones. Su cuerpo se eleva con la fuerza de sus brazos, con los pies cruzados y el torso desnudo. Me pregunto si de verdad vendrá de un país cálido, como supongo desde el principio, teniendo en cuenta su resistencia a las bajas temperaturas. Lleva un vendaje alrededor de la cintura que ni siquiera Saren tiene derecho a tocar, pero que es respuesta suficiente para mi pregunta acerca de sus heridas.

—¡Estoy aquí!

—Lo sé, idiota.

—Sobre lo que hablábamos hace un rato...

Se queda quieto, suspendido en el vacío.

—Y patatín-patatán. ¿Sabes qué, Rosenwald? —me corta sin el mínimo rastro de sofoco—. Me encanta el sonido que hay cuando te callas. Agradezco que evites que tu cháchara suba hasta tu boca.

Mientras refunfuño, escojo una piedra sobre la que posar mi trasero y espero a que termine con sus ejercicios.

—¡Y... para... de... protestar!

—Solo me expreso, señor Nightbringer. ¡Protestar es mi superpoder!

—Tu... superpoder... es... sacarm...

—¡Cuidadito con lo que vas a decir!

— ... sacarme de quicio.

Una vez más, me lamento por no tener ningún libro a mano y mato el tiempo soñando que soy una Arya dotada de músculos sólidos y no de palillos en vez de brazos y piernas. Aunque he de admitir que, gracias a Killian y a sus sesiones de tortura improvisadas, los siento más fortalecidos y densos. Pero bueno, sigo pareciendo una gamba si me comparas con este bogavante de primera clase. Él también ha debido de trabajar con ahínco para tener semejante musculatura. Hélianthe no se construyó en un día.

—¿Y bien? ¿Te arrepientes de todos estos años atiborrándote a pasteles, Rosenwald?

Aterriza con delicadeza a los pies del abeto, como si fuese un gato que cae sobre sus patas, y reduce la distancia entre nosotros. Para molestarme, me pellizca la piel a la altura de mi costado.

Mientras intento pegarle para que suelte los volantes de mi blusa, masculло:

—Por supuesto que no, jamás me arrepentiré de disfrutar de un rico pastel. Si algún día pruebas los que hago yo, dejarás de decir estupideces.

—No me gustan los dulces.

Abro la boca más grande que un túnel, flipando tanto como si me acabase de soltar alguna grosería a la cara.

—¿Qué? ¿Eres demasiado «hombre» para eso? ¿Solo comes carne cruda acompañada de ron? A Aïdan tampoco le gusta el dulce, no sabéis lo que os perdéis. Seguro que a Saren le gustan, y estoy segura de que Alric adoraría mis pas… en fin, quiero decir…

—Si les pones un toque de hemoglobina, probablemente.

—¡A todo el mundo le gusta mi repostería, punto final! Hasta un paladar tan poco refinado como el tuyo.

—¿Planeas volver a meterte en una cocina algún día, Amor? —me pregunta, completamente serio—. Idiota.

El ladrón suele tratarme de idiota, pero en general lo hace por meterse conmigo, chincharme o incluso me atrevería a decir que de forma «cariñosa». Pero, ahora mismo, lo está utilizando a modo de insulto de verdad. No me gusta este matiz y él se da cuenta.

—¡Ah, ya lo olvidaba! Sueñas con volver a tu vida perfecta, en tu ciudad perfecta, regresar a tu castillo perfecto para hacer galletas perfectas y coquetear con tu príncipe perfecto.

—¡Venga, ya hacía tiempo que no lo mencionabas!

Me lo tomo a pecho, no soporto que se burle de mi cariño por Aïdan. Le encanta hablar mal de él. El alto al fuego ha terminado y la realidad ha venido a llamar a nuestra puerta. A destrozarla, puestos a ser más precisos.

—Siempre lo diriges todo hacia él, Nightbringer. ¿Tienes complejo de inferioridad?

—Rosenwald, estamos hablando de un príncipe que ha desaparecido, o huido, mejor dicho; «que ha huido cobardemente». Sin poder, sin talento y odiado por su padre muerto. Es él quien debería tener complejos.

Grito de rabia y mi mano toma vida propia. El ladrón bloquea mi impulso vengativo.

—¡Eso es lo que quiero: cólera! —exclama, satisfecho—. ¡Luchar es como utilizar tus Palabras, hay que ponerle corazón, tripas y determinación! ¿Sientes esa adrenalina? ¡No la contengas! ¡Utilízala!

Se separa en un abrir y cerrar de ojos, después me deja vía libre.

—Perdón por haberte llamado «idiota», repostera. Pensé que ya lo sabías.

Sopeso el Makhaï. Es tan ligero como un simple pedrusco. Mejor, no me veía saltándome etapas y atacando ya desde el principio con una espada o un montón de armas de lo más rústicas. Después de haber intentado manipular la de Saren (bajo su estricta supervisión) y vista mi falta de coordinación, ya sé más o menos de lo que soy capaz. Mi torpeza no engaña a nadie, y mucho menos a Killian.

—El objetivo —explica él, echándose el pelo hacia atrás para recogérselo con un cordel— es conseguir tocarme con el Makhaï. Por ahora, no importa en qué parte del cuerpo. Y se permite cualquier tipo de golpe. Lanzármelo a la cabeza, saltarme encima...

—¿Amenazar tu virilidad?

—A pesar de que dudo que consigas lograr semejante desafío, mejor evitemos ese tipo de incidentes, ¿de acuerdo? Me preocupa. Quizás algún día entiendas por qué.

Le saco la lengua, una actitud demasiado poco guerrera.

—Entendido.

—Para estar en mayor igualdad de condiciones —continúa—, me voy a vendar los ojos y dejar las manos detrás de mi espada.

—¿Estás bromeando?

—¿Tengo pinta de estar bromeando, fierecilla?

No lo voy a admitir, pero esos «favores» me humillan, porque deduzco el nivel en el que me sitúa: el de la nulidad absoluta. Al menos, en lo que concierne al combate. Soy consciente de que no estoy a la altura de sus dotes sobrehumanas, pero darme un pequeño margen de esperanza y dignidad no es pedir demasiado.

Saca un trozo de tela que se ata alrededor de sus ojos y se posiciona, con las piernas ligeramente separadas y las manos en la espalda.

—Cuando quieras, Rosenwald.

Todo el mundo sabe que el ser humano tiene tendencia a repetir los errores, pero termina por aprender de ellos con el tiempo. Bien, pues ese no es mi caso. Sé que debería pensar con calma una estrategia, teniendo en cuenta un montón de parámetros (aunque eso signifique inventármelos para paliar mi ignorancia sobre el tema) y no fracasar en la misión. Sin embargo, mentiría si dijese que la autorización de desahogarme con el ladrón no me produce cierto placer.

Mi primera tentativa consiste en lanzar el Makhaï varias veces seguidas en su dirección, cambiando el ángulo y la distancia. Tiene cuidado de que no le dé y lo esquiva gracias a su talento predilecto: la velocidad. Le basta con un simple movimiento de cabeza o de hombro, con un paso atrás o con un juego de piernas. Tengo que ir a buscar el arma un número incalculable de veces, como si fuese un perro obsesionado con su palo mordido, antes de abandonar este método.

A continuación, llega el momento de las emboscadas. Repto por la hierba hasta él. Aguantando la respiración, me imagino que es un jabalí en vez de Killian, reproduzco la técnica de los grandes depredadores y los consejos de caza del ladrón. Pero él nota mi presencia y me echa de esa zona dándome un golpecito con el pie. Después de rodar hacia un lado, me pongo de pie haciendo una mueca. Se troncha bajo su máscara. Creo que se lo está pasando muy bien, demasiado. Entonces, pongo en marcha el asalto final. Al final de la mañana, todas mis piruetas terminan de la misma forma: tirada en el suelo. Este hombre desafía las leyes de gravedad. Sus saltos aéreos y sus desplazamientos etéreos lo vuelven inaccesible. Ha debido recibir un entrenamiento de un nivel superior.

Cuando la posición del sol me indica que estamos cerca del mediodía, ya llevo un buen rato luchando; tengo la garganta seca y estoy toda sudada. Me ruge el estómago y me muero de ganas de un buen almuerzo. Lanzo el Makhaï a mis pies con un grito de frustración y Killian se quita la venda.

—Tranquila, Rosenwald. Hemos terminado por hoy. Está bien, no te faltan recursos. Pero vamos a tener que canalizar toda esa energía.

Me alborota el pelo, pegado a mi frente, y añade antes de que pueda argumentar:

—No te desesperes. Algún día llegarás a hacer tartas con los ojos cerrados.

Killian se agacha para recoger su Makhaï, lo sopla y lo guarda en un bolsillo trasero. Agotada, me acerco al riachuelo para saciar mi sed. Después, camino hacia la granja maldiciendo al ladrón. Si no tuviese tan mala fe, diría que el ejercicio fue bastante divertido.

Para mi gran desesperación, la tarde trae consigo los truenos e invoca al viento. Rompe una violenta tormenta; su estruendo resuena entre las cimas. Recemos para que el techo aguante el mal rato y no nos caiga en la cabeza.

Sentada cerca de la chimenea, en una mecedora vieja y chirriante, sueño despierta, sobresaltándome al ritmo de los truenos que rasgan el valle. Saren, atizador en mano, se encarga de avivar el fuego para calentarnos lo máximo posible, y Killian tapona las eventuales goteras. La puerta se abre justo cuando un relámpago cae en la montaña.

—Justo a tiempo —lo felicita Killian, cerrando tras Alric la puerta sobre la que empieza a colocar unas tablas de madera para reforzarla.

El Dhurgal se inclina para saludarnos con una dulce sonrisa en los labios.

—¿Se fue a tomar un trago, teniente?

Todas las cabezas se giran hacia el general. Soy la primera en dejar salir un hipo divertido que se convierte en una risa. Soy muy fan de este tipo de humor absurdo. Contagio a Saren, quien se atreve a reírse de su propia broma, seguido por Alric, más reservado. Se tapa la boca con la mano; me da la impresión de que no se sabe reír de forma natural. Killian no participa en la risa general. Mientras me seco las lágrimas provocadas por la risa, me sorprendo:

—¿No has entendido la broma?

—Desternillante. De verdad. No puedo con la risa.

Sisea entre sus dientes y vuelve al lío con las tablas.

El resto de la noche transcurre de forma serena, hasta cuando Killian se mofa de mi ejercicio de la mañana o cuando me atrevo a pedir un masaje en los pies y acabo masajeándole sus propios hombros. Durante la cena, siento que Alric, que se ha aislado al otro lado de la sala, me lanza miradas furtivas. Parece que hay algo que lo avergüenza o que le quema los labios. Después de haberme tragado el último bocado, me dirijo hacia él y se levanta para dejarme su sitio. Divertida por su galantería, lo declino.

—Gracias, pero hay sitio suficiente para dos. ¿Se encuentra bien?

—Diría que mejor.

Por intentar que se sienta cómodo, trato de entablar una conversación y me aventuro con la primera cosa que se me viene a la mente:

—¿Sabe lo que son los Murmuradores?

Parece que mi pregunta lo desconcierta y se toma su tiempo para construir una respuesta adecuada:

—El folclore los describe como unas criaturas del inconsciente. No sabría decir con certeza si lo materializan o si lo manipulan. Los Murmuradores a veces aparecen en los sueños para ayudar al anfitrión cuando se halla ante una encrucijada. Se encargan de instalar, en el espíritu del soñador, las respuestas a sus cuestiones, aquellas que lo atormentan día y noche. Forman una tríada con los Evanescentes y los Portadores de la

Noche. También se dice que, en casos extraños, estas criaturas se alían a los artistas, adivinos o cualquier persona cercana a la adivinación.

—¿Las artes adivinatorias?

—Exacto. Esas personas les ofrecen a los Murmuradores, seguramente para servir a sus propios intereses, una breve visión del futuro que ellos infundirán en sus mentes. Una especie de advertencias subliminales.

Alric hace una pausa con la mirada cada vez más lejana, y después continúa:

—Los Murmuradores tienen la reputación de ser criaturas orgullosas y selectivas. Eligen a su anfitrión en función de su importancia.

—¿Su importancia?

—Un futuro héroe, un individuo movido por un destino fuera de lo común, un inmortal o alguien que posee la clarividencia.

—¿Como una oradora de buenaventura?

—No, no la videncia, Arya, la clarividencia. Las personas capaces de sentir las emociones del prójimo, vivirlas con ellos, y a menudo apoderadas por intuiciones muy justas o imágenes en relación a una vivencia difícil, especial. Son personas...

— ... empáticas.

Me arrepiento de mis preguntas de golpe. Debe darse cuenta de mi confusión, porque concluye:

—Pero, como he dicho, es solo folclore. Ahora me toca a mí hacerte una pregunta, si te parece bien.

—Lo escucho, teniente.

Y así es como ahora me encuentro cortando la cabellera de Alric, una escena inédita en la historia de las relaciones humano-Dhurgal. Sentado sobre el taburete, me explica (mientras desempolvo un viejo par de tijeras oxidadas olvidadas al fondo de un enorme aparador) que es un gesto simbólico, para romper con su vida anterior.

—Para los de mi clan, el pelo largo representa el poder, su victoria contra el tiempo que no puede alterar su juventud ni su belleza. Es una de las extrañas partes del cuerpo que permanece intacta después de la muerte, esa misma muerte que han desafiado y que pueden evitar. Una manera de creerse superiores a cualquier dios, o incluso a la vida, que no honran lo más mínimo. No puedo negar mi naturaleza de Dhurgal pero, gracias a ti, ya no estoy obligado a aceptarla.

Cuando corto el mechón más largo de Alric, el que le tapaba el ojo derecho y se ondulaba hasta su mentón, me parece un sacrilegio, pero entiendo su necesidad y me sigue resultando atractivo. Me siento privilegiada de ser la autora de este gran cambio.

Saren y Killian observan esta extraña ceremonia en un silencio respetuoso. O quizás estén callados porque no quieren desconcentrarme y que le arranque el cuero cabelludo al Dhurgal. Los rizos caen, pero se volatilizan antes de llegar a tocar el suelo. El último tijeretazo me arranca una lágrima de liberación, aquella que Alric no puede derramar por sí mismo.

Una vez de vuelta al lado del fuego, arropada por su calor, dejo que mis ojos cansados viajen de compañero en compañero. Saren y Alric conversan como dos iguales sobre el Tratado Galicia, que ya no existe, y que fue el que llevó a los Dhurgales a encerrarse en el Valle de Hierro.

—Es debido a un pacto con los Ravenwood que se remonta a muchos años antes de que se instaurase el propio Tratado y de la existencia de las Siete Fronteras. Después de la Gran Guerra, los Dhurgales se convirtieron en una especie rara y amenazada, a quienes les dieron la opción de la extinción inmediata o el exilio en ese lugar protegido, pero con la prohibición de perpetuar su especie y de salir de su residencia oficial, excepto algunas salidas para cazar. Los Dhurgales, como no pueden romper una promesa, estaban y están atados a ese pacto para la eternidad.

—Lo sabía en gran medida —admite Saren—, pero no que este pacto cerraba los ojos ante algunas vidas humanas.

Por su lado, Killian, inmóvil, está sumergido en su misterioso cuaderno rojo. Con una mano, juega con sus cristales de brillo fantasmal. Tres almas en una misma habitación, tan diferentes y aun así destinadas de una forma o de otra a encontrarse, a venir hacia mí. No somos amigos de verdad, no sé prácticamente nada de sus pasados, aunque las semanas pasen y nuestras conversaciones nos acerquen. No obstante, no los considero como simples refuerzos útiles para mi misión. Opino lo mismo de Alric, que acaba de unirse a nosotros. Cada uno de ellos es una página que se añade en el libro de mi vida, una de todas las piezas de un puzle unidas para revelar la belleza del conjunto. Los descubro, poco a poco se vuelven indispensables, hasta el punto en que me pregunto cómo he podido prescindir de ellos. Killian en cabeza. Con él comparto mi día a día desde el principio y ha sido testigo de mi miedo, mis dudas y mis tonterías. Nos aguantamos en una especie de ternura un poco mezquina. Es asombroso pensar que, en un pasado no tan lejano, fuimos fantasmas para nuestros corazones y nuestros ojos. Ahora, este trío es lo más parecido a una familia para mí. Y me pregunto si, como en cualquier familia, nos vamos a encariñar los unos por los otros, después odiarnos para volvernos a querernos, ignorarnos, y puede que incluso separarnos algún día.

Finalmente, la tormenta abandona el cielo y Saren aprovecha la tregua para salir a buscar aprovisionamiento de agua y leña, con el fin de alimentar la chimenea hasta el amanecer. Cuando abre la puerta, el frío me pone la piel de gallina y deforma el fuego unos instantes. Vuelve a mí el recuerdo de los Soldados de Cristal, que habían abandonado un poco mis pensamientos estos últimos días gracias a monstruos diferentes.

Alric viene a hacerme compañía: ambos estamos sentados sobre unos cojines ásperos tirados por el suelo. No intercambiamos ninguna palabra, pero sus ojos se dirigen hacia mis brazos sin parar. Espero que no sean mis venas lo que llama su atención y que no tenga intención de romper su abstinencia esta noche. Todavía sin mediar palabra, pasa su mano por mi piel con dulzura. Frunce sus cejas por la concentración y se me eriza el vello. Alric está todavía más helado que el viento. Se da cuenta y retira sus dedos, avergonzado.

—Disculpa mi indecencia, Arya.

La palabra que utiliza me parece un poco fuerte, sobre todo después de haber asistido a las orgías de los Dhurgales, muy a mi pesar.

—No tiene de qué disculparse.

—No debe ser agradable para un humano que lo toque un Dhurgal.

Yo respondo con un tono deliberadamente juguetón:

—Todo depende de si estamos en una ola de calor o no. ¿Hay algo que lo intrigue?

Él pasa una manta sobre mis hombros.

—Siempre me fascinan tanto las reacciones humanas. Incluso cuando un hombre miente o quiere disimular sus sentimientos, su cuerpo habla por él. Basta con saber interpretar los gestos. No podéis controlarlo. Vuestra piel que se eriza debido al frío o gracias al placer, vuestro olor que cambia bajo la influencia del miedo o el deseo, vuestro corazón que late con más fuerza en función de la emoción que sentís o de la persona que se encuentra frente a vosotros.

Cierra los ojos unos instantes. La sombra de una sonrisa eleva las esquinas de sus labios. Revela sus colmillos. Extrañamente, se parece a un humano. Un humano bendecido por la naturaleza o por los dioses. En cambio, es una criatura maldita.

—Usted también era humano, ¿no? No nació siendo un Dhurgal, ¿verdad?

—No, me convertí. Fui uno de los primeros niños engendrados por nuestro Génesis, un Dhurgal de raza pura. Fue hace mucho tiempo. Sería como recordar la vida en el interior del vientre de mi madre. Hoy, soy de carne y hueso, pero ya no soy humano. Ya no me considero como tal desde hace una eternidad, aunque haya intentado mantener intacta esa parte de mí durante años.

Me abstengo de soltar ningún comentario. Aunque me gustaría acribillarlo a preguntas sobre su vida antes del Valle de Hierro, sobre su transformación en Dhurgal, sobre el Purgatorio... pero el momento es inoportuno y prematuro. Algunas heridas tardan en cicatrizar y no sirve de nada hurgar en ellas.

—Todo te da curiosidad —constata, sin hacer un juicio negativo de mi persona.

—Es verdad. ¡El universo entero me interesa!

—Si quieres mi opinión, el universo entero es el que debería interesarse por una chica como tú.

—¿Por una repostera joven y torpe?

—Por un espíritu libre y vivo.

Nos miramos durante unos segundos. De nuevo, tengo la impresión de que lo conozco desde hace un tiempo indefinido, como cuando nos miramos la primera vez, y de que compartimos un vínculo estrecho. Si creyese en la reencarnación, no dudaría que nuestros caminos se cruzaron en una vida anterior.

Por costumbre, lleva su mano hacia su mechón para colocarlo detrás de su oreja, pero ya no es lo suficientemente largo.

—¿No lo incomoda demasiado estar sentado a mi lado? Saren me ha dicho que no se alimenta de humanos desde hace mucho tiempo, pero...

—Sigo siendo un Dhurgal marcado por la sed. No te preocupes, sé controlarme. Y tú no eres cualquier humana. Sería un desperdicio convertirte en mi tentempié —declara—. Además, el ladrón nos está vigilando. Se me tiraría encima antes de que pudiese hincar mis colmillos en tu cuello.

Señala a Killian con el mentón, que está tirado sobre la cama inmóvil, todavía vestido.

—¿No está durmiendo?

El Dhurgal agudiza el oído y niega con la cabeza.

—Para nada. Pero no lo culpo por estar alerta en mi presencia. Ha sido un gran apoyo estos últimos días, pero me ha hecho comprender que, si presentase algún peligro para ti, nuestro bonito entendimiento dejaría de existir. Tú eres lo más importante y estoy de acuerdo con él.

—Está todo el rato a la defensiva. Ya sabe que no le preguntaba por miedo.

—Sí, lo sé. Lo habría sentido. Pero deberías tenerlo, el miedo es un buen salvavidas.

Acerca sus dedos a mi cuello, pero sin llegar a tocarlo. Una vez más, se disculpa con sus grandes ojos, bordeados por unas pestañas largas y negras. Tuerce un poco el rostro: parece como si le estuviesen clavando espinas en los pies constantemente.

—Confío en usted, teniente Alric. Y, sobre todo, en mi instinto.

—Tienes razón, es una de las pocas cosas que nos quedan cuando ya no nos queda nada —concluye, apartando su mano—. O solamente dos corazones.

Nos quedamos uno al lado del otro, en silencio, y poco a poco caigo en una agradable somnolencia. Acabo con la cabeza apoyada sobre el hombro de Alric. No se mueve, seguramente porque no se atreve a apartarme. Me gustaría poder levantarme para no poner en un aprieto al arduo control que ejerce sobre su sed de sangre, pero mi cerebro desaprueba esa acción demasiado laboriosa.

Unas manos frías me rodean y me levantan del suelo: me da la impresión de estar flotando en el aire como si fuese un copo de nieve. Alric me lleva sin esfuerzo, con mi cabeza apoyada sobre su pecho, y murmuro una invocación con tanta dulzura que suena a deseo:

—[Eco]...

Pero no escucho nada. Este órgano vital que asociamos con el amor o el odio; que puede romperse, volverse pedazos; que puede apretujarse o, al contrario, hincharse y explotar de felicidad... no me regala ni un solo latido. Y eso que, en su pecho, descansan dos de esos tesoros de la naturaleza. No puedo negar lo evidente: Alric está vivo pero muerto. Y eso no le impide sentir las mismas emociones que nosotros. Qué paradoja tan extraña y tan perturbadora. Me lo parece todavía más mientras navego entre los limbos del sueño.

Me deja sobre mi cama con cuidado y me cubre con un viejo edredón. En ese mismo instante, oigo la voz lenta de Killian, que habla en voz baja:

—No te encariñes demasiado con esta mocosa.

—Habla por ti, ladrón.

Yo sucumbo, atraída por el reino de los Murmuradores, con el eco profundo y cálido de un corazón que late de forma regular y tranquila. El de Killian.

Capítulo 44

La espada y la rosa

—¿Qué quieres que haga con esto, Nightbringer? Levanto un palo del tamaño de mi brazo, despojado de su corteza y tallado con cuidado con un cuchillo. Me he pasado toda la mañana bajo una molesta llovizna, golpeando un saco de cereales que colgaba de una rama. Al menos ese ejercicio me sirvió para desahogarme.

—Pregúntale a Saren, es cosa suya. Por cierto, ¿dónde está ese maldito general?

Instalado en su árbol fetiche desde primera hora, el ladrón se ha bajado su capuchón y ahora no es más que una masa negra deforme en medio de las agujas verdes. No sé qué es lo que me retiene para no ir a buscar el hacha y cortar el tronco para hacer que baje rápidamente. Las agujetas que tengo, probablemente.

—¿Y tú qué? ¿Haces algo de provecho? ¿Aparte de verme luchar y hacer como que lees un cuaderno en blanco?

—Nada, pero hasta eso lo hago bien. ¡Me merezco un día de descanso, princesa!

—¡Perdón por el retraso!

Escucho la voz de Saren detrás de mí y decido cortar de raíz la discordia antes de que pueda llegar a germinar.

—¡Mira, aquí está la niñera!

Saren lleva un palo idéntico al mío. Viste su uniforme y su espada descansa en su vaina.

—¿Qué te parece hacer una demostración para empezar, ladrón? —propone él.

No hace falta nada más para llamar la atención de Killian, que salta de su rama con la mirada pícara. Él, que se muestra siempre tan amenazante, a veces también tiene un lado juguetón y juvenil. Como si dos hombres de diferente edad cohabitasen en un mismo cuerpo.

—¿Acabas de desafiarme, general?

—Solo con el objetivo de instruir a Arya. Después de todo, no tienes nada que temer de una «niñera». Incluso si luchar con un arma difiere de las volteretas y los pasos de baile que tanto te gustan.

Es la primera vez que Saren provoca a Killian a propósito. Yo me quedo boquiabierta. No sé si reírme o echar a correr antes de la pelea. La mandíbula del ladrón vibra bajo su máscara; se está conteniendo.

—¡Mi querido Delatour! No eres indispensable, pero aún así me agradas. Eso es, sin duda, porque me gustan las personas que me enfadan. Los palos no son mi arma favorita, pero me las arreglaré.

—¿Cuál es tu arma favorita? ¿Gruñirles a las personas? ¿Un tenedor? ¿O lanzar monedas de oro a la cara?

—Hoy te has levantado con ganas de pelea, Rosenwald.

Le pongo mi palo en la mano con una sonrisa de lado, antes de alejarme. Al menos, no se harán daño con el filo de espadas de verdad. Saren saluda a su adversario, conforme a la tradición. Killian, menos ceremonioso, espera girando el palo en su mano.

—No tengo la paciencia suficiente para esperar.

—Sin trucos, ladrón. Mostrémosle una pelea de verdad.

Killian eleva sus manos e inclina la cabeza, lo que en su idioma quiere decir «como tú quieras» o «me la suda». Por sus expresiones feroces, adivino que no se lo están tomando como un juego. El general se pone en guardia y dan comienzo las hostilidades.

El duelo merece la pena. El general me impresiona. Sus desplazamientos, a pesar de ser menos fluidos que los de Killian, revelan táctica y reflexión. Killian tiene la ventaja de la magia; Saren, la de la experiencia y la sangre fría. Sus palos chocan con fuerza: no me esperaba que un simple trozo de madera pudiese ser tan peligroso. Trato de memorizar las maniobras, las técnicas de bloqueo, y me sorprendo imitando sus gestos. Saren multiplica los golpes para tocar a Killian, pero este los ataja con una eficacia indudable. Él se defiende tan bien con sus cuchillos como con las manos libres y reacciona con velocidad. Parece que siempre va un paso por delante. Los contraataques se encadenan y siento que Saren se queda sin aliento más rápido, puede que debido al peso de su armadura o a su edad, pero resiste.

De pronto, el general le da una patada en el estómago a Killian para desprenderse de él, y el ladrón se cae hacia atrás.

—¡Ha sido un golpe bajo!

—¡Eh, eh! ¡Killian, espera!

Pero mi advertencia no sirve de nada. El ladrón parte el palo en dos con su muslo, después agarra el de Saren y lo lanza lejos. Enseguida le da un codazo a su adversario en la mandíbula. El general se derrumba, vencido.

Me preparo para correr hacia él, pero Killian ya le está tendiendo su mano para ayudarlo a ponerse de pie. Saren desenvaina su espada y, en un suspiro, el triángulo plateado corta la frente de Killian. Un hilo de sangre fluye de la herida superficial, situada encima de su ceja. Me abalanzo entre los dos, obligando a Saren a bajar su arma y a guardarla en su vaina. Los mantengo a distancia, con los brazos separados y las manos apoyadas en sus respectivos torsos.

—¡Suficiente! ¡La demostración ha terminado!

—Controla tu temperamento —masculla Saren, haciendo crujir su mandíbula que se masajea con una mano.

—No necesito controlarme, necesito que la gente deje de cabrearme.

—Pensé que te gustaba eso, ¿no, ladrón? ¿Además de ser un canalla, también eres mal perdedor?

—Reconozco que hago cosas poco aconsejables, pero siempre con estilo.

Por sus miradas sombrías, sé que van a seguir enfrentándose, tienen muchas ganas. La atmósfera está cargada de cólera, puedo sentirla en mi piel como si fuesen gotas de lluvia. A pesar de su tranquilidad y su madurez, que hasta ahora le habían permitido ignorar las provocaciones de Killian, Saren está listo para devolverle todos sus insultos, sus amenazas y su irrespeto. Nightbringer es lo único que espera: el pretexto para demostrarle a Saren que un ladrón puede enfrentarse sin problemas a un general.

Cierro los ojos y espiro profundamente. Siguen buscándose verbalmente y, de repente, sus voces se apagan, como si nos hubiesen separado por un cristal. En mi pensamiento se forma la imagen de un gran círculo vacío que engloba una runa luminosa, curvilínea. Es el momento. Lo siento, y es bastante más fuerte que yo. Mi Mantra elige este momento para manifestarse. Ese Mantra que me ha protegido varias veces en Bellavista y en el Valle de Hierro. Siento su peso en mi espíritu, como un primer ladrillo y luego un segundo, hasta que se erige un muro entero en mi cabeza. Por fin puedo revelar su nombre.

—¡[Protego]!

La Palabra ha creado un escudo que catapulta a Saren y a Killian, en vez de encerrarme en una envoltura protectora, como hizo en Bellavista cuando me caí en la calle, después en la cornisa, a la salida de Corndor, y en el Valle de Hierro frente a la Dhurgal demasiado insistente. Trazo una cruz con mis manos sobre mi boca. A mi alrededor, se ha dibujado un círculo perfecto, el único perímetro donde se ha pelado la hierba, y da lugar a una aureola gris.

—Interesante —gruñe Killian, mientras se acerca a mí frotándose las manos manchadas de tierra.

—¿Estás bien? ¿Saren?

Mis dos compañeros asienten con la cabeza. El general me mira fijamente, aparentemente desconcertado, mientras que el ladrón parece haber adquirido un aumento de energía.

—Ya has utilizado esta Palabra, ¿verdad? —interviene él con la frente marcada por una línea de sangre seca—. Apareció la primera vez en Bellavista, cuando te caíste entre la muchedumbre, ¿no? Fue lo que me dijiste, si recuerdo bien. ¿Era esta?

—Sí, también volvió en el Valle de Hierro. Pero no de esta forma.

—Lo que quiere decir —continúa con la ceja levantada, como si pensase a mil por hora— que un mismo Mantra puede ser defensivo y ofensivo a la vez. Las Palabras no se limitan a un solo uso. Tendremos que trabajar en eso, Amor. Pero mientras tanto… ¡me muero de hambre!

Suspiro de nuevo, exasperada. Una caída y un tajo en la frente no son suficientes para moderarlo. Le da un buen tortazo en la espalda a Saren antes de exclamar:

—¡El que llegue de último prepara la comida!

Me encuentro con un Saren taciturno, concentrado en los preparativos del desayuno. No me regala ni una mirada ni una sonrisa. Me siento a la mesa, a pesar de mi cansancio. En la olla da vueltas una salsa indescriptible con un fuerte olor a animal. Para darme fuerzas a mí misma, empuño el tenedor y, de buenas a primeras, suelto:

—¿Se siente decepcionado?

—Me hace falta bastante más que eso para sentirme decepcionado, Arya. Perder a cien soldados en una batalla porque una estrategia ha fallado, tener que castigar a desertores porque es el procedimiento a seguir, no ver a mis familiares durante meses y temer que no me reconozcan cuando nos reencontremos, tener la cara desfigurada…

—Perdón, solo era una pregunta.

—A mi edad, ya no vienen a cuento ese tipo de chiquilladas.

—¿Del tipo de que haya gresca entre general y ladrón?

Él se ríe y la atmósfera se relaja. Dejo de jugar con el cubierto.

—No me gusta cuando la gente está molesta.

—Todo esto no tiene nada que ver con la molestia o la contrariedad. Es una cuestión de carácter.

—¿El de Killian? Ya sé que es complicado tratar con él.

—No, el mío. Mi carácter. Soy muy orgulloso. Ambos tenemos una misión y creo que están íntimamente vinculadas. La mía sufrió un cambio radical en cuanto entendí hasta qué punto te importa el príncipe Aïdan. Te preocupas por él y, aunque no conozca vuestra relación, al ver cómo hablas de él y cómo lo defiendes, me doy cuenta de que tú también debes de ser muy importante para él. Me sentiría fatal si te pasase algo. Tengo que encontrar a Aïdan y a sus hermanos, pero también llevarte hasta él sana y salva. Quizás eso explique mi comportamiento demasiado...

— ... ¿paternal?

Una sonrisa llena sus labios.

—Iba a decir «entrometido», así que gracias. Perdón por haberte respondido de forma tan seca. No soy más que un pobre general deteriorado.

Saca de debajo de su túnica el reloj de bolsillo que le vi en Bellavista. Acaricia el metal, grabado con una inscripción, con su pulgar. Me gustaría volver a ver el retrato de su familia que tiene en el interior, saber algo más sobre ellos, pero no me atrevo a preguntar.

—Es algo que le sale de forma innata, ¿verdad? Ese lado protector.

Su mirada me rehúye.

—Lo siento. No debería haber sido tan indiscreta.

—Perdóname —dice él, enseñándome el grabado—. Mira, es un proverbio que está escrito en una lengua antigua que viene de Valériane.

—¿Qué significa?

—La casa construye a la familia. El corazón la transporta.

Decido echarme una buena siesta después del desayuno copioso. Debo descansar, porque los Mantras siguen drenando mi energía cada vez que los utilizo. Volvemos a entrenar al principio de la tarde, bajo una llovizna insoportable. El general, cuya mandíbula ha adquirido un color violáceo, me inculca, con paciencia y pedagogía, el arte de colocar mis apoyos, de mantener mi equilibrio, así como los gestos de base con dos palos nuevos. Algunos trucos, que se utilizan en la Armada de Helios para entrenar a los jóvenes reclutas, lo ayudan a instruirme. Le pesco el truco bastante rápido. Es más fácil cuando el profesor no se burla de mí ni me grita.

Killian se echa una siesta, cobijado entre el follaje, y esta vez no es quisquilloso con los métodos de Saren. Les tomo el gusto a estos ejercicios y puedo felicitarme a mí misma por conseguir algunos progresos, gracias a la plena contribución de experiencia del general, aunque intente no abrumarme demasiado. Por momentos, siento reticencias en él. La tarde pasa a toda velocidad y el día llega a su fin habiendo tomado un único descanso. Finalmente, Saren me libera de esta clase prolongada y eficaz. Me siento bastante orgullosa de mí.

Alric viene a visitarnos cuando se pone el sol. Por su rostro más tranquilo, adivino que se ha alimentado y que ha calmado su hambre. Nos encontramos los cuatro en el rincón del fuego, pero Alric se mantiene alejado. A diferencia de mí, y a pesar de que soy más curiosa, Saren y Killian no se privan de interrogar al Dhurgal sobre el Valle de Hierro. No quiero que vuelva allí ahora que acaba de abandonar ese lugar maldito, aunque solamente sea en su mente. El teniente se abre sin dudar, como si no pudiese hacer otra cosa más que responder con sinceridad. Por la expresión de su cara, veo que cada recuerdo es una herida en su alma. Saren parece interesarse por el Ascendente, mientras que Killian está obsesionado con Lesath, a quien odia como si él hubiese sido víctima de sus atrocidades. La avidez de mis dos compañeros me sorprende. Descubro, entre otras cosas, que al principio, Lesath obligaba a Alric a matar y a beber sangre humana. Cuando él se negaba, sufría días y días de tortura. Saren, cuyos ojos dirige hacia sus propias manos llenas de cicatrices, que frota delante de la chimenea, se gira hacia Alric. El fuego provoca un relieve inquietante en las marcas de su rostro.

—Discúlpeme por la pregunta que le voy a hacer, pero ¿por qué Lesath se tomó molestias con un Dhurgal que es reacio a alimentarse de humanos y que, además, desobedece?

—Porque yo era su favorito, el objeto de sus deseos, su teniente más fuerte y, de una forma contradictoria, el más respetado. Lesath sentía en mí algo poderoso y particular, sin que se molestase jamás en intentar descubrir el qué, pero que le impedía matarme. No diría que me temía, pero sí que lo intrigaba. Era un juguete del que no se deshizo jamás, pero que tampoco pudo llegar a entender. Le divertía romperme, repararme, y después destrozarme de nuevo. Quería ver hasta qué punto mi parte humana podía resistir sus maltratos y si llegaría a hacer de mí el Dhurgal perfecto.

—Pero no lo consiguió…

—No, pero las consecuencias fueron desastrosas. Lesath te da todo lo que deseas, todo lo que echas de menos, pero enseguida te lo arrebata. He llegado a quererlo y a odiarlo con todo mi ser. Habla de desobediencia, pero creo que al contrario, yo era el más amaestrado de todos en algunos puntos.

—Pues nos ayudaste a salir de nuestra celda —observa Killian, sentado entre la oscuridad y la luz—. Las órdenes del Génesis tienen valor de ley, ¿no es así? ¿Cómo conseguiste combatir eso o incluso llegar a rechazar matar a humanos si él te lo ordenaba?

—Es cuestión de pertinencia. Con el tiempo, me deshice más o menos del Ascendente. Tal vez sería más justo decir que lo atenué. En algunos momentos. Puede que las cosas a las que me aferraba hiciesen que mi espíritu fuese más combativo. En ocasiones he fingido, he dañado esa servidumbre, ese amor. Era doloroso para mí. Como si me incrustase unos clavos en la cabeza o aplastase mi cráneo contra la pared.

Me siento sobre mis talones, como si esta posición pudiese ayudarme a estar más atenta.

—¿Cómo funciona?

—Un poco como Killian ante un cofre lleno de cerraduras: él es capaz de abrirlas. Pues Lesath hace lo mismo con los muros de tu espíritu, los derrumba, uno por uno, y entra a la fuerza. Deja su orden en el centro de tus pensamientos, de forma que se bloquea hasta que la obedeces. De ahí surge esa necesidad imperativa de actuar, porque los pensamientos acumulados amenazan con desbordarse. Y, cuando se desbordan, te explota la cabeza. En un sentido metafórico, por supuesto —añade al ver mis ojos abrirse como platos—. Aunque nadie ha llegado tan lejos como para comprobarlo. Desde el momento en el que salí de la muralla del Valle de Hierro, su Ascendente sobre mí se ha apagado y el mío ha perdido poder. Una vez dicho esto, que conste que no me esperaba que esta ruptura fuese tan rápida y radical. A menos que un vínculo más fuerte reemplace a otro…

La marca blanquecina dejada por los colmillos de Lesath brilla ligeramente sobre mi brazo. Jamás podré olvidar la cantidad de veces que irrumpió en mi espíritu. Su poder lo volvía tan blando y tembloroso como una gelatina, y ya solo tenía que servirse con la cuchara. Quería darle absolutamente todo lo que me pedía. Habría hecho lo que fuese por satisfacerlo plenamente; arrancarme mis órganos con las manos, acostarme entre sus sábanas, puede que incluso hacerles daño a mis compañeros. La pregunta de Killian me aleja de esa visión:

—Cuando mordió a Arya mencionó una ceremonia. ¿De qué hablaba?

Alric duda y sus ojos me llaman como si quisiese que lo ayudase a evitar responder. El problema es que yo también quiero saberlo.

—Del Sacramento de la Sábana —explica con reticencia—. Hay que tener en cuenta que el Génesis se niega a «tomar los restos de los demás». Son sus propias palabras, no las mías.

—¿Y qué más?

—Solo se alimenta de chicas o chicos vírgenes.

—Ah.

De repente, la marca de Lesath me parece más interesante todavía y pierdo el tiempo examinándola.

—El Sacramento de la Sábana consiste en perder la virginidad delante de testigos. La mancha de sangre sobre la cama anuncia el inicio del festín. Entiendo que devora sus corazones para apropiarse de ellos. Tiene un poder diferente y un sabor muy puro. De hecho, puedo añadir que el acto carnal es el único momento en el que el Génesis no tiene acceso a nuestro espíritu. El momento en el que tenemos cierta forma de libertad. Es en ese entonces cuando nuestra sed de sangre disminuye y es sustituida por la llamada de la carne. Un deseo por otro deseo. Ese dura unas horas, el tiempo que el cuerpo tarda en eliminar los efectos. Por eso los Dhurgales practican tanto la lujuria.

Curiosamente, Killian no hace ningún comentario impúdico. Es Saren quien hace una pregunta y siento que será la última de esta extraña noche de confesiones:

—No somos los primeros a los que salva, ¿verdad? Esa breve libertad, no la utilizaba para sí mismo. Se acostó con todos esos humanos para sacarlos de allí…

—La última vez que hice algo para mí mismo, acabé en el Valle de Hierro. La segunda vez, salí de allí.

Una vez que Alric se ha ido, decido que es el momento de volver a centrarme en las Palabras, sobre todo desde que Killian ha mencionado la posibilidad de que abandonemos el campamento en unos días. Dejar a Alric atrás está fuera de discusión, sobre todo después de lo que acabo de escuchar. Subo para aislarme en el desván, habitado por un montón de arañas. Me coloco en el medio de esta habitación vacía y húmeda con el parqué corroído. Hay goteras por algunas partes del techo y las gotas golpean el suelo haciendo unos *¡ploc!* bastante molestos. Me siento con las piernas cruzadas, de forma que los pies se apoyan en mis muslos, manteniendo la espalda recta y las palmas de mis manos hacia el cielo.

Debo invocar un Mantra por mi propia voluntad y no volver a dejarlo en manos de las circunstancias. Ya hace tiempo que he comprendido que las Palabras vienen a mí cuando me siento acorralada, en peligro o cuando mis emociones me sobrepasan,

incontrolables. Aparecen de repente, como cuando nos choca-
mos con alguien por accidente al girar una esquina. Sé utilizarlas
cuando llegan por instinto. En los túneles que llevaban hasta el
Foso, lo conseguí más o menos con [Luna], así como con [Eco]
para escuchar el silencio invariable que existe en los corazones
de Alric. Hoy, quiero llamarlas y recibirlas. Tomarme mi tiempo
para hacerme una con esta magia tan especial. Puede que me
traigan, por medio de un milagro, las respuestas que intento
encontrar por mí misma. Quiero dominar estas Palabras. Debo
hacerlo, por el bien de Alric, por el mío, y por aquellos a los que
tendré que proteger cuando me haya embarcado en mi verdadero destino. Como si esta frase se hubiese implantado en mi
cabeza, repito incansablemente:

—La energía y las emociones son la clave. La energía y las
emociones son la clave.

Sí, las emociones son la clave de mis poderes e inducen a
las Palabras. Si quiero invocarlas por algo que importa mucho,
sé que me escucharán y no me abandonarán. Creo en ellas: es
algo bueno para empezar. Pienso en las palabras de Alric sobre
el Ascendente y decido inspirarme en ello. Me pongo a imaginar mi espíritu como si fuese una puerta hermética, parecida a
la del Banco de Corndor. Una puerta con multitud de cerraduras que ni siquiera Killian podría forzar.

Poco a poco, me dejo llevar y huyo de mi conciencia con el
objetivo de cristalizar mis emociones y mis sentimientos a expen-
sas de mi razón. Visualizo esa puerta y mi mente gira la llave en
cada cerradura, esforzándose en que todos mis pensamientos se
dirijan hacia Alric. Las cerraduras se desbloquean, una a una, sin
oponer resistencia. Cada vez escucho una voz diferente que se
manifiesta en alguna parte de mi cabeza. Al principio son lejanas, pero se van acercando poco a poco. La voz de Cassandra:
«Pueden ser una carga o una bendición pero, en ambos casos, es
posible compartirlas». La de Killian: «No se limitan a un solo
uso». Y, finalmente, la mía: «Soy la Guardiana de las Palabras».
La puerta espiritual se abre de repente y el Dhurgal aparece brevemente bajo una luz de una intensidad cegadora.

Salgo de mi somnolencia, pero persiste, todavía muy vivaz. Una gran runa brilla sobre mí, como si estuviese pintada sobre el rústico techo, y baña el desván con su brillo fosforescente. Me levanto y la contemplo mientras se despega del suelo y se eleva en el aire. Me acerco a ella, intrigada. La runa palpita como si de un órgano se tratase. Mi voz repite la retahíla, que rebota entre las paredes y me revela otra verdad:

—Soy la Guardiana de las Palabras… Soy la Guardiana de las Palabras…

Suena un chasquido justo en el momento en el que la runa se divide en una decena de luciérnagas. Salgo corriendo del desván, bajo las escaleras a una velocidad digna del ladrón, rebusco en los armarios y entre mis cosas con frenesí. Después, vuelvo a subir a toda prisa antes de que Killian y Saren me acribillen a preguntas. Atrapo las luciérnagas con un tarro de cristal, lo tapo con una tela y lo sello con un trocito de cuerda. Vuelvo a salir de la habitación. Jadeante, agito el tarro con aire triunfante en las narices de mis compañeros.

—¡Es eso!

—¿El qué es eso? ¿Qué llevas tramando ahí arriba desde hace tres horas? —se queja Killian, entrecerrando sus ojos hasta convertirlos en dos rendijas que sospechan—. Deberías estar durmiendo, vamos a ir a entrenar a primera hora de la mañana.

Tomo aire con el dedo en alto para indicarle que tenga paciencia.

—No tengo toda la vida, Amor.

—Lo sé… ¿Cómo que tres horas?

—¡Al grano, Rosenwald!

—¡Sé cómo ayudar a Alric! El problema es si seré capaz de conseguirlo.

Saren se acerca con prudencia.

—¿Me permites?

Me quita el tarro de entre las manos y lo coloca a la altura de sus ojos para admirar las bolitas luminosas que rebotan contra el cristal.

—Soy la *Guardiana* de las Palabras.

—¿Otra vez? —ironiza el ladrón, que le arranca el recipiente al general y se pone a hacer malabares con él.

—¿Y qué hace una *Guardiana* de las Palabras? Killian, si respondes «hacer guardias» te juro que te mato.

—A ver, que tampoco soy tan grosero. Pero, visto que te mueres de ganas, te dejo explicarnos tu gran revelación.

—*Guarda* las Palabras, las protege, las otorga, las comparte.

—¿Tienes algún sinónimo más y otras evidencias, o nos vas a decir de una vez por todas qué está pasando por tu cabecita hueca?

—Hace unas horas, sugeriste que las Palabras no tienen un solo uso. Y es cierto. Si **[Protego]** me protege siendo pasivo y agresivo al mismo tiempo, quizá **[Luna]** pueda crear luz y capturarla.

Acompaño mis palabras sacudiendo el tarro. Las luciérnagas cantan, pero no se apagan.

—Ya veo. Continúa, Rosenwald.

—Pongamos que utilizo **[Luna]** para absorber los rayos del sol y que me deshago de esta Palabra, o la comparto para el beneficio de Alric, entonces quizás él pueda protegerse de los efectos de la luz. ¿Entendéis lo que quiero decir?

—Pero Alric no es un Guard... como tú —objeta Saren—. No creo que él pueda aguantar ni una sola Palabra. Sobre todo esa en concreto. Estamos hablando de un Dhurgal.

—La niñera no se equivoca. Tu cuerpo y tu alma están hechos para las Palabras. Y los suyos no. Lo que haría falta es...

—¡Un receptáculo!

—Me parece un poco complicado para una principiante —murmura Saren con un pesimismo contagioso.

La verdad es que solo estoy dando mis primeros pasos como Guardiana de las Palabras, apenas sé cómo voy a arreglármelas, pero...

—Soy la Guardiana de las Palabras, lo conseguiré.

Las horas pasan. Nos organizamos detalladamente. Killian me ha concedido algunos días suplementarios para llevar a cabo este desafío, ya que lo sitúa en la misma escala de importancia que un entrenamiento. Estoy muy agradecida de que no sea él quien decida el destino de Alric y entreveo una cierta confianza en su mirada. Al cabo de un rato, con el cerebro frito e incapaz de generar más reflexiones coherentes, decido salir a estirar las piernas. Llevo el tarro conmigo, colocado bajo mi brazo.

—¿A dónde vas? —pregunta Saren, agotado.

—A ver al principal interesado. Ya ha comido, todo debería ir bien.

El aire seco me azota la cara, pero me pone las ideas en su sitio. Utilizando [ʟᴜɴᴀ] a modo de linterna, apresuro el paso hasta el granero. Entro con prudencia, por miedo a molestar a su ocupante. Puede que esté de nuevo comiendo y la verdad es que no me apetece presenciar eso.

—¿Alric?

No hay respuesta. Está agazapado en la oscuridad. No distingo su rostro porque me da la espalda y me sorprende que se quede así, teniendo en cuenta su cortesía habitual.

—No te acerques más.

Su entonación es diferente, cavernosa. Si las tinieblas hablasen, su voz sonaría así.

—¿Teniente?

—No te lo he preguntado: ¿estás herida?

—¿Yo? Para nada.

—He olido sangre humana durante todo el día.

—Perdón, es Killian. Hubo un nuevo altercado entre Saren y él, pero nada preocupante. No pueden estar sin…

—Sí, no era la tuya. Seré tonto.

Casi puedo ver una cuerda de sombra apretarse alrededor de su cuerpo. Solo tengo un deseo: encontrar las palabras correctas para cortarla y poder liberarlo, pero me falta seguridad.

—¿Algo va mal? Estaba normal hace un rato. Ya hace tiempo que Killian dejó de sangrar y usted no parecía incómodo.

—No tiene que ver con la sangre. He asistido a incontables matanzas y permanecido el tiempo suficiente en el Foso como para que una pequeña herida me afecte de algún modo.

—Entonces, ¿qué pasa?

—Hablar de todo eso. De él. Recordarlo.

—Lesath...

—Arya, sería mejor que te marchases.

—Solo quería darle una buena noticia, quizá lo ayude. Bueno, creo que es una...

—No es el momento, ¿vale?

—Alric...

Poso mi mano sobre su hombro para obligarlo a mirarme; rápidamente me arrepiento de este gesto tan trivial. Las tinieblas se ciernen sobre mí. Una fuerza invisible sobrecarga mi mente con imágenes bárbaras e insoportables. Aplasta hasta la más mínima resistencia que existe en mí, como si fuese una apisonadora. Empujándome cada vez más profundamente en esta sórdida depresión, empiezo a entender que me está forzando a ver el Purgatorio. Antes quería saberlo todo, ahora me gustaría borrarlo de mi memoria. Veo a Alric vociferar, sangrando, inmolado por el fuego, martirizado, torturado, descuartizado, crucificado. Los dolores morales, las caricias que suceden a los golpes. Las palabras reconfortantes que preceden a las humillaciones. Lo que no quería hacer. Lo que fue obligado a cometer. Sus sacrificios. El dolor, la curación, el dolor. Después el silencio, cuando ya no sirve de nada gritar. Cada región de mi cuerpo, cada parte vacía de mi espíritu se llena de sufrimiento.

—Alric, tenga piedad, salga de mi cabeza... ¡PARE!

Retiro mi mano, soltando un quejido.

—Vete, Arya. Ahora mismo, soy peligroso. Vete ya.

—¡No es su culpa!

Se gira con un gruñido bestial y fija sus ojos de depredador, rodeados de venas negras, sobre los míos. Su rostro está vacío de toda luz. Me quedo clavada en mi sitio. Finalmente los revela: sus dientes, concebidos para hacer pedazos la carne, matar, morder, pero no quiere alimentarse, solo quiere hacer daño para olvidar lo mucho que está sufriendo.

—Alric...

—¡¡¡VETE!!!

Su voz hace temblar las paredes deterioradas del granero. Se me cae el tarro, se rompe y libera las luciérnagas. Me atormentan las ganas que tengo de quedarme a su lado, pero huyo. No debería jugar con mi vida. Sé que algo invisible lo retiene de cometer lo irreparable. ¿Cómo es posible que no tiemble de miedo ante un monstruo con cara de humano? Puede que sea porque lo veo como un humano habitado por un monstruo.

Llego a la finca a toda velocidad. Me queman los muslos por el esfuerzo y le ordeno a **[Protego]** que le permita a Alric dominarse a sí mismo. Me giro y veo la runa luminosa de **[Protego]** encima del granero: se tumba en el tejado y lo marca como un símbolo. Creo que acaba de tomar al Dhurgal bajo su cuidado.

Me acuesto sin mencionar lo que acaba de pasar. Aunque me sorprende que mis compañeros no hayan escuchado nada, me siento aliviada. No quiero que Saren me mime ni que Killian se enfade y vaya a enfrentarse a Alric. Está bajo el cuidado de mi Mantra. Exhalo un largo suspiro y cierro los ojos. Las imágenes del Valle de Hierro se graban en mi mente. Todo ese dolor hace que se me rompa el corazón y no sé cómo hacer para recoger los trocitos. Tengo que ayudar a Alric. Tengo que poner en marcha mi idea, aunque sea una locura y esté incompleta.

A pesar de mi falta de energía, todavía no estoy durmiendo cuando las velas se van apagando una a una y Saren se cuela en su cama, seguido por Killian, una hora más tarde, que ocupa su montón de paja, muy cerca de mi cama. Una vela sigue emitiendo su tenue luz anaranjada y, con la cabeza apoyada sobre mi brazo, fijo la vista en la cera que gotea, sin ser capaz de dormir. Esta noche el ladrón está agitado. Raro en él, ya que normalmente no mueve ni un solo músculo. Está teniendo una pesadilla. Me inclino por encima de su lecho. A pesar de que está durmiendo sin manta y con el torso desnudo, parece que se está muriendo de calor. Tiene la frente húmeda, el pelo pegado a las sienes por el sudor y el cuerpo muy tenso. Agarra las sábanas con sus puños con tanta fuerza que se le hinchan las venas de los brazos. No para de mover la cabeza por la almohada.

—¿Killian?

Salgo de mi cama y me arrodillo cerca de él, mientras lo sigo llamando con una voz tranquilizadora. Sin saber cómo, de repente me encuentro tumbada sobre mi espalda con el filo de un cuchillo apoyado sobre mi garganta. Los ojos negros de Killian brillan de forma extraña.

—¿Arya? —susurra él, jadeante.

Confuso, tarda un rato en darse cuenta de que ya no está soñando y aleja su arma. Unos milímetros más y me hubiese rebanado el cuello.

—Killian, pesas.

Gira hacia un lado, pero pone una mano ardiente sobre mi brazo.

—Puedes quedarte, Amor. Sé que tú tampoco consigues dormir.

Se aleja un poco más para dejar un hueco entre nosotros y nos encontramos los dos tumbados de costado, mirándonos a la cara. Como buena charlatana que soy, decido empezar la conversación. Después de todo, el insomnio se lleva mejor así. Pero él se me adelanta e impide que le pregunte sobre sus pesadillas:

—¿Por qué te preocupas tanto por ese Dhurgal? ¿Por qué te empeñas en querer llevarlo con nosotros?

—No hables de él como si fuese un animal de compañía, por favor.

—Hablo en serio, Rosenwald. Intento entender tu cabezonería, que va bastante más allá de tu sensibilidad de Guardiana de las Palabras.

—No sé. Quiero salvarlo, creo.

—Ya lo has salvado.

—Sabes muy bien lo que quiero decir.

—Eres consciente de que no podrás curarlo, ¿verdad? Que siempre será un monstruo.

—Solo tiene de monstruo el nombre. Todos tenemos uno muy en el fondo de nosotros, ¿no?

—No como él. No así. Jamás sentiremos su sed de sangre ni su necesidad de matar.

—No se alimenta de humanos ya desde bastante antes de conocernos, y nos ha salvado, al igual que a otras personas. ¿Es que tú nunca has matado a nadie o qué?

Killian recibe el golpe.

—¿Al menos sabes si tu amable Dhurgal quiere acompañarnos?

Me muerdo el labio inferior por culpa de la ansiedad. ¿Y si me he equivocado? ¿Si, en vez de salvarlo, lo he condenado a errar solo, desterrado por los suyos para siempre, incapaz de integrarse entre los humanos? ¿Si le estoy ofreciendo una vida peor que la muerte? No, Alric no se merecía la muerte. No podía privar del mundo a un ser tan especial, tan luminoso, mientras que a él lo atacan las tinieblas. Pero ¿si recae por mi culpa? ¿Si vuelve a matar por mi culpa?

Descarto esos pensamientos e intento justificar mi obsesión:

—Me resulta inexplicable. Mis ojos se posaron en él y, en ese momento, supe que era diferente. Que estaba allí por una razón concreta. Me siento vinculada a él desde nuestro encuentro.

—¿Como con Delatour?

—No, Saren… era una necesidad, una especie de deber. Con él, es una evidencia.

No dice nada. Continúo explicándome, aunque pueda llegar a parecerle estúpida:

—¿Crees que es posible que dos personas nazcan para encontrarse? ¿Con un objetivo concreto?

—Si ni siquiera habéis nacido en la misma época.

—Killian…

—¿Quieres decir como almas gemelas?

Su voz suena casi cariñosa, pero, cuando siento que su sonrisa se amplía bajo su máscara, comprendo que no intenta mimarme, sino que está mostrándome hasta qué punto es ingenua mi pregunta.

—La verdad es que no. No es una cuestión de amor. Al menos, no en el sentido en el que lo entiende la mayoría de la gente.

—La pregunta correcta quizá sea: ¿crees en el destino?

—¿Tú crees en él?

—No.

—Debes de tomarme por una loca.

—Estás hablando con un tipo enmascarado que roba bancos con ganchos y su encanto legendario, que se tira de cabeza en montañas de diamantes y que insulta al Génesis en persona. Y, créeme, no son las cosas más zumbadas que he hecho. ¿Quién es el que está más loco de los dos, Amor?

No va a añadir ni una palabra más. Permanecemos inmóviles, paralelos el uno al otro, observándonos en silencio. Al final, es la forma en la que mejor sabe expresarse.

—Eres la persona que más me confunde de todas las que conozco, Killian Nightbringer.

No dice nada: Morfeo lo abraza de nuevo. Lo vigilo durante algunos minutos más con dos dedos pegados a la curva de su cuello. Su pecho se eleva y desciende a un ritmo lento, calmado. Ya no hay rastro de malos sueños.

Me levanto, me pongo mis botas y me ajusto mi capa: necesito espacio. Antes de salir, me doy cuenta de que Saren tampoco está durmiendo. Nuestras miradas se cruzan, pero se contenta con dar media vuelta en su cama. Durante la noche, cada uno combate sus propios demonios.

Afuera, el amanecer se deja ver a través de las montañas, en una degradación de colores pastel. Sigo la corriente de agua río abajo, hasta que percibo…

—¡Alric! ¿Qué hace aquí? ¡El sol va a salir pronto!

—Te hago la misma pregunta.

—Yo no corro el riesgo de desintegrarme. No me apetece recoger sus cenizas con una cucharilla o una escoba.

La sonrisa que me regala es tan irresistible que debería estar prohibida.

—No te preocupes, desapareceré antes de los primeros rayos de sol. No puedo evitarlo, era mi momento favorito del día cuando vivía fuera del Valle de Hierro. No es de noche, pero todavía no es de día. Los contrastes se solapan, sin oponerse. Uno invade al otro. Un punto intermedio, como yo.

Justo como yo cuando miraba a través de mi ventana en Hélianthe. Continúa con su arrebato:

—Discúlpame por lo de hace un rato. Es lo que se conoce como bajada. Con el tiempo, me pasará menos a menudo. O eso espero, al menos. He debido asustarte.

—Un poco. Pero lo que más me asustaría sería verte dejándonos.

Deja salir una risa corta y dulce. Como cada vez que lo hace, parece como si le doliese.

—Serías una Dhurgal espantosa, Arya. Eso de poner a los demás por delante de ti…

—¿Como usted?

—Me recuerdas a una amiga que tuve hace muchísimo tiempo.

Por reflejo, gira el anillo con un brillo rojo que lleva en su índice, una vez a la derecha, una vez a la izquierda.

—¿Fue ella quien se lo regaló?

—Lo atesoro mucho, jamás me he separado de él. Incluso cuando Lesath quería deshacerse de cualquier huella de mi pasado. No soportaba que los Dhurgales, sobre todo yo, tuviesen una vida antes que él, ¿entiendes? Él debía ser el ombligo de nuestro mundo, como si todos hubiésemos salido de ahí. Nuestra vida, nuestra muerte; quería controlarlo todo.

—No debería forzarse a hablar de él o de lo que sucede en el Valle de Hierro. Está todavía muy reciente y no le hace ningún bien.

Hace una pausa durante la cual su mirada se evade y continúa sin tener en cuenta mi comentario:

—Es una locura el valor que les damos a algunos objetos, ¿a que sí? Hasta llegar a otorgarles poderes místicos que no tienen.

Asiento, pensando en mis propios libros. En este instante, siento un odio sin límites hacia el Génesis, que crece en mi estómago como una enredadera.

—Es una reacción bastante humana —concluye él, perdido en sí mismo.

Sus ojos, atraídos por las montañas que hace tiempo lo privaron de su libertad, están llenos de dolor. Un mal constante que, en este momento preciso, deforma su hermosa cara. Cosa que hace que pase de la rabia a la compasión.

—Las imágenes que estaban en mi cabeza, esas que lo atormentan… ¿qué puedo hacer para aliviarlo?

—No puedes, Arya. Créeme, ya hace tiempo que intenté despertarme de esta pesadilla, pero terminé por entender que no dormía. Voy a seguir viviendo con ello, porque es un regalo que tú me has dado.

—¿Está seguro de que es un regalo?

Su mirada abandona las montañas para posarse sobre mí. Sus iris azules podrían perforar cualquier alma, capa tras capa. Completamente conmovida, lucho por evitar que salgan las lágrimas que se acumulan en mis ojos.

—No estés triste por mí. ¿Sabes? Yo creía que el mejor día de mi vida sería cuando por fin pudiese terminar con ella. Pero, al final, el mejor día de mi vida ha sido cuando me ha vuelto a pertenecer.

No necesito ni una palabra más para comprender que está agradecido y me inclino, como suele hacer él.

—Ahora dime, querida Arya, ¿cuál es esa buena noticia? ¿Tiene que ver con las luciérnagas que dejaste caer?

—¿Las ha visto?

—Me parece que no es la primera vez que desencadenas ese fenómeno delante de mí. Pero no te acribillaré a preguntas. Mira, una cualidad que ni Killian ni Saren poseen.

—¿Todavía brillaban?

—Cuando te fuiste del granero, su luz no dejó de menguar hasta que murieron. Pero no me acerqué a ellas más de lo necesario.

—No le habrían hecho daño. Escuche, Alric, creo que conozco una manera para que pueda avanzar de día y para evitar que nuestros caminos se separen demasiado pronto.

—¿Estamos hablando de magia, Arya? Si fuera así, eso implicaría un gran poder. Los propios Dhurgales han intentado sortear este problema durante mucho tiempo, pero sin conseguirlo jamás.

Dudo sobre qué hacer. Killian me lo prohibiría, pero no quiero esconderle nada a Alric: estoy convencida de que es crucial que sepa tanto como Saren, o incluso más. Busco una evasiva, pero el propio Alric me da una salida de emergencia:

—No te preocupes, no estás obligada a contarme más. Adiviné que eras capaz de hacer cosas maravillosas, es uno de los motivos por los que sabía que saldrías con vida del Valle de Hierro. El resto poco importa. No tienes por qué revelármelo todo pero, si piensas que puedes ayudarme, entonces hazlo. Estoy en tus manos. Como tú me otorgaste tu confianza, yo te cedo la mía con gusto.

La gratitud debe de poder leerse en mi cara, porque él me sonríe.

—Para demostrártelo, te voy a desvelar un secretito que pocos humanos conocen. Seguramente porque se los comieron justo después.

—No me tranquiliza, teniente.

—Estoy de broma. Me temo que se me está empezando a contagiar el cinismo de tu ladrón.

—Parece que os contagia a todos. Y no es mi ladrón.

—Acércate, cotorrilla.

Extiende su mano y la mantiene hasta que me pongo de cuclillas a su lado. La hace navegar sobre unos pequeños juncos curvados por el viento, como si acariciase a un animal invisible. Entonces, bajo sus largos dedos, asisto a la eclosión de la rosa más bonita que he visto jamás. En ese instante, relaciono esta rosa con las que reproducía la mano derecha de Lesath durante la cena del infierno.

—Astaroth adoraba estas rosas por sus espinas —dice Alric—. Yo las hacía crecer en el Valle de Hierro a escondidas de Lesath hasta que alguien me descubrió. Lesath me castigó por ello, pero su mano derecha encontró un uso para mis flores.

Un uso asesino, por supuesto. A los Dhurgales les gusta transformar la belleza de cualquier cosa en un ideal mortal. Si pudiesen, convertirían el agua en veneno.

No entiendo cómo se puede querer pervertir todo. Los pétalos, parecidos al terciopelo, de un rojo vivaz, se abren bajo mi mirada fascinada. Unas gotas de agua se deslizan entre ellos y brillan. Pronto, el sol nos alcanzará.

—Con el paso del tiempo, han ido olvidando que no somos armas de destrucción masiva y que podemos dar vida, sin la muerte en contrapartida.

—Alric, debería…

—Es una rosa eterna, su belleza jamás se marchitará.

—Entonces, se parece a usted.

— … al menos, hasta que me muera.

Finalmente, se levanta, me agarra de la muñeca y coloca algo duro y frío en la palma de mi mano, sobre la que cierra mis dedos.

—Creo que lo necesitarás.

En el momento en el que abro la mano, Alric ya me ha dejado sola. Mi decisión es irrevocable, [ɭuпɑ] será suya, incluso si debo fragmentar mi alma de Guardiana de las Palabras para conseguirlo.

Capítulo 45
La Triqueta

El anillo de Alric se resbala entre mis dedos: es demasiado grande para todos ellos. Con cuidado, lo observo, lo limpio, lo sopeso, después dejo salir una retahíla de groserías. Killian escoge ese preciso momento para aparecer. Se apoya sobre la puerta del desván con los brazos cruzados:

—Qué lenguaje tan florido, Rosenwald. No pensaba que una persona tan pequeñita pudiese contener semejante cantidad de vulgaridades.

Refunfuño con los nervios a flor de piel:

—No estoy de humor, Killian.

—Te traigo un tentempié. Encerrarte en este desván y matarte de hambre no servirá para alcanzar tu objetivo.

—¿Y qué hago, eh? Me he sobrestimado. Llevo tres días intentando transferir [Luna] a este anillo, ¡pero es imposible! Me muero de cansancio antes de conseguir crear una mísera lucecita.

—Es que apenas conoces tus Palabras. Te estás saltando pasos, Amor. En otros aspectos, eso podría llegar a gustarme, pero en este caso solo te estás poniendo una presión alucinante.

No tengo tiempo para jugar a este juego.

—«¡Soy la Guardiana de las Palabras, lo conseguiré!». ¡Y una mierda! ¡La Guardiana de absolutamente nada! Debería morderme la lengua antes de hablar.

—Es verdad que se te va un poco. La lengua, quiero decir.

El ladrón se pone enfrente de mí y me mira fijamente mientras frunce el ceño. La herida en su frente se ha cerrado, ya no hay costra, pero sigue siendo bastante visible para una herida tan benigna.

—También es verdad que eres poco agraciada.

—Gracias, Killian. Tienes un don para reconfortar a las personas. ¿Puede que el anillo no sirva?

Me disgusto a mí misma, intentando despejarme de este fracaso amargo.

—A ver, enséñamelo.

Lo levanta a la altura de sus ojos, como un orfebre en plena faena. Es posible que pueda ver algún detalle que se escapa a mis ojos normales. Me muerdo las uñas mientras espero su veredicto.

—Es justo lo que necesitábamos. Es un anillo muy antiguo, único y tiene un significado particular para el Dhurgal. Libera un aura emocional vinculada con su pasado. Bastante grande, a decir verdad. ¿Cuánto crees que pagarán por él en el mercado?

Mi pesimismo me impide admirar sus facultades de deducción o de pegarle por su pregunta. Suspiro, decepcionada.

—Así que el problema es mío. No tengo suficiente fuerza. No sirvo para nada. Las Palabras lo saben, por eso no me obedecen.

Killian se levanta y se dirige hacia la puerta, llevándose el cuenco que contenía mi comida.

—¿A dónde vas?

—Afuera.

—Espera, ¿te digo que estoy dando palos de ciego en el vacío y tú me abandonas? ¿Es esta tu concepción de cómo ser un guía? Un poco de ayuda no me vendría mal.

—No tengo tiempo para tus tonterías negativas, Rosenwald.

Dejo escapar una exclamación indignada. Estoy acostumbrada a su franqueza, pero su reacción mordaz consigue dejarme sin aliento.

—Te superas a ti mismo, Nightbringer. ¡Enhorabuena!

—¿Qué? Siempre he sido sincero contigo. ¿Tienes algún inconveniente?

—La sinceridad no significa que te puedas comportar como un idiota de manual. Y yo mido mis palabras.

Sus ojos son dos piedras negras implacables.

—Exactamente. No me voy a callar porque algo te siente mal o te moleste. Eso no va conmigo.

—Es gracioso, estás dotado para dar justo donde más duele.

—¿No se suele decir algo así como que la verdad duele?

—¿La verdad? ¡Qué sabrás tú de la verdad! ¡Si ni siquiera dices qué quieres tomar de desayuno! Te lo voy a decir, Nightbringer, eres como un pedrusco. ¡Un enorme pedrusco gris, silencioso y tocanarices! ¡El típico pedrusco con el que nadie quiere toparse en su camino y todavía menos cargar con él sobre sus hombros!

—Que quede bien clarito, si mis defectos no te gustan, tengo todavía más. Así que ¡déjame vivir mi vida de pedrusco tranquilo!

Atraviesa el marco de la puerta y se para de repente. Su espalda se sacude por una sucesión de pequeños espasmos.

—¿Killian? ¿Estás bien?

Ninguna respuesta. Entonces lo entiendo. Se está riendo. Peor todavía, le ha dado un ataque de risa incontrolable. Sus hombros siguen vibrando al ritmo de su risa. Sus cristales suenan sobre su cadera, como si se pusiesen de acuerdo con él.

—¿Te estás riendo de mí?

—¡Eres una pesada!

Mis ojos se cruzan con los suyos y... obtengo lo que me merezco. Con el cuerpo doblado a la mitad y las manos en mi barriga, dejo que mi risa le haga compañía a la suya. Es la primera vez que veo a Killian con esta luz radiante. Resplandeciente, cálido, su risa fluye como si fuese miel; maldigo que lleve siempre su máscara, que me impide ver cómo sus labios se mueven al compás de este sonido radiante. Lo necesitábamos. Nuestros nervios tenían que estallar en algún momento y ha sido en este.

Al cabo de algunos minutos, nos reencontramos con la seriedad. Killian se seca sus ojos almendrados y respira hondo, hasta que los últimos indicios de risa se desvanecen.

—Olvidemos esto, Amor. Debo estar cansado. Demasiado para ser amable.

—Disculpas aceptadas.

Vuelve a sentarse.

—Voy a ayudarte, pero no antes de que te vea comer todo esto.

Me lanza el pan, que atrapo a duras penas. Relleno todo el interior de mis mejillas como un jerbo y me apresuro a masticar mientras él espera con las manos apoyadas sobre sus rodillas. Ahora me siento con más energía.

—Muy bien —comienza—. ¿Qué necesitas para invocar a las Palabras?

Recito:

—La energía y las emociones son la clave.

—Exacto, las emociones. El problema es que no utilizas las correctas. Te dispersas todo el tiempo, porque te menosprecias y te impacientas. Así, lo único que consigues es construir unos muros en los que te encierras, de tal forma que los Mantras se encuentran bloqueados. Ojo, no critico tu tenacidad, ni mucho menos. Pero, en este caso en concreto, te perjudica, ya que te desestabiliza. Ahora bien, lo que necesitas es encontrar un equilibrio. No se puede capturar a una luciérnaga o a una polilla corriendo a lo loco y gritando. ¿Me sigues? Una vez más, es el mismo principio que para la caza.

Hago un gesto con la cabeza para manifestar mi atención e indicarle que estoy de acuerdo. Estaba totalmente equivocada y me alegro de que me dirija hacia el camino correcto. Como sucede a menudo. Aunque siempre lo explique todo a su manera, parece como si estuviese especializado en el tema.

—En cuanto a la energía, es independiente de tu voluntad. Tu cuerpo sigue siendo demasiado débil para las Palabras. Necesitan demasiada cantidad y todavía más si las fuerzas a venir a ti. Lo que haría falta es tener algo con lo que compensarlo. Ya tengo una opinión sobre el tema —alardea con malicia—. Dos, a decir verdad.

—Soy todo oídos.

—Si no tienes suficiente energía, basta con obtenerla de otros. De Saren y de mí, por ejemplo, pero ya te explicaré cómo más adelante. Si eso no fuese suficiente…

Rebusca en uno de sus bolsillos traseros y me enseña una bolsa roja. Saca su contenido: unas piedrecitas blancas del tamaño de una habichuela. A simple vista, no parecen nada del otro mundo. Salvo que...

—Espera un momento, son...

— ... piedras de energía.

—¡Lo sé! Una anciana un poco sospechosa me había insistido para dármelas gratis en la plaza del mercado. No sé ni qué hice con ellas.

—Son estas —declara él, de la forma más natural del mundo—. Esa vieja lisiada no te estaba timando, son auténticas. No valen su peso en polvo de Dhurgal, pero son bastante ra...

—¿Quieres decir que son las mías? ¿Que me las has robado?

—Sí. Soy un ladrón, princesa.

—¡No tienes de qué pavonearte, Nightbringer! ¿Cuándo? ¿Dónde?

—Ese mismo día, en el mercado. Diría que, aproximadamente, cinco segundos después de que las aceptases.

Killian no se da cuenta de la desmesura de su confesión.

—Ya estabas en Hélianthe...

—Me arrepiento de no haber visto el desfile del Tratado desde los tejados de la ciudad, debió ser increíble.

Esta información me desestabiliza. Después de todo, sigo sin saber las circunstancias que llevaron a Killian a embarcarse en esta aventura, ni por qué Cassandra lo escogió a él y no a otro. Aunque pueda parecer extraño, me da la impresión de que no solo me robó las piedras, sino que también se quedó con ese instante de mi vida, cuando yo no era más que una ciudadana de Hélianthe como otra cualquiera, antes de que todo cambiase radicalmente. Como si mi recuerdo hubiera sido truncado y violado por su presencia. Él me encontró cuando Cassandra y las Palabras todavía esperaban mi llegada. Conocía mi destino antes que yo. Quizá sea eso lo que más me molesta: parece saber más cosas sobre mi persona y sobre los Guardianes de las Palabras que yo misma.

—No montes un drama, Rosenwald. Te las devuelvo —se defiende.

—¡Me la sudan esas piedras!

—Entonces, ¿qué? ¿Por qué pones esa cara?

—Sabías quién era bastante antes de esa noche al lado del sauce llorón, ¿verdad? Entonces, ¿qué? ¿Me seguías? ¿Me vigilabas? ¿Durante cuánto tiempo? Ya tenías tu propia opinión sobre mí, ¿es eso? ¿Sabías las respuestas a las preguntas que me hacías?

—¡Por Naessis, deja de chillar! Sí, lo sabía. Cassandra había sentido cómo se despertaba tu poder, que la llevó hasta Hélianthe. Yo tan solo recolectaba información, ¡me gusta saber en qué me embarco y a quién iba a tener que soportar! ¡Quizá debería haber revisado mejor mi juicio!

—¿Y a ti qué te llevó hasta Hélianthe? ¿Solo habías venido al Gran Mercado para conseguir adquisiciones de los bolsillos de las personas honestas y te topaste con Cassandra por casualidad? ¿Os tomasteis algo juntos para hablar sobre mi futuro? ¿O puede que ella fuese a buscarte a tu país de ladrones y te ofreciese trabajo gracias a tu preciosa reputación, con una recompensa a su altura? Si lo sabías, ¿por qué no me avisaste?

Él se ríe burlonamente.

—¿Me habrías creído? ¡Por supuesto que no! Me habrías lanzado pasteles a la cara y habrías avisado a los guardias al ver mis pintas en los carteles de búsqueda, eso es todo. Por cierto, dichosos carteles que parecen estúpidas caricaturas. No tengo los ojos tan juntos. Sin contar con que no han actualizado la recompensa desde hace una eternidad, los precios están subiendo rápido en este mundillo...

—Killian...

Se aclara la garganta. Mi ráfaga de preguntas lo sobrepasa, así que se toma todo a coña. Cada vez que intento saber más sobre él o sobre la verdadera razón de su presencia a mi lado, huye.

—No podía intervenir hasta que recibieses tu llamada. De todas formas, habrías olvidado lo que te hubiese dicho por culpa de los Evanescentes. ¿Has olvidado lo que te dijo Cassandra? Es un boca a boca de Guardián de las Palabras a Guardián de las Palabras. No un boca de ladrón a orejas de Guardiana de las Palabras caprichosa. Ni siquiera debía acercarme a ti, mucho menos decirte la verdad... ¡Ah! Cassandra me habría destripado si hubiese cometido esa pequeña transgresión. No te fíes de las apariencias, esa mujer tiene un carácter horrible.

—¿Sabías lo que iba a suceder después? Quiero decir; los Soldados de Cristal, el ataque, Aïdan.

Arquea las cejas.

—¿Te parece que tengo pinta de vidente, Rosenwald? ¡Por supuesto que no! Si ese hubiese sido el caso, ¿de verdad crees que habría dejado que hiciesen sufrir a las personas que quieres?

—Entonces, ¿dónde estabas en ese momento? ¿Por qué no viniste a ayudarme cuando ya sabías en lo que me iba a convertir?

—Arya, te lo repito, si hubiese podido, habría hecho todo lo posible por ti y por los tuyos. Me hubiese enfrentado yo mismo a ese desgraciado Soldado de Cristal que tanto te ha traumatizado, aunque solo fuese para evitar que tengas pesadillas. Pero ni siquiera fui capaz de...

Sus ojos se vuelven acusadores, antes de teñirse de culpabilidad. Respira hondo, como si exhalara un poco de ira, y luego continúa:

—No pude intervenir. Ni Cassandra ni yo podíamos. ¿Crees que me siento orgulloso de haberme quedado a salvo mientras masacraban a personas?

—Eso no es lo que he dicho.

—Me da la sensación de que me ves como a un monstruo, más que al Dhurgal.

Me destrozo los dedos con nerviosismo, con la cabeza gacha. Mi alma vuelve a las murallas de Hélianthe y siento un vacío en el corazón. Todo me resulta tan complicado. Killian suspira y evita que me deje los dedos en carne viva.

—Arya, lo vamos a conseguir. Te lo prometo. Puede que esta promesa no te parezca tan pura e inviolable como la de un

Dhurgal, pero te aseguro que es sincera. Si sigues sin creer en ti misma, va a hacer falta que, al menos, empieces a creer en mí. El tiempo pasa.

Levanto la cabeza hacia Killian y algo poco habitual llama mi atención en la negrura total de sus ojos. Un extraño brillo reluce en su mirada. Levanta su mano para evitar que me acerque; esta se ajusta a la línea de mi mandíbula y, con una leve presión, me obliga a bajar la cabeza.

—No está en mis ojos, *Een Valaan*. Está dentro de tu corazón.

—[𝕮𝖔𝖓𝖋𝖎𝖆𝖓𝖟𝖆].

Los días que pasan son determinantes. No desperdicio mi energía en otra cosa que no sea Alric. Mis ojos van de un lado al otro por el desván. Saren traza un círculo en el suelo, volcando con cuidado el contenido de un saco de grano tras él. Después, añade otras líneas que forman lo que parecen tres pétalos entrecruzados. Killian, el autor de esta «brillante idea» (son sus propias palabras), inspecciona su trabajo con actitud de jefe de obra.

Una vez que Saren cierra el símbolo, Killian coloca el anillo y las piedras de energía en el medio. Después de varios intentos, las mueve unos milímetros más hasta que queda satisfecho con el resultado. No me lo imaginaba tan puntilloso.

—¿Qué es esto?

—¡Esto, Rosenwald, es la solución a tu problema! O, más bien, al problema del Dhurgal.

—Alric, se llama Alric. ¡Parece un rito satánico! O un Glifo.

—Es una Triqueta —me aclara Saren—. Funciona con la cifra tres, porque muchas cosas en este mundo reposan sobre ella.

—¿Cómo cuáles?

—Pasado, presente y futuro. La vida, el intramundo y la muerte. El espíritu, el alma y el cuerpo. El hombre, la mujer y entre los dos. El mal, el bien y el neutro. De ahí viene su segundo nombre, el Nudo de la Trinidad. Es un pensamiento muy primario.

—Buena respuesta. ¡Qué buen alumno! Solo te has olvidado de una cosa: Killian, Dios y la perfección. Te quito un punto —se burla el ladrón.

—Querrás decir: Killian, ego y demasiado grande.

—Oh, eso no lo puedes saber todavía, Amor —se ensalza a sí mismo y tardo demasiado tiempo en entender la picante indirecta, para luego ponerme roja—. En fin, que es un símbolo antiguo y poderoso. Las brujas son quienes lo utilizan más a menudo, en rituales de comunión con la naturaleza o cuando una de ellas se une a la hermandad. Eso les permite conectarse entre ellas y limitar su poder individual a favor del círculo. Una forma de mantener la igualdad. Es algo así como un Tratado bebé.

—¿Y para qué nos sirve?

—Es para ti, servirá como potenciador de magia, y el hecho de que estemos los tres hará que refuerce todavía más su poder. En el caso ideal, bombeará nuestras respectivas energías para dártelas a ti, momento en el que utilizarás tu Mantra. Las piedras se activarán e impedirán que el círculo se rompa si hay un exceso de energía o una falta. Al mismo tiempo, os protegerán al anillo y a ti de una posible sobretensión.

—¿Y el escenario catastrófico?

—Drenas toda nuestra energía vital, morimos y el teniente se come nuestros restos. O explotamos los tres, pero, una buena noticia, el anillo permanece intacto y se vuelve funcional.

Puedo ver que esta perspectiva no le gusta a Saren. Me preguntó por qué ha aceptado participar. Killian ha debido utilizar buenos argumentos. Para ir al grano, digo:

—Bien, ¿cuándo empezamos?

Killian se frota las manos, después se coloca de pie en una de las tres esquinas del Nudo de la Trinidad y nos invita a hacer lo mismo. Me sitúo en el sitio que me acaba de indicar, teniendo cuidado para no destrozar las líneas de granos.

—¿Lista, Amor?

—Eso creo.

—Da lo mejor de ti, Rosenwald. Acuérdate de eso. Lo más importante es dar lo mejor de sí, no importa si te están observando cien personas o si nadie te mira.

Asiento con la cabeza y le regalo una sonrisa convencida.

—¿General?

—Afirmativo —asegura él, a pesar de que su cara muestra lo contrario.

Un golpecito amistoso sobre mi hombro reemplaza la mirada de Killian. Uno después del otro, cierran los ojos como si estuvieran durmiendo. Los imito. En el momento en el que mis pestañas me acarician la piel, una tenue línea de oro se dibuja a mi alrededor. Intento acallar mis miedos concentrándome en nuestro éxito. La imagen del teniente inundado de luz de la cabeza a los pies se introduce en mi mente y siento un hormigueo recorrerme las manos, hasta que me empieza a picar todo el cuerpo.

Lo cierto es que los primeros intentos rara vez alcanzan el éxito. Después de todo, por eso existen los borradores. O, al menos, existían. Con total sinceridad: ha sido un verdadero fiasco. Perdí el conocimiento muy rápido, para despertarme varias horas después sin saber qué había pasado realmente. Los siguientes intentos no fueron más concluyentes y me llevaron hasta el límite del agotamiento. El único punto positivo que surgió de todo esto fue que [ʟuпɑ] respondía a mis peticiones y hasta se convertía en la prolongación de mis pensamientos. Ahora, cada vez que me imagino a Alric a plena luz del día, mi Palabra actúa y me otorga su magia milagrosa en forma de chorros de luz. No obstante, no durante el tiempo suficiente para que los traspase al anillo. Lo intentamos una y otra vez, ignorando la fatiga y solo interrumpiendo las sesiones con breves momentos para descansar y comer, indispensables para recuperar fuerzas. Ya casi ni salimos del desván, a pesar de la humedad y la suciedad, que nos provocan crisis de estornudos memorables.

Aunque Killian se muestre más conciliador que nunca, no esperará una eternidad. Ya ha esperado más de lo que podría haberme imaginado. El ladrón debe llevarme hacia los Mantras garantizando mi seguridad y su «contrato» con la Protectora es su prioridad. Por encima de Alric. Por ahora, acepta este retraso, porque opina que este paréntesis es un buen medio para que domestique a mis Palabras y para entrenarme. Pero ¿hasta cuándo? Saren también tiene su propia misión. Cuanto más tiempo esté vacío el trono, más rápido se va a expandir la noticia, y solo Helios sabe quién ambicionará esa posición. Tampoco quiero hacer como que el resto del mundo ya no importa y desatender a las demás Palabras, que están esperando en algún sitio a que su Guardiana se manifieste. Asimismo, según el tiempo pasa, cada vez me alejo un poco más de Aïdan y su familia. Pero, a pesar de todos los obstáculos, no me desmorono. No ahora, cuando estamos cerca de alcanzar el objetivo. O eso espero.

—¡Esta será la buena! —exclama Saren, como si se intentase convencerse a sí mismo.

Los contornos violáceos que rodean sus ojos dan la impresión de que lo han encogido. Habla con la voz sin timbre. Sus momentos de ausencia son cada vez más frecuentes. A menudo, se queda sin palabras en medio de una conversación o se duerme antes de terminar su frase. Este ritual lo agota, porque recurre a sus reservas de energía natural y no a la magia.

—¿No dijiste lo mismo la última vez? —se burla Killian, tirado en el suelo con la cabeza apoyada en un saco de granos que utiliza a modo de cojín.

Lo afirmo, desplomada en el suelo como una vulgar estrella de mar:

—Y la vez anterior.

—¿Me podéis explicar una vez más por qué estamos haciendo todo esto? Ah, sí, para ayudar a un asesino de humanos que puede liquidarnos a sangre fría en cualquier momento.

Una historia muy justa que me pone en contexto, eh —dice el ladrón.

Yo alzo los hombros.

—Porque es Alric.

—Oh, sí, ¡ese es el mejor argumento de todos los tiempos, tesoro! Me lo has quitado de la boca.

Se pone a silbar.

—A todo esto—empieza Saren, pensativo—, ¿cómo le va a nuestro Dhurgal?

—Creo que mejor que a vosotros.

Me sobresalto. No lo he escuchado entrar. Cada día, cuando le hago el reporte sobre nuestros progresos o nuestros no-progresos, lo noto apenado, ya que no soporta la idea de que tengamos que pasar por todo esto por él. Decirle lo contrario no cambia nada. Se muestra sensible y destruido, y yo hago como que no me recuerda a nadie.

—¡Teniente!

—Al menos no nos vas a comer, ¿no? —lo vacila Killian, medio bromeando—. Todavía no hemos dicho nuestras últimas palabras.

—Ya tengo el estómago lleno, gracias. ¿Quizás os coma de postre? Supongo que os imaginaréis que no suelo anunciar el menú antes de sentarme a comer —replica el Dhurgal, alisándose el cabello, que lleva mojado.

Sonrío. Me gusta cuando parece que está menos tenso, cuando se suelta un poco más, y sé que Killian tiene algo que ver con eso. El ladrón sigue haciéndole compañía y me suelo preguntar de qué hablarán. Me da envidia esa cercanía. Seamos realistas, estoy celosa, porque deben saber más el uno del otro que yo sobre ellos. Cosa que no impide que Killian trate a Alric como si fuese un buen monstruo domesticado.

—¿Se ha dado un baño, teniente? —menciona el general, que acaba de llenar su enésima taza de café.

—El agua fresca me pone las ideas en su sitio.

Alric inicia un pequeño paseo interior con una mano apoyada entre su mentón y su nariz, y la otra sujetando su brazo.

—A decir verdad, venía a proponeros mi ayuda ya que estáis intentando ayudarme sin descanso. Como esto me concierne, no soportaré más tiempo sin hacer nada.

Me gustaría convencerlo, pero Killian se me adelanta:

—Tengo dos preguntas, Dhurgal. La primera: ¿hasta dónde te ha confiado Arya? La segunda: ¿qué tienes en mente?

—No sé demasiado. No tienes que preocuparte por eso, ladrón. Los detalles solo os conciernen a vosotros y yo he enterrado más secretos en mi vida que vosotros tres juntos.

—Toma nota, Delatour —comenta Killian.

—Ojalá pudiese enterrarte a ti —murmura Saren, entre dos tragos.

—Sé que Arya posee un don excepcional, entiendo que mágico, y que desea utilizarlo para que supere uno de mis mayores puntos débiles. Me basta con eso.

—¿Es lo que quieres? —insiste Killian, como si siguiese pensando que esa decisión había surgido de mí.

—Quiero acompañaros, no me importa vuestro destino, porque estoy en deuda con vosotros. Contigo —resalta él, dirigiendo hacia mí su mirada azul, que las velas hacen que se vea más intensa—. No me gusta deberle nada a nadie. Utilizadme.

—Admitido. Puedes continuar.

—Arya me ha explicado, a grandes rasgos, lo que intentáis concretizar. Es ingenioso, pero demasiado complicado para unos simples humanos. Sin intención de ofenderos.

—*Touché* —admite Killian, buen perdedor—. Dime qué se nos ha podido pasar, teniente.

—Es cierto que necesitáis energía, pero también fuerza, porque ambas van de la mano. Los ancianos no hablan de «fuerzas de la naturaleza» porque sí. ¿Y quién mejor que un Dhurgal centenario para que os ceda un poco de fuerza?

—¡Alric, no! No domino demasiado bien mis poderes. Si algo sale mal...

Si perdiese el control durante la ceremonia, **[ɭuпɑ]** podría herirlo o algo peor.

—¡Si sale mal, pues que salga mal! En ese caso, lo habríamos intentado todo y no te culparía por ello. Te obligaría a irte sin mí. Estoy seguro de que tenéis aspiraciones más importantes que velar por un Dhurgal desterrado de dos mundos opuestos. Seré capaz de arreglármelas solo. Si fuese necesario, me exiliaría en Onagre o en una de las Siete Fronteras. Tienes miedo por mí y debo decir que eso ya es bastante inesperado...

—Si lo dejamos en la naturaleza —interviene Saren—, corre el riesgo de que se le vaya la cabeza, de que masacre a gente o de que lo maten. No hay que subestimar la locura vengativa de los seres humanos. Los Dhurgales siguen siendo enemigos. Sin olvidar la Orden de Kanddar, que mueve muchos hilos.

—Soy consciente de todo eso. Cada día de libertad es una bendición para mí. Si esta libertad tuviese que desaparecer mañana...

—Alric, se lo ruego...

—No es una propuesta, Arya, ni una elección que te doy —corta él, duramente—. Ahora tomo mis propias decisiones. Es mi vida y yo decido qué hago con ella. Jamás olvidaré lo que habéis hecho por mí. Algunas personas merecen un sacrificio, pero yo no.

No replico. Lo he entendido. Me paso el tiempo temiendo que les pase algo malo a las personas que quiero y mi miedo nunca ha impedido que sucediera. Ha llegado la hora de que asuma la responsabilidad.

—Te olvidas de un detalle —comenta Killian—. El Nudo de la Trinidad, como su nombre indica, funciona en tríada. Si añadimos a alguien más será un fracaso asegurado.

—Ya es un fracaso. Alguno de vosotros frena el proceso por culpa de una energía alterada o demasiado cambiante. Es por eso que debo ocupar su lugar.

Alric y Killian se giran hacia Saren, que frunce el ceño y cruza los brazos en posición de defensa.

—Discúlpeme, general, pero creo que es usted el eslabón débil —concluye Alric con una expresión indescifrable.

Le dedico a Saren una mueca entristecida.

—Qué lástima ser un simple humano —bromea Killian, apoyando una mano compasiva en el hombro de nuestro compañero.

—Tú eres humano, Nightbringer —escupe, rechazando la mano de Killian de una forma bastante violenta—. Tienes la maldita costumbre de olvidarlo y, algún día, te jugará una mala pasada.

—No, yo soy un ladrón. El más talentoso de todos. ¡Muy bien, basta de cotorrear! ¡Manos a la obra!

—Espero que esto no la mate —rechina Saren—. Absorber la energía de un Dhurgal es una locura absoluta. Eres un canalla incorregible y no conseguirás hacerme creer que te preocupas por esta chica. No haces más que embarcarla en tus delirios y no es así como la vas a salvar.

Saren se atrinchera en una esquina de la estancia para observarnos, sumergido en un silencio lleno de rencor. Su ausencia de magia hace que se sienta impotente. Creo que acaban de herir su orgullo y espero que nos perdone si lo conseguimos. Quiere protegerme, pero sin tomar algunos riesgos no podremos lograr lo que nos proponemos. Sin duda, [Valentía] está hablando por mí. En cualquier caso, al juntarme con estos tres hombres, cada vez soy más consciente de los defectos y los beneficios del Tratado; las frustraciones que podía causar y la protección que ofrecía.

Alric orquesta esta última sesión: nos pide que extendamos los brazos de tal forma que nuestros dedos se toquen. Una corriente extraña me atraviesa. Lo que siento no es dolor. Es la fuerza en estado bruto, una energía poderosa que mi cuerpo reclama todavía más. Me da la impresión de ser invencible. Estoy lista para acoger este poder fuera de lo común. La quintaesencia propia de la magia.

Las velas se apagan de golpe y los contornos del símbolo se iluminan poco a poco, como si unas serpientes de fuego ondulasen siguiendo su trazo sinuoso.

—Te toca a ti —susurra el teniente, y no puedo evitar pensar que su belleza es incomparable a la sublime luz del día.

Killian me anima con su mirada y, un instante después, se le ponen los ojos en blanco, al igual que a Alric. Focalizo mi mente en el objetivo que queremos alcanzar. Ahora soy yo la que se sumerge en la oscuridad. Y la llamo:

—¡[ʟuna]!

Capítulo 46

El clímax

El suelo vibra, pero mantengo los ojos cerrados. La punta de mis dedos se calienta y todo mi cuerpo entra en erupción. Jamás había sentido un poder semejante. Tengo miedo de rechazarlo o, por el contrario, de deleitarme con él con demasiado ardor, hasta el punto de no poder parar, como si mi alma se volviese glotona por culpa de mis Palabras.

La corriente mágica se infiltra en cada uno de mis nervios. Mis músculos se tensan y el flujo de energía irrumpe a través de unas olas sucesivas, cada vez con más vehemencia. *Los* flujos de energía. Consigo distinguir unos de otros. Primero el de Alric, pesado, antiguo, teñido de fragilidad. Una cuerda roja deshilachada de tal forma que pende de un hilo, pero ese hilo es indestructible. Después el de Killian, comparable a un largo lazo dorado, fluido, brillante, pero volátil y caprichoso como un meteoro. Se acaban de mezclar con el mío, que tiene una forma redonda; es parecido a un ojo muy abierto de un color violeta intenso. Este poder me provoca tal éxtasis que me preparo para sentir cómo mi alma se hace trizas. Nuestras energías se fusionan para formar una única y misma entidad: una esfera de una pureza inigualable. Se hincha en mi espíritu y, en cuanto alcanza su súmmum, no puedo evitar gritar con fuerza y rabia:

—¡[ʟuna]!

Debía hacerlo, por instinto de supervivencia, porque la Palabra me habría abrasado desde el interior. Abro los ojos justo en el momento en el que la esfera se escapa de mi boca y ondea hasta el centro de la Triqueta. Se detiene con seguridad sobre el anillo y las piedras de energía, que también irradian y tiemblan, como si fuese la réplica de una luna llena. Killian y Alric convulsionan. Después, se derrumban hacia un lado, inconscientes, y mi corazón se congela por completo.

—¡Alric! ¡Killian!

Hago el amago de un movimiento para salir del Nudo de la Trinidad y romper el vínculo que nos une, pero alguien grita:

—¡INCONSCIENTE! ¡Ni se te ocurra hacer eso, infeliz! ¡Si sales de ahí, si cortas el vínculo ahora, te arriesgas a matarte! ¡A mataros a los tres!

—Saren…

—Espera un poco más.

—Pero…

—¡Que esperes!

Su mirada me implora; me quedo en mi sitio, aunque esté tentada por las ganas de sacarlos de aquí. Los latidos embravecidos de mi corazón parecen adornados por [Eco]. Al cabo de un rato que me parece interminable, [Luna] inicia su descenso. Cuanto más se acerca la bola de energía al anillo, más se encoge, y rezo para que cumpla su tarea antes de desaparecer. La contemplo murmurando ese deseo. La joya la absorbe y las piedras se enrojecen a su alrededor. El rubí brilla una última vez, como una brasa ardiente, después nada más. No me resisto y me dejo llevar por las tinieblas, hasta hacerme una con ellas.

Me pesan los párpados. Nada me gustaría más que quedarme en esta neblina esponjosa para siempre, pero una sensación de frío me invade. Alguien apoya un bloque de hielo contra mi frente, o me estampa un huevo crudo en la cabeza. El frío. Como la mano de un Dhurgal.

—¡Alric!

Me despierto bajo el rumor de mi corazón, presa del pánico, y me debato entre un montón de mantas y cojines húmedos.

—¡Tranquila, Rosenwald! Si no te calmas inmediatamente, no me va a quedar otra que neutralizarte.

Killian mantiene una tela retorcida y empapada por encima de mi rostro. No era un bloque de hielo ni la mano de Alric. Sobre la mesa de noche, reposan un barreño y algunas plantas que sobrepasan mis conocimientos en botánica.

—Tenía que hacer que te bajase la temperatura —me explica Killian—. Casi revienta el techo por el calor, estabas perdiendo litros de agua. Quise tirarte al río, pero a Saren le parecía un poco radical. Nos arriesgábamos a que transformases la montaña en un volcán. Te has comido un buen marrón, princesa.

Me giro hacia el general, sentado en una silla al otro lado de mi cama. Me saluda haciendo un gesto con la cabeza y con una sonrisa perezosa. No se ha recuperado del todo.

—¿Estáis bien?

—¿Tenemos pinta de estar mal, mala hierba?

—Creía que estabais...

—¿Muertos? Lo cierto es que, de algún modo, Alric ya lo está. El general es demasiado pegajoso para dejarte sola. Y en lo que concierne a mí... ¿de verdad pensabas que te ibas a deshacer de mí tan rápido? Me ofendes.

No respondo, aliviada de que el ladrón siga teniendo ganas de bromear. Solo necesito saber si nuestros esfuerzos han dado sus frutos. Me levanto. Se me pega el camisón a la piel. No trato de averiguar quién me lo ha puesto. Me sujeto el pelo, también pegajoso, para liberar mi nuca ardiente y confirmo, sobresaltada, que el largo mechón que tengo entre los dedos está decolorado.

—No te comas el coco por eso, Amor —dice Killian, colocándome el mechón detrás de la oreja.

—Dímelo. ¿Ha funcionado? ¿Alric...?

Saren levanta su puño cerrado y deja caer las piedras de energía sobre la cama. Estas rebotan. Tienen la superficie agrietada.

—Inservibles. El anillo...

Corto nuestra conversación y me dirijo hacia la puerta, con el estómago tan revuelto como si alguien se divirtiese removiéndolo con una cuchara.

—¡Arya, espera! Tú…

Sin perder el tiempo escuchándolo ni vistiéndome con algo más abrigado, salgo de la granja y corro con los pies descalzos hasta el granero. Fuera, el sol juega al escondite en el cielo moteado de un gris metálico. Algunas borrascas frescas intentan que salga de su escondrijo.

No hay nadie en el granero. Doy media vuelta y bajo hacia el arroyo, que abraza los caminos montañosos como si fuese una larga lengua. Lo encuentro cerca de la rosa eterna. Su corola se cierra cuando llego, como si fuese tímida. Una corriente de aire agita el bajo de mi falda, como una bandera. Otra corriente me libera el pelo. El cielo se aclara, hueco por hueco, hasta que los rayos del sol atraviesan las nubes. Alric se gira hacia mí y nuestros ojos intercambian algunos mensajes silenciosos. Me recompensan. Su mirada es transparente, a pesar de que el sol hace que resplandezca. Después, él alza su bonito rostro hacia su némesis, para desafiarlo, y mi ansiedad cede su sitio a una felicidad infinita. El cielo muestra por fin su más bella tiara al rey de la oscuridad.

Me dejo caer sobre la hierba con el corazón volcado por contemplar semejante prodigio. El círculo de fuego, que corona el cielo que reina sobre nuestras cabezas, no puede infligirle más sufrimiento. Gracias a una Palabra. Gracias a mi Palabra, que ahora comparto con él. ¡Qué impresión tan extraña la de haberle ofrecido una parte de mí sin sentirme incompleta! Y ahora, él es para siempre su depositario. Es el primer milagro de mi magia. Las maravillas y la fuente de belleza de la que hablaba Cassandra. El regalo bajo la carga y el primero que le he otorgado al mundo.

El teniente levanta sus brazos y los inspecciona como si no supiese si este milagro se está produciendo de verdad o si se lo está imaginando. La luz se refleja en el anillo, que ha vuelto a su dedo, más rojo que nunca. Casi tanto como su rosa, que se ha abierto de nuevo.

—Arya, ¿de verdad es posible? Por favor, dime que el Génesis no está jugando conmigo. Que no está dentro de mi cabeza, haciéndome creer que todo esto es real solo para atormentarme. Que no soy más que un Dhurgal, en el Valle de Hierro, encerrado en el Purgatorio, tan loco por el dolor que su espíritu es la única escapatoria frente a las torturas de una muerte que no viene a buscarlo. Dime que tú existes.

Cada una de sus palabras es una rosa eterna que nace en el interior de mi estómago. Pronuncio las palabras que necesita, en un susurro más dulce que una brisa. Sé que las escucha, sin importar el bramido del viento o el tamborileo ensordecedor de mi corazón. Podría hasta decirlas sin abrir los labios, porque él las interceptaría sin dificultad:

—Se lo prometo, Alric Thomas Harrington.

Él termina dejándose ir por la quietud de este instante. Cierra sus ojos y su rostro liso se deleita con el calor. Este no nutre su piel, pero su espíritu insinúa todo lo contrario. Su corazón, congelado para siempre en el tiempo, se entrega a la mentira para regalarle un breve momento de felicidad. Para mí misma, murmuro:

—Gracias, [Luna].

En un impulso alegre, seguramente inapropiado, abrazo al teniente. Soy demasiado natural, demasiado espontánea, pero ahora mismo no me importa lo más mínimo. Vivo mis emociones como las siento. Me da la impresión de que cierro mis brazos sobre un peñasco. Se eleva por encima de mí y me siento como una niña pequeña bajo su sombra. No obstante, es él quien se muestra intimidado. Su rigidez hace que me dé cuenta de lo que estoy haciendo y aflojo mi agarre.

—¡Perdón! Me he dejado llevar un poco.

—No es nada —me asegura él, cubriéndose la nariz y la boca con una mano—. En los humanos, la felicidad huele casi igual de bien que el miedo. En ti, todavía mejor.

—¿Está hablando del olor de mi sangre?

—Sí.

—¿Y le he dado hambre?

—Sí.

—¿Quiere un tentempié?

— ...

—Quiero decir, ¿le apetece una ardillita o una marmota?

Derrotado por mi broma (que en realidad no lo era), alza sus cejas y sonríe. Una sonrisa tan amplia que veo sus colmillos de Dhurgal. Mi risa estalla en el valle y nos quedamos varias horas bajo este sol generoso. Termino dejándolo solo cuando me lo pide y me alejo mientras una alfombra de rosas eclosiona alrededor de él.

Tras tres días de pruebas destinadas a asegurarnos de que Alric ya no se arriesga a una combustión espontánea, decidimos retomar nuestro camino. También descubrimos (mediante un pequeño incidente durante el cual la mano de Alric empezó a echar humo y a cubrirse de ampollas) que el poder del anillo es temporal y que es necesario «recargarlo» cada día con **[ᚲᚢᚾᚨ]**. Por suerte, ya no es necesario hacer más rituales complicados ni se requiere una gran dosis de energía. Así que ya nada nos retiene entre estas montañas.

En la víspera de nuestra salida, Killian se coloca delante de nosotros en medio de la cena, manda los platos a tomar viento y extiende sobre la mesa el mapa de los Mantras. Utiliza nuestros vasos para aplanar sus esquinas e impedir que se enrolle sobre sí mismo. Con un ala de pollo en cada mano, yo protesto:

—¡Oye! ¡Que no *hemof ferminado de fomer*!

—Me alegra ver que has recuperado tu monstruoso apetito, Amor. Pero tenemos cosas más importantes que hacer que atiborrarnos de comida.

Me trago un trozo enorme del ave de corral sin tan siquiera masticarlo y Saren se acerca para leer por encima del hombro del ladrón.

—¿Una Palabra? ¿Dónde se encuentra?

—En una ciudad portuaria, a dos semanas caminando más o menos, pero, como te envié a negociar los caballos esta mañana, general, vamos a poder economizar valiosos días de viaje gracias a tu habilidad para los negocios y tu reputación de soldado amable.

Killian señala el lugar del que habla, marcado por un puntito azul: un minúsculo territorio que domina el Mar de las Mil Lágrimas. Con la nariz casi hundida en el mapa, veo un segundo punto que se mueve sin parar en medio de este mar. Desaparece, después vuelve y se desvanece de nuevo.

—¿Habéis visto eso?

—¿El qué? —preguntan mis dos compañeros al mismo tiempo.

—¡Ahí, hay otro Mantra que se desplaza! ¡No, aquí!

Killian me golpea el reverso de mi mano grasienta, que está demasiado cerca del mapa para su gusto.

—Una isla no identificada —deduce Saren, pensativo.

—¿Una isla? ¿Te refieres a una tierra rodeada exclusivamente de agua? —exclama Killian, cuya voz deja entrever algo de miedo.

Me burlo amablemente de él:

—Sí, esa es la definición de una isla, Killian. ¿Por qué?

—Por nada.

Enrolla el mapa a toda prisa y le lanza una mirada de soslayo a Saren.

—¡Retrocede un poco! ¿No te he dicho ya que no metieras demasiado las narices en nuestros asuntos? No me gustan los entrometidos.

—¿Cuándo empezarás a confiar en mí, ladrón? No te ha costado tanto aceptar al Dhurgal a tu lado.

Suspiro, cansada de encontrarme siempre entre la espada y la pared. Killian exagera. La ayuda de Saren ha sido muy valiosa desde el principio. A menos que esté tratando de tocarle las narices, cosa que también es bastante probable.

—La confianza se gana —zanja Killian con un tono pedante—. Ocúpate de su querido principito y lo demás es cosa mía.

Todavía no ha amanecido cuando sacamos los caballos de la granja y los ensillamos. Cuento solo tres, así que llego a la conclusión de que voy a tener que compartir uno con alguno de mis compañeros. Ayudándose con las correas, Saren amarra nuestras cosas y la comida que hemos almacenado al caballo más grande; una cantidad suficiente para nuestro periplo.

—Debería haber pensando en un poni para ti, Rosenwald.

—¡Cállate, Nightbringer! ¡Sé montar!

Vuelvo a pensar en Aïdan que, a menudo, solía tomar prestados sementales de las cuadras reales y me sugería ir con él al Bosque de Ópalo para dar largos paseos. Hacíamos carreras y yo me defendía bastante bien. Seguramente porque me dirigía mi montura, más estable sobre sus cuatro herraduras que yo misma sobre mis dos pies.

Killian empuña la crin del caballo más alto, tan negro como el cuero de su ropa, y, sin la necesidad de ayudarse de los estribos, hace una acrobacia hasta la silla de montar. Los caballos, nerviosos, piafan repentinamente. El caballo de Killian se aparta y yo retrocedo para no encontrarme con la marca de su herradura en la cara, aunque estas den buena suerte.

—¡Alto! —grita el general cuando uno de ellos se encabrita, hecho una furia.

Alric sale de la sombra con el rostro tapado por su capuchón, y entonces entiendo que es su presencia lo que perturba a los animales. Lo ven como a un depredador, como verían a un lobo o a un coyote. Temo que huyan o que nos hieran en su frenesí. Pero el teniente consigue hacer que se calmen sin que yo sepa cómo, hasta que entro en contacto con sus ojos monocromos e inquietantes. Vuelven a su aspecto original y, como si nada hubiese pasado, nos saluda con respeto.

—No quiero parecer repetitivo pero, si pudieses evitar comerte nuestro medio de transporte, nos sería de mucha ayuda —concluye Killian, antes de tenderme la mano para que me suba a la silla.

Apoyo el pie en el estribo, me propulso detrás de Killian y rodeo su cintura con mis brazos. Este caballo es más grande que los que Aïdan escogía para mí. Por instinto, aprieto mis piernas contra los costados del semental y mantengo la mirada fija delante de mí.

—Creía que estabas acostumbrada a montar —se mofa Killian, que debe sentir mi ataque de nervios.

—A veces, prefiero cuando no hablas.

—Por cierto, te vi el otro día.

—¿Me viste?

—Darle un abrazo a un Dhurgal. ¿De verdad, Rosenwald? ¡Un abrazo!

—Sí, pero no es cualquier Dhurgal, es Alric.

Su nombre es mi respuesta a todo. El mencionado sonríe, mientras aprieta las correas de su caballo de pelaje alazán.

—Si tú lo dices.

—¿Quieres uno tú también? No seas celoso —lo provoca Saren, montándose a horcajadas sobre su caballo.

Killian le lanza una mirada arrogante.

—Qué raros sois los tres. Hay tres cosas que no soy en esta vida: feo, cobarde y celoso.

No puedo evitar intervenir:

—¿Y si hablamos de la vanidad?

—¡Eso está en otra lista!

—¿De verdad acaba de decir que NOSOTROS somos raros? —responde Saren, indignado.

—Yo no puedo negarlo —dice Alric, colocándose en su montura—. Soy un Dhurgal al que le puede dar el sol, que monta a caballo y que ha recibido un abrazo de una humana.

—Ahí le has dado —acepta el ladrón, tras una segunda reflexión.

Nuestro extraño cortejo se pone en camino, con Killian y yo en cabeza. Se detiene unos metros más adelante, cuando llegamos a una pequeña colina y gira una última vez el caballo hacia la granja. Desde aquí, ya no es más que una mancha a lo lejos, delante de una gran aureola dorada entre los colmillos del Pico del Lobo. Me da pena dejar este sitio que se parecía cada vez más a un verdadero hogar. Por el contrario, sé que Alric deseaba que llegase este momento y espero de todo corazón que su pasado jamás lo vuelva a capturar.

—¿Estás preparado para irte y no volver nunca más, Dhurgal?

—Llevo preparado desde hace un siglo, ladrón.

Sonrío en la noche, sintiéndome más fuerte, más lista, más preparada para lo que podría esperarnos a continuación, porque tengo a mi lado a mi propia Triqueta.

Capítulo 47
Marsombrío y mal humor

Recorremos nuestro camino a toda velocidad. Una vez superados los primeros temores, empiezo a disfrutar de esta cabalgada por el interior de la tierra. Me gusta mucho esta sensación de libertad. Nuestras paradas se resumen en dormir, dar de beber y comer a los caballos y a los caballeros, y alimentar el anillo de Alric con [ʁuпɑ]. A pesar de que lo protege del sol, el Dhurgal continúa tapándose con su capa mientras este alcanza su zenit. El calor lo debilita, pero Killian cree que es una cuestión de tiempo antes de que se adapte al cien por cien a su nueva condición. Solo Saren se separa del grupo de vez en cuando para investigar en las ciudades que marcan nuestro trayecto, y se reencuentra con nosotros algunos días más tarde corriendo de noche y cargado de provisiones.

—No me he cruzado con ningún Soldado de Cristal ni con ningún motín, ni tan siquiera con una ola de pánico —nos informa él durante el quinto día—. Si la noticia de la muerte del rey se está esparciendo, no es por este lado del reino. Tampoco hay ninguna pista de los príncipes desde el Pico del Lobo, o a lo mejor el oro de Corndor no haya sido suficiente para tirarles de la lengua.

Desde que inició su misión, solo se ha topado con personas precavidas y que estaban a la defensiva, con personas poco escrupulosas, con una ciudad entera absorbida por concursos de comida nauseabundos, otra dormida en la ociosidad… Parece que sus habitantes viven en una burbuja.

—No sabría decir si se trata de ignorancia o de indiferencia —añade Saren, decepcionado—. Después de todo este tiempo, el rumor debería haber aparecido y haberse esparcido al menos un poco.

—No te preocupes, Delatour. De un día para otro se propagará más rápido que nosotros.

—Conseguiremos más información en la ciudad hacia la que nos dirigimos, está muy abierta en las fronteras y menos aislada —declara el general, motivado—. Conozco a un soplón de allí y puede que la Armada de Helios no esté muy lejos.

Llegamos a la costa y veo el mar por primera vez. Obligo a Killian a que pare al caballo, completamente fascinada por esta maravilla visual. Aïdan no mentía cuando me hablaba de sus innumerables viajes al borde del océano, en los diferentes territorios que les pertenecen a los Ravenwood. No creía que algún día tendría la posibilidad de apropiarme de esos recuerdos y volverlos reales. Como una niña ante una charca de chocolate, exclamo:

—¡Es precioso!

—Bueno, si tú lo dices —responde Killian de mal humor—. Solo es agua.

Nuestra parada sobre la colina nos permite dominar la extensión, de un azul tan límpido como los ojos del teniente, y apreciar su belleza. Tomo una gran bocanada de aire salado y dejo que el rocío del mar me revitalice. Durante un momento, miro fijamente esa línea donde parece que el cielo y el mar son uno solo, después me dejo hipnotizar por los movimientos de las olas que se forman a lo largo y llegan hasta nuestros pies. Algunas rompen contra las rocas. Empiezo a descalzarme con un entusiasmo desbordante.

—¿Qué estás haciendo ahora? —interroga Killian, desconfiado, como si me estuviese culpando de algo.

—¿A ti qué te parece? ¡Quiero ver esto más de cerca!

—¿El qué?

—¡El mar, pedazo de idiota! ¡Me está llamando!

—¿Qué? Vuelve aquí, Rosenwald. ¿No puedes quedarte quieta ni dos minutos? Hazme el favor, siéntate mientras me ocupo de los caballos y ten un poco de cabeza.

—¿Justo me vas a decir eso tú? Pensaba que querías que viviera y que me liberara. Solo voy a tocar el agua, no a bebérmela.

—Ni de broma —se niega él, tenso—. Nos vamos ya.

Lo ignoro, acostumbrada a su mala leche, y me subo los pantalones hasta las rodillas.

—¿Me estás escuchando? —insiste Killian, nervioso—. ¡No estoy de broma!

—Te escucho, Nightbringer. Pero me he tomado la libertad de no obedecerte. Ya te he dicho que está en mi poder.

Llamo a Alric con una voz alegre; hace como que no está escuchando nuestra discusión de matrimonio octogenario, pero no es muy buen actor.

—¿Un Dhurgal sabe nadar?

—¡Saren, dile algo, maldita sea! —critica Killian—. ¡Normalmente siempre tienes algo que decir! ¡Sé útil!

—¿Por qué? Solo quiere meter los pies en el agua, no saltar a las llamas o atracar un banco. No veo dónde está el problema.

—Que no ves dónde… Da igual, dejadlo, soy un ladrón incomprendido.

Se aleja dando grandes pasos y refunfuñando.

—¿Qué le pasa? —se pregunta el general.

—Tiene que ser cosa del aire marino.

Avanzo por un camino rocoso que me permite llegar hasta la orilla, escoltada por Alric y Saren. Mis pies se hunden con delicadeza en la arena templada, espolvoreada por piedras y caracolas traídas por la resaca del mar. Parecen los tesoros de Corndor reducidos a polvo. Corro hasta la franja de espuma, que viene a lamerme los dedos de los pies. Disfruto de las olas que azotan mis piernas sin cansarme.

Saren camina a lo largo y ancho de la playa, como un soldado en un desfile: se toma muy a pecho su papel de guardián. En cuanto a Alric, se sienta y deja que unos puñados de arena corran entre sus dedos, como un reloj de arena que gotea al ritmo del tiempo. El oro del mar se esparce con la corriente. A veces, cierra los ojos, como si tuviese miedo de quemarse la retina. Esta imagen es fabulosa, casi utópica. Sin pensármelo dos veces, dejo de chapotear para sentarme a su lado. Me siento atraída por las emociones del Dhurgal, es superior a mí. No me queda otra opción más que venir a explorarlas y a vendarlas; llegar al lecho de su mente.

—Jamás pensé que lo volvería a ver —admite Alric con la mirada fija en el horizonte—. Me encantaba el mar en mis momentos de humanidad.

—¿Nunca salías de…?

Me trago mi pregunta, porque ya no tengo ganas de pronunciar el nombre de ese infierno. Se ha convertido en un tabú, como si evocarlo pudiese devolver a Alric a ese lugar.

—Jamás. Solo un puñado de Dhurgales inferiores encargados de llevar la comida está autorizado a salir del Valle de Hierro. Los Monteros. Disfrutan de esa potestad sin darse cuenta de la suerte que tienen.

Mi corazón se remueve como una botella arrojada al mar.

—No hablemos más de eso. Sé que el espíritu es el único infierno del que es imposible escapar, pero nuestros corazones están aquí y ahora, con nosotros. No volverán jamás. No daremos ni un paso atrás.

Por encima de nosotros, el viento empuja un montón de nubes en el cielo desprovisto de aves. Cada vez hace más fresco y pienso que mi piel se ha acostumbrado a la ausencia del calor de Hélianthe sin darme cuenta. ¿Cuánto tiempo necesitó Alric para olvidar esta sensación?

Apenas tengo tiempo para secar mi ropa junto al fuego, encendido de forma apresurada, y ya estamos guardando nuestras pertenencias. Distraído, Killian no participa en el levantamiento del campamento y nos espera cerca de su purasangre, al que le acaricia el cuello. Para seguir llevándole la contraria, elijo montar con Saren, pero el ladrón no dice ni una palabra acerca de mi amotinamiento. Galopando, nos alejamos del litoral para llegar a nuestro destino antes de que el sol se esconda. Killian me vigila de cerca.

—No dejes que ese idiota te arruine un día tan bonito —me grita Saren, fustigando a su caballo.

Al final de la tarde, alcanzamos nuestro objetivo y llegamos al lugar señalado por el mapa de Cassandra: Marsombrío.

Rodeada de grandes promontorios rocosos, la península nos acoge con hedor a pescado, ropas de colores y barcos embravecidos en el muelle. Una variedad de telas y banderas viste el cielo. Unas cabañas y casas ligeramente torcidas, construidas sobre pilotes, se amontonan unas encima de otras, conectadas por amplios pontones flotantes que sirven como pasarelas para los peatones.

Dejamos los caballos atrás, avanzamos por el espigón, que está hasta arriba de gente, y nos metemos, no sin dificultad, entre los pescadores, que se encuentran en plena faena con los estibadores cargados con pesadas cajas, y entre los viajeros y los marineros preparados para zarpar de nuevo. Mis ojos recogen hasta la más mínima información con mucho entusiasmo; los navíos almirantes, los nómadas llegados de tierras lejanas, humanos o híbridos. Después de haber pasado tantas semanas en el bosque, en la montaña y en mesetas grises, esta es la segunda ciudad grande en la que aterrizo después de Bellavista, y no tienen nada en común. En esta destaca la magia por la influencia de las fronteras, y me da la impresión de que soy capaz de sentir el poder de todos estos individuos. Tampoco tiene nada que ver con Hélianthe, que es una capital cómoda. Echando la vista atrás, ahora comprendo que no estaba tan abierta al mundo como yo creía, debido al Tratado. En Marsombrío, el tránsito de la magia es constante, no como en Hélianthe, que solo abría sus murallas en ocasiones concretas. La consideraba una capital atractiva donde las diferencias se mezclaban, pero mi mundo era muy limitado. Yo también estaba atrapada en una burbuja.

—Tenemos que deshacernos de los caballos —nos aconseja Saren, mientras cruzamos una gran plataforma flotante para llegar hasta la otra ribera.

—Dáselos a Alric para que los cate —propone Killian, cascarrabias.

Saca su petaca plateada, la sacude sin delicadeza y después la gira hacia el otro lado golpeando el fondo. Para su gran desesperación, solo contiene dos gotas ridículas.

—Vamos a revenderlos —declina el Dhurgal, también incómodo.

Mi mirada va de uno al otro.

—¿Algo os preocupa a vosotros dos?

Saco mi propia botella de mi bolsa con la lengua rasposa, sedienta por toda esta agua que nos rodea.

—Para nada —responde Killian sin mirarme.

—Ya no estoy acostumbrado a tanto movimiento —dice Alric, pinzándose la nariz—. Es un regalo para mí, y sobre todo para los humanos, que los olores del puerto opaquen su propio olor. ¿Y por qué me miran así?

En efecto, me doy cuenta de que los transeúntes, hombres y mujeres, se paran delante del Dhurgal con la misma expresión alelada, puede que hasta envidiosa.

—No pasa desapercibido, Alric.

—¿Por qué? Juro que no estoy utilizando ninguno de mis mecanismos naturales de caza o de seducción.

—Le creo, teniente. El problema es otro. Usted es… ¿cómo decirlo? Visiblemente improbable.

La ceja izquierda de Killian hace un ida y vuelta hacia la raíz de su pelo.

—No entiendo. Hay un montón de criaturas diferentes aquí. No creo que sepan quién soy, nadie pensaría que un Dhurgal diurno pudiese existir.

Doy unos tragos más a mi botella, para ganar un poco de tiempo y pensar en una fórmula mejor. Ahora que lo pienso, me pregunto si el teniente se habrá cruzado con su reflejo recientemente. ¿Será eso posible para un Dhurgal? ¿Se acordará de su apariencia de cuando era humano?

—Lo que Rosenwald está intentando decirte es que eres guapo como un dios. Y, cuando un dios camina entre los humanos, se ve. Solo hay que mirarme —fanfarronea Killian.

Escupo toda el agua que acabo de meterme en la boca. Saren alza sus ojos al cielo y dirige a Alric, que se contenta con un

441

«gracias» poco confiado, hacia la ciudad. Los dos van a buscar a un comprador para nuestros caballos. En cuanto a mí... el ladrón me empuja bruscamente hacia los muelles donde se alinean las tabernas: tenemos que encontrar una habitación para pasar la noche.

Capítulo 48

Maravillas, decadencia y otras indiscreciones

Cuando Saren me pide que lo acompañe a su investigación, aprovecho la oportunidad sin dudarlo. Aceptaría cualquier cosa con tal de salir de esta habitación penosa y maloliente que comparto, muy a mi pesar, con un Killian que está de un humor insoportable. Con una botella de ron en la mano, se ha tirado sobre esta repugnante imitación de una cama (sábanas sucias, almohadas amarillentas y mantas agujereadas) y no se ha dignado ni a levantar la cabeza cuando me he ido. A él no le importan la comodidad ni el buen gusto, pero estamos tocando fondo hasta para sus criterios. Todos los albergues estaban completos y las únicas habitaciones disponibles estaban en el mismo estado que este antro hediondo, que debió ser asaltado por borrachos groseros y guarros.

, El propietario del lugar nos miró mal cuando llegamos: claramente, somos demasiado limpios para este sitio. Debió de pensar que veníamos a inspeccionar el local. Pero algunas monedas fueron el motivo perfecto para que se olvidase de esa primera impresión, sobre todo cuando el ladrón le pidió la botella de ron más cara que tenía. Alric ha debido de volver a la playa para admirar la puesta de sol en solitario. Se aferra a la belleza y nadie de su entorno responde a esa necesidad. Al salir de ese basurero, me prometí a mí misma encontrar algo para enladrillar la habitación así como una tela para cubrir la cama antes de acercar alguna parte de mi cuerpo a ella.

Saren sabe hacia dónde se dirige. Pasamos de pontón en pontón, hasta que paramos delante de un establecimiento con la fachada brillante e irregular, parecida al caparazón de una ostra. Un olor a limón y sal me pica la nariz cuando entramos. Con nuestra llegada, varias miradas desconfiadas y curiosas se dirigen hacia nosotros, y las conversaciones se pausan. Varias personas se van de la taberna con la cabeza gacha o se cierran sus capuchones. Saren responde a mi cara interrogadora dando golpecitos en su coraza. Probablemente, todas estas personas ocultan algo por lo que se las podría culpar y no soportan ver el emblema de los Ravenwood.

—Busca un sitio para sentarnos, Arya. Ahora vuelvo.

Saren se dirige hacia la barra y me deja tiempo para admirar la taberna, bastante menos repugnante que la nuestra. Su refinamiento, casi femenino, me recuerda a la de Amlette. Sus dos pisos se componen de mesas nacaradas y de sillas cuyos respaldos adoptan la forma de largas caracolas estriadas. Hay unas perlas, más o menos grandes, pegadas en las vigas, como si ese fuese su entorno natural, que proyectan pequeñas ondas de luz multicolores en las paredes revestidas, en los espejos en forma de portilla y en el suelo.

Voy al entrepiso y elijo una mesa libre, cerca de la gruesa cuerda que se utiliza como barandilla, desde donde se puede ver toda la sala. Enseguida se me acerca una camarera de pelo turquesa, a juego con sus ojos, y un vestido muy escotado, para tomarme nota. ¡Una Okeana! Le dejo que escoja mi bebida.

Me mira fijamente con sus brillantes iris amarillos y me sonríe, dejando a la vista una hilera de dientes afilados. Cuando empieza a recoger los vasos vacíos y a limpiar mi mesa, me fijo en que su piel brilla aún más que sus largos pendientes dorados. Lo primero que se me viene a la cabeza es un tatuaje, pero son escamas. Cubren una parte de sus brazos, como si fuesen manchas. Tiene la misma particularidad en lo alto de su frente y en sus sienes. Todo en su físico hace referencia a la magia. La sigo con la mirada mientras baja las escaleras con paso fluido, como si la llevase una ola. Su vestido revela una columna vertebral cubierta de caracolas afiladas como púas.

Escrutando más de cerca a la clientela, me doy cuenta de que no es la única que presenta semejantes particularidades. Cuernos, astas, alas, una larga cola que se mueve barriendo el suelo, marcas o símbolos sobre el cuerpo... Me divierto detectando colores de ojos poco comunes, tamaños anormales, características animales, orejas más puntiagudas que la media, cabellos vaporosos. Me fijo en un hombre con el pelo color miel y su hermoso rostro tallado en madera. Su torso no es más que un ensamblaje de corteza, hojas y musgo. Me demoro en una mujer blanca de la cabeza a los pies, acompañada por una criatura parecida a un lobo nocturno. Otra, sentada en la penumbra, tiene el pelo negro y liso que le cae sobre el rostro, múltiples ojos oscuros, la piel grisácea y los dedos tan largos que me recuerdan a las patas de una araña.

Hacía ya mucho tiempo que no veía marcas mágicas tan flagrantes. En Hélianthe, la magia pasa desapercibida, se disuelve entre la normalidad a causa del Tratado. Allí, constituyen la minoría visible. Aquí, la minoría visible son los humanos sin magia, los humanos comunes. Estas criaturas vienen desde más allá de las Siete Fronteras, atravesando el mar, la tierra o el cielo. Ninguna de ellas ha sentido las alteraciones provocadas por las leyes de nuestro difunto rey. Creía conocer la diversidad, pero me equivocaba. ¿Habrán recuperado la totalidad de sus poderes ahora que el Tratado ha dejado de estar vigente?

La camarera anfibia coloca un vaso con caracolas incrustadas delante de mí. Le doy una moneda y lo llena de un líquido ambarino, antes de irse hacia una mesa vecina. Saren todavía no vuelve y no lo veo por ningún sitio. Espero pacientemente, pero termino mojándome los labios con esta bebida ácida en la que resaltan la menta y el azúcar. Cuando poso mi vaso de nuevo, un tintineo agudo me taladra los tímpanos durante algunos segundos, seguido de unos dolores vivos, como si me estuviesen clavando una aguja. Una especie de interferencias me alcanzan, luego unas voces lejanas; me froto las orejas como si ese gesto pudiese hacer que se callasen. Parece como si viniesen de mi cabeza y no del exterior.

Echo un vistazo a mi alrededor para comprobarlo y, efectivamente, nadie se ha dado cuenta de nada. Por el contrario, las voces que percibo no concuerdan con las conversaciones de las mesas vecinas. En este piso solo hay hombres y las voces son mayoritariamente femeninas. Mis ojos vagan de mesa en mesa, en la planta baja, hasta que me detengo en cuatro siluetas inclinadas las unas hacia las otras. Cuanto más me centro en ese grupo, más claras se vuelven las palabras. Lo que escucho son sus voces, a pesar de que están susurrando. Por alguna razón que desconozco, [Eco] se ha puesto en marcha. Mi Palabra ya no tiene nada que ver con ese grito de agonía que expulsé en la cueva de Corndor y, ahora que se ha liberado, estoy emocionada por descubrir esta nueva función que combina a la perfección con mi peor defecto y mi mayor cualidad. Cassandra me dijo que mis Mantras se parecerían a mí, se adecuarían a mi carácter, que se alimentarían de lo que soy, de lo que hago, digo o pienso. [Eco] es cómplice de mi curiosidad, porque no freno mis ganas de espiar esa reunión privada, puede que incluso secreta.

—*Vamos a poder importar astriones y volver a empezar con los transportes aéreos, ya que no seguirá siendo ilegal. Esto lo cambia todo. Esto nos abre horizontes interesantes.*

—*No te alegres de las desgracias de los demás, Ferraille. Por ahora no sabemos nada. Alguien tendrá que restituir el trono y entonces, proclamará el Tratado de nuevo. Fantaseas demasiado si crees que la situación va a durar* —le reprocha una voz de mujer madura, orgullosa.

—*Me extrañaría. No más rey, no más herederos, no más Tratado.*

La voz grave y sensual le pertenece a un hombre, cuya túnica lleva dos rajas a la altura de los omóplatos. Me da la espalda, pero veo cómo se revuelve su cabellera obsidiana con su mano.

—*Pobre familia Ravenwood. Masacrada. A mí me gustaban. Espero que haya supervivientes entre los ciudadanos de Hélianthe. Nadie se* merece que destruyan su ciudad y su vida de esta forma. No le debían nada a nadie.

Esa voz le pertenece a alguien más joven, pero no sabría decir si se trata de una chica o de un chico que todavía no ha madurado.

—No, pero aceptaban el Tratado y lo celebraban a lo grande cada año. Les venía bien mantenernos atados aunque lo hicieran pasar por un pastel de crema relleno de paz e igualdad. En cierto modo, puedo entenderlo —resalta el hombre, molesto.

—Eso es cuestión de diferentes puntos de vista, pero no justifica que se masacre a familias enteras.

—Tú siempre has estado a favor del Tratado, Victoria. Siempre me ha sorprendido por tu parte, conociendo tus poderes y tu historia —responde la voz viril y profunda.

Me enderezo en mi asiento y pongo la oreja. [Ɛco] no ha terminado con ellos. Escucharlos hablar de Hélianthe me corta la respiración. No somos los únicos que estamos al tanto y no sabría decir si eso me tranquiliza o me aterroriza.

—Efectivamente. Las fronteras y el Tratado nos han mantenido protegidos, y lo sabes.

—¿A nosotros? ¿A quiénes, sacerdotisa Victoria?

—¡No me llames así! No voy a volver a tener esta conversación contigo, Thorval. Estoy al tanto de tu punto de vista y tus ideas subversivas. ¡No seré yo quien te dore la píldora!

—Estoy de acuerdo con el gamberro de Lyseron. Mi pueblo siempre ha tenido compromisos con la capital, teníamos un acuerdo comercial ventajoso. Esto no es bueno para los negocios.

—Tú solo piensas en ti mismo y en tus chanchullos, Ferraille —suspira el individuo joven.

—Ya sabía que algo así sucedería. Conozco a mucha gente que fantaseaba con una revuelta desde hacía tiempo. Es posible que hasta estuviesen entre los alborotadores.

—Eso es porque te juntas con la chusma, Thorval. Nosotros estábamos bien —replica Victoria.

—Lo que estaba diciendo es que es el momento de comprar el máximo de grimorios posibles y de esconder vuestros libros para venderlos de *contrabando. Esos imbéciles lo están quemando todo y pronto valdrán su precio en oro.*

—¡Ferraille! ¡Basta!

—¿Qué? ¿Acaso crees que eres una celebridad? ¡Nadie conoce tu maldito nombre! —se burla Thorval.

—Deben tener una buena razón. Es algo simbólico. Un plan de choque para su rebelión. Quemar lo que está escrito y autorizado es una forma de sublevarse —admite al que llaman Lyseron, más sabio.

—Me alegra saber que alguno de nosotros tiene un cerebro funcional —bromea Ferraille.

—Si queréis saber mi opinión, yo creo que es el momento de huir. Esto no huele nada bien. No somos los únicos que estamos al tanto, es por eso que está llegando tanta gente a Marsombrío. Todo el mundo quiere venir a Helios y ver si el rumor es cierto. Podéis pensar que esto es un golpe de suerte para la gente como nosotros, pero no lo es. Los que festejan la muerte de los Ravenwood, los que todavía defienden el Tratado, a pesar de su supresión, y los oportunistas... se están enfrentando los unos contra los otros.

—También están los que creen que son tonterías —añade Lyseron.

—Jamás había visto tantas peleas en tan poco tiempo en Marsombrío. Antes, no era más que una ciudad turística costera, pero ahora... apesta a desenfreno, corrupción y odio —constata Thorval, lúgubremente.

—¿Sabíais que en El Pirata Cojo se niegan a atender a las personas como nosotros? Para tomar represalias, otra taberna ha prohibido el acceso a los humanos comunes y corrientes —se indigna Lyseron, dando un golpecito con el puño sobre la mesa.

Algunos murmullos y un eructo responden a esta pregunta.

—¡La segregación! Lo que nos faltaba... —maldice Ferraille.

—Y no solo aquí. Fui a Molinor hace tres semanas y no reconocí la ciudad. No sé qué ha pasado: me topé con personas al corriente de la situación, pero que les daba completamente igual. Hasta mis conocidos no hacían otra cosa más que hablar de sí mismos, de dinero o de asuntos superficiales —cuenta Victoria, enfadada.

—*Un motín enorme ha derribado la Muralla de Fosteria* —les informa Ferraille, tan impresionada que soy capaz de imaginarme la solidez de esa muralla.

Salgo de su discusión pensando en Saren, que nos ha contado hechos parecidos, y miro a mi alrededor. Todavía no ha vuelto. De repente, está más oscuro, y las centenas de perlas suspendidas en las vigas se iluminan. Los clientes adquieren un aspecto fantasmal debido a su tenue luz, hermosa y pálida. La mujer blanca se ha vuelto invisible.

El grupo se calla, como si todos hubiesen llegado a la misma conclusión. Soy capaz de sentir su conexión, a pesar de que no conozca la vida de estas cuatro personas. Ferraille retoma la palabra:

—*¿Habéis recuperado toda vuestra magia en Helios?*

—*No del todo, pero, al atravesar Valériane, sentí que mi magia se desenfrenaba y que esta especie de cuerda que la sujeta se había aflojado. Necesitará un poco más de tiempo para volver, después de tantos años de Compresión.*

Ya había leído o escuchado este término en algún sitio. La Compresión. Así es como los manifestantes se refieren al Tratado Galicia. Un término peyorativo que combina con la acidez y la fatiga en la voz de Thorval.

—*Me pasó igual que a Orcana. Nadie nos frena en las fronteras, no está la Armada a la vista. Deben haberse desplazado a las cuatro regiones de Helios para detener esta locura* —declara Victoria con gravedad.

—*¿Habíais oído hablar antes de los Soldados de Cristal? Es escalofriante, ¿a que sí?*

La voz de Ferraille es una promesa de muerte y yo me estremezco al mismo tiempo que ella.

—*Nunca, a pesar de que me conozca Hellébore como la palma de mi mano. Hay colonias enteras de ellos, que invaden algunas ciudades. No sé qué es lo que quieren, aunque dudo mucho que sea tomarse un chocolate caliente con nosotros al lado de la chimenea. Ni siquiera se sabe de qué bando están* —gruñe Thorval.

—*Ni siquiera deberían existir los bandos* —se lamenta Victoria.

—¿Qué creéis que pasará a partir de ahora?

La pregunta de Lyseron queda suspendida en el aire y siento que se aleja poco a poco de mí. Me da tiempo a escuchar una última frase con el eco de mi nombre repetido varias veces de fondo:

—Recemos a Helios para que esto no vuelva a suceder.

Ya es de noche cuando volvemos al albergue. Las casas iluminadas se reflejan en el agua y parece que flotan en el aire. La noche apenas comienza, pero no para todo el mundo. Durante nuestro trayecto, nos cruzamos con varios borrachos, grupos ruidosos y mujeres haciendo fila en los muelles, preparadas para su trabajo nocturno. Se levantan las enaguas para dejar a la vista sus medias y su lencería fina. Todos tienen un brillo extraño e inusual en sus ojos.

Tomamos un breve desvío para buscar una tienda todavía abierta donde poder comprar jabón y telas. Saren, en el camino, me cuenta lo que le ha contado su soplón y yo le cuento todo lo que he escuchado gracias a mi Mantra. El general, a pesar de su cara de preocupación, me felicita por mi debut como espía.

Saren me informa de que él no es el primer general que pasa por aquí y me cuenta otra cosa que me parece importante. Nadie consigue comunicarse con el interior de Helios, da igual el medio que se utilice: palomas mensajeras, cartas, espejos Ekô o magia. Las palomas nunca vuelven, la magia choca contra una barrera y los mensajes se queman antes de haber sido enviados o se pierden en la nada.

—Por el momento, y afortunadamente, la gente se mantiene bastante discreta y cautelosa porque están tanteando el terreno; quieren ver lo que ahora es posible para ellos o no. Están recuperando poco a poco su magia gracias a la extracción del Tratado, pero todavía no saben quién es el enemigo y quién se va a apoderar del trono vacante.

—Piensan que los príncipes están muertos.

—Ese es el pensamiento más extendido, sí. Queda por ver si esa es la verdad, una oración furtiva o la esperanza de que sea lo contrario.

—¿Y usted qué piensa?

—No quiero hacerme ilusiones, pero tampoco quiero perder la esperanza. Por otro lado, sé que existe un sentimiento de inseguridad que pesa cada vez más en Helios, y temo que el reino caiga en la anarquía si no hacemos nada.

—Estamos intentando hacer algo, Saren.

—Me siento desocupado de todas formas. Si los príncipes no estuviesen protegidos por encantamientos desde su nacimiento, habría sido más sencillo buscarlos a través de magia y de encontrarlos en un mapa, como a tus Palabras. Pero la magia no es la solución para todo. Ahora mismo, podría ser hasta un problema.

Como diría esa tal Victoria: «Cuestión de puntos de vista».

El ambiente en nuestra pocilga es todavía peor que antes de que nos fuésemos. La taberna, abarrotada de gente, huele a alcohol, sudor, tabaco y comida grasienta. Antes de entrar, Saren esconde el emblema bajo su capa oscura. Nos acoge una música fuerte, mezclada con gritos y risas escandalosas. Una mujer vulgar chilla, sentada sobre un piano en el que toca un tipo gordo, con el culo más ancho que el banco. No faltan las mujeres desvestidas. Caminan alrededor de los clientes que se emborrachan en la barra o compiten en juegos de cartas que, de tanto en tanto, vuelan por los aires al recibir un puñetazo furioso.

—Killian podría haber elegido mejor el sitio —dice Saren.

—Quizá le guste este tipo de lugares.

—Me sorprendería.

Saren me empuja por la espalda para que suba las escaleras con los silbidos de algunos clientes de fondo. Me acompaña hasta mi puerta y me desea buenas noches.

Como un alma en pena, entro en la sórdida habitación, amueblada con dos camas diminutas, dos cómodas desvencijadas, una alfombra polvorienta quemada por algunas partes y un jarrón con flores marchitas aún sumergidas en un agua estancada que apesta. Las paredes están revestidas con un papel bastante cuestionable. Parece como si las hubieran cubierto con vómito. Abro la única ventana que da hacia los muelles para no pintar la pared con un nuevo color por cortesía de la casa, dejando que entre el aire yodado en este albergue insalubre.

Killian está tirado en la cama con el torso desnudo. Casi ha vaciado toda la botella de ron y duerme profundamente. Sus ronquidos son suaves y regulares, suena hasta cuqui. Me deshago de mi ropa, cubro el colchón con la sábana limpia que acabo de comprar y limpio todo lo que está a mi alcance antes de acostarme. Ya le contaré a Killian mis descubrimientos mañana. Apago la vela y me dejo llevar por la oscuridad, a pesar del ruido infernal que llega desde abajo y las idas y venidas ruidosas en el pasillo.

Me despiertan unos golpes repetidos contra la pared. Chirridos. Gemidos. Y, después, la risita burlona de Killian.

—¿No puedes dormir, princesa?

Ha encendido una vela y se ha apoyado contra el cabezal de la cama con los brazos cruzados detrás de su cabeza. Sus pequeñas cicatrices blancas en forma de constelaciones resaltan sobre su torso. Puedo adivinar su sonrisa socarrona, pero decido seguirle el juego:

—¿Cómo voy a poder con todo este alboroto?

—Es una noche revoltosa para algunos afortunados. No podemos esperar otra cosa de un burdel clandestino.

Me entran ganas de hundir la cabeza en la almohada o de pedirle a [Eco] que me vuelva sorda.

—Habría sido mejor dormir en la playa.

—Que sepas que en los bajos fondos siempre es donde más se aprende.

Nuestra puerta tiembla. Alguien acaba de tropezar en ella y la risa de un hombre borracho se combina con las risitas de una

452

mujer, seguidas de desagradables ruidos de succión. Killian se levanta y se dirige hacia la entrada con paso incierto. ¿Va a abrirla de repente y partirle la boca a ese sinvergüenza, estropeando su aventura de una noche? No: simplemente la cierra con llave.

—No vaya a ser que una de esas escorias se equivoque de habitación y decida venir a revolcarse «accidentalmente» con esta hermosa jovencita —dice con picardía—. Es lo que tiene ser una perla en medio de un estercolero.

La grosería de su cumplido me hace sonreír y no dudo a la hora de provocarlo:

—¿Y a ti cómo te va?

—Cuidado con lo que dices, Rosenwald. Eso puede herir mi débil corazoncito de ladrón.

Unos gritos de placer y unos gemidos suenan por encima de nuestras cabezas e impiden que responda. Killian se aleja de mí y vuelve a su cama. Su paso me deja olores embriagadores. Está más alcoholizado de lo que parece y me gustaría entender por qué. Los gritos continúan y temo que el techo sucumba ante semejante bestialidad.

—¿Estás incómoda, princesa? —se burla—. Si es solo por eso, piensa que Delatour y el Dhurgal están en la misma habitación, en camas gemelas.

Efectivamente, ese pensamiento hace que me parta de risa.

—Eres una mojigata. ¿Cómo pasabas el tiempo con tu principito si no era con placeres carnales?

La forma en la que pronuncia esas dos últimas palabras, como si las saborease, me hace creer que no es un novato en la materia.

—No se te escapa una, ¿eh?

—No, ni siquiera en la oscuridad —responde con una voz cálida.

Pinza la mecha de la vela con los dedos para apagarla y la oscuridad se lleva su cinismo. Lo interrogo, prudente:

—¿Estás mejor? Has bebido mucho y no parecías estar muy fresco hoy. O de mal humor.

—Siempre lo estoy. Nadie calienta o ensucia las sábanas conmigo.

—De todas formas, ya están sucias. No cambies de tema.

Lo escucho suspirar.

—Estoy bien. No te preocupes por mí. Mejor cuéntame tu paseíto padre-hija.

No insisto más, ni tampoco retomo su comentario, que me duele un poco. Le hablo de la enriquecedora conversación entre los cuatro desconocidos, que pude escuchar gracias a [Eco]. No hace ningún comentario, excepto que soy una suertuda porque no me descubrieron.

—Yo creo que el tipo de la túnica rajada era un Horner. Son demonios alados famosos por no ser especialmente cariñosos. Si se hubiese dado cuenta de que los estabas espiando…

—Killian, tú vienes de más allá de las fronteras, ¿verdad?

No responde, así que decido tomármelo como un «sí».

—¿Eso quiere decir que tú también estás recuperando poco a poco tus poderes? ¿Cuando viniste a Helios tú… —busco la palabra exacta, pero acabo aceptando la primera que me viene a la mente— padecías el Tratado?

—Es diferente.

—¿De qué manera?

—Es diferente, eso es todo.

Frente a su irritación, cambio de técnica:

—Me encantaría ver las cosas tan bonitas que hay más allá de las Siete Fronteras. Las criaturas que vi hoy, toda esa magia. ¡Es como si lo que leía en mis libros hubiese salido de sus páginas! Es todavía mejor de lo que me imaginaba.

—No hay solo cosas bonitas, ya lo sabes. Las fronteras también existen para salvaguardar las distancias con el lado malo de la magia. De hecho, existen sobre todo para eso. Tan solo tienes que pensar en los Soldados de Cristal y en los Dhurgales. Por el contrario, otras fronteras no son muy diferentes a Helios.

—No me culpes, pero es que en este momento, estando en esta habitación destartalada y repugnante, prefiero pensar en las cosas positivas y en la belleza de este mundo.

Parece que estoy escuchando al Dhurgal.

—Entonces, quizá debería irme a su habitación para hablar.

Me doy cuenta de que me observa. Había olvidado que él puede verme como si estuviésemos a plena luz del día. Killian es capaz de disolverse en la noche y, gracias a eso, conoce cada rincón de este mundo.

—¿Has viajado mucho? ¿De frontera en frontera?

—Es posible.

Es muy poco hablador y se lo hago saber.

—Todavía no has entendido que yo me comunico con el cuerpo y no con las palabras.

—Imbécil.

A pesar de su cuestionable broma, sé que si hubiese querido cortar la conversación, lo habría hecho hace rato, así que sigo adelante:

—¿Puedes contarme qué es lo más bonito que has visto allí?

La cama chirría: el ladrón se endereza y se apoya sobre los codos. Estoy segura de que me va a decir que me duerma y luego me dará la espalda. Pero me sorprende por segunda vez esta noche. Fascinada, lo escucho describirme un puente luminoso cuyo reflejo forma, al atardecer, una luna creciente sobre la superficie de un lago negro. Me habla sobre un bosque que se ondula cuando respira, como si los pulmones del mundo se encontrasen bajo tierra. Con la voz cada vez más relajada, pinta el retrato de una ciudad de diamantes y luz en Ankhar, después una ciudad construida en un árbol gigante. Menciona una ciudad flotante y ambulante, un lugar secreto accesible para los Soñadores, donde es posible cruzar y entrar dentro de los cuadros, y me detalla las ruinas de la Torre de los Milagros, la prisión más antigua y más peligrosa de las estepas de Onagre, donde habitan los detenidos más sádicos. Su voz se apaga, creo que se está quedando dormido.

—¿Killian?

—¿Hmm?

—¿Me llevarás algún día?

No recibiré respuesta alguna, frustrada por no saber cómo pudo haber sido la vida de Killian antes de encontrarse conmigo. Ni cómo será después.

Capítulo 49
Mala reputación

*T*ras una noche breve e incómoda, Killian decide cambiar de albergue, aunque eso signifique tener que desalojar a alguien con un soborno consecuente. El ladrón se durmió tranquilo, pero no ha tenido el mejor despertar: está pálido y anda con pasos inseguros, como si los pontones se tambaleasen bajo sus pies. No deja de arrugar el entrecejo, como si le molestase el sol o estuviese incómodo por una migraña. Conseguimos reservar dos habitaciones gracias a una generosa propina. Justo después, Killian se mete tan rápido en la primera taberna que ve que apenas me da tiempo a leer su nombre: La Sirena Roja. Se dirige hacia la barra y yo voy trotando detrás de él.

—¡Hora de beber, tabernero! Dame el mejor vino que tengas, lo necesito. Y un vaso de leche caliente para la chiquilla.

El encargado lo mira con sospecha, pero las monedas de oro que el ladrón hace sonar contra la barra son razón suficiente para tomar una decisión: no se hace de rogar y va corriendo a buscar una buena botella. La gente de Marsombrío es fácil de comprar, bendito sea el Banco de Corndor.

Mientras esperamos a que nos sirva trato de fundirme con el entorno, agazapada tras la sombra de Killian, pero necesito mejorar urgentemente mis habilidades de camuflaje. Enseguida las miradas se dirigen hacia mí y escucho las risitas indecentes de los asquerosos interesados en la carne fresca que representa mi persona. Paso menos desapercibida que cualquier chica con escamas. Espero que nadie me moleste con Killian por aquí. Bueno, si es que se preocupa por mí. El tal Thorval había dicho: «Jamás había visto tantas peleas en tan poco tiempo en Marsombrío. Antes, no era más que una ciudad turística costera, pero ahora... apesta a desenfreno, corrupción y odio». Quiero creerle, y también quiero creer que los humanos comunes no frecuentan los mismos establecimientos que los fronterizos. Cada vez hay más personas curiosas en el bar, con las miradas vidriosas o lascivas, con la barriga al aire y el aliento apestando a alcohol. Unas mujeres abordan de forma sensual a los clientes, que desaparecen con ellas en el piso de arriba. Algunas se quedan pasmadas cuando ven a Killian, seguramente fantaseando con compartir una cama con este hombre misterioso y limpio, en vez de con un pirata piojoso.

Yo bromeo, mientras sigo a Killian hacia la única mesa libre, situada en el centro de la taberna, cosa que no soluciona mis problemas.

—Tienes admiradoras.

—No me interesan.

—Hay hasta una Pixie.

—Qué coñazo —comenta él con una voz aburrida.

—¿Y aquella con los cuernos?

—Paso.

El ladrón descorcha su botella incluso antes de sentarse. Me abstengo de recordarle que ya ha bebido bastante desde ayer. Nos instalamos. Las camareras recogen los platos sucios que hay en las mesas pegadas a la nuestra, esquivando las manos que se les escapan a los borrachos. Unos hombres conspiran en una esquina, medio escondidos entre enormes barriles. Me fijo en una red de pescar que cuelga del techo y me hace pensar en una telaraña inmensa. Para colmo del mal gusto, las paredes decrépitas están decoradas con miembros de monstruos marinos: cabezas, colas o aletas colgadas como si fuesen trofeos. La estancia apesta a tabaco, a alcohol, a descortesía y a mar. Aunque suene extraño, me seduce la atmósfera de este sitio y hasta me siento apasionada por este ambiente. Me comportaría un poco burlona si no fuese porque Killian no para de beber un vaso tras otro, ignorándome de tal forma que empiezo a dudar de mi propia existencia. Debo entablar conversación hasta que

457

Saren y Alric se unan a nosotros, y el tiempo se me está haciendo largo. Killian está todavía más inabordable que el primer día.

Después de haberme bebido el último trago de leche, me dan ganas de pedirme una cerveza espumosa. Después de todo, puedo mostrarme un poco irresponsable. En el tiempo en el que mi cerebro sopesa los pros y los contras, me doy cuenta de que Killian se contrae cada vez más en su silla con la frente arrugada. Sujeta la jarra con tal fuerza que sus articulaciones se ponen blancas y el recipiente se deforma bajo sus dedos.

—¿Killian? ¿Te encuentras mal?

—Voy a contar hasta tres, vas a bajar la cabeza sin rechistar y…

—¿Qué?

—¡Y sin hacer preguntas! Uno…

Sus ojos se han oscurecido: está en modo alerta y estoy segura de que se está preparando para actuar de forma inconsiderada.

—Dos…

Me hace un gestito con la cabeza.

—¡Tres!

Me pego contra la mesa. Mi mejilla se topa con una sustancia viscosa justo cuando un objeto me roza la cabeza. No me atrevo a levantarme, pero me arriesgo a echar un vistazo furtivo delante de mí. Killian ha desaparecido. Las sillas rozan el suelo, un vaso se cae. Me giro sobre mi taburete con lentitud y prudencia, manteniendo mi espalda curvada y casi me caigo de culo.

Killian está detrás de un joven pirata con la piel morena y las paletas rotas. Está presionando su cuchillo contra la garganta del hombre. Otros lo rodean mientras sacan sus armas, listos para atacar a este imprudente. Las prostitutas se escabullen para huir de la masacre, algunos clientes se marchan y el encargado duda si abandonar el barco, dividido entre el deseo de salvar la vida y el temor de perder su propiedad.

Killian me ordena que no intervenga negando brevemente con la cabeza. ¡Como si fuese a hacerlo! Me deslizo bajo la mesa, gateo hasta los enormes barriles y me acurruco entre ellos. Alguien aplaude. Un hombre pasa a mi lado y me rodea como si formase parte del mobiliario del lugar. Parece que lo fascina el espectáculo.

—Amigos, ¿qué gran pescado habéis enganchado ahora? —declara el recién llegado con un simpático acento con entonaciones pomposas—. ¡Una ballena blanca!

—¿A quién le debo el honor? —escupe Killian desafiándolo mientras sujeta a su presa.

—Yo sé quién eres.

—Bien por ti.

—Eres bastante famoso en nuestra comunidad. Una leyenda, un mito, como la Gran Quimera.

—El caso es que, por definición, los mitos no existen. Y como puedes observar —replica el ladrón—, soy muy real.

—Haces bien en recalcarlo, *Killian Nightbringer*.

—Sir Nightbringer, para ti.

El desconocido se dirige hacia la reunión con grandilocuencia. Los ojos de Killian deambulan por la taberna. Está anticipando. Cualquier rastro de cansancio o de resaca ha desaparecido.

—Observad. Este hombre aquí presente se entretiene saqueando valiosos tesoros —proclama el individuo, elocuente—. Podríamos hasta llegar a considerarlo como uno de los nuestros. Un pirata. Exceptuando que un pirata posee un código de honor. Él no es más que un marginal, un anarquista y un engreído.

—Un autodidacta —rectifica Killian, casi ofendido—. Te aconsejo que termines con tu pomposo monólogo antes de que le saque las vísceras a tu compañerito como si fuese una sardina, después de haberle arrancado cada uno de los dientes que le quedan. ¿Qué quieres de mí?

—Inténtalo y veremos qué pasa.

—Pruébame.

El público se burla y todos blanden sus espadas y otros sables desafilados. La mayoría de ellos llevan fulares atados alrededor del cuello o en la cabeza, a veces sustituidos por tricornios. Sus cinturas están apretadas por cintos anchos o pañuelos de colores llamativos, llevan amplias camisas que caen sobre sus pantalones estilo *sarouel* o sobre sus pantalones cortos, metidos en unas botas altas de cuero.

Mis ojos se quedan rezagados, más tiempo de lo necesario, en el hombre que parece ser su jefe. Su ropa de buena calidad acentúa su bonita morfología: viste un redingote bordado, lleva anillos llamativos en cada uno de sus dedos y unas botas decoradas con hebillas doradas. En su cuello se balancea un nautilo, a modo de colgante en un collar precioso. La caracola nacarada, cubierta de oro, hace que el resto de sus joyas se vean como baratijas. Sus ojos grises no expresan crueldad; más bien, diversión. Tiene la piel bronceada y lleva el pelo, de un castaño decolorado por el sol, recogido en un moño bajo. Su perilla puntiaguda tira a un color rojizo. El conjunto otorga una falsa impresión de amabilidad. Pero, como siempre me decía el maestro Jownah, no se puede juzgar un libro por su portada. Lo que me parece curioso es que cualquiera de los aquí presentes podría abatir a Killian. No obstante, nadie hace amago de disparar.

No veo venir a uno de los filibusteros, que me agarra del brazo y me saca de mi escondite. Me empuja hacia el medio de esta agrupación de piratas, provocando clamores y silbidos irreverentes.

—Seas quien seas, a ti te mataré el último —amenaza Killian con la mirada tormentosa—. Justo después de haber asesinado a toda tu armada de piratas borrachos. Dime tu nombre, me gusta conocer a mis víctimas antes de acabar con ellas.

—¡Capitán Sivane Bellamy, para servirte! —se presenta él, desplegando todo su encanto—. Me sorprende que no me recuerdes, teniendo en cuenta que, en numerosas ocasiones, has robado oro que me pertenecía con tus sucias manos de malandrín. ¿Ávalon? ¿Las joyas de Naja? ¿No te dicen nada?

—Perdón, es que no he actualizado la lista de los cretinos a los que desvalijo. Pero oye, no es tan mala idea. Te incluiré en el futuro.

—¡Eres duro de pelar! Tu reputación no miente.

460

Los piratas se ríen aún más. Trato de ocultar mi agitación para que una Palabra, no importa cuál, venga a ayudarme, pero la bendición no se manifiesta. La cabeza de Sivane se dirige hacia mí. Por su mirada calculadora, tengo la sensación de que solo represento un valor como mercancía para él.

—¿Esta mujer te pertenece? ¿O también la has robado?

—No me pertenece y jamás le pertenecerá a nadie —masculla Killian.

—¿Seguro? Desde el inicio de nuestra conversación, ella está en tu campo de visión y acapara tu atención.

—¿A esto le llamas tener una conversación? Por si te interesa saberlo, la única cosa que va a acaparar mi atención es mi puño en tu cara. Tienes suerte de seguir respirando todavía. Debo de estar de buen humor.

El capitán decide ignorar las provocaciones del ladrón.

—Podríamos llegar a un acuerdo —propone él, dándose golpecitos en la boca con su dedo índice, que enseguida dirige hacia mí—. No tiene que ser demasiado complicado negociar con un ladrón de poca monta como tú.

—Te contradices, *Bellenemy*. Tienes que escoger entre «leyenda» y «ladrón de poca monta». Es antinómico, querido.

—Estás filtrando la información y es de mala educación ignorar una propuesta.

—¿Estoy soñando? ¿O un pirata cabrón está intentando darme lecciones de moral? —contesta Killian, socarrón—. ¡Lo nunca visto!

Sivane, impávido, continúa negociando:

—Olvidaré que tu pandilla y tú os forrasteis a nuestra costa si nos entregas a la chica. Así como el oro, los cristales y los *delik* que llevas contigo. ¿Trato hecho?

¿De qué pandilla habla? Está claro que no de nosotros.

—Te da tiempo a dividir todos los mares y océanos y ahogarte cien veces antes de que eso suceda, *captain*.

—Debes pagar por tu crimen. En eso consiste la Ley del Hallazgo. Uno no se puede apropiar de un tesoro encontrado por otro. ¿Sabes lo que les hacemos a los ladrones como tú?

461

—¿Los contratáis? —sugiere Killian, intrépido—. Es una re-valorización. Trata de pedírmelo educadamente y lo vemos.

—Si Nightbringer no se disculpa, Bellamy no mendiga —se impacienta el pirata.

—¿Qué harías con esta tontita? Esta chica es algo del otro mundo: habla demasiado, os obligará a comer inmundicias dulces y se golpea con todo. Además, se pasa el tiempo dicien-do cosas emotivas y adoptando animales errantes. No os acon-sejo que os la llevéis con vosotros. Solo os darían ganas de... ¡*Tch!* —hace un gesto con la mano como si estuviese rajándose el cuello—. Al menos tenéis cuerdas a mano para hacerlo.

Escondo la cara entre mis manos, consternada. Tengo ganas de acabar con su impertinencia a collejas. Pero capto lo esen-cial. Killian tiene ganas de jugar. Ha dado con un adversario a la altura de su descaro, un desahogo. Hace tiempo que no le da rienda suelta a su frustración. Esta historia va a acabar mal, como todas en las que me ha metido, pero me vence una excita-ción divertida. Me siento intrépida. No tiene nada que ver con **[Valentía]**, es más bien como si me acabase de tomar varios va-sos de alcohol o como si me hubiese metido en la piel del la-drón antes de reintegrar mi propio cuerpo. Además, no dudo cuál va a ser el resultado de este altercado. Es decir, este enemi-go está lejos de igualar al gran Nightbringer.

Después de todo, Killian baja su cuchillo y libera a su pri-sionero. Pero yo no creo ni por un momento en este giro de la situación. Killian Nightbringer no hace las cosas por hacer.

—¿Por fin has entrado en razón? —se alegra Sivane—. ¡Ha-gamos borrón y cuenta nueva y démonos la mano!

—¡Lo siento, grumete! —suelta Killian en dirección a su jo-ven rehén, que pretendía pasar desapercibido entre los demás y pirarse.

Pero el ladrón ha decidido otra cosa para él: lo agarra por la parte de atrás de la camisa, lo levanta y lo manda a volar. El pirata se desliza por todo lo largo de una mesa como si fuese un jabón, lanzando cubiertos y bebidas al suelo, y cae al otro lado como un vulgar saco de patatas. El ruido de su caída es el punto y final de la conversación: los piratas se lanzan al combate con los puños por delante.

Como ya no soy el objetivo principal, aprovecho para ponerme a cubierto. Si las Palabras no se manifiestan por sí mismas o no responden a mi llamada, tendré que pensar en un «plan B» Es decir, escaparme y encontrar refuerzos: Saren y Alric.

La taberna se vuelve un desmadre. Un puño se golpea contra una nariz, escucho el ruido atroz de la fractura. Killian agarra a dos hombres por el cuello y golpea sus cabezas contra la barra con una violencia impactante (dudo mucho que se les reconozca la cara después de eso). Otro se hace puré contra un barril de cerveza, que explota y deja salir ríos de bebida. En medio de toda esta locura, el ladrón intercepta un sable que alguien ha enviado en su dirección y lo reenvía de inmediato hacia su propietario, que termina estampado contra la pared. Rompe las patas de las sillas y golpea con ellas con todas sus fuerzas. Por ahora domina la situación, pero pronto se encontrará desbordado. Va haciendo acrobacias de mesa en mesa, de mesa en silla, donde permanece en equilibrio el tiempo que le lleva saltar cerca de sus adversarios y neutralizarlos antes de que se den cuenta de lo que está pasando. Utiliza las paredes a modo de trampolín y salta con los pies por delante, golpeando el estómago de los piratas que aún no han salido por patas.

Me estremezco cuando algunos se dan por vencidos, como si yo misma estuviese librando esta batalla y beneficiándome a través de Killian de este chute de adrenalina. Al menos hasta que una mesa viene volando hacia mí a través de la sala. Cierro los ojos por reflejo y coloco los brazos delante de mi cara, pero en ese momento me doy cuenta de que este acto es inútil, incluso estúpido, y grito:

—¡[Protego]!

La mesa se pulveriza con un fuerte estruendo gracias a mi escudo invisible. Mi boca expulsa un grito que se vuelve cada vez más agudo, hasta que se torna insoportable. Llega a tal punto que podría provocar la explosión de cualquier tímpano normal, y estoy cerca de comprobar qué se siente. A pesar de que se colocan las manos a los lados de la cabeza, sus rostros dejan ver el dolor y no me sorprendería que les empezasen a sangrar los oídos. Me cubro la boca para acallar este chillido. El silencio trae consigo una voz lejana, como si alguien le murmurase a mi espíritu: «¡Ahora llegamos, Arya!». Reconozco la solemnidad y la dulzura de Alric. [Eco] acaba de alcanzar su objetivo y le cede el testigo a [Protego].

Justo cuando mi protección desaparece, el capitán va tras Killian, aprovechando el momento de confusión. Llega por detrás y le aferra el brazo, que le coloca en su espalda. El ladrón retrocede con la intención de atrapar a su agresor entre la pared y él, después arquea la espalda levantando su mano libre. Adivino que Sivane le está apuntando a la espalda con un arma y lo amenaza con seccionarle la médula espinal.

—¡Ya es momento de acabar con este guateque, compañero! Ahora, cuéntame: ¿quién es esta chica que «canta» como una sirena?

El capitán silba entre sus labios y dos de sus subalternos intentan agarrarme cada uno de un brazo. En esta ocasión les toca aguantar mi resistencia: quiero dar guerra. Golpeo la mandíbula del primero con mi puño y castro con mi pie al segundo. Sin controlar mis gestos, mucho menos torpe y con flexibilidad felina, esquivo con una agilidad, nada habitual en mí, a aquellos que intentan atraparme. Brinco sobre un banco, después a la mesa de al lado y salto por los aires.

Es como si mi cuerpo ya no estuviese sujeto a la gravedad: soy ligera como una pluma y dura como una tabla al mismo tiempo. Me agarro a un candelabro sin preocuparme por la cera que gotea en mis manos, me balanceo de adelante hacia atrás y suelto mi agarre para lanzarme hacia los piratas, que se derrumban como si fuesen bolos. Entonces, aterrizo apoyando una rodilla y una mano en el suelo. Este parece elástico bajo mis pies. Siento los músculos tirantes, me crujen los huesos y mi cuerpo grita desde el interior, poco acostumbrado a estar sometido a una tensión semejante. He sobrepasado unos límites que ni siquiera sabía que tenía.

Killian, un poco derrotado, rápidamente prosigue y aprovecha esta distracción para darle un golpe con la cabeza a Sivane, haciendo que la situación vuelva a ponerse a su favor. Lo sujeta y el capitán pasa volando por encima de su hombro. El ladrón lo inmoviliza en el suelo y le clava un pie en la mejilla.

Avanzo y me agacho hacia Sivane para decirle, al borde de la asfixia:

—La próxima vez serás más respetuoso con las señoritas.

No quería decir eso. De hecho, no quería decir nada de nada, pero tuve que finalizar mi pequeña demostración con alguna ocurrencia. Para ridiculizarlo, para hacerle ver mi supremacía de alguna manera. Mi cereza para coronar el pastel.

—Una lástima por vosotros —dice ahora la voz de Saren—. Los problemas, y cuando digo «problemas» hablo de este ladrón, nunca llegan solos. Aquí llega la caballería.

—Llegáis después de la batalla —balbucea Killian y escucho unas interferencias graciosas en su voz.

Aunque… ¿quizá no sea en mis oídos?

Mis otros dos compañeros acuden en el momento indicado. Justo cuando un halo negro empieza a oscurecer poco a poco mi visión. Un vértigo hace que me tambalee y un brazo fuerte me atrapa. Después de la sensación de estar flotando, siento cómo vuelve de golpe todo el peso de mi cuerpo. Parece que mis músculos se atrofian y mis huesos se oxidan. Mis capacidades físicas extraordinarias se evaporan. Siento agujetas por todo mi cuerpo.

—¿Arya? —se preocupa Killian, que para mí ya no es más que una mancha abstracta.

Unas espirales doradas hipnotizantes empiezan a girar ante mis ojos. Parecen el caparazón de un caracol. Creo que no tardaré mucho en desmayarme. Y eso es exactamente lo que ocurre.

Cuando emerjo de mi breve malestar, me doy cuenta de que mis manos están intentando arrancar el collar del cuello de su propietario. Lo suelto en cuanto soy consciente de mi agresividad y escucho a Alric vociferar:

—¡Desataré el Apocalipsis y todas las plagas del Velo antes de que oses ponerle un solo dedo encima!

Su gran mano aplasta la mandíbula de un pirata al que sujeta en volandas y ha aplastado contra la pared.

—En cuanto a vosotros —añade él, dirigiéndose al resto del grupo—, voy a pensarlo: todavía no sé si os quebraré la columna vertebral o vuestra alma.

El general intenta tranquilizarlo, pero Alric parece estar en segundo plano. Todo este desastre y las heridas abiertas han debido reanimar su sed y despertar al depredador que hay dentro de él. Tengo que hacerlo entrar en razón antes de que los masacre a todos. Porque, si bien Alric no es capaz de hacerlo, el Dhurgal sí.

—¡Alric! ¡No haga esto! Usted no es ningún asesino, ¿me escucha? ¡Suelte a ese hombre!

No reacciona a mi voz y su mano cada vez aprieta más el rostro del pobre pirata. Un poco más y su cráneo reventará entre los dedos del teniente o su cabeza se desprenderá del resto de su cuerpo. No puedo permitir que lo haga. Son una gentuza, pero ninguno se merece eso.

«¡ALRIC! ¡PARA! ¡AHORA!».

Esas tres palabras condensan un furor y una autoridad que no pega nada conmigo. En esta ocasión, ningún sonido ha salido de mi boca. Acabo de formular el mandato a través de mis pensamientos. No obstante, el teniente me hace caso al instante: sus dedos se aflojan. Sus ojos sombríos se dirigen hacia mí, pasando del negro de las profundidades del océano al azul de la superficie. Se declaran culpables.

Me muerdo los labios dándome cuenta de mi error, pero no tengo tiempo para sentirme mal por ello. El superviviente intenta huir, pero Saren se lo impide:

—Nadie sale de aquí.

Entonces, Killian llama mi atención:

—Rosenwald, mira.

Me enseña a Sivane, que sigue a su merced y medio grogui. No es al capitán al que me señala, sino al nautilo, de donde emana una intensa luz roja. Su magia se revela y llega a mí al igual que llegaría el olor del pan recién hecho. Estaba aquí desde el principio. La espiral. Mi Mantra. No necesito más pruebas para relacionarlo con lo que acaba de suceder. Pero ¿cómo hago para recuperarlo? Killian se agacha para sacudir al capitán.

—¡Capitán! ¿De dónde has sacado esto?

No obtiene respuesta. Le da un tortazo una primera vez, luego una segunda. Me acerco a él y rozo el nautilo. Tiene unas inscripciones ilegibles.

—¡Killian, hazlo con menos pasión! Lo vas a matar.

—¡Pues que responda más rápido!

—Déjame intent...

De repente, el collar empieza a hundirse en la carne del pirata, como si se fundiese, y el colgante desaparece bajo su piel. La luz persiste durante unos segundos y después se apaga. Ya no siento la presencia de la Palabra. Presa del pánico, ahora me toca a mí sacudir a Sivane hacia todos lados.

—¡Suelte eso! ¡Haga lo mismo pero al revés! ¡Por favor! ¡Lo necesitamos!

El capitán resurge de su semicoma y se endereza rápidamente. Toma una gran bocanada de aire, como si se hubiese ahogado y volviese a la vida. Nos mira a uno y luego al otro, completamente aturdido.

—Por todos los tritones del mar, ¿qué ha pasado aquí? ¿Quiénes sois vosotros?

—¿Qué dices? ¿Cómo que quiénes somos? —se enfada Killian—. ¿Te estás riendo de nosotros? No le he pegado tan fuerte, ¿no? —me pregunta.

—No es el único —constata Saren—, mirad a los demás.

Todos los piratas presentes miran al vacío. Algunos no saben ni el origen de sus heridas. Me dirijo a Sivane con una lentitud meditada:

—¿Y usted? ¿Usted sabe quién es?

Sus ojos verdes se suavizan. *¿Verdes…?*

—Por supuesto. Capitán Virgo Bellamy. ¡Para servirle!

Capítulo 50
El Narciso

No me esperaba este giro de los acontecimientos y todavía no me lo creo cuando salimos de la taberna donde hemos pasado la noche entretenidos con Sivane... o puede que con Virgo. Recorremos todo lo largo del pontón que nos lleva hacia el barco del capitán, quien, unos metros por delante de nosotros, está teniendo una importante conversación con su cabo Marius. Killian, que compensó al propietario por los daños, camina con cautela, como si temiese que nos fuésemos a caer al agua y un tiburón nos atacase. Una vena gorda le palpita en la frente.

—¡Tiene que haber otra solución! —mantiene él.

—¡No, Killian! —exclamo, al unísono con Saren.

—Os odio a todos tantísimo.

—Killian, sabes que no tenemos otra elección. Tenemos que acompañar a Virgo si queremos tener la oportunidad de atrapar esa Palabra. ¡Ya hemos comprobado el mapa de Cassandra diez veces seguidas! El segundo Mantra que aparece en todo el medio del océano. ¡Seguiremos el plan! A no ser que sepas volar o que conozcas a un domador de Quimeras.

—Además, ya nos hemos comprometido —añade Saren, como si fuese argumento suficiente—. Les prometiste cenizas de Dhurgal como suplemento.

—¡Shh! No digas eso en voz alta o a Alric se le va a cruzar otro cable y nos comerá a la parrilla como si fuésemos unas brochetas.

—Te estoy oyendo, ladrón. Al igual que escuché la transacción. Deberías avergonzarte de ti mismo.

—Siento vergüenza, Dhurgal —se arrepiente Killian, cruzando sus dos dedos índices, gesto que utilizan los niños para indicar que están mintiendo sin incurrir en la ira de una deidad—. Muchísima vergüenza.

Añade un «¡Sucio traidor» dirigido al general.

—Deberías haber revisado el precio del oro, bandido. Podrías haber comprado un barco o incluso una flota entera con todo lo que le has dado como pago inicial.

—*Baknina!*

—¡Explícate! Normalmente eres tú el que siempre está listo para la aventura. Salir a alta mar con piratas tan tacaños como tú es como hacer realidad una de tus fantasías, ¿no?

—No hables de lo que no sabes, Amor. Algún día, quizá descubras las fantasías de Killian Nightbringer, pero hoy no. Y no soy tacaño, soy codicioso —rectifica él, un poco tiquismiquis—. No tiene nada que ver.

—No te olvides de a dónde lleva la codicia.

—Si queréis mi opinión —empieza Alric—, yo…

—¡No, gracias, Dhurgal!

— … pienso que vuestro ladrón le tiene fobia al agua.

Por primera vez, Killian se ve realmente incómodo. Como si Alric acabase de revelar un secreto íntimo y comprometedor. Incluso denigrante.

—Os aviso, no nos vamos a tirar cien años ahí metidos. Si escucho un solo comentario denigrante sobre ese tema, juro que el Valle de Hierro os parecerá un paraíso en comparación con lo que os pasará. Ah, por cierto, por si te interesa saberlo, cabeza de chorlito, ¡las Quimeras no existen desde hace ya mucho tiempo!

Excitada por la idea de conocer por fin su punto débil (del cual me podré aprovechar), estoy a punto de ignorar su amenaza cuando Virgo, con los brazos levantados en forma de «V» por encima de su cabeza, exhibe ante nuestros ojos un portento de ingenio y belleza construido por el hombre. Un suntuoso galeón con amaranto y madera nos espera para levar anclas. Sus grandes velas ondean con la ligera brisa y los mástiles parecen muchos dedos que apuntan al cielo despejado. Hace un tiempo ideal para una excursión por el mar. Entiendo que sostener el timón de un monstruo de tal calibre lo llene de orgullo. Sin duda se trata de su bien más preciado. Un imponente mascarón de proa representa a unas diosas acuáticas que no conozco; parece como si nos siguiesen con la mirada mientras nos dirigimos hacia el puente de mando. Sobre una placa, oxidada por el agua y la sal, se divisa un lema en un idioma que desconozco: *Ira Saphiros Daash'ak Lactares.*

—Os presento al *Narciso*, ¡la joya de mi corazón! —exclama Virgo, acariciando el casco con cariño—. Es majestuoso, ¿a que sí?

—Se parece a ti con tu saco de oro.

—¡Ja! ¡Ja! ¡Ja!

—Eso es una risa falsa, Nightbringer.

—Exacto, Rosenwald. Si pudieses ver mi cara —dice, trazando un círculo invisible delante de su máscara—, sabrías que ni siquiera estoy sonriendo.

—¡Cómo puedes ser tan susceptible! Yo tenía razón, ¿verdad, general? ¡La brisa marina no le hace ningún bien!

—¡No solo es la brisa marina!

Embarcamos. Los tripulantes, colocados en fila, nos acogen levantando sus tricornios o lanzando roncos vítores. Podemos apreciar los daños ocasionados por los golpes del ladrón. Hematomas, dientes de menos e incluso uno o dos brazos en cabestrillo.

—Tenemos suerte de que no se acuerden de quién les ha infligido ese dolor —murmura Saren, inclinándose con respeto hacia cada uno de ellos—, o que intentó comérselos crudos, teniente.

—De ahí a hacer pasar a Killian por el héroe de la historia… Que sepa que no estoy muy orgulloso de esta mentira, general. Las artimañas no forman parte de mi naturaleza.

—Ayudarnos a escapar del Valle de Hierro para acorralar a Arya y obligarla a que lo mate, ¿acaso no es una artimaña?

—Existe una diferencia entre la felonía y la desesperación.

—Si usted lo dice. Pero estoy de acuerdo en un punto: el ladrón es bueno con la palabrería.

Los escucho con un oído, distraída, porque hay un detalle que me sorprende casi tanto como la amnesia que sufren estos marinos: la presencia de mujeres. Pensé que tenían prohibida la entrada a bordo de los navíos, por superstición. En el *Narciso* solo constituyen una minoría, pero parecen al mismo nivel que sus homólogos masculinos. Por ejemplo, la ropa que visten no difiere demasiado de la de los hombres, salvo algunos adornos, como un corsé o las camisas más escotadas. Me encanta esta singularidad. No me vendría mal un poco de sensibilidad femenina, aunque no me queje de viajar con tres miembros del sexo opuesto dispuestos a todo por mantenerme con vida.

Una de ellas destaca en el grupo: es un bellezón alto con rizos castaños, la nariz aguileña y la piel oscura. Lleva un sombrero de ala ancha, una blusa ajustada en la zona de su pecho bien dotado, que deja los hombros al descubierto, y botas hasta los muslos. De la faja roja que rodea su cintura sobresalen un machete y una pistola. Otras dos mujeres la siguen con una pila de ropa en los brazos. La de la derecha, igual de característica y carnosa, tiene la mitad de su rostro quemado. La otra, de una edad similar a la mía y con un físico esbelto, es deslumbrante hasta con su ojo ciego; ella podría formar parte de las chicas de la corte real. Veo un parecido familiar entre ellas.

—Esta es Rousseau, mi esposa y oficial. Calypso, mi hija, y Nausica, mi sobrina —dice el capitán—. Sobra decir que son estas tres las que mandan en este barco. Yo no hago nada más que pretender al título.

Virgo sonríe, pasa su mano por la espalda de su mujer y le deja un beso en la mejilla. Toparme con un pirata como este es lo último que me esperaba: es cariñoso, generoso y está rodeado de su familia. A este mundo le gusta trastornar mis conocimientos adquiridos. Virgo debe leer mi pensamiento en mi cara.

—Lo sé, somos la excepción que confirma la regla. Pero apuesto que te parecemos tan atípicos como tú a nosotros.

Su mirada se posa en Alric.

—Pero cualquier persona a la que le guste el mar, la aventura y que tenga el sentido de compartir es más que bienvenida al *Narciso*. Así que ¡como si estuvieseis en vuestra casa, compañeros! ¡Y que te vaya bien, Marsombrío!

—Ven, mi pequeña anémona —me llama Rousseau, tomándome la mano—. Nuestro barco, nuestras reglas. Está fuera de cuestión que vayáis así vestidos. Ahora sois piratas. ¡Y un pirata debe tener cierto sentido del estilo!

Me inclino hacia el teniente, que está tan poco entusiasmado como yo.

—¿Se puede saber qué pasa con nuestra vestimenta? ¿A qué viene esta manía de siempre cambiarnos de ropa?

El Dhurgal esboza una sonrisa burlona, pero evita compartir su opinión. Eso resulta sencillo cuando eres un inmortal elegante con la estética perfecta.

—¡SOLTAD LAS AMARRAS! ¡IZAMOS LAS VELAS! —exclaman los marineros, y ese grito se repite en eco desde la proa hasta la popa.

Un poco más tarde, ataviada como un miembro de la tripulación, vuelvo a la cubierta superior. Esta ropa es bastante más cómoda que el atuendo ceñido de los Dhurgales. Inclinado sobre la barandilla, Killian vacía el contenido de su estómago en el mar. Dudo entre compadecerme de él o vacilarle. Sobra decir que escojo la segunda opción:

—Y aquí tenemos el punto débil de Killian Nightbringer.

Levanta el dedo para que espere. ¿Se quitará la máscara en caso de fuerza mayor? Durante unos instantes, trata de dominar su respiración, con las manos apoyadas contra los muslos, y después se gira hacia mí por fin. Falsa alarma, la máscara no se ha movido de su sitio.

—No es el único —admite, justo antes de volver a sacar la cabeza por la borda.

—Pues sí que te debes de estar muriendo para que muestres un poco de modestia.

No sin sorprenderme, me fijo en que él también lleva una vestimenta que no le pertenece. Tremenda hazaña por parte de los piratas. Se ha puesto un abrigo largo con varios cuellos y unas botas altas, que le otorgan un nuevo aire a su figura. Unas cadenas y unas hebillas de plata acompañan el conjunto. Esta ropa le sienta como un guante.

Finalmente, se repeina el pelo húmedo por el sudor y se coloca un tricornio. Un tenebroso pirata en todo su esplendor, a pesar de su tez blanca y sus ojos enrojecidos.

—Un cambio de estilo, ¿eh?

—Han abusado de mi debilidad. Como has podido comprobar, estoy muy malito. Poco más y esos idiotas me habrían pintado los ojos con khol para hacer que mi mirada se viese más amenazante. ¡Ver para creer!

—Un hombre sin defensa. Es doloroso de ver.

Chasquea la lengua. Se quita el tricornio con impulsividad para tirarlo al agua y ahora le toca a él mirarme de arriba abajo. El fular que cubre mi cuello, la blusa con mangas abullonadas con aberturas ovaladas, el ancho cinturón enrollado alrededor de mi talle y mis botas rojas.

—Te favorece bastante, *Een Valaan*.

—Te devuelvo el cumplido, ladrón. Si es que es uno.

—Lo es.

Un silencio se instala entre nosotros y mi mirada se pierde en el vasto Mar de las Mil Lágrimas. La tierra firme se aleja. Me siento bien, a pesar de estar asediada por este abismo. Casi tanto como en una biblioteca o en el campo de girasoles de Hélianthe. Casi. El dolor de la separación todavía persiste, pero, al recordar la trágica historia del capitán y por respeto a él, decido guardar el desasosiego en algún sitio de mi alma.

La ondulación monótona del agua me transporta a esa noche que pasamos todos juntos en La Sirena Roja, escuchando al capitán relatar su viaje plagado de emboscadas. Solo dos miembros de su tripulación permanecieron junto a él, los otros se habían ido al barco para que les curasen sus heridas. Su historia, digna de una epopeya, me cautivó. Pero, al contrario de lo que sucedía en las fábulas con las que me deleitaba, la conclusión de esta tragedia no tiene retorno posible.

Capítulo 51

Una historia rocambolesca

—¡**M**aldición, menudo caos! —se extasía Lafitte, la mano derecha del capitán—. ¡No os habéis andado con rodeos!

—Para resumir: si he entendido bien, una pandilla de mercenarios nos ha atacado y vosotros habéis intervenido para ayudarnos —recapitula Virgo, un poco reticente—. El caso es ¿por qué?

—Tú estabas aturdido —explica Killian de nuevo: la mentira es tan plausible y espontánea que parece que la ha estado repitiendo durante horas—. La mayoría de tus hombres estaban borrachos. Fue un ataque desleal, ninguno de nosotros lo apoyamos. Y menos yo.

A trancas y barrancas, yo intento mantener el rostro neutro. Virgo nos evalúa y luego mira a sus compañeros. Deciden creernos tras realizar una votación silenciosa. No me siento demasiado cómoda con esta versión errónea. Cuánto más rápido se lo crean, menos nos estancaremos.

—En ese caso, os agradecemos vuestra ayuda. ¡Un capitán jamás olvida devolver un favor, podéis estar seguros de ello!

—Era lo menos que podíamos hacer —dice Killian con untuosa hipocresía—. Esos cobardes huyeron sin mirar atrás.

Alric se irrita a mi lado. Lo tranquilizo apretándole la mano. Tendremos que darle una nueva ración de sangre, porque la falta lo vuelve más vulnerable y haber visto a tantos hombres heridos ha avivado su sed.

—Qué pena no recordar esa golpiza monumental —se lamenta el tripulante Avery, mientras se hurga los dientes con la punta de su navaja.

—Lo siento —asiente el capitán, frunciendo su pecosa nariz—. Es lo que pasa siempre cuando él aparece. No recordamos nuestros actos ni los de los demás.

—¿Está hablando del capitán Sivane? ¿Su doble maléfico?

Killian me golpea la parte de atrás del cráneo para castigarme por la burrada que acabo de soltar. Virgo se contenta con asentir con la cabeza con brusquedad. Sus ojos sombríos hacen que su rostro se vea inquietante, pero su voz solo deja entrever un abatimiento profundo:

—Es un poco más complicado que eso.

—¿Qué es usted exactamente? —lanza Saren un poco seco—. ¿Está poseído? ¿Sufre idas de olla pasajeras? ¿Padece de doble personalidad?

—No es nada de eso. Sivane es mi hermano gemelo.

—¿Y dónde está ahora? —pregunta el general, tan sospechoso que se muestra arrogante.

No le debe gustar en demasía la compañía de esta «chusma del mar». Killian le envía una mirada inequívoca. Saren debe bajar los humos si queremos mantener la confianza de Virgo. Todo esto para recuperar ese Mantra enigmático que se me escurrió entre los dedos para hundirse en el pecho de este pirata amnésico. Esta noche, por diferentes razones, mis compañeros se muestran temperamentales. Jugar con sus personalidades no va a ser moco de pavo.

Para intentar disminuir la tensión que ha provocado la pregunta de Saren, digo:

—¿Podría contarnos un poco más? No lo hemos entendido del todo, esta historia es un poco...

—¿Inverosímil?

—Rocambolesca.

—Lo entiendo. Visto desde fuera debe de parecer una locura —admite él, manteniendo la mirada de Saren con valentía—. ¡Está bien! Os lo debo. Empecemos por el principio.

Hace una pausa durante el tiempo que le lleva vaciar el contenido de una jarra en una multitud de vasitos del tamaño de un dedal. Creía que los iba a servir en una ronda, pero se los traga uno a uno sin excepción. Acerca el último a sus labios, lo golpea contra la mesa y después se seca la boca con una exclamación de satisfacción.

—¿Qué decir del capitán Sivane Bellamy? A pesar de nuestra semejanza física, no nos parecíamos en lo más mínimo. Él no era cruel, pero sí era rencoroso y pendenciero, como habéis podido comprobar. Su *pasión por el oro superaba con creces a su pasión por la sangre, lo que lo llevaba a estar siempre buscando a alguien más fuerte que él. A menudo desafiaba a los suyos. Bueno, no siempre había sido así. Cuando éramos más jóvenes, soñábamos con recorrer juntos los Siete Mares, teníamos un ideal de piratería. Formar una familia, criarla sobre las olas, encontrar tesoros suficientes para cubrir nuestras necesidades. Soñábamos con cambiar mentalidades anticuadas y bárbaras, con construir nuestras propias leyes, incluso con educarnos. Lo nunca visto, ¿a que sí? Pero Sivane rápidamente dejó de lado nuestros sueños de adolescentes para seguir otros bastante menos utópicos. Y yo lo seguí en sus delirios de grandeza, muy a mi pesar. Más por miedo a perderlo que por convicción. Al final eso fue lo que sucedió de todos modos. El mar me había arrebatado a mi hermano. Él cada vez era más codicioso, egoísta e irascible. Yo permanecí a su lado contra viento y marea, hasta convertirme en su sombra. Tratad de entenderme, no podía dejar que se fuera a la deriva sin hacer nada.*

—¿Por qué habla de él en pasado, capitán? —se sorprende Alric—. Es a él a quien vimos antes, ¿no?

—Es un poco más complejo que eso.

—Intente explicarlo.

—Mi hermano murió hace medio año, más o menos.

—¿Murió?

—Déjalo terminar, Amor.

—Asesinado por un pirata de nombre Kraine. Capitán del Styx, un navío de guerra. Hay gente que lo apoda «el mago». Un nombre demasiado dulce para un carnicero, si me lo permitís. ¿Habéis oído hablar de él?

Sacudo la cabeza y pregunto:

—¿Por qué ese apodo? ¿Utiliza la magia?

—Si consideráis que cambiar el color del agua de turquesa a rojo sangre es un truco de magia, entonces sí. Un pirata temible, ese Kraine. Todavía más cruel de lo que sugiere su reputación. Se le atribuyen diversas masacres.

—¡Cobarde! ¡A la horca con él!

—¡Se merece que lo colguemos de sus atributos! ¡Que lo matemos!

478

Virgo deja que sus compañeros descarguen su ira. Saren se prepara para intervenir, pero Virgo, con el rostro contraído por la cólera, continúa:

—Más allá de las fronteras, convierte a tripulaciones enteras en esclavos. Quema navíos, roba y viola por puro sadismo. *La mayoría de los presos imploran la muerte, la prefieren a permanecer como sus prisioneros, porque es conocido por ser una verdadera máquina de matar y torturar. Iza una bandera de pieles en su mástil y amontona los cráneos de sus víctimas en la proa. Imposible contarlos, son demasiados. ¡Le arrancaría el corazón si tuviese uno!*

Trago saliva con dificultad. Kraine, Lesath, los Soldados de Cristal. El mundo acoge a individuos sin conciencia ni alma, capaces de llevar a cabo actos despreciables. ¿Así que esta es la balanza de la vida? Lo bueno, lo malo, la belleza, la fealdad interior, la bondad, la crueldad. Nada es negro o blanco, sino una mezcla de sangre, lágrimas, sonrisas y fuerza. ¿Qué color es ese?

—¿Por qué Sivane se codeaba con ese bárbaro si conocía su desastrosa reputación? No llegó hasta él por casualidad, imagino. Fue un acto suicida —comenta Killian.

—Por lo mismo de siempre: un tesoro inestimable.

Killian asiente con la cabeza como si lo entendiese, y yo creo que efectivamente puede llegar a entenderlo.

—Kraine también lo codiciaba, así que dejadme deciros que eso volvió loco a mi hermano. No soportaba esa rivalidad. Sin darnos cuenta de que, desde el principio, nosotros los «amables y buenos piratas bien educados» no éramos rivales para él. Mi hermano se creyó capaz de superar a Kraine y llegó el momento de la pelea.

Se levanta, molesto, y hurga entre los escombros del bar, en busca de una botella de alcohol que esté intacta. Lafitte toma el relevo después de quitarse su fular, que arruga entre sus manos. Tiene en la frente una impresionante cicatriz en la que se puede leer «MIRA».

—Fue un verdadero desastre. La mitad de nuestra tripulación fue asesinada y nuestro antiguo barco fue incendiado y derramado de sangre. Los supervivientes pagaron un precio muy alto, como la hija del capitán y la de Sivane. Os ahorraré los detalles sórdidos. Al aferrarse a ese tesoro hasta el último minuto, mi hermano tomó la decisión de morir antes que salvar a los suyos. Toda nuestra vida se convirtió en humo por su culpa.

Avery planta su navaja en la mesa.

—Disculpe mi indiscreción, pero su...

—¿Cicatriz? Un «regalo» de Kraine. Mató a mi hijo ante mis ojos y me dijo... «Mira. Mira bien, voy a tomar la vida de tu carne y de tu sangre». Como si lo necesitase. Virgo no miente cuando lo trata como un sádico.

Las lágrimas hacen que me piquen los ojos. Bajo la cabeza. Una mano aprieta la mía. Un Dhurgal que me reconforta, ¿habéis visto una ironía semejante? Teniendo en cuenta que tan solo mi presencia representa un desafío para él. Como esos piratas, él sufrió miles de tormentos. No sé demasiado acerca del verdadero dolor. El que te hace trizas, el que te cambia, el que te persigue. Sin embargo, me da la sensación de que lo siento y de que fluye a través de mí como un río envenenado.

—A pesar de todo, nunca logré odiarlo —declara Virgo, que vuelve a su sitio con el rostro jaspeado de rojo.

—¿El tesoro valía la pena, al menos?

Killian parece un rebelde al hacer una pregunta tan insensible. A pesar de su pasión por el oro, no creo que llegase a vender a su padre y a su madre para enriquecerse.

—Para Sivane, sí.

—¿De qué tesoro se trataba? —insiste el ladrón, cuya mirada sombría se desplaza hacia mí.

—El Umbría. Una joya o un amuleto, no sé mucho sobre él, solo que viene de Forsythia. Se le atribuyen poderes increíbles, casi divinos. Como el de multiplicar las fortunas hasta el infinito.

—Entiendo.

—Cuentos de fulanas, esa es mi humilde opinión —se burla Avery, desencantado—. Lo único que trajo consigo esa maldita joya fue una matanza. ¡Multiplica las desgracias, en todo caso!

Golpea el suelo con rabia.

—¿Qué pasó después de la muerte de Sivane? —interroga Alric.

—Nosotros, los supervivientes, escogimos a Virgo como nuestro nuevo capitán —responde Lafitte con emoción—. Él jamás nos ha abandonado. *Más bien al contrario. No tendríamos nada sin él: ni barco, ni familia, ni honor. Gracias a él, nos hemos vuelto mejores y hemos realizado una penitencia honorable. Nos ofreció una segunda vida, a pesar de que esté atormentada por nuestros errores y nuestras pérdidas.*

—*Es a partir de ese entonces cuando empezaron a producirse cosas extrañas* —completa el capitán, volviendo a nuestra mesa—. *Todos perdimos la memoria. Al principio, al cabo de unas horas de que todo sucediese, pensamos que sería por culpa del traumatismo relacionado con las brutales pérdidas. Después, una vez terminado el luto, lo achacamos a nuestras sesiones de copas un poco exageradas.*

—*Se desperdiciaron días enteros de nuestra vida* —continúa Avery.

—*Corrían rumores sobre nosotros. Hazañas no demasiado gloriosas llegaron a nuestros oídos y nosotros éramos los autores sin ni siquiera saberlo. Llegué a pensar que otros piratas actuaban bajo nuestro nombre con el objetivo de dañar nuestra imagen. Incluso llamé a los Evanescentes, sin resultado alguno. ¡Hasta llegué a pensar que me estaba volviendo loco!*

—*Cosa que habría sido comprensible* —observa Saren—. *Había perdido a su gemelo, así que estaba en estado de shock.*

—*¡Pero no estaba loco! ¡Ninguno de nosotros lo estaba! Al cabo de unos días, Sivane empezó a manifestarse. A dejarme pistas, mensajes. Sabía que era él, porque me decía cosas que solo nosotros podíamos saber. ¿Sabéis? No creo en los fantasmas, pero empecé a dudar. Hasta que me hizo entender que su alma, su sombra, poco importa cómo lo llamemos, no había desaparecido ese día. Sivane no estaba listo para morir. Él pensaba que una magia anciana y poderosa lo había mantenido en el mundo de los vivos porque todavía no había terminado su tarea. Y se había deslizado en mi cuerpo, convirtiéndome en el ancla de su alma.*

—*Así puede ocupar tu lugar provisionalmente* —concluye Killian que reflexiona a toda velocidad.

—*No sé muy bien qué es lo que desencadena esta inversión, pero no tengo ningún tipo de control cuando me reemplaza. No sé ni lo que quiere de mí.*

—Pero ¿por qué ningún miembro de tu tripulación se acuerda de tu transformación? —cuestiona el ladrón—. ¿Esta metamorfosis no debería afectarte solo a ti?

—Si me permitís, tengo una opinión sobre el asunto —interviene Alric detenidamente—. En caso de que se trate de magia, aunque no se me ocurre de qué otra cosa podría tratarse.

Su mirada se rezaga en mí. Evidentemente, sé que este misterio se basa, en parte, en la Palabra encerrada en el colgante de Sivane. Tenemos que hacer que cuenten lo máximo posible para saber cómo llegó a sus manos y, sobre todo, hacérselo saber sin revelar mi secreto.

—Cuéntanos —lo anima Virgo, un poco sorprendido.

—La tripulación suele ser el reflejo de su capitán, ¿no? Es decir, ellos servían a Sivane antes de servirlo a usted y se comportaban como él.

—Es cierto —admite Lafitte—. Con Sivane éramos un poco más bestias y malvados.

—Éramos unos idiotas de espíritu vulgar —reconoce Avery.

—Es una simple cuestión de mimetismo. Cuando acabaron aceptándolo, se adaptaron a usted, a su carácter, a sus principios. Su mano derecha lo ha dicho hace un momento: usted los cambió, los volvió mejores. Cuando Sivane vuelve a tomar el control, la tripulación vuelve a su estado original: vuelven a ser como eran bajo su mandato. Para coincidir con el espíritu del capitán, para no crear un desajuste con la realidad.

—¡Y aquí tenemos una sabia teoría! —vocea Avery.

—Efectivamente —asiente Virgo, más perspicaz que su mano derecha—. Hasta diría que sabéis de magia.

Entonces, se me escapa un susurro:

—[Gemelli].

—¿Perdón?

Por fin descubro su nombre, como si me lo acabasen de chivar al oído. No obstante, nada sucede, no siento ningún efecto: el Mantra es un caparazón vacío. La Palabra quiere venir hacia mí, pero algo la bloquea. Es tan extraño. Como gritar sin emitir ningún sonido, escribir sin que la tinta fluya de la pluma o leer sin conseguir descifrar los caracteres. Está bloqueada tras un muro invisible, lo que apaga su poder.

—¿Cuánto tiempo hacía que Sivane ocupaba su lugar antes de que llegásemos? —pregunta entonces Killian para desviar la atención de los piratas.

—Mi último recuerdo se remonta a leguas de aquí, en el Archipiélago de Malkior, después de la Frontera de Forsythia. Hacía bastante tiempo que Sivane no tomaba el timón. Los intercambios se habían calmado en el momento en el que abandonamos las fronteras y nos dirigimos a Helios. Hasta habíamos llegado a pensar que por fin habían terminado todas estas historias, pero volvió a adueñarse de mi cuerpo hace algunas semanas.

—El Tratado. ¡Es por el Tratado Galicia!

Todas las miradas se dirigen a mí, atentas.

—Según lo que acaba de decir, una vez que cruzó las fronteras ese maleficio perdió su poder, sin razón. El caso es que no es sin razón. Es porque el Tratado reducía su poder. En Helios, su magia perdía el poder que ejercía sobre usted. Hasta que el Tratado fue dañado y Sivane ha vuelto a la carga.

—Ahora lo entiendo mejor —murmura Virgo, que me dedica una sonrisa agradecida—. Ha sido destruido a manos de esos esbirros del clima frío, ¿no?

Esa apelación me hace poner una mueca.

—¿Se refiere a los Soldados de Cristal?

—Esos mismos. Tuvimos que pirarnos antes de poder desenterrar nuestro botín en Melkior. Esos mierdecillas helados se lo habían llevado todo. ¿Por qué? ¿Sabéis de dónde vienen? Mucha gente sospecha de Hellébore, pero yo no lo creo.

—Por Naessis, esos cerdos se propagan como la peste —resopla Killian sombríamente—. Avanzan demasiado rápido. ¿Qué narices están buscando? Y si... Nos estamos yendo del tema —se corrige a sí mismo, como si él también tuviese un gemelo—. Esa no es nuestra prioridad ahora mismo, más bien debería serlo el Umbría. ¿Qué pasó con él?

—Ni idea: imagino que Kraine se habrá quedado felizmente con él —gruñe Virgo con el espíritu acalorado—. Ahora será todavía más rico, poderoso y tiránico.

—Eso es imposible —interviene Saren—. El capitán Kraine está muerto. Más que muerto.

—¿Y cuándo pretendías decirlo? —se mofa el ladrón.

—¡Pues justo ahora, antes de que me interrumpieses, Nightbringer!

—¿Estás seguro?

La réplica de Saren muere en sus labios. En medio de esta intensa conversación, y tan esencial para mi propia misión, el general permanece apartado.

—Mentiría si dijese que no se trata de una buena noticia, aunque otra persona se haya apoderado de mi venganza —admite el capitán.

—Es mejor así —asegura Alric con dureza—. La venganza no trae nada bueno, ¿lo sabe? Nada más que otra venganza, y otra más. Y siempre esa misma sed de sangre que nunca se sacia.

—Nightbringer —dice Avery entre dientes.

—¿Killian Nightbringer? ¿Como el ladrón? —se adelanta el capitán, mostrándose asombrado y suspicaz al mismo tiempo.

—Ese es mi nombre. Es verdad, no nos hemos presentado como se debe. Tu hermano también me conocía, me siento emocionado.

—Tiene una extraña compañía, general —observa Lafitte, mientras se pone su fular en la cabeza.

Los interrumpo, impaciente:

—Nos estamos dispersando. Retomemos el tema del Umbría, si a usted le parece bien.

—¿Por qué tanto interés? —desconfía Virgo, que empieza a alterarse—. Si lo estáis buscando para haceros con él, que sepáis que vais por mal camino. Seguramente, otro pirata se lo robó a Kraine antes de matarlo. Buena suerte para encontrarlo. Ya me parecía a mí que vuestras intenciones no podían ser nobles.

—Los actos caballerosos suelen ser extraños, patrón —se lamenta Avery, decepcionado.

—Capitán, nos están malinterpretando. Es...

Dudo. ¿Qué contar? ¿Qué esconder? Al ver la reacción de Alric y Saren, me doy cuenta de que han sido capaces de hacer una conexión entre la obsesión de Killian por ese tesoro y el secreto que llevo conmigo.

—Lo tiene tu hermano —suelta Killian, sin darle más vueltas—. Es un colgante. Un pequeño nautilo.

Virgo lleva la mano hacia su cuello, pero solo se encuentra con el vacío. Mirándolo fijamente a los ojos para que no dude de mi sinceridad, preciso:

—Se ha disuelto en su piel antes de que usted volviese.

—¿Qué me estáis contando? Eso es imposible.

—Debió de ser él el que mató a Kraine —deduce Saren.

—Ese colgante es la fuente de poder que le permite convertirse en tu alter ego —resuelve Killian, tranquilo pero firme—. Lo que le permite que su esencia integre tu cuerpo. El caso es que ese poder no está hecho para ti y me da miedo que termine consumiéndote.

—¿Rosenwald?

—¿Hmm?

—¿En qué estabas pensando, Amor?

—En Virgo. Me siento mal por haberle mentido.

—Es necesario. Solo es una mentirijilla a medias. No sabemos qué podrá llegar a hacerle la Palabra con el paso del tiempo, no está preparado para soportar esa magia. Todavía menos si un muerto comparte su cuerpo. Está desafiando el orden natural de las cosas dos veces. No te preocupes, las cenizas de Dhurgal han solucionado el daño moral y haremos que su vida sea más sencilla una vez que le quitemos el Mantra. Si sirve para aliviar tu conciencia, simplemente pon las mentiras en mi espalda; total, un pecado más, un pecado menos…

—Eso no me ayuda, pero gracias de todas formas. ¿Cómo vamos a hacer para recuperar los Mantras?

—Respecto al Umbría, todavía lo estoy pensando. No va a ser un asunto sencillo, pero lo conseguiremos. Y en cuanto al segundo, yo creo que basta con que nos quedemos en este ataúd flotante y esperemos a que venga a ti. Por suerte, el capitán se dirige en buena dirección, la que indica el mapa. Solo espero que tu Palabra no se desplace a la otra punta del continente el tiempo que tardemos en llegar. Yo vigilo el mapa, cuenta conmigo.

—¿Y los Soldados de Cristal? Parecías muy preocupado por su avance. ¿Deberíamos preocuparnos? ¿Sabes lo que buscan?

—Es difícil saber su verdadero propósito hasta que no sepamos de dónde vienen o si alguien los controla. No te comas la cabeza con eso, Amor. Cada cosa a su debido tiempo. No podrán alcanzarnos mientras estemos aquí. Nadie puede hacerlo, con toda esta agua.

—¿Por qué le temes tanto al agua?

Se congela, con una profunda angustia en sus ojos, y después corre hacia la barandilla para regurgitar lo que aún le queda dentro. Un pirata de piel negra, ataviado con un delantal manchado de sangre y otros fluidos, se acerca a él riéndose y le da unas fuertes palmadas en la espalda. Me da miedo que, con tanto golpe, le haga vomitar su estómago y, de paso, el resto de sus órganos.

—¡Toma, muchacho! —exclama él, colocando en sus manos una botella verde rodeada por una cuerda—. ¡Bebe esto! ¡El remedio universal!

—¿Qué es? Por Dios, que no sea algún potaje con líquidos de peces o algas...

—¡Confía en Hézékiah, hijo! ¡Tienes la panacea entre tus manos!

Killian alza los hombros, preparado para todo. Vacía la botella sin pararse a respirar.

—¡Es ron!

—¡Eso es, hijo! ¿Y bien? ¿No te sientes menos molido?

—¿Estáis seguros? ¿Semejante dosis de ron tan temprano por la mañana? ¿Con el estómago vacío? ¿De verdad os parece razonable?

—¡Ah, mi bella dama! Un hombre que bebe ron por la mañana no es un borrachuzo, sino un pirata de verdad. Una verdadera mamá osa, esta jovencita.

—¡A quién se lo vas a decir!

Killian se golpea el pecho y deja salir un gran «¡Ah!». Fresco como una lechuga otra vez. Me guiña el ojo con encanto.

—No te lo había dicho, Rosenwald. ¡Tengo alma de pirata!

—Sí, un pirata que se marea.

Me agarra de la oreja y me dirige hacia las bodegas, después de haberle dado las gracias a Hézékiah, el cocinero del barco.

—¡Vete a descansar! ¡No vuelvas hasta que tengas mejor cara!

Es verdad que hace bastante tiempo que no duermo bien, pero, gracias a las noches en vela que pasé metida en libros de historia o devorando mis novelas, puedo llevar bastante bien la falta de sueño. Sin embargo, termino cediendo, pero no antes de hacerle una pregunta esencial:

—¿Has visto a Alric? ¿Ha podido alimentarse? Volví a fijar [ɮuna] en su anillo antes de irnos, pero con toda esta historia he descuidado ese problema.

—Le vi poco antes de embarcar. Ten piedad y no me preguntes el origen de su comida o me hará falta otra botella entera.

—¿Tú crees que le irá bien? Si el viaje por mar se eterniza...

—¿Es eso lo que te preocupa? ¿Tu pequeño Dhurgal doméstico? ¡Sabe ocuparse de sí mismo, no lo trates como si fueses su madre! ¡Por Lachab, estás a la altura del general!

—¡Para, yo no hago eso!

—¡No te enfades, mamá Rosenwald! Los piratas han embarcado algunos animales a bordo, nos abasteceremos de sangre en las cocinas. Sabes de sobra que puede aguantar varios días sin morir o secarse. ¡Ha sobrevivido sin ti centenares de años! Preocúpate por ti, tu propia supervivencia es la prioridad, ¿vale?

—¿Para qué? ¡Si ya te preocupas tú por mí! ¿Y tú? ¿Qué piensas hacer en toda esta historia?

—Ahogarme en alcohol en vez de en lo que hay debajo de esta cosa.

Capítulo 52
Como pez en el agua

Poco antes del mediodía, salgo feliz por la escotilla, como un animalito que deja su madriguera después de hibernar, con la marca de la hamaca tatuada en los brazos, señal de que he dormido como una reina. El sol me acaricia la piel. Me estiro para desentumecerme los músculos y provoco que mis huesos hagan un bello concierto de crujidos. Dormir encerrada en una bodega mugrienta tampoco es lo más cómodo del mundo. Por no hablar del olor a agua estancada, a alquitrán y a excrementos de rata, del que prescindiría con gusto. Es todavía peor que los albergues insalubres o el bosque inhospitalario con las hojas repletas de insectos que utilizábamos como almohada. A pesar de todo, empiezo a adaptarme a la incomodidad y mi cuerpo ya ha dejado de ponerse exquisito.

Saren me saluda con un barreño y una escoba en la mano, que no tarda en entregarme con una sonrisa de disculpa.

—¿Has dormido bien?

—¿Por qué siento que esto es una emboscada?

—Lo siento, Arya, es una solicitud expresa del ladrón. Dijo textualmente: «Esa enana perezosa no debe quedarse apalancada, así que cada persona que se cruce con ella en este barco que le endose una faena» —repite Saren, imitando la voz grave y parsimoniosa de Killian—. Creo que le ha prometido una moneda de oro al pirata más ingenioso.

—¡Menuda forma más inteligente de malgastar el oro robado! ¿Dónde se esconde ese estafador de pacotilla?

—Con Carie. Necesitaba cobrar altura.

El general señala el cielo con el dedo. El culpable está escalando los obenques a una velocidad vertiginosa. Desde aquí abajo parece una araña sobre sus hilos de seda. Llega hasta la vigía, donde hay un pequeño hombre que sostiene un catalejo. Killian tiene la audacia de saludarme con la mano y lo escucho gritar:

—¡A TRABAJAR! ¡Y QUE RELUZCA!

Enfurecida, maldigo por lo bajini:

—¡Haz que una tormenta lo haga caerse al agua y que un pulpo gigante venga a zampárselo!

—¡NO CONFÍES DEMASIADO EN ELLO, ROSENWALD!

—¿Acaba de leerte los labios desde esa distancia? —se sorprende Saren, tapándose la boca con la mano para evitar que Killian repita semejante proeza.

Comienza para mí un agotador recorrido por los diferentes gremios del *Narciso*. Los piratas se han metido caña para cumplir con la petición de Killian y se lo están pasando de miedo. Empezando por Blaise, el intendente del barco (un marinero con unas graciosas cicatrices verticales en el abdomen) y el que me había arrastrado delante de Sivane en la taberna. Un bonachón a quien cualquier excusa le parece buena para apostar. Me confía la tarea, que es de todo menos creativa, de contar los tesoros adquiridos durante las últimas expediciones y de remunerar de forma justa a cada miembro. Sería el trabajo perfecto para Killian.

Con cada tarea que realizo, voy conociendo a hombres o mujeres esenciales para el buen funcionamiento del navío. Estos personajes excéntricos me divierten y me enriquecen hablándome de sus experiencias. Estoy demasiado solicitada, así que deambulo de un lado a otro sin ser capaz de negarme a prestar mis servicios. Hasta los menos agraciados, como quitar con mis uñas las vísceras de pescados incrustadas en la madera. Me siento bien haciendo cosas y siendo útil, al contrario del efecto que esperaba Killian, quien sigue escondido en su nido.

Voy conociendo a personas divertidas: primero, a los jóvenes empleados de Hézékiah: Ambroise, un chico reservado y tartamudo, y Vianey, conocido como «Muñón» por su mano amputada. Después a Albar, el médico excéntrico, fiel seguidor de los métodos para muscularse; a Jimmy y Gédéon, dos grumetes bravos con más granos en la cara que pelo; y a Odilon, alias «Cacho-de-madera», un carpintero guapo y vigoroso, con una apariencia tan aterradora como tierno de personalidad. Me topo con dos marineros que se pasan el tiempo discutiendo por nimiedades y a quienes me toca arbitrar, para terminar reconciliándose con efusividad justo después.

Todos son ladrones pero buena gente, amantes del mar, trabajadores, bromistas y juguetones. Solo ansían cofres repletos de oro para comprar ron, cantar a voz en grito y festejar para olvidar sus condiciones de vida, a veces complicadas. Muchos de ellos tienen cicatrices que les recuerdan los violentos combates que han vivido, aunque la mayoría de ellas son un recuerdo de Kraine. Me siento en mi salsa, integrada en esta gran familia atípica y provisional como si formase parte de ellos desde hace mucho tiempo.

Paso parte del día comprobando los cargamentos con Sade, una exaventurera terrestre que se enamoró de un apuesto pirata. Continúo con Avilda, un auténtico huracán, es imposible seguirle el ritmo. Estoy aprendiendo el arte de encordar gracias a los buenos consejos de la decana Amédée, inconfundible con su largo cabello plateado. Ella sueña con quedarse para siempre en el *Narciso* y morir en el mar. Reparo el equipo dañado con Scylla, una destacada guerrera con una pierna de palo que no se anda con rodeos. Friego el moho que nace a causa de la humedad, animada por Sidonie, que canta más que habla. Salgo y limpio las bodegas con la ayuda de Lacuna, una mujer algo extraña y maníaca que está convencida de haber sido secuestrada y criada por Okeanos. Incluso pulo y lustro las armas bajo la supervisión de Thalassie, una auténtica mina de oro en lo que a leyendas sobre el fondo marino se refiere. Se me permite utilizar el timón bajo control, me enseñan la jerga pirata (blasfemias incluidas) y paso un rato inolvidable en la cocina con Hézékiah. El cocinero me adopta, más aún cuando le confieso mi pasión por la repostería. En ese momento, me doy cuenta de lo mucho que extraño la masa, así como el olor de la levadura y el azúcar caramelizado. Con entusiasmo, me hace probar una de sus especialidades que «sienta bien al cuerpo y fortalece la mente como una mujer con carácter».

—Es un *rmock*. Normalmente, se come...

Sin pensarlo, me meto la galleta en la boca y se escucha un ruido inquietante. Estoy bastante segura de que me acabo de romper un diente.

— ... en la oscuridad, para no ver los gusanos que pululan por dentro, porque lo conservamos durante mucho tiempo.

Lo escupo.

—*Rmock* quiere decir «pequeña roca» o «rompe dientes» —precisa Vianey.

Se echa a reír con una risa contagiosa que hace vibrar su delgada figura.

Al anochecer me siento mareada, dolorida, con la piel enrojecida por el sol, pero feliz como si acabase de estar en una comida familiar. Por petición de Virgo, parte de la tripulación está organizando un festín en nuestro honor y quiere tirar la casa por la ventana: no tengo ni idea de lo que eso significa para un pirata.

Mis múltiples tareas y distracciones han hecho que casi me olvide de mis habituales compañeros de viaje. Parece que me aclimato demasiado bien a este entorno. Codearme entre caras nuevas es refrescante y pretendo disfrutar de este nuevo ambiente, beneficioso para mi moral. Para proteger mi secreto, mi tribu me encierra en una burbuja similar a la de [Protego], aislándome del mundo exterior y silenciando una parte de mí. No creo que me haga daño salir de ella durante una travesía marítima.

—Has tomado color, *Shara sulna* —no se priva de comentar Killian, que por fin ha bajado a nuestra altura y se lo ve más fresco que esta mañana—. ¿Qué tal el día? Espero que no demasiado duro.

El tono que utiliza me demuestra que no me equivocaba. Quiere que me queje para rendirles homenaje a sus intenciones sádicas.

—Mejor que el tuyo, eso seguro. No debe de ser muy interesante mirar al aire y vomitar el resto del tiempo.

No espero su respuesta: me alejo bajo el pretexto de ayudar a Rousseau a mover unos barriles y juntarlos en una esquina del barco. Hézékiah, Vianey y Ambroise traen cosas para comer y satisfacer la sed colectiva. El vino y el ron pasan de mano en mano, incluso por las mías. Saren intenta confiscar mi vaso, que se llena por «arte de magia» en el momento en el que doy el último trago, pero Blaise amenaza con echarlo si no me deja disfrutar de las festividades. El intendente ha hecho una apuesta sobre el número de copas que soy capaz de beber antes de rodar por el suelo o bailar sin inhibición alguna sobre la cubierta. La verdad es que muy pocas, teniendo en cuenta que mi historia con el alcohol se reduce al que utilizo en mis recetas de pasteles.

Nos llenamos la panza con panceta, bacalao, cecina y caldo de verduras. Pruebo el erizo de mar y felicito al chef por este exótico descubrimiento culinario. El barco resuena con canciones subidas de tono, vítores animados y risas exuberantes, todo al ritmo pegadizo de unos mazos que golpean la piel de un tambor.

A los piratas, incluso más educados que cualquier persona promedio, no les incomoda la poesía. Sobre todo después de unas copas de más. Se emborrachan bastante. Los encuentro entrañables, pero tengo cuidado de no decirlo para no darle a Killian la oportunidad de burlarse de mi corazón, que es lo suficientemente grande como para acoger a forajidos amnésicos, un Dhurgal atormentado, un general honesto pero sobreprotector y un ladrón tan legendario como cínico.

Entonces, me hago una pregunta a mí misma: ¿quién más entrará en mi vida? ¿Quién podría salir o volver? Pero me deshago rápido de esas interrogaciones deprimentes. La atmósfera no se presta a ello. Hasta Killian parece apreciar a estos originales piratas y se muestra más sociable de lo normal. Probablemente el abuso del ron, que se suponía que era para hacer su mareo más soportable, tenga algo que ver con eso. Se ve envuelto en una acalorada conversación con Virgo, siempre tan precioso y melindroso. Comparan sus respectivos tesoros como si de ello dependiera su virilidad.

—¡Ahórrate tus tonterías!

—¡Te lo juro por Naessis! Me maté para robarla.

—¿Me estás vacilando? ¿La estatua de Lladiôn? ¿Que se la revendiste a su propietaria justo después? ¡Por el nombre de un calamar gigante, es diabólico! ¿Cómo pudiste acercarte a ella? ¡Si vive en una fortaleza vigilada por Gárgolas!

—Soy Killian Nightbringer.

—¿Otra vez?

—Soy Killian Nightbringer.

—¡Aaah! Pregunta estúpida —admite Virgo, antes de brindar con el ladrón.

Rousseau acaba de abalanzarse sobre las rodillas de su esposo y lo besa lánguidamente, con los silbidos de los demás piratas de fondo. Su hija, Calypso, parece que duda sobre si probar suerte con Killian. No le quedará más remedio que hacer cola, porque Thétys, situada un poco más lejos, no le quita los ojos de encima mientras habla en voz baja con la adorable Nausica.

—¡Es la única forma de hacer callar a los hombres! —se burla Rousseau, dedicándome un guiño de ojo—. Dicen que las mujeres hablan sin parar, pero no hay nada peor que el ego masculino para demostrar que hablan más que nosotras.

—No es la única forma, querida. ¡Te olvidas de la vez que le cortaste la lengua a ese tipo de Valarras!

—¡Fue un malentendido! ¿Y tú, Arya? ¿A cuál de estos apuestos hombres que te acompañan deberías hacer callar? —me pregunta Rousseau con una sonrisa.

—Déjame adivinar. ¿El alto efebo de tristes ojos azules? —propone Calypso, que espera que le deje vía libre con el enmascarado—. Una verdadera belleza fría, entendería tu elección. Aunque quizá sea un poco viejo.

—«Viejo» es un eufemismo, pero no me arriesgo a hacer semejante comentario.

—Ninguno. Somos todos…

Iba a decir «amigos», pero ¿de verdad es el término adecuado? Los tres son mis guardianes, se deben a mi causa, pero ¿mis sentimientos entran en juego en nuestra relación? No lo creo. Al menos de su parte, porque tanto mi carácter como mi poder me obligan a sentir afecto hacia la gente y a vincularme con ella. Hasta Killian, con quien comparto mi día a día desde hace ya bastante tiempo, no parece que tenga ganas de acercarse más a mí. Nuestra relación ha evolucionado desde que nos conocimos, pero no llego a entender de qué forma me estima. ¡Cómo envidio a estos piratas en su perfecta simbiosis! Realmente necesito encontrar un nuevo hogar para mi corazón.

—¿Bromeas? ¡En todo caso, soy yo quien debería hacer que esta charlatana se callase! —bromea el ladrón—. Me temo que ese truco no funcionará con ella. Aunque… nunca lo he probado.

Lo amenazo, apuntándole con la espina central de un pescado asado que acabo de sacar de su carne.

—¡Atrévete a intentarlo y verás las estrellas!

—Tendrías que ser capaz de atraparme al menos, plancton.

—¡Ten cuidado, ladrón, una mujer enfadada es peor que un mar de fondo! Si hay un tesoro que valoramos más que otros, es el que tenemos entre las piernas, ¿verdad?

—¿Has escuchado eso, Caly? ¡Corazones para conquistar! —se regocija Rousseau, dejando un beso en la cabeza de Virgo—. Quizá encontréis la felicidad en el *Narciso*.

—¡Yo no!

Nuestras cabezas se giran hacia Saren, poco hablador desde que empezó la noche. Avergonzado por su brutal intervención, evita nuestras miradas.

—Quiero decir, que no tengo un corazón para conquistar. Estoy casado desde que tengo veinte años con una mujer maravillosa. En aquella época no era más que un soldadito sin esperanza. Tenemos dos niños preciosos juntos.

La ausencia le rompe la voz. Escucharlo hablar de su vida privada me sorprende tanto como pescar a Killian interceptando las miraditas de Thétys, tan discreta como un faro en medio del mar.

—Tiene razón, general. Es absurdo buscar cuando ya se ha encontrado —se compadece Rousseau con la dulzura de alguien que ha comprendido el dolor de otro.

El general se aleja del grupo. Me pregunto si será capaz de relajarse. En algunas ocasiones, se muestra divertido, mordaz y bromista, pero siempre se mantiene en guardia. Creo que este hombre pondría su vida bajo custodia si pudiese.

En cuanto al pobre Alric, intenta poner buena cara para no traicionar a su naturaleza, pero las mujeres se amontonan a su alrededor, como mejillones en una roca, y no lo dejan tranquilo, acribillándolo a preguntas, algunas bastante íntimas. No obstante, el teniente no se muestra incómodo; parece más en forma, así que deduzco que Killian ha mantenido su promesa. El último banquete al que asistimos todos juntos no se parecía en nada a este. Aquí no existe ninguna clase de refinamiento gélido, ni amenazas disfrazadas de sonrisas o un régimen basado en el terror y la sangre. Sin embargo, parece que Alric espera a que Lesath resurja de algún sitio para infligirle un castigo.

A Killian se lo ve relajado, pero no olvida el motivo de nuestra presencia aquí. Aprovecha su buen rollo con Virgo para atacar el meollo del asunto, sin andarse con rodeos.

—Ninguno de vosotros recuerda qué pasó durante la transformación, en eso estamos de acuerdo. Pero ¿al menos os acordáis de lo que estabais haciendo antes de que eso sucediese?

—De forma vaga. Es todo un desafío tratar de entender qué es lo que hace que Sivane venga. Va a ser un dolor de cabeza para ti, Killian. Nos hemos estado devanando los sesos con este misterio mucho antes que tú.

—Un problema más o un problema menos... La última vez estuvisteis en Melkior, ¿verdad? Y allí os sorprendieron los Soldados de Cristal, ¿no?

—Exacto, pero no entiendo cómo eso podría ayudarte. Yo creo que mi hermano toma el control de forma aleatoria. Siempre ha hecho lo que le ha dado la gana.

—Él no domina la metamorfosis mejor que tú, sino ya se habría quedado con tu sitio de forma definitiva. Hay algo que lo hace venir y que activa el Umbría. Un evento específico, puede que una simple frase. ¿Los Soldados de Cristal estaban haciendo algo o diciendo algo en particular?

Virgo manipula una magnífica brújula, nervioso.

—¿Aparte de saquear nuestro barco y quemar nuestros mapas y registros? No que yo recuerde. Intenté combatir a uno de frente, pero su armadura era impenetrable y su espada temible. Se la habría robado con gusto para mantenernos a salvo durante décadas, pero me asustó demasiado y preferí salvarme el pellejo. No suena muy valiente, ¿verdad?

—Más bien, suena inteligente, si quiere mi opinión —interviene Saren—. A veces, es mejor ser capaz de admitir la derrota y huir que poner en peligro su vida. ¿Y la vez anterior a esa?

Virgo cierra los ojos para centrarse en todos sus recuerdos. Después vuelve en sí, agita su vaso y tira un poco de ron al suelo.

—Las Cataratas de Avallon. Habíamos desembarcado durante unos días para emprender unas excavaciones. Creo que bebí del manantial o llené mi botella de agua. No, esperad. Lavé mis heridas, creo recordar que una serpiente me había mordido. ¿Ves? Ninguna relación.

—¡Tiene que haber una sí o sí! ¿Y la anterior?

—Hacia Thelanos. Nos habíamos chocado con un iceberg y el casco de mi barco estaba dañado.

—¡Continúa, busca más lejos!

—Lo siento, pero me pides demasiado —suspira Virgo—. Volveremos a hablarlo más tarde. No estropeemos la fiesta con preguntas que seguirán sin respuesta. Puedo vivir con ello.

Las líneas en la comisura de su boca se agrietan, semejantes a una pintura que ha estado demasiado tiempo expuesta al sol.

—Vivir no es el problema —murmura Killian con una voz triste.

El escándalo que se monta de repente impide que cualquier tipo de discusión se vea seria, lo cual me conviene. Entiendo qué es lo que lo causó cuando veo que Sade y Odilon se encuentran en medio de un círculo de piratas emocionados. Llevan unos collares hechos con espinas de peces y caracolas, y unas coronas extrañas confeccionadas a partir de coral y algas; una docena de brazos los levantan y los lanzan por los aires con explosiones de felicidad.

—¿Te acuerdas de mi pedida, Virgo? —suspira Rousseau, que observa con cariño a Odilon abrazar a su amada con sus brazos robustos como troncos.

—Como si hubiese sido ayer, mi amor. En aquella época, habíamos bautizado a nuestro barco como la *Gamba de Dos Cabezas*.

—¡Pensaba que mi padre te iba a matar!

—Intentar lo intentó…

—Celebramos nuestro aniversario de bodas de bronce hace un mes —me explica Rousseau, sus ojos brillan de emoción—. Me regaló un Espejo de Jeanne para la ocasión. Un regalo maravillo, al igual que nuestro amor.

—Sí, y tú lo rompiste.

—Una de nuestras discusiones más épicas. ¿Cómo conseguimos reconciliarnos?

—Ni idea. Solo me acuerdo de que enseguida fuimos devorados por la pasión. Omitiré los detalles, hay oídos castos por aquí.

—No pensaba que los piratas fuesen tan románticos —bromea Killian—. Creo que tengo ganas de vomitar de nuevo.

Una sonrisa embobada decora mis labios.

—Me gustan las personas que me sorprenden.

Una luz salvaje se ilumina en los ojos carbón del ladrón. Se levanta de golpe, como si un tábano lo acabase de picar, y se va. Lo ignoro y me sirvo otro vaso, mientras Alric toma asiento en el sitio libre que ha quedado a mi lado.

Me dedica una sonrisa que le permitiría obtener cualquier favor ilícito. Su pelo, que normalmente lleva perfectamente peinado hasta el último rizo, está un poco desarreglado, me pregunto si algunas manos femeninas serán la causa. Sus largas pestañas estrían su mejilla con pequeñas sombras y el cuello acampanado de su camisa de mangas anchas revela el nacimiento de su pecho imberbe.

—¿Te has deshecho de tus pretendientas?

—No las culpo. Los humanos, tanto hombres como mujeres, se dejan llevar por las apariencias —se defiende él, tan apenado como si acabase de morder a alguna—. Algunas personas son más sensibles a este espejismo que otras. Si ellas supiesen...

—Si ellas supiesen, les gustaría todavía más.

—Al menos tú estás como un pez en el agua —comenta, girando alrededor de sus dedos, con uñas pulcras, el pañuelo rojo que acaba de quitarse de la cabeza, de ahí el ligero desorden de su cabello.

En su mano de marfil, la tela parece una herida abierta.

—Me siento increíblemente bien. Un día a bordo y ya me da la impresión de que llevo aquí un año.

—Entiendo lo que quieres decir. Qué bonito me parece el matrimonio. Yo era un hombre de tradiciones —precisa él, en respuesta a mi mueca de sorpresa—. En aquel entonces no tenía elección. Es un valor que se me ha inculcado, pero que jamás pude llevar a cabo.

—Alric, tú eres... ¡No! ¿Los Dhurgales se casan?

—El matrimonio es sagrado, así que lo odian más que nada. Ellos son demasiado... ¿cómo decirlo? Generosos. O libertinos, me parece un término más adecuado. ¿Por qué sonríes?

—Ha dicho «ellos» y no «nosotros».

—Sigo siendo un Dhurgal. No lo olvides nunca, Arya. No puedo cambiar mi especie ni renegar de ella. Incluso si trato de apagar esa parte de mí, jamás me dejará del todo.

—¿Y si, mientras estemos en este barco, pretendemos ser lo que nos gustaría ser?

Capítulo 53
Borrachera

Con el paso de la noche, los piratas se vuelven ruidosos e incontrolables. Yo misma siento la euforia recorrerme todo el cuerpo, desde la punta de los dedos hasta la raíz del pelo. El calor del alcohol y de la noche me envuelven, como si estuviese nadando dentro de una taza de chocolate caliente, y me obligan a deshacerme de algunas prendas de ropa, empezando por el fular, que me pica en el cuello, y que utilizo para secarme la frente. Scylla pasa por delante de mí, se quita su parche y me lo da.

—¡Un regalo! Ahora eres una pirata de verdad.

La fiesta está en pleno apogeo. Gédéon se ocupa de iluminar cada rincón del navío con linternas, que resplandecen como si fuesen pepitas de oro. Con los ojos vendados, Avilda intenta apuntar con unas pequeñas dagas hacia una manzana que está colocada sobre la cabeza de un desafortunado grumete. Powell y Gédéon se pelean por comerse la última brocheta de mar. Sade, alzada sobre los hombros de su futuro marido, intenta tirar a Lacuna, subida a los de Albar. Thalassie le cuenta, a quien le apetezca escuchar (es decir, a nadie), la leyenda del hombre raya y del templo perdido de los hombres pulpo. Jimmy viene a coquetear conmigo mediante balbuceos prácticamente incomprensibles, hasta que se desploma. Ambroise, borracho, alza su delgaducho cuerpo sobre la barandilla y canta con pasión, sin tartamudear lo más mínimo, una canción que pronto los demás acompañan a coro. Yo aplaudo con fervor, sentada sobre un barril que utilizo como instrumento de percusión. Esta noche me siento poderosa, como si reinase en todos los océanos del mundo, y solo pienso en beber, comer y divertirme, dejándome llevar por esta formidable cohesión de grupo. Junto a estos piratas que se codean con la muerte sin parar, pero ahora se sienten más vivos que nunca. Me pongo a canturrear aunque no conozca la letra:

Sí, soy consciente de que tan solo soy un pirata,
Pero mi corazón es del tamaño de una ballena,
También tengo un palo por pata
Y de alcohol mi boca se llena,
Pero no eres consciente de que te hago falta,
Mujer, te lo juro, ¡valgo la pena!

Mi bo-botella de ron,
Ella jamás me ha decepcionado.
Sabe cómo hacer feliz a un hombre simplón
Y jamás me increpa, ¡ni cuando he bebido demasiado!
Y solo por dos duros; una módica adición,
¡Con gusto dejaré que me caliente!

La besé con pasión
Y en mi corazón sentí una revolución,
No es mala, no es borde,
¡Es de bondad pobre!
Le gusta que la vacíe y la toque,
Me deja la cabeza como un alcornoque,
E incluso si me hace tambalear
¡Yo solo la quiero amar!

Mi bo-botella de ron,
Quiero llevarte al altar,
No es amor, pero me acelera el corazón.
¡Tú, yo y un buen manjar!
¡Mi bo-botella de ron!

No puedo dejar de reír, ya hasta me duele la barriga. Mientras el capitán les entrega a los tortolitos un escudo polvoriento con esmeraldas como regalo de compromiso y Odilon empieza un emotivo discurso para su amada, busco a Killian con los ojos. O, mejor dicho, con un ojo, ya que un trozo de tela me impide que vea con el izquierdo. Me gustaría que viniese a brindar con nosotros en honor a los futuros casados. Sé que le dan igual este tipo de tradiciones, pero me obstino en las ganas de encontrarlo. Empiezo a tener cada vez la visión más borrosa, pero abandono mi barril para explorar el navío. El mar, que yo pensaba que estaba tranquilo, parece agitado por una tormenta. Mis piernas son caramelo blando y mis mejillas están tan calientes como si estuviese al lado de un horno.

Saren me intercepta en la entrada de las bodegas. No olvidemos que es padre y anticipa las tonterías. Me mira de arriba abajo, inflexible, y nacen en mí unas ganas furiosas de hacerle cosquillas para que se le tranquilice la cara, demasiado seria para mi gusto.

—¿A dónde vas en ese estado?

—Busco a Nightbringer. ¡Que venga a celebrar a los enamorados! Deberías unirte a nosotros. ¿Sabes dónde se esconde ese ladronzuelo imbécil?

Lo tuteo groseramente, pero no hago nada por corregirme.

—No, pero tú no caminas recto, te vas a caer o a tirarte por la borda.

—¡Sé andar, papá! Digo… Saren. ¡Mira, un pie y después el otro!

Hago como si avanzase sobre un hilo invisible en una demostración deplorable. Al cabo de dos pasos, la lamentable funámbula que soy pierde el equilibrio y él me sujeta por el codo.

—Dame eso, Arya.

—¿El qué?

Me quita de las manos una botella de ron en cuyo interior yace una serpiente descolorida enrollada sobre sí misma. Me pregunto si será la misma serpiente que osó morder a Virgo. La posa a sus pies y yo la descorcho con la mirada, haciendo una mueca frustrada.

—No deberías ponerte en estado de vulnerabilidad ante estos piratas, podrían aprovecharse de la situación, hacerte preguntas indiscretas. ¿Y si vuelve Sivane? ¿O si nos han mentido? Sobre toda esta historia del gemelo y el collar. Todo es un poco descabellado.

No me tomo demasiado bien lo que dice, me da la sensación de que está poniendo en duda mi honestidad.

—¿Es algo típico de los hombres eso de no confiar en nadie? Yo creo a Virgo y a todos los demás. ¡Voy a ayudarles! ¡Son como mi familia! Aunque en la casa de los Rosenwald no se dicen palabrotas.

Conseguir expresarme me supone un esfuerzo considerable. Mi lengua dobla su tamaño, como si fuese una babosa gorda que se seca por la falta de saliva. Pero, aun así, intento convencerlo. No quiero vejarlo ni arrepentirme de mis palabras cuando esté sobria, cuando solo me quede la vergüenza.

—Por supuesto que los vas a ayudar. Ayudarías hasta a tu propio enemigo. ¿No deberías preocuparte por tu misión y tus Palabras?

—¡No te preocupes, mi bravo general! ¡Dominaremos la situación como si fuésemos los jefes y además el mapa guiará nuestro camino! No nos olvidaremos del objetivo. Prometido, jurado, escupido.

Trato de escupir en mi mano para sellar este pacto, pero no lo consigo. No sé escupir.

—Y no deberías dejar que Killian te dominase —espeta Saren con evidente resentimiento—. Eres dueña de tu destino, pero él te ha convertido en su perro dócil y bien adiestrado.

—General, sé que *Killkill* no te gusta demasiado, pero…

Agito mi dedo delante de su nariz como un péndulo.

—No es una cuestión de gustar o no gustar —me contradice, pero su tono sugiere aversión.

—Tienes que conocerlo mejor, no es tan…

—¿Es tu caso, Arya? Sé sincera, ¿lo conoces de verdad? ¿A fondo? ¿Qué sabemos de él aparte de su pasión por robar? No haría todo esto sin un motivo válido: esta misión le debe otorgar algo a la altura de su implicación. ¿Cómo te encontró?

—Cassandra.

—¿Cassandra?

Mis mejillas se enrojecen todavía más. Daría lo que fuera para que dejase de acribillarme a preguntas. Saren se acerca a mí y aprisiona mis muñecas con sus manos, con dulzura y firmeza. Este contacto enfría mi borrachera, siendo más útil que sumergirme en el mar helado. Sacudo la cabeza para poner en orden las ideas y me da la desagradable sensación de que un iceberg reemplaza a mi cerebro.

—Me preocupo por ti, Arya —confiesa—. Como podría preocuparme por mi propia hija.

Me muerdo el labio pensando en los retratos de su reloj. No está tratando de asaltarme, solo se siente mal. Está transfiriendo su paternidad en mí. ¿Debería tranquilizarlo? ¿Abrazarlo? El caso es que yo no estoy en plenas facultades. No consigo mostrar compasión, ya que Killian es mi única obsesión ahora mismo.

—Me conmueve su consideración, general, pero Killian también se preocupa por mí. Le confiaría mi vida aunque poseyese todos los defectos que existen en la Tierra. De hecho, eso es lo que ya hago. Se lanzaría a las llamas para salvarme sin pensarlo un solo instante y, a pesar de vuestras pequeñas fricciones, él haría lo mismo por usted.

Hasta yo misma me sorprendo de la repentina lucidez de mis comentarios, a pesar de que mi voz vacila un poco.

—No necesito que nadie me salve, Arya. Soy muy capaz de salvarme a mí mismo. Solo quiero…

—Tengo una confianza ciega en ese ladrón chiflado. Y me reservo el derecho exclusivo de hablar mal de él.

Decido ponerle fin a esta conversación, que no me molestaría tanto en otro lugar y en otras circunstancias. Pero Saren me sigue sujetando de las muñecas. Sus manos largas y secas me recuerdan a las de mi padre después de un día encerrado en su taller de carpintería, cosa que acentúa mi problema. Sus ojos avellana me miran fijamente, como si intentase transmitirme algo que su boca quiere callar. En su frente se forman unos pliegues ansiosos. Está triste, pero yo no estoy preparada para escuchar lo que tiene que decir. Si habla de su familia o si me entero de que él también la ha perdido, no podré soportarlo y me hundiré. No quiero pensar en ello, no ahora. No quiero que estropee esta fiesta tan perfecta, que me da la sensación de estar rodeada de los míos. Que no haga que se me pase la borrachera, que no me traiga de vuelta a la realidad. No quiero escuchar su pena, porque eso reavivaría la mía. Que me deje vivir la borrachera del momento.

Saren me suelta en cuanto se da cuenta de que todavía me está sujetando, pero adivino que aún no ha terminado conmigo. Por una vez, quiere tener la última palabra, lo necesita. Sin embargo, me niego a permitir que nadie me moldee a su manera esta noche o que perturbe mi alegría. No, no quiero hablar más.

Con este simple pensamiento, activo [Ɛꞔo] sin querer. Una cruz luminosa con los contornos borrosos surge de mis labios, como si vomitase vapor con color, y se pega en los de Saren. Su boca se cierra. Veo que intenta hablar por los movimientos de su garganta, pero mi Mantra se lo impide. Dejo escapar un gritito. El uso que le acabo de dar a esta Palabra contra uno de mis compañeros me sienta como una patada en el estómago.

—¡Lo siento, Saren! ¡No lo he hecho adrede!

Me voy, tan rápido como mis piernas y mi centro de gravedad me lo permiten, y me alejo de su rostro marcado no por la cólera, sino por la decepción. Con alivio, escucho que grita mi nombre unos segundos después, prueba de que la Palabra duró poco tiempo, pero aún así no me doy la vuelta. Sé que no me odiará por esto, así que no tengo por qué martirizarme. Ya me disculparé mañana. Hasta lo dejaré lapidarme a golpe de sermones. En su lugar, decido utilizar otro Mantra, que me ayudará a encontrar al ladrón. Conozco el procedimiento a seguir como si alguien lo hubiese escrito en mis genes. Soplo en el hueco de mi mano la Palabra [ʟuna]. Una luciérnaga nace en mi palma, cálida y palpitante como el corazón de un pequeño roedor. Incluso me encuentro manejándola con soltura, como si fuese un acto natural.

—Ayúdame a buscar a Nightbringer.

Capítulo 54
Las cosas malas

La luciérnaga se eleva a la altura de mi cara, gira alrededor de mí como un insecto en pleno cortejo y se dirige todo recto dejando una estela de luz dorada a su paso. No me importa que alguien me atrape en el acto y descubra mi magia. La sigo: me lleva de vuelta a la cubierta superior, zigzagueando. Sin detenerme, me encuentro con Alric, que está tratando con Calypso, quien ha puesto su mirada en el Dhurgal desde que Killian está desaparecido. Debería ayudarlo a escapar de sus garra hambrientas, pero finalmente considero que puede defenderse él solito.

La luz cada vez se vuelve más intensa. Esquivo a Jimmy, que sigue desplomado en el suelo, murmurando en su sueño de borracho, y después entro en la parte del barco reservada al capitán y sus oficiales. La luciérnaga parpadea para indicar que ha completado su tarea; luego se sumerge dentro de mi palma, revelando el árbol azulado que forman mis venas antes de desaparecer. Voy abriendo camarote por camarote, pero todos están vacíos. Probablemente sobreestimo el control que tengo sobre mis Palabras, sobre todo cuando las uso bajo la influencia del ron. La última puerta está entreabierta. Mi oído, todavía agudizado por los restos de [Eco], capta unos ruidos sordos, como objetos que caen sobre una alfombra.

Me deslizo con facilidad por la rendija de la puerta. La habitación es más grande y más lujosa que las demás, con paredes sobrecargadas de cuadros, máscaras tribales y una colección de mariposas multicolores colocadas tras unos vidrios. Es el reino de Virgo. Paso por delante del tocador de su mujer, sobre el que reposa un gran espejo de mano, medio recubierto por una estola. Unas cortinas oscuras, suspendidas del techo gracias a unos ganchos, ocultan la parte privada del camarote. Las aparto y me encuentro frente a un gran biombo de papel, roto por algunos sitios, que está decorado por flores blancas con pistilos amarillos. Detrás de él, hay unas sombras que se mueven. La atmósfera me envuelve en su humedad: una mezcla de sudor, madera y un sutil olor masculino. Hay incienso ardiendo en algún sitio, que desprende un olor dulce, y las columnas de humo hacen que me piquen los ojos. Me arriesgo a mirar a través de uno de los agujeros del biombo, sabiendo que me arrepentiré en un segundo.

Reconozco a Thétys, sentada como si fuese un trofeo, con la cabeza echada hacia atrás. El éxtasis hace que mantenga los ojos cerrados mientras se muerde los labios húmedos a modo de consentimiento silencioso. Se ofrece a su amante, a merced de su pasión. Puedo escuchar su respiración entrecortada. Su falda levantada deja a la vista una correa de cuero que rodea uno de sus firmes muslos y cuya vaina contiene una daga. Sus piernas, enrolladas alrededor de las caderas del hombre, se contraen bajo el efecto de una tensión extrema. No veo el rostro de él, ya que lo tiene enterrado en su cuello. Su camisa cae sobre su estrecha pelvis. La luz tenue resalta los músculos de su espalda en forma de «V» sus omóplatos y el arco de sus ingles. Su piel morena parece hasta comestible. Me viene un pensamiento absurdo: debe saber dulce. Unos pequeños gemidos atraviesan los labios carnosos de Thétys. Las puntas de su pelo rozan la superficie del escritorio.

La mano izquierda del hombre empieza a ascender sobre su pierna lisa surcada por cicatrices blancas, mientras que con la derecha empuña la abundante cabellera de Thétys. Tira de ella hacia atrás, obligándola a arquearse. No parece que le moleste lo más mínimo, más bien al contrario: aviva su ardor. El hombre retira la daga de su funda y la lanza para estrellarla contra la pared, sin ni siquiera mirar lo que hace, antes de continuar con su progresión, hasta que su mano desaparece bajo el vestido.

Thétys pasea su mano por el trasero de su amante y saca un pequeño cuchillo que acompañará al suyo a unos centímetros de distancia. En el momento en el que se hunde en la pared hasta la empuñadura, sus gemidos aumentan de intensidad.

Al ver el rostro tenso y rojo de la pirata, podría llegar a preguntarme si siente placer o dolor. Tal vez sea lo mismo, después de todo. Con excitación desenfrenada, la mujer desata el corsé que aprisiona sus opulentos senos y su blusa se desliza por su hombro. El cuerpo de Thétys tiene un montón de curvas y el hombre parece satisfecho con él. La joven hunde los dedos en la carne dorada de su acompañante, clavándole las uñas hasta hacerlo sangrar. Después, sube sus manos hacia su pelo negro y se pierden en él. Sus uñas rasgan el cráneo de su compañero.

Ella se deja hundir entre sus duros brazos, tan fuerte que me pregunto cómo consigue equilibrar su fuerza para tratarla con suavidad. El apetito carnal no se puede medir, pero puedo oler el deseo de Thétys como un perfume embriagador. Se raciona como una mujer sedienta perdida en un desierto.

Mientras contemplo esta escena de placer, hipnotizada como una cobra al son de una flauta, empiezo a sentir algo extraño en la boca de mi estómago. Parece como si las mariposas secas de Virgo hubiesen vuelto a la vida y ahora revoloteasen dentro de mi estómago; sus alas me hacen cosquillas en las paredes. Mi pulso se acelera, mi sangre ruge por mis venas, mis sentidos están eufóricos y un intenso escalofrío recorre todo mi cuerpo, como si acabara de sumergirme desnuda en un lago helado, cuando la verdad es que me estoy muriendo de calor. Siento indirectamente las caricias de los amantes.

Me gustaría irme antes de que su actividad carnal sobrepase los preliminares y me encontrase sorprendida por su pasión febril. Mis piernas se niegan a moverse, aserradas por los estímulos que no me pertenecen. Hasta mis ojos se empeñan en no apartarse de esos cuerpos entrelazados. Voy a acabar por derretirme. Arrastrarme hasta la proa y tirarme de cabeza al mar me parece una gran idea. Sería lo mejor de toda la velada, la verdad.

De repente, el hombre gira la cabeza y reconozco su perfil. ¡Mierda! Sabía desde el principio quién rondaba el cuerpo de Thétys, solo que lo veía como a través de una neblina. Sus ojos, como dos eclipses totales, se fijan en los míos, ni escandalizados ni sorprendidos. Para ser honesta, no soy capaz de leer nada en ellos. O, al menos, no soy capaz de interpretarlos. Entonces, los de Thétys también se giran hacia mí, acusadores y llenos de una frustración que no comprendo. Sintiéndome atrapada como un niño con la mano metida en el bote de caramelos antes de la cena, decido mantener la cabeza alta para no perder la poca dignidad que me queda. Además, no soy ninguna niña. Trago saliva y me aclaro la garganta. Estoy decidida a hablar primero, como una adulta responsable de sus actos, pero me abstengo en el último momento por miedo a decir las peores tonterías posibles, que no me ayudarán en este caso. Killian es el que se encarga de romper el hielo.

—Perdón, Amor —jadea él con una voz suave y profunda.

Pienso en lo mucho que me gustaría descubrir las líneas de su mandíbula que esconde bajo esa máscara, justo antes de abofetear a mi cerebro de forma imaginaria por esta reflexión fuera de lugar.

—¿Por qué?

Thétys deja salir un pequeño «¡Hum!» indignado. Killian suelta una risa un poco ronca, después se aleja de la pirata y se acerca a mí, rodeando el biombo, con la camisa abierta. Me da la mano y me saca del camarote de Virgo sin más consideración por la joven, cosa que me deja indiferente.

Rápidamente, Killian me aleja de la fiesta. Me dejo llevar, todavía un poco aturdida. La única explicación que encuentro es que acabo de soñar despierta. Mi mente tuvo que abandonar mi cuerpo para vivir este desconcertante momento. A menos que mi cuerpo se haya ido de paseo sin mi mente.

Killian me observa con los brazos cruzados sobre su camisa entreabierta y el pelo despeinado. Siento la necesidad de peinárselo. Me espera un castigo digno de su nombre. Espiarlo en un acto tan íntimo e interrumpirlo, privándolo de una noche tórrida, merece un castigo. Pero decida lo que decida, no le pienso contar el inexplicable y perturbador fenómeno que sucedió mientras los observaba. Si pudiese encerrar este incidente en el fondo de un cajón y tirar la llave, lo haría.

No me deja de mirar. ¿Debería disculparme de rodillas? ¿Fingir inocencia? ¿Probar con el humor? Una cosa me queda clara, Killian sí sabe cómo pasar el rato, a diferencia de Saren.

—¿Te he sorprendido lo suficiente, Rosenwald?

La alusión a nuestro ridículo intercambio de hace un momento me desconcentra. Como no respondo, continúa:

—¿Estás borracha?

—¡No! Todavía un poquito. No sé.

—Eres la mismísima definición de «indecisión» —se burla de forma seca.

Me odia. Mi mirada se posa en el escote de su camisa.

—Deberías volver a vestirte.

—¿Te molesta? Pensé que querías ver qué se esconde detrás de mi uniforme.

—Detrás de tu máscara, que no es lo mismo. Ya te he visto…

Me arrepiento rápidamente de mis palabras.

—Es verdad. En el río. Es una antigua costumbre tuya esa de espiar. De hecho…

Su mano se acerca a mi cara y retrocedo por reflejo. No quiero que me toque. No me importa de qué forma. Sacude la cabeza, exasperado. Entiendo que quería quitarme el parche, cosa que hace antes de meterlo en uno de sus bolsillos. Podría habérmelo quitado antes.

—Ya veo que te impregnas bien de la cultura pirata.

Con una sonrisa tensa, que se debe parecer más a una mueca, respondo:

—No tan profundamente como tú.

—*Touché*. Sé cómo darlo todo de mí.

—Ya lo he visto. ¡Digo, casi nada! ¡Solo un minuto como mucho! Si eso te preocupa…

—No, no me preocupa. Dicho esto, ¡no está bien espiar a los mayores! ¿Tanto me echabas de menos, chiquilla?

Ese apodo me enfada todavía más que de costumbre.

—¡Deja de tratarme como una niña de una vez! Solo te buscaba para que vinieses a felicitar a Odilon y a Sade. Era imposible que supiese que te iba a encontrar dándote el lote con Thétys y menos aún que ella te gustaba.

—Sin más —dice con un increíble desdén—. Así paso el tiempo y me olvido de mi mareo. Le debo al menos eso. ¿Celosa?

—Ya te gustaría.

—Basta. ¡Puedo verlo en tus ojos, deberías volver a ponerte ese maldito parche!

Por una cuestión de principios, dejo que se burle de mí. Con una voz melosa, continúa:

—Me debes una noche para compensarlo, *Een Valaan*.

—¿Perdón?

—Me has fastidiado esta.

—Thétys estaría encantada de seguir donde os habéis quedado.

—Lo sé.

—Killian Nightbringer siempre hace lo que quiere sin preocuparse por nadie, ¿no?

—Cálmate, chiquilla. Si supieses la cantidad de cosas que me contengo para no hacer…

Le respondo con un suspiro y me alejo para sentarme en una caja. El cansancio empieza a hacer estragos. Elevo la cabeza y contemplo el cielo sin estrellas. Si pudiese ver tan fácilmente el Umbría, todo sería mucho más sencillo. Y al otro Mantra perdido en esta inmensidad, que me espera de la misma forma que me esperan mi familia y Aïdan. La melancolía me golpea como una estaca en el corazón. Me giro hacia el ladrón, que no tiene ni idea de mi conflicto interno.

—No hay suficientes estrellas —susurra él.

El astro nocturno no se refleja en sus pupilas. Sus ojos negros son tan aterradores como el mar: es imposible ver el fondo.

¿Alguien lo espera en alguna parte? ¿Cuáles son sus vínculos? ¿Echa de menos a alguien? ¿O ese alguien lo echa de menos a él? La distancia no desmerece el amor ni el cariño que tenemos por nuestros seres queridos, más bien todo lo contrario. Hace que estos sentimientos sean imperecederos. Eso es lo que nos obliga a volver a nuestro hogar. Si es que tenemos uno, y no me refiero a las cuatro paredes y un techo.

—¿Killian?

—¿Hmm?

—¿Me consideras solo como una misión que tienes que llevar a cabo?

Apenas he formulado la pregunta y ya me arrepiento de haberlo hecho. Se va a reír en mi cara o se va a enfadar. Su cinismo nunca se pone de acuerdo con mi sensibilidad. Sus ojos permanecen fijos en el cielo de tinta y me imagino que está mirando a una de las pocas estrellas, la más brillante de todas. La guía de los viajeros, como Killian me guía a mí a través de toda esta locura.

—¿Cómo te gustaría que te considerase? —me pregunta con un tono neutro.

—No sé. ¿Como una amiga?

—¿Por qué ponerles etiquetas a las personas o a las relaciones? Tú eres tú y punto. Un día, de una forma o de otra, nuestros caminos se separarán y lo que representes para mí ya no tendrá importancia.

—Para mí sí la tendrá.

No domino el temblor de mi voz. La hipótesis de que él no esté más me sienta como si varias balas me perforasen el cuerpo. Las de los Cazadores de la Orden de Kanddar, con el torpedo y todo eso. He maldecido a este fastidioso ladrón incontables veces y, sin embargo, me entristece solo pensarlo. ¿Sería realmente capaz de olvidarme, de volver a ser un extraño para mí sin sentir ninguna emoción?

—Ya tienes amigos —continúa Killian, que no se ha dado cuenta de su metedura de pata ni de mi drama interno—. En tu casa, en Hélianthe. A Aïdan, por ejemplo. Aunque en ese caso ya entramos en el terreno de la veneración.

La mención cortante de Aïdan de repente altera mi estado de ánimo. Lista para defender a mi amigo con uñas y dientes, me estremezco:

—¿Celoso?

—Te gustaría, pero no. Ese adjetivo sigue formando parte de la lista de «No-soy».

—¡Puedes añadir «depravado» a tu estúpida lista quimérica de «Soy»!

Me imagino que sonríe. Me gustaría tanto no tener que seguir imaginándomelo. Esa máscara existe para mantener todavía más distancia entre nosotros: significa que siempre se alejará de mí, que nunca lo conoceré lo suficiente. Para evitar cualquier ilusión de proximidad. Pero se equivoca, se pueden esconder más cosas detrás de una sonrisa que detrás de una máscara.

Para contradecirme, soy yo quien no lo mira más.

—¿Sabes? Respecto a lo de hace un rato…

—¿De qué hablas?

—Cuando dije «Perdón, Amor». Es a ti a quien me…

Mi resolución no aguanta más tiempo y decido enfrentarlo:

—Lo sé. ¿Por qué deberías disculparte? Tienes derecho a dejarte llevar de vez en cuando. Incluso el guía de la Guardiana de las Palabras puede tener un día de vacaciones. Sobre todo cuando no estás en tu elemento. Sin contar que siempre estarán Saren y Alric para tomar el relevo, así que no tienes por qué preocuparte. Estando en este barco, no puede pasar nada malo.

—La prueba de que sí es que te haces incluso más preguntas de lo habitual y eso te atormenta. Y aún así, mi papel, no el de Alric y mucho menos el de Saren, es vigilarte constantemente, y no puedo decir que haya sido el caso esta noche. Me faltó vigilancia.

—No es tan grave.

—Sí lo es, mira lo que pasa cuando no te vigilo. ¡Te emborrachas, ves a la gente dándose el lote y no sé si quiero saber qué más!

Bromea, pero sé que está enfadado consigo mismo.

—Te aseguro que no estoy enfadada.

—Yo sí.

Avanzo mi mano con timidez para acercarla a la suya, pero me retracto. Ya ha tenido bastante contacto físico esta noche, hasta de forma indirecta. Aunque no lo muestre, él ha visto mi gesto; nada se le escapa. Yo, por mi parte, no me siento incómoda.

—Te olvidas de que gracias a ti puedo defenderme sola. No soy de porcelana.

—Mejor. No me gustarías demasiado si no fuese así.

Me sobresalto. ¿Acaba de admitir, entre líneas, que me aprecia?

—No voy a dudar de ti solo por un momento de olvido, Nightbringer. Sé de lo que eres capaz. Estoy segura de que si me estuviese ahogando, te tirarías al agua, ¿a que sí?

—Sí —responde estremeciéndose—, aunque sería algo estúpido por mi parte, porque haría falta que nos salvasen a los dos.

—¡Ah, ah! ¡No sabes nadar!

—Sí sé, pero como un perro. ¡No le cuentes esto a Saren o le revelaré a todo el mundo tu preocupante predilección por la desnudez de los demás!

Le doy un porrazo en el hombro que me hace más daño a mí que a él.

—Hablando de Saren... tengo que contarte una cosa. De algún modo, lo ataqué con un Mantra... Se sentía mal y yo lo agredí.

Le resumo los hechos. Su reacción no se parece en nada a lo que me esperaba. Se ríe de buena gana.

—¿Es eso lo que te preocupa? ¡La niñera se lo merecía! No es la primera vez que utilizas una de tus Palabras en nosotros. Acuérdate de [Protego] durante aquel entrenamiento. Nos enviaste a pastar a Saren y a mí. Y no morimos por ello.

—No quiero hacerle daño a nadie. Si mis poderes se desarrollan, podría llegar a hacer algo peor que obligarlo a callarse o tiraros en la hierba.

—¡Ya te disculparás por la mañana, le darás un fuerte abrazo y no se hablará más del tema!

—No me entiendes.

—¿Me lo puedes explicar, entonces?

Lo último que me esperaba era esa dulzura en su voz. He aquí lo que responde a su primera pregunta: sí, este ladrón me sorprende cada día más. Me levanto de golpe y tiro de él hacia mí.

—¡Llévame hasta la vigía!

—¡Tienes vértigo, Amor! Además estás borracha.

—Confía en mí. Yo confío en ti.

—Como quieras, pero no te quejes después. Cierra los ojos.

Cierro mis párpados. Todo pasa muy rápido: me golpea el viento, siento los brazos de Killian alrededor de mí, su calor y su olor.

—Puedes volver a abrirlos —me dice el ladrón con dulzura antes de soltarme.

—Todo es tan oscuro.

—Y no solo la noche, Amor.

Tan solo el reflejo de la luna me permite distinguir el mar del cielo. Sella el agua como un medallón de plata. Una sensación de libertad reemplaza al vértigo, como si volase en el vacío y nada pudiese hacer que volviese a bajar, únicamente mi voluntad. Me siento segura, intocable, intangible. Ni por la vida, ni por la muerte, ni por la tristeza. La altura me da fuerza. La altura regenera mi cuerpo y mi mente, me permite pensar más rápido y olvidar esas cosas que, abajo, me dejan indiferente o me vuelven loca. Desde aquí puedo juzgar al mundo, como si fuese un águila real. Podría someter al viento, pero me contento con amansarlo. No solo los magnates quieren extender su poder sobre todas las cosas. No soy un magnate, ni siquiera soy un príncipe. Solo una sombra que planea y nadie puede capturar.

No soy yo, es Killian. Esta sensación le pertenece. Veo a través de sus ojos y, rápidamente, los detalles se suman a este entorno de impresionante belleza. Las ondulaciones perezosas del agua, la espuma que se asemeja al encaje, las burbujas que explotan, el horizonte sin fin y el brillo de algunas estrellas huérfanas, parecidas a un puñado de diamantes. Repito:

—No hay suficientes estrellas.

Invoco [ʎuna] por segunda vez en la noche. Pero, en este caso, es mi ser entero el que proyecta centenares de luciérnagas. Salen de debajo de mi piel, volviéndola incandescente, para elevarse muy alto, atraídas por este cuadro celeste pero vacío. Enseguida, estas pequeñas esferas hacen que los mástiles y las velas se desvanezcan, adornando el *Narciso* con un halo luminoso. El mar se cubre con un velo dorado como el oro líquido. Ahora veo como si fuese de día. Como Killian Nightbringer.

—Y pensar que tienes miedo de hacer cosas malas, *Guardiana de las Palabras*.

Las cuatro últimas palabras no las ha pronunciado en mi lengua materna, pero las he entendido.

Capítulo 55
La bestia

Ahora entiendo mejor lo que el sol representa para Alric. Un enemigo, un diablo de fuego que se divierte golpeándome la cabeza como si fuese un martillo sobre un clavo. Hace que la sangre se me acelere en las sienes, imitando a unos tambores dormidos. Mis ojos, pegados a mis párpados y enterrados en algún lugar de mi cara hinchada, reciben cada rayo como una bofetada a mano abierta. Debo parecer una masa de pan en la que la panadera hunde su puño para amasarla.

Como medida de precaución, le hago una visita a un Albar agotado, pero que me deja pasar antes que los demás. «Privilegios de las damas bonitas», me dice. Sin darme tiempo a explicarle mi malestar, me pinza la nariz y me mete una bola de algas viscosa en la boca, que me fuerza a tragar dándome un golpecito en el mentón. Me medio atraganto. Me aconseja que haga el pino, pero yo prefiero refugiarme en las bodegas para ponerme a cubierto de este sol mezquino, antes de que Killian me encuentre y me obligue a hacer más tareas. Esquivo a Jimmy, que está puliendo el escudo que les regalaron a los jóvenes prometidos anoche, y llego a las bodegas. Me lanzo en una hamaca, siento su leve balanceo como si fuese una sacudida violenta. Me provoca náuseas, así que me enderezo, justo en el momento en el que una sombra pasa por delante de mí y refunfuño:

—Mi primera resaca. Si Aïdan me viese se burlaría de mí.

Alric me ofrece su mano y aterrizo con dulzura sobre el suelo. Su dulce risa no me indispone, al contrario de todos los demás ruidos.

—Y aquí tenemos una de las debilidades humanas que no echo de menos. El alcohol es uno de los raros vicios prohibidos para los Dhurgales. Pueden acercarse al estado de embriaguez bebiendo la sangre de uno de los suyos, pero es una práctica prohibida que los envenena.

Hago una mueca de asco con mi lengua pastosa pendiendo fuera de mi boca.

—Perdóname, el momento no se presta a ese tipo de detalles. ¿Una noche movida?

—Digamos que particular. ¿Y usted? ¿Sobrevivió?

Como siempre, se mantiene erguido y se baña en un claroscuro que hace aún más perfecta la curva de su rostro. Un rostro que cualquiera querría memorizar.

—Claro. Me deshice de aquella pirata incansable, aunque me costó lo mío. Una verdadera sanguijuela, si me permites la comparación.

—Permitido.

—Cuando digo que «me deshice», no me refiero en el sentido propio de la palabra.

—Hablando de sanguijuelas, perdón por esta transición lamentable, pero ¿ha bebido suficiente? Falta cantidad. Puedo ir a la cocina. Hézékiah me…

—Estoy bien, Arya.

—¿Y su anillo? Deberíamos reaprovisionarlo. ¿Qué opina?

Su mirada, lo suficientemente azul como para hacer palidecer el cielo de Marsombrío, recae sobre su anillo. ¿Cómo unos ojos pueden ser tan penetrantes y dulces a la vez? Parece sentir gratitud por ese anillo, como si lo alabase cada día, su milagro, como un creyente ante su ídolo.

—Si no me equivoco, creo que su poder dura cada vez un poco más de tiempo. A veces, su brillo se vuelve intenso. Sucedió anoche, cuando vimos las luces elevarse en el cielo. Los piratas estaban demasiado borrachos como para hacerse preguntas.

—¿Me permite verlo más de cerca?

—Adelante —acepta él, casi burlón.

Capturo su mano con la mía. El frío mortal de su piel me provoca tal estímulo que la inspección de la joya pasa a un segundo plano. Me acerco su mano a mi frente con un suspiro de reconocimiento. Ese contacto anestesia mi migraña. Sus manos, más acostumbradas a matar que a acariciar, sufren una dualidad dolorosa: las comparo con el viento, capaz de mimar nuestra piel o, al contrario, hacernos temblar. Con lentitud, me doy cuenta de que no tiene un olor propio, como si alguien se lo hubiese extraído para atraparlo en un frasco.

—Es útil para el calor extremo, pero también para las chicas que no saben beber alcohol.

—Arya…

Alric estimula mi lado tocón, hasta el momento reservado para mi familia y para Aïdan, y que tengo que aprender a controlar. Al príncipe no le gustaban lo más mínimo estas «cursilerías». Tampoco le parecía apetecible mi sangre, así que no me arriesgaba a que me la chupase. Parece que los cuerpos y las almas dañadas por la vida me atraen, como la luna llama a las mareas.

—Vuelvo a traspasar el límite.

—Mi límite de Dhurgal, sin duda alguna —responde él con la voz reducida a un susurro.

Por un segundo, parece más viejo. Retiro mi mano y examino con la mirada el anillo colocado en su dedo índice. Acaricio la montura dorada, apenas desteñida por el tiempo, donde está incrustado el rubí veteado de negro, desnaturalizado por una fisura casi imperceptible a simple vista. La joya se ilumina, proyectando dos puntos rojos en las pupilas de Alric que evocan a la ferocidad de la bestia agazapada en las profundidades de la noche.

—Tu corazón bate extrañamente rápido y fuerte…

—Estoy bien, teniente. Es solo que, a veces, olvido que es un Dhurgal y hasta qué punto ha sufrido. Hasta qué punto sigue sufriendo.

A mis palabras les falta fuerza. Bebió del cáliz hasta el sedimento y su memoria siempre lo recordará. Un dolor semejante se vuelve parte de ti, como un órgano nuevo con función propia. Un dolor que te atormenta. No se alimenta de sangre, más bien de recuerdos.

Sus ojos no se apartan de la piedra hasta que alcanza su luz crepuscular.

—No lo olvidará jamás. He sido una maleducada, perdón.

—Es verdad, no puedo olvidar lo que soy. Y tú tampoco deberías, Arya —insiste, duramente—. Ya te lo he dicho, el miedo es un motor excelente. Te incito a temerme, algún día te salvará la vida.

—¿Tenerle miedo a usted? ¿Cómo podría? Desde el momento en que lo vi, tuve la impresión de que era capaz de leerme y yo a usted.

—La visión del espíritu es el privilegio de los Dhurgales.

—No es eso lo que quería decir.

—Lo sé, Arya.

Esas simples palabras contienen tantas emociones diferentes que no intento interpretarlas.

—Empiezo a creer que somos una maquinación del destino, que la ha tramado para llevarme hasta usted, y a usted hasta mí.

—El destino no existe por existir…

Parpadea (cosa lo suficientemente extraña en él como para recalcarlo) y se echa hacia atrás uno de sus rizos castaños.

—¿Qué quiere decir?

—Nada, olvídalo.

Un breve silencio provoca una distancia efímera entre nosotros. A decir verdad, prefiero este tipo de pausas a las palabras fútiles, que solo sirven para disipar un malestar o llenar el vacío del paso del tiempo.

—No olvido lo que soy —retoma Alric, que gira y vuelve a girar el anillo alrededor de su dedo—, pero todo se vuelve más soportable cuando estás a mi lado.

—¿A pesar del delicioso olor de mi sangre?

Esa broma pretende aligerar su declaración, porque me muero de ganas de abrazarlo. En mi cabeza, la voz atónita de Killian lamenta: «¿Ya empiezas otra vez? ¡Eres incorregible!

¡NO se abraza a un Dhurgal, idiota!». La de Saren, más discreta, me recomienda: «Es peligroso, deberías mantener la máxima distancia posible. Mejor prevenir que curar».

—No deberías utilizar las palabras «sangre» y «deliciosa» en la misma frase —me aconseja Alric con una picardía poco habitual.

Aïdan me trataría de «imbécil sentimental sin remedio» y diría que estoy loca por encapricharme con una criatura demoníaca. Él no aborrece de verdad a los «inhumanos» o a los «medio humanos». Los considera con arrogancia para disimular su envidia. Su nacimiento lo privó de magia: los envidia y no se aprecia a sí mismo. ¿Cómo reaccionaría ante Alric? ¿O cuando descubra mis nuevos poderes? Tiemblo de impaciencia ante la idea de contarle mis aventuras cuando ambos estemos a salvo. ¡Cómo echo de menos a ese príncipe idiota! Jamás se apagará la esperanza de encontrar a mi amigo.

—¿Arya? ¿Estás segura de que todo va bien? —se preocupa Alric ante mi repentino mutismo.

Me sobresalto tanto como si acabase de chascar sus dedos.

—¡Sí! Verá, teniente, voy aprendiendo de mis errores. Hasta ahora, jamás he tenido a un Dhurgal renegado en mi entorno y no existe ningún manual sobre cómo comportarse para no darle ganas de comerte.

Me dedica una sonrisa indulgente y tierna.

—Seguro que existe alguna obra así, pero nadie habrá pasado de la primera lección.

Su rostro no deja ver ni una pizca de humor, así que no estoy segura de si está bromeando o no.

—No estoy molesto contigo —continúa—. Y, además, aquí los olores son tan horripilantes que no huelo la gran cosa. Nada comparable al Foso de los Carroñeros. La exhalación de un cuerpo mue... Perdón, sigue sin ser un buen momento, ¿no? —se interrumpe precipitadamente—. Ya ves, yo también puedo ser un maleducado.

Durante unos segundos, uno de sus colmillos se clava en su labio inferior, lo que le otorga un aire culpable y falsamente maquiavélico a la vez. Me atrevería a decir que incluso un poco irresistible.

—Es de todo menos maleducado, Alric. Es una obra arquitectónica.

Lo escucho partirse de risa.

—Tú eres única en tu especie, Arya. Jamás dejes que alguien te haga creer lo contrario, porque sería una mentira odiosa. Si todos los humanos pudiesen parecerse a ti, puede que los Dhurgales se lo pensasen dos veces antes de alimentarse de ellos.

Estas últimas palabras le duelen, lo sé. Nadie podría imaginarse la lucha que tiene que librar en su interior. Yo misma estoy lejos de entenderlo. ¿Qué sentimos cuando deseamos algo con ardor, cada día? Unas ganas incontrolables que debemos obligarnos a rechazar cueste lo que cueste, porque no existe otra alternativa. Volverse un dictador de tus propios deseos requiere un autocontrol continuo. Buena forma de perder la cabeza. Admiro a Alric, yo que soy incapaz de limitarme cuando como chocolate o de evitar comprarme una montaña de libros cada vez que cruzo la puerta de una librería.

—Es difícil estar entre nosotros, ¿no?

—A veces sí —admite Alric, sincero—. Sé cuándo estoy llegando a mi límite y cuándo es necesario que me aleje. Con el tiempo me he vuelto muy bueno jugando a este juego.

—Sí, pero eso requiere cierta cuota de soledad... ¿Nunca se aburre?

Mi pregunta parece sorprenderlo, como si le acabase de preguntar si le gusta hacer pícnics bajo el sol.

—Raramente me aburro cuando estoy solo. A decir verdad, siento más soledad cuando estoy en medio de una multitud. Me siento solo cuando estoy con los demás.

—Ya veo.

Inmediatamente me siento tan invasiva como la hiedra. Le impongo la desagradable compañía de una humana. Es como si le pusiese una marmita de sangre fresca en toda la nariz. En cuanto decido que es momento de irme, Alric posa una mano sobre mi hombro con una expresión nostálgica. El anillo brilla brevemente, como una estrella de fuego.

—Contigo es diferente. Me gusta estar solo contigo. Si no intentas abrazarme más.

—Prome…

—¡No más promesas!

Me río y él me observa con mucho interés, pero sin acompañarme. Parece que mi risa es un sonido muy extraño y que remueve una emoción inexplicable en él.

—Al final creo que sí que tengo un poco de hambre —dice a quemarropa.

—¡Tengo una idea!

—Arya, puedo arreglármelas solo. No eres responsable de…

—¡No se mueva! ¡Lo tengo!

Me pongo a husmear como un gatito que busca algo para cenar. Con bastante menos agilidad, eso por supuesto. No soy capaz de cazar un jabalí, pero un simple roedor… A veces se daba la ocasión en las cocinas del castillo, cuando los ratoncitos robaban las migas y las cortezas del queso. No me atrevía a matarlos, así que los desalojaba a base de golpes con la escoba.

Alric me mira, divertido pero callado. Para hacer más breve mi patética búsqueda, señala una pirámide de cajas polvorientas. Veo una rata gordita. Siente mi presencia y se prepara para huir. Por miedo a que se escape, hago la primera cosa que se me viene a la mente y utilizo [Protego]. El Mantra atrapa al pobre roedor en una cúpula transparente, como si acabara de darle la vuelta a un cuenco de cristal. El animal no entiende lo que sucede y se choca contra las paredes invisibles, chillando. Sin dudarlo, sumerjo mi mano en la burbuja. Mis dedos penetran en una especie de gelatina hirviendo. Agarro al roedor, que lucha, pellizcándole la cola viscosa. Le entrego el aterrorizado animal a Alric, haciendo un puchero de disgusto. Él estalla en una carcajada.

—Lo siento, ratita. No tengo nada en contra de ti, es la ley de la naturaleza. Los fuertes se comen a los débiles.

—No estás obligada a ver esto. No es agradable —me advierte Alric, agarrando al animal.

—Lamento que te tengas que comer esto. No es un desayuno muy refinado.

—Prefiero tener que comer ratas el resto de mi vida antes que ser un monstruo bajo la égida de un monstruo todavía más terrible.

—Sí, pero no sobrevivirá demasiado tiempo con este tipo de dieta.

Retrocedo, por prudencia, porque sé que me pedirá que lo haga. Observo la transformación de Alric con una fascinación malsana. Sus ojos se convierten en una negrura total, como un mar manchado por una marea negra. Sus venas cosen hilos de tinta bajo su piel. Sus dientes puntiagudos atraviesan sus encías. Pero se inmoviliza en cuanto va a clavar sus colmillos en el cuerpo de la rata. Unas voces le han llamado la atención. Abandona su comida rápidamente. La rata huye sin miramientos. Ha sido su día de suerte.

—¿Qué pasa?

Levanta su mano para pedirme silencio, las líneas de su mandíbula se contraen. Eso no augura nada bueno. Pasan varios minutos y sigo sin tener una explicación. Decido hacer trampa, al borde de la impaciencia:

—[Eco].

Unos ruidos discordantes convergen hacia mí. Los grititos de los ratones, los crujidos de la madera, el chapoteo del agua, unos ronquidos lejanos, unos pasos pesados… Me concentro para dirigir mi oído hacia el objetivo. Quiero escuchar lo que sea que haya captado su atención.

El galope frenético de un corazón destaca entre todos estos sonidos. En este caso, no es el mío ni, obviamente, los de Alric. Se siente el estrés en cada uno de sus latidos, como si su dueño tratara de regular su ira. Unos crujidos desagradables llegan hasta mis oídos y luego se convierten en un estallido de voces ininteligibles, similares a unos gritos ahogados bajo el agua. De repente, el volumen de las voces aumenta, como si alguien me acabara de quitar un tapón de cera. Al cabo de unos segundos, distingo dos voces: son las de Saren y Killian. Suenan como si estuviesen a mi lado, gritando directamente en mis tímpanos con una bocina. Y su entonación no me tranquiliza.

—¿*Te parece gracioso, ladrón?* —grazna Saren con un tono ácido—. *¡Si no consigue dominarse, va a acabar traicionando a lo que es!*

—*¡A QUIEN es!* —lo fustiga Killian con desdén—. *Para empezar, habla menos fuerte. No lo hizo a propósito. Dicho esto, eres tan aburrido que lo contrario no me habría sorprendido.*

—*Con total sinceridad, me pregunto por qué te confiaron este papel. No le enseñas nada, solo la incluyes en todas tus locuras. Si sigue tomando ejemplo de su supuesto guía, va a volverse tan temeraria como tú y va a acabar muriendo de forma estúpida.*

—*La empujo a sobrepasar sus límites, nada más.*

—*La empujas a cometer imprudencias, ¡te aprovechas de ella cuando deberías canalizarla y protegerla!*

—*¿Y tú? ¿No deberías proteger a los herederos y a su principito querido? ¿Dónde están? Qué extraño, no los veo por ningún lado. No está bien darles lecciones a los demás cuando uno no cumple con sus propias obligaciones, general.*

—*Te prohíbo que manches mi honor y mucho menos mi misión.*

—*Me prohíbes, ¿eh? Solo dos personas en el mundo pueden prohibirme algo. Y a una de ellas la tienes delante de ti. En cuanto a tu misión inútil y sin esperanza, debe de estarse ahogando en un pantano mientras tú me hablas de honor.*

Una oleada de rabia nace dentro de mí, como si fuese una flor llena de espinas. [Eco] se vuelve inestable bajo el manto de mis emociones. Mantengo el contacto todo lo que puedo, aunque el esfuerzo empiece a sentirse como una trepanación.

—*Deberías tomarte las cosas más en serio.*

—*Les dejo la seriedad a los reyes y a los imbéciles. Lo siento, Delatour, pero tus discursos moralistas no van conmigo. Todavía no sabes con quién estás hablando.*

—*¿Ah, tú sí? ¿Lo sabes?*

—*¿Con una madre abusiva? Hablando de eso, debes echar de menos a tu mujercita, ¿no? ¿No deberías ir a verla antes de que otro amable soldado le enseñe cómo ponerse firme?*

Sabía que Killian era capaz de mostrarse insoportable e insensible, pero la maldad de sus palabras hace que me estremezca. Mi Mantra intenta desistir, consciente de mi malestar. Aun así, me mantengo firme.

—*Voy a...*

—*¿Matarme? No juegues a eso conmigo, niñera. No ganarías. No darías la talla ni aunque llevases tu estúpida armadura. Créeme, tienes más posibilidades de cruzarte con el Ojo de Linceo que de derrotarme.*

—*¿Qué te hace pensar eso? Yo ya combatía cuando a ti todavía te cambiaban los pañales.*

—*No eres más que un hombre común y corriente. Ya se sabe que un general da órdenes bien resguardado en su tienda, pero nunca hace el trabajo sucio.*

—*¿Te consideras superior a mí solo porque tienes poderes?*

—*Exacto.*

—*Has caído demasiado bajo, hasta para un vil canalla de tu calaña.*

—*Al menos estoy a la altura.*

Una vez más, un crujido estropea la calidad de mi escucha. Me aferro a **[Eco]** y me obligo a no perder la conexión con mis dos compañeros, a pesar de que mi migraña no hace más que empeorar. Me fallan las fuerzas, pero la recepción se recupera al cabo de unos minutos, lo que me hace perder un poco el hilo de la conversación.

—*¡Esto no es ningún juego!* —se rebela el general, completamente fuera de sí—. *Arya...*

—*¡Cállate!* —lo intimida Killian, y su voz me golpea como un trueno—. *¡O esta vez seré yo quien se ocupe de cerrarte la boca! Te arriesgas a que sea más doloroso y definitivo.*

—*Deberías dejar de mirarte el ombligo, vagabundo. Y de quererte tanto. Un día, todo esto se te vendrá encima y te quedarás solo. Y dudo mucho que puedas soportarte a ti mismo durante mucho tiempo.*

—*No sabes nada de mi vida y, de todos modos, hablarás cuando la tuya sea un ejemplo a seguir, señor Cicatrices. ¡Si te molesto, yo no te retengo aquí! ¡Esto es lo que soy, nadie te ha dicho que tenga que gustarte! Te recuerdo que eres tú quien nos ha seguido como un perro. Arya no te necesita.*

—*No te equivoques. Si Arya quiere encontrar al príncipe Aïdan, SU amigo, me va a necesitar más que nunca. Pero quizá tengas miedo de que ella...*

Un ruido singular interrumpe su argumento, algo así como una tela desgarrándose. He perdido la conexión con Killian y Saren. De todas formas, ya he escuchado suficiente. Alric me mira fijamente con la piel tan pálida que parece igual de fina que una membrana. No sé si es fruto de mi imaginación o una ilusión creada por las sombras, pero creo que se acaba de humedecer los labios, blancos como la tiza, y que unas venas negras surcan las esquinas de sus ojos. Su mano agarra mi antebrazo con una fuerza controlada. No obstante, cuando la retira, sus dedos dejan unas aureolas blanquecinas sobre mi piel. Parece que tengo la cabeza rellena de serrín.

—¿Arya? ¡Arya!

—¿Qué?

—Te sangra la nariz.

Me alejo de él inmediatamente. Me hace un gesto de que todo está bien, pero aun así siento que lo perturba. Limpio mis labios con el dorso de mi mano.

—Perdón.

—No te disculpes por sangrar. Salgamos de aquí y prepárate —decreta, apremiante—. La bestia se ha despertado.

Capítulo 56

Ira Saphiros Daash'ak Lactares

Abandonamos las bodegas a toda prisa y subimos a la cubierta. Killian y Saren se enfrentan con la mirada y algunos piratas hacen un círculo a su alrededor. El rostro del ladrón está apenas a unos centímetros de la cara del general. Virgo ha escogido ese preciso momento para intervenir. A pesar de su gentileza, su tono es firme, y entiendo que intenta imponer su autoridad como capitán.

—Nadie siembra cizaña a bordo de mi barco, ¿queda claro? ¡Seáis invitados o no, todos nos ceñimos a las reglas del *Narciso*! En ningún caso toleraré discusiones o combates entre hermanos.

Killian lanza una exclamación de desprecio. No le agrada que utilice un vínculo de parentesco para calificar su relación con Saren.

—Sí, hermanos —insiste Virgo—. Todos somos hijos del mar, aunque no te guste ni lo respetes demasiado. Cero conflictos, ¿entendido? Este navío ya ha visto suficientes enfrentamientos. Un comportamiento tan negativo hunde la moral de las tropas y nunca aporta nada bueno, nunca.

—*Ira Saphiros Daash'ak Lactares* —puntúa Avery, no muy lejos de mí.

El lema se extiende por la proa. Esta vez consigo entender el significado: «La cólera de un pirata alimenta a los demonios». ¿Cómo soy capaz de descifrar este idioma desconocido?

—¡Es culpa de este ladrón que acaba con mi paciencia! —rechina Saren, belicoso.

Virgo menea la cabeza, afligido.

—General, esperaba algo mejor de su parte.

—Al menos podemos esperar algo de mi parte. No como de la suya —acusa Saren, señalando al ladrón con el dedo como un niño que quiere chivarse de su trastada—. ¡Es imposible dialogar con él!

Killian avanza un poco, pero nunca había visto un único paso tan cargado de amenaza. Domina a Saren en todo su esplendor y su sombra parece envolver al general, que no tiene nada de debilucho. Este ni siquiera intenta mantener las formas, está dispuesto a llegar a las manos. Los ánimos se caldean por todas partes.

Los ojos opacos del ladrón se posan sobre mí con insolencia.

—¿Cuál es el problema, Nightbringer?

No quiero meterme, pero los insultos de Killian se me quedan atascados en la garganta como una espina de pescado. Tengo que hacer que toda esa ira contenida salga. Aunque tome unas proporciones desmesuradas.

—El problema es que algunos todavía respiran.

Se dirige hacia Alric con una diversión irritante.

—Debes de ser el único que no se preocupa.

El teniente permanece impasible, firme como el mármol.

—Dejemos esta discusión para más tarde, ¿vale? —propone el ladrón, forzando un bostezo—. No necesitamos público. Perdón, *captain*, por las molestias. Una vez más, el general se está metiendo en asuntos que no le conciernen. No me quedó más remedio que ponerlo en su sitio.

Incapaz de mantener la boca cerrada, rectifico:

—¿Una discusión? ¡Yo a esto lo llamo una agresión! Lo que le has dicho…

—¿Te pones de su lado, Rosenwald? —vacila el ladrón, pero su tono sugiere que se burla de saber qué bando he escogido.

Decido mentir para salir de este callejón sin salida:

—¡Ni siquiera sé por qué discutís! ¡Una vez más!

—Por ti —responden los dos al mismo tiempo.

—¡Mira por dónde, os ponéis de acuerdo en algo!

—Rosenwald, deja que los adultos se encarguen.

Entonces grito con una voz que no parece que me pertenezca:

—¡Cállate, Nightbringer! Saren ha demostrado que podemos contar con él en más de una ocasión, así que ¿por qué sigues creyendo obstinadamente que tiene malas intenciones? Porque de eso se trata, ¿no? ¿Todavía no confías en él?

—No —admite Killian.

—¿Saren? ¿Tú confías en él?

El general me dedica una sonrisa demasiado pulcra para ser sincera. Permanece sin decir nada durante unos segundos y luego deja caer la bomba:

—No.

Puedo sentir una agresividad inmensurable en esa única sílaba.

—Eres un hombre inteligente —lo felicita Killian.

Van a terminar por obligarme a que les meta un tortazo a cada uno. Eso suponiendo que sea capaz de llegar hasta sus caras. Alric se retuerce incómodo a mi lado. No sé si quiere ayudar a Saren, arrancarle la cabeza a Killian o al revés.

Mi voz suena más tranquila:

—Saren, siento mucho el incidente de ayer, ¡pero eso no tiene nada que ver con Nightbringer! Todavía no me controlo y lo sabe muy bien. Pero mejoro cada día. No quiero hacerle daño. Eso también lo sabe, ¿verdad?

—Precisamente, te controlas mal porque él te anima a hacerlo. Prefiere que te vuelvas como él. Imprevisible, fuera de control. Hacerte creer que estarás por encima de los demás, por encima de las leyes. ¡Él no quiere una alumna, quiere una discípula!

—Se equivoca. No sé qué es lo que impulsa a Killian a ayudarme y seguirme, pero no es eso. Y, aunque sé que intenta defender mis intereses, soy lo suficientemente adulta como para formarme mis propias opiniones. Nada dicta mis actos y los asumo. Jamás se saldrá con la suya con este cabezota.

—Eso, haced como si no estuviera —dice Killian—. Lo estoy llevando muy bien.

—¡Vale, como quieras! ¡Abandono! —cede Saren—. Este hombre es como un grano en el culo.

Killian se acerca a Saren con los ojos brillantes como el caparazón de un escarabajo. Al principio pienso que va a poner fin a esta disputa con un puñetazo, pero se inclina hacia él y le murmura unas palabras ininteligibles. El puño de Saren se eleva y atraviesa el aire en dirección al ladrón. Este, avispado como una serpiente, lo esquiva sin más y Virgo recibe el golpe. El capitán planea y cae sobre Jimmy; el joven grumete se protege con el brillante escudo. El sol se refleja en él y me obliga a entrecerrar los párpados. Le lanzo una mirada oscura a Killian.

—¿Qué le has dicho?

Alric se le adelanta:

—Que tiene la costumbre de abandonar.

—Sinceramente, Nightbringer, había otras formas de actuar, ¿no?

—Tengo mis costumbres, repostera.

—A veces me siento idiota, ¡pero después te miro y me siento mucho mejor!

—¿Fue él el que quiso pegarme y es mi culpa? Su puño significa que le faltan argumentos y que yo tengo razón.

Con un grito de rabia me acerco al capitán, que se está levantando con la ayuda de sus marineros. Me da tiempo a escuchar el comentario de Alric, que me sorprende, no por su franqueza, sino por el tono amargo que emplea:

—Su puño quería decir que has ido demasiado lejos, bandido. Eres un imbécil. Hazme un favor y compórtate como un hombre civilizado.

—¡Virgo! Por Helios, ¿está bien?

El capitán empuja a los piratas que lo están sujetando, completamente aturdido. Se mira en el escudo, se masajea las sienes y se gira con un gruñido.

—Buena forma de despertarse, ¡pero duele! —grita con cinismo.

—¡Virgo, me disculpo por esos dos! A veces se comportan como…

—¿Hombres?

Dudo.

—Podría decirse así, sí.

Entonces, una decena de marineros se acercan, hombro con hombro, y me encuentro en el centro de un círculo estrechamente cerrado. Me siento atrapada, como la rata en [Protego]. Todos ponen la misma cara siniestra.

—Para nosotros, las disculpas no valen nada. Son un claro ejemplo de mediocridad. Un verdadero pirata exige una compensación cuando se ha cometido una ofensa. ¿Y cuánto puede costar semejante ofensa?

Algunos se ríen burlonamente. Algo no cuadra. A pesar de que solo hayan cambiado sus expresiones, tengo la sensación de estar tratando con personas diferentes.

—¿Virgo?

—Te equivocas de persona, mi preciosa sirena.

Sus ojos se alzan hacia mí. El verde de sus iris ha cambiado a un gris decolorado. Su sonrisa no es más que una línea torcida, desprovista de cualquier tipo de emoción o calor. El objeto capaz de engendrar un cambio tan radical pende de su cuello. El Umbría. No brilla y parece una caracola normal y corriente. Me pueden las ganas de arrancárselo a la fuerza. Estoy segura de que esto es lo que sentiría Alric si tuviese una fuente de sangre fresca a mano o Killian ante una cascada de oro.

—Sivane.

—¡Respuesta correcta! No me gusta que me confundan con Virgo. Es cierto que nos parecemos como dos gotas de agua, pero no estamos hechos de la misma calaña.

Alric y Killian se pegan a mí, el tiempo que me lleva tomar una profunda inspiración. Me siento como un simple peón en un tablero de ajedrez, junto a dos torres grandes. No sé ni cómo han podido atravesar esta muralla de cuerpos sin provocar ninguna reacción. Saren no tarda en intentar unírseles, pero su intervención suscita una avalancha. Mi mirada se cruza con la de

Thétys, que me hace pensar en un ave de presa. Hasta la dulce Nausica me envía señales alarmantes.

—¡Oh! Vosotros también estáis aquí —se queja Sivane con una voz aterciopelada.

—No de buena gana, créeme —escupe Killian, que ya estaba calentito por su discusión con Saren.

Para temperar su comportamiento, le susurro:

—No le hagas daño. No olvides que él…

—¡Lo sé! —grita sin mirarme.

Mi advertencia cae en el olvido. Parece como si le hubiesen inoculado una cólera concentrada, como haría la Enterradora. A mi izquierda, Alric mantiene su calma aristocrática, pero siento una anomalía, una falla. Como un cristal agrietado que se convertiría en pedazos con un simple golpecito.

—No te contengas. Parece que eres un nadador excepcional —clama Sivane, irónicamente—. Si fuese por mí, ya estarías a la deriva mar adentro, devorado por los tiburones.

Un detalle en su comentario me provoca el efecto de una falsa nota en una melodía que, hasta entonces, estaba siendo bien ejecutada, pero no consigo entender qué es. Por otro lado, no puedo quitarle el ojo al Umbría, que empieza a emitir ligeros parpadeos.

—Por suerte eso no te concierne solo a ti —replica Alric.

El aura del Dhurgal, cada vez más abrumadora, ablanda un poco la seguridad de los piratas.

—Mi pobre hermano tiene un gran corazón. ¡Es decir, ni siquiera es capaz de proteger su cuerpo! En fin, ¿y si pasamos a las cosas serias?

—¿Quiere un enfrentamiento? —resume Saren, que no se deja intimidar e impone tanto como el Dhurgal y el ladrón—. ¿No le bastó con recibir una paliza la primera vez? Le aconsejo que no piense que superarnos en número es una garantía de victoria.

—Con la excepción de que vuestro ladroncito no tiene ventaja aquí. ¿No es así, hombre del sable? ¿Puedes ejecutar tus saltitos y tus piruetas cuando apenas te mantienes en pie? No engañas a nadie, o quizás a tus compañeros. Un pirata sabe reconocer el mareo provocado por el mar. Sobre todo ahora, que se está empezando a agitar. Tú mismo te has dado cuenta antes que nosotros.

De cerca, veo unas finas gotas de sudor sobre las cejas de Killian, que frunce el ceño. Alzo los ojos: el cielo ha adquirido un color extraño, como si se hubiese puesto de acuerdo con el humor del ladrón. Unas nubes se acumulan a lo lejos y se acercan hacia nosotros. Manchan la bóveda celeste con toques grisáceos y deformes, como los garabatos de un niño en un boceto. Killian se niega a mirarme y así no puedo tranquilizarlo. Su respiración se hace más fuerte, a medida que se intensifica el resplandor rojo que emite el Umbría.

—No me refería a un combate, sino a la chica —rectifica Sivane, señalándome con el dedo—. A partir de ahora me pertenece. Conozco a un magnate en Onagre que estaría encantado de añadirla a su colección por un dineral. Una chica con los ojos violeta que huele a brioche recién horneado se paga muy caro. Una muñeca extraña con múltiples usos. Bajaré el precio si decido utilizarla primero para mi satisfacción personal.

—Ya te he dicho que ella…

—¿Que ella no le pertenece a nadie? Ella se encuentra sobre MI navío, ladrón. Así que, perdóname que te lo diga, pero me pertenece.

—Si le pones tus sucias manos encima…

—¡Oh! ¡Me olvidaba de un detalle! —corta el capitán por segunda vez y siento que Killian va a terminar arrancándole la lengua si sigue interrumpiéndolo—. Dentro de poco, ese de ahí no os servirá para nada. ¡Sí, te hablo a ti! ¡El de la jeta de ángel!

Alric se da golpecitos en el mentón con el índice meditando sobre esta comparación, como si le acabasen de sacar un vasto tema filosófico. Finalmente, se interesa por su interlocutor y siento el peligro oculto bajo su timbre de voz sosegado. Demasiado sosegado.

—¿Un ángel? No soy un ángel. Creo que son inofensivos, lo que se aleja bastante de lo que soy.

—Exacto… *Dhurgal*…

Siento que palidezco. ¿Cómo puede saberlo si Alric cambia durante el día? ¿Puede que recuerde algunos detalles hasta de cuando Virgo vuelve a su cuerpo? Lo que explicaría por qué sabe acerca de la fobia de Killian al agua. La información sorprende a algunos miembros de su tripulación, bastante menos observadores. Un malestar se extiende entre ellos. Varios dudan en esperar a que pase la tormenta, bien resguardados en las bodegas, pero ninguno se atreve a moverse, por miedo a parecer cobarde.

—¡No pongas esa cara! Puede que mi hermano sea un ciego o un idiota, pero yo sé reconocer a un demonio de tu especie cuando veo uno —explica Sivane, ofendido de que pudiésemos poner en duda su perspicacia—. Hasta me hago una idea acerca de la manera en la que te las apañas para transgredir la regla que debería hacer de ti una criatura nocturna.

Mi corazón me golpea el pecho con fuerza como un pájaro que intenta huir de su jaula a picotazos. ¡Es imposible, no ha podido descubrirlo!

—Me vas a dar tu anillo amablemente —ordena el capitán con un tono malvado—. O te lo quitaré a la fuerza.

Se me escapa un «¡NO!» estridente y me arrepiento rápidamente, porque se da cuenta de mi nivel de pánico.

—Inténtalo —desafía Alric, que deja ver sus colmillos ahora que ya no está obligado a esconderlos.

—¡Oh, sí! Me encantaría ver eso —concluye Killian con los puños tan apretados que podría romperse las falanges—. Dame ese gusto.

No voy a poder contenerlos mucho más tiempo. Ahora todo puede ir a peor. Debo evitar cualquier tipo de desmadre, cueste lo que cueste, porque no quiero hacer daño a Virgo o algo por el estilo. Saren podría tranquilizarlos y buscar una conciliación, pero él también parece que se ha dejado llevar por un deseo de amotinamiento. ¿Están todos cegados por la rabia?

Avanzo un paso. Debo parecer ridícula por querer defender a una máquina de matar, a un bandido más rápido que su propia sombra y a un espadachín de alto rango. ¡Pero tengo que actuar! Killian me agarra por el hombro para obligarme a retroceder, pero me libero.

—Suéltame. Ya has hecho bastante.

—Cierra la boca, Amor. No te metas en esto.

Sus palabras me dejan helada. No pueden venir de la boca de Killian. Jamás me hablaría en ese tono tan hiriente.

—¡Ya basta!

Ahora, el Umbría libera su luz sobrenatural del todo. Empiezo a comprender que se alimenta de esta atmósfera nefasta. A no ser que sea él el que contribuye a crearla. Para comprobarlo, debo ponerle la mano encima lo más rápido posible. Mi Palabra atascada en el interior, sufriendo por ese colgante maldito, provoca interferencias. Yo misma me siento desgarrada por esta separación, como una loba a la que le quitan una de sus crías. Me niego a permitir que el Umbría use una parte de mí con unos propósitos tan nefastos.

—Se lo suplico, capitán Sivane, déjele esa joya. Es nada más que una chatarra, no tiene ningún interés para usted. Solo posee un valor sentimental.

—¿Una chatarra? ¡Permítame que me ría! —suelta el capitán—. No le vas a enseñar a un pirata a distinguir una pieza rara de una baratija. Ese anillo tiene más valor que todos los tesoros reunidos en el *Narciso*, el barco en sí incluido. Y, si no fuese importante, él no se habría molestado tanto en protegerlo en la taberna. Solo le faltó decapitar a mis hombres. Eres deliciosa, de verdad. Como unas natillas: para lamerse los labios y terminar con el dedo.

Entonces, tomo una de las decisiones más estúpidas que se me podía ocurrir: provocar al capitán. Con una voz clara, espeto:

—¡Enfrénteme! En duelo. Si gano, deja su anillo tranquilo y yo me quedo con su colgante. Si pierdo, también deja su anillo, pero le serviré sin que ninguno de ellos oponga resistencia.

Nightbringer le devolverá todos sus tesoros robados. Nadie debe morir, ¿entiende? ¡Nadie!

—Si gano, sirenita, serás tú quien alimentará a nuestros demonios.

Capítulo 57

El portador de la discordia

—¡Lo siento, cariño, no puedo aceptar tu *adorable* trato! —se mofa Sivane con una sonrisa dañina—. No creas que no me lo tomo en serio, pero yo no me pego con las señoritas que pretendo revender. Si daño demasiado la mercancía, perderás la mitad de tu valor. Todavía me quedan algunos principios. Pero, si te parece, a Thétys le encantaría enfrentarse a ti en mi lugar. Ella te golpeará menos fuerte. ¿Verdad, Thétys?

En ese momento, la mencionada atraviesa el círculo formado por los piratas. Me mira de arriba abajo como si tuviese delante a un Carroñero, con la cara deformada por el resentimiento. Killian reduce el poco espacio que lo separa de mí para protegerme de su amenaza.

—¡Qué bonito! —se divierte Rousseau con un brillo de excitación en los ojos, bastante alejado de su ternura habitual.

—No me extraña que se pase el tiempo vomitando —se burla Blaise—. ¡Es asqueroso de ver!

—Te aviso —anuncia Killian—, no tengo escrúpulos por luchar contra una mujer. En el lugar de donde vengo, las tratamos como nuestros iguales, o incluso de forma más severa. No te aconsejo que la toques o te voy a tener que enseñar buenos modales. A la manera de Killian Nightbringer.

—¿Un ladrón que se cree un caballero? Es gracioso y patético —lanza la joven mujer, que me fusila con la mirada.

—Y solo sirvo a una mujer, lástima para ti.

—¡Me importa una mierda lo que hagas! —se enfada ella.

—No decías eso la otra noche.

La pirata saca de su cintura un largo sable encorvado e intenta alcanzarme. Killian le agarra el brazo, lo retuerce sin más miramientos, y la desarma en un abrir y cerrar de ojos, justo antes de golpearla con la empuñadura. En todo el ojo.

—Yo te había avisado —concluye él.

Dos de sus cómplices sacan a Thétys fuera del círculo, mientras que los otros se alteran, listos para enfrentarse a nosotros. Sivane levanta los brazos para calmar las aguas, pero creo que está intentando ganar tiempo. Insisto, añadiendo un toque de provocación:

—¿Tiene miedo de que lo humille una chica inexperta, capitán?

Sivane me mira fijamente como si fuese una mierdecilla pegada en la suela de su zapato. Sus subalternos lo observan; su espera está cargada de significado. El ruido del mar reemplaza nuestras voces durante algunos minutos. El barco se tambalea con más fuerza. O quizá me tiemblen las piernas.

—No es el tipo de cosas que me gusta hacerles a las chicas inexpertas.

—¡Arya, déjanoslo a nosotros! —me advierte Saren, tenso como un arco.

—¡Rosenwald, ya está bien! —se impacienta Killian también, que lanza el sable de Thétys sobre la cubierta y lo manda lejos de mí dándole una patada.

Su respiración es silbante y unas mechas húmedas caen sobre su frente. Él, que suele moverse con fluidez, ahora mismo parece como si la gravedad lo estuviese aplastando. El único que no dice nada es Alric, que está absorbido por su propio combate interior. Sus pupilas se dilatan, se encogen y se vuelven a dilatar. Sus venas se dibujan antes de desaparecer. El Umbría lo espera con más impaciencia que a los demás. Seguramente, como es un Dhurgal, aunque sea el menos malo de todos, contiene dentro de él un aura maléfica de la que se podría alimentar. No hace falta nada más para reforzar mi determinación. Además, creo que [Gemelli] neutraliza los efectos del colgante en mí. Sí, ese es su nombre. El Mantra que tiene como rehén.

—¡Suficiente! ¡Primero aprended a confiar en mí y entonces hablamos!

Saco la espada del general de su vaina antes de que le dé tiempo a reaccionar. Al principio, apenas puedo sujetarla sin temblar. A pesar de ser zurda, la sujeto con la derecha. Aunque pueda parecer sorprendente, solo necesito un minuto para acostumbrarme a su peso. Rápidamente se vuelve manejable, como si fuese el prolongamiento natural de mi brazo. Como si acabase de ponerme un guante mágico.

—¿Qué estás haciendo? Si ni siquiera sabes utilizar una esp...

Saren, atónito, no termina su frase. Me doy cuenta de que estoy realizando molinetes con una técnica impensable para mi nivel. Sin darle más vueltas, levanto el filo plateado en dirección a Sivane. Esta vez, mis compañeros no intentan torpedear mis iniciativas y me dejan espacio. Killian alza los hombros, lo que interpreto como un consentimiento, pero un consentimiento que deja suponer que voy a tener que responder ante mis actos.

Muevo el filo hacia la frente de Lafitte, marcada para siempre por una cicatriz.

—¿No ha tenido violencia suficiente, Sivane? Mira lo que Kraine les hizo a sus hombres. Lo que hizo de usted. ¡Una sombra! ¿Y decide seguir por este camino? Estos tres hombres pueden hacer pedazos a los suyos sin importar lo que diga. ¿Y por qué? ¿Por un colgante o un anillo? La verdad es que usted no vale más que él.

—Te equivocas en varios puntos, querida —declara—. Primero, en la medida en la que vivo ahora que el canalla de Kraine está muerto, yo valgo más que él. Con la bonificación de que fui yo mismo el que le mató. Arrancar el cuero cabelludo de alguien requiere mucha delicadeza, créeme. Segundo, solo veo a dos hombres delante de ti, *más* un Dhurgal. Y, tercero, no sabes de lo que hablas. No sé quién te ha contado semejantes historias, pero nuestro valiente Lafitte es el único responsable de ese pequeño arreglo estético.

—El capitán dice la verdad —confiesa el principal interesado, frotándose las escarificaciones como si quisiese difuminarlas—. Ese día había perdido la cabeza.

Miro a Killian, un poco confundida. Dos versiones de una misma historia. Y ninguno de los dos parece mentir.

—No te hagas la lista. No lo sabes todo, pequeña. ¡Pero, si quieres que luchemos, que así sea! ¡Luchemos! —suspira como si fuese un suplicio—. Espero que estés lista para volverte mi esclava y para responder a *todas* mis exigencias día y noche, antes de que te deje en las Subastas de Adenral. Que sepas que tengo un apetito monstruoso. Algo parecido a tu amiguito del Valle de Hierro. ¡QUE TODO EL MUNDO SE ALEJE Y QUE NADIE INTERVENGA!

El círculo se ensancha y después se deshace. Algunos se colocan en lo alto. Blaise está subiendo las apuestas a mis espaldas. Solo mis compañeros se niegan a moverse, obnubilados por Sivane y la tentadora idea de lanzarse sobre él para masacrarlo.

—Espero que sepas en lo que te estás metiendo —se pronuncia Killian—. Acabas de firmar un contrato con un pirata: si pierdes, no te podré recuperar si no ofrezco algo más valioso y creo que el mercado acaba de llegar a lo más alto por tu culpa. Prepárate para darle a este pervertido algo más valioso que un anillo.

Me pierdo en su mirada insondable durante unos segundos. Después vuelvo a mí y ahuyento esa idea repugnante de mi cabeza antes de responderle:

—La cólera alimenta a los demonios.

—¿Qué dices?

—Escúchame, Killian. Estáis bajo la influencia del Umbría, y estoy casi segura de que extrae su poder de las energías negativas. Es en ese momento cuando se activa y hace que Sivane aparezca.

—No es lo único: también hace falta una puerta de entrada —interviene Alric, pero parece que está hablando de sí mismo.

Pasa su lengua por sus colmillos, como si quisiese forzarlos a entrar en su encía, y su rostro perfecto se crispa por el sufrimiento.

—Estoy esperando —suelta el capitán mientras se inspecciona las uñas—. Si el ladrón se encuentra mal, puedo pedirle a Albar que lo ausculte. Gratis, por supuesto, ya que pronto no tendrá nada con lo que pagarme. Si quieres acabar con tus deudas, puedo ofrecerle tus servicios a un demonio. No son muy exigentes.

Killian gruñe. Se contiene. Poso mi mano sobre su brazo y continúo:

—El poder del collar se despierta por la cólera: cuanto más os dejáis llevar por la violencia, más se refuerza. Por eso la utiliza para dirigirla en contra de vosotros y volveros todavía más agresivos. De ahí viene tu discusión desproporcionada con Saren, tus mareos exagerados y, algo todavía más grave: su sed de sangre, teniente. Si os dejo hacer lo que queráis, no podremos desalojar a Sivane y los vais a matar a todos, ¡o a haceros daño los unos a los otros!

—¿Y tú, entonces? —pregunta Saren con el rostro duro.

—Me afecta menos que a vosotros, gracias a… ya sabéis qué. Killian, relájate y ocúpate de Alric, por favor. No dejes que les haga daño, no se perdonaría jamás. Le digo lo mismo a usted, general. Tenemos que bajar la presión urgentemente.

—No tengo miedo por el Dhurgal ni por esos piratas —suelta el ladrón, retirando mi mano de su antebrazo.

Hago como que no le entiendo y bromeo:

—¿Por Sivane? Te prometo, por el bien de Virgo, que no lo lastimaré…

—Idiota —dice, después de su habitual chasquido con la lengua—. Muy bien, Rosenwald. Pero interferiré si lo juzgo necesario, ¿lo entiendes?

—Te dejaré que le vomites encima.

Agarra a Alric por el codo y lo obliga a apartarse. Solo él podrá encauzarlo si pierde el control. Me pregunto si no debería encerrarlos en [Protego], pero debo guardar una buena cantidad de energía para lo que se viene a continuación. Saren se contenta con un débil: ·

—Ten cuidado. Le tengo cariño a esa espada.

Delante de mí, Sivane se arma con un magnífico sable con la empuñadura de oro, más corto que el de Thétys y curvado como un cruasán. Pierde el tiempo limpiando el filo, grabado con símbolos, con el bajo de la camisa de Jimmy, y después comprueba que esté bien afilado con la punta de los dedos. Resbalan algunas perlas de sangre. Su aura es más que suficiente para convencerme de que sus pasos son predeterminados y funcionan de maravilla, así que no puedo evitar vigilar la reacción de Alric por el rabillo del ojo. Aprovechando mi distracción, Sivane ataca primero.

Sin calcular mi movimiento, levanto la espada con precisión y consigo bloquear su golpe sin mayor dificultad. Nuestros filos se encuentran, pero estoy provista de una fuerza capaz de recibirlo. Una fuerza viril. De hecho, me siento más pesada, más imponente, a pesar de que mi físico sigue siendo el mismo. Aprieto mi agarre, me apoyo con firmeza en mis piernas y empujo al capitán hacia atrás.

—No está mal para una novata.

Actúa con movimientos bruscos y haciendo zigzag, trazando cruces invisibles en el aire, como si cortara unos helechos con un machete. Los esquivo moviendo la parte superior de mi cuerpo hacia los lados, mientras mantengo los pies fijos en el suelo.

—Siempre me han gustado los bailes de salón.

Replico dándole otro golpe con mi espada. Sivane se tambalea hacia atrás para evitarlo y se choca contra un barril que suena vacío. Se nota su experiencia, pero le falta precisión, mientras que cada uno de mis ataques está pensado de forma táctica. El jefe de los piratas se defiende para terminar lo más rápido posible, aunque mi inconsciente intente hacerlo «adecuadamente», según las reglas de este arte. La espada y el sable chocan, provocando tintineos agudos. No me sorprendería ver chispas volar desde los extremos de nuestras armas. Mi pies saben dónde posarse y cuándo, con una destreza intachable. Una destreza que solo he podido adquirir de una persona: Saren. Imito sus gestos, su talento, como cuando combatía con Killian en la cabaña. Al igual que en la taberna, cuando copié las acrobacias del ladrón, esta vez [Gemelli] me ha otorgado las capacidades guerreras y metódicas del general. Es como si Saren tomase las riendas de mi cuerpo e hiciese que la espada obedeciese. Siento su rectitud, su perfeccionismo, y otra cosa más profunda que no consigo definir. Espero que la Palabra no me abandone a medio camino. Todavía no me pertenece, y mi victoria depende de su maravilloso poder.

—Continúa, cada vez tienes más valor y eso me excita.

Mi brazo se enciende. Sivane pierde terreno. Nadie se manifiesta a nuestro alrededor, parece que todos han abandonado el barco. Es como si llevase unas anteojeras que no me dejasen ver nada más que a mi adversario. En un momento, me parece oír un golpeteo sordo, pero no tengo tiempo de pararme a pensar en ello. Apoyo al pirata contra la barandilla. Nuestras espadas apuntan hacia el cielo, como flechas plateadas, y nuestros brazos tiemblan por la tensión. La espalda del capitán se dobla como una rama de un árbol. Un paso más y se caerá por la borda. Se niega a rendirse, completamente a mi merced. Intento hacerlo entrar en razón:

—Déjelo ya, capitán. No vale la pena. ¡Podemos encontrar otras soluciones para usted y su hermano!

Aprieta los dientes y las venas de su cuello palpitan bajo la piel como gusanos azulados. Sin aliento, consigue escapar de ese paso erróneo, gracias a los movimientos de la embarcación, zarandeada por las olas cada vez más marcadas. Impulsado por una rabia completamente nueva, me obliga a moverme hacia el centro de la cubierta, y acentúa sus golpes, cada vez más brutales, acompañados con gritos de frustración. El Umbría me ciega y me muero de ganas de cortar el cordel que sujeta la caracola. Tengo que ponerle fin a esta locura.

—¡Solo hay una solución! ¡Voy a ocupar su lugar para siempre! ¡Ahora, deja de jugar, bonita!

Su sable corta el aire; doblo las rodillas justo a tiempo para evitar que me decapite. Al tercer golpe, consigo bloquear el arma contra su pierna. Entonces, Sivane libera una de sus manos tensas sobre su sable y me da una bofetada magistral que casi me rompe la nuca. Caigo sobre mi barriga con la mejilla ardiendo, rasguñada por sus numerosos anillos.

Escucho ese golpeteo lejano una vez más.

Sivane se parte de risa, satisfecho. Muevo mi mano para intentar alcanzar la espada de nuevo, pero la pisotea con su bota. Pone todo su peso sobre ella y me rompe el hueso del dedo meñique. Frunzo los labios para no gritar. **[Gemelli]** me ofrece las cualidades de mis compañeros, pero sigo siendo más frágil que ellos. Es como guardar una joya en un joyero de papel: me engaño a mí misma.

—Esto ha terminado para ti. ¡Para todos vosotros!

No me va a matar, pero le temo a la violencia de sus golpes. Dudo que se esté absteniendo de «dañarme». Mientras levanta su sable para asestar el golpe decisivo, estalla un gran estruendo, como si varias personas acabaran de estamparse contra una pared de cristal, seguido de un terrorífico crujido. Sivane se queda inmóvil. Disminuye la presión de su pie sobre mis falanges. Aprovecho para quitar mi mano magullada y me arrastro para alejarme de él. Un escudo rueda hacia mí y después se para, en equilibrio sobre uno de sus lados, como una moneda enorme, antes de volver a caer. Parece que alguien acaba de lanzarlo hacia mi dirección. Puedo usarlo para protegerme o recoger mi espada para volver a atacar. Ambos se encuentran a la misma distancia. El capitán, furioso, arremete contra mí. Ruedo sobre mí misma y aferro la cuerda de cuero en el último minuto. El sable se golpea contra el domo de oro del escudo, provocando un ruido inmenso que resuena por toda mi caja torácica. Espero a que Sivane haga tanta fuerza como para partirlo en dos, pero nada sucede. Se queda petrificado con el sable en alto y los ojos clavados en el disco dorado, en éxtasis.

Coloco el escudo a mis pies, me levanto y, sin más dilación, tiro del Umbría con un golpe seco. Su luz se apaga en mi palma justo cuando Killian aparece a mi lado a toda velocidad. Lo miro sin verlo: mi cuerpo vibra de dolor, como si estuviese acribillado por mil astillas. Lentamente, Virgo vuelve a él, al igual que su tripulación. Parece el día después de una borrachera, cuando nadie se acuerda de sus actos e intenta reconstruir el curso de los acontecimientos. Alzo los ojos hacia la vigía y me doy cuenta de que las nubes han abandonado el cielo.

—¿Estás bien, Rosenwald?

Murmuro con la garganta dolorida y seca:

—Sí, se acabó. Tengo el collar.

Se lo doy y lo guarda en uno de sus bolsillos, vigilando a Virgo todo el rato. Desconcertado, este último se pasa los dedos por el cuello, donde queda un enrojecimiento visible en lugar del nautilo, y luego cae sobre un barril. Rousseau le pone una mano en la mejilla a su marido. ¿Qué pasará con el espíritu de su hermano gemelo ahora que soy dueña del Umbría? ¿Y cuando consiga extraer mi Mantra del collar? ¿Desaparecerá para siempre?

Saren y Alric se acercan a nosotros con el rostro opacado por la inquietud. Les sonrío, todavía un poco atontada. El teniente sujeta mi muñeca con más cuidado que un vaso de cristal, y examina mi dedo pequeño torcido y violáceo. Sus ojos, de nuevo azules como dos trozos de cielo, se separan de mi herida y se fijan en los míos. La fuerza tranquila ha ganado ventaja sobre el hambriento Dhurgal.

—Albar me lo curará en un momento —lo tranquilizo—. Gracias por haber confiado en mí y no haber intervenido.

—Aunque hubiésemos querido, no habríamos podido —declara el general con un aire decepcionado, volviendo a guardar su espada en la vaina.

—¿Por qué?

—Estabas utilizando [Protego] desde el inicio del combate. Nadie podía penetrar el campo generado por tu Palabra.

—No ha sido porque no lo haya intentado — precisa Killian, mirándome fijamente con sus dos gemas negras. Siento entre orgullo y frustración en ellas.

—Hasta que Alric se ha enfadado y ha lanzado el escudo a través de él —continúa Saren, liberado de todo resentimiento—. Casi terminamos todos en el mar.

Un zumbido sordo me impide escuchar el resto. Mi visión pierde precisión, como si viera a través de una columna de agua. Mareada, me apoyo en el brazo de Killian, quien envuelve su mano alrededor de mi cadera.

—No es nada, solo voy a...

Suenan varios «¡No!» autoritarios. Hasta sonreír me duele. Lo único que quieren los tres es mi bienestar. Hacen que me sienta importante, cada uno a su manera, y me pregunto si merezco ese estatus. Ya sea que se hayan cruzado en mi camino por casualidad, por elección, por error, por necesidad o porque el destino así lo quiso, me considero afortunada por tenerlos a mi lado. Quería saber si éramos amigos, pero creo que esto va mucho más allá. Estamos unidos por algo mucho más grande que nosotros mismos y esto no ha hecho más que empezar.

—Has usado tu poder demasiado por hoy, princesa.

—Voy a llevarla a la enfermería —propone Alric, cuya mano helada se siente como un bálsamo anestésico en cuanto toca mi hombro.

—Primero ve a alimentarte correctamente antes de volver a provocarnos una crisis —le ordena Killian y siento cómo me deslizo poco a poco en sus brazos, sin fuerza—. Puedes comerte a Thétys si te apetece, haré la vista gorda —bromea—. Después vete a descansar. Si no duermes por la noche ni por el día, vas a acabar muriendo en este barco. ¡Y no es el mejor momento! Ya sabes, la energía nefasta y todo eso.

—Soy inmortal.

—Puede ser, pero tienes necesidades como nosotros.

—¿Y las tuyas, entonces?

—Solo quiero quedarme cerca de ella.

Capítulo 58
Las cicatrices

Me despierto envuelta en unas mantas ásperas y con la cabeza enterrada en una almohada atravesada por hebras de paja que me pinchan como alfileres. Un montón de colores brillantes flotan ante mis ojos. Tardo unos segundos en reconocer el camarote de Virgo y sus mariposas inmortalizadas en un último vuelo. Tengo la ropa desaliñada, el pelo enredado y marcas geométricas tatuadas en la piel: he dormido mucho tiempo. Y no huelo a rosas precisamente. Mi dedo meñique está cubierto por una pasta astringente y amarillenta, y una férula improvisada. Estoy segura de que es obra de Albar.

Cuando paso mis dedos para intentar alisarme el pelo lleno de nudos que volverían loca a mi madre, escucho unas voces que resuenan detrás de las cortinas, donde Thétys cortejaba a Killian con atributos que yo no poseo. Virgo y el ladrón hablan sin alzar la voz, cosa que me tranquiliza. Estoy mucho mejor, pero no me siento preparada para otra pelea.

—Podría haberla matado —se lamenta el capitán con la voz asfixiada.

—Él no quería matarla, sino venderla a unos perturbados sexuales.

—¿Eso debería hacerme sentirme mejor? —ironiza Virgo.

Oigo unos tintineos de cristal y unos golpeteos repetitivos. Seguro que se están sirviendo unos buenos tragos de algún líquido reconfortante, cosa que despierta mi propia sed.

—Sentirte culpable no sirve de nada. ¡Es lo que le repito al Dhurgal cada dos por tres!

—Hablando de él, ¡no tendríais por qué habérmelo oculta-do! —le reprocha Virgo con una severidad relativa—. Está a salvo entre mi tripulación y mi familia. Sabes tan bien como yo lo que significa querer proteger a las personas por las que nos preocupamos.

—Error confesado, mitad perdonado, ¿no?

—Si me aseguras que no le hará daño a nadie, yo te creo. Por el contrario, si se vuelve una amenaza...

—Eso no pasará. Jamás lo hubiese llevado con nosotros en caso contrario. Confía en mí, está bajo mi responsabilidad. Será de gran ayuda.

—¿Qué va a pasar ahora que el Umbría está en vuestras manos? Con Sivane, quiero decir.

—Supongo que desaparecerá de una vez por todas si lo destruimos.

—Desaparecer...

—Tu hermano ya está muerto. Solo es un eco, un fantasma que te persigue y te jode la vida. Algún día habrá que cazarlo. Sufre una maldad incurable y solo tiene malas intenciones contigo.

Con algo que se asemeja a la compasión, tempera sus propósitos:

—Pero, por ahora, eso no es lo importante. Primero debemos asegurarnos de algunos detalles. Tenemos tiempo para pensar sobre ello.

La puerta de la cabina se abre haciendo un crujido, interrumpido por tintineos. Rousseau entra, adornada con su montón de joyas. Su sonrisa es más que suficiente para vestir su belleza exótica.

—¿Cómo se encuentra nuestra convaleciente? Has dormido todo el día y una noche entera, cariño. Toma, de parte de Hézékiah.

Se sienta en el borde de la cama, que se hunde bajo su peso, y pone sobre mis rodillas un surtido de frutos secos, un huevo descascarado, una enorme pinza de cangrejo mondada y un *rmock*, todo envuelto en un pañuelo. Ella me observa mientras me zampo el desayuno con voracidad, excepto la galleta consistente, que la dejo de lado por el bien de mi dentadura. Engullo todo con la ayuda de un vaso de agua templada.

—Bastante mejor, gracias. ¿Y el ojo de Thétys? Iré a disculparme con ella. Killian solo quería protegerme y no se anda con tonterías.

—Ha pasado por cosas peores, pero no creo que se vuelva a acercar al ladrón, a pesar de la atracción que siente hacia él. Entiéndelo, no solemos tener la oportunidad de mezclarnos con gente de fuera. Viajamos mucho y pasamos la mayor parte del tiempo con la familia, lo que limita los encuentros y las elecciones cuando surgen las necesidades de la naturaleza. Aprovechó la oportunidad con tu apuesto amigo. Hay que decir que no le falta encanto, hasta sin usar su sonrisa.

—Lo entiendo, eso se le da muy bien. Es raro que Killian deje a alguien indiferente. Poco importa de qué manera. Lo peor es que ni siquiera lo hace adrede.

—Solemos asociar el canto de las sirenas a las mujeres, pero los hombres poseen esa capacidad de ofrecer cosas que al final no claudican. Y más que nosotras. ¡Menudo espécimen ese hombre!

—¡A quién se lo vienes a decir!

—No tienes de qué disculparte. No hacíais más que defenderos y el desenlace podría haber sido fatal.

Su sonrisa se llena de tristeza. Me quita el vaso de las manos para cubrirlas con las suyas. Están dañadas por el trabajo manual y devastadas por los combates, y tiene las uñas carcomidas por la sal. Mi madre tampoco tenía las manos perfectas, porque se quemaba todo el tiempo y la masa se le metía debajo de las uñas.

—Podéis ayudar a mi marido, ¿verdad? A que se deshaga de su hermano de una vez por todas —me suplica ella—. Tengo que admitirlo, aunque signifique ser una persona horrible: cuando Sivane murió me sentí aliviada, a pesar del sufrimiento, la desesperación y la ira. Puso fin al dominio que había ejercido sobre Virgo durante años. Por fin podría haberse liberado, dejar de sentirse responsable de él, vivir a su manera y llevar a cabo sus sueños de cuando era un niño. Pero, incluso con su muerte, nos ha negado esa libertad. Nos ha maldecido y nos ha encadenado a él. Y esta situación nos aterroriza a todos. ¿Qué hay más angustioso que no acordarse de tus actos? ¿Que perder el control de uno mismo? Quién sabe qué cosas tan horribles habremos hecho por su culpa. ¿Y si llego a confundir a los míos y les hago daño?

—Estoy segura de que tu alma es más fuerte que esta maldición. Jamás les harás daño a los tuyos, ni siquiera estando inconsciente.

—En el pasado, tuve que rechazar los acercamientos de Sivane —continúa en voz baja, y entonces entiendo que no quiere que Virgo la escuche—. Me consideraba como un tesoro que pertenecía a otro pirata, lo que me hacía más deseable a sus ojos. Odiaba que le dijera que no, como un niño caprichoso. Si este collar nos vuelve inmorales, si dejo de ser yo, imagina que lo usa para...

—¡No pienses en eso! ¡No eres responsable, ninguno de vosotros lo es! El Umbría os torna más agresivos, pero estoy segura de que nos os cambia por completo. Posee vuestros espíritus, pero el corazón sigue siendo fiel.

Para ser honesta, no sé hasta dónde los puede llevar el Umbría, pero no tengo ninguna necesidad de transmitir esta verdad. No siempre es bueno decirlo todo.

—Amo a Virgo con todo mi corazón y no quiero hacerle todavía más daño. Es cierto, nosotros robamos, hurtamos y saqueamos. No somos unos santos, pero tampoco somos unos asesinos. Esto no es lo que quería para mi familia.

—¿Quién lo querría?

—¡Estamos asustados, pero somos piratas, maldita sea! —exclama, apretando el puño con rabia—. Nos reímos del miedo para repelerlo, lo desafiamos y nos gusta celebrar esta vida demasiado frágil.

—Me gustaría ser capaz de esconder mi miedo tan bien como lo hacéis vosotros.

—A Virgo es al que mejor se le da. No lo muestra, porque es un jefe dedicado, que ama y se preocupa por la armonía que reina en nuestro barco, pero sufre. Algo se ha apagado en él desde la masacre de Kraine. Jamás ha vuelto a ser el mismo. Incluso sin el eco retorcido de su gemelo. Me gustaría tanto volver a encontrarme con el hombre que era antes de aquello —concluye ella con una voz agridulce.

Se levanta, se dirige hacia el tocador y toma un cepillo del pelo y un espejo de mano.

—¿Me permites?

Asiento con la cabeza, sorprendida, y me doy la vuelta para quedar de cara a la pared. Rousseau desliza el cepillo por mi pelo con delicadeza, a pesar del estado desastroso en el que se encuentra. Nada que ver con aquellas Dhurgales que parecía que se querían hacer una peluca con mi pelo. Me peina en silencio y cierro los ojos con placer. Cuando era pequeña, mi madre venía todas las noches a la hora de dormir y me trenzaba el cabello, antes de leerme mi cuento favorito. Al crecer, ese momento privilegiado pasó a ser de Lilith.

—¡Listo, mira!

Me entrega el espejo de bronce y plata con un mango esculpido por manos expertas. El dorso representa un rostro en relieve, que medio sonríe y medio hace una mueca. En el lado reflectante, el vidrio roto refleja mi imagen. Tengo el pelo recogido en mi hombro, las trenzas peinadas hacia atrás dejan surcos blancos en mi cabeza, como si un oso hubiera arañado un lado de mi cráneo. Resignada, me fijo en que ahora tengo todavía más mechones blancos. Parece que envejezco de forma acelerada. Aparto la mirada de mis propios ojos, el único toque de color en mi cara lechosa, pero inmediatamente vuelvo a ellos:

—Mira —repito para mí misma—. Mira…

Vuelvo a pensar en las cicatrices de Lafitte y en la explicación contradictoria de Sivane. Según ellos, no fueron provocadas por Kraine, sino por una mutilación voluntaria por culpa de un momento de locura. ¿El espíritu de Laffite podría haber intentado luchar, podría haber tratado de volver en sí mismo a la fuerza, pero sin conseguirlo? ¿Solo lo suficiente como para marcarse e intentar recordarse a sí mismo información importante? El Umbría destruye sus recuerdos, pero ¿también puede falsificarlos? Puede que exista una falla de la que sacar provecho en ese colgante. Me pierdo en mis conjeturas, casi olvidándome de la presencia de Rousseau. Pero Virgo y Killian interrumpen mis especulaciones. Tiro de la manta hacia mis piernas desnudas. El capitán me revisa, luego Rousseau lo saca de la cabina, dejándome a solas con el ladrón, no sin antes dedicarme una última sonrisa.

—¿Cómo estás?

—Me siento descansada. Ya no me duele la cabeza ni sangro por la nariz. Pero…

Levanto mi dedo meñique haciendo un puchero quejumbroso. Él ni se inmuta.

—Te veo venir. ¡Tan bien como a los ataques de Saren! ¡No te creas que te vas a librar de las tareas!

Yo me limito a protestar:

—¡Está roto!

—No exageres, no va a hacer falta amputar. Te sorprendería saber todo lo que se puede hacer con un solo dedo.

Baja el mentón y me mira. Como estoy día a día con él, a veces se me olvida lo intimidante que puede resultar, incluso fuera de combate. Llenaría una sala vacía solo con su presencia:

—Matar a alguien, por ejemplo.

Presiona la parte superior de mi cuello con su dedo y siento su cálido aliento a través de su máscara. Cada palabra aterriza sobre mi piel desnuda. Apenas me atrevo a moverme, como si estuviera apuntando a mi espalda con un arma. Me habla al oído y puedo escuchar el ligero crujido de su voz:

—Si apretase aquí de la forma correcta, te paralizaría un brazo. Puede que hasta los dos.

Desciende apenas unos centímetros. Me arde la piel, como si estuviese apoyando carbón ardiendo.

—Aquí, te retorcerías de dolor, sujetándote el estómago y escupiendo sangre.

Su dedo desciende todavía un poco más, punto tras punto, arrastrando mi camisa con su paso, que se desliza por mi hombro. Siento una ligera vibración, un magnetismo extraño, como si estuviese tocando mi columna vertebral y unos fragmentos de hueso estuviesen intentando desprenderse de ella para atravesar mi piel. Eso sí, no siento dolor.

—Y aquí, no te lo digo. Eres demasiado joven.

Aparta su mano, me cubre el hombro y retrocede para ver mejor mi reacción.

—¡Solo un poco más que tú!

—No hablo de la edad, sino de la experiencia, Amor.

Sus ojos me sonríen y de nuevo me invaden las ganas de desenmascararlo. Poso mi mano sobre su mandíbula, reteniéndome para no dibujar los contornos. Me esperaba tocar una tela, pero la consistencia hace que parezca una segunda piel.

—¿Por qué llevas puesta la máscara aquí? ¿Con nosotros? Sé que no es para ocultar tu identidad, ya que aquí todo el mundo sabe quién eres, Killian Nightbringer.

Digo su nombre como el título de un libro atrayente.

—Para que se enfaden las curiosas.

—¿Cuándo te la quitarás?

—Cuando me parezca el momento oportuno. Me gusta elegir mis momentos. Economiza tu energía para recuperar tu Palabra. Tenemos que encontrar un medio de extraerla del Umbría. Mientras esté dentro de ese colgante, no podrás controlarla y, con el paso del tiempo, podría llegar a corromperla. No sabemos nada acerca de esa maldita joya, ni siquiera qué pasará si la destruimos. En fin, eso en el caso de que lo consigamos. La tarea no será moco de pavo.

—¿Qué quieres decir?

—Ha sido lo primero que intenté hacer. Se lo confié al Dhurgal, pero ni siquiera él lo consiguió con su fuerza monstruosa. Lo mismo al intentar fundirlo. ¿Qué? ¡No me pongas esa cara! ¡Normalmente, eso funciona sí o sí a la hora de destruir un objeto maléfico!

—¿Sueles destruir objetos maléficos?

—Algunos, con más o menos consecuencias.

Podría haber destruido mi Mantra con sus arriesgadas impro-visaciones. Pero no lo ha conseguido, así que no veo por qué dis-cutir. Mientras acaricio el óvalo y los arabescos del espejo, suspiro:

—¿Por qué no viene a mí por sí misma?

—Diría que está bloqueada dentro. Como el espíritu de Si-vane —sugiere el ladrón alzando los hombros—. Decías que el Umbría se activa bajo la influencia de las energías nefastas, ¿puede que el Mantra también necesite un combustible podero-so para salir de ahí?

—Salir… No, no un combustible…

Me coloco sobre mis rodillas, bruscamente, haciendo que se caiga al suelo la manta sin preocuparme por mis piernas desnu-das, aferro la cara de Killian con mis dos manos y le dejo un beso en la frente. Por una vez, él no lo ha visto venir.

—¡UNA PUERTA! Recuerda, Alric nos lo dijo cuando esta-ba combatiendo contra el efecto del Umbría. ¡La cólera no era suficiente, hacía falta una puerta de entrada! ¡Una puerta!

—¿Cuántas veces pretendes repetir esa palabra? —se burla él—. Muy bien, ¿qué tipo de puerta?

Me siento de nuevo con los pies encajados debajo de mis nalgas, antes de alzar el espejo roto de Jeanne.

—¿Qué caracteriza a Sivane y a Virgo Bellamy?

—Son gemelos.

—¿Y qué tienen los gemelos de especial?

—Se parecen como dos gotas de ron.

—Sí, y lo más importante, tienen el mismo reflejo. Killian, recuérdame los momentos en los que Sivane tomó la delantera a su hermano.

—Durante el combate contra el Soldado de Cristal, después de la mordida de la serpiente en las Cascadas de Avallon —re-cita—, cuando el navío golpeó contra un iceberg en Thelanos y, por último, durante mi discusión, totalmente justificada, con la niñera.

Me siento sobreexcitada, como una detective cuya búsque-da llega a su fin. También siento que alguien entre las sombras me susurra el comienzo de las respuestas, ayudándome a conectar mis buenas, pero demasiado dispersas, ideas. ¿Los Murmuradores, quizá?

—Creo que también apareció cuando tuvo esa gran discusión con Rousseau, la que mencionaron durante la fiesta. Sabemos que la pérdida de memoria siempre es el resultado de esos episodios de transformación y ninguno de los dos recordaba su reconciliación.

—Bien visto, sabelotodo.

—Hasta ahí todo tiene sentido. Cada vez que sucedía, Virgo sentía emociones negativas. Dolor, cólera, contrariedad, miedo, vergüenza. El Umbría se nutre de ellas y las amplifica hasta que acumula el poder suficiente para poner en marcha la metamorfosis. Pero ese no es el único punto en común entre esos eventos. En el mismo momento...

El ladrón se hace con el espejo y se contempla en él durante unos segundos, antes de apartar la mirada, como si esa visión de él mismo le desagradase.

—Vio su reflejo en un objeto o en un lugar poderoso y simbólico —se me adelanta él—. En la espada del Soldado de Cristal. En el agua del lago. En el hielo...

—En este espejo y... en el escudo. ¡Todo coincide, Killian!

—Frena un poco, Rosenwald. Ahora sabemos mediante qué medio llamar a ese maldito gemelo diabólico, pero para qué nos sirve, ¿eh? No queremos que vuelva al cuerpo de Virgo, queremos deshacernos de él.

—Te estás olvidando de algo esencial: Sivane ya no tiene el collar. Nosotros sí. Sin él, no podrá poseer a su hermano. Al menos, eso creo.

—¿Y qué crees que pasará según tú? —pregunta el ladrón, que me mira fijamente, con más interés que un costurero tomando mis medidas.

—Creo que se quedará bloqueado en el reflejo. La «puerta» no se abrirá.

—Solo son suposiciones —me modera él, y comprendo que no está tratando de desmoralizarme, sino de evitar decepciones.

—Sí, pero merece la pena intentarlo.

—¿Y eso cómo ayudará a recuperar tu Palabra?

—Como estará atrapado, tendré tiempo para intentar invocarla. Sin Sivane queriendo venderme a un vicioso demonio amante de la carne fresca.

—¿Cómo se llama?

—¿Quién? ¿El demonio pervertido? Puede que estuviese hablando de Lesath.

—¡Tu Mantra, cabeza de chorlito! ¿Cómo puedes ser tan inteligente y tan estúpida a la vez?

—¡Oh! ¿Te parezco inteligente?

—¡Rosenwald!

—[Gemelli]. ¡Se llama [Gemelli]!

Pronunciarla solo me trae un vacío y siento un dolor similar al hambre voraz después de un largo ayuno. Killian me golpea la parte superior de la cabeza. Siento como si me golpease una ráfaga de aire.

—¡Podías haber empezado por ahí, idiota!

—¡Ay! ¿A qué viene eso? ¡Solo tenías que preguntar, en vez de pegar a una pobre enferma! ¡Tremendo bruto!

—Arya, Arya...

Fija sus ojos en mí con un aura seria, como si buscase incrustar sus palabras directamente en mi cabeza.

—Tus Palabras son como los seres humanos; es decir, todas son diferentes y tienen su propio carácter. Cada una tiene una particularidad, una razón para existir. Siempre aparecen en momentos concretos, por una razón concreta. Echan raíces en tus emociones, pero fuera de ti se desarrollan por su propia voluntad. Es fundamental que tengas en cuenta su singularidad. Tienes que utilizarla. ¡Piensa! [Gemelli] no ha escogido a los gemelos al azar. Esa palabra ha sido atraída por lo que la define.

—Entiendo, pero ¿a dónde quieres llegar?

—Dime lo primero que te viene a la mente cuando piensas en ese Mantra.

—La cifra dos.

—¿Por qué crees que piensas en eso?

—Porque es la expresión de la dualidad. Como los gemelos.

—Según lo que yo pienso, es evidente que tu Palabra no vendrá a ti si está incompleta. Así como pueden estar dos hermanos separados.

«Algo se ha apagado en él desde la masacre de Kraine. Jamás ha vuelto a ser el mismo. Incluso sin el eco retorcido de su gemelo», dijo Rousseau.

—Espera, ¿estás insinuando que Virgo también posee una parte de mi Mantra? Yo…

Pero tiene todo el sentido del mundo. Mientras mi palabra estaba despierta, [Gemelli] me dio algunas habilidades temporales: la agilidad felina de Killian, el control mental de Alric y la habilidad de duelo de Saren. Pero no solo eso. Por medio de ella, he sufrido experiencias sensoriales incluso cuando el espíritu de Sivane estaba dormido. El placer voraz de Thétys, el sentimiento de plenitud de Killian bajo la cobertura de estrellas. Instantes fuertes pero positivos. En ese entonces, Virgo debía sentir felicidad, lo que desequilibró la balanza emocional del Umbría. Entiendo que mi Palabra está pegada a mi piel desde el principio. Ese extraño bienestar que sentí cuando pisé por primera vez el suelo del *Narciso*, ese sentimiento de haber formado una familia con los piratas. Esos idiomas que entendía. Ese instinto gregario.

Mis ojos arden como dos llamas violetas a través del espejo.

—No debemos eliminar a Sivane. Debemos reunir a los Bellamy, restablecer y sanar su vínculo.

Killian asiente con la cabeza.

—La travesía todavía va a durar varios días. Hasta entonces, te toca averiguar la manera de hacerlo, Guardiana de las Palabras.

—Gracias por tu ayuda, Nightbringer.

—Hacemos un buen equipo. Ahora… ¡ve a lavarte un poco, hueles a animal! Y vístete, o le vas a acabar provocando una crisis cardíaca al pequeño Jimmy.

—Lo golpeé en el ojo. Parecido a lo que hiciste con Thétys.
Me río, feliz con mi réplica.

—Eso es, diviértete. ¡Tus tareas diarias te están esperando!
Hay que volver a colocar las velas. Te gusta mucho trepar, ¿verdad? —me amenaza Killian, diabólico—. ¡Y ni se te ocurra hacer una chapuza o te privaré de tu almuerzo!

—Creía que hacíamos un equipo. ¡Ahora mismo me estás
dando órdenes!

—Somos un equipo. Pero yo soy el amo.

Killian se levanta de golpe, pero yo me agarro a una de sus
correas como si temiese caer al vacío al borde de un precipicio.

—¡Espera!

Desciendo mi mano por su pierna y saco el Umbría de uno
de sus bolsillos camuflados.

—¿Cómo sabías que…? Da igual, déjalo.

—Déjamelo a mí. ¡Soy yo quien debe tenerlo! Quiero decir,
tengo que hacer algunas pruebas con él.

Killian me mira durante unos instantes, después decide con-
fiarme la joya antes de irse silbando. Él también tiene varias caras. Me dirijo al nautilo:

—Te voy a sacar de ahí, [Gemelli]. Tengo que hacerlo.

Pasan algunos días a bordo del *Narciso* sin que nada ni nadie perturbe la tranquilidad de la tripulación o la mía. La tensión entre
Killian y Saren se ha apaciguado. Ambos se juntaron una noche,
se tomaron una copa y dejaron las cosas claras. Sus palabras sobrepasaron sus pensamientos por culpa del collar que metió cizaña. Killian ha reconocido algunos errores y se ha disculpado
(aunque sus disculpas pareciesen más bien gruñidos), y soy consciente de hasta qué punto le ha dolido en el orgullo. No obstante,
no ha vuelto a tocar el tema que concierne a Aïdan y los príncipes, aunque yo esperase un pequeño *mea culpa*. Tampoco vamos a
pedirle demasiado. Por mi parte, me disculpé con el general, él
mismo se sintió avergonzado de su comportamiento asfixiante y

acusatorio antes de que mi magia lo amordazase. Ha admitido que, en ese momento, echaba mucho de menos a su familia y tenía miedo por ella. Lo dejamos hablar sobre ellos con amor durante una hora.

En cuanto a Alric, hizo un recorrido por el barco más de una vez y se inclinó tantas veces como marineros se iba encontrando. No somos responsables, lo es el Umbría, aunque, como subrayó Saren, todos teníamos rabia contenida dentro de nosotros. Solo fue necesario extirpárnosla y servirla. Todos brindamos, prometiendo comunicarnos mucho antes de que nuestros sentimientos exploten. Conmovida, tiré de Killian y del general hacia mí para abrazarlos (algo agradable para mí, vergonzoso para ellos) y terminó en un abrazo colectivo con los piratas. Esa noche de paz finalizó de buen humor, con un debate animado pero respetuoso sobre los humanos con y sin magia. Todos llegamos a la conclusión (a Killian le costó un poco más) de que la grandeza procede del alma.

El resto del tiempo lo he pasado intentando llamar a Sivane con los nuevos elementos en nuestra posesión: el espejo y el colgante. Pero todos mis intentos han terminado en fracaso, lo que hace que cada vez me sienta más irritable: tan solo mi humor sería suficiente para alimentar al Umbría de energía negativa. A partir de ahora utilizamos la de Alric, demoníaco por naturaleza, para compensarlo. La idea surgió de él mismo y no me gusta lo más mínimo. Todavía menos cuando me asegura que aguantará el shock, pero su demacrado rostro me dice lo contrario. Busca redimirse, aunque nadie le reproche nada. Alric en todo su esplendor. Consumo muchísimo de mi propia energía, ya que utilizo [Protego] sobre él durante cada uno de nuestros intentos, como medida de precaución. Como debe hacer salir su lado Dhurgal, no quiero tomar ningún riesgo. No por mí, sino por los piratas. Virgo ha aceptado su presencia sin darle más importancia y nos ha otorgado carta blanca, así que no quiero darle una razón para pensar que se ha equivocado.

En todo caso, mi cansancio no impide que Killian me ponga multitud de tareas y me tire de las orejas cuando me encuentra echándome una siesta detrás de las cajas. Hoy me ha dado un día de descanso y lo aprovecho para recargar mis fuerzas. Lo dejo tranquilo, encaramado en las alturas mientras toca su flauta, y decido hacer algunas visitas amistosas a los marineros, con los que me sigo llevando muy bien.

Después de intercambiar algunas carcajadas con Sade y Thalassie sobre un ritual matrimonial, me dirijo hacia la popa y termino la sardina a la parrilla que estoy comiendo para almorzar. Esto se ha convertido en un hábito. Disfruto de este panorama excepcional, contemplando el agua ondulada por el viento e irisada por el sol. El mar parece estar cubierto por un brillo dorado. Tiro las espinas por la borda, saco el Umbría (ya no me separo nunca de él) y me apoyo en la barandilla. Acaricio el nautilo, recorriendo sus espirales.

—[Gemelli].

Como era de esperar, no viene, pero me siento obligada a intentarlo todos los días. Es la primera vez que una Palabra no viene hacia mí, así que seré yo la que vaya a por ella. Invoco [Luna] con confianza, como para asegurarme de que mi magia no está defectuosa. Desde la Triqueta, la domino bastante mejor e imagino que se está desarrollando. Entre mis palabras y yo existe una relación de obediencia, pero también de reciprocidad y de intercambios mutuos. Con [Luna] todavía más. Me siento cercana a ella y tengo un cariño especial hacia esta Palabra, algo así como una hermana pequeña favorita o una mejor amiga. Un filamento de luz virginal se enrolla alrededor de mi dedo todavía contusionado, como un hilo largo de oro en una rueca.

Blaise aparece sin manifestarse y pongo mis manos detrás de mi espalda para esconder mi luz y el colgante. Me fijo en un corte reciente en el vientre del intendente, ya plagado de viejas cicatrices blanquecinas. Me saluda quitándose el tricornio.

—Blaise, ¿puedo hacerle una pregunta personal?

—¡No veo ningún inconveniente, señorita Arya!

—¿Por qué se inflige esas cicatrices?

—¡Oh, eso! —dice él—. Es una apuesta con un viejo amigo mío: ¡el primero que vea cien ballenas blancas, gana! Cada vez que veo una, me hago una marca para mantener el conteo al día. Dado que mi memoria falla debido a ese maldito collar, no quiero olvidarme de nada y ponerme en desventaja.

—¿Qué gana si lo consigue?

—Nada en especial, visto que mi amigo ya no está en este mundo.

—Lo siento, Blaise.

—No tiene por qué.

—Pero ¿por qué continúa haciéndolo?

—No me gusta perder.

Suspira. Esta vez, no habla de la apuesta. No soy experta en fondos marinos, pero sé lo suficiente como para ser consciente de que es imposible que Blaise haya podido ver una ballena en estas aguas cálidas. Deduzco que se trata de otro recuerdo trucado por el Umbría, aunque la tristeza del marinero es totalmente real.

Capítulo 59

La puerta del corazón

Esa noche asisto al ritual nupcial. Me esperaba una pequeña novatada para los futuros marido y mujer, algo divertido, pero no una prueba tan solemne y peligrosa. Con el miedo en el estómago, observo cómo Albar y Hézékiah lanzan al prometido por la borda, con los pies y las muñecas atadas. Sade, con un cuchillo entre los dientes, se tira de cabeza tras él mientras sus compañeros la animan.

—Extraña costumbre —admite Alric, que desplaza su mirada penetrante hacia la superficie del agua—. Muy extraña.

Me imagino el mar decorándose de burbujas como una olla hirviendo, justo donde acaba de hundirse Odilon. A diferencia del teniente, no veo como si estuviésemos a plena luz del día, pero quizás algún día pueda gracias a [Gemelli].

—No es más extraña que vuestra manía «dhurgalesca» de servir como aperitivo a vuestros invitados —comenta Killian, manteniéndose a cierta distancia de la borda.

—Al menos el mar está tranquilo —añade Saren, calmado—. El viento no se los llevará lejos.

¡Parece que está viendo un espectáculo de circo! Me manifiesto con una voz descontenta:

—¿Soy la única que se preocupa por el pobre Odilon? ¡Es de noche, maldita sea! ¿Y si ella no consigue subirlo? ¿Si un tiburón los ataca? ¿Si se ahogan? ¿O si se mueren de hipotermia?

—¿Te relajas? Están tan cómodos en el agua como yo en el aire. Son hijos del mar, ¿no? ¡Por Naessis, ten un poco de fe!

Busco una réplica mordaz, pero no se me ocurre nada.

—Espero que tengas razón.

—Siempre tengo razón.

Pasan unos minutos, pero en mi cabeza parece una eternidad. Killian me obliga a sacarme los dedos de la boca varias veces, tratando de salvar mis uñas ya mordidas. Odia este molesto hábito, así que termina sosteniendo mis manos entre las suyas. Los piratas cantan canciones alegres mientras mi ansiedad me impide disfrutar plenamente. Me juro a mí misma que jamás me casaré con un pirata, aunque solo sea para evitar esta absurda tradición. Sintiendo una mezquina satisfacción, me digo a mí misma que, suponiendo que Thétys tuviese aunque fuese una pequeña posibilidad de conquistar a Killian, se acaba de esfumar del todo.

—Ya vuelven —afirma Alric, impresionado por esta demostración de fuerza.

—Ah, sí —confirma Killian, mostrándose casi decepcionado por la ausencia de drama y de dificultad.

—¿Dónde? ¡No veo nada!

La luna redonda atraviesa el cielo, pero es imposible ver ni la más mínima silueta sin la visión nocturna de mis compañeros. Me inclino, pero el ladrón me agarra de la camisa, chasqueando la lengua con exasperación. Tras una espera interminable, los piratas vuelven a subir a los novios al barco, sanos y salvos, ayudándose de unas cuerdas atadas por Amédée, y los gritos estallan como si fuesen fuegos artificiales. Los amantes se abrazan, aliviados. Virgo se acerca para darles su bendición entre vítores, feliz como si estuviese celebrando la boda de su propia hija.

—Esto es literalmente poner su vida en manos de alguien. Semejante símbolo de confianza —comenta Alric con una pizca de nostalgia, posando los ojos sobre la pareja.

—¿Me dejaría salvarle, teniente? —pregunto, sin tomarme lo que digo demasiado en serio.

—Innegablemente, Arya —responde Alric rápidamente con una dulzura incomparable.

Inclina la cabeza con una mano apoyada sobre su corazón. Las sombras de sus altos pómulos transforman su sonrisa angelical en una melancolía dolorosa.

—¡Es fácil decirlo cuando ya no respiras! —replica Killian.

—¿Tú no me confiarías tu vida, entonces?

Mi pregunta, que hago con la única intención de pinchar al ladrón, deja un silencio atronador. La paciencia no es mi virtud. Un gruñido divertido sale de su boca, pero sigue sin decir nada y sale corriendo a lo alto de un mástil. Supongo que jamás sabré mi respuesta.

Nuestro grupito se separa. Alric se apresura a felicitar a los tortolitos, calados hasta los huesos pero radiantes, con el encanto y la distinción que lo caracterizan. Saren habla sobre artillería con el capitán. Parece interesarse por su espada.

—He aquí por qué se lo conoce como el Mar de las Mil Lágrimas —me explica Thalassie, orgullosa de demostrar sus conocimientos.

—¿Insinúas que el mar tiene ese nombre debido a las viudas que lloran? ¿Las que no lograron rescatar a su prometido a tiempo? ¡Es horrible!

—¡No es eso! A veces, esos cabrones que tienen por marido se atreven a regañarlas por no haberlos rescatado lo suficientemente rápido —me cuenta Scylla, clavando un cuchillo impresionante en la corteza de un jamón, como si representara el muslo de uno de esos hombres—. ¡Sobra decir que las doncellas les meten una paliza monumental! ¡De hecho, se dice que son ellos los que vierten sus lágrimas en el mar!

Durante una hora, me doy el gusto de pasar un buen rato con estas mujeres de carácter fuerte. Eso sí, rechazo hasta la más mínima gota de alcohol, todavía escaldada por mi última borrachera. Sin embargo, algo se revuelve en mi estómago, como si unas serpientes estuviesen tratando de salir de él. Después de un rato, cuando mi propia risa empieza a sonar falsa, las dejo con una excusa educada que ni siquiera escuchan. Busco un lugar al aire libre, lo más lejos posible de los gritos agudos de Sidonie y apartado de los juerguistas. Me siento en una esquina sombría a babor y [Protego] me encierra tras su pantalla, en perfecto acuerdo con mi estado emocional. Los ruidos se atenúan: es más eficaz que ponerse tapones en los oídos. Saco el Umbría, buscando una explicación a mi repentina necesidad de soledad, pero no emite ninguna luz.

—[Gemelli].

El consejo de Killian acerca de mis Palabras se impone. Si las Palabras se copian de mis emociones, debe ocurrir lo mismo al revés. Pregunto, dulcemente:

—Entonces, ¿esto es lo que sientes?

Al estar sumergida en mis pensamientos, tardo en darme cuenta de las sombras de dos siluetas grandes. Alric y Killian. No pretendo hablar con ellos, solo quiero quedarme en compañía de mis Mantras y de mis pensamientos. Me hago pequeñita y pasan delante de mí sin dedicarme ni una mirada. Normalmente, nada se escapa de la visión sobrehumana que poseen ambos, así que llego a la conclusión de que [Protego] me ha vuelto indetectable, puede que incluso invisible a sus ojos.

Se alejan unos pasos más. Debería buscar otro sitio para satisfacer mi necesidad de quietud, pero mi curiosidad incurable me retiene aquí. Me pregunto cómo pueden entretenerse un ladrón poco conformista y un Dhurgal embrujado por su pasado. Es una combinación completamente inesperada. De hecho, nadie hace buena pareja con Killian Nightbringer.

Cuando me libero de [Protego], los sonidos eclosionan de nuevo, como si estuviese dentro de una caja a la que le acaban de quitar la tapa. Con una pizca razonable de culpabilidad, utilizo un segundo Mantra con fines poco honestos. El Umbría se calienta en mi mano en el momento en el que le pido ayuda, pero no me entretengo con este detalle. [Eco] responde y se establece de forma todavía más sencilla que las primeras veces. Escucho las dos voces claramente. Solo parece como si Killian y Aldric estuvieran en una cueva.

Pero me doy cuenta de otro cambio. Mi vista se afina, al igual que mi oído, otorgándole al conjunto una nitidez sin igual. Me froto los ojos, tan incómoda como si se me hubiese metido una mota de polvo o gravilla. La sensación se atenúa. Entonces… ¿Es así como Alric y Killian perciben el mundo? Tan definido, como si estuviesen viéndolo con lupa, incluso cuando el día realiza su último acto y la noche entra en escena.

—Es la primera vez que podemos hablar sin Rosenwald viniendo a interrumpirnos con sus balbuceos.

Sin darme cuenta, dejo escapar una exclamación de indignación antes de cerrar los labios con fuerza. Le he dado la razón en tan solo dos segundos.

Como un águila real en su nido, el ladrón se sienta en lo alto de una pirámide de cajas con una pierna colgando en el aire. Le da un sorbo a su botella de ron. Alric permanece de pie, tan erguido que me pregunto si una barra de hierro sujetará su columna. Sus miradas se eluden, demasiado ocupadas escrutando las estrellas dispersas, como si fuesen pepitas de oro arrojadas sobre el mantel negro del cielo.

—¿Tienes ganas de hablar, bandido? —se sorprende él, divertido—. ¿El fin del mundo se acerca?

Killian deja pasar unos minutos, el tiempo que le lleva dar un trago a su botella.

—El símbolo que tienes en la espalda, el que te vimos en el festín de Lesath, ¿qué quiere decir? —le pregunta, sin más preámbulos.

—No te andas con rodeos, ¿eh?

—¿Para qué?

Sé que Alric va a responder a esa pregunta. Es demasiado honesto para escaquearse. Puede que sea por automatismo. Lesath conocía hasta el más mínimo recoveco de su espíritu, así que era inútil tratar de esconder sus sentimientos, ni siquiera los más íntimos. Seguro que hasta llegó a arrancárselos a la fuerza, con dolor.

—Es una palabra que solo existe en Dhurgal. Digamos que la cruz significa la muerte, el círculo me designa y el segundo círculo más pequeño simboliza la cobardía. Lo que se traduciría por...

—¿El suicida? —propone Killian sin ningún rastro de ironía.

—Aquel que quiere morir de forma cobarde. O como un humano, débil y despreciable. Una abominación, no les tengamos miedo a las palabras.

—En mi dialecto, decimos *K'hrassâm* —le explica el ladrón—. No solo tu cultura rechaza a los suicidas.

—Algunas personas nacen con la tragedia en la sangre, bandido.

—Siempre se trata de un problema de sangre —asiente Killian—. Por cierto, hablando de eso, nunca te lo he agradecido.

Abro los ojos como platos ante tal sorprendente prueba de humildad. No sé cuántos litros de ron ha bebido Killian, pero voy a terminar por creerme que un gemelo lo ha reemplazado.

Alric parece que piensa lo mismo.

—¿A qué se debe el honor?

—Por habernos salvado el culo varias veces en el Valle de Hierro. No estoy ciego ni soy estúpido. Tú paraste el sangrado de la nariz de Arya cuando aquel psicópata se introdujo en su cabeza, tú sufriste una tunda en mi lugar y tú me diste consejos adrede sobre el comportamiento que debía adoptar ante esa desgracia de Génesis, aun sabiendo que te contradecía y que Lesath se lo pasa genial cuando alguien desafía su autoridad. Lo que quiere decir, debo admitirlo, que sabías cómo tratarme. Lo demás no te lo cuento, estabas presente. Así que, gracias, Alric.

—¿Qué acabas de decir?

—No te lo voy a deletrear, ¿vale? ¡Tampoco abuses de mi amabilidad, Dhurgal!

—Por supuesto que no, pero es la primera vez que dices mi nombre. Es divertido viniendo de ti. Parece un cumplido.

—No te acostumbres demasiado. Me parece banal llamar a la gente por su verdadero nombre. Volviendo a lo de antes, veo que lo hiciste todo para mantener a Arya con vida desde el momento en el que cruzó las puertas de tu mundo. Tu antiguo mundo —rectifica tras una ligera duda—. Eso merecía un pequeño agradecimiento. ¡Pero no se lo digas a nadie, eh! ¡Y menos a Rosenwald! ¡Tengo una reputación que mantener!

Sonrío a mi pesar. Alric se inclina con gracia, aceptando con humildad la gratitud del ladrón. Este gira la cabeza, fijando la vista en un punto imaginario. A pesar de su inusual locuacidad, siento que su mente está a kilómetros de distancia, en un lugar al que me niega el acceso.

—¿Sabes? Yo sé que lo sabes. No sé cómo lo sabes, pero sé que lo sabes.

—Deberías ser un poco más explícito, Killian —bromea el teniente con las manos detrás de su espalda como si estuviesen atadas con cintas invisibles.

—Arya. Quién es. Las palabras exactas. Conoces su misión y hasta qué punto ella es importante. No estás obligado a contarme cómo lo sabes, pero no pretendas lo contrario.

—No pretendo nada —asegura Alric con una calma intocable—. Al contrario que tú.

Es una constatación triste, más que una acusación. Pero Killian se siente agredido.

—¿Qué se supone que quieres decir?

—¿Por qué no has respondido a la pregunta de Arya hace un rato? ¿Después del ritual?

El ladrón deja la botella a su lado, se arremanga y luego reajusta los puños de la camisa de cada una de sus muñecas. ¿Está tratando de ganar tiempo?

—No le habría gustado la respuesta —dice él finalmente—. O no está preparada para escucharla. Como muchas otras, de hecho.

—¿Y cuál es esa respuesta?

El Umbría irradia un calor abrasador en la palma de mi mano. Me merezco que me castigue por mi indiscreción, pero la idea de arrebatarle información personal al ladrón hace que mi mala educación sea aún más excusable. Pretendamos que el fin justifica los medios.

—No puedo confiarle mi vida cuando se me ha confiado a mí la suya. Eso querría decir que he fracasado. Cosa que para mí es inconcebible.

—Ya veo.

Ahora le toca al teniente sentarse sobre una caja. Siempre parece estar alerta, como si tuviese miedo de ser atrapado. Con gusto cambiaría toda la fortuna que conseguimos de Corndor por la oportunidad de explorar los pensamientos de estos dos hombres.

Esta vez es Alric quien rompe el silencio:

—¿Me permites que te dé un consejo?

—No te cortes. Imagino que con tu edad y tu experiencia, es como escuchar a un abuelo —lo vacila Killian que, como siempre, no puede evitar darle un toque de broma a las conversaciones demasiado serias—. O tátara, tátara, tátara... ¿Cuántos años tienes exactamente?

—No deberías ser tan cerrado con Arya —lo corta Alric, cuyos dedos unidos forman una cúpula—. Te implicas físicamente, pero no emocionalmente. Y es innegable que a ella le gustaría. Contar para ti. Contar para todos nosotros. Es sensible con ese tipo de cosas. No te olvides de todo lo que ha dejado para seguirte y asumir un papel del que todavía no conoce su amplitud. Una responsabilidad semejante siempre engendra soledad. Y ella no ha hecho más que empezar su misión.

—Escuchándote parece que la conoces mejor que nadie. Apenas te acabas de integrar en nuestra pequeña y amable familia, Dhurgal.

—Solo soy muy observador.

—No, no creo que *solo* sea eso —mantiene Killian, que baja algunas cajas, más delicado que un gato, y se encuentra a la altura de Alric.

Este último le lanza una mirada indescriptible a través de sus largas pestañas, luego se centra en otro punto. Su piel de marfil parece un halo de luz en la oscuridad.

—Comparte tu opinión, por favor te lo pido —lo anima.

—Tú también sientes eso por Rosenwald, ¿verdad? Ese vínculo, esa conexión innegable. Ya me ha hablado de ello, convencida de que vuestro encuentro estaba escrito en el tapiz del destino o alguna tontería de ese estilo. Desde el principio habéis sido como dos viejos conocidos que se han cruzado, se han separado y se han vuelto a encontrar con el tiempo. Sois capaces de leeros el espíritu el uno al otro. Te escuché en el Valle de Hierro, Alric —continúa Killian—. Cuando apareció por primera vez frente a ti: «Aquí estás, por fin». La presentías. Peor, la estabas esperando. Me gustaría saber qué os une y por qué. Es algo que me sobrepasa, y eso que pocas cosas escapan a mi comprensión. Tengo la mente bastante más abierta que el corazón, Dhurgal. Pero en este caso...

—Algunas verdades no tienen explicación. Se viven, eso es todo.

—Mientes.

—Los Dhurgales no mienten jamás.

—Y los ladrones reparten el total de sus botines a los orfanatos y a los refugios para los gatos en apuros —bromea Killian con amargura—. Entonces, ¿qué? ¿Estáis predestinados mutuamente?

—Yo estaba predestinado a morir y mira dónde estoy. Genial, has evitado el tema con gran habilidad.

—Soy bueno en eso.

—¡Qué paradójico! Te gusta que se hable de ti, Killian Nightbringer, el ladrón de leyenda, pero por pura fanfarronería. En cuanto intentamos indagar un poco más, te cierras en banda. Por cierto, hablando de eso, tengo mucha curiosidad por saber por qué le escondes tu rostro a ella.

Killian cruza sus brazos sobre su pecho, señal de que se ha cerrado como una ostra. Este hombre es un verdadero callejón sin salida emocional.

—¿Porque no soportaría tanta belleza?

—Killian.

—¡Es una cotilla patológica y me gusta llevarle la contraria, eso es todo!

—Ya sabes que ella no lo ve de esa forma, sino más bien como una barrera que os separa. Pero, si tú lo dices, no voy a insistir.

—¿Qué os pasa a todos, maldita sea? ¡Encariñarse NO es la solución! —protesta Killian—. ¿Para qué? ¡No soy más que un simple peón en toda esta historia! Y no voy a... ¡Argh, olvídalo!

—Olvidado.

—¿No usarás tu Ascendente sobre mí, Dhurgal?

—Por supuesto que no. Intento implicarme de nuevo en las relaciones humanas.

—Son complejas, ¿eh?

—Demasiado evidentes. Ya sé qué te impide abrirte a Arya.

—¡Pues mira qué bien!

—¿Qué es lo que te da miedo que descubra?

Ver a Killian perturbado hasta tal punto es tan raro que habría que marcar este día en el calendario. Contengo la respiración y siento cómo late mi corazón en varios lugares distintos de mi cuerpo, como si estuviera dividido en muchos corazoncitos independientes. ¿El ladrón se va a enfadar y pondrá fin a su encuentro? Pero, una vez más, Killian me sorprende con su sinceridad:

—Que no soy digno de lo que ella representa, por ejemplo.

—¿Por qué no serías digno?

De repente, el ladrón se pone de pie y da algunos pasos. Mueve los hombros para liberar la tensión, luego saca un Makhaï.

—*Baknina!* ¡No sé ni por qué te estoy diciendo esto! Me vuelvo casi hablador por culpa de beber más agua que ron en esta carraca.

—Tampoco exageres.

—O es culpa tuya —lo acusa Killian, apuntado el metal hacia Alric—. Arya tiene razón, tienes algo particular.

—Además de colmillos, una fuerza sobrehumana y un físico divino, ¿quieres decir? Y no soy yo quien dice eso, ¿eh? —enfatiza, como si Killian pudiese pensar que es un creído.

—En mi idioma lo llamamos un *Nessahim*. La puerta del corazón. Que podría traducirse por un confidente natural, un guardián de los secretos. Aunque «saca secretos a la fuerza» sería más justo. Ese tipo de persona que consigue desnudar tu alma sin tan siquiera intentarlo. No nos gustan demasiado, porque es como mirarse en un espejo que te enseña tus peores defectos.

—No parecen gustarte muchas personas, bandido —constata el teniente.

Alric sigue a Killian con los ojos mientras se apropia del espacio con sus idas y venidas.

—Sin duda. La niñera tenía un poco de razón, solo me quiero a mí mismo porque nadie lo va a hacer por mí. ¡Basta ya, Dhurgal!

—Lo siento. Supongo que los Dhurgales somos *Nessahim* por excelencia, ya que manipulamos el alma. No he dicho que no quieras a nadie, solo que no quieres a mucha gente.

—Eso es mejor que querer a las personas incorrectas, ¿no?

—Posiblemente tengas razón.

—Siempre tengo razón.

—Te repites, vagabundo.

El ladrón le lanza una risa cuya calidez me recuerda a la de **[Luna]**, luego vuelve a su seriedad habitual:

—¡Suficiente! No intentes entrar más en mi cabeza. Es demasiado oscura hasta para ti.

—Ya no le temo a la oscuridad.

Abandonan de nuevo el uso de las palabras. Killian practica lanzando su Makhaï varias veces hacia un pequeño mástil. Alric espera mientras masajea su mano, en la que brilla su anillo. Cuando saca el Makhaï del poste, Killian murmura algo que jamás podría haber captado de no haber sido por **[Eco]**, o Alric sin sus sentidos agudizados:

—¿Sabes? Ella me asusta un poco.

—¿Por qué?

—Porque un día sabrá cosas que ni yo mismo conocía sobre mí.

Mis intestinos forman unos nudos dignos de Amédée. Mi Mantra se debilita. Jamás había sido tan cercana a alguien físicamente y tan alejada al mismo tiempo. Un sentimiento totalmente contrario a lo que siento por Aïdan.

—¿Has hecho cosas malas? ¿Imperdonables?

Killian apunta al mástil, pero su brazo se queda en el aire. Me recuerda a las mariposas enmarcadas de Virgo, detenidas en pleno vuelo. Alric lo obliga a bajar su arma.

—Siempre hago cosas malas. Las hago bien, además —confiesa, y me resulta imposible saber si se expresa con orgullo o disgusto.

—Todos las hacemos —admite Alric—. Cada uno de nosotros esconde esqueletos en su armario.

—No me gustaría toparme con el armario de Lesath, entonces —bromea Killian.

—Cierto. No te preocupes, no va a ser un Dhurgal el que te juzgue. Si Arya es capaz de olvidar que soy uno, entonces sin duda será capaz de olvidar lo que crees o temes ser.

El ladrón posa su mano sobre el hombro del teniente y veo cómo la aprieta con fuerza.

—Somos nuestras elecciones, eso hace que tú seas la antítesis de un Dhurgal. Tu naturaleza bestial no te define, Alric. Solo a tu sed de sangre. A decir verdad, jamás había visto a un Dhurgal provisto de semejante humanidad. Más grande que la mía. Ya he visto cosas más terroríficas y desagradables en el espejo.

—No digas cosas así.

—Tú sobrepasas tu condición, mientras algunos humanos ni siquiera se molestan en intentarlo. Es normal que pueda olvidar lo que eres.

—No soy como vosotros.

—Es verdad, no eres como nosotros. Eres mejor que nosotros.

—¿Qué te ocurre esta noche? Tenías razón, ¡este barco tiene un efecto gracioso en ti!

—Digo que se ve que te preocupas por ella. Te preocupas por hacerla feliz, incluso si, a mi parecer, deberías empezar por ti mismo. Pronto, cargará con tantos problemas en la espalda que estoy feliz de que un hombre como tú esté de su lado. De alguna forma, eso me tranquiliza. Además, sé que no la abandonarás jamás. Si Arya ve algo especial en ti, es que debes ser un buen tipo.

—¿Y tú no?

—Yo soy una persona y ya está. Es un buen comienzo.

No me imaginaba a Killian capaz de hacer este tipo de declaraciones desinteresadas y desvergonzadas, solo para hacer que Alric se sintiera mejor consigo mismo, para declararlo como su igual. Y sus palabras tocan al Dhurgal, aunque se niega a que olvidemos lo que es y el peligro que siempre representará para los humanos. Sus palabras son valiosas para él, le sientan bien. Killian no me abre su corazón y algún día acabaré por aceptarlo, pero me alegro de que haya podido encontrar a su *Nessahim* en Alric.

Un aura azulada se dibuja bajo la palma del ladrón todavía aferrada al hombro del teniente y subraya los contornos de sus largos dedos. Ninguno de ellos parece verla. Pestañeo, pensando que mi visión está siendo alterada por el cansancio. Es la primera vez que utilizo [Eco] durante tanto tiempo y empiezo a sentir el agotamiento. La energía drenada por mi magia siempre es consecuente; ya sé de antemano que lo voy a pagar caro. Sin embargo, eso me importa poco, porque comprendo con emoción que esa luz existe, sin lugar a dudas, fuera de mi imaginación y que [Confianza] acaba de dejar su huella sobre mis compañeros. He aquí la confianza que tanto ansiaba. Dudo si interrumpir mi escucha. Mi mano se sacude, pero no me atrevo a mirar. Finalmente, mi debilidad toma el control.

—No la alejes, ladrón.

—Alejar a los demás es lo que mejor se me da hacer.

—Con ella debería ser diferente. Es única.

—Eso ya lo sé.

—La mayoría de los humanos se conforman con existir, porque vivir es bastante más complicado. Es lo que he hecho durante años. Pero esta chica iluminará el mundo. Se convertirá en un incendio forestal, terrible y hermoso a la vez. Y, para controlar un fuego, hay que acercarse a él. A decir verdad, ella me recuerda a alguien. Pero más despreocupada, más joven.

Su voz desprende ese olor fugaz a nostalgia.

—Ella infravalora el impacto que tendrá en la vida de los demás. El impacto que ya ha empezado a tener.

—¿Y eso cómo lo va a saber? Si no le dices nada.

—Porque no sé demasiado. Nada más allá de lo que estoy destinado a hacer y de lo que soy apto para aportarle o no. Me gustaría que supiera contar consigo misma. Es importante. Por si algún día se encuentra sola, sin nadie que vele por ella.

—No estás acostumbrado a contar con nadie, ¿verdad?

—Nuestras propias sombras nos fallan en la oscuridad.

—Estoy contento de poder volver a ver mi sombra —sonríe Alric lanzándole una mirada a su anillo.

En ese instante, un sonido agudo me perfora los tímpanos. Me da la sensación de que me están aplastando el cráneo entre un martillo y un yunque. Me tambaleo sobre la cubierta, me agacho, coloco las piernas contra mi estómago y suelto el Umbría para taparme las orejas con las manos, a pesar de que soy consciente de que ese sonido proviene del interior de mi cabeza. [Eco] se fisura.

Una herida brillante en forma de espiral surca la palma de mi mano; la que sostenía el colgante. Un líquido caliente fluye por mis sienes, mi mano está llena de sangre. En ese mismo momento, varias personas pasan por delante de mí, corriendo. Recojo la joya, por miedo a que llame la atención de alguno de los piratas. Trato de dejar la mente en blanco, de ponerle fin a ese ruido infernal, y consigo escuchar a Saren decir: «¡No quiero ser un aguafiestas, pero tenemos un problema serio!», «Virgo está mal». Killian pronuncia mi nombre. Me desmayo antes de que encuentren mi escondite. Un último pensamiento sobrevuela mi espíritu, aunque es bastante estúpido, tengo que reconocerlo: ¿qué excusa creíble podría desenmarañar esta bochornosa situación? Escuché a escondidas detrás de la puerta del corazón. Y me la acaban de cerrar en las narices.

Capítulo 60
Quemaduras

—¿Cómo he podido no verla? ¡Estaba a nuestro lado todo este tiempo!

La voz grave e irritada de Killian me extirpa de mi apatía. Tengo la impresión de estar en medio de una multitud. Las sábanas húmedas se me pegan a la piel.

—Yo tampoco sentí su olor, por si te consuela.

—No demasiado, Dhurgal.

—¿Qué le pasa? —se interesa Saren, y puedo sentir su ansiedad hasta en ese susurro.

Me resulta difícil abrir los párpados. Puede que el ladrón se haya entretenido atándomelos mientras dormía, a modo de castigo. Siento los músculos entumecidos y la lengua seca. No reconozco el camarote de Virgo. Este es más austero, excepto por algunos cuadros anticuados. Nerviosa, inspecciono mis manos heridas: una por mi combate con Sivane, la otra por el Umbría. No veo venir a Killian, que se abalanza hacia mí como una bestia furiosa.

—¡TÚ! ¡Espero que haya merecido la pena! ¿Te ha parecido divertido? ¿Instructivo?

Al menos ya lo saben.

—¡Creía que habías vuelto a beber! ¡Y hasta lo habría preferido, lo creas o no! ¿Es para esto para lo que sirven tus Palabras? —grita el ladrón—. ¿Eres idiota hasta ese punto, Rosenwald?

Me gustaría replicar que utilizar [Eco] contra Saren no le había molestado tanto, pero me mantengo en silencio. Una sola obsesión ocupa mi mente: el Umbría. Debo ponerle las manos encima.

—¿Y querías que dejase de tratarte como a una niña? ¡Lo haré cuando te empieces a comportar como una Guardiana de las Palabras de verdad!

—Nightbringer, sería más sensato por tu parte que salieses del camarote para calmar tus nervios fuera, en vez de que lo descargues todo sobre esta pobre chica indispuesta —se interpone Saren—. No está en condiciones de soportar tus cambios de humor.

La mirada de Killian es respuesta suficiente. Alric se mete rápidamente:

—Suelta a Arya ahora mismo. No lo repetiré más veces.

Un poco más y su voz va a hacer que tiemblen hasta los muros.

—No me digas lo que debo hacer. Ninguno de vosotros.

—Tu comportamiento es inadmisible, ladrón. No lo tolero. Si no la dejas tranquila, no me va a quedar más remedio que utilizar mi fuerza. Y esta vez, en mi alma y conciencia.

—Tu alma, ¿eh? Quizá he confiado demasiado en ti hace un…

El teniente no lo deja terminar su frase y lo obliga a alejarse de mí. Killian se tambalea y cae sobre una cómoda, que se rompe con el impacto. Atrapada por la fiebre, murmuro:

—Por favor, no empecéis. Es el Umbría. Necesito el Umbría. Dadme el collar.

El teniente se acerca a mí y coloca sus manos a cada lado de mi rostro para hacer que baje mi temperatura. Ni siquiera le ofrezco una sonrisa de agradecimiento. A su lado, Killian da vueltas por la estancia como un pájaro enjaulado.

—Virgo se encuentra en el mismo estado —nos informa Saren; situado de pie cerca de la puerta, parece un carcelero—. No para de reclamar la presencia de Arya. ¿Qué les pasa?

—Es el Umbría. ¿Me estáis escuchando? Necesito el Umbría. ¿Dónde está?

Empujo a Alric, arranco las sábanas, levanto las almohadas y compruebo incluso debajo de la cama. La sangre se me sube a la cabeza; está a punto de darme un soponcio. ¡Me siento tan débil, tan cansada!

—Ya basta, Arya. Acuéstate —me intimida Alric.

Me lleva hasta los pies de la cama con un simple empujón. Sus ojos son dos capas de hielo.

—¡No! ¡Déjeme, tengo que encontrar a Sivane!

—¿A Virgo, quieres decir? —rectifica Saren, que me observa como si fuese un caso perdido.

—¡No lo entendéis! Me está llamando.

—Cálmate, Arya —me suplica el teniente, que coloca su mano en mi nuca para seguir enfriando mi cuerpo.

—O si no el Dhurgal villano deberá utilizar su Ascendente —me previene Killian con un tono insultante.

—Jamás utilizaría mi Ascendente sobre Arya.

—Qué alma tan magnánima.

Agotada por estas peleas, grito:

—¡Ya basta, callaos los dos! Os necesito. No debemos alejarnos. Debemos permanecer unidos. Ahora: ¡APARTAOS!

[Protego] me cubre antes de explotar, impulsando a mis compañeros a través del camarote. Los muebles y objetos se pulverizan y salen volando trozos de madera y de vidrio en todas direcciones. Los escombros rebotan contra mi escudo. Me levanto y me dirijo a la puerta, sin disculparme. Antes de irme, me giro hacia ellos.

—¿No acabas de decir que debemos permanecer unidos? —ironiza Killian, que ya se ha levantado y ha adelantado a Saren—. ¿A dónde pretendes ir así, Rosenwald? ¡Vuelve a acostarte! Ya has hecho bastante.

—¡No! ¡Parad de darme órdenes, no soy la propiedad de ninguno de vosotros! ¡No soy una niña!

Enrolla sus manos ardientes alrededor de mis muñecas y, en mi mente, se asemejan a unos hierros recién forjados en el fuego.

—No me obligues a atarte.

—¿Qué podemos hacer para ayudarla?

—Está en estado de abstinencia —explica Killian con gravedad—. Esto ya lo he vivido, pero en otras circunstancias. Su Palabra quiere venir a ella. Hasta me da la sensación de que habla a través de ella. Para ello, tiene que completarse, por eso llama a su otra mitad, todavía escondida en Virgo. Y la está corrompiendo.

Por una vez, incluye a Saren en esta conversación, situada en lo más profundo de nuestro secreto, y encuentro la fuerza para sorprenderme por ello. La situación debe de ser lo suficientemente grave como para que no lo haya echado, o puede que [Confianza] se haya extendido más allá de mis expectativas.

—No es la Palabra lo que la ha corrompido. Es ese colgante lo que es dañino, o puede que sea lo que se aloja dentro de él —corrige Alric, mirando a un punto fijo—. Arya nos lo dijo. Hasta ahora, su Palabra la hacía inmune a los efectos del Umbría, pero ahora está aprovechándose de su debilidad actual. Dentro del colgante se esconde algo malo.

—Bonita teoría, teniente —comenta Saren—. Pero eso no nos explica qué debemos hacer para que ella se sienta mejor.

—Cierto —admite Alric.

Killian posa una rodilla en el suelo delante de mí. Libera una de mis muñecas para poder retirarme el vendaje, cosa que hace sin delicadeza, después agita mi propia mano delante de mi nariz. La quemadura ya no es tan profunda: solo queda una espiral blanquecina que se asemeja a un dibujo hecho con tiza. Me da la impresión de que gira sobre sí misma y me provoca náuseas.

—Mírame, Arya. ¡Mírame! —me zarandea—. ¿Qué estabas haciendo cuando te has herido?

—Nada importante.

¿Por qué quiere que confiese si ya sabe la respuesta? ¿Está intentando humillarme? Rehúyo su mirada, pero me agarra el mentón con sus dedos para que gire mi cara hacia él.

—No me voy a enfadar más, Amor —me promete—. Pero tengo que asegurarme de una cosa, y para ello debo escucharlo de tu boca.

—Estaba utilizando [Eco] para escuchar vuestra conversación. El colgante cada vez se volvía más ardiente en mi mano, pero no le estaba prestando atención. Lo siento. Sé que mi curiosidad algún día me traerá problemas y que te exaspera. Como muchas cosas de mí, de hecho. Ha sido grosero por mi parte. Solo quería saber más sobre ti, sobre vosotros. Ahora, ¡déjame ir! ¡Por favor, Killian!

Siento un hambre voraz en cada fibra de mi ser. Es como si me hubiese transformado en un Dhurgal recién nacido, sediento desde que llegué al mundo. Pero lo que quiero no es sangre, es [Gemelli]. En su totalidad. Esa Palabra me pertenece y solo ella puede acabar con este sufrimiento.

—No, te vas a quedar aquí —se niega Killian—. Pero te juro que voy a aliviar tu malestar y a arreglar este problema. Nada es irresoluble, Arya. ¡Nada! No cuando formamos un equipo como el nuestro. ¿Confías en mí?

La forma azulada que dibuja su silueta me hace bajar los brazos y asentir con la cabeza. Me siento tan pequeña e insignificante… y eso que mi magia es capaz de lastimar a mis compañeros. Una magia que, con el tiempo, se volverá más poderosa que estos tres hombres juntos. ¿Más poderosa que quién o qué? A decir verdad, ni siquiera conozco sus límites. Debo combatir esta impaciencia, esta agresividad, antes de que me obligue a hacer cosas de las que me pueda arrepentir.

—Delatour, ve a buscar a Lafitte y a Blaise —ordena el ladrón en un tono imperativo—. Alric, encárgate de Virgo, del espejo y del escudo.

—No te voy a dejar con Arya después de tu…

—General, no es momento de contradecirme. No le haré ningún daño. Si te preocupas por ella tanto como dices, no pierdas el tiempo. ¡Ve! Y encerradnos.

Saren y Alric abandonan la estancia sin mirar atrás y escucho la llave girar en la cerradura. Ese sonido, que asocio a una traición, es suficiente para resucitar mi obsesión y para sacarme fuera de mí. Mi sangre corre por mis venas más rápido que un torrente liberado por una presa. Corro hacia la puerta, que golpeo con los puños con furia, ante la idea delirante de que conseguiré desgastarla. El batiente vibra. Killian se desliza entre la puerta y yo, tan rápido que mis puños se golpean contra su pecho. Con las lágrimas cayendo, grito:

—¡Killian, abre esa puerta!

—¡No, debes calmarte primero! ¿Qué te he dicho acerca de tus emociones?

—Eres el menos indicado para hablar de emociones, Killian.

El ladrón se congela, sorprendido o herido por mi réplica. A veces, las palabras no necesitan magia. Aprovechando este instante de distracción, consigo rodearlo con un nuevo plan en mente y formulo con una voz firme:

—[ʟuna].

—Joder, ¿qué haces? —grita Killian, entendiendo mi astucia.

Demasiado tarde. La esfera hirviente se hincha en la palma de mi mano maltratada, adquiriendo un tono rojizo inusual. La acerco al mango de la puerta, lista para derretir el mecanismo. Sin dudarlo, Killian presiona su mano contra la mía y ahoga la luz color sangre que atraviesa su piel. Esta revela sus venas, dándoles la apariencia de largas cuerdas de fuego. Trato de quitármelo de encima, pero sus dedos están apretados entre los míos, tan fuerte que parece que quiere romperme los huesos. Mi magia lo quema, pero no me suelta y aguanta sin inmutarse. No sé si está acostumbrado al dolor o está acostumbrado a ocultarlo.

—¡Killian, para! ¡Te estás haciendo daño!

—¡No, eres tú quien tiene que parar! Espabila de una vez o vas a acabar prendiendo fuego al barco. Y no me apetece naufragar, ¿me escuchas?

—Pero yo...

—Escucha con atención, Arya. La solución es [Eco]. Era la que te faltaba. Lo he entendido y la Palabra en el Umbría también. Intentó avisarte en la taberna de Marsombrío. ¿Recuerdas? ¿Cuando gritaste? Si no te tranquilizas, no conseguirás nada. No conseguiremos nada. Hazme el favor de controlarte. Eres más fuerte que ese estúpido colgante.

[Luna] abandona mi palma en cuanto cedo. Antes de volatilizarse, unas finas bandas de humo escapan de los pequeños espacios que hay entre nuestras manos. El ladrón me mira fijamente, respirando con dificultad.

—Ya me puedes soltar.

Killian lo hace, escondiéndome su herida; se sienta en la cama y su cabeza desaparece entre sus manos. Parece estar en su límite: él también debe tener los suyos, aunque están bastante más lejos que los míos.

Doy varias vueltas por el camarote mientras esperamos a que Alric y Saren regresen, ignorando las recriminaciones de mi cuerpo que sufre. Contemplo los cuadros. El primero recrea un mar oscuro en medio de una tormenta: un trueno fisura el cielo y una balsa sobrecargada de supervivientes resiste el asalto de las olas mortales. Esta elección me resulta tan siniestra como extraña. A menos que representar una desgracia sirva para evitarla. Al fijarme en las pinceladas de cerca, me da la impresión de que el mar se mueve y me pongo a pensar en la anécdota de Killian acerca del lugar donde es posible cruzar y visitar los cuadros.

En ese instante, el suelo empieza a tambalearse bajo mis pies y pierdo el equilibrio. Me doy cuenta de que el agua está entrando en el camarote por todos los resquicios de la puerta. Su madera cruje y la idea de que ceda no me conviene demasiado. Killian no se ha dado cuenta de nada. Ahora, el agua helada baña mis tobillos. Unos trozos de madera flotan a mis pies.

—¡Killian!

—¿Qué? —suelta, abrupto.

Le señalo la puerta… pero ya no hay agua. Mis pies están secos. Me giro hacia el cuadro para evitar su mirada suspicaz. Ya tampoco hay una tormenta, ahora hay un mar cuya superficie brilla como el glaseado de una tarta; un orgulloso velero reemplaza a la penosa barca. Vale, estoy perdiendo la cabeza.

—No, nada…

El cuadro de al lado reproduce, de forma realista, un sauce llorón que da sombra a un precioso jardín. Avanzo mi mano hacia esa escena familiar. Una gran silueta roja, sin rostro, está de pie cerca del tronco: poco a poco, se funde en la vegetación. Rozo la corteza del árbol con los dedos y, entonces, la piel toma la textura particular de la pintura, como si se saliera del cuadro o la estuviera absorbiendo. Mis dedos vuelven a su apariencia habitual en cuanto los aparto del lienzo. El último es un campo de rosas rojas tan brillantes como las de Alric, pero, cuanto más lo miro, más se cubren las flores de una sustancia similar a la tinta: una marea oscura y desolada.

—¿Pasado, presente, futuro? ¿O realidad, sueños y presentimiento? Todo es tres.

La voz es diferente, más juvenil, más clara.

—Solo son pinturas…

Al girarme, me encuentro cara a cara con una persona que sueño ver desde que me fui de Hélianthe, pero que no pinta nada aquí. Cuando lo veo, una lanza imaginaria perfora mi corazón.

—¿Príncipe Aïdan? Por Helios, ¿eres tú de verdad?

—Ya te he dicho que no me llamases «príncipe».

Me acerco a él y le toco el hombro con prudencia. Estoy segura de que mi mano lo va a atravesar. Pero la ilusión es de carne y hueso. Posee la apariencia imperial de siempre: esa ropa bordada en oro, esa cabellera de ángel que enmarca su rostro fino y esa mirada engreída de un azul muy profundo. Un único detalle difiere de mis recuerdos, una barba corta que envuelve sus labios redondos y hace que se vea mayor. ¿Cómo puede ser? ¡Su presencia en el *Narciso* no tiene ningún sentido! Esa pregunta no impide que lo abrace y lo apriete con todas mis escasas fuerzas. Sigue teniendo el mismo olor de siempre: una mezcla entre colonia, jabón y menta picante. Se deja abrazar durante unos minutos, y después se mueve para indicarme que el tiempo de abrazos ha terminado. Me aferro a su muñeca por miedo a que desaparezca.

—¿Dónde estás? ¿Estás con tus hermanos? ¡Dime dónde buscarte! ¿Estás bien? ¿Sabes lo que ha pasado? ¡Oh, Aïdan, tengo tantísimas cosas que contarte!

—No creo que todas las verdades sean buenas.

—No estás muerto, ¿verdad? ¡Dime que no estás muerto! ¡No podría soportarlo!

—No, Arya. Tú también estás viva.

—Es imposible que me pase algo antes de que te encuentre. ¡Aïdan, te echo de menos! ¡Me odio tanto a mí misma! He sido tan egoísta cuando tú me has salvado. ¡Si me hubiese aferrado a la mano que me tendiste! ¡Si tan solo te hubiese escuchado o seguido! Me encantaría tanto deshacer nuestra última discusión.

—Con tantos «si», el mundo sería bastante diferente.

—Créeme, jamás he sentido compasión por ti, ni un solo segundo. Yo…

—No podemos eliminar nuestras palabras ni nuestros actos. Solamente olvidarlos —me interrumpe con una sonrisa serena, que contrasta con mi conmoción.

Sus ojos azules brillan, no puede retener sus lágrimas. ¿De qué naturaleza es su sufrimiento?

—Pero a mí no me olvides…

El agujero en mi corazón se abre un poco más.

—¡Jamás en la vida!

—Arya, encuéntrame, por favor. Te lo suplico, no me dejes aquí. Es oscuro y tan frío…

Mi corazón se desmorona en sus manos. Lo abrazo de nuevo. Coloco mis brazos alrededor de su esbelto cuello y su mejilla contra la mía. Su piel es suave, pero está tan congelada como una noche en Hellébore.

—Dime dónde buscarte. Haré lo que sea para llegar hasta ti, pero tienes que ayudarme un poco.

—Siempre he pensado que estaba solo en el mundo, pero, ahora que ya no estás aquí, he comprendido lo que realmente es estar solo. No sé si aguantaré mucho más. Me aferro a la idea de que me encontrarás. Sin eso…

—¿Dónde estás? ¿Has conseguido salvarte? ¿Has cruzado las Fronteras con tus hermanos? ¿Te has unido a la Armada de Helios? ¡Lo más importante es que no te cruces con los Soldados de Cristal o esos rebeldes! Los generales os están buscando, yo misma estoy con uno de ellos y hará lo que sea para encontraros, a tus hermanos y a ti. ¡Dame una pista, aunque sea la más insignificante!

—No te lo puedo decir. No lo consigo. Algo me lo impide. Arya, te preocupas por mí, ¿verdad?

—¿Que si me preocupo por ti? ¡Por más que nadie! ¡Haré todo lo que sea para que nos volvamos a ver! ¡Absolutamente todo! Eres más importante que nadie.

—Eso puede que fuese cierto antes, pero ahora ya no.

—No digas eso. Es verdad, muchas cosas han cambiado, demasiadas. Pero no lo que siento por ti. Al contrario, por fin he entendido que…

—Yo también, Arya. Lo he entendido.

Pero su voz ya no se corresponde con su imagen. De nuevo es cálida y lenta: la voz de Killian. Está de pie delante de mí, ocupando el sitio exacto de Aïdan. Mi mano aprieta su brazo. Sus ojos no expresan nada. Alric y Saren escogen ese momento exacto para entrar en el camarote, sujetando a un demacrado Virgo. Blaise y Lafitte, detrás de ellos, llevan el espejo y el escudo.

—¿Qué ha pasado? ¿Habéis visto a un fantasma? —pregunta Lafitte, cuya mirada va de Killian a mí.

—Yo no —responde el ladrón con una voz desenfadada.

—Arya, ¿te encuentras mejor? —pregunta Alric.

Su pregunta me hace darme cuenta de que me siento más lúcida y menos expuesta a la rabia. Mi fiebre desapareció en el momento en el que entró el capitán, llevándose consigo mis últimas alucinaciones. Porque de eso se trataba. Le echo un vistazo a la pared y la ausencia de cuadros confirma mi locura momentánea.

Capítulo 61
El eco del alma

Confundida hasta el punto de no poder pensar con claridad, cuestiono:

—¿Qué hacemos ahora?

—Vamos a llamar a Sivane, juntaremos lo que haya que juntar y le pondremos punto y final a esta locura de historia —enuncia Killian con una determinación fría—. ¡Ya ha durado bastante!

—¿Cómo?

—¡Tú sabes cómo, Rosenwald! —suspira el ladrón con lasitud—. Sivane no existe. Tan solo es un eco lejano. ¿Y qué hace el eco?

—Responde a la primera voz.

—Exacto. Así que, lanza tu llamada, Guardiana de las Palabras —susurra él, pasando por detrás de mí con el escudo en la mano.

Saren ayuda al capitán a sentarse en una silla mientras Alric desvalija el cuarto. El ladrón me asigna un asiento en frente del capitán y me confía el espejo. Me cruzo con mi reflejo demacrado por el cansancio, antes de apoyarlo en mis rodillas. Al igual que Killian, quiero llegar rápido al desenlace de todo este asunto.

—¿Y nosotros qué pintamos aquí? —pregunta Blaise—. No me digáis que vais a utilizarnos como sacrificio para alguna clase de exorcismo, ¿eh?

—No soy partidario de la magia oscura —añade la mano derecha del capitán con aparente malestar.

—¿Tenéis alguna tontería más que añadir? —escupe el ladrón—. Sois los únicos que habéis conseguido combatir la influencia del Umbría. Al menos durante un breve lapso de tiempo. No os pido que participéis, pero vuestra presencia nos será de ayuda. Queréis volver a llevar las riendas de vuestras vidas, ¿sí o no? ¿Y apoyar a vuestro capitán? ¡Porque, no nos engañemos, no va a poder soportarlo por mucho más! ¿O preferís seguir siendo los esclavos de un espectro colérico encerrado en una caracola de mierda?

—¡NO!

La respuesta sale de la boca de Virgo. Me mira fijamente; le asusta que huya.

—En su momento te dije que podría soportarlo, pero me equivocaba. Vivir a medias… ¿de verdad es vivir? Bromear sobre nuestra situación o negarlo no atenuará el dolor de nuestro pasado. En ese sentido, puede que olvidarlo todo me conviniese más de lo que me gustaría admitir. Cuando el Umbría se despertaba, mi sufrimiento y mi culpabilidad se dormían. Todos estamos dolidos y en deuda, y Sivane lo ha utilizado en contra de nosotros. Soy tan culpable de esta situación como él o el Umbría, porque yo también me he aferrado a mi hermano. A su recuerdo. No quería dejarlo ir, encontrarme solo cuando jamás lo había estado, ni siquiera en el vientre de mi madre. Actuaba como si yo fuese la sombra, cuando no era así. Ya no quiero tener que seguir soportando esto. Quiero recuperar mi vida y la de mi tripulación con ella. No quiero seguir viendo cómo la tristeza ensombrece la felicidad de vivir de mi mujer o cómo mis compañeros dudan de ellos mismos mientras robamos y jugamos con su memoria. Soy su capitán. Eso no significa dar órdenes, sino protegerlos de cualquier mal. Para conseguirlo, debo aceptar que se vaya, seguir con mi vida sin él. Reencontrarme con el hombre que soy, ese trozo de mí que se llevó con su muerte. Debería haberlo hecho hace mucho tiempo, pero me faltaba determinación. No lo conseguiremos sin vuestra ayuda. Haced lo que haga falta, poco importan los medios o incluso saber quiénes sois en realidad. Tenéis toda mi confianza.

Añadir algo me resulta superfluo. Laffite se seca las esquinas de sus ojos con su fular y Blaise aprieta con cariño el hombro de su buen capitán. En cuanto a mí, empiezo a sentir cómo aumenta mi estrés de manera fulgurante.

—¿Estás listo, amigo? —lo estimula Killian.

El teniente asiente con la cabeza con solemnidad y se arrodilla a mi derecha.

—¡Te toca a ti, Rosenwald! —me anima el ladrón.

Todos los ojos se dirigen hacia mí, como unos cañones preparados para disparar.

—¿Cómo? ¿Y el Umbría? ¿Dónde está? ¡Sin él no podré hacer nada!

—Escucha a tu instinto. Tu segunda naturaleza. Así como la mía es ser un ladrón, la de Alric un humano y la de Saren una niñe... un combatiente.

Inspiro profundamente y me miro la mano. Una luz rojiza emana de la espiral blanca incrustada en mi palma. Sin dolor, pero con sorpresa, asisto a la aparición del Umbría. Sale de mi carne, hasta que consigo taparlo con mis dedos y siento su calor penetrante. Lo tenía en mi interior desde el principio. De ahí que mi estado no dejase de empeorar, mi locura pasajera y esa desesperación provocada por la separación.

Puedo leer en los ojos de Virgo las ganas, el miedo, la resignación y la pena. Trata de levantarse para recuperar el colgante, pero Saren lo inmoviliza en la silla, sujetándolo por los hombros. Ya es hora de pasar a la acción, de hacer lo que me ha sido dado: difundir mis Palabras para tranquilizar, defender y salvar. Ya no dejaré que el Umbría controle la vida de Virgo o que Sivane someta a su tripulación. Y, todavía menos, privarme de [Gemelli], que me reclama con todas sus fuerzas.

Le doy el colgante a Alric de manera espontánea. Sin esperar ni un segundo más, se lo pone alrededor de su cuello antes de tomarme la mano. Tiene cuidado con no hacer demasiada fuerza, pendiente de mi meñique roto. Ahora, sujeto el espejo enfrente de Virgo; sé que Killian me imita con el escudo a mi espalda sin necesidad de mirarlo. Multiplicamos nuestra oportunidad de atraparlo en un reflejo. El capitán inspira, listo para el último cara a cara.

—Por ahora, me gustaría que mantuviera los ojos cerrados, Virgo.

—Arya, si algo sale mal, así no estarás protegida de mí —me advierte el teniente, levantando nuestras manos unidas.

—No puede salir mal. No va a salir mal. Estamos trabajando todos juntos. ¡[Protego]!

Alric se encuentra atrapado en una cúpula similar al cristal, pero solo se trata de una concentración de energía pura. Tan solo la atraviesa mi mano; tengo la impresión de que ya no me pertenece. Lo más duro está por venir: debo combinar las dos Palabras. Esta vez de manera consciente. Killian puede confirmarlo, son ellas las que suelen llevar el timón y todavía no me han revelado todos sus secretos o su umbral de resistencia.

—¡[Eco]!

Una primera vibración sacude el camarote. Nadie se mueve, excepto Alric, que ahoga un gruñido significativo. El Umbría se despierta, enrojeciendo su torso como si fuese el ojo sanguinario de un demonio. Empieza a explorar el aura del Dhurgal. Por suerte, [Protego] hace su trabajo y no siento ninguna falla, cosa que no evita que quiera asegurarme.

—Alric, ¿estás…?

—¡No has terminado! ¡No te centres en mí!

—¡[Eco]!

Esta vez, grito la Palabra con más convicción y fuerza. El eco se extiende en el aire, pero no el tiempo suficiente como para atraer a Sivane. El Umbría, al contrario, absorbe la energía de Alric con semejante avidez que el desafortunado se dobla por la mitad con la mano apoyada en el suelo, en una postura animal. Me obligo a no escrutarlo más, por miedo a aflojar [Protego] y liberar a un Dhurgal fuera de control. Si no consigo manipular [Eco], habré hecho que Alric sufra otros tormentos en vano.

Enfrente de mí, Lafitte y Blaise están visiblemente pálidos y me pregunto si acabarán por desmayarse. Saren vigila a Alric con la mano suspendida por encima de la guarda de su espada. No necesito más para saber que el Dhurgal sediento de sangre se está apoderando del hombre de infinita bondad y de buenas maneras pasadas de moda. Su mano tiembla en la mía, sin apretarla. Killian me recuerda lo que debo hacer:

—¡Rosenwald, no pares! ¡Es el momento de que lo des todo de ti!

Mi mirada se dirige hacia Virgo; sus órbitas se mueven bajo sus párpados. Vacío mis pulmones y grito [Eco] por tercera vez, casi desgarrándome las cuerdas vocales. Mi Palabra repercute más allá de estas cuatro paredes y se repite sin debilitarse, como si una plétora de versiones de mí misma me respondiese a lo largo de todo el océano. Las vibraciones hacen que el barco ruja y la madera cruja. Entiendo que he conseguido mi propósito. No, nuestro propósito. Mi voz profiere el nombre de Sivane en vez del nombre de mi Mantra, y tres timbres graves se mezclan con el mío. El de los piratas. Ellos también la han llamado, ellos también se han unido a [Eco]. El poder de nuestros gritos reunidos hace que tiemblen las paredes, como una montaña que se sacude por culpa de una avalancha.

Un calor anormal recorre mi brazo. Veo cómo la luz incandescente del nautilo repta bajo mi piel para llegar hasta mi otro brazo, se encamina hacia el espejo y se apodera de sus contornos. El objeto cada vez está más caliente y, por un momento, temo que se vaya a fundir. A pesar de todo, aprieto con fuerza el mango. Es ahora o nunca.

—¡Virgo, ahora!

El capitán abre los ojos como platos y agarra el espejo por encima de mi propia mano. Una extraña corriente me picotea, como si fuesen una decena de mordeduras de araña. [Eco] se pierde en el espacio con un último «SIVANE». Un rayo rojo golpea en el centro del escudo y su potencia hace que Killian retroceda un paso. Antes de que Saren apunte su espada hacia el escudo, unos golpes metálicos retumban en mi espalda y Virgo se deshace en lágrimas. En ese instante, comprendo que la experiencia ha dado sus frutos. Pero, antes de nada, me giro hacia Alric. Veo que tiene el puño clavado en su boca: se ha mordido a sí mismo para no hacerme daño. Así es como descubro que los Dhurgales pueden sangrar como cualquier humano común y corriente. O casi, porque el líquido que chorrea a lo largo de su muñeca es más oscuro que la tinta. Le cedo el espejo a Virgo, perdido en su reflejo, y freno [Protego], ahora superfluo, antes de ayudarlo a levantarse.

—Gracias, Alric. Ahora, salga de aquí. Váyase a buscar algo para alimentarse y recuperar fuerzas.

—Me quedo.

No vale la pena discutir. Lo sigo con la mirada cuando se dirige hacia el fondo del camarote. Arranca un trozo de sábana y la anuda alrededor de su mano, ayudándose con los dientes, después vuelve hacia nosotros con un resto de sangre negruzca en la comisura de los labios. Vacía, me giro hacia el brillante escudo, siendo completamente consciente de lo que me voy a encontrar. El reflejo incierto e impreciso de Sivane. Intenta salir del escudo, golpeando con los puños la superficie. Killian lo baja y lo coloca contra el suelo para acallar los golpes que se asemejan a los latidos de mi corazón. El rostro convulso de Sivane nos regala la imagen de la ira hecha persona. Peor, del odio. Me resulta perturbador ver a Virgo estoico mientras Sivane aparece en el espejo. Pero ya no puede salir ni hacernos daño. Al menos, no de manera física.

—¿Qué has hecho, Virgo? ¿Qué le has hecho a tu propio hermano?

Su voz suena lejana, seca, cavernosa. Y, lo más importante, se sobrepone a la mía. Mi boca se abre cuando él toma la palabra. Habla a través de mí.

—Sivane.

—¡Me has traicionado! ¡Sal de ahí! —grita mientras sigue ensañándose, ahora con el espejo, y oigo cómo el cristal se agrieta a pesar de que este permanezca intacto—. No me puedes dejar aquí, ¿me escuchas?

—Se ha terminado —jadea Virgo, sin intentar secarse las lágrimas ni controlar los espasmos nerviosos de su mano, aferrada al espejo.

—¡No, jamás terminará! ¿Quieres matarme? ¿Es eso lo que quieres?

—Ya estás muerto —replica Virgo, y no es difícil darse cuenta de lo mucho que le cuesta decir esa frase—. Por fin lo admito y tú también debes aceptarlo. No puedes seguir cometiendo actos innobles bajo mi nombre, no puedes seguir haciendo de mí lo que no soy. Debes parar de robarme mi vida y la de tu antigua tripulación. Aquellos que antaño te servían, pero que también eran tus amigos, tu familia. Debes irte en paz para permitirles encontrar la suya. Tus elecciones sometieron sus vidas. Al menos les debes eso. Por favor, vete…

La presencia de [Gemelli] se refuerza. Aprovecho el silencio de Sivane para invitarla a venir hacia mí, más y más, pero se topa con un obstáculo. Algo bloquea a mi Mantra y trata de devorar su magia.

—No les daba demasiado valor a los vínculos de sangre, Virgo. Solo quería el oro. ¡Así no vas a conseguir convencerme! —se ríe burlonamente su gemelo con maldad.

—No te creo. Te conozco más que nadie sobre la faz de la Tierra y sobre estos mares. Solo te guardas demasiado rencor a ti mismo.

—¿Y tú no? —suelta Sivane con una risa de una crueldad helada—. ¿Después de todo lo que te he hecho?

—No, no estoy enfadado contigo. Jamás lo he estado, porque siempre he sabido quién eras. Perdiste tu camino, pero no siempre habías sido así. Hemos crecido juntos. Te conozco, hermano. Contra viento y marea, ¿recuerdas?

El rostro de Sivane se deforma, como si le acabasen de clavar una espada en el estómago, y, durante un instante, siento que [Gemelli] le toma la delantera a esa aura desconocida y maligna.

—¡Pero ellos me maldicen! —contesta Sivane, dirigiendo su mirada a Lafitte y después a Blaise—. ¡Los arrojé al caos y la muerte por un simple collar! ¡Me merezco su ira! ¡Déjalos que la desencadenen! ¿O solo son unos imbéciles al igual que su comandante?

No siento ningún remordimiento en su voz. Se culpa a sí mismo para que lo odien todavía más. Ambos piratas desvían la mirada, mientras que la mía se dirige hacia el Umbría, todavía atado al cuello de Alric.

—Es verdad, están enfadados contigo. Los abandonaste cuando creían en ti y te respetaban.

—¡Todavía no lo entiendes! ¡Me daba completamente igual el respeto, Virgo! ¡Solo me importaba la riqueza!

—Ya la tenías, Sivane. La verdadera riqueza, aquella que los hombres se pasan la vida entera buscando. Solamente no la veías o no te parecía suficiente. Preferiste satisfacer tu avaricia. Mira a dónde te ha llevado eso, hermano. ¿Ahora te sientes satisfecho? ¿Saciado? ¡No, por supuesto que no! Estás triste. Tanto como podría estarlo yo, si no más.

—¡Cállate o encontraré la manera de hacerlo yo mismo!

—Ya no puedes hacer nada en contra de nosotros, Sivane. Ahora estás solo. Si dejas de resistirte, puedo acompañarte hasta el final.

El brillo ardiente de la ira disminuye en sus ojos. Ahora, el miedo se instala en ellos. Killian, Alric, Saren y yo permanecemos apartados. No podemos hacer nada más. En este momento, todo está en manos de Virgo.

—No te olvidaré jamás, pero perteneces al pasado. Y el pasado no debe atormentarnos. Así que, no puedo hablar en nombre de ellos, pero yo te perdono.

—Nosotros también te perdonamos —aprueban Laffite y Blaise al unísono.

—¡No! ¡No quiero vuestro perdón! ¡Prefiero que me odiéis!

—Sivane, aquí solo hay una persona enfadada, y eres tú —declara Virgo con una dulzura dolorosa—. Contigo mismo. Nosotros ya no queremos ese odio, todos estamos tranquilos, felices. El mar ya no se desatará por ti, hermano.

—*Ira Saphiros Daash'ak Lactares* —recita Laffite, y cada persona presente en la estancia repite ese lema.

Cuando llega mi turno, el lema resuena tan claro como si estuviese dentro de una catedral y se fracciona en un centenar de voces. Femeninas y masculinas, gritos o murmullos, mediante sollozos o con fuerza. Todos los piratas del *Narciso* han interceptado el mensaje y lo han formulado en voz alta gracias a [Eco]. El espejo empieza a hacerse pedazos. Los ojos gris perla de Sivane se difuminan. Ya no puede ganar. Ha terminado, el Umbría sabe que ha sido vencido.

—Ha llegado la hora de despedirse, Sivane. Y no sentiré nada más por ti que el amor de un hermano. Así debe ser. Adiós.

Esas simples palabras desencadenan una sucesión de eventos increíbles. La cicatriz de la mano derecha del capitán empieza a desvanecerse. Las letras se van borrando una a una, así como las marcas en el abdomen del intendente. Durante un breve instante, creo que Sivane ha abandonado el espejo y que ya no veo nada más que el reflejo de Virgo, pero solo es porque su rostro está surcado de lágrimas. La luz roja se debilita y, después, se alza para formar una especie de esfera estática, rodeada de pedazos de oscuridad. Al capitán se le cae el espejo al suelo y se levanta, aplastando los trozos con las suelas de su zapato. Una bola de energía idéntica, pero de color azul, surge de mi pecho. Se une a su gemela y gravita alrededor de ella durante unos segundos. Después ambas se fusionan.

A mi lado, Alric suelta un sonido ahogado y se arranca el collar que lleva en el cuello, justo a tiempo: explota en su mano. Una extraña tranquilidad se adueña de mis tres compañeros y de los piratas. Yo misma siento que me quito un peso enorme de encima. El aura maligna ya no está aquí. Delante de nosotros, la esfera azul se estira para formar una magnífica silueta de luz. La de Sivane Bellamy. He visto pocas cosas tan bonitas en mi vida: es como ver un trocito de la Vía Láctea a escala humana. Se ha terminado.

—Gracias por haberme liberado, Virgo.

No es Sivane quien acaba de agradecerle a su hermano, sino mi Palabra a través de él. La silueta luminosa abraza al capitán antes de fundirse en su cuerpo. Sivane ya no volverá y [Gemelli] por fin está conmigo.

Durante apenas unos segundos, las ilusiones de mi propio cuerpo, el de Alric y el de Killian están delante de mí y me sonríen. Alric recoge una lágrima de mi mejilla antes de que termine su recorrido. Justo en ese instante, se escucha el sonido de una bocina y el barco se inclina hacia un lado, lanzándonos a los unos contra los otros. Una convicción me penetra como si fuese una flecha: si mirase el mapa de Cassandra, un punto luminoso me indicaría que hay una nueva Palabra. Y esa Palabra me espera en la tormenta que se acaba de desatar y que carga con el adiós de un hermano.

Capítulo 62
El grito de la tormenta

El *Narciso* se tambalea de un lado a otro. Aturdida por el imprevisto y propulsada con todavía más fuerza, me golpeo contra una de las paredes del camarote. Los marcos se descuelgan, se rompen en mil pedazos a mis pies y las mariposas se liberan de su prisión de cristal. Una violenta corriente de aire sopla las lámparas. Sobre nuestras cabezas cae un verdadero diluvio, más feroz que una lluvia de canicas. Vulnerables y expuestos, estamos a merced de la tierra y el mar, que se han aliado por la ira. La madera cruje por todas partes, como si aullase por el miedo. Como si el *Narciso* se fuese a partir en dos. Los primeros relámpagos iluminan el camarote con una luz blanca y me fijo en Killian, que se aferra a un asa de metal clavada en la pared. Puedo sentir su miedo. Un miedo visceral, infantil. Respira cada vez más fuerte. Intento llegar hacia él, pero no lo consigo. Parece que los elementos hacen todo lo posible por separarnos.

Más relámpagos, cada vez más violentos y cercanos, iluminan el camarote. La temblorosa silueta de Killian se dirige hacia mí, luchando contra la fuerza del balanceo, y parece que avanza a cámara lenta. Mi visión se reduce a él. A ese cuerpo ordinario tan fuerte que está haciendo frente a su mayor miedo para llegar hasta mí.

La oscuridad se queda rezagada, cómplice de este silencio semejante al fin del mundo. Finalmente, un último trazo blanco aparece entre nosotros, provocando un estruendo horrible. Me da tiempo a ver la máscara de Killian casi pegada a mi cara y sentir su respiración, tan caliente como si fuese fuego contra mi piel, antes de que las tinieblas se lo devoren. Se engancha de mi cintura con el brazo. La lluvia retumba, como si le enfadase nuestro reencuentro, y la puerta se abre con tal violencia que se arranca de las bisagras. Alric acaba de hacerla pedazos.

Llegamos hasta la cubierta, agotados. Laffite y Blaise vuelven a sus respectivos puestos. Uno de ellos se dirige hacia un gran mástil, el otro se va en dirección a la proa, titubeando. Me encuentro separada de mis compañeros en medio de toda esta confusión. Virgo, con las piernas temblorosas, consigue llegar hasta el timón, bajo una lluvia tan intensa que parece que alguien allá arriba se entretiene tirándonos cubos de agua. El granizo nos lastima la cabeza. El capitán chilla órdenes, luego plegarias.

Todo el mundo se pone en marcha. Los piratas pasan cerca de mí y, entre el estruendo de dos relámpagos, gritan instrucciones todos a la vez. Me siento desprovista de fuerzas, como si Sivane hubiese absorbido toda mi esencia. Por fin veo a Alric y a Saren, que están hechos un ovillo entre unas cajas. El teniente atrapa entre sus brazos a Nausica, justo a tiempo, y la ayuda a atarse un cordaje alrededor de su cintura.

Entonces, mis ojos se topan con el mar, que lleva a cabo su propia pelea desenfrenada contra el cielo. Mi mente se queda atrapada en la tormenta. Siento su grito muy profundo dentro de mí. El océano me llama, me invita a acompañarlo. Me enderezo, mirando fijamente el horizonte y las olas espumosas. El barco baila al ritmo frenético del oleaje, mientras que la tripulación intenta mantenerlo a flote. Avanzo hacia la borda. [Protego] se ha liberado y me cubre con una burbuja. Me encuentro a un paso de la regala del navío. Podría bailar un vals o saltar sin tropezarme ni un momento. La tormenta retumba como un monstruo enfadado. El viento, ataviado de lluvia, se abalanza sobre las velas y provoca unos estruendos sordos, para después caer en trombas de agua al pie de los mástiles. El barco da vueltas y se tambalea, amenazando con volcar. La tripulación lucha a duras penas, a pesar de su experiencia. Y yo estoy aquí, plantándole cara a la tormenta, desafiando a los elementos. Inflexible, inmóvil y atenta a las repetidas llamadas del gran azul. Solo hago caso a mi cabeza. Solo hago caso a las Palabras.

—¡ARYA, BAJA DE AHÍ!

La voz de Killian es un eco lejano en este estruendo incesante que provocan la lluvia y las olas. El mar zarandea al *Narciso* como si fuese un vulgar juguete en la bañera de un niño revoltoso.

—¡Te aviso: si te caes no pienso ir a buscarte!

Doy un primer paso sobre la superficie lisa y empapada. Nada me va a parar, ni los caprichos de la Madre Naturaleza ni el ladrón. Me acerco a él con una facilidad desconcertante. Una vez que he llegado a su altura, me pongo de cuclillas y le grito al oído:

—Hay algo interesante ahí debajo.

Sus ojos hacen varios viajes entre las olas fuera de control y yo. Le dejo tiempo para reflexionar y llamo a Alric y a Saren. Intercambian una mirada interrogadora.

—¿A qué juegas, Arya? —vocifera Saren con los ojos entrecerrados por el viento.

A decir verdad, no lo sé. Solo sé que debo saciar esta repentina necesidad de vencer a las profundidades. Me levanto y acaricio mi burbuja protectora con la punta de los dedos. Si **[Protego]** se ha activado es porque hay un motivo.

Con los ojos cerrados, me centro en las sensaciones que me otorga mi Mantra. Su sostén, su seguridad. Lo que me ofrecen mis tres compañeros todos los días. Su magia acaricia mi espíritu con delicadeza. Mi burbuja se estira y se agranda, capaz de acogerlos a ellos también bajo su ala. Les hago un gesto a Alric y a Saren para que vengan conmigo. Asienten con la cabeza y recorren, como pueden, los metros que nos separan. Mis manos los esperan, mientras una ola rompe en la proa a gran velocidad. Saren pierde el equilibrio y arrastra consigo a Alric. Resbalan a toda velocidad hacia mi dirección. Logro agarrar sus muñecas y tiro de ellos hacia mí. Ambos parecen muy confundidos al verse protegidos por esta magia bondadosa. La ola no se ha olvidado de empapar también a Killian, más calado y nervioso que nunca.

—¿Te quedas aquí de morros o nos acompañas?

—Saren, si salimos de esta, recuérdame que la mate…

—Por una vez, estoy a punto de ponerme de acuerdo contigo.

—¿Y los piratas? —pregunta Alric—. No podemos dejarlos.

Mi intuición me dicta la respuesta una vez más.

—Todo irá bien, no les va a pasar nada —le aseguro.

Entonces, una ola de diez metros se alza ante nosotros y amenaza con hundir al *Narciso* y a todos sus ocupantes. Tan solo puedo admirar la valentía con la que Killian confronta este muro de agua devastador. Trata de desafiar su miedo, pero le impone su supremacía. Su pecho se eleva a un ritmo desenfrenado y escucho cómo su respiración entrecortada se escapa de su máscara. Le tomo la mano, poco acostumbrada a verlo tan vulnerable. No rechaza mi gesto. La suya está empapada de sudor. Su mirada penetrante se encuentra con la mía y aprovecho para intentar transmitirle un poco más de valentía. En silencio, le prometo que no dejaré, por nada del mundo, que el océano se quede con nuestro último suspiro.

Mis otros dos compañeros han entendido lo que nos espera. Saren coloca su mano sobre el hombro de Alric, que hace lo mismo con el mío. Agarrados los unos a los otros, estamos preparados para enfrentar lo desconocido que les estoy imponiendo. Ya no hay marcha atrás. Mi voz atraviesa la tormenta.

—¡AHORA!

Saltamos todos a la vez. [Protego] estrecha con fuerza la ola monstruosa que nos planta cara. Su altura desmesurada hace que nuestra caída hacia las profundidades sea todavía más espectacular. El oleaje se deleita de lo inconscientes que somos. El contacto con la superficie es duro. Zarandeados hacia todos los lados, a duras penas conseguimos mantener un equilibrio en el centro de la burbuja protectora y nos apoyamos los unos sobre los otros. Hasta que todo se para.

Capítulo 63
Abismo

Resulta extraño lo que puede llegar a ofrecer el océano en un solo instante: de una tormenta desastrosa a la quietud de las profundidades. Es como encontrarse dentro de la cabeza de Killian.

[Protego] nos rodea con una suave luz blanca cuya presencia aprecio. Saren se acuclilla, sorprendido por poder respirar bajo el agua. De pie, el impasible Alric observa con un ojo crítico la burbuja que nos protege. Acaricia los bordes con una sonrisa melancólica. En cuanto a Killian, pegado contra [Protego], suelta entre dientes una retahíla de palabras en su idioma, seguramente sean plegarias a innumerables dioses para que lo amparen. Parece sofocado, tira de su ropa y, durante un segundo, espero a que se arranque también la máscara.

Saren es el primero en romper el silencio:

—Y ahora… ¿qué?

Buena pregunta. Estamos atrapados en esta burbuja estática a varios metros bajo la superficie. No había pensado qué hacer después, pero no quiero castigarme por mi imprevisión. Era necesaria. Les doy la espalda, buscando una solución. Debo darles el motivo por el que los he metido en esta locura.

¡Piensa, Arya, piensa! ¡Debías estar aquí! ¡Lo has sentido!

—Estáis condenados a errar en esta burbuja para el resto de vuestra vida —replica Alric.

—¡Deja el humor a los profesionales, Dhurgal! —maldice Killian.

—Si mueres primero, para mí será un honor beberme tu sangre —responde Alric al instante—. Aunque puede que esté un poco amarga por culpa del agua salada —añade él, antes de esbozar una sonrisa traviesa.

—¡Soy yo el que va a acabar comiéndote! —amenaza Killian.

—No se le da muy bien esto de intentar calmar el ambiente, teniente —admite Saren.

El rostro del general está de un tono entre blanco colada y verde vómito.

—Ha sido mezquino por mi parte, tiene razón. No he podido resistir la tentación de vacilar al señor Nightbringer.

—Si es una venganza por todas las veces que me he reído de ti, eh… vale… ¡lo has conseguido! ¡Maldito… *Darghul* malicioso!

Alric alza las cejas y veo que se le escapa el inicio de una risa al escuchar cómo a Killian se le hace la lengua un lío. Al menos alguien que se lo está pasando bien aquí dentro, y sé por qué. Él jamás duda de mí ni de mis poderes. Vuelve a ponerse serio.

—Respira con calma, bandido. Lo mismo va para usted, general. Tomároslo con calma y confiad un poco en nuestra querida Guardiana de las Palabras.

Me da un vuelco el corazón. Es la primera vez que me llama así. Killian tenía razón, Alric sabe desde el principio mi verdadera naturaleza. El nombre que se me ha atribuido antes incluso de que recibiese el poder. Tampoco es tan sorprendente. Después de todo, un Dhurgal vive muchísimo tiempo. El suficiente como para ser capaz de asimilar los mitos más secretos. Pero, sobre todo, me da la impresión de que es capaz de medir la magnitud que esconde este título. Incluso más que yo. Le otorga otra dimensión. Un peso suplementario. Le agradezco con la mirada. Gracias a él y su confianza inquebrantable, consigo abstraerme de la agitación que hay en el ambiente, convencida de que no dejaré que nadie muera aquí. Toco la superficie cálida de **[Protego]** con las manos. *Utiliza el cerebro, Arya. La respuesta está ahí, delante de tus narices.*

Mis Mantras a veces saben responder ellos mismos a mis necesidades. Sobre todo cuando me encuentro con dificultades o incapaz de controlar mis emociones. Y, por el contrario, también a veces soy yo la que tiene que indicar el camino a seguir en las situaciones inusuales. Como ahora. Puede que ellos estén esperando mis indicaciones, que les diga la dirección correcta que han de seguir. Sí, la dirección.

—¡Eso es!

Mi burbuja se hace más grande para acoger a mis compañeros. Estoy segura de que puedo guiarla. Nada parece imposible con mis Palabras. A condición de que me concentre al máximo. Además, mi reserva de energía, devorada en gran parte para ofrecerle a Virgo su último adiós, es irrisoria.

Ejerzo una ligera presión con la palma de mi mano y una luz dibuja de nuevo el contorno de mis falanges. Solo tengo que conducir a [Protego] hacia esa llamada que atrae a mi alma. Me obedece y se pone en marcha. Killian suspira, aliviado. Nos alejamos del navío, avanzando en la oscuridad poco reconfortante de las profundidades del océano. Ahora solo tengo que dejar que mi instinto decida la ruta a seguir, dibujada en mi mente como si fuese una evidencia.

Mi intuición se encarga de crear un mapa en el interior de mi espíritu. No obstante, es imposible saber lo que se esconde en un abismo semejante. Profeso una extraña fidelidad por las aventuras oscuras, como si el corazón del universo jamás dejase de atraerme hacia sus redes.

La luz espectral que proyecta [Protego] asusta a algunos bancos de peces que se encuentran en la oscuridad total. Killian consigue calmarse un rato. No para de hacer que tintineen los cristales que penden de su cintura; imagino que es una forma de liberar su estrés. Alric y Saren se contentan con apreciar la vista submarina.

Avanzamos un buen rato en silencio. Sé hacia dónde debo ir, pero no a dónde voy. Sin embargo, una cosa me parece clara, y es que debe existir una razón excelente para que una Palabra permanezca escondida en este lugar inaccesible. Una parte de mí encuentra la emoción tras este misterio. Pierdo la noción del tiempo. Me canso, pero sin debilitar mi poder. La idea agonizante de poseer la vida de mis compañeros entre mis manos es motivo suficiente para estimularlo. Tan pronto como ese pensamiento pasa por mi cabeza, cobramos más velocidad.

—Hay algo ahí —señala Killian.

Hemos llegado hasta el fondo. Intento eliminar el terrible pensamiento de que, si mi Palabra decide abandonarme ahora, todos moriremos con los tímpanos reventados. El ladrón se acaba de situar a mi lado con los párpados entrecerrados. Una mirada que no me gusta demasiado y que analiza las profundidades. Después, aprieta mi brazo de golpe.

—Para.

Lo hago: alejo mis manos de [Protego], que se inmoviliza. Aprovecho para desentumecerme las muñecas. Ahora conozco las consecuencias de mantener una Palabra demasiado tiempo.

—No veo nada del otro mundo.

—¿Qué piensas? —pregunta Alric, cuyas pupilas, ágiles y alargadas por las tinieblas, se fijan en el mismo punto que Killian.

—Arya, tienes que utilizar otra Palabra —me ordena Killian—. Sin dejar de usar esta, quiero decir.

—¿Qué? ¡No! ¡Aquí no! Killian, lo que me pides…

—¡Puedes hacerlo! ¡Hace un rato, invocaste a Sivane manteniendo a Alric encerrado en [Protego]! —argumenta con un enfado perceptible—. ¡Lo conseguiste sin dificultad!

—¡No es comparable! ¡No nos arriesgábamos a ahogarnos! ¡Es como si me estuvieses pidiendo que os colocase una pistola en la sien y que apretase el gatillo!

—¡Pues muy bien, seamos así de aventureros!

Suspira y continúa:

—Escucha, Rosenwald. No veo de forma tan clara bajo el agua como en la tierra. Y, antes de que repliques, Alric tampoco. Créeme, es bastante desconcertante ver igual de mal que vosotros. Como ya has podido darte cuenta, no me encuentro en mi elemento predilecto. No me gusta esto, sentirme desvalido. ¿Puedes entenderlo?

—Algo viene hacia aquí. Está demasiado cerca —apoya Alric con un aire grave—. Hay que hacerlo rápido.

—Debes utilizar **[Luna]**, ahora —zanja Killian.

—¡Puedes hacerlo! —me motiva Saren con una sonrisa esperanzadora, que no consigue esconder del todo su inquietud.

—¿Y si no logro seguir dominando **[Protego]**? ¿Y si **[Luna]** la sobrepasa? ¡No puedo cargar con vuestras muertes en la conciencia!

—Eso no sería un problema, ya que tú también estarías muerta.

Saren se ríe sin ganas de esa broma de mal gusto.

—De todas formas, ¡no nos vamos a quedar eternamente en esta burbuja! Me arriesgo a no seguir siendo yo mismo si no salimos de aquí. Y te juro que no quieres ver eso, Rosenwald. Todavía no me conoces bien. No sabes lo que soy. Lo que puedo llegar a ser. Lo que quiere decir que no sabes de lo que soy capaz cuando me siento acorralado. Y créeme cuando te digo que no es algo bonito de ver.

No bromea: su aura es tan tenebrosa como cuando Alric le cede su sitio al Dhurgal hambriento. Durante un instante, en mi mente se forma la imagen de mis manos blancas encuadrando su piel dorada, pero sé que reaccionaría muy mal a ese tipo de contacto.

—Tú nos has traído hasta aquí, ahora es cosa tuya sacarnos. Asume tus decisiones y tus errores. No siempre lo vamos a hacer por ti.

—Calma, Nightbringer. No la saques de quicio —lo modera Saren, diplomático—. Volcar toda tu ansiedad en Arya no sirve de nada, solo vas a conseguir ponerla nerviosa.

—Debes hacerlo —insiste Killian—. Puedes hacerlo. Y rápido. No dudes de ti misma.

Baja los ojos, desamparado, para después volver a elevarlos antes de añadir:

—Por favor, *Een Valaan*. Hazlo por mí.

Esta situación es más insostenible para él que para nosotros. ¿Cómo se lo voy a tener en cuenta? Está dando una muestra de valentía. Las fobias tienen un control implacable

605

de la mente. Así que asiento y mis manos vuelven a la cálida barrera de [Protego].

Esta vez, cierro los ojos. ¿Cómo asegurarme de que nuestra protección no nos abandonará para dejar que [Luna] intervenga? La impaciencia del ladrón, que Saren intenta contener, no me ayuda lo más mínimo. Escucharlo caminar lentamente a mi espalda, tampoco. Pero no tengo derecho a ceder ante el pánico. Las pulsaciones de mi corazón duplican la intensidad. Exhalo para intentar deshacerme de mi frustración y la dulce voz de Alric me llega al oído:

—Habla con ellas, te escucharán.

Su rostro inclinado cerca del mío y su sonrisa hacen que mi ansiedad se desvanezca. Alric posee un don extraordinario: el de calmar las tormentas en un abrir y cerrar de ojos, solo con unas simples palabras altruistas. Una vez más, tiene razón y decido no hacerme la pregunta de cómo puede tener razón. Desde hace poco, he aceptado el verdadero significado de mis Mantras. El que se acerca a lo que me dijo Cassandra. No las veo como una magia abstracta, sino como unos seres en toda regla, que viven fuera y dentro de mí. Comparto mis emociones con ellas y ellas me confían las suyas. Son una parte de mí y también existen más allá de mí. Mis Palabras me escucharán, porque ellas y yo hemos creado una relación de confianza.

Alric retrocede. Todos se callan. Aprovecho el silencio para encerrarme en mis pensamientos, poniendo en marcha el consejo del teniente. Con torpeza, murmuro:

—Te lo ruego. No nos abandones. Te necesito. Te necesitamos.

Me siento ridícula. Jamás he conversado con mis Palabras delante de mis compañeros. Es casi… íntimo. Debo parecer una iluminada que mantiene una conversación con ella misma, pero no tengo tiempo para sentirme avergonzada. Con una voz suplicante y cariñosa, insisto:

—[Protego], quédate conmigo, ¿quieres?

La luz entre mis dedos crepita. Al principio me da miedo, pero, cuando el corazón de mi palma empieza a desprender calor, comprendo que **[Protego]** está aceptando mi petición. Es ahora o nunca.

—¡**[Luna]**!

Una primera onda de luz, irrisoria teniendo en cuenta el tamaño que ha de alumbrar, se evade de mis manos. Débil y breve, ilumina la forma extraña que tanto intrigaba a Killian, antes de desvanecerse unos metros más lejos. Una segunda onda aparece, más fuerte. Durante apenas unos segundos, revela una imponente estatua que se alza ante nosotros.

Invierto todavía más energía en **[Luna]**. Una onda viva y deslumbrante me permite apreciar con nitidez ese cuerpo misterioso tallado en la piedra. El hecho de que esté recubierta de algas y musgo no me impide descifrar sus curvas esbeltas y femeninas. La mitad de su rostro ya no existe, enterrado bajo la arena desde hace lustros, arrastrado por el tiempo o las corrientes del mar. Más lejos yace uno de sus brazos, seccionado en tres trozos, sobre los cuales se dibuja una cenefa azul. Otro detalle me llama la atención. La parte de su rostro que todavía permanece intacta viste una venda grabada en la piedra. Su boca forma una curva feliz. Como si esta privación no le afectase, como si no creyese demasiado en la fatalidad. Las ondas se suceden y **[Protego]** aguanta.

—Bien hecho, chiquilla —me felicita Killian.

Alric me regala una sonrisa radiante. La de Saren es más tímida. Continuamos nuestro camino con **[Luna]** como nueva compañera. Sus ondas benefactoras y la seguridad de **[Protego]** se alían a la perfección. Me siento conmovida. Dejamos atrás la estatua de piedra. Justo en ese instante, siento una extraña aprensión. Nuestro progreso revela una larga hilera de columnas de mármol. A pesar de que sus troncos están deteriorados por la erosión, no dejan de ser unas obras admirables. Sus capiteles esculpidos y retorcidos con una destreza innegable son la prueba de ello. Mi luz proyecta sus sombras gigantescas en la arena y termina por posarse sobre un arco que, aún invadido por las plantas parásitas y alterado por los años, sigue siendo grandioso. Me pregunto de qué año datará este monumento y, sobre todo, qué habrá marcado su final.

—¿Qué es eso? —se sorprende Saren, alerta e impresionado al mismo tiempo.

—A simple vista, parece un templo antiguo —dice Alric con los ojos brillantes.

—Hundido en el agua —completa el guerrero, acariciando la empuñadura de su espada.

—Puede que siempre haya estado aquí —concluye Killian.

Unos peces zigzaguean entre las bóvedas destruidas y los arcos en ruinas. Este santuario fantasma, relegado al fondo del mal, no me da confianza. No puedo evitar pensar en las personas que frecuentaban este sitio. ¿Dónde están ahora? ¿Murieron aquí? Esta atmósfera me desagrada y me oprime.

—Acelera el movimiento, Rosenwald —me pide Killian—. No te dejes impresionar por un edificio viejo que ha caído en el olvido. Tenemos que seguir.

Mi preocupación empieza a apoderarse de mis Palabras, pero no lo permito y trato de ocultar esta debilidad. Sin embargo, evito perder demasiado de vista los rincones devorados por la oscuridad por miedo a una aparición repentina. Pasamos bajo el arco. Killian levanta una mano en señal de advertencia, después coloca un dedo sobre su máscara. Eso no presagia nada bueno. Demasiado tarde: la ansiedad vence a mi estado de alerta. Una bocanada de preocupación me provoca un hormigueo que me recorre todo el cuerpo y se pasea por mis dedos. Mi corazón se cree que es una peonza. Lucho con todas mis fuerzas para mantenernos a salvo dentro de esta prisión transparente. Repito una y otra vez a mis Palabras y a mí misma que todo va a estar bien. Delante de mí, Alric abre los ojos como platos.

—No estamos solos.

De repente, un grito estridente perfora las profundidades del océano. Me quedo petrificada. Por suerte, seguimos bañados por la valiosa luz que nos regala mi Mantra y gracias a eso consigo tranquilizarme. Si quiero permanecer atenta, debo utilizar mi miedo como un motor, cargarlo de adrenalina. De nuevo, unos gritos se entremezclan con los primeros, como si fuesen las respuestas a una llamada. Formamos un círculo entre nosotros, espaldas contra espaldas. No estoy segura de si conseguiré mantenerme en pie en el caso de que tenga que ponerme a luchar contra criaturas abisales en vez de proteger a mis Palabras. Saren silba y señala con el dedo el arco en ruinas. Decenas de sombras de alrededor de un metro de longitud ondulan, emitiendo sonidos similares al de una tiza apoyada sobre una pizarra. Se comunican entre ellas. Parece ser que [𝕷𝕦𝕟𝕒] las debilita. Su luz vacila y nos impide ver con detalle a esas criaturas.

—¡Luego no vengáis a decirme que soy yo quien tiene las ideas más locas! —se lamenta Killian, pero siento cómo crece en él una pequeña excitación ante este potencial peligro.

Sin embargo, no tiene ninguna ventaja en este caso. Para convencerme a mí misma, digo:

—¿Puede que sean inofensivos?

—¿Acaso alguna vez has visto a un monstruo amable? —suelta el ladrón.

—A ti, pero eso depende del día.

Chasquea la lengua. Su risa nerviosa resuena alrededor de nosotros.

—Gracias por no haber respondido «a Alric».

—Me alegra ver que sois capaces de relajaros en un momento como este, pero ¿no pensáis que deberíamos ocuparnos de ellos? —propone Saren, tomando una vez más su papel del adulto más responsable del grupo.

Vuelvo a activar [𝕻𝖗𝖔𝖙𝖊𝖌𝖔] a costa de [𝕷𝕦𝕟𝕒], cuya claridad disminuye. Mis fuerzas se reducen. Mi cuerpo y mi espíritu hacen una elección evidente: la oscuridad es mejor que la muerte.

Un movimiento me llama la atención. Una forma más grande, más pesada, se dirige hacia nosotros. Es imposible ver el fin de ese ser. Las criaturas gritan más fuerte. Esa cosa, agazapada bajo la arena, forma bultos similares a dunas. Le falta poco para acorralarnos. [𝕷𝕦𝕟𝕒] elige el peor momento para desertar. Su luz nos abandona justo cuando las criaturas sin rostro y el monstruo de la arena, que mi cerebro se imagina como una serpiente gigante, arremeten contra nosotros.

—¿Arya?

—¡Killian, perdón!

—¡No te disculpes, joder! ¡Mejor dime que no tenemos nada que temer estando aquí dentro! —bromea Killian, dando golpecitos a **[Protego]** con la punta de su dedo—. Esto no se va a romper, ¿verdad? ¿VERDAD? —repite, más agresivo.

Me sobresalto, incapaz de confesar que **[Protego]** ya apenas me calienta la palma de la mano. Eso solo quiere decir una cosa: pronto nos va a dejar colgados. No sabría decir cuál de los dos va a sucumbir primero. Al menos, hasta que él ve una gota de sudor caer por mi frente. Entonces, comprende el horror de la situación y empieza a gritar:

—Vale. ¡Nos vamos, nos vamos! ¡NOS VAMOS!

Su cuerpo se coloca detrás de mí, tan cerca que puedo sentir cómo se estremece por el miedo, y aprisiona mis dos manos sobre la esfera. Aplasta mi dedo roto sin darse cuenta, pero, comparado a lo que puede llegar a pasarnos, este pequeño daño es irrisorio.

—¡Sácanos de aquí, Arya!

No sé cómo aprovechar mis últimos recursos, si es que aún me queda alguno. Debo sacarnos de esta pesadilla, cueste lo que cueste. Las palabras de Killian contenían una verdad incuestionable: debo asumir mis decisiones y mis errores. Las criaturas furiosas se estrellan contra la cúpula. Puedo ver sus ojos vidriosos sin expresión y sus cuerpos transparentes, moteados de escamas desteñidas, que dejan a la vista el esqueleto y los órganos. Ya me imagino ahogada entre sus tentáculos viscosos.

Desvío **[Protego]** y gira de forma brusca y violenta. Volvemos a tomar velocidad gracias a Killian. Alric y Saren se ponen de cuclillas para mantener mejor el equilibrio y evitar salir proyectados hacia nosotros. Empiezo a subir hacia la superficie sin pensar. Que le den a esa Palabra. Que le den a mi deber de Guardiana de las Palabras. No estoy preparada para ese sacrificio. Puede que valga la pena, pero no más que mis tres compañeros de equipo. No vale más que mis amigos. Pero ¿podré llegar hasta arriba? Me empiezan a fallar las piernas. Killian lo siente, pasa su brazo alrededor de mi cintura y me sujeta contra él con fuerza. Murmuro:

—Está demasiado lejos.

—Lo vas a conseguir, Amor. El miedo me hace decir estupideces, pero no estoy lo suficientemente asustado como para no confiar en ti.

[Protego] se balancea hacia todas las direcciones. El monstruo de arena nos persigue y las criaturas nos rodean por todos los lados. Entonces, otra voz aparece en mi cabeza. Una parte de mí que no acepta renunciar. Que me intenta disuadir para no huir. No, estando tan cerca del objetivo. Sí, porque ya no estoy muy lejos. Lo siento. No me he tirado de cabeza en esta misión suicida sin una razón. Si ese Mantra requiere tantos esfuerzos para ser encontrado... debe ser especial. ¿Puede que nos esté poniendo a prueba? Me resulta impensable dejar que se pierda para siempre en este vasto océano. La Guardiana de las Palabras debe de estar sobrepasando a Arya Rosenwald. Debo resistir un poco más.

Uno de mis brazos flaquea y se engancha al de Killian. [Protego] lo da todo de sí y se abalanza a toda velocidad hacia un alto relieve rocoso. Ganamos terreno, pero mi energía no nos sigue el paso. Mi magia se seca, se vacía. Sobrepaso los límites de mis propios límites. Justo cuando empiezo a pensar que la situación no tiene salida y a imaginarme a la gran guadaña por encima de nuestras cabezas, una luz azul, brillante y perfectamente visible, se dibuja en la roca para formar una brecha, abriendo así un camino hacia una cueva. Parece que el océano se parte en dos bajo mis ojos. Esa luz parece molestar a nuestros perseguidores. He aquí nuestra última oportunidad de sobrevivir, nuestra última esperanza. La grieta no permitirá que nuestros enemigos nos sigan. Pero debemos reducir el espacio de [Protego]. Sin ponernos de acuerdo, mis compañeros se repliegan contra mi cuerpo exhausto, al igual que [Protego], que se reabsorbe a nuestro alrededor. La cenefa que se ajusta a mis dedos se va apagando poco a poco, como la luz vacilante de una vela. El calor reconfortante de sus paredes es sustituido por un frío glacial.

Una de las criaturas consigue enrollar sus tentáculos alrededor de la esfera. El choque, sumado a la presión que ejerce, fisura nuestra protección. Mi mano se crispa, mis miembros arden. No puedo evitar gritar, liberando la totalidad de mis últimas fuerzas. Propulso **[Protego]** hacia delante una última vez y nos introducimos en esta cicatriz de luz cegadora.

La esfera continúa su carrera frenética varios metros antes de estabilizarse, y nos encontramos en el corazón de una profunda cavidad por encima de un amplio campo de estalagmitas. Como un océano dentro de un océano. Haber dejado atrás a esas criaturas debería tranquilizarme, pero, ahora mismo, ese es el menor de mis problemas. El aire se está agotando. Mis compañeros se separan de mí. Todos respiramos con dificultad, excepto Alric. Distingo unas manchas intrigantes por encima de nosotros. ¿Es el reflejo de unas antorchas encendidas? ¿El aire libre nos tenderá sus brazos? Mi otro brazo también cae. Tan pronto como lo bajo, unas grietas profundas aparecen en nuestra burbuja como si fuesen telarañas.

[Protego] va a desaparecer pronto. Nuestro final es inminente. No sé qué decir. ¿Me disculpo? ¿Me despido? ¿Les agradezco por todo? Saren murmura algo a mi lado. Puede que sea una plegaria. Puede que esté dedicándole un último pensamiento a su familia. Alric permanece impasible: sigue reflexionando. ¿Cómo consigue mantener la esperanza en un momento como este? Killian es presa del pánico. Sabe lo que le espera. Se pone nervioso, maldice a todos los dioses, alza el tono de su voz. Me gustaría decirle que esté tranquilo, que guarde sus fuerzas y su aliento, pero… ¿para qué? Es mi culpa que esté en este estado.

Y **[Protego]** estalla.

El agua nos aspira antes de que podamos inspirar. Killian suelta un grito ahogado y forcejea con tesón. No puedo alcanzarlo ni ir en su ayuda. Mis pulmones se vacían mientras intento subir hacia la supuesta superficie, a ciegas. Paro, agotada. Me resulta imposible continuar.

La imagen borrosa de Alric entra en mi campo de visión. Agarra una correa de la pechera de cuero de Killian con ímpetu y golpea la mandíbula del ladrón con fuerza, quien pierde el conocimiento. Lo toma en brazos, se pone a nadar con velocidad y lo pierdo de vista. Mis piernas se niegan a luchar y mis brazos a cooperar. El oxígeno ya no alimenta mi cuerpo lo suficiente. Todo se vuelve confuso, lejano. Siento cómo me voy mientras la silueta del general pasa por delante de mí: noto que me comprime el tórax con los brazos y que me lleva con él.

Justo antes de perder el conocimiento, espero que la última cosa que vea antes de morir no sea el cuerpo inconsciente de Killian Nightbringer.

Capítulo 64

La Ciudad Sumergida

Unas presiones intensas y repetidas sobre mi pecho hacen que recobre el conocimiento. Calmo mi asfixia con grandes inspiraciones forzadas. Por encima de mí, Saren retira su mano de mi tórax. Acaba de salvarme. Me llevo una mano a la garganta mientras expulso toda el agua que me he tragado.

—Respira con calma —me aconseja Alric, acariciándome la espalda.

Con la voz ronca, grito:

—¡Killian!

Las pulsaciones de mi corazón se tranquilizan. Aliviada, lo encuentro no demasiado lejos de mí, de rodillas. Su pecho se eleva a un ritmo frenético. El agua chorrea a través de su máscara. Su pelo empapado forma un charco delante de él.

—La próxima vez avísame, Dhurgal —gruñe él, frotándose la mandíbula—. Menuda hostia.

—Lo siento, bandido. En situaciones desesperadas, medidas drásticas.

—Gracias, Harrington.

Hace una pausa y añade:

—A ti también, Delatour.

Killian está vivo. Todos lo estamos gracias a la sangre fría de Alric y a la valentía de Saren. Los observo mientras me muerdo las uñas, sintiéndome carcomida por la culpa. ¿Cuál será la mejor excusa para este fracaso tan humillante?

—No te martirices —me tranquiliza Killian—. Lo has hecho lo mejor que has podido. Estamos sanos y salvos, eso es lo más importante.

—Podrías haber muerto —jadeo, abrumada por la angustia—. Lo sien…

—¿Qué acabo de decir?

¿Cómo pueden mis compañeros no enfadarse conmigo si yo estoy enfadadísima conmigo misma? Les he pedido demasiado.

Me escurro el pelo, me descongestiono las orejas y paso mis manos por el suelo rocoso de la cueva con unas ganas tremendas de besarlo con amor. Ningún contacto me había resultado tan agradable. Mi mirada se topa con la superficie azul, de una pureza fuera de lo común. Unas minúsculas ondas se propagan por ella, creada por las gotitas que caen con pereza de la punta de unas largas estalactitas, provocando un chapoteo regular, casi musical. ¿A causa de qué tipo de milagro podemos estar bajo el agua y fuera al mismo tiempo? ¿En qué sentido nos encontramos exactamente?

Otro detalle me intriga. Un enjambre de luciérnagas cubre la superficie del agua y vibra al ritmo de las ondulaciones. Atraída por esa alfombra de luz que baila, me acerco a la orilla para tocarla. Un reflejo acaricia el dorso de mi mano, después mis brazos. Rozo el agua fría con la punta de mi nariz. Entonces, comprendo que esas luciérnagas no vienen de las profundidades del mar, sino de la altura. Alzo la cabeza hacia el techo tapizado por miles y miles de fragmentos de piedras preciosas, iridiscentes, brillantes. Se reflejan en el movimiento discreto de las olas, formando un degradado turquesa. Es como si un humano hubiese querido sobornar a un dios para que le otorgase una parte del cielo estrellado y que, ante su negativa, lo hubiese arrancado a la fuerza y llevado al corazón del océano para mantenerlo a salvo de las miradas indignas de su perfección.

—A veces, el silencio es mejor que las palabras, ¿eh? —arrulla Killian, interrumpiendo mis pensamientos.

Con una mano, levanta mi mentón para cerrarme la boca, abierta de par en par. Es imposible acostumbrarse a tanto esplendor. No es la primera vez que constato los contrastes de este mundo, portador de tantos horrores como maravillas. Una contradicción que puede existir en el mismo lugar o en el corazón de una misma persona.

—Es...

—¿Ves? Lo que decía.

Se ríe, relajado, como si nada acabase de pasar. Es verdad, me faltan palabras para describir esta belleza. Al igual que a Killian, que siempre le faltan palabras. Jamás me dirá que este buceo, digno de una pesadilla, lo ha marcado. Tampoco admitirá que le quema por dentro que sea Saren quien me haya salvado y no él. Ni que exponer sus debilidades le hiere el orgullo. No, no me dirá nada de eso. Pero me importa poco, porque ya lo sé.

Volvemos junto a Alric y Saren, que están examinando nuestras cosas. Para mi gran alivio, el mapa de Cassandra está intacto. Algún tipo de magia debe protegerlo de la destrucción. Tiro lo que no se puede salvar, guardo lo demás y me sorprendo tiritando de frío. Estoy congelada y no puedo controlar los temblores. Me quito las botas y les doy la vuelta para vaciar el agua.

—Tenemos que buscar algo para calentarnos y alguna forma de secar nuestra ropa —nos advierte Saren, inspeccionando la cueva con la mirada—. Solo nos faltaba pescar un resfriado.

—¿Has escuchado a nuestro gran general, Rosenwald? Util...

Killian se interrumpe. Cierra los ojos y suelta un estornudo capaz de provocar una corriente de marea.

—Odio el agua —refunfuña, sorbiéndose los mocos.

—Hay demasiada humedad aquí —añade Saren—. No podemos encender un fuego. Tenemos que salir de esta gruta, es la única opción que tenemos.

Acurrucada, me estremezco sobre mí misma como un juguete mecánico al que le acaban de dar cuerda. Killian sugiere que escalemos las paredes, esperando encontrar una solución en las estrellas. Muy lírico por su parte, pero poco creíble. Las propuestas de los otros dos también son disparatadas. Me falta energía para participar en esa tormenta de ideas y tengo la extraña sensación de que nos están espiando. Oigo unas risas dulces. Una de dos: o todavía tengo alucinaciones o no estamos solos.

Me levanto y me dirijo hacia una cortina de hiedra que pende del otro lado de la cueva. La aparto y la hiedra baila por el contacto de mis dedos. Ya no escucho ninguna risa. Debo haber perdido un poco la cabeza. Justo cuando pretendo volver sobre mis pasos, me da un vuelco el corazón.

Dos niños idénticos se interponen en mi camino. Los gemelos me escrutan con una dulce despreocupación. Se ven adorables vistiendo esa toga azul clarito que les cubre solo un hombro. Unas marcas blancas trazadas a mano atraviesan sus mejillas rellenitas, sus narices y se pierden en sus frentes. Ambos inclinan la cabeza hacia un lado y me analizan de arriba abajo, curiosos, pero no inquietos.

Retrocedo lo suficiente como para sentir a la cortina vegetal cosquilleándome la espalda. Se ponen de acuerdo con una mirada y se echan a reír como si acabasen de desenterrar un cofre lleno de juguetes. Sus risas repercuten en la cueva. Mis compañeros dejan de debatir sobre nuestras posibilidades de retirada para acercarse. Los niños se callan con los ojos todavía fijos en mí. Una sonrisa maliciosa aclara sus rostros infantiles.

—¿De dónde salen esos dos? —se sorprende Killian, que baja el tono.

—Arya, deberías acercarte a nosotros —mantiene Saren, haciéndome un gesto con la mano.

—No seáis tan timoratos. No parecen peligrosos —comenta Alric.

—Esa es la belleza de una amenaza, teniente —replica Killian—. Un peligro perfecto es un peligro que no parece serlo. Los Dhurgales son la prueba de ello.

—Excepto que la perfección no existe.

La tensión impregna la atmósfera. Saren baja su mano hacia la vaina de su espada, Killian ya sostiene un puñal en cada mano. Alric se contenta con observar. Seguramente no debe haber visto a unos niños tan pequeños desde hace mucho tiempo.

Los dos niños no parecen tener miedo. Cada uno me tiende una de sus manos regordetas en un gesto enternecedor. Pierdo el control de la situación por culpa de sus ojos redondos y sus bonitos pómulos alzados: la imagen de Lilith y Samuel toma su lugar por un instante. Si quisiesen hacerme daño, ya me habrían neutralizado hace un buen rato, teniendo en cuenta mi vulnerabilidad actual.

Mis manos temblorosas terminan por tocar las de los gemelos. Uno de ellos sopla con dulzura sobre mi articulación rota, despojada de su férula. Sus dedos se deslizan hasta mis antebrazos y aprietan su agarre sobre mi piel todavía húmeda. Sus venas se iluminan una a una, desde sus muñecas hasta su hombro desnudo. Aparto mis manos, aturdida por el sosiego que me invade.

—¿Qué te han hecho esos críos?

Killian se acerca, apuntando con la daga. Saren, detrás de él, se ha replegado. Un velo de dolor pasa ante sus ojos.

—¡Parad! ¡No hagáis nada!

El ladrón se inmoviliza. Ambos niños siguen sin parecer asustados. No tengo ni idea de lo que acaba de pasar, pero sé que estos niños no están aquí para hacerme daño. Esta vez, coloco mis manos en sus antebrazos de manera espontánea y ellos hacen lo mismo mientras se tronchan de risa. Sin más dilación, las venas de ambos reaccionan y se vuelven azules bajo su piel. No me desmayo. Al contrario, acepto abrir mi alma a esta sensación de ligereza y de dulzura que calma mis temblores.

Los niños intercambian un gesto con la cabeza y finalmente se dignan a confrontar a mis compañeros con la mirada. Uno mueve su mano en el aire y entendemos que debemos seguirlos. Killian guarda su daga sin suavizar su mirada y Saren se precipita para recuperar nuestras cosas.

Los niños me guían tirándome de los brazos. Hacen un gesto al mismo tiempo para apartar el espeso follaje y una fuerte luz me agrede los ojos. Los gemelos me guían a través de esta neblina luminosa sin perder su entusiasmo. Los ojos de Killian pestañean de forma compulsiva y Alric se cubre los suyos con el brazo, más incómodo que nosotros por esa claridad demasiado pura. Llegamos a una superficie plana y reconozco la sensación de la hierba bajo mis pies. Los niños me sueltan y siento la mano de Killian en mi hombro.

—La próxima vez, Amor, recuérdame que siempre me deje llevar por tu intuición.

Dulcemente, me gira la cara hacia un paisaje excepcional. Más increíble todavía que cualquier descripción que haya podido leer en mis libros, en los que aparecían tierras imaginarias magníficas y fantásticas. Una vasta extensión de agua se asoma en el horizonte, enmarcada por unas cascadas que tapan nuestras voces y que parece que fluyen en el sentido contrario. En medio de estas cascadas se alza una ciudad, coronada por un majestuoso monumento, cuyo poder puedo sentir incluso a esta distancia. Varias edificaciones rodean a la arquitectura principal hasta el pie de un volcán. El resto de la isla se esconde bajo una nube blanca. La humedad desagradable de la cueva ha cedido su sitio a una tibieza placentera. Alzo los ojos para buscar el astro solar, pero no lo encuentro. El cielo refleja el océano como si fuese un espejo. ¿Dónde estamos? ¿Qué tenemos ante nuestros ojos? ¿Cómo puede existir un sitio como este tan lejos de la tierra firme?

—¡Jamás me habría imaginado ver algo como esto estando vivo! —se exclama Saren.

Los gemelos nos esperan más abajo, dando saltitos al lado de unas embarcaciones alargadas de madera, decoradas con símbolos pintados con los colores primarios. Se suben en una.

—¡Oh, qué alegría! Una nueva travesía —ironiza Killian.

Curiosa por descubrir los misterios de esta isla, corro hacia las barcas, seguida muy de cerca por mis compañeros. Embarcamos en la piragua de nuestros dos guías. Solo Killian duda desde la orilla.

—Venga, Nightbringer. Después de todo lo que hemos pasado, no me digas que una barquita de nada te va a frenar —lo provoca Saren.

—Aún está digiriendo el viaje con Virgo —le recuerda Alric, entre divertido y compasivo.

—¿Dejarías a Arya a la merced de un pueblo desconocido? Sin contar los posibles tesoros que pueda haber allí escondidos, claro.

—No se va a ir a ningún sitio sin mí —proclama Killian, que da un salto hacia mi lado.

Pensaba que los tesoros habían conseguido motivarlo, pero al final he sido yo.

Los gemelos se colocan en la popa y hacen el primer movimiento del remo. Navegamos sobre el agua traslúcida, donde centenas de peces de colores y otros animales marinos nadan a favor de la corriente. Disfruto del frescor del agua con mis dedos. Por culpa de mi atuendo oscuro, me siento sosa en medio de este brillante arrecife de coral. Una mancha negra en todo el medio de una tela pintarrajeada. El viento empuja a las nubes y revela toda la magnificencia de la isla. Su altura consigue darme vértigo. Unos edificios de piedra se cobijan bajo unos opulentos árboles de hojas anaranjadas y cortezas más blancas que la nieve. El tipo de arquitectura me recuerda al templo en ruinas sumergido.

Alcanzamos las laderas del volcán y esquivamos un desprendimiento de rocas que lamen algunas olas perezosas. Soy la primera en descubrir una cala, donde hay amarradas unas canoas similares a la nuestra. Unos hombres, vestidos como los gemelos, salen del puerto o desembarcan en los pontones. Están ocupados con grandes redes de pesca, que lanzan a unos pequeños veleros con cascos de caoba y velas de un rojo llamativo. Para ayudarme a bajar del barco, uno de los niños me ofrece su mano y mi calzado se hunde en la arena blanca. Killian ya está fuera del barco, demasiado feliz por tocar la tierra firme. Nuestra llegada pasa desapercibida. Nos abrimos paso entre los pescadores, acompañados de los melodiosos silbidos de los trabajadores y de las joviales canciones que, seguramente, relaten mil y una historias.

Avanzamos por una amplia escalera de piedra y salimos a una avenida de adoquines blancos, tan animada como el puerto.

Está rodeada de bonitas casetas de madera y vegetación, de las que salen unos chorros de agua. Las risas de los niños se entremezclan con las conversaciones. Entonces, Killian invade mi espacio personal. No sé dónde puede ver algún rastro de hostilidad.

—No hace falta que seas tan pegajoso.

—No llamemos su atención. No intercambiemos ni una palabra, ni una mirada. Todo esto me resulta sospechoso.

—Lo que va a acabar llamando la atención es tu mala fe.

—A mí me resulta agradable pasar desapercibido —afirma Alric con una sonrisa avergonzada.

Ascendemos por la avenida y seguimos por un camino más estrecho, que nos conduce hasta una plaza en cuyo centro se alza un edificio, construido sobre unas anchas columnas de piedra conectadas por unos arcos. El niño, alegre, me arrastra con él. Subimos unos altos escalones y penetramos a un recibidor, donde unas cortinas de los colores del arcoíris, que se asemejan a un lanzamiento de cometas, se utilizan como techo. Una multitud se agolpa frente a unos puestos de los que surgen aromas a hierbas y comida. El niño tiene que venir a buscarme y llevarme en la dirección correcta, ya que me desvío varias veces hacia esos puestos tan tentadores. Una vez que salimos de este mercado, comprendo que nuestra ruta nos conduce hacia el edificio que corona las alturas de la isla.

Pongo un pie en un primer escalón gastado, bordeado de líquenes. Me esperan otros cien, pero evito quejarme a pesar de mi fatiga. La subida me resulta interminable. Me apoyo en Saren. Los escalones se vuelven cada vez más estrechos y peligrosos. Alcanzo el último escalón, sin aliento, y la inmensidad del lugar me golpea con fuerza. Las altas columnas blancas del templo imponen silencio y respeto. El vértigo no me impide contemplar esta vista extraordinaria.

En cuanto cruzamos la entrada, mis compañeros me rodean con aparente desconfianza. Echo en falta a los gemelos, que se han ido sin darnos ningún tipo de instrucción sobre qué hacer ahora. En el aire flota un fuerte olor a incienso y una hermosa luz dorada atraviesa el gran techo de cristal, sobre el que se deslizan unas esponjosas nubes movidas por el viento.

En el centro del templo hay una jaula circular que encierra un fuego azulado, rodeado de estanques en los que los niños chapotean felices. Observo a gente descansando por doquier: algunos están recostados en divanes cubiertos con sábanas de colores, otros sentados con las piernas cruzadas sobre grandes alfombras, sobre las que dan ganas de echarse una siesta. Hablan, comen y juegan a juegos cuyas reglas desconozco. Sus rostros transmiten serenidad. A pesar de este ambiente pacífico, el ladrón y el general están ojo avizor. Sé que siempre hay que pensar antes de actuar, pero en este caso me resulta exagerado. Parecemos diez veces más amenazantes que estas personas.

A pesar de sus advertencias, me acerco a un brasero para secar mi ropa. Mientras me froto las manos, me fijo en una joven de unos veinte años, que está sentada al borde de uno de los estanques. Sus piernas se balancean con gracia dentro del agua, que salpica su falda con aberturas a ambos lados de sus esbeltos muslos. Su mirada se posa en mí cuando estoy analizando su rostro. Una marca blanca dibuja una línea perfecta en el puente de su nariz y cubre parte de su cara. Esta línea acentúa el azul de sus iris y sus canas. Una cinta color malva rodea su pecho, fijada gracias a un nudo situado entre sus omóplatos. Ella no aparta la mirada, a pesar de la insistencia de la mía. Unas gotas de agua recorren sus piernas bronceadas hasta los brazaletes de oro que rodean sus tobillos. Sé que estoy pareciendo maleducada, pero no soy capaz de dejar de mirarla. Es algo superior a mí. No tengo ningún presentimiento fatídico. Solo la sensación de que nuestro encuentro estaba escrito. La chica termina por dirigirme una sonrisa cómplice. Entreabro los labios, pero Killian interrumpe este amago de conversación tirando de mí hacia él. Me sujeta con un brazo. Con el otro tantea por todo el largo de su pierna, buscando su daga. Delante de nosotros, Saren se prepara en contra de una amenaza invisible a mis ojos. Solamente cuando veo que la joven misteriosa ha desaparecido, me fijo en el hombre imponente que se dirige hacia nuestro grupo. Lleva consigo un gran paquete.

—No te atrevas a dar ni un paso más —trina Killian, siempre dispuesto a encargarse de la «limpieza».

El hombre hace oídos sordos. Saren desenvaina su espada. Es cierto que desconocemos las intenciones de este pueblo. No obstante, somos cuatro extranjeros armados que se han invitado a su morada. Intento zafarme de Killian en vano. Bendito sea el día en el consiga ganar al ladrón en fuerza. No me sorprende ver que Alric conserva una actitud tranquila con los brazos cruzados. Si él se mantiene al margen, quiere decir que no está sintiendo ningún tipo de peligro.

—No será porque no lo hemos prevenido —advierte Saren, apuntando con el filo de su arma.

—No necesitáis eso aquí —interviene una voz femenina y medida.

El desconocido se detiene a algunos pasos de nosotros. Me fijo en una anciana, aposentada en un trono cubierto de seda al fondo del templo. Un velo disimula su rostro. Escucho su risa, más dulce que el canto de un pájaro:

—Aquí tenemos a unas personas muy valientes.

—Es necesario serlo para ser capaz de dejar atrás a vuestras mugrientas criaturas con tentáculos —ladra Killian con un tono insultante.

—Y que lo digas.

Dos mujeres la ayudan a levantarse de su trono. Se recoge las largas mangas, dejando a la vista sus brazos delgados moteados con manchitas marrones, signo de vejez. Le entregan un bastón lleno de estrías y con la extremidad curvada. El bajo de su toga acaricia el suelo. Se forma un camino a su paso y cada persona allí presente se coloca una mano en el corazón, con la mirada dedicada a esta mujer. No es necesario hacer ninguna pregunta para darse cuenta de la importancia que tiene en el seno de este pueblo. Espero que Killian se comporte en su presencia. Se detiene a unos centímetros de la espada del general, cuya punta roza su velo.

—Guarde esa espada, infame guerrero.

Saren duda. Busca la aprobación de Killian, quien recurre a Alric con una mirada. Finalmente, el general obedece.

—Mirad quién es el más sabio.

Nos da la espalda para agarrar el paquete que transportaba el hombre. Tan solo son unas toallas.

—Tomadlas. Poneros enfermos no os serviría de nada. Y acercaos al fuego, él tampoco quiere haceros ningún daño.

La anciana se sienta cerca del brasero y nos invita, con un gesto, a que hagamos lo mismo. Intenta transmitirnos confianza. Me acomodo en un diván y Killian me imita. Alric y Saren escogen un asiento enfrente de nosotros. Dos hombres colocan un cuenco con fruta a nuestros pies. La rechazo, sintiéndome incapaz de llenarme el estómago en un momento como este. La Sabia espera pacientemente a que terminemos de secarnos. Su velo ondula. Nos observa. Killian tampoco le quita el ojo de encima.

—Hacía demasiado tiempo que no veía a personas terrestres.

Se gira hacia Saren, después hacia Alric, y pregunta con un toque de perplejidad:

—¿Quién es usted exactamente? No escucho el latir de su corazón.

—Un Dhurgal —responde él de la forma más natural del mundo.

Sus dedos se crispan sobre su bastón. Se inclina hacia delante como si estuviese verificando algún detalle.

—Interesante —dice.

Killian y yo intercambiamos una mirada interrogadora. ¿Cómo ha conseguido escuchar, o más bien no escuchar, los latidos de los corazones de Alric? ¿Posee algún tipo de poder? En todo caso, su presencia no parece inquietarla.

—Pocos seres llegan hasta nosotros. Qué alegría ver caras nuevas. Admiro vuestra valentía y vuestra determinación.

—¿Va a contarnos qué hacemos aquí, entonces? —suelta Killian.

Le doy un golpe con el codo en el costado. Sabe de sobra el motivo por el que estamos aquí, ¿por qué siempre busca provocar a los demás?

—La verdadera pregunta que deberías hacer es: ¿dónde estamos?

—En un lugar importante, supongo. Si no, no veo por qué esconderlo de esta forma.

—Te equivocas, hombre enmascarado. Aquí no hay guardias ni soldados. Tan solo ciudadanos honestos. Somos todos guardianes de nuestra bella ciudad. Tampoco poseemos armas.

—Cuéntele esa milonga a otros. A sus monstruitos domesticados, por ejemplo.

—Discúlpelo —exhala Alric, incómodo ante las groserías del ladrón, cuando él es tan respetuoso con las normas—. Las conversaciones civilizadas están lejos de ser su punto fuerte.

—No se preocupe. No es su culpa. A veces, el miedo es un mal consejero. No es la primera alma desobediente que cruza estas paredes. En ocasiones, algunas personas se han ido siendo igual de tercas que cuando llegaron.

—Ah, que nos podemos ir de aquí con vida, ese ya es un buen punto.

—Como él no le va a hacer la pregunta, la hago yo —vuelve Saren a la carga, más reflexivo—. ¿Dónde estamos? ¿Quién es usted?

En respuesta, la mujer se levanta apoyándose en su bastón. Alric se abalanza para ofrecerle su ayuda.

—Usted tiene un corazón inmenso, no hay duda. Incluso más de uno.

La seguimos hasta la otra punta del templo, hasta un ala más tranquila. Se acerca a unas largas cortinas, las aparta y nos invita a pasar delante de ella. Me deslizo la primera, con mis compañeros pisándome los talones. Lo que descubro es un centenar de barcas que flotan en la infinidad del océano, una cadena de montañas y un bosque sin fin. Avanzo hacia una barandilla de piedra blanca que me separa del vacío. Un viento fresco se enreda en mi pelo y el aire salino se cuela por mi nariz.

—Bienvenida a la Ciudad Sumergida.

Se me para el corazón. Ya había escuchado ese nombre en algún sitio. Mejor dicho, leído. Rebusco rápidamente en mi memoria: una isla enigmática escondida en lo más profundo del mar... Un mito con miles de versiones. Un montón de preguntas me invaden la cabeza. Me decido a hacer la primera cuando una borrasca fresca libera el velo de la anciana. Mis preguntas se van volando con él. Sus ojos, de un color blanco puro, me miran fijamente, como si pudiese verme de manera clara. No obstante, es ciega.

—¿Sabéis qué? Uno no llega a la Ciudad Sumergida por casualidad. Es ella quien os encuentra a vosotros, y no al revés.

Entonces, nos revela su nombre: Winema.

La Ciudad Sumergida...

¿Qué secreto me desvelará?

Capítulo 65

Clarividente

A manece en nuestro segundo día en la Ciudad Sumergida. Winema, jefa designada en este lugar, nos ha ofrecido su hospitalidad. Según ella, nuestra estancia en la isla no será de corta duración y quién soy yo para llevarle la contraria. Necesitaré tiempo para hacerme con lo que busco. Ninguno de mis compañeros se queja. Después de estos días tan intensos, un poco de tranquilidad es más que bienvenida. Hemos cambiado nuestra ropa por la vestimenta local, bastante menos aburrida. Killian, siempre fiel a sí mismo, conserva sus pintas de ladrón.

Nuestro hábitat, abierto al exterior, se apropia de gran parte de la isla, debido a su enorme patio y a sus terrazas decoradas con hermosas pérgolas. Compartimos una gran sala de estar, ventilada y cómoda, decorada en unos tonos azules y blancos que me recuerdan al mar. Nuestras camas acogedoras, con colchones acolchados, ocupan gran parte del espacio. La decoración está compuesta por estatuas de madera, cortinas ligeras, alfombras y campanillas. En el centro de la sala hay un fuego incesante, donde ayer cocinamos unos róbalos que trajo Killian (no sabemos si se los robó a un pobre pescador). Parece ser que el bienestar es algo primordial para los isleños. Yo no me quejo. Esta mañana, al abrir los ojos ante este paisaje paradisíaco, no fui capaz de distinguir si estaba soñando o si era la realidad.

Alric admira el océano desde la verde terraza con los brazos cruzados en la espalda. Parece en forma, a pesar de que hace dos días que no come. Me dedica una sonrisa antes de volver a su contemplación. Me rugen las tripas: decido ir a buscarnos algo para comer. Encontraré algo que satisfaga mi hambre canina matinal en el mercado que recorrimos el día de nuestra llegada, situado no muy lejos del puerto. Me pongo mis sandalias que se atan hasta las rodillas y salgo de nuestra morada.

Avanzo por unos caminitos floridos para internarme en las arterias animadas de la Ciudad Sumergida. Me siento como si hubiese vuelto a casa, ya que soy capaz de orientarme sin problema, así que paseo por los senderos del mercado al aire libre como si los conociese como la palma de mi mano. Al cabo de unos pasos, un comerciante de frutas me llama. Unas líneas rojas se destacan en su rostro regordete. Elige un producto de su expositor y me lo entrega. La forma de esta fruta me recuerda a una pera grande, pero la piel peludita se asemeja a la de un albaricoque. Ante su insistencia, muerdo esta fruta de color ocre. Me sorprende su textura crujiente, pero enseguida siento cómo se deshace en mi boca. Un sabor a melocotón y vainilla me acaricia el paladar y deleita mis papilas gustativas. Mastico con placer, pensando en todas las recetas que podría crear utilizando este ingrediente. La imagen de mi madre se une a estos pensamientos culinarios. Su rostro juguetón frente a nuevos ingredientes, sus cejas fruncidas cuando pensaba en la mejor manera de combinarlos. Busco en mi cartera para sacar algunas monedas de oro. El comerciante me cierra la mano de forma categórica.

—Aquí no necesitarás eso.

Balbuceo un agradecimiento. Me sonríe antes de volver a sus ocupaciones. Estas personas viven fuera de cualquier tipo de sistema económico, sin moneda. ¡Conozco a alguien que se pondrá triste cuando lo descubra! Continúo mi caminata por los senderos llenos de gente, sin sentirme agobiada por la multitud. Hago zigzag entre los puestos repletos de platos deliciosos, promesas de felicidad gustativa. Los olores se mezclan creando un aroma agradable. El ambiente es cálido. Voy haciendo paradas en diferentes puestos, pero sin tomar nada más. Resulta difícil servirse sin dar nada a cambio cuando estás acostumbrada a lo contrario.

Cuando estoy esperando mi turno cerca de un pescadero, siento que alguien tira del bajo de mi vestido. Una niña, de una edad cercana a la de Lilith, me tiende una cesta de hojas trenzadas llena de albóndigas todavía humeantes. Acepto su ofrenda, gracias a sus ojos, redondos como canicas, y al gesto que me hace. Apoyo una rodilla en el suelo y elijo una albóndiga de pescado frito envuelta en algas, pero me quemo los dedos y la comida rueda por la tierra. Ella se ríe, luego acepta con generosidad que escoja otra. Incluso me anima a quedarme con varias, utilizando una gran hoja verde para que me quepan en la mano.

—Muchas gracias.

Me rodea el cuello y me deja un tímido beso en la mejilla, antes de desaparecer dando saltitos por los senderos del mercado. Cierro la hoja que contiene las apetitosas albóndigas y las guardo en mi bolso. Ya tenemos con qué apañar el desayuno (eso si no me las como todas por el camino).

Esta bondad y este consuelo eran todo lo que necesitaba para deshacerme de la tensión acumulada durante semanas. Mi inquietud por Alric, la travesía accidentada en el *Narciso*, la cólera provocada por el Umbría, mis esfuerzos por recuperar [Gemelli], el uso de mis Palabras más allá de mis límites y, por supuesto, el desgarrador adiós de Virgo.

Vuelvo al sendero principal y me detengo. La anciana del templo se encuentra a pocos metros de mí, con su cabello gris y sus llamativos ojos. La sigo dando largas zancadas. No debo perderle la pista. Me disculpo con todas las personas con las que me choco y salgo del mercado. Pero ya no la veo. Siento una profunda frustración. De repente, una mano aterriza en mi hombro.

—¿Has perdido algo?

Winema me dedica una sonrisa amable.

—Uno no puede perder lo que todavía no ha encontrado.

—Sígueme, Arya.

—Lo haría encantada, pero debo...

—No te preocupes, tus amigos no se van a morir de hambre. Debo reconocer que esas albóndigas de pescado me gustan más cuando están frías.

Me toma desprevenida, pero acabo aceptando ir con ella. Cruzamos la avenida y subimos los escalones, quedándonos a una altura razonable del volcán. La Sabia utiliza mi brazo como apoyo, aunque dudo de su utilidad. Me guía hacia una cabaña blanca construida al abrigo de unos árboles que dan frutos gigantes. Sus ramas se entremezclan con unos pedazos de telas coloridas, con unas campanas de cristal y con unas pompas de agua, unas réplicas perfectas de [Protego]. Una esencia de incienso colma la vivienda sin tejado de la anciana. Puede que nunca llueva aquí. O quizá sea que los habitantes son como los pájaros y no están hechos para vivir enjaulados. El conjunto me resulta familiar.

Bordeo el muro que lleva hasta un salón. Mi mano encuentra unas prominencias y me quedo congelada ante unos símbolos grabados sobre la piedra blanca: una lechuza, una flecha, una rosa con los pétalos cerrados y una pluma inconclusa. Los tres últimos símbolos forman un triángulo. Por encima de estos, hay cuatro triángulos de verdad. El primero apunta hacia arriba, el segundo hacia abajo. Los otros dos están atravesados por una línea: uno señala hacia su cima, el último hacia su base.

Un poco más alejado, se sitúa un último triángulo compuesto por tres plumas. Una pintada de blanco, otra de negro y la tercera de rojo con la punta dorada.

Winema me aleja de mis observaciones y de este sentimiento vivaz de *déjà-vu* invitándome a sentarme a su lado. Me agarra la cara con sus manos. No oso moverme más y me pierdo en el ópalo de sus ojos. Su rostro arrugado y sombrío se contrae mientras piensa. Parpadeo, ante el aura tranquilizadora de Winema.

—Eres diferente a ellos. A los demás Guardianes de las Palabras que vinieron a verme.

Tardo unos segundos en ser consciente de lo que me acaba de revelar.

—¿Los demás?

Una ola de calor revienta en mi pecho. Cuando salen de la boca de un desconocido, esas cuatro palabras me asustan demasiado. Sin duda porque me demuestra que mi papel se extiende bastante más allá de mi pequeño círculo privado. Esas palabras significan o significaban algo para otras personas y, un día, se propagan de nuevo para apagarse una vez que mi misión haya finalizado. Por ahora, no soy más que un susurro: una semilla recién plantada que ha de crecer. De hecho, Killian no quiere que se difunda mi verdadera naturaleza hasta que no sea capaz de defenderme por mí misma. Hasta que deje de ser un objetivo fácil.

Todavía no he tenido que enfrentarme al desequilibrio del que me habló Cassandra, a ese mal que emerge de mi llamada, que está relacionado con los Soldados de Cristal y la desaparición de los herederos. Sé que debo prepararme para combatir un día u otro. Mientras tanto, avanzo a ciegas, como Winema. Por una vez, no sirve de nada guardar silencio. Ella ya lo sabe.

—¿Debíamos encontrarnos?

—¿Nosotras? No, tú debías encontrar la Ciudad Sumergida.

Winema me da un vaso de agua y roza mi dedo roto. Me lo he cubierto con un simple trozo de tela. Desatender mis cuidados no forma parte de las costumbres escrupulosas de Killian, pero no puedo tenérselo en cuenta después de todas nuestras desventuras.

—Nadie se va de aquí indemne —declara, pegando sus manos contra las mías.

Estas últimas empiezan a liberar una tenue luz.

—Eso no suena demasiado tranquilizador —murmuro sin saber a dónde quiere llegar.

Siento unos pequeños picoteos, cada vez más intensos, en el dedo, hasta que ella retira sus manos. Me doy cuenta de que mi herida se ha curado: ya solo queda una fina línea blanca.

—No he dicho que sea para bien o para mal.

Muevo el dedo meñique, fascinada y horrorizada a la vez por el poder que posee esta mujer. ¿Los Guardianes de las Palabras con los que se ha topado a lo largo de su larga existencia habrán tenido una fuerza superior a la suya?

—El pueblo parece darles gran importancia a sus decisiones. Inspira un profundo respeto.

—Es igual para cada Guarda.

—¿Guarda? ¿Entonces este sitio está bajo su protección?

Winema me dedica una sonrisa paciente. Y enseguida entiendo por qué.

—Eres una jovencita muy curiosa, Arya. Casi tan apresurada como tu amigo enmascarado.

—¿Qué ha hecho ahora?

—Le ha parecido buena idea venir a interrumpir mi sueño antes de las primeras luces del alba para saciar su necesidad de información. No esperaba una entrevista tan temprano por la mañana. Un joven encantador, pero terco como una mula.

—No le puedo llevar la contraria.

—Espero recibir una visita de cortesía de parte de vuestro general a lo largo del día —afirma, como si pudiese predecir el futuro—. Es un hombre muy discreto...

—¿Los otros Guardianes de las Palabras encontraron lo que buscaban?

—Cada uno a su manera.

Gira la cabeza hacia el exterior, como si contemplase el bosque. ¡El saber que varios Guardianes de las Palabras estuvieron aquí, con Winema, me produce un sentimiento tan desconcertante! Anduvieron por esta estancia, hablaron con esta anciana, le confesaron sus secretos o la hicieron partícipe de sus vidas. Me gustaría tanto saber cómo eran. Si ella sabía sus miedos. ¿Eran valientes? ¿Poderosos? ¿Estaban solos o acompañados de sus seres queridos, dispuestos a todo por protegerlos? ¿Qué Palabras dormitaban en ellos?

Pienso en Cassandra, pero, antes de que pueda llegar a preguntarme si la Protectora formó parte de los elegidos de la Ciudad Sumergida, **[Protego]** eclosiona entre mis puños. Tan solo ha reaccionado a mi agitación interior. El vínculo que me une con mis Palabras cada vez se vuelve más estrecho, eso es innegable. La mano fresca de Winema cubre las mías y **[Protego]** se desvanece.

—Te prometo que no dejaré tus preguntas sin respuesta. Las cosas deben llegar a ti en el tiempo requerido. Me repito, lo sé, pero es importante. No es necesario saltarse etapas.

Abro mi corazón mientras pienso en Aïdan:

—Precisamente es el tiempo lo que me inquieta. No juega a nuestro favor.

—Este mundo es diferente al tuyo, Arya. El tiempo es una invención de los mortales para estar siempre un paso por delante de sus vidas. Aquí no verás péndulos ni relojes de arena, ni personas apresuradas, porque nosotros no corremos detrás del tiempo; nosotros lo acompañamos, como si fuese un viejo amigo, hasta el vencimiento natural de las cosas. Somos lo que somos. Estamos aquí, donde debemos estar. Es tan sencillo como eso. Estamos fuera del tiempo, Arya. Nosotros somos...

—[Protego].

—[Protego] —concluye Winema, entremezclando su voz con la mía.

Todo esto que siento desde que llegué aquí: esta generosidad, este reposo, esta sensación de protección, ya lo había sentido antes, encerrada en mi burbuja, bajo el cuidado de [Protego]. Aquí se encuentra el origen.

—¿Dónde estoy, Winema?

Mi voz tiembla tanto como mis manos.

—Allá donde era necesario que estuvieses, Arya. Este mundo ha visto el día gracias a generaciones enteras de Guardianes y Guardianas de las Palabras. Gracias a tus predecesores, Arya. Todos venían a buscar lo que les faltaba. La Ciudad Sumergida vive en cada uno de ellos, y cada Guardián de las Palabras vive en nosotros. Nosotros vivimos en paz y armonía a través de [Protego]. Nunca estamos en el mismo lugar dos veces y, sin embargo, siempre termináis encontrándonos, porque estáis conectados a este mundo. Porque no puede ser de otra forma. Estás donde debes estar, Guardiana de las Palabras. La Ciudad Sumergida es una parte de vosotros. Una parte de ti.

Ya no sé ni lo que siento. Formo parte de algo extraordinario. Ahora que sé que estoy vinculada con este mundo y su historia, me siento importante. También asustada por ese pesado pasado, así como por mi futuro incierto. Y segura por tanto apoyo. Cassandra no mentía, jamás estaré sola en este mundo. Una lágrima recorre mi mejilla. Winema hace que desaparezca con una caricia. Coloca su mano muy cerca de mi ojo izquierdo, la otra sobre mi corazón. Me dejo invadir por su dulzura y tomo una profunda inspiración. Me roza el pómulo con su pulgar.

—Veo mucho más de lo que crees, Arya. La Ciudad Sumergida guarda bastantes tesoros que te ayudarán a avanzar, y también podrás verlo todo más claro.

Si yo misma no soy capaz de esconderle mis inquietudes a una anciana sabia y ciega, estoy segura de que mis compañeros también serán capaces de sentirlas. Debo dejar de lado mis preocupaciones antes de volver con ellos. El miedo no tiene cabida aquí. Ahora comprendo el miedo de Killian de no mostrarse a la altura de lo que representa. Es todavía peor para mí, ya que avanzo tras la sombra de innumerables Guardianes de las Palabras. Pero estoy donde debo estar. Este Mantra vendrá a mí cuando haga falta. No lo conseguiré si pierdo confianza.

Con el corazón más ligero, vuelvo a nuestra casa y dejo mis preocupaciones en la puerta. Killian lee su cuaderno cerca del fuego, Saren descansa en una de las camas y Alric contempla el mar hasta la saciedad con el rostro tranquilo. Lo sorprendo aspirando el aroma de su pañuelo bordado con una rosa, aquel que me había entregado en el Valle de Hierro. Se lo devolví después de haberlo lavado. Sonrío a mis compañeros aunque ninguno me vea. No sé qué pasará en el futuro, pero sí sé que ellos están y estarán a mi lado, y creo que eso es lo que importa.

Capítulo 66

Nuestros horizontes

Comparto las palabras de Winema con mis compañeros y menciono a los antiguos Guardianes de las Palabras, creadores de la Ciudad Sumergida. Insisto en el hecho de que este lugar es una protección para nosotros, que estamos fuera de peligro. Y que puedo escaquearme de su constante vigilancia. Killian y Saren intercambian una mirada, pero ninguno protesta.

En el barco, el ladrón se flageló por su distanciamiento, pero debe de sentir que aquí nada malo puede pasar. Además, tiene una necesidad vital de descanso. Es más humano de lo que quiere hacernos creer. Saren también acepta dejarme espacio. Nuestra búsqueda se ha interrumpido, pero no me puedo ir de aquí sin haber hallado lo que necesito. ¿Quién sabe? Puede que esto también me ayude con Aïdan. Pasamos el resto del día vagueando y dándonos cuenta de que es la primera vez, después de varios meses, que no le tememos a nada.

El tercer día, soy la última en levantarse de la cama. Hacía semanas que no dormía tan bien. Además, Killian me hace el favor de no sacarme a la fuerza de la Ciudad de los Sueños. Me estiro, enrollada en las sábanas que huelen a limón y sal. Entre dos cojines, observo a Alric y a Saren. Los dos van vestidos con togas. Nuestro querido Killian está empeñado en no quitarse su cuero.

—¿No te mueres de calor ahí dentro?

—La chiquilla se ha despertado por fin. ¿Te preocupas por mi bienestar o intentas descubrir por todos los medios lo que escondo debajo?

Le saco la lengua. Quitando la parte baja de su rostro, no me queda mucho más por descubrir. Lo hemos hecho todo al revés.

—Pensábamos acercarnos al mercado —me informa Saren—. Para mezclarnos un poco con el pueblo. También me gustaría visitar el templo. Me interesa saber qué dioses acogen o veneran. Y explorar otras partes de la isla.

—Si quieres descansar, puedo quedarme aquí para hacerte compañía —me propone Alric con amabilidad.

Me tientan las ganas de prolongar esta holgazanería y de pasar un rato tranquilo con él, pero no puedo dejar a Killian y a Saren solos. Aunque la tensión entre ellos se haya relajado, sigo temiendo que resurjan sus malas costumbres. La falta de tacto del ladrón, sumada al carácter obsesivo del general, podrían cargarse nuestra utópica serenidad. En el fondo, me da hasta miedo acostumbrarme a esta paz.

—Entonces, ¿nos vemos más tarde, tortolitos? —suelta Killian.

Finalmente, salgo de la cama.

—¡No, vamos con vosotros!

Bajamos la larga sucesión de escaleras que nos separan de la avenida principal. Disfrutaremos de un buen desayuno cerca del puerto. Saren, recién afeitado, se aprovisiona en el mercado y Killian busca una botella de agua y tres vasos. Nos acomodamos no muy lejos del pontón principal, sobre unos troncos con vistas a los barcos. Saren coloca los paquetes que ha traído frente a nosotros. Empiezo a salivar inmediatamente.

—¡Con calma, Rosenwald! —me riñe Killian—. Hay suficiente para todos. E incluso tenemos porción extra, teniendo en cuenta que el Dhurgal va a mirarnos comer.

—Sabes que puedo comer, ¿no? Solo que no me sirve de nada.

—¿No lo echa de menos? —pregunta Saren.

No escucho su debate, demasiado ocupada abriendo mi paquete. El olor dulce me acaricia la nariz. ¡Bollería! No esos repugnantes *rmock*… ¡Pasteles elegantes y cremosos!

Doy un primer mordisco. ¡Una verdadera explosión de sabores! Gimo de placer y cierro los ojos para apreciar mejor el sabor que pensé que jamás volvería a disfrutar. Después devoro un segundo pastel sin entender por qué mis compañeros se parten de risa.

—¿Qué?

—Tienes un poco de… —duda Saren con el índice levantado.

—¿Migas en la mejilla?

—No, es…

—Para resumir —se lanza Killian, intentando mantener su tono serio—, pareces Alric en sus días malos.

—¿Qué decís?

Me inclino hacia mi vaso lleno de agua y veo unos hilos largos que penden de mi barbilla. El sabor agridulce proviene de un sirope de frutos rojos.

—Me están entrando ganas —ronronea Killian.

—Te queda de maravilla —bromea Alric.

Espero que esta imitación de sangre no lo incomode.

—Ni te atrevas a pensarlo, Dhurgal —le advierte Killian.

—¡Relájate, Nightbringer! ¡Tómame como ejemplo! —comenta Saren, sonriendo.

—La Ciudad Sumergida tarda más en hacer efecto sobre unos que sobre otros —gruño.

—Sabes que nunca le haría tal cosa a Arya. Además, sería muy mala Dhurgal —dice Alric.

—Por supuesto que lo sé —refunfuña Killian—. Pero ese pensamiento jamás debe cruzarse por su mente. Sin importar la situación. Por su bien y por el tuyo.

—Si probase su sangre, sería incapaz de parar —nos confía Alric mientras se muerde el labio inferior—. No quedaría mucho de ella para que se convirtiese en uno de los nuestros.

Killian lo reprende con la mirada. Un leve malestar se instala entre ellos, pero el teniente se echa a reír enseguida. Una risa que no consigue retener. Tan expansiva que parece que la guardaba en el fondo de su garganta desde hacía años. El general lo imita. Son mala gente, pero consiguen contagiarme.

—Muy gracioso —dice Killian—. En vez de haceros los cómicos y atiborraros a comida, quizá sería buen momento para ponernos manos a la obra y empezar a buscar esa Palabra. No nos vamos a eternizar aquí como peces en un acuario.

Y se aleja con nuestras risas de fondo, un poco malhumorado. Después de limpiarme la boca, le pregunto a Saren dónde ha encontrado estas pequeñas fantasías dulces. Me explica dónde está situado el puesto en el mercado y decido acercarme hasta allí inmediatamente. El puesto bordea el templo. ¿Cómo no lo vi la primera vez? El horno ruge, las encimeras de piedra están hasta arriba de ingredientes, algunos los conozco y otros no, de espátulas de madera y de tarros. Paso mi mano sobre la superficie enharinada y tomo un puñado, sintiéndome un poco triste. La propietaria del puesto se da cuenta de mi presencia y me invita a acercarme a la cocina. Coloca una masa lisa y me ofrece un rodillo. Contengo las lágrimas porque no quiero parecer ridícula: ellos no saben que me acabo de reencontrar con una parte de mí.

Paso la mayor parte de la mañana confeccionando pasteles, unos más coloridos que otros, y descubriendo nuevos sabores. Sintiéndome feliz, me alejo del mercado con una cesta rebosante de mis creaciones. Vuelvo al puerto donde dejé a mis compañeros para dar rienda suelta a esta llamada azucarada, pero no los encuentro. Justo cuando voy a dar media vuelta para regresar a nuestra cabaña, una multitud de niños llama mi atención. Sobre el pontón, una decena de críos se están partiendo de risa y jugando. En el medio de estos seres pequeñitos está el famoso Killian Nightbringer. ¿Qué podría estar tramando con ellos? Espero que no les esté enseñando a robar, a pelear o que no esté intentando asustarlos. Una vez que llego a un extremo del portón, me doy cuenta de que él también se está divirtiendo. He aquí una escena sorprendente, incluso surrealista. Killian salta de bolardo en bolardo y hace como si estuviesen encima de un volcán. Los niños, en sus imaginaciones, son monstruitos que intentan empujar al héroe enmascarado hacia la lava burbujeante. Yo me quedo al margen, pero observo su juego. Killian ya se ha dado cuenta de mi presencia y no tarda en querer incluirme en el grupo.

—¿Veis a esa chiquilla de ahí? Pues que sepáis que esconde pastelitos en su cesta.

Los ojos de los niños empiezan a brillar. Me quedo petrificada: ya es demasiado tarde para huir. Los niños se abalanzan hacia mí. Me desvalijan en apenas unos segundos, pero consigo salvar dos pasteles. Los pequeños, ahora más calmados como por arte de magia, disfrutan de sus dulces y se chupan los dedos.

—¡Toma! ¡Sírvete tu parte!

—Ya sabes que no me gustan estas cosas —rechaza Killian y se sienta con las piernas cruzadas a mi lado.

—¿Ni siquiera para darme el gusto?

—Todavía menos —bromea él, guiñándome el ojo.

—Te pareces a Aïdan en ese aspecto. Perdón, me repito.

—Muy bien por él. Me alegra saber que tenemos algo en común. Puede que ese príncipe no tenga tan mal gusto.

Alzo los hombros, un poco decepcionada. No pasa nada, al menos lo he intentado. De repente, la cesta en la que guardo los dos últimos pastelitos parece demasiado grande. Las risas empiezan de nuevo cuando uno de los niños se apoya en un poste con una cinta atada alrededor de su mandíbula, y se pone a imitar a Killian. Él sonríe, puedo notarlo gracias a la manera en la que se le pliega el borde de los ojos.

—Sabes cómo tratar con los más jóvenes.

—Excepto con uno en particular.

—¿Con quién?

Gira su cara hacia mí. Sus ojos descienden, después remontan:

—Bien intentado, Rosenwald. Hoy no me harás hablar.

Dejo pasar unos minutos y decido abordar un tema que no creo que sea muy agradable. Sobre todo para mí. Pero el momento y el lugar me parecen adecuados. Como Killian siempre está a la defensiva, es difícil encontrar uno, pero justo ahora lo siento muy relajado, cosa que me resulta bastante atractiva. Así que me lanzo:

—No hemos tenido tiempo para hablar sobre todo lo que pasó en el barco. Mi alucinación con Aïdan. Tu conversación con Alric, la que escuché con [Eco]. Tu furia...

—¿Arya?

—¿Sí?

—Chitón.

Es inútil obligarlo a hablar, así que sigo saboreando mi dulce. Algún día, terminaré por descubrir sus secretos. Con una sonrisa de éxtasis, disfruto del último trocito y me doy cuenta de que Killian me mira de reojo.

—Es increíble el efecto que tiene el azúcar en ti.

—Se me ha privado de azúcar durante demasiado tiempo. Tiene que haber algo que eches de menos y que te gustaría reencontrar, ¿no?

—No, tengo el corazón de piedra.

—No te creo.

—Está bien. Puede que mi tranquilidad.

—Eso me parece más plausible.

A lo lejos, los niños han vuelto a empezar con sus juegos llenos de princesas, guerreros, dragones y ladrones. Una niña adorable se aleja del grupo y viene hacia nosotros. Le tiende la mano a Killian para incitarlo a que juegue con ellos. Él no se hace de rogar. Decido dejarlos a lo suyo. Justo cuando le doy la espalda, le escucho decir:

—Las estrellas. Lo que más echo de menos son las noches estrelladas.

Se coloca a la niña sobre sus hombros y se aleja dando saltos sobre el pontón, bajo el sonido de su risa cristalina. Si pudiese capturar este instante, lo haría. La Ciudad Sumergida ha hecho que naciera algo en él, o quizá simplemente ha revelado lo que estaba ahí desde el principio.

Sintiendo el espíritu libre, casi en paz, me dirijo hacia nuestra morada. Mientras camino, me concentro para localizar el Mantra (es una costumbre que he adquirido desde que llegamos), pero nada me alcanza. Durante el trayecto, descubro varias estatuas de un joven. Sus orejas y sus colmillos son puntiagudos, y su rostro juvenil irradia dulzura. Picada por mi curiosidad, me desvío hacia el templo. Cuando llegamos, recorrimos el atrio, pero no la parte dedicada a la meditación y a las plegarias. Me descalzo, por respeto, y descubro un lugar majestuoso y humilde al mismo tiempo, donde reina una atmósfera de recogimiento. Se siente fresco y húmedo. Los Sumergidos colocan ofrendas, que consisten en productos del mar, al pie de una de esas estatuas sonrientes, ligeramente traviesas.

El interior del monumento es todavía más impresionante que el exterior, con sus cortinas de algas, sus arcos, sus bóvedas y sus columnas blancas con caracolas incrustadas. Burbujas de todos los tamaños flotan en el aire. Unas fuentes vierten agua fresca sobre el suelo de baldosas. Lo más impresionante es el techo, alto y transparente, que deja ver el mar por encima de nuestras cabezas y las criaturas marinas que nadan tranquilamente. No sé qué magia hace que esto sea posible, pero es maravillosa. Me acerco a una estatua rodeada de arena blanca, de collares y de decenas de cestas llenas de peces, y descifro la inscripción que tiene en el pedestal: *El horizonte no es el límite del mar, tan solo es el límite de nuestros ojos. Gallyn.*

Me encuentro con Alric en nuestra cabaña. Se mantiene fiel a sí mismo: pasa el tiempo paseando por la costa y después vuelve al templo, donde nos encontramos con Winema la primera vez. Está tan poco acostumbrado a esta serenidad que me confiesa que teme que se la quiten.

—Lesath entraba en mi cabeza y me mostraba imágenes de felicidad, de mi vida pasada, para torturarme mejor.

—Ningún Génesis podrá encontrarlo aquí. Nunca jamás.

Apoyo mi cabeza sobre su hombro durante un breve instante y una sonrisa ilumina su hermoso rostro.

—¿Cómo se están portando su anillo y su hambre?

—Ninguno de los dos me está dando problemas. Incluso me quité el anillo durante el día sin que pasase nada.

¿La ausencia del verdadero sol es el motivo? La Ciudad Sumergida tiene bastantes cosas para ofrecernos.

Pasamos el resto de la tarde charlando, hasta que Saren regresa. Me cuenta que tuvo la suerte de cruzarse con algunos escritores famosos de su época. El general no regresa con las manos vacías: trae comida. Es un hombre práctico. Se fue a descubrir más acerca del pueblo, de sus métodos de recolección, de su agricultura, y, después, fue a visitar a Winema. Ella lo sabía de antemano, por supuesto. Incluso cuando está tranquilo y descansado, Saren parece tener la mente en otro sitio.

La noche cae y Saren se encarga del fuego. Estamos esperando al ladrón para cenar, pero no aparece. Pedí más espacio, más libertad, pero el hecho de que todavía no haya vuelto me preocupa, cuando él no le teme a nada. Seguro que se ha ido a buscar a Sumergidas guapas, dulces y amables.

—Puedo ir a ver dónde se esconde, si quieres —me propone Saren, consciente de mi inquietud.

—Mejor no. Si Killian se entera de que lo envío a vigilarlo, me arriesgo a un sermón de quince minutos mínimo. Y usted igual. Prefiero no jugar con fuego.

—Estás en lo cierto —dice Saren, entrando en razón.

—Seguramente ha sentido la necesidad de estar un rato solo —añade Alric con un tono tranquilizador—. Ya sabemos que es una persona solitaria.

—Le pega, la verdad —aprueba el general, agarrándome del hombro—. No te preocupes demasiado por él, Arya. Ya es mayorcito. O al menos, eso creo.

Después de la cena, me meto en la cama y me duermo con el sonido de fondo de las conversaciones amistosas de mis dos compañeros. Con razón o sin ella, siempre me preocupo por nada.

Capítulo 67
Desventajas

—¡**A**rriba, Rosenwald! Me despierto con un sobresalto, arrancada, demasiado temprano para mi gusto, de los agradables sueños en los que nadaba sobre una serpiente de arena que había conseguido domesticar, con un increíble tridente engarzado en zafiros. Después navegaba por un mar de sirope de frutos rojos, aferrada a un brioche gigante que me servía de salvavidas. Me encontraba con ese dios marino con cara infantil y me propulsaba en un torbellino acuático en el que la sirena roja de la taberna hallaba su cola vivaracha. Desde que llegamos, mis sueños son divertidos, alocados y sabrosos. Ni rastro de advertencias ni culpabilidad; ni rastro de Aïdan a la deriva. No se me ha aparecido por ningún sitio desde que estamos aquí.

Killian me mira de arriba abajo con mis sábanas en la mano. Gimo antes de volver a acurrucarme para entrar en calor y rogarle al Portador de la Noche que me devuelva a mi sueño. Por la mañana, las sensaciones se intensifican de una forma exquisita. La cama parece más blandita, los edredones son más calentitos: el alma flota en un algodón gustoso.

—Si piensas que te voy a dejar acostumbrarte a esta tranquilidad, estás muy equivocada, princesa. ¡Levántate! Hoy tenemos un día bien cargadito —dice él, lanzando una daga a mis pies.

—¿Dónde estabas anoche?

—Disculpa, no sabía que estábamos casados y que te tenía que pasar el reporte.

—¿Estás de coña?

—Eso no te incumbe, *mi querida mujercita*. Cada uno con sus secretos.

—Perdón por interesarme por ti.

—Papá Saren te está contagiando. ¡Date prisa antes de que te saque de esa cama a la fuerza!

No me deja elección. Cuando Killian Nightbringer tiene una idea en la cabeza es imposible hacerle cambiar de opinión. Yo tenía planeado pasar el día probando recetas nuevas... y me va a tocar pasarlo dándome de leches con ese maldito ladrón. Soy consciente de que esta tranquilidad divina es una trampa. Pero en esta trampa duermo como un bebé: ya no me queda ni el más mínimo rastro de ojeras y tampoco siento ningún tipo de emoción funesta.

Me preparo con prisa (la toga no parece estar por la labor), meto mi daga debajo de mi cinturón de cuero y me reúno con mis compañeros frente a nuestra cabaña.

—Perdón por el despertar brusco, nosotros no tenemos ni voz ni voto —se disculpa Saren, y entiendo, por su cara de adormilado y su pelo enmarañado, que no soy la única a la que Killian le ha metido prisa esta mañana.

—Todo es cuestión de acostumbrarse.

—Duerme todavía menos que Alric.

Killian nos silba, ya desde varios metros por delante de nosotros. Lo seguimos durante una media hora antes de llegar a un vasto terreno amplio.

—¡Perfecto! Aquí nadie vendrá a molestarnos —se alegra Killian—. Rosenwald, espero que no te hayas dormido demasiado en los laureles.

Arrastro un poco los pies con la mente todavía metida entre los edredones. ¿Y por qué Alric y Saren también están aquí? ¿Vienen de espectadores? ¡Como si necesitase público para que vean como hago el ridículo!

—Vamos a aprovechar nuestra presencia para que manipules tus Palabras como te dé la gana. Visto el efecto que tiene esta isla sobre nosotros, es el momento ideal para que te entretengas con ellas sin que te quiten toda la energía.

Frunzo las cejas, desconfiada.

—¿Me estás dando permiso para que utilice mis Mantras contigo?

—¿Por qué no? Aquí estás serena, no te dejarás llevar por tus emociones. No podemos dejar pasar una oportunidad como esta. Tienes que ganar experiencia —concluye—. Ahora eres más fuerte y más resistente. Has hecho muchos progresos: ha llegado la hora de pasar a la siguiente etapa.

Echo un vistazo hacia Alric y Saren. Ambos parecen estar de acuerdo con los propósitos de Killian.

—Vosotros dos estáis de testigos, ¿a que sí? ¡Si le hago daño, es porque él se lo ha buscado!

—No te hagas la chula, Rosenwald —me advierte el ladrón, arqueando una ceja.

—Es complicado hacer cambiar de opinión a un loco —dice Saren en voz baja.

—Al menos asumo mi locura —replica Killian.

Se pone a calentar: gira sus muñecas, chasquea la nuca. Lo imito y nos colocamos cara a cara. Me da la sensación de estar delante de un semental salvaje que va a cargar contra mí en cualquier momento.

—¿Cómo empezamos, Nightbringer?

—Suavemente, si es posible. Voy a atacarte. Es cosa tuya hacer lo que necesites para que no te toque. Dime cuando estés preparada, Amor.

Killian se coloca en posición de ataque. Tomo una buena bocanada de aire. Tengo que utilizar **[Protego]** como escudo. Está en mis manos. Ahora me toca a mí posicionarme, concentrada. Me sorprende la rapidez con la que **[Protego]** responde a mi petición.

—Preparada.

Se abalanza hacia mí antes de que pronuncie la última sílaba y tengo el tiempo justo para ver cómo uno de sus puños se acerca a toda velocidad hacia mi cara. Cierro los ojos por reflejo. No debería hacerlo. Percibo el golpe sordo de su mano contra mi mejilla, pero no siento dolor. Abro los párpados y veo a

Killian agitando su puño en el aire, gritando una retahíla de palabrotas mientras que Alric y Saren se ríen de él. **[Protego]** ha recubierto cada centímetro de mi cuerpo con una armadura de luz. No tengo tiempo de apreciar mi triunfo, ya que Killian vuelve a la carga una y otra vez. Paso una parte de la mañana protegiéndome de los golpes que él no cesa de lanzar. A pesar de algunos fallos de **[Protego]**, puedo decir, con orgullo, que no me las arreglo mal del todo. Nos concedemos una pausa para desayunar y continuamos con el entrenamiento.

—Os voy a necesitar —Killian se dirige a Saren y a Alric.

—Eso no es equitativo.

—Lo siento mucho, Rosenwald —se burla de mí el ladrón, que parece de todo menos sentirlo—. La vida es injusta. Pensaba que ya se te había quedado grabado en tu cabecita de chorlito. ¡¿Acaso crees que tus enemigos van a hacer cola para atacarte en orden ascendente de fuerza y se van a disculpar por golpearte?!

—Vale, vale, lo he captado.

Killian le ordena a Saren que se coloque a su izquierda y a Alric a su derecha.

—Vamos a complicar las cosas. Tienes que eliminar a estos dos para alcanzarme.

—¡Lo que yo decía! ¡Eso es trampa!

—Apáñatelas para que no lo sea. Lo tienes todo para conseguirlo.

—Lo siento, pero yo no puedo levantarle la mano a Arya —desiste Saren, confuso.

—Por eso no hay problema, porque lo que vas a utilizar va a ser tu espada —le lleva la contraria Killian, siempre tan fiel a jugar con las palabras.

—No me gusta la idea de dañar una cara tan bonita —añade Alric con un guiño de ojo cómplice.

—¡Muy bien, como queráis! Pero entonces, ¿para qué servís vosotros dos? Porque dudo mucho que se encuentre con enemigos tan compasivos y amables como vosotros. Es cosa vuestra: o la ayudáis o muere.

—Si lo dices así… —cede Saren desenvainando su espada.

—No te equivocas, bandido. Intentaré tener cuidado, señorita Rosenwald —me promete Alric.

Trago. Aquí estoy, haciéndoles frente a los tres hombres más fuertes que conozco. Saren hace molinetes en el aire. Alric se coloca un mechón de pelo detrás de la oreja y sitúa sus manos detrás de su espalda antes de inclinarse hacia adelante, atento a cada uno de mis movimientos.

—Cuando tú quieras —suelta Killian, manteniéndose alerta.

Sin precipitarme. Mi verdadero objetivo es Killian. Alric y Saren solo se centran en mí. Tengo que desviar su atención. Pero estoy al descubierto y, si trato de hacer algún movimiento, sea cual fuere, averiguarán mis intenciones. La única posibilidad de llegar hasta mi objetivo es desaparecer.

—¡Preparada!

Media vuelta. Huyo en dirección al bosque. He tomado por sorpresa a mis compañeros, pero no están decepcionados por mi forma de actuar.

—¡Bien hecho, Rosenwald! —grita Killian de lejos.

Bajo la velocidad cuando estoy lo bastante lejos de ellos. El bosque es denso, tengo que aprovecharlo. Sus pasos se acercan. Me escondo detrás de un grueso tronco de árbol. Con la mano en el corazón, utilizo [Eco] para camuflar sus latidos y que Alric no pueda percibirlos. Sabia y silenciosa, espero a que mis adversarios sigan mis pasos.

Saren llega, menos sofocado que yo, seguido de cerca por el teniente. Coloco una mano sobre mi boca para acallar mi respiración entrecortada. Pienso en la forma de alcanzarlos sin hacerles daño. Soy su único objetivo en este bosque, no esperan encontrarse con ningún otro enemigo. Me toca a mí desestabilizarlos. Saren escruta el entorno, mientras que Alric se mantiene tranquilo, en busca de mis pulsaciones cardíacas. Sonrío. Por una vez, voy un paso por delante de él. Si consigo dejarlos atrás, Killian estará a mi alcance.

[Luna] puede tanto atraerlos como hacerlos huir. Mis dedos bailan hasta que tres esferas luminosas surgen de las palmas de mis manos. Soplo sobre ellas para hacer que salgan volando. Las bolas de luz permanecen suspendidas en el aire, como si esperasen mis órdenes. Saren y Alric están pegados espalda contra espalda. Saben que no estoy lejos. ¡Es ahora o nunca! Guío a [Luna] con un gesto brusco: las esferas se hacen añicos a sus pies provocando un estruendo ensordecedor. [Luna] llena el bosque de una luz blanca cegadora. ¡Alric! Se me hiela la sangre. Me lanzo hacia la fuente de luz buscando al teniente, pero el brazo de Saren me sujeta del cuello. Cuanto más lucho, más fuerza ejerce. [Protego] no consigue activarse porque utilizo toda mi energía para luchar contra la asfixia. Mi enfado va en aumento, pero no porque corra peligro de fracasar, sino porque seguro que le he hecho daño a Alric. Invoco a mi Mantra, con los dientes apretados y la voz firme:

—¡[Protego]!

Saren sale volando por los aires lejos de mí y se estampa contra el suelo. Sorprendida por la fuerza con la que lo he mandado a volar, [Luna] se disipa y se vuelven a formar las esferas luminosas, antes de retornar a mí. Alric ha desaparecido.

—¡Perdón, general!

Saren levanta su pulgar en el aire para decirme que todo está bien. Uno menos. Continúo mi camino, siguiendo los pasos de Alric. Mientras corro, pienso en lo que acabo de hacer. Jamás habría conseguido hacerlo fuera de esta isla. No siendo consciente de ello, en todo caso. La Ciudad Sumergida intensifica mis poderes y hace que mi magia sea más obediente.

Alric se mantiene apoyado en un tronco con los brazos cruzados, como si me esperase. Suspiro de alivio y le dedico una amplia sonrisa.

—Un adversario feliz de verme. Inusual —se burla.

—Creía que lo había convertido en cenizas.

—Este lugar nos protege, Arya. No puede pasarnos nada. De hecho, parece que aumenta tus capacidades, visto lo que le acabas de hacer al pobre general.

—Eso mismo he pensado yo. Ha sido sorprendente.

—Sin duda.

Un silencio se instala y una dulce brisa nos mueve el pelo.

—¿Sabes que tenemos que combatir?

—Es una pérdida de tiempo para usted, ya lo sé.

—¿He escuchado bien?

Avanza hacia mí y me obliga a retroceder. Me quedo de piedra y me abandono en el azul profundo de sus ojos.

—Jamás… permitas… que un enemigo… te haga… dudar de ti.

Ahora soy yo la que se encuentra arrinconada contra un árbol. Él coloca su mano cerca de mi cara.

—Si estimas que un adversario es demasiado fuerte para ti, nada te obliga a enfrentarlo. Existen muchas otras formas de demostrar tu fuerza. Mediante la inteligencia, por ejemplo.

Sus uñas se clavan en el tronco.

—La violencia conlleva más violencia —dice él, destrozando la corteza bajo sus dedos.

Desliza su mano por mi pelo, para seguir bajando hasta mi mentón. Un escalofrío me recorre la columna vertebral. Sus ojos se inundan de oscuridad, sus venas se marcan bajo su piel. Su aura cambia y su poder me hiela. Podría destrozarme con un simple chasquido de dedos; suelo olvidar su fuerza en nuestro día a día, en el que siempre se muestra tan dulce y cortés.

Me encuentro a su merced, un animalito ante las fauces abiertas de un lobo. Entonces, me doy cuenta de lo que está haciendo. Me está encantando, hipnotizando. Tengo que ser más astuta que él, demostrar de lo que soy capaz. Sumerjo mi mirada en la suya.

—La astucia conlleva más astucia.

Mis manos empujan sus hombros. Él lo entiende y se ríe.

—[Protego].

Mi Palabra se muestra todavía más agresiva que con Saren: ha sentido la amenaza del Dhurgal y no de Alric. El teniente se tambalea hacia atrás, propulsado por la fuerza de mi Mantra. Me arrepiento de mi gesto y me acerco a Alric, ahora tirado en el suelo, pero no consigo llegar hasta él. **[Protego]** ha creado una barrera. Está aprisionado en la burbuja que nos ha traído hasta aquí.

—¿Lo ves? Jamás dudes de tus capacidades —repite él, mientras sus ojos vuelven a su color original.

—Perdón...

Alric levanta una mano y se sienta.

—Has hecho lo que tenías que hacer, puedes sentirte orgullosa de ti misma. Yo lo estoy.

—Usted me ha ayudado a verlo todo más claro, una vez más.

—Estaba a esto de comerte.

—Sé de sobra que no.

—¿Qué haces todavía aquí?

—¡No voy a dejarlo así!

—¡Oh, claro que sí! Tu entrenamiento todavía no ha terminado, jovencita. Si me liberas, es por tu cuenta y riesgo. Esta vez no me dejaré llevar por tus encantos.

—¡Vale, vale! ¡Lo haré lo más rápido que pueda!

—Preocúpate por Nightbringer. Él es más engañoso que nosotros.

Saren y Alric están fuera de juego. Solo me queda el ladrón. Me cuesta creer que haya conseguido semejante hazaña. Vuelvo sobre mis pasos, tratando de seguir las huellas del suelo, pero no soy tan hábil como para diferenciar las mías de las de los demás. Tampoco estoy segura de que Nightbringer deje las suyas en evidencia. Mi energía está en su apogeo, como si fuese inagotable. ¡Ojalá pudiese ser siempre así! Escojo un camino en el que la hierba está pisada. Killian ha pasado por aquí, pero sé que es una trampa. Es demasiado inteligente como para continuar su camino por la vía terrestre, así que estoy segura de que está tratando de dejarme pistas falsas. He aquí una buena lección: conoce a tu enemigo. Avanzo, muy alerta. El bosque está sumido en el silencio. De repente, un crujido hace que desvíe mi mirada hacia las alturas. Fijo mi atención en las espesas ramas de un árbol. Me acerco de puntillas. Y siento un aliento cálido en mi nuca:

—Buh.

Me doy la vuelta con demasiado entusiasmo y me abalanzo sobre Killian. Este me esquiva con una velocidad tan apabullante que pierdo el equilibrio y caigo sobre un montón de hojas. Me levanto con las manos cubiertas de tierra. ¡Menuda idiota! Cuando se tiene un adversario como Killian, es inútil actuar sin pensar. Retrocedo unos pasos.

—Huir no te servirá de nada, Rosenwald. Cuando se quiere algo, la mejor forma de conseguirlo es luchando. Y punto.

No respondo, demasiado concentrada. Velocidad, visión y destreza. Esos son los puntos fuertes de Nightbringer. Tengo que utilizarlo en su contra. Alterar sus capacidades. De repente, todo se vuelve claro. Tengo lo necesario para conseguirlo.

—No vamos a pasarnos todo el día aquí, Amor —se impacienta Killian—. Puedes rendirte si quieres. Aunque hayas conseguido deshacerte de los otros dos, yo no soy ni un soldado de bajo rango que está a tus pies, ni un poético chupador de sangre que le teme al sol.

—¡Que sí, lo sé! ¡TÚ ERES KILLIAN NIGHTBRINGER!

—Chiquilla valiente.

Killian se vuelve a colocar en posición de combate.

—Te estoy esperando, Amor —me provoca, moviendo sus dedos.

Deslizo mi mano por cada uno de mis párpados, hasta que **[Protego]** viene y se coloca como si fuese un velo. Killian observa hasta el más mínimo de mis movimientos en silencio, pero siento que lo estoy desestabilizando. Derecha, dejo caer mis brazos y lo desafío:

—¿Preparado?

Él sonríe tras su máscara. Coloco mis manos delante de mí y **[Luna]** aparece. Se crean dos esferas sin necesidad de que pronuncie ninguna Palabra. Killian abre los ojos de par en par, pero se decide a actuar. Se abalanza hacia mi dirección. Con una sonrisa, palmeo mis manos por encima de mi cabeza. Ambos globos chocan y expanden su luz cegadora a través del bosque. Pero **[Protego]** resguarda mi vista. Veo de forma tan clara como en un día soleado.

Killian frena a algunos metros de mí. Pestañea varias veces. A él, que se encuentra tan cómodo en las noches oscuras, lo ciegan los excesos de luminosidad. Me di cuenta cuando llegamos al túnel de las lianas.

Me escapo para llegar al árbol más cercano, con una mano y una rodilla apoyadas en el suelo.

—[Protego].

Salgo propulsada hacia arriba y caigo sobre la primera rama. No sabía que podía hacer esto hasta ahora. Killian intenta centrarse en los sonidos desde abajo. Tiene otros ases en la manga, pero sigue siendo mi turno. Rodeo mi boca con la mano y susurro:

—[Eco].

Con un gesto, suelto mi Mantra y lo disperso por el bosque. El eco de mi voz suena por los alrededores. Con un placer culpable, disfruto de ver a Killian privado de señales visuales y auditivas. No soy capaz de contener la risa. Una risa bastante más fuerte que los susurros que se pasean entre los árboles. Me tapo la boca con las manos. Una corriente fresca roza mi rostro y escucho el impacto de un proyectil que se clava en el tronco detrás de mí. Un Makhaï. Demasiado tarde, ya me ha encontrado. Salto: [Protego] amortigua mi caída. Ruedo sobre mí misma y corro en el sentido opuesto. El eco se amplifica, Killian parece estar perdido de nuevo. Me fijo en dónde poso los pies como el ladrón me ha enseñado. Estoy a apenas unos metros de él. Está de espaldas: es el momento de embestir. Acelero y empuño mi daga. El hierro vibra en el aire y no hace falta nada más para que Killian se dé la vuelta y lance otro Makhaï hacia mi dirección, que consigo desviar con mi arma. Giro alrededor de él: mi eco se transforma en un grito de rabia. Un paso más hacia él, un nuevo Makhaï. Lo esquivo. [Eco] se vuelve insoportable: aprieto el puño y el Mantra se reagrupa y se dirige hacia Killian. Se prepara para lanzar otro Makhaï: convencido de que estoy delante de él. [Luna] desaparece, [Eco] se calla y [Protego] me abandona tras haberlo absuelto de su papel. Killian se gira: el extremo de mi daga roza la punta de su nariz, escondida bajo su máscara.

—¡Gané!

Aleja mi arma como si nada.

—Entrenamiento terminado. Puedes ir a buscar a los demás —declara, girando sobre sus talones.

—¿Y ya está? ¿No me felicitas? ¿No hay recompensa?

—Se me ocurre una recompensa, pero no creo que te guste.

—No me digas que te he ofendido.

Su risa se vuelve mezquina.

—Me hace falta bastante más para sentirme herido, Rosenwald. Sobrevaloras mi ego. Ahora, lárgo.

—Pero…

Ya ha desaparecido. Me quedo sola en medio del bosque. Al menos me esperaba un poco de reconocimiento o de orgullo. ¡Qué imbécil eres, Arya Rosenwald! De todas formas, tampoco necesito impresionarlo. Estoy orgullosa de mí misma y eso es lo primordial.

Mientras volvemos a la cabaña, me disculpo con Saren por haberlo mandado a volar tan alto y con Alric por haberlo encerrado. Pronto vendrá la noche a saludarnos y yo ni siquiera he visto el día pasar. Llegamos contentos a nuestro hogar. Killian no está aquí. Me permito una hora para asearme y relajarme. Aprovecho para recordar todos los momentos memorables de este día. Independientemente de la falta de reacción del ladrón, este lugar me ha animado, y logré lo impensable: tener una pequeña ventaja sobre estos hombres.

Capítulo 68

El refugio de las estrellas

Esa noche, me pongo un vestido azul con aberturas en la cadera y en los hombros, y lo ciño a mi talle con un largo cinturón de oro. No estoy acostumbrada a este tipo de vestimenta, pero he de admitir que el estilo de la Ciudad Sumergida no me desagrada. Me coloco toda la melena, todavía mojada, hacia un hombro y me uno a Saren y Alric en el salón. Este último me regala un piropo acerca de mi vestido. Una vez más, el general se ha encargado de traer la comida, que compartimos entre los tres.

—Pensaba que al menos me diría si lo que hice estaba bien. Ese era el objetivo del ejercicio, ¿no? ¿De qué sirve si no me da ningún consejo para mejorar? Por lo general, le encanta dar su opinión.

—Nuestro ladrón es avaro en cumplidos —me conforta Alric, un poco molesto—. Es positivo cuando no dice nada... normalmente.

—A mí me resulta agradable cuando no habla. Deberías disfrutar de su silencio. Si alguien le cosiese la máscara a la boca diría menos gilipolleces.

Casi me atraganto con un trozo de pescado, poco acostumbrada a ver a un Saren tan directo. La Ciudad Sumergida me está revelando algunos aspectos de su personalidad que tampoco me desagradan.

—Vigila esa lengua cuando estés delante de esta jovencita —se burla Alric, dándome golpecitos en la espalda.

Los tres nos reímos. Me alegra que estén conmigo esta noche, siempre dispuestos a subirme la moral y a cambiar mis pensamientos.

—Perdón, me he pasado. Sea como fuere, el caso es que es un chico misterioso. Eso tiene sus ventajas y sus inconvenientes. Por mi parte, prefiero a las personas fáciles de descifrar.

Entre dos bocados, refunfuño:

—Tan misterioso que brilla por su ausencia.

—Solo está cumpliendo con tu petición, Arya —remarca Alric, que no puede evitar salir en su defensa—. Darte tu espacio, independencia e intimidad.

—Lo sé, pero quién sabe qué estará haciendo.

—¿Robar? —nos propone Saren, siendo realista.

—¿Creéis que se atrevería a hacerlo?

Alric y Saren alzan los hombros al mismo tiempo. Termino la cena con los codos sobre la mesa y con las mejillas apoyadas en las palmas de las manos. Dejo que mis compañeros se encarguen de la conversación. Me voy relajando a medida que avanza la noche, y pasamos un rato agradable hasta que Saren y yo nos vamos a nuestras respectivas camas. Alric vuelve a la terraza que da hacia la orilla. La calma invade la casa y el sueño está a punto de llevarme consigo. La cama de Killian está vacía.

Con el rostro girado hacia el fuego, dejo que el crepitar de la madera me meza. Mis ojos siguen las chispas que salen volando y terminan por caer en las ardientes cenizas. A medida que mis párpados empiezan a volverse cada vez más pesados y mi mente reproduce y mezcla conversaciones e imágenes… de alguna manera acabo adivinando dónde está Killian.

Salgo de la cama como un resorte y me dirijo hacia la puerta de entrada, de puntillas. Alric me interroga con la mirada, pero le hago un gesto para indicarle que todo está bien y le ruego, de forma silenciosa, que no despierte a Saren. Querría seguirme y no me apetece.

Por instinto, me dirijo hacia el mercado. Ahora mismo, la atmósfera es muy diferente: los puestos están vacíos de provisiones y las calles desiertas. Lo único que suena sobre los adoquines son mis pasos. Me siento muy pequeñita. Finalmente, llego al puerto. Las piraguas y los barcos se mecen al ritmo del oleaje. Una ola me toma desprevenida, pero rompe sin mojarme.

Cuando llego al pontón principal, me doy cuenta de que no soy la única que está despierta en la isla. Reconozco a la chica con la que me crucé en el templo y después en los alrededores del mercado. La que se obstina con desaparecer. Me mira y me dedica una sonrisa que no puedo evitar devolverle.

—¡Espera!

Esta vez no se me escapará. Bajo las escaleras que conducen a los barcos tratando de no caerme. Corro hasta el final del pontón, pero ya ha desaparecido. La frustración me supera. No obstante, sé que estoy donde se supone que debo estar.

Deshago el amarre de una piragua, que se tambalea con mi peso, y empiezo a remar. Tengo más fuerza en los brazos de lo que imaginaba. Me alejo del puerto. El océano está sumergido en la oscuridad y **[Luna]** no tarda en aparecer para iluminar mi ruta. Ella sabe a dónde voy. La orilla se divisa a lo lejos y, milagrosamente, veo un barco amarrado en la ribera. Remo cada vez más rápido. Un último esfuerzo y el casco roza la orilla. Tiro del barco hacia la otra embarcación. **[Luna]** gira alrededor de mí y mi sombra aparece sobre una pared rocosa: la entrada de la cueva. Me encuentro frente a la cortina de hiedra. **[Luna]** se va cuando la cruzo.

Él está aquí. Killian Nightbringer. Sus brazos rodean sus rodillas dobladas. Su rostro se eleva hacia el techo estrellado de la cueva. No quiero molestarlo, pero no soy capaz de apartar la mirada. Lleva un pantalón blanco y se ha quitado la túnica que va a juego. Hasta se ha descalzado. Las estrellas proyectan salpicaduras de oro sobre su torso oscuro. He aquí el tesoro que ha venido a robar.

Killian gira su cara hacia su hombro y lleva su mirada hacia la mía. Nos observamos en silencio. Pienso que se va a enfadar conmigo, que me va a pedir que me vaya… pero lo único que hace es dar golpecitos en el suelo, a su lado. Mi cuerpo se desliza entre la hiedra y mis pies descalzos acogen la frescura de la roca. Abandona a las estrellas para mirarme fijamente, y dice con un tono cálido que me hace enrojecer:

—Estás preciosa.

—Gracias.

—Preciosísima.

—Ya lo has dicho.

Me apoyo sobre su hombro para sentarme. Durante un buen rato, admiramos, sin decir nada, el tesoro de belleza que se sitúa sobre nosotros. Lamentablemente, rompo el silencio:

—¿Estás bien?

—Ahora sí.

—Debería haber adivinado antes dónde estabas.

—Te ha llevado menos tiempo de lo que imaginaba —admite Killian con la mirada dirigida hacia las estrellas ficticias.

Su mano tritura un trocito de tela negra. Me parece que se trata de mi parche, pero no le hago ninguna pregunta al respecto.

—Me enseñaste a analizar y a observar mi entorno. Eso se puede aplicar también a las palabras. Lo que me dijiste en el pontón, cuando estábamos con aquellos niños... me da la sensación de que era un mensaje. No era la primera vez que mencionabas esa necesidad de las estrellas. Ya lo dijiste cuando estábamos en el *Narciso*...

Adivino su sonrisa tras su máscara, pero no dice nada.

—Has debido necesitar mucha valentía para cruzar el agua solo cada noche.

—El miedo se vuelve algo secundario cuando vamos a encontrarnos con lo que más nos gusta. Tú tenías la necesidad de sentir la harina en tu piel, la masa que moldeas con tus dedos, incluso si eso te recuerda a tu ciudad y a tu familia. Te has olvidado del resto del mundo solo para poder volver a saborear esa felicidad, esa nostalgia. A veces, es bueno olvidar las obligaciones y enfrentarse a uno mismo.

Lo observo en silencio, asombrada. Es extraño que se abra de esta forma. Bromeo, pellizcándole el brazo:

—¿Qué ha hecho usted con Killian Nightbringer?

Sus manos me alejan con dulzura.

—Se ha quedado en ese maldito barco de piratas.

—Qué pena, yo lo prefiero entero. Aunque a veces me den ganas de hacerle tragar su dichosa máscara, de estrangularlo con estas dos manos y... ¡Para! ¡Sé que estás haciendo caras raras!

—Empiezas a conocerme demasiado, Rosenwald —se queja.

—Ojalá fuese así.

—Es una pena que a la parte más bonita de la cueva solo se pueda acceder por el agua —se lamenta.

Señala con su dedo la entrada de un túnel cuyas paredes parecen cubiertas por miles de estallidos de estrellas y cristales multicolores. Para llegar hasta ahí tendríamos que nadar y eso ni siquiera se lo plantea. Pero Killian lo codicia de todas formas. Su deseo resulta casi doloroso.

—Será mejor que volvamos, no me apetece que el general monte un pollo cuando vea que ni tú ni yo estamos en la cama. Se va a imaginar cosas, y no me gusta tener problemas.

—Esa es la mentira más grande que he escuchado jamás.

Él se levanta, guarda el parche y da unas palmadas. Mis ojos siguen la caída de unas miguitas que se esparcen por el suelo.

—¡Fuiste tú quien agarró el último pastelito de la cesta!

—Me mata por dentro tener que admitirlo, pero estaba bastante bueno.

—Lo sé, me lo suelen decir. ¡De verdad, eres incorregible!

—Lo sé, me lo suelen decir —repite él, despeinándome—. Bueno, ¿pretendes pasar la noche aquí?

Escruto las palmas de mis manos, me acerco a la orilla y apoyo una mano sobre la superficie del agua.

—**[Protego]**.

Mi mano libera una onda luminosa y el agua se recubre progresivamente de un manto espeso y transparente, duro como el hielo.

—¡Que le den al general! ¡No todos los días se tiene la oportunidad de visitar un sitio como este!

Mi pie se adhiere a **[Protego]** y tiendo el brazo en dirección al túnel. Killian cruza los brazos.

—Así que te rebelas, Rosenwald. Pasas demasiado tiempo conmigo.

—Parece que tienes cierta influencia sobre las personas.

—No hace falta que me halagues, ya te veo venir.

Killian se acerca a la orilla y apoya un pie sobre [Protego] para comprobar su resistencia.

—¿Acaso crees que te diría que vinieses si no estuviese segura? ¿Qué tengo que hacer para que confíes en mí?

—Nada.

Hago una pausa. Él pasa por mi lado y se dirige hacia la cueva.

—¿Quieres quedarte ahí o me sigues?

La cueva nos regalaba una sensación de calma real, pero nada se compara con el espectáculo que nos recibe. Las piedras brillan con una luz resplandeciente, vivaz y azulada. Atrapada en un torbellino de luciérnagas, me dejo abrumar por la dulzura de este momento. El reflejo de las piedras danza sobre el cuerpo de Killian y hace que el negro de sus ojos brille. Se puede ver el contorno de una sonrisa tras su máscara.

—Este sitio es perfecto —dice.

Nos acostamos el uno al lado del otro para contemplar las estrellas. Reina el silencio, como si él pudiese hablar por nosotros, más allá de las palabras. Sin embargo, es aquí donde resuenan con mayor claridad los gritos del corazón. Me gustaría que el tiempo se parase en este momento. Que cada segundo de mi vida fuera como ahora. Una pausa en una vida demasiado movida. Un descanso. Que todas las cosas malas se alejen para siempre de mí, tanto las que ya han ocurrido como las que están por venir. Que mis miedos permanezcan prisioneros en el interior de estas aguas. ¿Es posible vivir sin temer al mañana?

—¿Nightbringer?

—Rosenwald.

—¿Si pudieses, te quedarías?

—¿Cómo? ¿En esta cueva?

—Aquí.

No responde y yo ya no puedo callarme:

—¿Qué sonido crees que hace renunciar a todo?

Me da un golpecito en la parte superior de mi cabeza con su mano. El ruido agudo que provoca reverbera en la cueva.

—Algo así, pero más ruidoso y doloroso.

Continúo con mi arrebato, con la mano en mi cráneo:

—Hacía meses que no me sentía tan bien. Me da la impresión de que he encontrado una parte de mí que creía que había perdido. La hija de Hélianthe, pero más fuerte y menos inocente.

Espero que reaccione con mis palabras, pero se contenta con escuchar, con la nariz hacia arriba.

—Y no solo yo. Todos somos diferentes aquí. Jamás había visto a Alric liberado de su culpabilidad y su sufrimiento. Su lado Dhurgal está profundamente dormido. Agonizante. Saren también parece más feliz, menos insulso. Se están acercando a nosotros. Incluso tú, Killian. Este lugar es un refugio.

—¿Sabes lo que es un refugio, Arya? Un lugar donde te sientes seguro, protegido, a salvo. Donde nada te puede pasar. Pero no debes olvidar de dónde venimos ni a dónde vamos.

—¿Y si la Ciudad Sumergida fuese una solución? ¿Mi solución?

—Eres una Guardiana de las Palabras, Arya.

Esas palabras me sientan como una bofetada.

—Este sitio es una parte de ti. Es normal que sientas esa necesidad de quedarte. Tus predecesores lo han hecho todo para que encontréis esta paz en este mundo, pero solo es algo temporal.

—No estoy a su altura, Killian. A la altura de esta herencia. ¿Quién soy yo para pretenderlo? Si me voy de la Ciudad Sumergida y fracaso...

—Nadie te ha dicho que vaya a ser fácil, *Een Valaan*. Nada lo es en este mundo. Sé de lo que hablo. Hay que luchar sin parar para conseguir lo que queremos: el reconocimiento, el poder, la paz, el amor. Todo. Es duro, es injusto, pero es así como son las cosas. La vida es un campo de batalla continuo. En el fondo, eres una guerrera, pero todavía no lo sabes. Es por eso que no me preocupo. Todos estos esfuerzos valdrán la pena. Te

lo puedo asegurar. Tú vales la pena. Solo tienes que pensar que
este lugar es un sueño y que pronto te despertarás. Si huyes de
tu miedo, te convertirás en su esclava.

—Puede que sea mejor que afrontar la realidad yo sola.

—¿Quién te ha dicho que vayas a estar sola?

No digo nada, siendo consciente de mi tontería.

—No estás sola en esta batalla. Vas a tener que grabártelo en
la cabeza de una vez por todas. Y puedes considerarme como tu
refugio, si así lo deseas.

El silencio vuelve, pero esta vez es diferente. Ahora comprendo por qué me asusta tanto. El silencio hace que resurja
uno de mis mayores miedos: el de la soledad. El miedo al fracaso, de arrastrar a los que me apoyan en mi caída. Por culpa de
mi ansiedad, olvido lo que ya sé desde el inicio: no estoy sola.
Escuché el consejo de Cassandra y ella tenía razón. Lo más importante no es el objetivo a alcanzar, sino el camino que me llevará hasta él. No importan el dolor ni el miedo. Ellos serán los
guías que me empujarán para seguir adelante, para lograr mi
misión.

Así que solo me queda una cosa por hacer: encontrar esa
Palabra y despertarme al fin.

Capítulo 69

Hacia la realidad

Muy temprano por la mañana, me dirijo hacia el mercado: tengo unas ganas imperiosas de contemplar el mar y ver cómo los barcos abandonan el puerto. Me siento diferente desde que volví de la cueva. O tal vez haya abierto los ojos. No puedo quedarme aquí. No debo. Hoy, estoy en mi lugar, pero quién sabe mañana. Debo enterrar a la antigua Arya. Me iré de esta isla siendo una persona completamente nueva. Ha llegado el momento de buscar esa Palabra con más esmero, porque sabía que si la encontraba, debería decirle adiós a este lugar.

Me deslizo entre la multitud y me fijo en la silueta de Winema, que está girada hacia el océano. Como si me estuviese esperando.

—Hola, Arya.

—Winema.

Gira su rostro lleno de bondad hacia el mío.

—Interesante.

—¿El qué?

—Tu tono de voz. ¿Estás bien?

Me sumerjo en el silencio.

—Sabes mejor que nadie que existen multitud de formas de ver, de sentir. No necesito ver para darme cuenta de que hay algo distinto en ti. Al igual que tú no necesitas hablar para expresar lo que tu corazón quiere mostrarles a los demás. Él posee mil lenguas.

—¿Qué escucha cuando hablo?

—Una realidad. Otro de los objetivos de la Ciudad Sumergida. Escoger y renunciar. Aceptar lo que hemos perdido.

Enterrar aquello que ya no volveremos a ser para poder avanzar. No volver atrás. Utilizar nuestros sacrificios para mejorar, para volverse más fuerte. Es duro, lo admito, pero es la realidad.

—No me imaginaba que esta Palabra fuese a tener tanto impacto en mi vida. Por fin acepto dejar de negar la realidad. Lo he estado haciendo durante demasiado tiempo. Debo hacerlo. Por mí, por Killian, por Alric y por Saren.

—Tienes razón. Tienes que atesorar esos encuentros, porque jamás son cosa del azar. Son un regalo, a veces un nuevo precepto. En todo caso, cambiarás la vida de los que te acompañan o ellos cambiarán la tuya.

—Por favor, dígame que ninguno de los Guardianes de las Palabras estaba solo. Que también se encontraron con seres excepcionales y fuertes que les dieron un empujón para volverse la mejor versión de ellos mismos.

Mi voz tiembla al formular estas últimas palabras.

—El destino de los Guardianes de las Palabras no está condenado a la soledad, Arya. Pero no pienso mentirte, en ocasiones nos alcanza y podemos llegar a sentirnos solos, hasta cuando estamos rodeados de una gran familia.

Esa respuesta ambigua me hace entender que el recorrido de algunos no ha sido siempre un camino de rosas.

—Todo es tan diferente hoy. Yo soy diferente.

—¿Y eso es malo? No tienes ninguna necesidad de ser la misma. Solo hace falta que seas mejor para no volverte peor. Es elección tuya en qué quieres convertirte. ¿No te lo había dicho ya? Nadie se va indemne de la Ciudad Sumergida.

Me recorre la cara con su mano fresca y la deja apoyada sobre mi mejilla. Su mirada vacía se sumerge en la mía, sus labios sonríen.

—Esta noche se llevará a cabo una ceremonia en la otra vertiente de la isla. Todo el pueblo está invitado. Contamos con tu presencia, así como con la de tus amigos, para que formes parte de ella. ¿Entendido?

Su mano desciende hasta mi hombro.

—Arya, ser diferente jamás te ha hecho ser una humana débil, sino alguien único. Recuérdalo siempre.

—Sí, ya me lo dijo Alric cuando estábamos en el barco.

Winema me deja sola tras escuchar esas palabras. Me dejo mecer por el ruido de las olas y el ballet perpetuo de las piraguas hasta la hora de desayunar. Vuelvo a nuestro refugio con los brazos cargados de comida para mis compañeros. Cuando llego, me acogen unas sonrisas calurosas, y me doy cuenta de que Killian todavía no ha vuelto.

—¿Una ceremonia?

He avivado la curiosidad de Alric por una vez.

—No me ha dado más información. Todo el mundo estará presente.

—Todo el mundo quizá sea venirse un poco arriba. Se ve que Nightbringer tiene cosas mejores que hacer —señala Saren mientras desmenuza su pescado.

—¿Por qué es tan importante nuestra presencia? —insiste Alric.

—No le hago preguntas a Winema, simplemente la obedezco ciegamente.

¡Que Helios me perdone por esta broma de tan mal gusto!

—Tiene gracia, haces preguntas cuando no hace falta, pero no las haces cuando sí —se da cuenta Saren, dubitativo.

—Me gusta hacer las cosas al revés.

—¡Si Winema requiere nuestra presencia, que así sea! —zanja Alric—. Debemos concederle el honor. Espero que Killian vuelva de su escapada para que venga con nosotros.

Poco convencida, murmuro:

—Ya lo veremos.

En el fondo, no puedo enfadarme con él por su ausencia. Sabe que pronto no estaremos aquí. Hace bien quedándose bajo esas estrellas. Si pudiese, yo también me quedaría tras los hornos, cocinando una montaña de pasteles sin preocuparme por el mañana. Pero ese ya no es mi papel.

Saren decide ir a informarse sobre la ceremonia, tan pragmático como siempre. Alric y yo nos sentamos en el gran balcón. Tumbada sobre un diván con vistas al océano, dejo que mis ojos sigan el movimiento de las olas.

—Hoy estás muy tranquila. Tú que sueles estar siempre tan llena de vitalidad…

—Intento ser como usted.

—¿Misteriosa? ¿Melancólica? Vas por buen camino. ¿Algo no va bien?

No se le puede esconder nada. Cuando su mirada se funde en la mía, aspira una parte de mi espíritu con dulzura. Me libero, haciéndole frente a ese rostro sin defectos. Mi escapada nocturna con Killian, mi extraña relación con la soledad, mi conversación con Winema, el peso que llevo sobre mis hombros… Él me escucha atentamente y me sostiene la mano cuando le hablo de mi ansiedad en relación a mi futuro como Guardiana de las Palabras. Cuando utilizo esas palabras, gira el anillo en su dedo.

—Tienes derecho a estar asustada. Todos lo estamos. Solo que a algunos se les da mejor esconderlo.

—¿Incluso a usted?

—Ni te lo imaginas.

—Dejaría de tener miedo si no estuviese conmigo. Debería abandonarme, dejarme sola para que termine con esta misión por mis propios medios, antes de que sea demasiado tarde.

—¿Por qué?

—Sería feliz aquí. La Ciudad Sumergida le hace bien. Mi camino estará manchado de sangre y de tristeza. Usted ya ha tenido suficiente. No quiero herir a nadie más.

—Hablas como si solo te dedicases a eso. Como si pasases el tiempo decepcionando a las personas, poniéndolas en peligro o no sé qué otras tonterías. ¿Y si hablamos del bien que propagas a tu alrededor? ¿De todas las personas a las que salvarás gracias a tus Palabras? Mírame, soy la prueba viviente de que no posees un alma destructiva, sino el alma de una guerrera. Es un privilegio poder asistir a tu florecimiento, de verte crecer.

Mi corazón se encoge. Los suyos no tienen miles de lenguas, sino millones. Yo sería una malísima Dhurgal, pero él sería un Guardián de las Palabras excepcional.

—¡No, no eres ninguna carga, mi dulce Arya! Si tú supieses… Hablo por mí mismo, pero sé que no soy el único que lo piensa. Eres la luz al final del túnel. La chispa en la vida. La sonrisa en las lágrimas. Te seguimos porque así lo queremos, porque creemos en ti, en tu poder. Vas a conseguir milagros. Ya los has conseguido. Arya, no tenemos miedo por nosotros mismos, sino por ti. Incluso tenemos miedo de ser felices a tu lado. Nuestro objetivo es protegerte: no des vuelta los papeles. Deshazte de todas tus dudas a través de nosotros. Podemos aligerar el peso con el que tienes que cargar.

Le mantengo la mirada y dejo escapar una risa interrumpida por un sollozo.

—¿He dicho algo que no debía? —se preocupa—. Me he dejado llevar.

—¡Al contrario! Discúlpeme. A veces me pregunto si usted de verdad es real o tan solo una parte de mi conciencia materializada en una sublime criatura con el único objetivo de hacerme volver a sonreír.

Su propia sonrisa me responde. Su piel pálida debe albergar fragmentos de luna.

—Si debo actuar a modo de conciencia, déjame decirte que lo peor no es fracasar, sino jamás haberse tomado la molestia de intentarlo. Los errores son una prueba de que nunca has abandonado. Siempre estaremos aquí para levantarte, acompañarte, llevarte. Siendo testigos de la ascensión de la gran Guardiana de las Palabras. Sí, por supuesto, tienes que tomarte tu tiempo para desplegar tus alas y no temerle al vacío nunca más.

Mi madre solía decir que a un hombre se lo ha de juzgar por su capacidad de hacernos creer en nosotros mismos. Ahora entiendo mejor lo que quería decir con eso. Seguimos charlando hasta que nos envuelven los primeros vestigios de la noche y hasta que el viento hace que las telas blancas se ondulen. Saren vuelve a tiempo, pero vuelve solo. No podemos seguir esperando a Killian. Salgo de la cabaña, sintiendo una punzada en el corazón y entristecida por no tener al ladrón a mi lado. Alcanzamos la calle principal y nos fijamos en que una multitud de isleños caminan en una misma dirección.

—Vamos allá —dice Alric.

Capítulo 70
Unidad

Acompaño a la lenta procesión. Mis pasos siguen los de los demás: el ruido que hacen arrulla mi mente y la lleva hacia las esferas más celestiales. Las voces fluyen a través de mí como si fuesen miel: no son religiosas, pero sí solemnes. Floto en una atmósfera relajante, dejándome llevar por la dulzura de este instante atemporal. Nos acercamos demasiado al borde del acantilado, pero, al estar acompañada por estos seres bendecidos con plenitud y gracia, ni siquiera me asusta la idea de caminar con los ojos cerrados. Esta senda parece haber sido trazada desde hace siglos. ¿Cuántas generaciones habrán pisado este suelo? ¿Y cuántos Guardianes de las Palabras? Todos ellos dejándose llevar por este ilustre clan ancestral, protegido de la violencia de este mundo y de los excesos.

Hombres, mujeres, ancianos y niños; todos caminan en un desorden organizado. Nadie se sale del grupo, como si no pudiesen separarse los unos de los otros. Delante de mí, Saren avanza al mismo ritmo. Ahora mismo, sin la armadura ni su espada, no es más que un hombre ordinario en una tribu extraordinaria. No echa ni una sola mirada atrás, no me vigila. Alric va unas cabezas más adelante de esta fila de Sumergidos. Va de la mano de dos niños que parecen diminutos a su lado. Nadie le teme ni lo rechaza. Él también forma parte de un todo. Hasta la estrella más aislada pertenece a una constelación. Aquí, el amor es un precepto universal y cada ser vivo se merece recibirlo. Tan solo llama la atención la ausencia de la silueta sombría de Killian. No se lo tengo en cuenta, pero me da pena que se pierda este cielo increíble, cuya gama de colores sería imposible de reproducir en un

668

lienzo. Polvo de jade sobre un velo esmeralda moteado de ámbar. Una aurora boreal.

Las montañas de los alrededores se van acercando para unirse a la fiesta. Son todo lo contrario al rocoso Pico del Lobo: sus cumbres están cubiertas de una nieve eterna, similar al azúcar glas, y sus relieves me resultan femeninos. El volcán gruñe, pero no temo que expulse su lava. No es más que un tambor. El camino se ensancha y luego se abre en una inmensa plaza circular. La procesión se dispersa. Cada uno sabe cuál es su sitio. A mi derecha se extiende un bosque de tiendas de campaña, cuyas lonas de color crudo brillante, como si estuviesen bordadas con miles de perlas, flotan a pesar de la ausencia de viento. Camino entre ellas y paso mi mano sobre estos lienzos fluidos, suaves al tacto. No puedo ver lo que se está preparando dentro de estas carpas, pero puedo sentir una fuente de luz que anida en el corazón de cada una de ellas.

En el suelo, una fina hierba se envuelve alrededor de mi tobillo y bajo mis pies florecen unas flores blancas que huelen a vainilla y canela. Camino por el acantilado rodeado de grandes rocas pintadas a mano. Están decoradas por cientos de huellas de adultos y niños: historias narradas por dibujos primitivos y símbolos ilegibles. Este es el antepasado de los libros con los que contamos en la actualidad. De nuevo, el búho a un lado, la flecha, la rosa y la pluma, luego los cuatro triángulos que vuelven a aparecer con diferentes formas. Abajo, el océano está inmóvil. El hombre y la naturaleza se respetan mutuamente. El cielo comparte con nosotros sus reflejos de un color verde inigualable.

Me dirijo hacia la plaza donde arden unas fogatas que pintan el suelo de charcos multicolores. Los niños están jugando y uno de ellos salta una. Llega al otro lado ileso, y las risas de sus amigos se entremezclan con las crepitantes llamas arcoíris. Puedo sentir su calidez.

Ante mis ojos se yergue un sauce llorón, situado en lo alto junto a un denso bosque. Majestuoso, irreal, luminiscente. Un árbol así no podría existir fuera de este paraíso submarino. Sus hojas brillan como si fuesen zafiros. Ilumina a cada persona que sube las escaleras naturales que conducen hasta él. En mis recuerdos, ni siquiera el guardián verde de Cassandra podría competir con él. La atracción que siento es ineludible. Me apresuro a llegar a este monumento de savia y corteza, donde convergen la congregación y la energía… pero alguien me sujeta del brazo.

Una joven con las orejas decoradas con grandes diamantes en oro me hace señas para que la siga. Un collar en forma de espiral realza la longitud de su cuello. Me empuja hacia las tiendas y me obliga a volver sobre mis pasos. En el camino, me cruzo con Alric y Saren, quienes también están siendo llevados hacia estos cuarteles de lona por un adolescente fornido y robusto. Hago como que los sigo, pero mi guía sacude la cabeza mientras se ríe y me arrastra hacia la dirección opuesta. Mis compañeros desaparecen dentro de una de las carpas y a mí me toca entrar en una distinta.

Dos señoras mayores, muy afables, me reciben con una sonrisa en un lugar desordenado, lleno de alfombras, sábanas, cojines y tarros. Sin ningún tipo de opulencia o riqueza visibles. Sus interminables melenas están trenzadas alrededor de sus cabezas como una corona y visten unas togas azules que llevan atadas detrás del cuello. En el centro, un pequeño menhir emite una luz opalina, podría decirse que casi fantasmal: esa era la luz que veía desde fuera. En la superficie, varias siluetas abstractas forman un fresco. Una de las señoras habla y se presenta como Tallulah. Su voz suena tan desgastada como su mirada y eso me produce una profunda piedad.

—Meika y yo queremos purificarte, pero solo si te parece bien. No estás obligada.

—Es decisión tuya —aprueba la segunda, cuya piel se asemeja al cuero, marcada por la vejez y un sol que no existe.

Acepto, sin tan siquiera preguntar en qué consiste esa purificación. Quiero volverme una con el pueblo de la Ciudad Sumergida, sentirme en comunión con ellos: no me importa si debo afrontar algunas pruebas sagradas. Debo hacerlo, aunque solo sea por respeto.

—Kaya, ¿quieres?

La joven, que hasta ahora permanecía sabiamente cerca de la entrada, se acerca y me guía hacia una gran pila de piedra grabada con runas. Me ayuda a instalarme mientras las dos ancianas tienden una sábana blanca delante de mí, que cuelgan de un lado a otro de la tienda. Me invitan a desvestirme. Lo hago. Mi desnudez no me incomoda, pero aun así mantengo un brazo pegado a mi pecho. La sábana tapa el resto de mi cuerpo.

Tallulah y Meika desaparecen, pero enseguida vuelven, cada una con un mortero que contiene un polvo nacarado que siguen desmenuzando con esmero, mientras que Kaya coloca, delante de mí, varias ánforas llenas hasta el borde.

—¿Estás lista?

Asiento con la cabeza. Las dos sabias entonan una dulce melodía de sonoridades armoniosas en su lengua materna. Gracias a **[Gemelli]**, consigo entender el sentido. Ella me cuenta una fábula. Me gustaría saber su antigüedad y origen. Siento que voy a formar parte de algo muy grande. Puede que un día se llegue a mencionar mi nombre en este mito. Acompañando sus cantos, la piedra luminosa empieza a girar sobre sí misma y las sombras desfilan por las paredes de la tienda. Los personajes se animan y toman vida ante mis ojos, mientras que Kaya vierte sobre mí un agua templada de extraña pureza.

El agua no era más que oro
Abandonado por los dioses.
No brillaba lo suficientemente fuerte
Para llamar la atención de sus ojos.
Se cansaron de estos tesoros
Que no los hacían felices,
Que provocaban que tanto vivos como muertos
Se desviasen de su camino, que una vez fue piadoso.
Ante los humanos, reconocieron sus errores,
Haber abandonado estas aguas que alimentan a la carne
Y desafía a los fuegos.
Entonces, llenaron cada lago,

Cada río, cada puerto,
Abrevando a los hombres con este oro azul.
La Ciudad Sumergida nació y el amor pudo manar
De la unión del mar y el cielo.
Aquí, purificamos tu alma y tu cuerpo,
Tú que has sido llamada a este lugar,
Para que cada vida que honramos
Sea bendecida hasta el último adiós.

El agua límpida toca mi piel y deja tras de sí una película de oro, pero desaparece al instante como si mis poros lo absorbiesen. Kaya vacía ánfora tras ánfora, y después el canto cesa. Las dos mayores desatan la sábana y la envuelven alrededor de mi cuerpo para secarme. En ese momento, el velo que cierra la tienda se levanta y mis ojos se dirigen hacia el frente, que también está abierto. Hay un hombre de espaldas al que le quitan la última prenda que viste: él también compartirá este rito. Por un segundo, me parece que es Killian, pero mi mente rechaza esa visión. Esta noche, el ladrón no saldrá de su fortaleza estrellada.

Las dos sabias mezclan su sustancia en polvo con unas gotas de aceite que extraen de una hoja oleosa, antes de empezar a aplicármelo con las yemas de los dedos. Comienzan por mi cara, justo a la altura de mi ojo izquierdo, y permanecen ahí durante unos segundos. Con un solo trazado, bajan hasta mi cuello y mis clavículas. Me da la sensación de que soy un mapa en el que estas mujeres dibujan ríos, o una hoja a la que le están subrayando sus nervaduras. Las líneas se separan hacia mis brazos, donde se tuercen, y luego regresan a mi pecho hasta llegar a mi corazón. Las líneas fluyen hacia mi estómago, bordean mi ombligo y terminan su recorrido a lo largo de mis piernas. Aquí estoy, decorada con marcas de guerrero que realmente no lo son: aquí, solo la paz hace estragos.

Mientras Kaya me ayuda a ponerme un conjunto compuesto por una banda en el pecho y una falda larga con aberturas, similar a la que vestía la misteriosa chica que conocí al llegar a la isla, le pregunto:

672

—¿Qué representan estas pinturas?

La materia fluida que recorre mi cuerpo deja sobre mí un agradable frescor, como si el agua sagrada aún estuviese empapando mi piel. Después de vestirme, la chica me cepilla el pelo húmedo hacia atrás y lo ata en una coleta alta. El roce de mis pesados mechones de pelo balanceándose en mi nuca me produce escalofríos.

—Las raíces de un árbol, las venas de un hombre, las desembocaduras de un río. Allá donde la vida fluye y donde todo se termina.

Una vez cumplida la purificación, me inclino respetuosamente hacia las ancianas y Kaya me acompaña fuera de la tienda. Los tambores marcan el ritmo, imitando los latidos de cien corazones. Cierro los ojos para apreciar la profundidad de estos y me doy cuenta de que coinciden con mis propios latidos. Hasta que una voz me llama: la de Alric.

Abro mucho los ojos y se me escapa un «¡Oh!» rebosante de admiración. Si la magia hiciese que el sauce llorón se reencarnase en hombre, se parecería a él. La belleza antigua personificada. Él también tiene marcas por todo su cuerpo (en su caso son rojas). Una larga banda recubre sus ojos, como si llevase una máscara. Dos trazos verticales separan su cuerpo en dos hasta por debajo de su vientre en una simetría perfecta y varios anillos, por pares, rodean sus brazos. Solo viste un taparrabos color índigo. Las pinturas resaltan de forma clara sobre su piel de alabastro.

—Alric está… ¡No tengo palabras!

—Esto es el colmo —sonríe, un poco avergonzado—. Un Dhurgal purificado… Permíteme que te devuelva el cumplido, mi querida Guardiana de las Palabras.

Ahora aparece Saren en mi campo de visión, ataviado con una toga que resalta sus hombros firmes, pero no lleva ninguna marca sagrada en su cuerpo. Debe darse cuenta de mi expresión decepcionada, por lo que se justifica:

—No quería manchar la esencia de este ritual. Habría sido una falta de respeto muy hipócrita por mi parte. Soy un hombre de guerra, con todo lo que eso conlleva. Mi oficio me lleva, en ocasiones, a matar o a torturar hombres. No importa que sean asesinos o soldados enemigos. Siguen siendo seres humanos con amigos, esposa o hijos que, por mi mano o la de mis hombres, se verán privados de un ser querido.

—Nuestras motivaciones difieren, pero usted no es tan diferente de mí, general. Sin embargo, yo he tenido la pretensión de prestarme a este ritual sagrado para purificar un alma inexistente. Usted es más legítimo que yo para participar. Es alguien muy humano.

—Usted tomó la decisión de cambiar, Alric. De no volver a cometer esos actos contra natura. No obstante, yo no puedo mantener esa promesa. Todavía menos en estos tiempos inciertos que corren. En cuanto encuentre a los herederos, iré a luchar en contra de todos los traidores que osaron ultrajar a Helios. Vengaré a nuestro rey y a sus hijos. Créame, no tengo ninguna clemencia. Es mi deber y lo cumplo con gusto.

Alric coloca una mano sobre su hombro, lo que significa «Te entiendo». Su devoción hacia la familia real y nuestra capital es honorable. Me alegra que un hombre como él se preocupe por Aïdan. Jamás lo abandonará, demasiado atado a su patria, a sus principios. No puedo pedirle que perjure.

Un grupo de Sumergidos nos guía hacia el sauce llorón, donde están agrupados la mayoría de los habitantes. Forman un gran círculo alrededor de él, sentados con las piernas cruzadas. Subimos la pendiente en silencio, intimidados. Cada vez que avanzo un escalón, unos caracteres luminosos se inscriben encima, pero se borran en cuanto avanzo al siguiente. Cuando llego arriba del todo, conecto de un extremo a otro esas frases efímeras, preguntándome si se dirigían solamente a mí:

En lo más profundo del alma,
En el abismo de nuestros pensamientos,
Otórgale a tu corazón lo que te reclama
Y acércate al árbol sagrado.
Hija mía,

Abre bien tu ojo, el bueno,
Y te mostrará lo que no has sido capaz de ver.
Deja las apariencias en las profundidades
Y ve más allá de lo que se te ha mostrado.

Me fijo en que hay varios sitios vacantes en el círculo. Sin elegir, ocupo el primero que veo con una vista inexpugnable de los fuegos de la felicidad. Saren se eclipsa, excluido de forma voluntaria de la ceremonia.

De cerca, puedo detallar la corteza del hermoso sauce llorón, parecida a escamas brillantes, sus ramas arqueadas y su suave follaje. Una savia azulada cae por el tronco y converge en su centro, donde hay una pequeña cavidad que contiene un corazón resplandeciente que late al ritmo de los tambores. Cuando la última persona ocupa su lugar, la savia desciende hacia las grandes raíces que se encuentran sobre el suelo, que se enrollan hacia nosotros e iluminan a su paso. En este preciso instante, tomo plena conciencia de esta ceremonia, de la unidad de este pueblo. Sin distinción de edad, género o rango: todos somos iguales. Las marcas unen todos los cuerpos, formando un fresco de carne cuyo significado sobrepasa a mi entendimiento. Los cantos brotan del círculo. Una sinfonía de otra época, bella y positiva, pero que me llena de una tristeza inexplicable. No muy lejos de mí, Winema lleva en sus manos un plato de madera que levanta por encima de su cabeza antes de acercárselo a los labios. No tengo duda de que la madera proviene del sauce llorón. El objeto va pasando de mano en mano en el sentido de las agujas del reloj y, cada uno en su turno, da un sorbo. Viendo la cantidad de gente que somos, me sorprendería que no se vaciase. Los ojos de cada persona brillan con una luz sobrenatural. Sintiendo una ligera aprensión, vigilo a Alric que bebe de ese brebaje. La cadena continúa hasta llegar a mí. Tomo el cuenco de la mano de un hombre de edad desconocida. Cuatro líneas cruzan su ojo derecho, una en su barbilla y una última atraviesa la parte superior de su busto haciendo zigzag. Sin que él diga ni una palabra, escucho su nombre: «Gaagii».

Sin esperar, acerco el cuenco hacia mi boca. Me esperaba cualquier cosa menos agua fresca. Bebo, pero no ocurre nada. ¿Qué se supone que tiene que pasar? El hombre que tengo a mi otro lado también revela su nombre: «Chayton». Ahora, él también sabe el mío. De hecho, conozco el nombre de cada individuo que acaba de beber de esta agua sagrada. El de Alric campa en mi mente más tiempo que el de los demás, más claro (casi parece un grito).

El cuenco vuelve a su punto de partida y Winema lo coloca delante de ella. Una de las raíces del árbol se enrolla alrededor de él y se lo lleva bajo tierra. La naturaleza ofrece sus beneficios, pero pide una compensación. Todos se dan la mano. El círculo ya no puede romperse. Los cuerpos ondulan, como si fuese un mar cruzado por unas ligeras olas. Inconscientemente, me dejo atrapar por estos movimientos que me mecen, como un recién nacido contra el pecho de su madre. Entro en un estado secundario, entre un sueño y una vigilia. A pesar de todo, sigo siendo dueña de mí misma, de mis pensamientos. Estos se difunden, se comparten, hasta los más íntimos, pero no siento vergüenza. Me siento más desnuda que durante la purificación.

Los cantos suben la intensidad. Una corriente indescriptible me atraviesa y me produce una sensación entre dolor y placer, hasta tal punto que mi espíritu ya no sabe cómo actuar. En el punto culminante de este delicioso sufrimiento, suelto las manos que me sujetan para llevar las mías hacia mis ojos. Al principio las veo borrosas. Me froto los ojos con energía antes de mirarlas por segunda vez, con más insistencia. Ahora, soy capaz de distinguir cada línea, cada pequeño rasguño, cada poro. Es como si pudiese leer hasta los más mínimos instantes de mi existencia. Mis dedos quemados por un pan demasiado caliente, un corte hecho por una página pasada con entusiasmo, los arañazos de un gato enfadado, los pequeños callos provocados por empujar la carreta durante demasiado tiempo. Las marcas de los cristales rotos en la habitación detrás del tapiz, la espiral blanquecina dejada por el Umbría, la cicatriz del dedo que me rompió Sivane y la mordedura en mi muñeca por cortesía de Lesath. Los fantasmas de mil manos apretadas, de caricias regaladas. Mi piel es como la corteza de este maravilloso árbol. Vivió, amó, sufrió, luchó contra el mal tiempo, contra los demás; el tiempo, el fuego, la vida misma. Dejo mis manos para contemplar el mundo que me rodea, idéntico y al mismo tiempo tan diferente. Veo más allá de las apariencias. Mi visión logra disociar la envoltura carnal del aura que arropa a cada ser. Hasta el sauce llorón posee una de indescriptible belleza. Estas auras flotan por encima de sus cabezas, sujetas por un cordón umbilical de luz. Cada una tiene su propio color, su propia forma, como si fuesen los flujos de energía que fui capaz de distinguir durante el ritual con la Triqueta.

Dirijo mi mirada hacia Alric, cuyo rostro sereno me da confianza. Su aura forma una larga cuerda que se enrolla alrededor de su cuerpo, pero ahora el blanco prevalece sobre el rojo. Parece que estos dos flujos luchan entre ellos. Me gustaría saber qué ve, qué siente. Estos sentidos sobrepasan a los de los mortales. ¿Cómo perciben los demás mi propia aura, la de una Guardiana de las Palabras? ¿Mis Mantras hacen que se vea diferente? ¿Más brillante? ¿Pueden ver mis Palabras?

Alric se encuentra con mi mirada y su belleza hace que mis preguntas se vayan volando. Después me fijo en Saren, sentado fuera de nuestro círculo, pero sin estar solo. Parece ausente y triste. Me da pena que no comparta este momento tan extraño con nosotros, pero respeto su decisión. Me gustaría tanto que se sintiese integrado, apreciado por todo lo que vale. Su emanación de color verde oscuro es más larga que la media. En este momento, todas las auras se elevan hacia el cielo. Se estiran, se expanden, se alargan, para acabar estallando en una infinidad de colores polvorientos, como si fuesen nubes de arena. Me quedo extasiada durante unos segundos, antes de darme cuenta de que los Sumergidos están rompiendo el círculo y dispersándose, abandonando al sauce llorón, cuyas raíces se van distinguiendo una a una.

Sin hacerme preguntas y sintiéndome en un estado de semiinconsciencia, sigo a la multitud como una oveja que no quiere alejarse de su rebaño. Cada uno de mis gestos es instintivo, sencillo, natural. Las luces embellecen las marcas en cada piel y leo la historia de cada una de estas almas. Un amor perdido, un sueño, un niño por nacer. Me guían hacia las hogueras y salta a la vista un detalle. Unas sábanas blancas tendidas sobre estacas rodean cada fuego, ofreciendo así espacios individuales. Los pequeños espacios entre las cortinas permiten deslizarse por un lado del fuego, y varias personas entran corriendo. Otras se sientan delante, sobre unos cojines que no combinan. Me acerco caminando tranquilamente. Unas sombras nacen tras las cortinas, misteriosas, anónimas. Podría buscar a Alric o escoger mi sitio al azar como hice en el ritual anterior, pero algo en el fondo de mí me lo impide, como si no pudiese elegir a la ligera.

Me dirijo hacia un fuego, siendo consciente de que el tiempo pasa, pero mis piernas toman la dirección opuesta. Continúo mi camino todo recto, hasta que siento una atracción irrefrenable hacia uno de los fuegos, el que se encuentra al borde del acantilado. Me dejo caer sobre el cojín destinado a mí, con dulzura. No sé qué esperarme, pero una cosa es cierta: esta decisión tiene un sentido. Y es irreversible.

Mi cuerpo entero es un pulso. ¿A qué se debe esta aprehensión? A pesar de que me siento en plena confianza con mis anfitriones, esta nunca me abandona. Más aún cuando una figura empieza a caminar alrededor del fuego y se para detrás de mi cortina. Asustada ante la idea de estar cometiendo un error monumental o incluso un error irrespetuoso, dudo sobre cómo actuar. No trato de intercambiar ninguna palabra con esta persona, así que me pongo a espiar a mis vecinos de ceremonia para imitar sus gestos. Cada uno desliza sus brazos bajo sus respectivas cortinas, hasta el codo. Dudo por un momento, pero termino haciendo lo mismo.

Los cantos cobran vida al mismo tiempo. Sin palabras, solo son vibraciones amortiguadas y profundas. Respiro profundamente y mi propio estertor se hincha. Justo cuando estoy a punto de soltar el aliento, unas manos agarran mis antebrazos. Cálido, suave y fuerte al mismo tiempo. Un agarre decidido y seguro que solo puede pertenecer a alguien que ha domado la vida de muchas maneras y que ha tenido que hacer muchas elecciones en su pasado.

Al principio me sorprende este contacto, así que no se lo devuelvo de inmediato. La persona, que evidentemente es un hombre, estrecha su agarre sin brusquedad, pero con un poco de impaciencia. Ahora soy yo la que agarra sus antebrazos a ciegas. Me invade una ola de calor, tan ardiente como si me acabase de acercar demasiado al fuego. Me dejo vencer por la amplitud de estos cantos rituales, cada vez más obsesivos, cada vez más conmovedores, y cedo a un pánico repentino. No sé qué significa todo esto: me asusto e intento quitar mis manos. Las manos del desconocido me retienen con una fuerza controlada, pero algo torpe.

No, no me sueltes.

No me hace falta nada más para entenderlo, es claro como el agua. En lugar de acelerarse, mi corazón prefiere dejar de latir. A partir de ese momento, dejo de luchar contra mí misma. Al contrario, fuerzo mi agarre, para que nadie pueda volver a separarnos.

Te reconozco. Sé quién eres.

Capítulo 71

La Ceremonia del Ojo

La textura de tu piel, el contorno de tus brazos. La hinchazón de tus venas, el movimiento de tus músculos y su fuerza dosificada. Esta dulzura reservada, camuflada, casi egoísta. No me puedo estar equivocando. ¿Cómo podría?

La cortina se suelta. No sé cómo, pero ya me lo esperaba. En el momento en el que cae, e incluso antes de que toque el suelo y te vea, inmóvil y derecho, pronuncio tu nombre como he podido hacer en multitud de ocasiones. Pero ahora parece diferente.

—Killian.

Esa será la última palabra, el último sonido que se propagará. El silencio se acaba de imponer. Un silencio semejante solo existe bajo el agua o cuando llega la muerte. El viento ya no existe, ya no se escucha el crepitar de las llamas, ni las respiraciones, ni la ropa al rozarse. Nada más que unos chisporroteos ínfimos en mis orejas. Mi corazón vuelve a funcionar, pero siento que late en mis muñecas. A menos que sea el tuyo que emite sus pulsaciones bajo mi propia piel. Nuestras venas se iluminan como las raíces del sauce y se conectan las unas con las otras. Esta vez no te irás. No podemos huir.

Detrás de ti, el gigante de las llamas da forma a tu torso desnudo con sombras y luces. Rinde homenaje a cada ribete blanco dibujado en alabanza a la Ciudad Sumergida, así como a tus músculos tallados por el tiempo, el ejercicio y el trabajo duro. Una brisa silenciosa corre a través de tu pelo peinado hacia atrás, todavía goteando agua. Tu máscara no significa nada para mí. Ni frustración ni distancia. Nada saldrá de tu boca ni de la mía. Sin embargo, sé que hablarás más que nunca.

Tus ojos negros se aferran a los míos sin pestañear ni una vez. Los míos permanecen muy abiertos, como si no tuviese párpados. Ya no podemos apartar la mirada, condenados a cruzar esta puerta que se abre a las tierras más lejanas del alma. Acaba de empezar la Ceremonia y tú, Killian Nightbringer, eres a quien he elegido.

No parece difícil mirar a alguien a los ojos en el día a día, cuando le hablamos o cuando sonreír puede servir como distracción. Es posible escabullirse durante unos segundos, hacer una pausa, intentar que otra cosa sea el centro de atención. Sin escapatoria. Ahora mismo, mirarnos a los ojos se siente como si fuese una prueba. Pero por fin estoy cerca de ti, como he querido estarlo desde el día que nos conocimos. Acabamos de derribar un muro. ¿Qué descubriré a través de tus ojos que hasta ahora solo reflejaban lo que accediste a revelarme?

Mis preguntas se bloquean en mi mente, al igual que yo en este sitio. No soy capaz de pronunciar ni la más mínima palabra. Se me está privando de ese poder por primera vez, pero para reemplazarlo por un poder superior.

Tus cejas fruncidas acentúan la intensidad de tu mirada negra como la noche, penetrante como el filo de una daga. Ya no puedo separarme de ella, ni tampoco de este lugar o de tus manos. Así que me doy cuenta de otra realidad: si la Ciudad Sumergida me concede el derecho, incluso el favor, de explorar tus dos abismos, también sucederá a la inversa. ¿Qué vas a leer en mí? ¿Y si te desagrada o te decepciona?

Paro de reflexionar, de mutilar mis pensamientos, y me hundo en el interior de tu mirada. No estaba preparada para lo que descubro. El golpe es duro, brutal y agobiante. El aire se vuelve asfixiante. Mis uñas se clavan en mi piel como si me estuviese ahogando y tú representases mi única salvación. ¿Por qué jamás había escuchado tu grito de auxilio? Me pongo a llorar. No quiero hacerlo, no lo decido yo. Las lágrimas se escapan solas, incontrolables. No puedo secarlas, encadenada a tus brazos: continúan su camino por los pliegues de mi cuello.

Me agarras con demasiada fuerza, pero tal vez esa sea tu idea de lo que es una caricia reconfortante o de la dulzura. Intentas desviar tu mirada hacia cualquier cosa que no sea yo, pero no puedes. Además, eso no cambiaría nada. ¿Cómo puedes cargar con todo eso sobre tus hombros? Toda esa culpabilidad. Te carcome, domina una gran parte de tu vida, pero te niegas a ser perdonado. ¿Por qué? ¿Qué has hecho, Killian Nightbringer? ¿Qué has hecho para que tengas que guardarlo todo para ti mismo? Te resulta más sencillo fingir que eres feliz que explicar por qué no lo eres.

También leo en tus ojos un sentimiento que jamás me hubiese imaginado: el temor. No un miedo físico o irracional, como lo serían tu fobia al agua o mi vértigo. Un temor que te atormenta, que ocupa tu mente sin parar, y que me concierne. No me cuesta adivinarlo, pues ya lo había escuchado: fracasar en tu misión de protegerme y no estar a la altura de lo que representa una Guardiana de las Palabras. Sin pensar, acaricio suavemente tu brazo con mi mano. No durante mucho tiempo, para que no me rechaces. Entonces, ¿no lo sabes? Que sin ti, Arya Rosenwald tan solo sería Arya Rosenwald. O quizá ya ni lo sería. Has sido el viento que necesitaban mis alas para desplegarse. ¿Todavía no lo has entendido? Soy yo la que no está a la altura.

Sin una razón aparente, tu mirada se endurece, se oscurece. Veo algo que me asusta. Si hubiese podido retroceder, ya lo habría hecho. Mi respiración se acelera y mis dedos se crispan sobre tu piel. Algo planea por encima de mi cabeza, algo sombrío y peligroso. Reconocería esta sensación entre otras miles de ellas: la del miedo mezclada con la cólera. Saca su fuerza de lo más profundo de nuestro interior y es capaz de devastarlo todo a su paso. Se parece a lo que creaba Umbría. Me resisto para que me abandone.

El malestar se disipa tan rápido como llegó y deja una dulzura poco habitual tras de sí. Estos picos emocionales me descolocan, como cuando tu carácter tempestuoso catapulta tu despreocupación sin motivo alguno. Saca a la luz nuestra relación accidentada, a veces conflictiva, a veces cómplice. Tu mirada me emociona más que un cumplido, más que un regalo, más que un «gracias». Me transmite todo aquello que Alric habría mostrado haciendo una reverencia o con una mano apoyada en su corazón; Cassandra con mis manos envueltas en las suyas; Saren con un apretón paternal en el hombro. No me atrevo a interpretarlo como si fuese tu reconocimiento, pero acojo su calor y le encuentro un sitio profundamente dentro de mí, mientras que tus pulgares se deslizan por mi piel, asediada por unos escalofríos visibles.

Tu belleza se deja ver, aunque me prohíbas observar la mitad de tu rostro. La de un hombre imperfecto que huele a sol, viril y con un encanto distante. Tu alma vive en un cuerpo sano y poderoso al que le gusta desafiar sus propios límites. No lo ignoras, pero lo dejas en un segundo plano. Tu belleza reside en lo enigmático que eres. Bruto, natural, una brizna salvaje: te pareces a esos sementales que escogen a su jinete y no al revés. El ladrón que fue elevado al rango de leyenda.

Protector, no dudarías en matar ni en sacrificarte por una causa que defiendes. Risueño, no eres tan indiferente a lo que te rodea. La lista de tus cualidades no será exhaustiva esta noche. No lo descubriré todo y seguirás utilizando tus defectos como un caparazón conmigo, pero también porque te definen y acabamos por no seguir odiándolos. Eres un buen hombre, Killian Nightbringer. Solo que no quieres que se sepa. O puede que tú mismo no te lo creas. No mostrarás todas tus cartas y no será conmigo con quien quebrantarás las reglas que te impones a ti mismo.

No obstante, ahora soy capaz de sentir la fuerza que escondes en lo más profundo de ti. Puedo sentir la suavidad de tu piel color caramelo, bajo la cual se oculta un poder sorprendente. Incluso estando de frente, veo las curvas de tu espalda, tus hombros marcados y tu pecho lleno de cicatrices. Puedo ver las historias que cuentas a través de tu cuerpo y también las que están por venir. Esa fuerza que nunca dejará de crecer y que sabrás compartir.

Terminas por sonreír. Abres los ojos muy grandes y parece que quieres retroceder. ¿Qué estás viendo, Killian? Te echas hacia delante, mirando fijamente mis iris violetas. Adivino una sonrisa detrás de tu máscara, soy capaz de sentir tu orgullo: por fin tengo la impresión de ser tu igual. Y vuelves a tu sitio. No haces más que contemplar lo que tú ya sabías. Mis últimos «yo» fluyen por tus ojos y aparecen los días futuros. Sientes mi fuerza, lo sé. Lo habías adivinado todo desde el principio. Nos hemos juntado como si fuésemos las piezas de un puzle.

Me vence la euforia, mi cuerpo se ablanda. Tus ojos ahora parecen los de un diablillo: los de un niño travieso, rebelde, que sabe que va a hacer una tontería, pero le da igual el castigo y seguro que lo volverá a hacer. Dos partes de tu personalidad se solapan en función de tu humor, de tus esperanzas. El mundo entero es tu terreno de juego, pero con los juegos y las reglas establecidas por los adultos. Con mucho gusto me embriago de tu impertinencia, de tu desobediencia, de tu cinismo y de tus ganas de seducir sin que dé sus frutos. Solo por el desafío que supone. Me alabo a mí misma por no sucumbir a tus encantos, incluso cuando eres el sinónimo perfecto del deseo. Me siento orgullosa por afrontar tus travesuras y por no sonrojarme, pero tu mirada devora más de lo que observa. Soy inmune a tus provocaciones.

Por otro lado, cuando escucho esa risa dulce, apenas entrecortada, que primero intentas ahogar bajo tu máscara y que luego dejas que estalle en los oídos de todos a tu alrededor, no puedo hacer otra cosa más que acompañarte. A ti no te importan las cortesías, así que yo decido hacer lo mismo y dejarme llevar. Nuestras risas idiotas y pueriles rompen este silencio perfecto. No sé si nos estarán mirando con severidad y tampoco me importa si ese es el caso. Tu risa es mágica, y lo es todavía más cuando se junta con la mía. Para ser honesta, me paso un rato disfrutando de estas migajas, porque encuentro en ellas una ternura que rara vez me regalas. Después escucho tu voz ronca en mi cabeza. Me repites esa frase que se ha convertido en la columna vertebral de mi confianza, de mi perseverancia: «No estás sola en este combate».

Y después… surge una emoción que no debería ver, que no quiero ver, pero que desentierra tu mirada, ahora mismo difuminada. Ella ha acabado con tu ligereza y ahora ensucia tu alma. Los dolores del sufrimiento, de la resignación. Mi corazón está destrozado y mi cuerpo paralizado. No sé a qué se debe este dolor, pero es tan inmenso que sustituye a todo lo demás: tu belleza, tu reconocimiento, todo lo que has compartido conmigo. Un frío glacial se insinúa en mis pulmones. Me sofoco y, para ayudarme, intentas romper este vínculo que nos une, sin conseguirlo.

Ya no te veo nada más que a través del prisma de mi miedo. Debo forzar la separación, ¡es necesario! No soportaré durante mucho más tiempo este mal invisible. Intentas hablarme, pero ya no quiero seguir leyendo lo que sea en ti. Ya no soy capaz. No después de ese flujo negativo. Pero me obligas a hacerlo apretándome las muñecas hasta que me lastimas los huesos. Me haces entender que tengo que dejar de resistirme si quiero salir de aquí. Consigo solucionarlo con el miedo anclado en el corazón. Y el vínculo finalmente se deshace.

Capítulo 72
[Limë]

M e levanto tan rápido como si tuviese un demonio pisándome los talones. Nuestro fuego se apaga. Los ruidos irrumpen de nuevo, de una forma tan repentina que siento cómo mis orejas tintinean. Retrocedo unos pasos, tambaleándome, y vacío el agua sagrada. Killian permanece sentado, imposibilitado, y me sigue mirando fijamente a pesar de que ya puede dejar de hacerlo. Se me acelera el corazón, decido alejarme de él lo más rápido posible. Me doy la vuelta. Winema está aquí. Los cantos paran: soy el centro de atención. La Sabia me acaricia la cara para calmarme. Gradualmente, cada marca dibujada sobre mi cuerpo se ilumina de un color azul cielo. Winema pasa su mano por mi nuca y termina por dejarla apoyada sobre mi hombro.

—Lo que las palabras no pueden decir nuestros ojos lo hacen por nosotros.

Una joven coloca su mano sobre el hombro de la anciana, después un joven sobre la suya, y después otro. Cada mano deja una huella fosforescente sobre el cuerpo del otro. Soy testigo del inicio de una cadena humana. Alric también se integra cuando le llega su turno. Otra mano toca mi hombro contrario. La de Killian. Ya no le temo de aquí en adelante. Otras personas vienen a pegarse a él, creando así un nuevo vínculo. Después, las voces se alzan de nuevo. Son sonoridades graves y profundas que se entremezclan. Mis cenefas se van iluminando siguiendo el ritmo de los latidos de mi corazón y se propagan como si fuese una onda. Las pinturas rituales de todo el pueblo de la Ciudad Sumergida se iluminan cuando llega su turno. En este instante, formamos un único ser. El vínculo que nos une, el vínculo que nos define. Como si de una evidencia se tratase, comprendo lo que me queda por hacer.

—[ɬimë].

Los cantos se vuelven cada vez más potentes. Las pinturas se despegan de las pieles y se elevan hacia el cielo. Forman una única y misma bola de luz resplandeciente, como si fuesen unas cuerdas anudadas, que flota justo por encima de mi cabeza. Resuena como un tambor y me fijo en la forma de un corazón humano que late a un ritmo frenético. Es el que se encontraba en el sauce llorón. Las últimas cenefas se hunden en el interior y resurge una runa. Alzo mi brazo para acogerla en la palma de mi mano, pero se esparce en miles de lucecitas que penetran mi piel. Centenas de corazones laten al unísono. Me siento abrumada, mientras lucho con todos estos sentimientos que se entremezclan, pero que me hacen tanto bien.

Después todo se apaga. Killian es el último en retirar su mano. Winema se tambalea, yo la sujeto.

—Es imposible.

—¿Qué dice?

Dos mujeres jóvenes vienen a ayudar a la Sabia debilitada. Su mirada se dirige a lo lejos. Delante de mí aparece la joven misteriosa de la Ciudad Sumergida. A cada paso que da, se revela un fenómeno fuera de lo normal. Puedo ver el corazón de los seres que se cruzan en su camino. Cada latido en cada pecho. Busco mi propio corazón con la mirada. También resplandece. La joven llega hasta mí. Coloca una mano sobre mi corazón y la otra cerca de mi ojo izquierdo. Me sonríe, con unos nuevos cantos femeninos de fondo.

Asha, Asha, Asha, Asha, Asha, Asha…

La chica acaricia la parte superior de mi párpado y escucho el sonido de su voz por primera vez desde que llegué.

—Cuando ya no seas capaz de ver, mira siempre con esto —sonríe, mientras ejerce una ligera presión sobre mi corazón.

Asha, Asha, Asha, Asha, Asha, Asha…

No puedo apartar la mirada de sus ojos, que expresan de una forma tan clara lo que pensaba que había perdido. Sus manos se alejan, pero la retengo con fuerza. No quiero dejarla marchar. No quiero que me deje todavía. Quiero que este sentimiento no me abandone jamás. Nada me volverá más fuerte.

—No me voy, Arya.

Asha, Asha, Asha, Asha, Asha, Asha...

Una lágrima desciende a toda prisa por mi mejilla y, en un murmuro, pronuncio:

—[Asha].

La joven esboza una última sonrisa y un aura blanca dibuja cada detalle de su cuerpo. Se forma una nueva runa, que se encoge hasta alcanzar el tamaño de una luciérnaga. [Asha] traza un camino hasta mi corazón. Justo en ese momento, centenas de imágenes invaden mi espíritu. Fragmentos del pasado, pero no del mío. El pasado de todas y todos aquellos que me han precedido. Los que han entrado en la posteridad. Los que encontraron en este sitio la convicción en la que siempre hay que creer. Las visiones desfilan en ráfagas en mi cabeza a una velocidad vertiginosa, incluso inquietante. Se suceden tras mis párpados sin un orden ni un sentido preciso. Parece que mi memoria parpadea, dejando breves espacios vacíos y negros. Como si faltasen algunos recuerdos. Después, las imágenes se vuelven más nítidas: empiezo a entender lo que estoy viendo y, por segunda vez en lo que va de la noche, mis lágrimas caen.

Palabras. Palabras en todas las formas que te puedas imaginar, en diferentes fases de su evolución. Desde su eclosión hasta su conclusión. A veces en pleno apogeo, otras al punto de desaparecer para siempre. Unas simples runas, unos seres compuestos de luz, unos Mantras con rostro humano, algunos animales o criaturas de una belleza abrumadora, refugiados en unas armaduras tan increíbles como temibles. Al lado de ellos, su Guardián o Guardiana. Mis predecesores. Mis sucesores. Jóvenes o ancianos, neófitos o en la cúspide de su poder. De todos los tipos, de todas las razas que existen en este mundo o en otros que no conozco. Sin ninguna lógica temporal ni ningún vínculo entre ellos, tan solo su destino. Sí, los veo.

Un hombre cubierto con un turbante y la piel oscura, perdido en medio de la sabana y al que protege un gigante de piedra marcado con runas que está a punto de ser pulverizado por los hechizos de sus enemigos.

Una niña ataviada con una bata blanca que aferra su peluche contra su corazón, asustada por la oscuridad en la que se esconde una criatura con las alas ensangrentadas.

Una mujer vestida con huesos y piel y recubierta de pinturas guerreras mezcladas con sangre, rodeada de lanzas de luz, lista para librar una batalla ya perdida.

Por una razón que ignoro, esta memoria colectiva de repente se centra en un recuerdo más nítido que los demás. Tan realista que parece que estoy asistiendo a esa escena y que siento sobre mi piel esa lluvia torrencial que cae en esa calle sucia y lúgubre que me recuerda a Bellavista.

Una silueta: la de una mujer desnuda. Su cabello largo de color rojo resplandeciente esconde su rostro y su pecho. El aguacero lava la sangre y la suciedad que manchan su piel blanca, y deja al descubierto numerosas heridas. Escucho sus gritos, a pesar del sonido incesante del agua sobre los adoquines. Entonces, me fijo. Decenas de cadáveres perecen a sus pies, enterrados bajo el barro. Sobresaltada, la desconocida alza la cabeza. Escucha el ruido de unos cascos. La desesperación arruina sus profundos ojos verdes. Una desesperación como la que solo he visto una vez y que hace que se desgarre cada fibra de mi cuerpo. Sus lágrimas y la lluvia se mezclan. Se encuentra en la cuerda floja, pero no huye, atrapada entre los muertos y en la atrocidad de su acto. Llega un caballo, pero solo veo su grupa y la espalda erguida de su jinete. Se baja del animal y se quita el alto sombrero negro. El aguacero deshace sus rizos negros. Camina en silencio hacia la Guardiana de las Palabras, sin miedo ni hostilidad. Se quita el abrigo largo y se lo coloca a la joven sobre los hombros. Ella no parece conocerlo. Le dice algo que no consigo captar. Lo último que veo es a esta mujer arrojándose a los brazos del desconocido. Siento el poder incomparable de su abrazo. Ella le rompería las costillas si él no fuese tan fuerte. Se

aferra a su salvavidas, a la vida. Ya no quiere que la abandonen, aun-
que ella misma pensaba en volver a las armas.

De nuevo. Las Palabras invocadas. Las Palabras suplicadas.
Las Palabras de antaño. Las Palabras olvidadas. Las Palabras
aulladas en la noche. Las Palabras gritadas con rabia. Las Palabras murmuradas. Sí, las escucho.

Un hombre con un chaleco azul, solitario y abandonado en medio
de una aburrida multitud. Alza sus ojos tristes hacia el cielo, donde
revolotea una única mariposa roja y una sonrisa ilumina su rostro.

Un joven con las orejas puntiagudas y el rostro tan delicado como
lleno de ira, secuestrado en una cúpula de rayos. Hasta que unas ma-
nos de humo lo sacan de ahí.

Una humana perdida en un osario busca con angustia la salida de
estas catacumbas espantosas mientras la luz ilumina sus pasos.

Todos me enseñan ese momento crucial en el que parecía
que habían perdido la esperanza. Donde el miedo, las dudas e
incluso la muerte parecía que se los iba a llevar. Ninguno de
ellos estaba solo ante el mal. Jamás. Los Mantras los acompaña-
ban, como si fuesen amigos, hermanos, para hacerle frente al
peligro, a la tristeza, a la soledad… Hasta el final.

Mi espíritu se vuelve a centrar en un fragmento en concreto
y enfoca en un Guardián de las Palabras de mi edad.

Su rostro simétrico está marcado por el agotamiento. Su pelo des-
peinado está húmedo por el sudor. Le gotea sangre por su mentón,
decorado por un hoyuelo, por el arco de una de sus cejas y por su sien.
Irradia una energía inmadura, a pesar de que tiene la mandíbula cua-
drada y las cejas pobladas y bajas, que oscurecen sus pequeños y re-
dondos ojos color azul verdoso. Todavía no es un hombre, pero ya no
es un niño. Alza un brazo y saca una flecha de la aljaba que porta en
la espalda. Se da cuenta de que está vacía, haciendo que el imponente
arco que lleva en la mano sea inútil. El joven se gira y descubro la
horrorosa situación en la que se halla. Una oleada de Carroñeros ham-
brientos de carne fresca escalan el abrupto acantilado. No tardarán en
llegar a la cornisa en la que se encuentra el desafortunado chico. Deja
su arco, siendo consciente de su muerte inminente. Su suerte está
sellada, pero se dibuja una sonrisa en su boca grande y gruesa,

revelando así otros dos hoyuelos. Sus labios forman una Palabra que conozco: [Gemelli]. *Una forma aparece cerca de él y toma el aspecto de una muchacha que se le asemeja muchísimo, como si fuesen dos gotas de agua. Él le agarra la mano que ella le tiende y se sonríen justo antes de tirarse de cabeza en el Foso. El salto del ángel.*

¿Cuánto tiempo va a durar esto? Según me voy apropiando de estos recuerdos, siento que mi alma se vuelve más pesada, que mi cuerpo se cubre de cicatrices y mi corazón envejece. Sí, siento estos recuerdos.

Un Guardián que lucha contra su propia dualidad, contra los demonios que se alimentan de su poder, pero que ya no quiere ceder ante el mal. Se aferra a lo que lo vuelve humano, sufriendo un martirio, intentando controlar esas ganas de destrucción, esa ambición que lo empuja a conseguir más poder para fines nefastos. Bajo su Mantra corrupto, sus ojos cambian, su aspecto se modifica. No lo soportará mucho más. Él no quería.

Una joven prisionera de las llamas corre a través del bosque y esquiva los árboles que se arrancan de raíz, completamente calcinados. Corre, con los pies llenos de sangre, con la cara manchada de hollín, intentando respirar otra cosa que no sean las brasas. Tiene la piel quemada y la desolación pegada a su espalda. Alrededor de ella, los animales asustados huyen. Algunos ya no son más que cenizas. Ella no quería.

Entiendo el mensaje. Ningún Guardián de las Palabras está a salvo del mal, de la tentación o de una pérdida de control. Nuestra magia puede salvar y destruir a la vez. No somos ángeles ni santos. Todo resulta de nuestras elecciones y de la esperanza que nos mantiene en la buena dirección.

Veo una pequeña habitación llena de polvo, privada de luz, amueblada con una cama y una silla sobre la que está sentada una hermosa mujer. La conozco. Su pelo azabache, su boca color sangre y sus ojos fríos: Cassandra. Página tras página, ojea un libro y se lo lee a una persona que está tumbada. Día y noche, la vigila sin descansar, sin levantarse de su asiento. Los segundos pasan, los minutos, las horas, en un tictac agonizante. A través de la ventana, los días pasan y todos se asemejan. Después pasan los meses, los años, perdidos para siempre, imposibles de recuperar.

*La luna sucede al sol. El sol a la lluvia. La lluvia a la nieve. Los paisajes
cambian, más y más, teñidos de amargura. Un cuerpo sale de la cama y
otro lo reemplaza, y después otro. El tiempo, inflexible con aquellos a
quienes ella quiere, no tiene control sobre la Protectora. Desafía a la vejez
sin afearse. Van desapareciendo los muertos hasta que ya no queda nadie
a quien llorarle. El viejo reloj de pared se ha parado, las agujas se han
bloqueado en la nada. Y ella permanece ahí, inmóvil, en silencio. Esperando algo que no llegará jamás.*

Mi espíritu se libera de esa tristeza, dejando a Cassandra en
la soledad infinita de esa habitación. Pensaba que volvería en
mí, para poder retomar mi aliento al fin y ensamblar estos recuerdos compartidos los unos con los otros, pero una sensación
me mantiene en este trance. Se trata de una fuerza casi feroz.
Sin estas emociones alteradas por el tiempo o esa impresión de
déjà-vu. Al contrario, me otorga un sentimiento de cambio,
de inestabilidad y de incertidumbre. Me bombardea con presa-
gios, con sonidos suaves y ensordecedores. Risas, gritos, lágrimas. Aquello que se ha cumplido y lo que se cumplirá. El
principio y el final. La unidad y la división. El orden y el caos.
La fe y la desesperación. El olvido y la compartición. El rechazo
y la aceptación. La esperanza en la muerte. La paz en la guerra.
El amor en la renuncia.

*Un precipicio con una vista desoladora sobre un incendio forestal
devastador. Sus altas llamas rozan el cielo, imitando al mismísimo infierno.*

*Una enorme cicatriz que parte en dos un lago helado y bajo el que
duermen unos cadáveres de miradas vacías, esperando alimentarse de
los perdidos.*

*Una serpiente negra repta en las tinieblas con la lengua bífida
fuera y los colmillos listos para hundirse en la carne de quien solo es
capaz de ver con los ojos del odio.*

*Un sauce llorón abatido, arrancado, cuyo esplendor pasado se
olvida: su última hoja se desprende como la última lágrima que nos
queda para regalar antes de acorazar nuestra alma.*

*Un pergamino roto por el tiempo, escrito con sangre a modo de
tinta, y atrapado bajo dos hachas de guerra colocadas en forma de cruz.*

Una pluma blanca y ligera que cae de la nada, símbolo de una tregua imposible.

Una luna sanguinaria, que anuncia el final que no se alcanzará sin hacer sacrificios.

Todas esas imágenes se llevan consigo mis últimos recursos de energía. Ya no me mantengo en pie, me tambaleo, la sombra devora mi vista. Según me voy hundiendo en la nada, Killian me acoge entre sus brazos y yo me sumerjo en una noche más oscura que sus ojos.

Capítulo 73

El regreso

U n olor a incienso, que me resulta familiar, me hace cosqui-llas en la nariz. Parpadeo para tratar de deshacer la bruma que usurpa mi visión. Reconozco las baratijas que se sitúan en los estantes chuecos y los símbolos en la pared. Emerjo de la duna de cojines mullidos.

—Tranquila, Arya, todo va bien.

Winema está sentada en una butaca sin brazos. Acaricia mi cabellera con sus manos con extrema dulzura, como si tan solo fuese una abuelita que cuida de sus nietos.

—Le pedí a tu amigo que te dejase aquí. Sabía que ten-drías un montón de preguntas para hacerme cuando te des-pertases.

Las imágenes vuelven a mi cabeza y desfilan a la velocidad del viento.

—[ᒪᎥᒪᎥᒷ], [Ꭺᔑᖺᗩ]…

La Sabia me dedica una sonrisa con una mezcla de orgullo y cariño. En este instante estoy experimentando un sentimiento filial hacia ella.

—¿Te acuerdas de las palabras que utilicé la primera vez que nos vimos? No somos nosotros quienes encontramos a la Ciudad Sumergida, es ella la que nos encuentra. Cada Guar-dián de las Palabras que ha dejado su huella aquí tenía la nece-sidad de estar en este lugar. Necesitabas estar con nosotros, Arya. Para reencontrar lo que habías perdido.

Winema me tiende un vaso de barro, pero cierro mis dedos sobre su frágil muñeca.

—¿Qué me ha hecho?

—Esta noche, Arya, has demostrado que eres muy diferente de los demás Guardianes de las Palabras que se han cruzado en mi camino. Has atesorado una parte de la Ciudad Sumergida y… Arya, hace poco me confiaste que te sentías diferente. Acababas de comprender que no te podías quedar aquí eternamente. Que tu destino está fuera de este mundo. Eres importante, y son muchísimas las personas que contarán contigo. Esta ceremonia era para ti. Para que pudieses llevarte una parte de la isla antes de partir. [ᒪimᗴ] es lo que define a nuestro pueblo. Todos estamos vinculados de una forma o de otra. Y ¿qué pasa cuando los vínculos son indestructibles, anudados y robustos? Que nada nos puede parar. Te hemos transmitido este vínculo para que te acompañe hasta tu culminación. Y, cuando pensaba que ya había terminado, llegó Asha.

—La chica…

—Sabía que conseguirías a [ᒪimᗴ] en poco tiempo. Solo hacía falta ver lo que te une a tus amigos. Pero [Asha]… Arya, eres la primera Guardiana de las Palabras que posee esas dos Palabras.

—Espere… Esa chica, ¿era la Palabra en sí misma?

—Sí. Las Palabras se pueden materializar de diversas formas. Cada día eres más poderosa y las Palabras sienten esa fuerza. [Asha] estaba esperando a que estuvieses preparada para recibirla, ella es…

Su nombre se repite en mi cabeza una y otra vez, como una llamada. Levanto las rodillas y las abrazo, completamente asaltada por una emoción dolorosa. Sé lo que es [Asha]: ella ilumina mis pensamientos o, mejor dicho, revive la chispa que se escondía al fondo de mí. Al fondo de todos nosotros. Aceptándolo, termino la frase de Winema.

— … la esperanza.

—La esperanza —repite la Sabia asintiendo con la cabeza—. Surge de [ᒪimᗴ]. La una no va sin la otra. Nuestro vínculo guía a la esperanza. La esperanza refuerza nuestro vínculo. No se puede contener en una sola y misma persona. [Asha] tomó forma humana para descubrirte, pero es una parte de todos nosotros. Cada Sumergido posee un trocito de esperanza y nuestro deber era transmitírtela. Eso es lo que harás, Arya. Fuera de estos muros, de estos mares. A partir de hoy, nada podrá entrometerse en tu camino. Tienes todo lo que necesitas para avanzar, y no estoy hablando de tus Mantras.

La Ciudad Sumergida me ha hecho darme cuenta de lo que estaba ante mis ojos desde el principio. Los vínculos más fuertes que la amistad. Una fe inquebrantable. Las almas de las que extraer mi fuerza. La esperanza emanará de los tiempos sombríos que están por venir. El mañana es imprevisible, pero poseo entre mis manos las mejores armas del mundo. Winema se agacha y levanta mi mentón con la punta de sus dedos.

—Tú nombre resonará a través del tiempo, Arya Rosenwald. Haz de su murmullo un grito que llegue al corazón palpitante del mundo.

Le aprieto la mano y se me escapa una lágrima.

—Ha llegado el momento de dejar este lugar, ¿verdad? Para siempre.

—Sí, juntos. No dejes que nada ni nadie os separe, Arya.

Me lanzo a sus brazos. Al principio, mi gesto la toma desprevenida, pero termina por corresponder mi abrazo.

—Gracias por todo.

—Gracias a ti, Arya.

—¿Con qué nos vamos a topar en la superficie una vez que salgamos de la Ciudad Sumergida? ¿Qué nos va a pasar?

—En el instante en el que salgáis de este mundo, nosotros ya estaremos lejos. No se nos puede encontrar dos veces. Volverás a tu punto de partida, donde todo se desencadenó. Confía en mí.

Me levanto y me despido. Apenas estoy fuera de la morada de Winema, me doy cuenta de que mis compañeros me esperan más abajo. Alric gira su anillo entre sus dedos, Saren recorre el terreno dando zancadas, como si estuviese dividido en zonas, y Killian está apoyado contra una roca con los brazos cruzados y los ojos cerrados. Mi mirada se cruza con la del teniente y después con la del general. Finalmente, Killian me concede el honor de abrir los suyos. Los adelanto y me encuentro de espaldas a ellos.

—Tenemos que irnos.

—¿Estás segura de que estás bien? —me interroga Alric.

Me giro y los observo.

—Sí, pero no parece vuestro caso. ¿Por qué estáis tan raros?

Killian se acerca a mí. Aferra entre sus dedos un mechón blanco perdido en mi oscura cabellera y lo enrolla entre sus guantes de cuero. Juega con él, para después colocarlo detrás de mi oreja.

Comprendo que ha llegado la hora de que le hagamos frente a nuestra realidad.

Unas risas melodiosas llenan la cueva. Winema, acompañada de algunos Sumergidos, ha venido para decirnos adiós. Una horda de niños atacan a Killian, y se pelean para ser el primero en darle un abrazo. Intenta tranquilizarlos haciendo un truco de magia. Killian acerca su mano detrás de la oreja de una niña y saca una moneda de oro. Los niños gritan de felicidad; ahora ignoran al ladrón y se pelean por la moneda, que tiene el extraño poder de desaparecer. Killian aprovecha para escabullirse, pero otra niña sale del grupo y se aferra a su pierna, impidiéndole dar un paso más.

—¡Cuando sea mayor quiero ser ladrona!

—Astuto, Nightbringer.

—Sus padres me van a odiar.

Me regala un guiño de ojo antes de mirarme fijamente durante más tiempo. Él también sabe que tenemos mucho de qué hablar, pero cada cosa a su debido tiempo. Eso ya llegará, no me preocupa.

—Ha llegado la hora —dice Winema.

Mis compañeros se juntan alrededor de mí. La calma reina en la cueva estrellada y este instante se vuelve solemne. Por primera vez, la Sabia posa su mano sobre mi corazón.

—Recordad, nadie se va de aquí indemne. Utilizad adecuadamente el regalo que la Ciudad Sumergida os ha hecho. [ʟimë] es lo que nos define, [Asha] es nuestra guía.

— [ʟimë] es lo que nos define, [Asha] es nuestra guía.

Las voces hacen que mi corazón vibre. Estrecho la mano de Winema para transmitirle todo mi reconocimiento. Me responde con una sonrisa. Después, se gira hacia Killian:

—Jovencito, ¿no te habrás guardado algo que nos pertenece?

Killian, que normalmente es tan insolente, se queda mudo. Lo fusilo con la mirada, rogándole a no sé qué dios para que no haya hecho lo que me estoy imaginando. Pero él deshace el cordón de uno de sus bolsillos y saca una estatuilla dorada, extraída del templo. La vergüenza me invade. A él también. Le tiende la estatuilla a Winema, que se la da a un joven Sumergido. Espero que le dé una tunda con su magia, pero ella simplemente le golpea la cabeza con un palo antes de sonreírle.

—Cuida de ella, *Isha*.

Killian alza una ceja y asiente. Los Sumergidos se alejan. Los cuatro nos encontramos en la orilla. Aquí estamos. Nos vamos.

Contemplo las paredes estrelladas de la cueva una última vez.

Disfruto de este momento de paz una última vez.

Me giro hacia el pueblo de la Ciudad Sumergida y hacia este mundo, que tanto me ha dado, una última vez. Les dedico una última sonrisa antes de admirar la superficie del agua que brilla como una manta de diamantes. [Protego] viene a buscarnos. Killian escruta el agua, no sintiéndose demasiado seguro ante la idea de volver a sumergirse en las profundidades del océano. Es consciente del suplicio que le espera, pero lo enfrenta con valentía.

—Me dijiste que confiase en ti, ¿eh? ¿Quién dice que no nos vamos a perder en medio del océano? Ni siquiera sabemos si vamos a encontrar el barco. O si estaremos cerca de la costa.

—No hay nada a lo que temer. Todo irá bien. Winema me lo ha asegurado.

Ya no hay vuelta atrás. Seguimos adelante. Juntos. Adiós, Ciudad Sumergida.

Con un impulso, nuestros pies abandonan la orilla, la cueva, la ciudad. **[Protego]** percute la superficie del agua y nos encontramos de nuevo en las enormes fauces del océano. Pensaba que navegaríamos por el abismo, pero mis pies tocan el suelo. Vuelvo a sentir el aire marino, escucho el ruido de las olas. Detrás del muro de agua de **[Protego]**, distingo el mástil, la proa, las siluetas de los piratas.

—El *Narciso*…

Mis compañeros y yo intercambiamos unas miradas asombradas. Los cuatro, de pie en la borda, nos damos cuenta en silencio de que acabamos de vivir un momento que solo ocurre una vez en la vida. Ninguna palabra podría describir esta aventura sin sentido, esta pausa milagrosa en el tiempo, esta oportunidad. Antes de liberarnos de mi Mantra, y sin necesidad de que susurre su nombre, **[kimë]** abraza mi corazón. Mi nueva Palabra, mi nueva amiga, se extirpa de mi pecho mediante un hilo azul, luminoso e inmaterial. Alcanza el corazón de Killian, el de Saren y, por último, el de Alric. Conectados para siempre con mi destino, con mi historia. Los hilos se tocan, forman nudos, ondulan al ritmo de las pulsaciones, se entremezclan. Las sonrisas del teniente y del general hacen que el hilo vibre, tan frágil y sólido al mismo tiempo. El ladrón se concentra en los latidos visibles de su músculo de vida, antes de posar sus ojos sobre los míos. La tormenta que atraía a la rabia en este barco y habitaba su corazón se ha inclinado hacia el mar. Es como si jamás hubiésemos salido de este barco y, sin embargo, ahora todo es diferente. Mi risa se propaga y contagia a los demás. Habla por nosotros y se prolonga hasta que mis dos Mantras desaparecen.

—¡Eh, compañeros! ¿Necesitáis ayuda?

La voz de Virgo, al timón, nos trae de vuelta a la realidad. El capitán nos observa como si se nos hubiese ido la pinza. Killian

es el primero que salta hacia la cubierta. El general le da golpecitos en el hombro y el teniente inclina la cabeza en señal de
respeto. Mi guía me tiende los brazos y me sostiene por la cintura para ponerme a su lado. Nuestras miradas tardan unos segundos en separarse, como si tratáramos de descubrir los restos
de la Ceremonia del Ojo. No obstante, tendré que usar otro poder diferente para aclarar todas nuestras sensaciones: el de las
palabras.

Cuando me preparo para pedirle que tengamos una conversación, un bicho volante se acerca a mi cara. Intento cazarlo
varias veces. El ladrón me ayuda y lo atrapa con una mano. En
su palma reposa un escarabajo negro con reflejos violetas. Lo
detalla durante apenas unos segundos, después lo aplasta. Su
mirada se pierde, su sonrisa se apaga y sus cejas se convierten en
una línea implacable. Me da la espalda para tirar los restos del
insecto al mar y permanece inmóvil contra el mástil.

Algo se arremolina en mi interior. ¿Una intuición? No, un
temor. Me acerco a Killian y paso mi mano por su espalda. Pero
[ʟimë] rechaza la puerta de su corazón. Él se desplaza, dirigiendo su mirada hacia el horizonte. Y, con una voz efímera y
solemne, pronuncia estas palabras:

—Tengo que volver a casa.

CONTƆINUARÁ...

Agradecimientos

Gracias a vosotros y vosotras por haber leído esta historia y por haberos convertido en Guardianes y Guardianas de las Palabras. Por compartir estas palabras, como siempre lo habíamos deseado en nuestros sueños más locos. De ahora en adelante, formáis parte de nuestra **[kimë]**, invencible para siempre.

Gracias a todos los artistas por habernos inspirado y dado ganas de formar parte de este mundo y de tantos otros.

Gracias a nuestros padres, hermanos, hermanas, familia, por habernos tratado siempre como escritores, a pesar de que eso significase tener que cubrir vuestros documentos administrativos. Haber visto el orgullo y el reconocimiento en vuestros ojos ha sido lo más bonito que nos ha pasado nunca. Para algunos, esto es un sueño por medio de terceros. Para otros, una esperanza. Habéis compartido con nosotros esa «maldición de los artistas», además de otros reconcomios, dudas y frustraciones. Puede que no nos hayamos entendido siempre, sin duda para vosotros hemos sido como unos niños grandes y demasiado soñadores, pero os hemos demostrado que era posible. Os queremos.

Gracias a mi madre, mi Bruja querida, tu ojo siempre ha sabido ver la verdad. Jamás dudaré de tu poder.

Gracias a mi hermano por haber creído eternamente en esta victoria. Jamás dejes de fijar tu mirada a lo alto del cielo. Formas parte de *este mundo que es el mío*.

Gracias a nuestros amigos, que han asistido a nuestra eclosión y están ahí desde nuestras primeras historias en disquete hace ya veinte años, nuestros cuadernos de borradores en el cambio de clase y nuestras historias de los *Sims*. Sin olvidarnos de los que pretenden subastar los primeros escritos de este libro si tiene buena acogida. Gracias a nuestra Cortadora de Palabras,

Johanna (tú pusiste la primera piedra de nuestro éxito), y a Roro, por habernos roncado en la cara cuando nos hemos pasado demasiado tiempo hablando de escritura.

Gracias a nuestros adorables lectores y lectoras en Wattpad. Subir el libro en esta plataforma ha sido una de nuestras mejores decisiones. Hemos recibido una oleada de amor sin precedentes, hemos tenido encuentros increíbles y leído historias que merecen ser publicadas. Hicisteis que nos sintiésemos seguros de que no nos estábamos equivocando de camino. Habéis participado en esta publicación con vuestras palabras. Esa es la verdadera belleza de todo esto. Espero que vuestro amor y vuestro entusiasmo por esta historia se confirmen en el papel.

Gracias a Isabel Vitorino, te apreciamos como profesional y como persona. Gracias por tu benevolencia y por tus metáforas, que nos han ayudado en los momentos de dudas. Por haber creído en nosotros y en el potencial de esta historia. Por no haberte asustado con nuestra alegación de 22 páginas. Siempre has demostrado la «máxima transparencia» con nosotros. Gracias a nuestra editora, Christine Féret-Fleury, por haber sublimado nuestro texto sin que perdiera su esencia. Gracias al equipo de Hachette Romans por haber llevado a cabo este proyecto. A Nicolas Carmine y al Studio Vaderetro por esta sobrecubierta de ensueño.

Gracias a nosotros y al destino, por habernos puesto en el mismo camino, por haber iluminado nuestra vida y por habernos salvado el uno al otro. Lo hemos conseguido, *Moignon*. Ahora podemos rememorar los momentos en los que íbamos a los eventos y decíamos que queríamos estar del otro lado. En ocasiones nos hemos sentido como si estuviésemos encerrados en un armario bajo la escalera, pero ahora hemos conseguido salir.

Creed siempre en vuestros sueños y seguid a las estrellas, incluso a las fugaces. No dejéis que nadie os diga que sois personas ordinarias y que no lo conseguiréis.

Y, para terminar, gracias a Tom Hiddleston. Sí, sabemos que suena raro, pero es importante.